筒井康隆コレクションⅠ

48億の妄想

日下三蔵・編

出版芸術社

筒井康隆コレクションⅠ　48億の妄想

目次

PART I

48億の妄想

プロローグ　6
第一部　報道　15
第二部　海戦　158
エピローグ　206
早川書房65年版「あとがき」　214

PART II

幻想の未来

I　前意識紀——後期　思考遊離への初段階　218
II　分意識紀——前期　残存意識による伝達　233
III　分意識紀——中期　遺伝記憶復活の萌芽　249
IV　分意識紀——後期　大気性思考粒子の自覚　263
V　汎意識紀——前期　郡居生物の自滅　276
VI　汎意識紀——後期　個体趨異による自然淘汰　293
VII　静生代——合意識紀　無機世界へ　308
南北社版「幻想の未来・アフリカの血」あとがき　318
血と肉の愛情（異稿）　320
イラストストーリー　幻想の未来　生頼範義　329

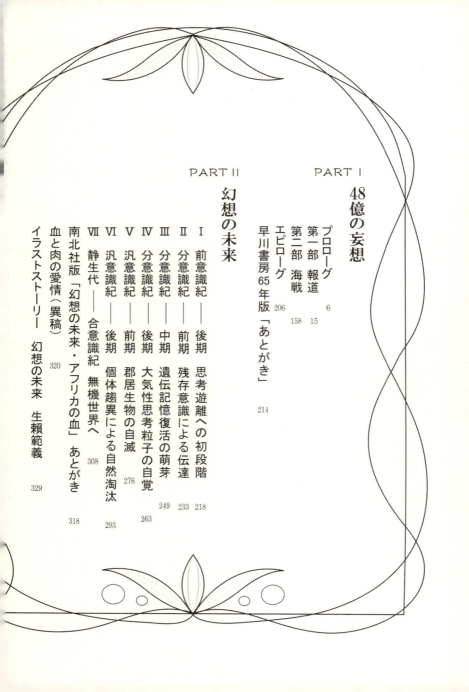

PART Ⅲ

SF教室

はじめに　筒井康隆　340
1　SFについて　筒井康隆　342
2　SFの歴史　伊藤典夫　筒井康隆　358
3　SFの名作　伊藤典夫　筒井康隆　411
4　SF作家の案内　伊藤典夫　筒井康隆　438
5　SFのマンガと映画　豊田有恒　460
6　SFにでてくることば　豊田有恒　478
SF年表　516

PART Ⅳ

筒井康隆・イン・NULL 1（1号〜3号）

創刊号　522
お助け　523
模倣空間　531
S・F一家ご紹介　筒井嘉隆　536
タイム・マシン　538

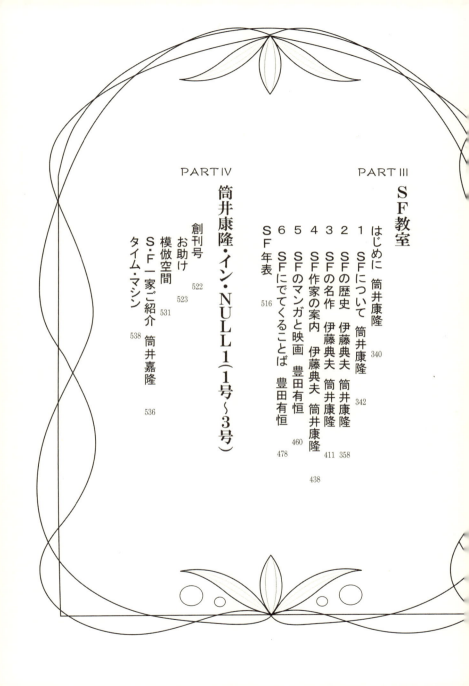

第2号　544
脱ぐ　545
帰郷　556
編集室日誌より　561
会員募集のおしらせ　編集メモ　562
第3号　563
衛星一号　564
到着　567
傍観者　568
無限効果　573
編集室日誌より　会員名簿1　583
第二号批評・来信　584
後記　筒井康隆　588
編者解説　日下三蔵　590

装幀・装画　泉谷淑夫

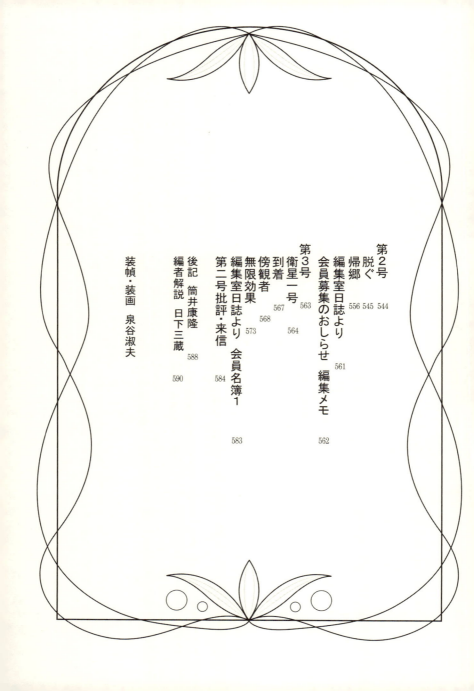

PART 1

48億の妄想

プロローグ

午後七時五十分。テレビはコマーシャルを含めて五十分間のミュージカル・ドラマを終えた。

「あまり面白くなかったな」十秒スポットを次つぎに流しているスクリーンを横眼で見ながらタバコをくわえ、サラリーマンの父親がいった。

「僕は面白かった」椅子をずらせて背のびをしながら、大学生の次男がいった。

「おれは面白くなかった」父親がいった。「理屈が多すぎる」

「そう、ちょっとね」母親がいった。

「あの、会話のややこしいのがいいんだ」次男は食物を探してテーブルの上を眺めまわした。「あの会話がなけりゃ、ふつうの音楽番組と同じだもん」

「でも、お父さまは面白くなかったって、いってらっしゃるのよ」長男の嫁がいった。「みんなが面白いような番組でなきゃ、だめだわ」

「あの会話をぜんぶ、歌詞にしちまえばよかったんだ」長男が、今年四つになる女の子を膝《ひざ》の上であやしながらいった。「音楽劇なんだものな」

「でも、それだと、いってることがよくわからなくなる」次男が砂糖菓子を食べながらいった。

「テーマがよくのみこめなくなって、ストーリイの面白さもなくなってしまう」

「おれは面白くなかったな」父親がいった。

「それは、わからなかったからだろ?」と次男がいった。

「だから、誰にでもわかるようなミュージカル・ドラマを放送するべきだわ」長男の嫁が、夫の月給袋をもういちどのぞきこみながらいった。「わかりやすくして、そしてもちろん、もっと面白くして……」

「面白くなかった」父親はうなずいた。「うん、絶対に、面白くなかったぞ」

「そうですね。面白くなかったですね」母親が茶碗の底を眺めながらいった。

「投書すればいい」長男はコーヒーを飲んだ。

テレビは、国内ニュースを始めた。

奥行二十・五センチの二十一インチ・カラーテレビのスクリーンは、完全自動調整になっていた。画面は室内の明るさにより、自動的に調節された。

家族は喋るのをやめて、ふたたび画面に見入った。やや薄暗い室内照明の中で、家族の十二の瞳は、スクリーンの光を反射して光っていた。画面に向けて大きく見開かれた彼らのその眼は、まん丸くもなく、楕円形でもなかった。四隅がこころもち角ばっていて、いわばテレビ・スクリーンに近い形をしていた。

「……このため、協定有効期間も切れた日韓漁業問題は、相当難航するのではないかと見られています。浅香《あさか》外相はこの件につき、十三日午後四時、首相官邸に宇留木首相をたずね……」

スクリーンには外相のにこやかな顔が映し出された。

「この人、いつ見ても好男子ね」長男の嫁が長男にささやいた。

「うん。テレビ・フェイスがいいんだ」

「外相じゃ惜しいわ。首相にしたいくらいだわ。首相の選挙も、国民投票にすればいいのに……」

「じゃあ、そういって投書すればいい」

「好男子だわ。あそこの郵便局長さんに、ちょっと似てるわ」

「そういえば、そうだな」

「好男子だわ」

「おやおや」母親が嫁にいった。「咲子《さきこ》さんは、あそこの郵便局長さんが好きなのかい？」

「あら、いやだわ」ちょっと笑った。

母親は嫁を見つめた。「おかしいかい？」

「いいえ、何も」

「でも、笑っただろ？」真面目な顔で、彼女は嫁を見た。「おかしければ笑ってもいいんだよ」

「何もおかしくございません」

「そう」茶を飲んだ。「わたしがいるために、笑いたい時にも笑えないなんていわれるといやだからね」

「どうも、よくわからん」父親がタバコをもみ消した。「政治なんて、むずかしいものは、もっとわかりやすくして、それから、もっと面白くして見せなきゃいかん」

「ドラマにすればいい」と長男がいった。

「ミュージカルにすればいいわ」嫁がいった。

「マンガにすりゃいいんだ」次男はそういってから急に笑いだした。椅子の凭《もた》れの上で、身をのけぞらし、笑い続けた。

父親はあきれて次男を見つめた。「気ちがいだ」ズボンのポケットをさぐった。「タバコが切れたな」母親にいった。「お前、店へ行って、とってこい」

「売りものですよ」母親はしぶしぶ立ちあがった。「お父さん、喫い過ぎじゃありません？」彼女はそういって、昼間彼女が店番をしている店の間のカウンターから、フィルター・タバコを一箱持って戻ってきた。

そのタバコ屋は舗装道路の交叉《こうさ》する街かどにあった。車の流れも、この時間には絶えていた。ほんの時おり、深夜運転で貨物を運ぶトラックが短い警笛をあげて通り過ぎていくだけで、あたりは静かだった。ビルもあれば住宅も商店もある、都心から少し離れた、くすぶった街かどだった。

家の中では、父親がまだ、むくれていた。

「どうも、面白くないニュースばかりだな。もっと突拍子もない、途方もない大事件というのはないのか。けしからん。放送局というものは、もっと面白いニュースで、われわれを楽しませてくれなきゃ、いかんのだ」

「選局が悪かったのかもしれませんな」長男がリモコン・ボックスのチャンネル・セレクターをまわした。

海外ニュースをやっている局が出た。

東南アジアの局地戦の様子が紹介されていた。原住民のゲリラ隊員が、アメリカ兵に拷問されていた。ゲリラ隊員は足の裏に鉄板を押しあてられるたびに、悲鳴をあげてとびあがった。

「あの鉄板、電流を通してるのかしら?」

「いや、まっ赤に焼けてるんだ」

「悲鳴が、よく聞こえないわ」嫁がいった。

「録音が悪いんだ」長男がいった。

「もうすこし、オーバーに悲鳴をあげればいいのに。そしたら、よく聞こえるのに」

「テレビ・カメラを向けられていることを知っている筈だから、いつもよりはオーバーに悲鳴をあげてる筈なんだがな」

「じゃあやっぱり、演技力不足なのね。あのアメリカ兵、もっとよく焼けた鉄板をくっつけてやればいいのに」

次男が身をのり出した。「アメリカ兵だって、テレビ向きに、ふだんよりは鉄板をよく焼いてる筈だぜ。だいいちカメラマンが、いろいろ注文をつけてる筈だ」

「ちっとも熱そうじゃないわ」嫁が不満そうにいった。「表情がなってないわ。それに、もっと怖そうにしなくちゃ。ドラマの方がうまいみたい。本当みたいじゃないわ」

「あの土人は」と父親がいった。「鉄板を当てられてない時は、キョトンとして、テレビ・カメラの方を見るな。あれはいかん。出演者というものは、カメラを見ちゃいかん」

「投書すればいい」

「盗み撮りや、かくし撮りよりは、画面がはっきり見えてていいな」次男がいった。「あれだと木の葉や壁が画面に入ってきて見にくいからね。それにタレントが、いつ撮られてるかわからないものだから演技が間のびして、見てる方じゃ退屈でしかたがない」

「拷問する方も、もっと獰猛《どうもう》な顔つきの奴の方が迫真力があるのに。このアメリカ兵は若すぎるよ。せめて髭でも生やせばよかったんだ」と長男がいった。

画面が変わって、戦闘場面になった。

砲弾が畠の中で炸裂《さくれつ》した。小銃を構えて走っていた土民兵が、棒のようにぶっ倒れた。

「簡単に死ぬのね」嫁がいった。「もう動かないわ」

「もっと、苦しむところが見たいですね、ねえお父さん」母親が父親に同意を求めた。

「味もそっけもない死に方だ」父親がいった。

「撃たれた時の顔がもっと見たいな。見せるべきだ。苦悶してる表情をな。うん、見せなくちゃいかん、絶対に」

「そうですよね、放送料払ってんですものね」母親がうなずいた。

スクリーンの中で、米軍側の土民兵が、捕虜を銃の台尻で叩きはじめた。捕虜は土の上を、頭をかかえて転げまわり、身をよじった。

「もっと、頭を、頭を！」嫁が身をのり出して小さく叫んだ。

兵は捕虜の頭を踏んづけた。

「そうよ！　あ、もっと、ええい、もっと、もっと」嫁は口の縁に泡をふいていた。こぶしを固め、胸の前で振った。

兵の銃剣が、捕虜の咽喉を刺し貫いた。

「……あ」

部屋の中が一瞬しんとした。

次男がゴクと唾をのみこんだ。

兵は死体の首を切りとった。毒々しい血の色がスクリーンにあふれた。

嫁が、クククと咽喉を鳴らした。

首がコロコロと地面を転がった。

嫁が、歓喜の色を一瞬眼に浮かべた。彼女の口の縁の泡が、顎をつたって流れ始めていた。

母親がふらふらと立ちあがり、台所へ去った。

画面が変わり、一九七六年型テレビつき小型乗用車のコマーシャルが始まった。最新流行のパゴダ型髪型のコマーシャル・ガールが、車の性能そっちのけで、附属品を賞讃しはじめた。

「あら、もう終り?」嫁が不満そうにいった。「ひどいわ、あんなに唐突に終るなんて」

「投書すればいい」

「そうね。投書してやるわ。あの番組、いけないわ。そう、第一に残酷すぎるわ。茶の間向きじゃないわ。不愉快だわ」

「でも、喜んでたじゃないか」と次男がいった。

「だって、この時間なら、まだ食事してる人だっているのよ。絶対、いけないわ。よし、投書してやろう。あなた、はがき持ってない?」

スクリーンの中ではコマーシャル・ガールが、車を買ったというマイクロ・スキャナー社の社長に、乗り心地をインタビューしていた。社長が夢中で喋り続けていると、母親が台所から戻ってきた。

「気分が悪くなってね」

「ほら、気分が悪くなった人もいるのよ」嫁が勝ち誇っていった。「あなた、はがき持ってない?」

「ないな。明日でも、モニター・ステーションへ電話したらいい」長男はまた、リモコン・ボックスをとりあげた。「他の局にしてみよう」チャンネル・セレクターを、ひととおりまわした。

「だめだ。この時間はどこもかもニュースだよ」

昼間、十三歳になる男の子を川で溺れ死にさせた婦人が、インタビューされていた。

「はい、急流だったもので、橋脚に衝突しましたのです。それで転覆してしまったのです」

アナウンサーは携帯マイクを更に婦人の口もと

に寄せた。

「橋本さんの坊っちゃんとご一緒だったのですけど、橋本さんの坊っちゃんは、ボートの底板の上にお乗りになって助かりました。だけど、健夫はとうとう……」絶句して、涙を拭った。

アナウンサーは沈痛な表情をして見せた。このアナウンサーは、そんな表情のもっともよく似合うアナウンサーだった。「で、お母さまとしては、今度のこの事故を、どうお思いになりますか？」

「せっかく苦労して育てましたのに。今朝もね。私にね、こういったんですよ……」しゃくりあげた。「今朝も私に……」

「いつも同じようなことばかり、いってるわ」嫁が腹立たしげにいった。「どうしてもっと、悲しさを違うことばで、いえないのかしら」

「悲しみ方が足りん」父親もうなずいた。「本当に悲しいのなら、その悲しさをもっと表現すべきだ。われわれにわかるように、その悲しさの特殊な点を、もっと強調すべきだ。これじゃ、表現力ゼロだ。なってない」

「バカだ」と次男がいった。

「誠意がないわ」嫁もいった。「この人だって、ふだんテレビを見てるでしょうに……。どうして表現のしかたを知らないのかしら。視聴者に対する誠意が……ううん、それ以前の問題として、サービス精神が不足してるわ。こんな人からは、罰金とればいいのよ」

「本当だ。せっかくテレビに出してもらっていながら……」長男が惜しそうにいった。

「バカだ」

「こんな母親の子供は、可哀そうだね」母親がいった。「溺れ死んでも、浮かばれやしませんよ」

アナウンサーが、画面の中でいった。「で、他にお子さんは？」

「健夫ひとりでございました」鼻をすすった。

「どうして……どうしてこんなことになったのか

……」また、しゃくりあげた。「あそこには都の水道局の取水所があって、川を一部せきとめてあるんです。だから流れが急なんです。あんなものは、あんなものは壊してしまってほしいと思います……」

「でも、今はことに梅雨期だから、ボート入るべからずという文句が、橋脚にちゃんと書かれていたんじゃ、なかったんですか?」

　そのアナウンサーのことばに、母親はちょっと困り、黙って眼を拭ってごまかした。アナウンサーは、してやったりという表情で、ちらとカメラの方を向いた。

「そうとも。そんな女は、ちょっと困らせてやれ」次男がいった。「あのアナウンサー、人気が出るよ、きっと」

「いや、駄目だな」父親が次男を横眼でちらと見た。「このアナウンサーは、まだ突っ込みが足らん。まだまだ綺麗ごとだ。もっともっと、この女に悲しがらせる訊《たず》ね方がある筈だ。もっと泣かせるように誘導しなきゃいかん。もっとマイクを近づけるべきだし、カメラも、もっと前進すべきだ。アップにしなきゃいかん。もちろん、女だってもっと泣き叫ぶ方がいい。日常的な災難だからといって、自分で分をわきまえて、控えめに泣く必要はないんだからな。こんなにあっさり処理したんじゃ、マンネリズムだ」

「この女《ひと》きっと、ディドロ薬品の感情昂揚剤を服《の》んでこなかったんだわ、きっとそうよ。常備薬なのに」嫁が口惜しそうにいった。

「大衆を馬鹿にするのもはなはだしい。タレントとしても、もちろん落第だ」

「この女《ひと》、もう二度と、どんなことがあってもテレビに出演できないわ。可哀そうだけど」

「アナウンサーにしてもだな」長男がいった。「どうせこんな役をするんだから、あとでマスコミの殺し屋とか何とかいわれる筈なんだ。どうせそういわれるのだったら、殺し屋なら殺し屋らしく、もっと残酷に訊《き》けばいいんだ」

「とにかく、面白くないな、うん」

「本当にそうですね」

「バカだ」

「投書すればいい」

「投書してやるわ。はがき持ってない?」

外の舗装道路では、一台のダンプカーが、タバコ屋のある交叉点に向かって、時速八十五キロで走ってきていた。運転手は一人だった。他に誰も乗っていなかった。積荷は建築用の型鋼だった。

二十三歳の運転手は、不機嫌だった。誰でもが家でテレビを見ている時間なのに、自分だけが仕事をしなければいけないというのは、実に不公平だと思って、心底から腹を立てていた。朝の四時から運転し続けていて、疲れていたし、眠くもあった。さっき、腹立ちまぎれに、自動販売機のビールを一杯飲んだのがきいてきて、よけい眠かった。

少しうとうとした。


タイヤが歩道に乗りあげた衝撃で、眼を開いた。板戸をおろしたタバコ屋が鼻さきにあった。反射的にブレーキペダルを踏んでハンドルを切った。

車は店さきをわずかにそれ、家族六人がテレビを見ている居間の洋壁をぶち破った。窓ガラスが砕け、テレビが爆発した。父親は倒れてきたまばしらで頭蓋骨を砕かれた。母親の心臓にきずりの折れ口が刺さった。長男はタイヤの下敷きになり、肋骨を二本残して全部折った。彼が胸に抱いていた四歳の娘も、皺くちゃになって紙のようにへしゃげた。長男の嫁はワイヤーラスを貼《は》った壁土で、蛙のように叩き伏せられた。運転手はフロントガラスを破って全裸で飛び出し、居間を通り抜けて台所の反対側の壁のタイルに頭を叩きつけ、頭部を肩の間へめり込ませた。

最初の野次馬が走ってきたとき、生きていたのは、右肩甲骨と鎖骨をぐじゃぐじゃにした次男だけだった。

第一部　報道

1

もう何十年も前から、そしていつの世でも、マス・コミュニケーションの第一の理想と、大衆の第一の要望とは、不思議に一致していた。それは事件と報道との同時性だった。ただそれが、タバコ屋一家の惨劇のように、事前に予期することのできなかった事件のばあいは、媒体の中で最も報道性の総合得点が高いテレビですら、「同時性」ということばを「速報性」にすり替え、そのかわりに「詳報性」「現実性」「表現性」「正確性」などのおまけを、ワンサと盛り込まなければならなかった。ただし詳報性だけは、今でも技術上の限界として、マイクロ・テレ・ニュースなどの活字報道に劣っていたのだが。

だから朝の六時、「長部久平ニュース・ショー」の担当ディレクター折口節夫がスタジオ入りして、深夜組のD・D浜田から仕事の引継ぎを終った時、32スタのフロアーには、ニュース工芸社が徹夜で作ったタバコ屋のセットが、ちゃんと出来あがっていた。

「隣家の人の話だと」と、浜田が説明した。「衝突する音と、ガラスの割れる音、まばしらと大柱の折れる音、テレビのブラウン管の爆発音、断末魔の悲鳴が一度に、こう、底の方から持ちあがるようにウワッと起って、約五秒で静かになったらしい。E・Eにそういって、作らせておいた」

折口は感謝の意をあらわすために、ほんの少し微笑してから、すぐ真顔に戻った。「それをいちど、聞いてみよう」

折口はいつもの、活気に満ちあふれた踊るような足どりで、第一副調整室に入った。瘦せて、小柄な浜田が、せかせかと彼に続いた。

折口はインターフォンで効果係を呼んだ。

「E・E、どうぞ」

効果主任が出た。「こちらE・E」

「効果音、できたか?」

「それらしいものができた」

「自信がありそうだな。聞かせてくれ」

きっかり五秒、副調整室は轟音に満ちた。

「どうだね?」心配そうにE・Eが訊ねた。

折口は、細長く白い指さきで、しばらくコントロール・パネルの表面をコツコツ叩き続けながら考えた。それからいった。「断末魔が聞こえにくい。もう少し大きくしろ」

「あんた、直接聞いたわけじゃあるまい?」E・Eが不満そうにいった。

「だけど、誰だってそれをいちばん聞きたいんだぜ」折口はインターフォンを切った。

「じゃあ、僕はもう帰る」浜田があくびをした。「お手並を、女房や子供といっしょに、家のテレビで拝見するよ」

浜田はD・D歴十五年で二人の子持ち。折口はD・D歴五年で三十二歳の独身である。

「お疲れさま」

折口は浜田と別れ、スタジオに出てセットの出来具合を見た。

去年大学のテレビ科を卒業したばかりの、背のひょろ長い演出助手がやってきて、折口にいった。「D・D、これが現場写真、それからこっちが家族の写真です」

「家族の写真はプロジェクターにかける。投写室へ持っていけ」現場写真をセットと見くらべた。

「美術部さん、どこだ?」

「いません」そういって、代りにニュース工芸社の社員がやってきた。事務服を着てはいるが、ひと眼で大工あがりということのわかる中年の男だ。「何ですか？」

「この張りものの色だが」折口はセットの壁を指した。「写真の通り、いちおう灰色にはなっているが、もう少しおどろおどろしくしてほしいんだ」

「お言葉をかえすようですが」彼は眼を丸くした。「参考のために、その、おどろおどろしい灰色という色の具体的な例をお示し願えませんか？」

「考えろ」

「壁で思い出しました」まだ横にいたA・Dが折口にいった。「現場の近所の人の話だと、ダンプにぶち破られた外壁にはポスターが貼ってあったそうです」

「じゃあ、同じものを貼れ」

「それが、どんなポスターだったのか憶えていないらしいのです。何を貼りましょう？」

プロデューサーの石神がやってきて、うしろから折口の肩を、七センチはありそうな厚い掌で叩いた。「おはよう」

折口は振り返った。「ちょうどよかった、P・P、この番組のスポンサーの、何でもいいから商品ポスターを一枚、このA・Dにやってくれ。あの壁に貼るんだ」

「よかろう。営業の吉田のところで貰え」

A・Dが眼をしばたたいた。「そんなことをして、いいんですか？」

折口はニヤリとした。「ポスターを貼ってないと、嘘になるからな」

「でも、違うポスターを貼っても、やっぱり嘘になります。ことに、スポンサーの商品なんて、あまりにも宣伝臭が……」

「おい、A・Dさん」折口は笑いながら、P・Pと眼くばせしあった。「どんなポスターが貼ってあったか調べていると、番組に間にあわない。速報性と正確性の問題だ。どちらが大事だと教えてもらった？」

「わかりました」A・Dはスタジオを駈け出た。

「じゃあ、この問題にも答えてくれ」P・Pが笑いながら折口にいった。「正確性と迫真性の問題だ。どちらが大事だ?」

折口は、うさん臭そうにP・Pを見た。「何を言いたいんだ?」

「ダンプカーをチャーターしてきた。ところが事故を起したのと同じ車が見あたらないんだ。やっとそれらしいのを見つけはしたが、車輛総重量が約一トン多い。だけどD・D、こいつの方が」彼は折口に顔を近づけた。「ずっと、憎らしい面構えをしている」

折口は少し考えてからシュラッグした。「しかたがないな」

ニュース・コメンテイターの迫力が、以前の倍以上も重要な条件とされている現在、迫真性の名のもとに事実の歪曲がたくみに行われだしたのも当然だった。報道競争は、人びとの関心と興味をよび起すニュースを作るために、あらゆる手段を試みた。民間放送局間の競争が、この傾向に拍車をかけた。ひとつの事件を報道するにも、できるだけ受け手に深い印象をあたえるような内容を盛り込む、はげしい競りあいが生じた。また、刺戟の強い報道の大量性に慣れてきた大衆の側でも、より強い刺戟を含んだ報道でなければ、反応を示さなくなった。こうしてニュースの送り手と受け手のあいだの悪循環が、報道コミュニケーションの全体にひろがり、今では報道の同時性、迫真性、新奇性の範囲をこえた刺戟性だけの追求が始まっていた。

「ダンプカーに誰か乗せたいんだが、乗り手がいない」折口がいった。「リモコンで操作する」

「うん、しかたがないな」P・Pは下唇を突き出して、不満そうにいった。「この間の三重衝突事件のニュース・ショーで、実際の事故以上の怪我人が出たばかりだから……」

「おうい、L・L!」折口は照明主任を呼んだ。

「いいな、車のヘッドライトをきかせるから、ロー・キー・ライティングだ。コントラストを強くするからフィル・ライトはない方がいい」

十キロワットのソーラー・スポットの仕込みを手伝っていた照明主任が、立ちあがって答えた。

「わかった、D・D」

「みんな聞いてくれ！」折口は怒鳴った。その声は天井高四十フィートの32スタ中にひびきわたり五十人あまりの人間がいっせいに彼の方を見た。

「今日はテストはやらない。各自打ちあわせてくれ。わからないことがあればA・Dの誰にでも聞いてくれ。A・Dにもわからなければ、おれは第七会議室にいる」

折口は、P・Pと共にスタジオを出て、会議室へ歩いた。長身の折口に歩調をあわせようとして、肥満体のP・Pは赤ら顔に汗を浮かべた。

「もう長部の旦那は来てるかな？」

「うん、さっき来た」P・Pが答えた。「今日はすごくご機嫌がいい。今週号の3Dフォト・オールラウンドを読んだか？」

「いや、まだだ。何が出てるんだ？」

「草月《そうげつ》弘子が長部をひそかに想っているという記事だ」

草月弘子は、ニュース・ショーで長部のアシスタントをしている女性アナだった。

「それは事実なのか？」

「でたらめに決まっている。あの子はE・Eの舟越《ふなこし》と婚約してる筈だ」

「今日、長部の機嫌がいいのは、そのためか？」

「そのためだ」P・Pは確信に満ちてうなずいた。

「じゃあ、おヒロは怒ってるだろう？」

「どうしてだ？　あの子はそんな馬鹿じゃない。逆にいつもより愛想がいい。特に長部にはな」

「そこでますます長部の相好がくずれるというわけか？」

「馬鹿だなあ。長部の商標はプレイボーイだ。愛想よくしてくる草月弘子に、わざと冷淡なそぶりをしている。だけど内心ワクワクに決まっている」

「そうか。だがそんなことは、おれにはわからん。わかりたくもない」折口はきっぱりとそういった。

「まだ、女よりテレビが好きか？」

「昔の女はウェディング・ドレスを着たいために男と結婚した。今の女は『今日の挙式』でテレビへ出たいために結婚するんだ」

モニター・クラブの婦人部長が、通りすがりに愛想よく、二人に一礼した。彼女は最初、常連投書家としてデビューした、五人の子供のある主婦である。今ではこのテレビ局の社員のように得意顔でスタジオやロビーをうろつきまわっていた。

彼女だけではなかった。すべての人間が投書家となった今では、マスコミの受け手がすなわち送り手の一部でもあった。大衆はすでに、自分たちを特殊な作り手のひとりとして意識していた。もちろん彼らは、はじめのうちマスコミに対して、何らかの抵抗するものを持ってはいた。だが、やがてマスコミの中に巻きこまれ、今はすでに自己訓練も成長も止まってしまっていた。

第七会議室の正面には、長部久平の生白いのっぺりした顔が、螢光ウォールの照明でハレーションを起していた。彼はまだメークアップをしていなかった。折口はさっそく彼に声をかけた。

「長部さん」そういってから、あわてて言いなおした。「いや、長部先生。今日のインタビューは、昨夜事故のあったタバコ屋の次男なんですが、まだ病院で手術を受けているので、オン・エアまでには来られないと思うんです。それで、ぶっつけ本番でお願いします」

「いいでしょう。その方が面白い」彼は愛想よく答えた。「そのかわり、インタビューが本当のぶっつけだということを、前もってアナウンスしてくださいね」

ぶっつけ本番はよほど応急の場合だから、それだけでニュースになるし、インタビューアーの名もあがるわけだ。

草月弘子は、いつもの通り誰にでも愛想よく接した。だが折口は、彼女が時おりちらちらと長部をうかがう眼の中に、青白い憎しみの火を見た。

こまごました打ちあわせが、一時間ほど続いた。自分が何を言おうとしているのか、まだわからないうちから喋り出す者や、自分の声を聞きたいために喋り出す者までいて、会議は長びいた。

A・Dが知らせに来た。「本番三十分前ですよ」

それほど急ぐ必要はなかったが、局に来る見学者の手前、スタッフ連中は大あわてで各自の持場へと廊下を走った。折口も携帯テレコールを右手に構え、お得意の静かな駈け方で32スタへ走った。ぶつかりそうになった女子高校生があわてて身を避け、駈けて行く折口のうしろ姿を惚れぼれと見送った。

スタジオにはすでに問題のダンプカーが到着していた。折口は遠隔操縦係の男と手早く打ちあわせた。

「いいか、時速九十キロであっち側の仮想歩道の前の仮想の中央線を越えて、交叉点をこの歩道の曲りかどへ驀進、店さきでちょい右へそれて居間の外壁へぶち当る。手加減はするなよ」

「するものか」彼は面白がっていた。

折口は副調整室に戻り、全回線イヤホーンのヘルメットを被《かぶ》った。三人のテクニカル・ディレクターが、十四人のカメラマンと、ものすごい早口でカメラ割りの打ちあわせをしていた。

「8カメさんはそこで、ダンプの右うしろへくっついてフォロー、4カメはダンプが歩道へ乗りあげてから右へトラベル・ショット。望遠レンズでなく、できるだけくっついていてくれ」

テレビ・カメラはすべて遠隔操作になっていた。カメラマン・ステーションと呼ばれている第四副調整室にずらりと並んだ十人以上のカメラマンの操作によって、数年前までは「邪魔な尻尾《しっぽ》」だったケーブルのないカメラが、スタジオの中央部を静かに移動した。衝突防止装置などもつき、人間が動かすよりもずっと安全に、そして滑らかに動いた。

「破片がとんできて、カメラを壊すかもしれない」4カメがいった。

「かまわん」折口は口をはさんだ。「二、三台の故障は覚悟の上だ」

「本番十分前です」第三副調整室にいるA・Dのひとりが告げた。

出演者たちがスタジオ入りした。

第一副調整室にたったひとりきりの折口、第二副調整室の三人のT・D、第三副調整室の五人のA・D、第四副調整室のC・Cたち、第五のL・Lたち、第六のE・Eたち、フロアーのF・Dたち、そして出演者――全員の緊張が高まった。

E・Eが折口に話しかけてきた。「D・D、いるかい？」

「何だ？」

「さっきの効果だが、エコーをかけた方がよくはないか？」

折口はにやりと笑った。「そう言おうと思っていたところだ」

彼はヘルメットの中の、スタジオ側の回線を入れた。ライト・オペレーターが草月弘子に注文をつけていた。彼女は言われた通りに化粧をなおした。彼女の今朝の服は、薄い水色の地に濃紺の横縞のスーツだった。痩せぎすの彼女にはよく似合っていた。

そのような縞の服は、昔ならよく横の線がブラウン管の走査線と一致して、テレビで見ると線が流れ出したりしたものだが、今ではこのようなストリーキングと呼ばれる現象は、カメラが自動的にアングルをずらすように改良されていることで防げた。

この他、テレビ・カメラはさまざまの細かい点が改良されていた。例えば、動きの少ない被写体を長時間うつしてから、別のものをうつしても前の像の反転した形の残る焼付きなどは、撮影最中でも古いイメージ・オルシコンをカートリッジ式に新しいものに取り替える自動装置がついたために なくなったし、ダイノート・スポット、ブラック・ボーダー、ゴーストなども、イメージ・オルシコンそのものの改良で一掃されていた。

「本番一分前！」

折口は姿勢を正し、几帳面にシガレット・ケースを出し、灰皿を引きよせた。タバコを宙でひと振りして点火し、喫った。ネクタイを直した。

昔風に、コーヒーをガブガブやり、口の端っこにだらしなくタバコをくわえ、ネクタイをゆるめて腕まくりしたスタイルの好きなＤ・Ｄもいたが、ほとんどお払い箱になっていた。

タバコ屋一家の次男が、Ａ・Ｄに案内されてスタジオに入ってきた。彼の右腕はなくなっていた。顔色は蒼黒かった。足もとがふらついていた。彼は出演者たちに紹介され、エメラルド・グリーンのバックの前の小さな椅子に腰をおろした。

「次男が来たぞ」Ｐ・Ｐが第一副調整室へ入ってきて、折口にいった。

折口はうなずいた。「うん、来たな」

「今日はここで見せてもらうよ」Ｐ・Ｐが折口の顔色をうかがいながらいった。「いいだろう？ 邪魔はしないから」

「話しかけさえしなけりゃ、いい」折口は顔をしかめながらいった。Ｐ・Ｐは興奮すると場所をわきまえずに喋り散らすのだ。

「あの子はまだ出演できる状態じゃなかったんだ」Ｐ・Ｐが喋りはじめた。「手術を済ませたばかりだから貧血を起すかもしれん。医者は動いちゃいかんといったけど、あの子はテレビと聞くと、ぜひ出たいといって泣きわめいた」

「本番五秒前」

「医者はしぶしぶ承知したが、今度はここまで運ぶのに……」

「もう黙ってくれ」

Ｐ・Ｐが黙り、長部久平が喋りはじめた。

「皆さん、やあ皆さん、おはようございます。長部久平です。今日もやっとスタジオ入りに遅れないですみました。いやあ、うちの電光タイム・サインが壊れていて、チャイムが鳴らなかったんですよ。ハハハハ。では何故《なぜ》眼が醒めたかといいますと、キリストが……ほら、皆さんもご存じの、私の飼犬のキリストが私の鼻を……」

「今日は奴さん、いつもより浮かれているな」とP・Pがいった。「ふうん、これはいかん。草月弘子が今日はあまり笑わないぞ。いつもなら横から、惚れぼれするように長部を見つめているんだが、今日は知らん顔をしている。やっぱり怒っているんだな」

「頼むから黙ってくれ」

「オーケー、黙った」

長部がガラリと表情を変え、沈痛な声でいった。「……ところで皆さん、今日のニュースです。皆さんももう、昨夜のニュース・フラッシュや、今朝一番のテレビ速報でご存じでしょう。昨夜午後七時五十九分、都内目黒区清水町で、大事故が起りました」

画面が変わり、現場附近の街並みを鳥瞰したスチール写真に重なってショッキングな音楽が流れた。

視聴者の期待を裏切らず、長部の声が叫んだ。

「そうです、タバコ屋一家の惨劇です！」

驀進するダンプカー、バックを霧のように流れる白い建物、地ひびき、揺れる画面、エンジンの音。

突き進み、画面に迫るダンプカーのいかつい表情、光る眼、むき出した歯、唸《うな》り声。

鼻さきに迫ったタバコ屋の店さき。恐怖に顫《ふる》える哀れな犠牲者。歩道に乗りあげた怪物。そのショックで、またもガクンと身を落す画面。

激突！　爆発音！　断末魔！

壁は粉ごなに砕け散り、大柱は宙にまいおどり、店の板戸ははね飛び、車のエンジンは火を噴き、屋根は崩れ落ちた。

「家がなくなっちゃった！」P・Pは驚いて叫ん

だ。「跡形もなくなった。これはひどい。屋根が落ちた」

「しまった。オーバーにやり過ぎた」折口はうわべだけ後悔の表情をして見せながら、P・Pの方をうかがった。

「車の速度が早すぎたんだ」P・Pも、しまったという表情だったが、それも見せかけだけらしいことは、折口にもすぐわかった。「車の速度を、実際の時より落すべきだったんだ。セットは実物よりも、ずっとちゃちだったんだものな」

「弱ったなあ」折口も、弱ってみせた。「また、実際と違うという投書が来るぞ」

「もう、どうしようもないな。放送されちゃったんだから」P・Pが、あたり前のことをいった。

「屋根が落ちた」

　番組の方は、おかまいなしに進行していた。

　長部久平と草月弘子が、タバコ屋の次男にインタビューしていた。

「いったい、どうしてこんなことになったのでしょう！」長部久平が、被害者そっちのけで興奮していた。「われわれは、夜も安心して眠れないのでしょうか！　ねえ君、どう思います！」詰問していた。

「こんなことがあって、いいんでしょうか！」次男も次男で、額に青筋を立てて怒鳴り始めた。

「昨日は家族全部が揃っていたんだ！　頑固者の親父、気の弱いおふくろ、とぼけた兄貴、おしゃべりの義姉《ねえ》さん、歌の好きな兄貴の子供、それが今は、僕だけなんだ！　僕ひとりなんだ！」

「なかなか、やるじゃないか」P・Pが、ちょっとあきれたようにいった。「熱演だ。近ごろ若い奴は皆、うまくなった」

「もちろん感情昂揚剤を服んできたんだろうが」折口もいった。「ただ、せりふを憶えてきたことが判然としすぎるな。もっと吃《ども》ったり、つっかえたりしなきゃあ……」

「その上僕は、こんな片輪になってしまった！」

次男はうっかりして、切断したばかりの腕のつけ根を押さえてしまった。「ああっ！」激しい痛みに彼は呻《うめ》き、身もだえた。

「だいじょうぶですか？　あなた……」おろおろ声で草月弘子が、心配そうにいった。彼女は眼を、まっ赤に泣きはらしていた。

「やっぱり彼女、うまいな」P・Pが満足そうに唸った。「さすが草月弘子だ」

次男は、痛みで涙が出てきたので、チャンスとばかりに号泣しはじめた。その後も涙が切れると、わざと傷口を押さえて涙を出した。しまいには、わけのわからないことをわめきちらした。

「もう、これ以上、何も訊かないでください！　もう泣かせないでください！　ああっ！　僕はこれから、どうしたらいいんだ！」

E・Eが気をきかせて、チャイコフスキーをバックに流しはじめた。

「こんなことがあっていいのか！　くそ！」

彼は顔中を涙で光らせながら、椅子をフロアーへ叩きつけた。

「すごいサービス精神だ。若いくせにえらい。たいしたもんだ」P・Pが折口に向きなおっていった。「こんどまた、何かの時に使おう。君、おぼえといてくれ」

番組が終ってから調べると、時価五千二百万円のカメラ四台が壊れ、A・Dのひとりが全治三週間の重傷、フロアーの隅にいた女美容師とコマーシャル・ガールがそれぞれ一週間の軽傷、バンク・ライト五個とストリップ・ライトの電球八個が割れていた。タバコ屋の次男は番組が終るとすぐ貧血を起して失神、一時は重態に陥った。

2

しばらくぶりに外務大臣室に落ちついた浅香外相は、傍受マイクのコードも、テレビ・アイのスイッチも切り、タバコを喫いながら、ほんの五、六分ひとりきりでぼんやりした。

当分ここにこうして、じっとしていたい――外相は心からそう思った。彼は疲れていた。若くは見えるものの、そして彼自身も若い気ではいるものの、五十五歳の身体は、やはり彼の心のままにはならなかった。疲労が手足のさきにまで拡がっていた。四日間にわたる、箱根での漁業関係者との会談、続いて首相官邸での報告と会議――だがそんなことが何になるのだ――と外相は思った。――

一方的に協定を条文化したところで、ますます韓国の反感を買うばかりではないか。デスク上の、ながい間会っていないひとり娘のポートレートをじっと眺めながら、外相は絶望的にそう思った。

首相はじめ農相、運輸相、官房長官など、報告会の出席者たちが自分に対してあらわに見せた非難と不安の表情を外相は思い出した。みんなわしに、責任を押しつける気なのだ、会談決裂を見越して――外相は嘆息した。宇留木首相――間にあわせの平和論者だ、彼の韓国大統領に対する、そして韓国国民に関する侮辱的発言が、そもそもの始まりではなかったのか、それが韓国の学生デモ、そして韓国政府の、わが国に対する公海自由の原則をそこないかねぬ注文にまで発展したのではなかったのか、今になってこのわしに策を求めたって駄目だ、そんなことは総理自身、よく承知している癖に――それから農相と運輸相――やはり頼りにはならない、あれは傀儡《かいらい》だ、官房長官――あれは閨房長官だ、総理と男色関係があるという噂がとんだほどの、薄ぎたない、底なしの助べえ爺いだ――。

だが、そう思いながらも外相は、自分にしたところで、テレビ・フェイスがいいだけの陳列用大臣にに過ぎないことを、ひしひしと感じた。外相は馬鹿ではなかったから、外交に関する自分の無能さをある程度知ってはいた。だが、任期中にこんな問題が起ろうなどとは、彼は想像もしていなかったのだ。組閣後一年めに、国会に彼の不信任案が上程されたことがあったが、浅香外相としては、その時むしろそれが通過してほしかったくらいだった。

外相は、閣僚中もっともよくテレビでの雑談やコマーシャルにひっぱり出される大臣だった。そんな番組なら、外相は臆さず出演した。ただ、彼が困るのは、全国に中継される、今ではなかばショー化した定例の記者会見、政見発表などの番組だった。だが、出ないわけにはいかなかった。首相でさえ、これに出演しないわけにはいかなかった。マスコミの力が憲法の一部だといわれていた時代はとっくに過ぎ、今ではそれは憲法を越すものだった。首相は、意見を異にする衆・参議院議員には会わなくてすむが、記者会見を拒否することはできなかった。もし拒否したりすれば、それがまた重大なニュースになった。

マスコミでは、「ノー・コメント」という言葉は、重要な事柄を間接的に表現するひとつの方法と見なされていた。浅香外相はこの言葉を乱発したが、それは意見を持たないからであることが多かった。それが大衆をして彼のことを、口のかたい、真に政治家らしい大臣として称賛せしめる結果になった。難解な政見を喋りまくる政治家は、「むずかしいことばかりいって、ちっとも面白くない人」とされ、無視されたのだった。

卓上の省内電話が鳴った。外務審議官の深井からだった。彼は投げやりな口調で外相に訴えた。

「大臣、何とかしてください。記者クラブ代表が、話を聞きたいといって帰りません」

外相は苦しげに唸った。「君、何とか適当な返事をして帰らせてくれ」

「今度ばかりは駄目のようです。日韓会談の詳細を前もって知りたいといって、もう四時間もねばっているんです」深井は恨めしげにいった。

「それに、大臣。テレビ・アイのスイッチをお切りになりましたな！　それがよけい、彼らを怒らせたようですぞ」

「だが、テレビ・アイをつけたって、今はわしは何もしとらん。そしてこの部屋にはわしひとりだ。わしがひとりでぼんやりしとるところをテレビ中継したって、しかたあるまい？」

「それは大臣のお考えでしょう？　ところが彼らとしては、目前に迫った日韓会談に関して、外相がひとり頭を痛め、悩んでおられる情景が、映像として欲しいのです」

「そんなことまで、してやらなきゃならんのかね……」外相は哀れっぽい調子でいった。

深井はさすがに気の毒になったのか、少し黙った。だが、すぐ意を決したように断固としていった。「そうです、大臣。大臣は、そんなことまでしてやらなければならないのです」ちょっと間をおいてから、深井は外相をなだめすかしはじめた。「おわかりでしょう、大臣。今では、公職にある者にプライバシーはありません。でもそれだって、閨房の秘事まで開陳しなくちゃならない芸能人にくらべたら、ずっとましなんです」

外相が黙っていると、深井審議官はとどめを刺すようにいった。「では、代表者を接見室へ行かせます」

外相が悲鳴まじりに待て待てと叫んだとき、電話が切れた。

浅香外相は助けを求めるように、あたりを見まわした。何もなかった。彼のデスクの抽出《ひきだ》しの中には、彼の苦しみを和《やわ》らげてくれそうなものがひとつだけあった。テレビでは、拳銃という名で通用しているドラマチックな小道具——しかもほんものだった。だが外相はそれを使う気にならなかった。また、自分がそれを使う勇気がないことも知っていた。

当然のことだが、外相は、日韓会談そのものよりも、会談に関する記者たちの公開質問の方がずっと怖かった。会談に関しての公開質問が、会談後に行われるのならまだよかった。会談が平穏裡に和解へ一歩前進したにしろ、また決裂したにしろ、その通りを喋ればよいからだ。だが今度だけは、外相はもちろん、他の誰にも会談の見通しはつかなかった。おそらく決裂であろうことは、誰にでも予想できた。しかしそれがどの程度かわからないのだ。だいいち外相の口から今回の会談は多分決裂でアルなどと言えるものではなかった。だがマスコミは予想どころか、当日の会談がどのように進行するのかを知りたがっていたのである。

　官房長官や各大臣の秘書は、毎日マス・メディアに「発表用原稿」として大量のニュース・リリースを配布していたが、この目的は、まだ起きていない政治的な出来ごとを、前もって明示することにあった。だから記者は、重大な議事や会談の行われている場所へ息せき切って駈けつけ、あわてて報道するという必要をなくしていた。記者のすべき仕事は、前もって、いかにその出来ごとを劇的に盛りあげるか、いかにセンセーショナルに演出するかを考えることにあった。

　宇留木首相がテレビ番組「朝の総理」の時間で、すでにリリースで発表されていた彼の演説原稿から離れ、突然韓国の悪口を喋り出したのは、ただ単に、すごく耳の中が痒《かゆ》かったのに、あたりに耳かきあるいはその代用になるものがなかったからである。この時のマイクロ・テレ・ニュースは、彼が実際に行った演説と、実際には行われなかった演説の原稿とに、同量のスペースをさいて報道した。しかしその際、もっとも報道価値があったのは、そのどちらでもなく、総理が予定通りの演説をしなかったことと、その理由は何かということだった。理由としては、韓国の学生デモで日の丸の旗が焼きはらわれた何年か前の些細な事実がふたたび掘り起され、ニュースとして蘇った。

　大衆のほとんどは、何が本当の出来ごとの原型なのかを、あまり知りたがらなかったし、ニュース・

バリューのある出来ごとは、ますます劇的演技になった。議事や会談では「話題の人物」というタレントたちが、あらかじめ用意されたせりふを語りあうにすぎなかった。成功した政治家――それはマスコミに利用されながらも、巧みにマスコミを利用した人間たちのことだった。浅香外相もそうだった。だが今、彼はとうとう意に反してマスコミを裏ぎる結果になってしまい、マスコミはそれに気づいて彼に牙《きば》をむきはじめていたのである。

接見室との境のドアを開けて、記者代表の隅の江が入ってきた。牙はむいていなかったが、外相は、あわてて言った。

「君、ここへ入ってきちゃいかんよ。隣で待っていてくれたまえ」

いかつい顔をした隅の江は、眼のふちを皺だらけにし、浅黒い頬を顫わせて、ドアの前で立っていた。しばらくして外相は、彼がせいいっぱいお世辞笑いをしているのだということに、やっと気がついてびっくりした。

「外相。テレビ・アイは、まだお切りになったままでございましょうか？」隅の江は馬鹿ていねいに訊ねた。

外相はいった。「ああ、まだ切ったままだ」

「そうですか」

隅の江の態度ががらりと変わった。ひどいがに股でデスクの前へずかずかと近づき、ポケットからタバコを出して宙でひと振りした。

「君、無礼な……」外相は腰を浮かせた。

「他人に無礼さを指摘する方がよっぽど無礼だ」隅の江は外相に顔を近づけた。「あなた個人の内容の貧しさを、今まで宣伝でカバーしてきたのは誰だか知っていますか？　われわれだ。あなたは、われわれだけじゃなく、大衆をさえ侮辱しようとしているんだ。ほんとにあなたは、無礼な人だ」

「出て行ってくれ」外相の声は顫えた。

「それは誰にいってるんだ」隅の江は静かにそう

いったが、彼の身体も怒りで小きざみに顫えていた。「わたしを誰だと思っているんだ。わたしのいうことをきけ！」

どうしてこんな奴に、罵《ののし》られなければならんのだ、どうしてだ――外相はそう思った。わしは大臣だ、この男はただの記者だ、わしは五十五歳だ、この男はどう見ても三十五、六歳だ、それなのにこの男は、わしが当然自分のいうことを聞くべきだと思っている、これはどういうことだ――外相はそうも思った。わけがわからなかった。

「外務大臣がいやになったのなら、やめても構わない。だが、やめたいのならなおさらのこと、日韓会談だけは、どうしてもあなたが出席しなくちゃいけない。この意味がわかりますか？」

「そりゃ、日韓会談の重要性は誰にだってわかる」と、外相がいった。「しかし、漁業問題がこれだけこじれた今、どうしてわしだけが苦しまなくちゃいけないんだ？ どうして他の誰かに外相という肩書きをつけてやって出席させてはいけないんだね？ わしはもういやだ。だいたいこの問題がここまでこじれたのは、わしのせいじゃないんだ。十年前のあの基本条約がいかんのだ。いや、だいたいその前の交渉がいかん。日本政府は、李ラインというのは韓国の一方的な宣言なのだから、日韓交渉の議題じゃないといって、まともに取りあげようとしなかった。あれがいかん。だいたい李ライン撤廃というのは、当時でも国民にとってはいちばん身近な問題だったんだ。それなのに池田さんの頃から、請求権優先、李ラインあとまわしの奇妙な形で交渉が進められた。アメリカの言いなりになったからだ。そりゃそうだろう、アメリカにとっちゃ、李ラインや竹島問題なんか、本当はどうでもよかったんだものな。アメリカが期待したのは日韓の政治的結合度の増加と、ドル危機防衛にともなう対外援助の削減をある程度日本に肩代りさせることだったんだ。だから李ラインや竹島などの個別的な問題には、ぜんぜん利害関係がなかった。そこで、解決のしかたなんかどうでもいいから、とにかく早く解決しろ国交を正常化しろと日本政府の尻をひっぱたくだけだった。どう転んだところで苦しむのは日本の零細漁民だけなんだからな。だから政府はろくに審議もせずに、社会党や学生の猛反対にかかわらず強行可決で案件を通してしまった。漁業問題をほとんど未解決のままでな。今、こんなことになるのはあたり前だ。だからわしが悪いんじゃない」

「だけどそれは、しかたがないね」と、隅の江がいった。「あの頃はちょうど他にニュースがなかったんだからね。日韓条約案件が国会へ出ればひと波瀾あるのに決まっている。マスコミはそれを期待したわけだ。案の定大さわぎになり、デモがあった。強行採決があるかと思うと、社会党の委員長が愚連隊を一個小隊引きつれて夜の夜中に首相の私邸へ押しかけ、総理出てこいとわめきちらしたりもした。その他いろんな、大衆にわかり易いニュースが出て来てマスコミは喜んだ。条約審議そっちのけの与野党のかけ引きを面白おかしく報道して、新聞は紙面をかせいだ。それに第一、あの時のスローガンは自民党の方がずっとよかった。一部の人間を除いた大衆にとっては『隣の国と仲よくするのが何故悪い』という簡潔な方がピンとくる。とにかく大衆に対しては理屈の単純な方が勝ちなんだ。それが漁業問題とどう結びつくのかなんてことは知っちゃいないわけだ。とにかく日本人のそれまでの韓国に対する関心度は台湾よりまだ低かったくらいなんだから無理ないさ。外相のあんたがあの時のことを恨むのはおかしいぜ。あの時はあの条約が批准されるムードがちゃんとあったんだから、今さらどういったって始まらない」

「いや、あの時は漁業問題だけを切りはなして、別にとりあげるべきだったんだ」と、外相はいった。「国交正常化そのものは、わしは悪かったとは言ってない。請求権だって文句はない。竹島はうやむやのうちに韓国領みたいになっちまったが、あんなものはどうでもいい。日比谷公園くらいの島だものな。ただ漁業問題だけは、もっと強く押すべきだった。あの時すでに韓国政府は、いくら漁業協定が発効になったって日本漁船が重大な違反を犯せば、これまで通り厳重な取締りをするってくり返し言っとったじゃないか。重大な違反がどんなものか、明らかじゃなかったわけだ。いわば李ラインが復活するのを承知で批准したわけだ。無茶苦茶だ。だからそれからあとが大変だった。韓国では五年間の有効期間が切れるなり、たちまち協定を廃棄した。韓国政府は国内世論を気にして、なるべく早く改定の権利が持てるように暫定協定にしておいたんだ。だからこうなることは、あの時日本でもわかっていた筈なんだ」

「いや、簡単にそう言い切れないいんじゃないか?」立っているのが疲れてきたらしく、隅の江はデスクの端に尻をのせ、角張った横顔を外相に向けて喋り続けた。「現在の漁業問題のこじれはあながちあの時の政府の責任ばかりでもあるまい? 韓国政府だって悪い。李ラインに面した零細漁民に、補償などぜんぜんせず、漁港整備だとか冷凍施設の建設ばかりやっていたからな。おかげで漁民はすごく苦しんだ。しかし韓国政府にしてみりゃ、何とか漁業を近代化して日本に追いつこうと努力したわけなんだから、そんなに責めるわけにもいかない。悪いといやあ、日本の零細漁民だって無茶はやった。条約が批准されるなり、それ李ライン撤廃だといって彼らの漁場へわっとなだれこんだ。もともと韓国漁民の操業レベルは原始的で、ひどいのになるとワラナワの網を使ってる奴までいる。だから漁獲高はすごく低い。そこへもってきて日本の優秀な漁船が漁場を荒らしたものだから、李ラインに面した漁民は年間所得一戸平均三万五千円ということになってしまった。われわれには想像もできない窮乏ぶりだ。李ラインが復活される直前の一九六九年の春あたりには、すっかり生活に行きづまっていたんだものな。反日感情が高まるのも当然だったわけだよ」

「だけど、その時の日本政府も悪い！」外相は次第に声をうわずらせながら反対した。「なぜ、規制水域を違反する日本漁船を取り締らなかったんだ！　ただ頭を痛めているだけだったじゃないか。あれを取り締らなかったために韓国では李ラインを復活しろというデモが盛んになったんだぞ。ソウルに建てられた日本大使館は、何かのたびに反日デモ隊の攻撃目標にされるし、塀を高くして窓に防弾ガラスを入れたものの、館員は何度も怪我をした。いちばんひどかったのは一九七〇年一月のデモだ。釜山《ふざん》大の学生がわざわざソウルにまでやってきて延世大や京畿大の学生といっしょに大使館の前で日の丸の旗を焼いた。そして館員五人に重傷を負わせた。韓国政府が世論に負けて李ラインを復活したのも、もとはといえばあの事件からなんだ。それに加えてこの間の総理大臣の悪口雑言だよ。今ではアメリカの手前韓国に対して腫《は》れものにさわるようにぺこぺこしてきたのが、とうとう我慢できなくなったらしい。先だってのテレビの演説で突然気ちがいみたいに興奮して、恩知らずめ無償供与の三億ドルを返せなんてわめきちらした。そのおかげで、予定されていた今度の会談は十中八九決裂だ。それに出席するのがこのわしなんだ！　いったいぜんたい、何の因果で、全部の責任をわしがひっかぶらなきゃならんのだ！　どうして会談に出るのが、このわしでなきゃいかんのだ！」

「教えてあげようかね？」隅の江はいった。「今度の会談に出るのがあなたでなくちゃならない理由――。これは今までの日韓交渉史をふりかえってみて、いつの時代でも、もっともマスコミに喜ばれ、大衆に人気のあった問題は何だったかということをちょっと考えれば容易に想像できる筈だ。一九五一年にＧＨＱの斡旋で第一次予備会談が開かれて以来のことだ。あれからすぐ、第三次会談が、有名な久保田発言で決裂して物議をかもした。日本の朝鮮統治は必ずしも悪い面ばかりじゃなく、日本が朝鮮の鉄道や港を造ったり、農地を造成して開発したのは朝鮮の経済に役立っているといったんだ。この頃はちょうど韓国では学生デモを戒厳令で処理しなくてはならなかったほど反日感情が高まっていたし、日本の大衆にしたって李ラインを固執して日本の零細漁民を苦しめる韓国政府に感情を昂《たか》ぶらせていた。だから久保田代表も、その国民感情を別な形で表現したのだろうが、とにかくこの発言はすごく問題になった。その次は一九六二年だ。小坂外相と崔《さい》外相が東京で会談した時、やはり喧嘩になった。すごい口論だったという話だ。当時の記者の話によるとこの時、崔という外相は名演技を見せたらしい。今みたいに、スタニスラフスキイ製薬の貫通行動剤もなかった時代なのに、外務大臣接見室のドアの把手が怒りに顫えて握れないという器用な真似をやった。それが受けた。これと前後して、東大の田中直吉が久保田発言と同じヘマをやって、高麗の大学生たちをカンカンに怒らせた。さて、そのつぎがぐっと近づいて、この間の総理の、テレビでの悪口雑言だ。いくら国内向け放送とはいっても、韓国じゃあ、日本に近い釜山あたりだと、ＮＨＫテレビはもちろんのこと、民放各局の電波が充分キャッチできる。その上新聞は書き立てるわ、週刊誌は『首相暴言全集』と銘うって、今までの総理の韓国に対する悪口を、私的な会話の中からまで抜萃《ばっすい》して全部掲載した。これには韓国のマスコミ大衆はもちろん、韓国政府までが無茶苦茶に腹を立てた。怒るのはあたり前だ。しかし国内では、総理は男をあげたってわけだ。大衆は、えらい人である筈の首相が、自分たちと同じ汚ない言葉を使うことを知って大喜びしたし、譲歩外交に歯がゆく思っていたから、首相を自分たちの代弁者のように思いこんだ。さて、ここまで言えばわかっただろう? 今、マスコミ大衆が期待しているのは、十中八九決裂に決まっている次の会談――大詰の場なんだ。つまり浅香外相、あなたが韓国外相と、つかみあいの大喧嘩をするのをね」

「君は政治を何と心得とるんだ」外相は唇を顫わせて立ちあがった。「わしに、喧嘩しろというのか、馬鹿な!」

「馬鹿とは何だ。人の言葉を早合点して馬鹿と罵る奴こそ馬鹿だ。まだ喧嘩しろとは言ってない。最後まで聞きなさい。だいいち政治のことなら、あなたよりはよく知っている。だいたい政治家よりも政治を知らないような人間が、政治記者なんかになれる筈はないだろう」隅の江は哀れむような眼で、ふたたび腰をおろした外相をじっと眺めながら、また新しいタバコを出し、宙で振って口にくわえた。「喧嘩は望ましくない。それはわたしもあなたと同じ意見だ。ただ、どうせ決裂するとわかっている会談を喧嘩もせずに終らせたのでは、われわれの無能を批判されることになる。われわれにとって、大衆の批判ほど恐ろしいものはないんだ。あなたも現代人なのだから、このくらいはおわかりでしょうな」

「わたしに、どうしろというんだ」外相のその声は、およそ大臣らしくない、哀れっぽくか細いものだった。

「道化をやるのだ」と、隅の江がいった。「韓国の各放送局・新聞社に問いあわせたところ、金外相は、今度の会談では徹底的に、昔からの憤懣《ふんまん》をぶちまけるということに決まっているそうだ。これは外務省の方へもすでに内密に連絡があって、あなたももうご存じの筈だ。さてそこであなたはどうすればいいか。あなたは金外相の罵詈雑言に、ただなすすべもなくおろおろとし、見当ちがいのお世辞をいって彼をいら立たせる。ごますりをやるつもりが失言ばかりしてますます彼を怒らせてしまう。つまり、今まで大衆があなたに対して抱いていた期待を、とんでもない方向にすっぽかしてしまうのだ。大衆が持っていた『度胸のある、温和な大臣』というあなたのイメージを、あなた自身がぶち壊してしまうのだ」

「あなたにさからうようで悪いが……」外相は気弱げに口をはさんだ。「それだって結局、大衆の期待を裏ぎることになるのじゃないかね？」

「まだわからんのか。あなたは救い難い阿呆だ」隅の江は豚を見る眼で外相を見た。「大衆はなにも、喧嘩だけを期待しているんじゃない。要するに大詰の見せ場を期待しているだけだ。だから活劇のかわりに、喜劇をあたえてやればいいんだ。喜劇というものは大きなどんでん返しのある方が効果的だ。あなたの男らしいイメージは別のものにガラリと変わり、あれよあれよという間にとてつもないシチュエーション・コメディがテレビの画面に展開される。大衆は腹をかかえて笑いころげるだろう。笑いながら彼らはいう――何てえ馬鹿な大臣だこんな奴はやめさせてしまえそうだそうだやめろやめろ――だが彼らは、自分たちを楽しませてくれたマス・メディアに対してはそれで満足し、感謝するんだ」

「わしはどうなる」外相はおろおろ声で、デスクの上に視線をさまよわせた。「わしは外務大臣をやめなきゃならなくなる。いや、それはかまわん。もう大臣はいやだ。やめたい。以前から辞任したかった。しかし恐らくそれだけではすむまい。外務省からも放り出される。政治的生命もおわりだ」

「当然だ」隅の江は平然としていった。「だけど心配しなくていい。ふつうのタレントなら使い捨てになるところだが、あんたはまだしばらくは使えそうだ。ポリティック・ショーや人気対談番組へ出演して、当分は道化を続けることができるからな。もちろん、そんなに長い間ではない。だが、あんたはすでに、あんたの才能の貧弱さにくらべれば多すぎるくらいの資産を蓄えた。もうそろそろ、隠居したらどうだね？」隅の江はゆっくりとデスクの横をまわって外相の傍に立ち、大臣の出っぱった下腹部を平手で二、三度叩いた。「だいぶ肥ったようだな、え？」

酸っぱいものでも食べたように、外相の表情が子供っぽく歪んだ。彼の閉じた瞼から、その周囲の深い皺の中に涙がにじみ込んでいった。「ウ……ウ……」と泣き声が洩れた。

「どうした？　いやなのか？　不満なのかね？」

「君、わしには女房も娘もいる。この歳になってそんなことをして、軽蔑されたくないのだ」

隅の江はわざとらしく、意外そうな顔をして見せた。「そうか、あなたにも、亭主や父親としての権威を保ちたい気持が少しはあったんだな。忘れていた」うなずいた。「そりゃそうだ。あんただってやっぱり人間なんだものな」にやりと笑い、彼は外相に顔を近づけた。「そうそう、あなたの奥さんって人は美人だったたな。若い頃は有名なデザイナーで……」

「もう、やめてくれ」外相は泣きながら身をよじった。「君、そんなことは関係ないじゃないか……」

隅の江は鋭い横眼で外相を見ながら、背をしゃんとのばした。「なるほど、関係はなかったな。たしかにそうだ」彼はいきなり、外相が椅子の上で二十センチもとびあがったほどの大声で怒鳴り出した。「だからあんたはどうするというんだ！　何の見通しもないくせに大きな口をききやがって。いいか、勝手な真似はさせないぞ。多分あんたは今度の会談でも、大臣らしく振舞いたいんだろう。和解はできないとしても、せいいっぱい貫禄のあるところだけは見せたいんだろう。そうすれば、たとえ会談が決裂しても、外務大臣の不信任案が国会を通過するだけで、自分の権威は完全には地には堕《お》ちず、女房や娘からは不運でしたと慰めてもらえる——そう思っているんだろう。だがな、そんななまぬるいことでは現代《いま》の外務大臣は務まらないんだ！　大衆は納得しないんだ。何故だかわかるか？　パンチがないからだ。ドラマの主役ってものは、ラストシーンで、はなばなしい成功をおさめるか、はなばなしく死ぬか、さもなければ英雄という仮面を投げ捨てるか、この三つのうちのどれかでなければならないんだ。あんたには、このうちの三番めの道しか残されていないんだ。そしてあんたは、いやだとはいえないんだ。ドラマの途中で演技者が勝手に筋書きを変え、脚本《ほん》にないせりふを喋り出したりしようものなら——どうなるかわかるだろうな？　現代は情報社会だ。その中でのマスコミの恐ろしさ——これもわかるだろう？　マスコミから捨てられるということは、社会生活ができなくなるということなんだぜ」隅の江は歯を見せて笑いながら、デスクの上のポートレートをとりあげて、つくづくとながめた。「いい娘《こ》だ」彼は外相の背を小突いてうなずいた。「今年、いくつだ？　ええ？」

「…………」

「二十二歳……もう少し上かな？　美人だな。髪の生えぎわが、おふくろさんそっくりだ」

「おねがいだ」外相はしゃくりあげた。「もう、やめてくれ」

隅の江は不思議そうに外相に訊ねた。「なにをやめるんだね？」また、写真を見た。「しかし美人だ。われわれは、あんたの返事次第で、この娘《こ》を世間に顔向けできないようにすることができるんだ」

外相は身を顫わせた。「デマをとばすとでもいうのか？」

「おやおや」隅の江はあきれ顔で、デスクの上に手をのばし、書類を丸めて握った。「時代おくれの大臣だよこの人は」彼は丸めた書類で、禿げかかった外相の頭をポンと叩いた。「デマをとばすだと？　それは大昔のマスコミのやったことだ」ポンと叩いた。「今のマスコミはな、事実をつくるんだ。比喩でも強調でも反語でもない、本当に事実が作れるんだ。わかるかね、爺さん」ポンポンと叩いた。

外相は声をあげて泣いた。子供のように、頰を涙でびしょ濡れにして泣いた。隅の江は面白がっているような表情で、なおも外相の頭を叩き続けながら喋った。

「みっともない顔だ」クスクス笑った。「爺さんの号泣なんて、前代未聞のビッグ・ショーだ。どうだね？　おれひとりが見るんじゃ惜しいから、このテレビ・アイのスイッチを入れようか？　あんたの女房や娘が見たら、どう思うだろうな？　自分の亭主、自分の父親が、実はうすら馬鹿だったと知ったら、首を吊って死んじゃうんじゃないか？」

浅香外相は、グググと咽喉を鳴らしてのけぞった。「たのむから、そ、そんな冗談はいわないでください」

「ほほう、冗談だと思うかね？」隅の江は、テレビ・アイのスイッチに手をのばした。

ワッと叫んで、外相が勢いよく立ちあがった。「死んでやる、わしは死んでやる」彼は泣きわめきながら抽出しから拳銃を出し、わななく手で撃鉄を起した。「今すぐ死んでやる」

隅の江はあわてて外相の傍を離れ、デスクの正面の応接セットに腰をおろして拍手した。「いよう、待ってました、大芝居！」新しいタバコを出した。「こいつは見ものだ」

外相は銃口をこめかみに当て、眼を強く閉じて歯をガチガチと鳴らした。

「やらないのかね？」待ちくたびれた様子の隅の江がいった。「まあ、死ぬ死ぬという奴にかぎって、死んだ奴はいないからね」

「死んでやる！　死んでやる！」

「いや、あんたは死なないね。賭けたっていい」隅の江は、愛想が尽きたといった声を出した。「あんたに自殺なんか、できる筈がないじゃないか」

浅香外相は椅子にくずおれた。だらりと垂れた右手から、拳銃が重い音を立てて人造マホガニーの床へ落ちた。彼は頭部をデスクに乗せて俯伏せた。

「そう、その方がいい」隅の江は立ちあがりながらいった。「そのおもちゃを、早くしまってな。夕方、もいちど来る。その時までに返事を考えておけ」ドアに近づいた。「わかったのか？ わかったのなら返事しろ」

返事はなかった。

隅の江はまたデスクの前へ引き返し、残り少ない大臣の頭髪をわし掴みにして、ぐいと顔を持ちあげた。

隅の江の頰に引き攣《つ》りが走った。彼は大臣の頭から手をはなすと、省内電話をとりあげた。

「もしもし、深井審議官を……。ああ、隅の江です。ええ、大臣室から……。大臣、がおなくなりになりました……ええ、本当です。惜しい人でした。……死因は、そうですね、心臓麻痺だと思います」

済州島南方、もとの共同規制水域ライン上で、日本漁船が韓国船に銃撃を受け、二人の死者を出したのは、浅香外相が急死した数日後——日韓会談がある筈だった日の夕刻だった。

3

スポーツのショー化、娯楽化が、プロ・レスのテレビ中継で飛躍的にすすんで以来、武士道から出発した日本スポーツの厳粛主義は無残に破壊された。大画面のカラーテレビは、ボクシングのリングサイドにすわって試合を見るようなスリルを味わうことを可能にした。この「臨場感」は、マスコミの発達で、スポーツ以外の娯楽にひろがり、やがて政治社会の出来ごとにも及んだ。

政治の分野では、国会の乱闘だけにとどまらず、選挙の予想と勝敗が、競馬なみにスポーツ化され、党首会談はショー化された。

裁判さえショー化された。

今、テレビ・ホールでD・D折口が演出中の「ジャッジメント・ショー」なども、この番組のために現行憲法や裁判所法が一部改正されたことでもわかる通り、文字通りの出張法廷だった。決して私設法廷だとか模擬裁判ではなく、裁判長から書記官まで全部本ものばかり、裁判所と違う点は、中央にある円型の法廷がターンテーブルで回転し、その周囲にオーケストラボックスがあり、法廷を見おろす階段式の傍聴席がさらにその周囲を取り囲んでいるという点だけだった。

今、法廷では民事訴訟が進行中だった。原告はハイ・ティーンの女事務員、被告は彼女の上役である中年の課長代理だ。彼は結婚するといって彼女をだまし、彼女の身体を慰んだ。彼女は彼に精神的損害に対する賠償、つまり慰藉料を要求していた。すでに訴状と答弁書の陳述は、バリトンの魅力たっぷりの人気弁護士が、オーケストラの伴奏でカンツォーネ調に歌い終っていて、被告が証言台に立たされていた。

「えー、さて」裁判長は、自分を三枚目に見せるための鼻の横のつけぼくろが落ちないかと心配しながら、せいいっぱいおどけた調子で被告にいった。「槇弁護人の、あいかわらずの声量のある名調子、よかったですね。さて、次はあなたです。いいたいことは思う存分主張する、いいですね？　口頭弁論主義なんですよ。いいですね？　やりにくいでしょう、わかります、わかります。でも、しっかりおやりなさい。あなたは今朝、ベルタス飲んできましたか？」彼はスポンサーの製品を宣伝した。「そう、飲んできたの。それなら大丈夫だ。では、どうぞ！」裁判長は、オーケストラに合図した。

こういう、いわば現代の権力者といった役柄は、威厳と三枚目的要素の均衡がむずかしい。大衆は、権力者の威厳が何かのはずみで損われることを無性に喜んだが、そのためには権力者は普段いかつめらしく構えていなければならないのだ。ところがこの裁判長は、自分がさっきの弁護士のようにうまく歌えないことを気にしていたため、かわりに三枚目的演技でサービスにこれ努めたのだが、これはかえって逆効果だった。

「ダイコンめ」折口は第一副調整室で呟《つぶや》いた。「大昔のテレビのギャグだ」

こういった番組の本番では、カッティングはほとんどT・Dにまかせてあるから、D・Dは何もしなくていい。

下腹部の出っぱりかけた三十二、三歳の被告が、恥辱に染まった頬を顫わせながら、それでもけんめいに自己弁護をはじめた。きっと何日もかかって作詞作曲をし、出演決定以来今日まで練習を続けたのだろうが、生まれつきの音痴だけはどうしようもないらしかった。しみじみとしたスロー・バラードで悲哀こめてうたいあげるべき歌を、彼は、なにわ節とアフリカ土人の民謡をごっちゃにして吹きこんだレコードをさらに逆回転させたようにしか歌えなかった。

〽会わねばよかったあの時に、魔性の女に魅入られた、男ごころの悲しさよ……。

観客席でプッと吹き出す声が二、三聞こえた。会社では威張り散らしている彼も、ここでは嘲笑の対象でしかなかった。歌詞を書きこんだ紙きれを掌の中で皺くちゃにしながら、しどろもどろで歌い続ける被告の眼には涙が光った。家では妻や子供が、父親であるこのおれの醜態を茫然として見ているに違いない——彼はそう思った。子供たちは明日から学校へも行けまい——これが裁判か。死刑になった方がよっぽどいい！

嗚咽《おえつ》で歌が途切れ、野次が飛び、裁判長の木槌がそれを制した。

「駄目だ。今日のは面白くない。失敗だ……」折口は投げ出すようにいった。「先週みたいに、死刑まちがいなしの強盗殺人犯の方が、破れかぶれでずっと面白かった。こいつは白痴だ」

　放送ジャーナリストにとって、歌や芝居の下手な者は、博士であろうが大臣であろうが、また大文豪であろうが、すべて白痴だ。

〽誰も知らぬと思うたに、天知る地知るテレビ知る、病の床の妻が知る。妻よ許せよわが過失……。

　歌詞は泥臭く、陳腐で、しかも作詞者の意図に反して充分とぼけているのだから、そのまま歌えば哄笑の渦になる筈だった。だが被告は咽喉をつまらせ、歌詞を不明瞭にしか発音できなかった。

「べそをかくならかくで、思いきり、ぶざまに顔を歪めりゃいいのに……」折口は歯噛みした。

「そうすりゃ少しは見られるんだ」

「何をブツブツいってるんだ？」深夜組のD・D浜田が入ってきた。「今日のは盛りあがらないな」

「何とかしなきゃあいかん」折口はいら立ちを押さえていった。「この番組、そうでなくても視聴率が下向きなんだ」

「この次の歌は何だ？」

「原告の陳述だ」

「歌詞を見せろ」

折口は浜田に歌詞を見せた。

楽譜をしばらく睨んでから、浜田は顔をあげていった。「この曲も、しみじみとやるのか？」

「歌謡曲調にやるんだ」

「そりゃいかん。ガバガバでやれ」

　ガバガバは、流行しはじめたばかりのリズムで、二拍めにはねあがるようなビートをきかせた曲である。

「そうだな」折口はちょっと考えた。「打ちあわせと違うから、原告がとまどうんじゃないか？」

「あの娘《こ》は若いから、やるだろう」

折口はコントロール・パネルの上のマイクをとりあげ、オーケストラの指揮者にいった。「次の曲、ガバガバ・リズムに変更。原告が立ちあがるなり、イントロを始めてください」

「了解」

折口はマイクのスイッチを切り、振り返って浜田にいった。「すまん、先輩」

浜田は照れて、手をはらった。「馬鹿だな」

折口は訊《たず》ねた。「出勤が早いじゃないか」

「至急早出しろと連絡があったのだ。君のかわりに、一日天皇の予選はおれがやる」

「じゃあ、おれはどうなるんだ?」

「君はこの番組が終り次第、浅香外相の私邸へ行って、葬式のナマ中継をやるんだそうだ」

「でも外相私邸には、テレビ・アイが数十台ある筈だろ?　中継車を出さなくても、局のサブ・コンでカッティングすればいいんじゃないか?」折口は不満そうにいった。「そのためのアイじゃないか」

　有名人の邸宅や庭には、かならずテレビ・アイ——取付自在の小型無線テレビカメラが配置されていた。極小のイメージ・オルシコンを内蔵したテレビ・アイ、略してアイと俗称されているこのカメラは、奥行八センチ、レンズの直径五センチの、円錐台形をした精密な機械である。それらはすべて四六時中、局の副調整室のアイ・センターへ、それぞれ一定の視野を持つ映像に構成されるべき電子ビームを送り続けていた。

　このアイは、日本国中のここぞと思われる場所には洩れなく配置されていた。ある場所には大っぴらに据えつけられ、ある場所では巧妙に人眼を避けて仕掛けられていたのである。邸内に設置されているアイの数は、有名人の人気のバロメーターだった。

「でも外相邸のアイの半分は、庭や木や塀の中に埋め込んで隠してある」と浜田がいった。「やはり誰かが現場へ行って、演出してやらなけりゃ駄目なんだ」

「また遅くなるな。定時までには終らんだろう」

折口は溜息をついた。「今日は早く帰って眠ろうと思っていたんだ」

「そうか、君は昨夜も遅くまでやったんだな」浜田は気の毒そうにいった。「例の、第一回月面探険宇宙船の備品競売ショーで」

「あれには泣かされた」と折口はいった。「ジャリSFファンの頭のおかしいのがワンサときやがって……」

スタジオでは被告の陳述が終り、原告の女事務員が立ちあがった。彼女は今日は事務服ではなく、背なかを思いきってあけた派手な色のブラウスに、フレアーたっぷりのスカートをはいて、色っぽくめかしこんでいた。眼が大きく、口もとがあどけなく、いかにも中年男の好きごころをそそりそうな顔だちの娘だった。イントロが終ると、いきなりエレキ・ベースがものすごいビートをまくし立てはじめたので、彼女は一瞬、証言台で立ちすくんだ。しかし、ハイティーン特有の鋭いカンで、すぐにディレクターの意図を悟ったらしく、証言台から二、三歩離れると、ぴったりとリズムに乗せて腰を振りはじめた。歌い出す前からワッと拍手が湧き起った。

「**Oh oh oh yea** ……、冷えちゃったのね、あなたのハート、愛するあなたの **Cha la la la** ……心がわり、かえらないのね、あなたのハート……」

副調整室で折口と浜田は握手をかわし、弁護士と裁判長は、ここぞとばかりに席を立ち、おどけて踊りはじめた。それを見て陪席裁判官や判事補や、書記官までが浮かれ始め、廷内で踊っていないのは被告だけになった。被告は大判のハンカチで顔を覆って泣いていた。こうなってはすでに彼の敗訴は確定的だった。

被告が席でうなだれているのを見てあわてた折口は、すぐにマイクで被告人席を呼び出し、彼に、立ちあがっていっしょに踊るよう指示した。これ以上観客から反感を持たれてはたまらぬ、少しでも愛嬌をふりまいて憐れみを買った方が有利だと判断したらしく、彼はすぐに立ちあがり涙で光らせた顔を歪《ゆが》め、ぶざまに腰を振りはじめた。リズム感も何もない、無茶苦茶な腰の振りかただった。「泣いてやがる！」折口は舌打ちした。「どうしようもない人種だな。会社の課長とか係長とかいう奴らは。もっとニコニコできないのか」

「まあ無理だろうな、奴らはたいてい白痴だ」浜田がいった。「あんな奴は、死刑にすべきだ」

「おいおい、これは民事訴訟だぜ」

「じゃあ慰藉料だ。一千万円、いや、三千万円だ」

「あいかわらず、金のことを知らない」折口は苦笑して、むきになって怒っている浜田にいった。「二千万と三千万じゃ、たいへんな違いだ」

慰藉料の額は五百万円だった。判決がいい渡されると、ファンファーレが鳴り響き、ショーは終った。

「さてと」折口は小型ラジオにもなる腕時計を見た。「葬式は何時からだ？」

「四時からだ」浜田がいった。「あと一時間だ。もう中継車の用意もできているだろう」

インターフォンの呼び出しブザーが小さく鳴った。折口は通話スイッチを入れ、マイクに顔を近づけた。「こちらD・D」

「おれだ」P・P石神だった。「外相の葬式のことは聞いたな？」彼はあわてていた。

「聞いた。あんただな？　おれに残業させるよう小細工したのは？」

「おれだ」彼は笑った。「許せ。君じゃないとできん仕事だ。おれもつきあう。正面のロビーで待ってるぞ」

手早く浜田に仕事の引継ぎをすると、折口は携帯テレコールを抱いてロビーへ駆けおりた。P・Pはスポンサーにつかまって閉口していた。スポンサーというのは、ネプチューン製菓の宣伝部長で、何かくどくどとP・Pに愚痴をこぼしていた。

「十五分ものでいいんですよ。買い切りでお願いします。何か企画を……」

P・Pは出っぱった腹に食いこむベルトをゆるめながら、迷惑そうにいった。「おれにそんなこといったって駄目だよ、あんた。おれは編成制作の人間だ。そういうことは業務営業へ行って……」

「駄目なんですよ、それが」まだ三十歳前後の宣伝部長は、泣くような声でいった。「これ以上娯楽番組が増えると、電波監理局指定のパーセンテージをオーバーするといって……」

「それじゃあ尚更駄目だな。今だってあんた、規定されてる社会教養報道番組を、いかに娯楽化して放送するかに、みんな頭を痛めているんだ」

「でも、優秀な企画さえ、あなたの方から出してもらえれば……」

P・Pは傍に立った折口に気づいて、うなずき返してから、ふたたび宣伝部長に向きなおり、少し声を高くした。「企画企画っていうけどね、あんた。三年前に、ここにいるこの折口君の企画を蹴ったのは誰だい？　これは企業イメージに合わない、購買者層にアピールしない、その放送時間の視聴者の層に合わないなどと勝手なことをいって圧力をかけて、こっちの編成方針を狂わせたのはあんたんところじゃないか」

「だって石神さん、多少はこっちの宣伝方針に合わせてくださったって、いいじゃありませんか。圧力だなんて、そんな……。こっちだって今ではある程度、テレビに対する経験を積んできているんですから……」

「こっちは専門家だよ、あんた。番組の編成権はあんたの方には全然ないんだ。それがまだ、わかっとらんようだな。あんたたちには未だに、この時間は自分が買ったものだという考え、つまり自分の思うままにできる時間だという意識があるんだ。慢心だよ、あんた。スポンサーの、つまり素人の干渉や番組内容への介入が、どれだけ制作者や演出者の企画提出意欲を失わせたことか。あんたたちは企画研究会だの、脚本検討会だの、番組批判会だの、わけのわからん会を開いては一方的に発言して局の編成方針を踏みにじり、優れた企画を中止させた。そんなにわれわれ専門家を信用しないなら番組から降りてもらおうじゃないかという話になった。これは当然の成り行きなんだ。ふくれっ面をすることはあるまい？」

「だからもう、どんな企画でもいいとまで、いってるんじゃないか！」若い部長はヒステリックに叫んでしまってから、あわててあやまった。「すみません。お願いしますよ。あなたがたに見はなされたら、もう、どうにもならないんです。テレビに出してもらえないことには、商品はぜんぜん売れないし、会社の株は下がるし、私は社長から……」彼は横の折口にとりすがった。「ねえ、あなたもひとつ……」

折口は冷笑を浮かべ、自分と同じ年頃の宣伝部長の顔をじっと眺めながらいった。「他局《よそ》へ行ってみたらどうだい？」

「駄目駄目」P・Pが笑いながら横からいった。「ネプチューン製菓は、どこの局でも鼻つまみだ。未だにスポンサーはなやかなりし頃の夢を追い、よき時代のまぼろしを捨てきれずにいるんだから」ラジオ時計を見た。「いかん、遅れてしまう、さあ行こう」彼は折口をうながした。

「待ってください」

部長はあわててP・Pの二の腕を摑んだ。それを振りはなそうとしたP・Pは、部長がすばやく自分のポケットに札束を落し込んだのを見て、そのままの姿勢でしばらく考え込んだ。

部長は小声でいった。「頼みます」それから折口のポケットにも札束を押し込んだ。「お願いします」

P・Pはその札束をポケットから出し、人眼もはばからずにパラパラとめくって枚数を推し量った。「三十万はあるな」にやりと笑った。「せっかくれたんだ。余分な金らしいからもらっとこう」

彼は札束の表面をポンポンと叩きながら玄関の方へ歩き出し、案内嬢のいる受付のカウンターに投げ出すと、聞こえよがしにいった。「それ、お茶代だよ」

折口も真似をしてその隣に札束を置いた。「口紅でも買いな」そしてP・Pのあとを追った。

案内嬢――人気番組「ブレイブ・キャット」の主人公に似た受付の娘は、眼をぱちくりさせていた。

中継車には、すでに三人のアナウンサーと二人のスイッチャーとタイムキーパーが乗り込んでいた。カメラを持って行かないので、C・C・Uやマイクロ係はいない。車の中には外相邸にあるアイの数だけのモニターブラウン管が、副調整室と同じように配置されていた。アイ・センターでC・C・Uによって画質を調整された映像がここへ送られ、車内で編集された映像はふたたび局の主調整室へ送られるのである。つまり映像は局と現場を二往復するのだ。このような場合のナマ中継ディレクターは、現場の演出をやりながら編集をやり、編集をやりながらアナウンサーやスイッチャーと次の場面の打ちあわせをするという、超人的な才能を要求される。完全にこの曲芸のできるD・Dは、日本には折口の他に、二、三人しかいなかった。

中継車は小さな電源車をしたがえて外相邸へ出発した。

すでにアイ・センターから送られてきている外相邸内の様子を、車内の四十三の小型スクリーンで観察しながら、折口はP・Pに訊ねた。「放送開始は何時だ?」

「五時だ」

「葬儀は四時からじゃないのか?」

「ああ、読経や、会葬者の弔辞、弔電の披露を省いて、焼香から始める」

「焼香だけしか放送しないのか? 退屈な番組に

なるぞ」

「うん、だから近親者と重要会葬者の焼香が終ってから、コマーシャルと、ありし日の外相の姿――つまり外相の出演したショー番組の中から、受けた部分だけを編集したフィルムを局の方で流す。それが終ってから出棺の場面を中継する」

「出棺まで、現場に残らなきゃならんのか？　すごく遅くなるな」

「まあ、我慢してくれ」

大臣その他各界名士たちのためにだけ作られたような、広い、高級住宅地へのハイウエイをすっとばして、車はのべ三千坪もある豪華な外相私邸へ四時半に到着した。門をくぐって玄関の真正面ぎりぎりいっぱいに車を停めさせると、折口は、自分の制服を見て丁寧に頭を下げる受付には眼もくれず、すぐ式場にとび込んだ。

すでに読経が終り、弔辞が始まっていた。

正面の祭壇には、大臣が生前もっとも得意だった表情――テレビで国民がさんざん見せつけられた、「何もかもよくわかっとるんだよ」とでもいいたげな、おおらかな微笑を浮かべた馬鹿でかい写真が飾られていた。

名士が読み続けている弔辞を無視して、折口は大声でいった。

「銀河テレビです。五時から中継ですからよろしく。二つ三つ、前もってご注意をしておきます。時間がないので一度しか喋りません。よく聞いておいて下さいね。あ、あなたはどうぞ、そこでそのまま弔辞を続けてください、打ちあわせの邪魔にならないように……」そして祭壇の右側の遺族・親戚、左側の知人たちに、演出プランを説明しはじめた。

弔辞を読んでいた友人代表は、誰も聞くものがないままに、だらだらと投げやりな口調であとを続けた。彼は不服そうだったが、それは聞く者がいないからではなく、自分がテレビの打ちあわせに加われないからだった。

遺族や親戚は、眼をかがやかせて折口の注意に聞き耳を立てていた。彼らが素直で従順なので折口は満足した。坊主まで傍にやってきた。

「いいですね。途中約十五分間の録画放送とコマーシャル・タイムがありますが、この時間を除き、出棺が終るまでずっと泣き続けていて下さい。どこにアイがあるかご存じの方もですよ。アイの前でだけオーバーに泣いたりしないように。不自然になりますから」

遺族の二、三人が、いきごんで深くうなずいた。その時、ふと折口は、祭壇の方をじっと見つめたままで、自分のいうことをぜんぜん聞いていないらしい、喪服を着た一人の娘に気がついた。外相のひとり娘だということは、すぐわかった。折口は彼女に、自分のいったことがわかったかどうか念を押そうとした。その時坊主が訊ねた。

「わたしの顔もカメラに入りますか？」

「ああ、あんたはもちろん入る」そう答えてから、折口はあわてて注意した。「でも、あなたは泣いちゃだめですよ」

「へえ」坊主は不満そうな表情をした。「わたしゃ、泣くのがうまいんだがなあ……」

時間が迫ってきたので、折口はそそくさと中継車に引き返した。

やがてコマーシャルにWって五時の時報が鳴り、タイトルが出た。

モニターブラウン管を眺めていた折口とP・Pは、葬儀参列者が、本番に入るなり咽喉も裂けよとばかり大声で泣き叫びはじめたので、とびあがるほど驚いた。

「な、なんだこれは」P・Pが眼をしばたたいた。「破れかぶれの絶叫だ。泣き女よりひどい」

「しまった、オーバーにいい過ぎた」

折口はあわてて、手の空いているアナウンサーに、現場にもぐりこんで泣き声をセーブさせるよう指示した。アナウンサーがころがるように式場へ走るのを見送ってから、折口は舌打ちした。

「これはひどい。顎がはずれるほど口を開いて、涙とよだれの垂れ流しだ。腹芸ってことを知らないから始末が悪いな」

「節操のない奴らだ。近ごろじゃテレビ・タレントも、嗚咽なんてことを知らないくらいだものな。今笑う芝居をしていたかと思うと、突如として馬鹿みたいに大口をあけて泣きわめく。またそういう奴の人気があがるんだから……。現実だって次第にそうなってきてはいるものの、こんな番組でそれをやられちゃあ……」

泣きながら焼香を終えた外相夫人が席に戻った。次に立ちあがった娘を見て、折口はまた驚いた。彼女は泣きも笑いもせずまるで無表情だった。端正な顔立ちなのでよけいそれが眼につき、周囲の泣き方がはげしいだけに、無感動さはよけい際立っていた。

「この子はまた、極端だな」P・Pがあきれて呟いた。「外相がいちばん可愛がっていた娘――そうだ、ひとり娘じゃないか。暢子《のぶこ》とかいったな」

彼女は無表情なままで焼香をはじめた。

「もう、無茶苦茶だ」折口は絶望していった。「今日は悪い日だ。昨夜、自分のミイラを作っている夢を見た。あの夢がだいたい、いけなかった」

遺族と親戚の焼香に続いて、知人の焼香が始まった。大臣と喧嘩ばかりしていた代議士までが涙腺《るいせん》を全開にして身をふるわせていた。

コマーシャル・タイムになり、折口はまた式場へ戻った。一同はすでに涙を拭い、けろりとしていたが、入ってきた折口を見て、心配そうに彼の顔色をうかがった。折口はしぶい顔で暢子に近づき、きょとんとしている彼女にいった。「あなた、歳はいくつです?」

失礼を咎《とが》めようともせず、彼女は答えた。「二十一よ」

皮肉が通じないので折口はいらいらした。「どうして泣かないんです？」

彼女は不思議そうに折口の眼をじっと見た。彼女の澄んだ眼の中には、悪いことをしたという気持も、ディレクターに咎められておびえた様子も、ぜんぜん見られなかったので、折口はあべこべにたじたじとなり、それから少しぞっとした。精神異常かな――彼はそう思った。

「どうもすみません」外相夫人が横から折口にあやまった。「この子はちょっと、変わっていまして……」

折口はもういちど暢子をじろりと睨んでから、下っぱタレントにいうよりも、もっと乱暴な口調でいった。「とにかく、出棺の時には泣いてください よね」そして車にひき返した。

「さあ、出棺の場面の編集がむずかしいぞ」折口は二人のスイッチャーにいった。

焼香の時は式場の四台のアイによる映像の切換えだけでよかったのだが、出棺となると邸内のほとんどのアイをフルに使わなければならない。つまり三、四人で四十三のスクリーンを見張っていて、その中のどの映像を選ぶかを臨機応変に決定し、すばやくスイッチングし続けなければならないわけだ。

ＶＴＲ放送が終り、中継に切りかえられると、参列者はふたたび、おいおい泣きはじめた。

「あれだけ泣いたのに、まだ流す涙が残っていたんだな」Ｐ・Ｐが感心したようにいった。

正面玄関から運び出される棺を追って、二人のスイッチャーの指さきがコントロール・パネルの無数のボタンの上ではねまわりはじめた。

折口は疲労で充血した眼を、四十三のスクリーンに走らせ続けた。やがてそのひとつが、棺に続く遺族をクローズアップした時、折口は思わずグッと咽喉を鳴らしてのけぞった。そこには暢子の、あいかわらず無表情な顔が映し出されていた。折口は怒りで身体を固くし、声をうわずらせ、叫ぶようにスイッチャーにいった。「画面に遺族を出すな！」

「そういうわけにもいくまい？」Ｐ・Ｐが困ったように、折口と同じ画面を睨みつけながら呟いた。

やはりこの娘は精神異常だ、正気でない――折口はそう思った。

その時、暢子はこちらを見た。つまりアイの方を向いたのだ。彼女はあきらかに、アイのある場所を知っていて、その方を見たのだ。そして笑った。

「笑ったぞ！」折口は悲鳴をあげた。

「精神異常なんてものじゃない、これは悪意だ、あきらかに悪意でもって、彼女はこの番組をぶち壊そうとしているのだ。何故だ、何のためだ――折口は眼の前が赤くなるほどの怒りと驚きに襲われながら、おろおろと考え続けた。理由らしいものは、何も思いつけなかった。気分が悪くなった。ひどいことになったと思った。昨夜の夢見が悪かったとも思った。

「もういかん」彼は泣きそうな声でいった。

Ｐ・Ｐも茫然としていた。

しどろもどろの中継が終ると、折口はすぐに外相邸内のトイレットに駈けこんだ。胸がむかついていた。彼にとっては、今まで考えたこともない、えたいの知れぬ怪事件だった。水で何度もハンカチを濡らして額に当てた。ながい間、彼は洗面所の中でぼんやりしていた。

隣の婦人用トイレから、化粧板の仕切り壁越しに、女の泣き声がかすかに聞こえてきていた。本番で泣くだけでは気がすまず、トイレの中でまで泣いている女さえいるというのに、あの娘は――あの暢子という娘は――折口の胸に、また怒りがよみがえってきた。

女の泣き声は次第に大きくなった。そして、しゃくりあげるあい間あい間に、いまははっきり「お父さま、お父さま」と口走っていた。

外相を「お父さま」と呼ぶ女といえば、ひとり娘の暢子以外にはない筈だった。

「あの娘だ、あの娘が泣いている！」

彼女はアイの前で笑い、アイからかくれて泣いているのだ。折口には理解できない行為だった。

彼は凝然として立ちすくんだ。

4

折口節夫が浅香外相のひとり娘暢子と会う約束をした場所は、都心にある公園の、小高い丘の上だった。そこはひと晩中にぎやかで明るい放送局周辺の町並を、はるか下に見おろすことのできる、ひっそりとした場所だ。テレビ局ができてから、にわかに新しい繁華街になったその町の夜景に向かって少し突き出た丘の頂きには、一本の街燈の下に、インスタント・ダンボール社提供の鉄パイプ製ベンチがひとつ、三方をまばらな木立に囲まれて置かれてあった。それらはどことなく舞台装置じみていて、いかにもここで、ロマンチックなラブシーンを演じて下さいといわんばかりのたたずまいだった。

にもかかわらず、ここへやってくるアベックの数は少なかった。その周辺に、アイがないからだった。

恋人たちは、アイのある場所を探し求め、その前でのみ、これ見よがしにラブシーンを演じた。恋人たちに限らず、今ではすべての人間が、家から一歩外へ出さえすればアイを意識して行動していた。大っぴらにアイが設置されていなくても、どこに隠してあるかわからないのだ。人びとの行動をアイが捕えるのではなく、アイに捕えてもらい、あわよくば放送してもらうために人びとが行動していた。アイが設置されているかどうか、わからないような場所へ行く人間は、よほどの秘密を持った者か犯罪者以外になかった。

だから誰も、丘の上に来なかった。

だが実は、丘の上にはアイがあった。

町並をバックにしてベンチを真正面に捉えた角度に広い視野を持つそのアイは、一本の松の木の幹に埋め込まれ、巧妙にカムフラージされていた。折口はそれをアイ・センターのスクリーンで発見し、暢子と会う場所をここに決めたのだ。何とはなしに彼は、ここが適当だと思ったのである。暢子が今までにしばしば女性雑誌やテレビでとりあげられたため、町なかの喫茶店やレストランでは邪魔が入りそうに思えたからでもあった。彼としては、特にアイを意識してそこを選んだわけではないのだが、アイのない場所で人に会うなどということは、彼には考えられもしなかったのである。

午後九時、彼は局を出て丘に登った。

恰好のいい横顔をアイに向けて彼はベンチに腰をおろし、恰好よく膝を組んで、タバコをひと振りした。

黄昏《たそがれ》が街に強い陰影をあたえていた。

タバコをふかしながら、折口は暢子を待った。暢子は来る筈だった。

折口はD・Dになって以来今まで、会いたいと思った人間に会ってもらえなかったためしがなかった。誰でも彼には喜んで会ってくれた。だから暢子が電話での約束を破って、ここへ来ないなどということは考えてもいなかった。電話で彼女に会いたいといったとき、彼女はあっさりと承知したが、それも折口にとっては当然のことだった。その上暢子が女で彼が男なのだから、なおさら当り前のことであった。

テレビ局員は女性の憧れの的なのだ。局員と結婚すれば「今日の挙式」でテレビ出演させてもらえるだけでなく、自分の意見が番組内容を左右できるほどの権威を持つことになるかもしれないのである。他の独身局員と同様、折口も若い女性に追いまわされたことは何度もあった。彼が女性を少なからず蔑視するようになったのも、そんな経験からだった。女というものは欲しいときにはいつでも手に入るのだという考えが彼を安心させ、彼を仕事に打ち込ませ、彼に独身生活を守らせたのである。折口が自分からすすんで若い女性と会う約束をしたのは、これが初めてだった。

「おそいなあ」彼は声に出してそういうと、タバコを投げ捨てた。

折口は、なぜ自分が暢子に会いたいと思ったのか、よくわからなかった。わけもなく彼女のことが気になった。昨夜、くたくたに疲れている筈なのによく眠れなかったのも、彼女のことを考え続けたためだった。

彼女は精神異常なのか？　神経症なのか？　それとも、彼女自身のもっと深いところにある本能ゆえに、あのような神経症の徴候を示すのだろうか？　もしそうとすれば、その本能とはどんなものか？――折口は、何となくそれがどんなものかわかるような気がした。だが思い出せなかった。思い出したくないのかもしれなかった。もし思い出したら、自分も彼女と同じような不適応者になりそうな気がした。そうだ、彼女は不適応者だ、彼女の行動は社会的ではない、だから彼女はあきらかに社会に対立した存在なのだ――折口はそう思ってから、ふと自分が、自分の心の中で彼女と彼女以外のあらゆるものを画然と区別していることを知った。それは同時に、現在彼の心の中で暢子の占めている部分がいかに大きいかをも示していた。

今までのところ、折口にとってこの世界は、まず整然とした場所だった。だが暢子という一人の娘が、ほんのちょっとした行動で、折口の内部へとてつもない混沌《こんとん》を持ちこんできた。不合理で不穏な混沌だ。現実に眼を向けなおすことによって彼女を無視することもできただろう。だがこれから先、彼女はいったいどうするのだろうと考えると、折口は彼女を放っておけないような気がした。

――実力者である父親が死んでしまった以上、

彼女はこれから母親とともに自力で生活して行かなければなるまい、だが彼女は社会に適応できるのか、彼女の若さから判断すれば、おそらく彼女の内部には葬式の際に示したような不合理性と無秩序がいっぱい詰まっているに違いないのだ。今までは父親にかばってもらうこともできただろう、いや、きっとかばってもらったのだ、事実雑誌社やテレビ局での彼女の評判はとりたててよくも悪くもない、だがこれからは――あのように非現実的な、よそよそしい態度で社会へ出たらどんなことになる、皆から無視されて、最後には彼女は社会から孤立するか、あるいは自我の分裂を起して精神病になるのではないか――そう考えると折口は、他の人間のようには彼女を無視することのできない自分だけが、彼女の未来に対して責任があるように思えるのだった。彼女の突飛な行動の原因が、何となくわかりそうな気がするのも、おそらく自分だけではないか――そうも思えた。

「こんばんは」

背後で暢子の、若さに似合わぬ低い声がしたので折口は振り返った。彼は立ちあがって暢子を見た。昨日父親が死んだばかりというのに、彼女の服装はびっくりするほど派手だった。大柄なプリント地のカクテル・ドレスを着ていたのだ。

「こんばんは」折口はやわらかくそう挨拶を返し、ベンチを指した。「掛けませんか?」

「はい」彼女は素直にうなずき、スカートをパッと拡げてベンチの片側寄りに腰をおろした。

ここにいるのは美しくて健康で、物怖じしない若い女性だ――折口はまずそう思った。タレントをテストするような眼は、こんな時でも彼の感じ方を支配した。いや、むしろそれは、アイに支配されている大多数の人間たちの感じ方だった。

折口の演出者としての注意力は、次にこの場のセットと相手役に移った。セット――公園、夜の公園、街の夜景をバックに丘の上、ロマンチックなラブロマンスに最適の場所。そして相手役——それは折口自身だ。三十二歳、独身、背は高く好男子、そしてテレビ局員でしかもD・D——。誰が見ても、当然このシーンに不可欠のものは恋愛だった。それ以外の設定は常識的には考えられなかった。

彼女にやさしくすべきだろうな——折口はそう思った。そして彼女の気持を自分の方へ引きつけるようにすべきだ、そうだ、この場面は当然彼女に、自分に対して好意を持たせるように仕向けるべきだ、そう演じるべきだ——そうも思った。

一人の男と一人の女がいた、最初に会った時、二人は理解しあえずに別れた、だがお互いに相手の存在が気になって、ふたたび会った、そして二人は理解しあった——単純な筋立てだが、複雑なシチュエーションやサイド・ストーリイで飾り立てれば、いくらでも面白くなる——折口はそう思い、少し乗り気になってきた。

彼は、腰が触れあうほど暢子にぴったりとくっついてベンチに掛けた。暢子はすぐに、はずかしそうに身をくねらせながら彼から少し身体をひき離そうとする筈だった。彼女がそうしさえすれば、折口は逆に彼女の肩をぐいと自分の方へ引きよせることになる筈だった。だが暢子はじっとして動かなかった。むしろ、きょとんとして折口の顔をまともに見た。彼女の眼は大きく見開かれていた。その瞳の中には何の邪念もなさそうだった。

折口はとまどった。咳ばらいをした。

「私に何か、お話があるんですってね」と、彼女はいった。「どんなお話?」

「ここは、いい場所だ」折口は町の灯を指していった。「眺めも綺麗だし」

「そうですね」暢子は、ちらとそっちを向いて、すぐまた折口を見た。「なんのお話?」

折口は、ちょっといらいらした。「あなた、何か急ぎの用でもあるんですか?」

彼女は、びっくりしたようにいった。「どうして？　何もないわ」

「あなたに訊ねたいことがあったんです」折口は、彼女に演技を強いるのをあきらめた。

しばらく二人は平行線をたどる、いつになったら抱きあうのかと視聴者はもどかしく思う——うん、それもよかろう——折口はタバコを出した。「お父さんのお葬式のとき、あなたは笑いましたね？」

暢子は、すまなさそうな顔でうなずいた。

「お父さんの死んだことが、面白かったんですか？」

「ちがいます」暢子は答えた。「棺について歩いているとき、アイに気がついたんです。わたしはあの時、泣いていなかったでしょう？　だからあなたが、あのアイで私を見て、きっと怒っているだろうと想像したら、急におかしくなって……」

彼女は頭をさげた。「ごめんなさい」

「僕の怒った顔は、そんなにおかしいのかな」折口はそう呟いてから、また暢子に向きなおった。

「しかし、笑うにしたって、場所を考えるべきじゃないかな？　あれがもし、中継されたとしたら、知らない人は、あなたがお父さんの死んだのを喜んでいるのだと思いますよ」

「だから、喜んでいるのじゃないの。あなたの怒った顔を想像したら急におかしくなって……」

「いやいや、それはもう、わかっています」折口は、ちょっと閉口した。「僕のいいたいのは、つまり……。どういったらいいか……」しばらく考えた折口は、説明のしかたをひとつも思いつけない自分にびっくりした。

「お父さまが死んじゃって、悲しかったわ、だから泣いたわ」暢子が喋りはじめた。「だってわたし、お父さまが好きだったんですもの」

「じゃあ、どうしてお葬式の時に泣かなかったの？　テレビ中継してる時に……」

「あらあ、だって……」彼女はちょっと絶句したが、それはどういって折口に説明しようかと迷っているのではなく、そんなことがわからない折口にあきれて、とまどっているように見えた。

「だって、お父さまの死んだことと、お葬式とは関係ないでしょう？　まして、お父さまの死んだことと、お葬式の中継放送とは、ぜんぜん関係ないじゃないの」

折口は唸った。――この娘の頭の中はどうなっているのだ、個々の事象がすべて相互関係のないものとして孤立し、ばらばらに転がっているのだろうか――折口には想像できなかった。「じゃ、あなたは、バケツと水とは関係ないと思いますか？」

暢子は眼を大きくしばたたいた。「それ、どういうこと？」

「い、いや、何でもありません」折口はあわてて質問を引っこめた。「僕のいいたいのは、いくらあなたが悲しくても、あんなことをすれば、あなたの悲しみが、誰にもわかってもらえないだろうと……」そこまでいってから、折口は暢子を見た。

暢子は不可解なものを見るように、折口を見つめていた。

「駄目だ」折口は絶望した。「あなたの悲しみと、あなたの悲しみが他人にわかることとは無関係だ――そういうつもりでしょう？」

暢子は微笑した。折口を哀れんでいるかのような微笑だった。「そうよ」

折口は、また唸った。「いいですか。社会生活をしようと思えば、自分の意思や感情を、はっきりと他人に伝えなければならないんです」

「だから私、いつもそうしてるわ」彼女は不服そうだった。「だからお葬式で、あなたの怒った顔を想像して笑ったし、何故笑ったかということを、今あなたに伝えたわ」

「葬式で笑っちゃいかんのだ」折口は悲鳴まじりに叫んだ。頭がおかしくなりそうだった。「僕の怒った顔のおかしいのと葬式と無関係だ」自分でも何をいってるのかわからなかった。彼は頭をかかえこんだ。

折口の肩に、暢子の白い、やわらかい指さきがかかった。

「からかったりして、ごめんなさい」

折口が一瞬身をかたくしたほど、暢子のその声は大人びていた。

「あなたが今おっしゃったようなこと、私、今までに、いろんな人から聞かされたわ」暢子はゆっくりと喋りはじめた。「どうしてなのかしら? 私、今の社会って、お芝居みたいな気がしてしかたがないの。いつからそんな気がしはじめたのか、自分じゃぜんぜん、わからないのよ。本当の社会生活ってものが、別のどこか遠いところにあって、現実の社会生活は、本当の社会生活をカリカチュアライズしたものに過ぎないという気がするの。人間的なものがなくて、皮相で、嘘みたいに思えるの。あなたはそんな気しない? 一度も、そう感じたことない?」

そういえば、そんな気がしたこともあった、と折口は思った。

「ほとんどの人が、そんな気持を、一度くらいは味わったことがあるんじゃないかと思うわ」彼女は喋り続けた。「でも、他の人たちは、自分に対しても、他人に対しても、偽装するのをやめないでいる、それが文明的で合理的だと思いこんでいる——そんな気がするわ」

「じゃあ、あなたは今の社会を認めないのですか」

「社会生活があることは認めてるわ。認めないのは、社会生活の価値なのよ」

折口はうなだれたまま、小さな声でさらに訊ねた。「それじゃ、人生も認めないのか」

「認めてるわ。だけど、人間が今の人間社会の中で営んでいる人生は認めないわ。だって、夢みたいな気がするんですもの。テレビ・ドラマのような、現実じゃないような気がするんですもの。実体がなくて、ぜんぶスクリーンの上の出来ごとのような気がするんですもの。愛も憎しみも戦争もよ」

「あなた自身はどうなんだ。そんな非現実感の中じゃ、愛は不可能じゃないだろうか？」

「だから、お父さまを愛してたことに初めて気がついたのは、お父さまが死んでからだったわ」

折口はとっくに、この場の筋書きを忘れてしまっていた。そして今、名状しがたい衝動が彼を襲っていた。それは危険な衝動だった。意志に関係なく、彼の心は大声で叫びはじめていた。

――彼女のいうことは、ぜんぶ本当だ！　本当だ！

今までにも、時として青天の霹靂《へきれき》のように折口を襲ったことのある、ふだんは忘れていたその非現実感を、彼は今、まざまざと胸に甦《よみがえ》らせた。

――あれが本当だったのだ！　あの吐き気のする、つかの間の精神的破産状態の正体こそ、これだったのだ！

しかし折口は、彼女に賛成したくなかった。それがどんなに危険なことなのか、ジャーナリストとしての彼には容易に想像できたからである。この世界が無価値と知っていて、どうして生きて行ける――折口はそう思った。

「だけど人間は生活して行かなけりゃならない」彼は弁解するような口調でいった。「認めていない社会の中でだって、やっぱり生活して行かなけりゃならない。あなたは、これからどうやって生活して行くんだ？　生活して行けると思ってる？」

「生活して行けるわ。生活なんて、マスコミがかわりにやってくれるじゃないの」暢子はあっさりと、そういってのけた。

ふたたび折口の心に、大きな楔《くさび》が打ち込まれた。だが彼は大声で否定した。「無茶な！」

「ごめんなさい、怒らせる気はないのよ」彼女はいった。「でも、すでにある程度、わたしたちは世の中のことを経験しなくてもすむようになってしまってるじゃないの、テクノロジイによっ

——。だから、今にマスコミは……」彼女はいい澱んだ。折口がマスコミ関係者であることに気づいた様子だった。「もうやめましょう。いったところで……」そして黙ってしまった。

折口も、暢子に話を続けさせるのが恐ろしかった。彼女がこれ以上どんなことを喋り出すか、想像できなかった。想像しようと思えばできるかもしれなかったが、それを想像するのさえ怖かった。だがすでに折口の胸には、彼女の言葉によって受けた傷が、大きく口を開いていていた。

そうだ、これは傷だ、と折口は思った。彼女の言葉が真実であろうがなかろうが、反社会的であることにかわりはない、そう思った。今の社会のどこが悪いのだ、どこも不都合なところはない、だから悪いのは彼女の考えかたの方なのだ、そうも思った。そしてそれを自分に納得させようとしたが、うまくいかなかった。

「帰ります」暢子が立ちあがった。

考えてみれば、もう何も話すことはないのだから、彼女が帰ろうとするのは当然なのだ——折口はそう思うと同時に、また別のことを考えてもいた。——かくして二人は、二度めに会った時も、お互いを理解することはできなかった、できないままに、二人は別れたのだった——と、そこまで考えて、折口はやっと気がついた。そうだ、彼女が言いたかったのは、この、あらゆる行動をドラマチックに仕立てあげなければ気がすまない、現代の人間の考え方だったに違いない、しかし——折口はまた反撥した——しかし、図式的、類型的な対人関係をそれぞれの人間が自分に強制することによって、すべての社会問題は簡略化され、個人と個人の胸のむかつくような厄介ないざこざ、個人対社会のいらいらする葛藤などがなくなるのだ。進歩的な社会学者から情報社会と呼ばれている この社会のどこが悪いというのだ——そうは思ったものの、それを暢子に説こうとすることのて無意味さも、折口は知っていた。彼はあきらめた。

「さようなら」と、折口は答えた。「僕はまだ、もう少しここにいます」

彼がそういって振り返ったとき、すでにそのあたりには暢子の姿はなかった。

折口は、ほっと溜息をついた――彼女にとっては、自分が彼女を理解しようがどうしようが、そんなことはどうでもよかったのだ。暢子と話しあう前に抱いていた彼女に対する期待、そして自惚《うぬぼ》れ、それらがどんなに子供っぽいものだったか、折口ははっきりと思い知らされた。

彼はもう一本、ケースからタバコを出した。その火のつけ方、くわえ方、それが自分でたとえようもなくいやだったが、すでに身についてしまっているアイを意識した仕ぐさ・身ごなしは、急に変えることはできなかった。彼は、わざとぎごちないそぶりでタバコをふかし続けた。

彼女と話したのは、ほんの十分足らずだった。しかし折口はすでに暢子から深い影響を受けてしまっていた。ひとまわりも年齢の違う娘から――そう思って折口は苦笑した。彼は彼女の喋った言葉よりも、むしろ彼女のごく些細な振舞いから感銘を受けた。彼女の振舞いによって彼女をとり巻いていた異様な雰囲気は、彼女のひとつひとつの言葉が、本当に彼女自身の本能あるいは衝動から出たものだということを、はっきり示していた。

折口はさらにタバコをふかし続けた。いつの間にか膝《ひざ》を組み、ながい足を片方、恰好よく前へつき出した彼の得意のポーズをしているのに気がつき、あわててその足をほどいたりした。最後にひと息、嘆息といっしょに大きく煙を吐き出すと、折口はゆっくりと立ちあがり、木立を抜けて石段を降りはじめた。軽い靴音がまばらな木立の中に響いた。その靴音が聞こえなくなってからも、アイはやっぱり、無人のベンチを凝視し続けていた。

ベンチの少し上の空間には、折口が最後に吐き出した煙がまだ漂っていた。街の灯に赤紫色に染められたその煙は、地上約二メートルの宙で気圧の抵抗を受け、それ以上昇ろうとせず、平面的な渦状運動を始めた。アイの方からは、その煙は単に水平面を左右に拡がっているようにしか見えなかったが、最後にその渦状運動の先端の部分は、二定点からの距離の和がほぼ一定になるような軌跡を描き、長軸の長さを約一メートルにとどめて五秒ほどの間、静止した。それから徐徐に、アイの方から眺めてベンチの左側へと、やはり水平に移動し始めた。煙でさえ、アイを意識して漂っているのではないかと思わせるような、メロディアスな、スマートな動きだった。

5

テレビ局のロビーや廊下には、奇妙な顕花《けんか》植物が繁茂している。タレントでもなく、スターの付き人でもなく、見学者でもない若い娘たちだ。中には男もいる。彼らはスターたちには親しげに挨拶し、時には家族か恋人ででもあるかのように気易く手を振り、衣裳をつけた下っ端タレントにはじろじろと白い眼を向ける。この壁の花たちは、どんな役でもいいからテレビに出してほしいという連中だ。有名人の紹介状を持たず、群小プロダクションで入社を断わられ、素人出演の公募に何回も落ち、特技のひとつもない、しかもタレントになる夢だけは捨てきれない若者たちだ。

折口は毎朝の出勤時に、必ず彼らの最敬礼を浴びせかけられることになっていた。

暢子と会った次の日の朝も、折口はやはり彼らの、無器用な媚《こび》の一斉射撃を受けた。昨夜暢子と別れて以来、わけのわからない焦燥感に悩まされていた折口は、彼らを見てはげしい吐き気を覚えた。やめろと怒鳴りつけてやりたいほどだった。

放送開始以来二十三年、カラーテレビは普及し、人間にとってテレビは、空気や水と同様の生活必需品になっていた。そしてテレビを見ることは、呼吸や食事同様の自然な生存方法だった。五百六十万台のアイが日本全国にばらまかれた。しかし、だからといって、テレビに出たいという人間の数が低下することはなかった。逆に、さまざまな生活条件の中でテレビを見るいろいろな人間たちが、自分の仕事や趣味からの延長で、テレビ出演したいという願いを、ますます大きく拡げていったのである。彼らにとっては、出演に必要な特技、つまり演技力などは、どうでもよい問題だった。出演するために、利用できるものは何でも利用してやろうと、眼を血走らせているだけだった。

特別なスケジュールの何もない日で、折口はめずらしく暇だった。デスクで最新版の「現代美術全集第一巻」を見た。新・新古典派及び新旧浪漫綜合派及び商業派及び舞台派篇である。酒を飲んでから見ろという絵や、この音楽を聞きながら見てほしいといってソノシートをはさみ込んである絵まであったのでおどろいていると、P・Pがやってきて、例のぶ厚い掌で力まかせに折口の肩を背後から叩いた。他人《ひと》の機嫌も気にせずに叩くので、彼を嫌う者もいる。

「D・D、明日の朝のニュース・ショーはこれで行く。眼を通しておいてくれ」彼は折口に企画書を渡した。

「ほう、もう決まったのか?」折口は気乗り薄に、パラパラと企画書をめくった。「紫竜丸の船長というのは、この間韓国の警備艇に銃撃を受けた船の船長か?」

「そうだ。東京へつれて来た」

「あれはもう、五日も前の話じゃないか。ニュースとして古いぜ」

「うん、だが魂胆があった。今まで君にいっとかなかったのは悪いが、実は事件直後、すぐ彼を東京につれて来ていたんだ」

「へえ、何故すぐ出さなかった？」

「彼に方言を喋らせようとして、教育していたんだ」

折口は不思議そうに訊ねた。「何故そんなことをした？　彼はもともと方言を喋れるんだろう？」

「おいおい、この、テレビの普及した時代に、まともに方言なんか喋れる奴はいないよ。彼は標準語を喋るんだ」

折口は冷たい眼でP・Pを見た。「どうしてわざわざ、方言を教えたんだ？」

P・Pは折口の眼つきに驚いた様子だった。

「君に似合わんことをいうんだな？　方言のほうが本当らしい雰囲気が出るじゃないか！」

「本当らしい？　だって、それだと嘘じゃないか」

「おい、D・D」P・Pは気味悪そうに折口を見つめた。「今日は君、ちょっとおかしいぞ？　何かあったのか？」

「そうかもしれん」折口は苦笑した。「たしかにおかしい。自分でもそう思うよ」

「方言で喋らせた方が迫力が出るんだ」P・Pは弁解するようにいった。

「そのかわり、微妙なニュアンスが失われるな」

折口が間髪を入れずにいった。

「いつから君は、倫理委員会へ入った？」P・Pはむっとしたようにいった。「本当にどうかしてるぞ。どうして微妙なニュアンスなど必要なんだ？」

「そうだったな」折口は乾いた声で笑った。「たしかにそうだ」

P・Pは幽霊を見る眼で折口を眺めた。「何かあったんだな？　え？　そうに違いない。お前はそんな笑いかたを今までしたことはなかった。言えよ。どうしたんだ？」

「何でもないさ」

「いや、そんな筈はない。お前のことなら、親兄弟よりもよくわかるつもりだ」

「ところで」折口は話をもとに戻した。「たった五日で、よく彼に方言を仕込めたもんだな」

「うん、それがうまくいったんだ」P・Pは乗り気になって、傍の椅子に腰をおろした。「方言といっても、本当の方言はとても難しいし、正確に喋れる奴は地方にだって少ない。だいいち聞いてる方で何をいってるのかわからない。そこで標準方言を教えたんだ」

「標準方言?」

「言語学者と民俗学者に共同で作らせた架空の田舎言葉さ。これだとほとんど語尾の変化とアクセントを教えるだけですむ。それに加えて、今流行の催眠教育って奴を実験的に使ってみた。いやあ、うまくいったね、こいつは。これからは、アナウンサーの教育なんて、ぐっと簡単になるぜ」P・Pは、あわててラジオ時計を見た。「しまった。アナウンサーと今夜の『ちびっ子ロマンス大合戦』の打ちあわせをしなきゃあ……」彼は立ちあがり、行きかけて、また折口を振り返った。しばらくためらってから、小さくいった。「なにか困ったことがあるんなら、相談にのるぜ。いつでも」

「ああ、いいんだ、大丈夫」折口は手を振った。

P・Pはまだしばらく疑わしげに折口を眺め続けてから、あきらめたように肩をすくめて去った。

折口が企画書を読んでいると、受付のブレイブ・キャット嬢から電話がかかってきた。

「お客さまです」

「誰だ?」

「堀江とおっしゃる、中年のご婦人です。お子様づれの……」

「知らないな」

「折口さんの高校時代の先生の奥様です」

「ふうん、用件は?」

ブレイブ・キャットは急に小声になっていった。「それを聞いたら、こわい眼でわたしを睨んで、お会いしてからお話しするんですって。だけど、だいたいわかるわ。子供の売り込みよ」

折口は眉をしかめた。「僕がいることを、いってしまったのか？」

「ええ」

「じゃ、しかたがないな。こっちへ来てもらってくれ」

堀江というのは、折口が高校二年で教わった、生徒に年号や人名の暗記を強制する日本史の教師だった。折口は、数字や名前は、わからない時には辞典を見ればいいという考えだったので、成績は悪かった。その通りのことを教師に面と向かっていったため、怒鳴りつけられたこともあった。

「ごめん下さいませ」着飾った堀江夫人が、十二、三歳の少女をつれて折口の横に立ち、馬鹿ていねいに頭を下げた。

折口は傍《かたわ》らの椅子をすすめ、用件を訊ねた。こんなことは、早くすませてしまってほしい——彼はいつもそう思うのだが、ことに今日は、初対面の挨拶、紹介者からの伝言、べたべたしたお世辞を聞くのが特に苦痛だった。

肩と背中を思いきり露出した衣裳を着て、ふくらみのない胸にパッドを入れ、ウエストをしぼった娘の頭を、堀江夫人はやさしく撫でながらいった。「この子が、歌が好きでミュージカル・スターになりたいといいますので、折口先生にお願いしてと思いまして……。本当なら、主人にご挨拶に伺わせなきゃいけないんでしょうけど……」

「でも、僕は音楽家じゃないから、お嬢さんに歌を教えるなんてとても……」

「あら、そうじゃございませんの」堀江夫人は、しなをつくりながら否定した。「この子の才能を見ていただくために、とりあえず、『ちびっ子ロマンス大合戦』にでも出していただけたらと思いまして……」

「とりあえず？」折口は聞き咎めた。「あの番組に出るのだって、大変な競争なんですよ」

「だからそこは、折口先生のお力で……主人もよろしく申しておりました」

「申込受付の後、第一次第二次の予選があるんです。まず、ハガキで係の方へ……」

「何ですか、あの番組、あまり歌の上手なお子さんは、出ないようですわね」

「申込用紙がありますから、それに名前と、できたら写真を……」

「うちの子の方が、ずっとましだと思いますわ。何でしたらいちど、先生だけにでも、この子の歌を聞いていていただけましたら……」

折口はふたたび、はげしい吐き気に襲われた。彼は、母親の傍らに立っている少女をつくづくと眺めた。彼女は口紅をつけていた。そして折口に色目を使いさえした。母親の前で、未熟な媚《こび》をあらわにして、しなをつくった。折口は頭痛がした。この場を切り抜けるために折口は、今でもしばしばお眼にかかれる、小役人たちのよそよそしい態度を借用することにした。彼は電話で係に申込用紙を持ってくるようにいった。

堀江夫人は、まだくどくどと喋り続けた。「でも、ふつうの手続きでは、よほどのことがない限り、出していただけないのでしょう?」

「なあに、お嬢さんは歌がお上手だそうだから、大丈夫ですよ」

「ふつうの手続きをしようかとも思ったのでございますよ。でも主人が、せっかく折口先生を存じあげているんだから、そんなことは必要ないだろうと申しまして……」

「所定の手続きをとってください。ああ、来ました。これが申込用紙です」

「さようでございますか? あの番組は面白うございますわねえ。うちでも、お宅のテレビは毎日のように拝見しておりますんでございますよ。この子もあの番組を喜んで見ておりますのに……」

堀江夫人は、しばらくもじもじしてからいった。

「実は……いちど、第一次予選で落されたことがあるんです。でもあの時は、ディレクターのかたが不親切で……それにこの子も調子が悪くて……」

「そうでしたか。ま、しかし今度は大丈夫でしょう。ね、君」折口は、まだ白眼をむいてウインクし続けている少女にうなずいて見せた。

堀江夫人はいった。「やはり、主人に来てもらった方がよかったかも……」

「それは関係ないですね」折口は冷たくそういって机に向かうと、ふたたび企画書を開いた。

堀江夫人はじっと折口の横顔を眺めた。その頬に、ヒステリックな引き攣りがピクピクと躍った。やがて彼女は、せいいっぱいの皮肉な笑いを浮かべて立ちあがった。捨てぜりふを思いついたらしかった。「じゃ、おいそがしいところをたいへんお邪魔いたしました。でも、何でございましょうね、こんなお仕事をなさっていると、いろいろと役得がおありのことでございましょうね。ホホ」

折口は企画書を閉じると、堀江夫人に向き直っていった。「よく気がおつきですが、何なら試して見られたらいかがです。あなたの眼の前でもって、その役得とやらでハナをかんでお見せしましょう」

「まあ！」堀江夫人は眼鏡の奥の細い眼を見ひらいた。「何てことを！」そして、部屋中に響きわたるような、かん高い声をわざとはりあげた。

「ワイロを持ってこいとおっしゃるんですね、ワイロを！　主人が教師で貧乏だと思って馬鹿にして！　ようござんす、モニター・クラブへ行って、このことを話してきます！」

「あなたがいい出したんだ」

「あんたみたいなディレクターがいるから、番組の質が低下するんです。何ですか、ずうずうしい、若い癖にもうちゃんと役職をカサに着ることをおぼえて！　ワイロを持ってこいだなんて」

部屋中の局員の視線が、彼女と折口に集中した。堀江夫人が娘の手をとり、毒づきながら部屋を出ていってからも、皆は折口の方を見続けた。

折口は閉口して、席を立つと廊下に出た。出勤してきたばかりなのに、彼はすっかり疲れていた。

　局員たちが仕事に疲れ、上役の眼を逃れてしばらく休憩したい時いつも行くのは、局の地下三階にあるアイ・センターだった。折口もひとりきりになろうとした。彼がこんな気持になったのは、入社直後の、誰にでもあるあの懐疑的な一時期以来のことだった。

　だが折口は、エレベーターの前で、28スタから出てきた二十二歳のミュージカル・スター、ジョージ・小野に腕を摑まれた。色白で黒眼がちの二枚目は、女のように身をくねらせながら折口に訴えた。

「D・D、おれもういや！　あの希望対談て番組グッと苦痛。さっきだって、おれのファンという女子高校生《コメジラ》ワンサときてニキビの台風グッとおれその圏内、そいだけならまだ辛抱すっけど、主役《スタ・プレ》のおれ押しのけてカメラの鼻さきでダチ公同士押しくら饅頭、あの娘《メロ》ども、おれに会いたくて来るんでないの、テレビ出たくてくんの、グッとあべこべのコントラリのさかさま、だからおれグッと寂寞心の沙漠。もっとインテレゼンスのあるファンに会いてえや」

「お前さんにインテリ・ファンなんているのかね」

「侮辱凌辱おれ恥辱！」

「よしよし、わかったよ、何とかするよ」

「本当！　欣喜雀躍神社仏閣！」

　ジョージから解放されて、折口はひとり、アイ・センターの中央へ降りた。

　ここには碁盤の目のように細い通路が拡がり、都道府県の数だけの各部屋がある。つまり四十八室あるわけだ。どの部屋も、四方の壁には二十五段四百列のアイ受像器が埋め込んであり、部屋の中央には両面に五千台のアイ受像器を埋め込んだキャビネットが、多い部屋で六列、少ない部屋で三列並んでいる。もちろん、それぞれの段の下にはコントロール・パネルがついている。ひと部屋平均二万五千台、地下全部で約百二十万台のアイ受像器が置かれているのだ。日本中のアイの約五分の一が映像を送ってきているここは、日本一のアイ・センターである。

折口は「東京都」というプレートのかかった、いちばん大きな部屋に入り、キャビネットの間の細い通路へしのびこんで、コントロール・パネルに向かった椅子のひとつに腰をおろした。その附近の受像器の数台のスイッチを入れ、画面をぼんやりと眺めながら、彼はタバコをくゆらせた。スクリーンには、都心から少し離れた高級住宅街の景色が映し出された。芸能人や作家やプロのスポーツマンの多いその辺りの家は、いずれを見ても奇抜なデザインの建物ばかりだった。折口は、その左右にあるもう数台のスクリーンのスイッチも入れてみた。人気女優の寝室と、小説家の中では昨年の最高額納税者だった流行作家の書斎がスクリーンにあらわれた。どちらの画面にも、人の姿は見られなかった。

折口は欠伸《あくび》をした。眠れぬ夜がふた晩続いていた。だが折口は、自分をこれほど疲労させた原因である、あの暢子という娘に対しては、腹をたててはいなかった。あの娘と、このテレビ局にくる人間たち——何という違いだろう、折口はそう思っていた。彼の怒りは今、有名人になりたいために自分を悩ませる人間たち、スターの座を維持したいために駄々をこねる有名人たちに向けられていた。

どうしてみんな、有名人になりたがるのか——今まで考えてみたこともなかった問題を、折口は自分に課した。

彼は考えた。

過去百何十年かの間にマスコミは、平凡な人間を有名にしてしまう新しい力を持った。いやむしろ情報社会の大衆——テレビの視聴者や活字報道の読者である大衆が、マスコミと協力して名声を製造する方法を発見したといってよい。大衆はそれらの有名人の名前で頭の中をいっぱいにしたうえ、さらに有名人を求め続けた。だが大衆は、彼ら有名人への自分たちの賞讃が、人工的に作られたものに捧げられているのだということを信じようとはしなかった。人工的合成物に過ぎない有名人を、真の英雄だと思いこんでいた。いや、思いこもうとしていた。ちょっと深く考えれば、誰にだって、有名人が大衆の飽くことのない期待によって作られた情報社会の産物だということはわかるはずだった。有名人とは売り物になる人間的モデルだ。大きく拡がり続ける市場を満足させるため、やすやすと大量生産され全国的に広告される商標であり、商品である。それは過去の歴史にはなかった、新しい種類の人間的空虚さだ。その証拠に、有名人は特質を欠如していなければならなかった。個性の些細な表現だけで分化していなければならなかった。巧みに自分の個性を他と異った方法で区別するだけで、本質的には同じでなければならなかった。善人でもなければ悪人でもなく、道徳的には中性でなければならなかった。グラフ雑誌などに載る彼らの伝記や日常は「ためになるもの」とはみなされていず、しかもそこには、ごくわずかの事実しかふくまれていなかった。何故なら、そもそも彼らはマスコミの作り出した虚像にすぎないのだから。彼らは大衆と同じ性格を持っていなければならなかったのだ。そして今、大衆の視界は、わかりきった男女の姿でいっぱいになっていた。現実の知人とまちがえられて話しかけられるテレビ・タレントほど、人気があった。自分たちの空虚さを反映しているだけのイメージにとびつく大衆は、大衆自身の影をふやし、拡大させているだけだった。有名人は今までにない速さで毎日のテレビから生まれ、今までにない速さで忘れ去られ、消えていった。一世代前の有名人のほとんどが忘れられていた。そして大衆は、過去の有名人がいかに早く忘れ去られたかという報告——「だれそれは今、どうなっているか」という番組を、実に面白がって見た。にもかかわらず、有名になりたがる人間は、あとを絶たない――何故だ？　折口は考え続けた。

彼らには自信があるのだ――折口はそう思った。自分の才能に自信があるのではない。いったん有名になりさえすれば、常に自分を宣伝して、いつまでも忘れられることのないように、始終ニュースやゴシップを作りつづけて見せるという自信だ。自分の個性的な、すぐれた伝記をでっちあげて見せ、それを読者に信じこませてやるという自信だ。毎日のテレビのニュース種になるほどの、さまざまなスキャンダルにまきこまれて見せるという自信だ。しかもそのためにマスコミから消されないよう、片方ではちょっとした善行もして見せてやるという自信だ。無意味な流行語を、次から次へと作ってやるぞという自信だ。他の有名人をほめてやることによって自分もほめてもらい、また彼ら同士の相互関係がニュースになることによっても、ますます自分のイメージを確立させてやるという自信だ。有能な自分の宣伝係を多数手もとに引きつけておいて、あやつって見せることへの自信だ。おそらく大衆のひとり、ひとりが、そんな自信を持っているに違いない――折口はそう思った。どんな人間でも、いつ、どんな事件にまきこまれるかわからず、いつアイにキャッチされるか知れず、したがって、いつ有名人の仲間入りをすることになるかわからないのだ。考えてみれば、大衆のすべてがそんな期待を持ち、そして自信を持つのも当然だった。

静かな室内に靴音が響き、折口のいる方へ近づいてきた。アイの見まわり係だ。彼らは数人で各室を巡回していて、どの受像器も一時間に一度は必ず眺めるようにしている。何かニュースになりそうな画面を発見すれば、洩らさずアイ担当D・Dに携帯テレコールで連絡するのである。

やがて、キャビネットの角をまがって姿を見せたのは、折口のよく知っている若い局員だった。

「おや、折口さん、珍しいですね。あなたがこんなところへ……」

「おれだって、たまには息抜きしたくなるさ」折口は苦笑していった。

若い局員がみな自分のことを、まるで機械のように仕事熱心で、かみそりの刃のように頭の切れる、非人間的な秀才タイプだと思っているらしいことは、折口もうすうす感づいていたのである。

係員は、コントロール・パネルのスイッチを順に入れては画面を眺めながら、次第に折口の方へ近づいてきた。「何か、いやなことでも、あったんですか？」

「どうしてそう思うんだ？」

「だって、いいことなんて滅多にないでしょう？」

折口は笑いながら、操作盤上に靴のかかとを乗せた。その時彼は、さっき自分がスイッチを入れたスクリーンのひとつに、何か動くものを発見した。

「おや？」彼は足をおろして、眼をこらした。

そのスクリーンは、あの、流行作家の書斎を映し出している受像器のそれだった。その画面の中――まるでアトリエのような明るい造りの洋間に、どうやら開け放されたままのヴェランダから忍びこんできたらしい、ひとりの薄ぎたない少年が立っていた。彼は落ちつかない様子で、書類棚や机の抽出しをひっかきまわしていた。十六、七歳に見えるその少年は、流行の薄っぺらな上衣を着ていて、油気のない頭髪を額に垂らしていた。

「君っ、ちょっと見ろ！」

折口は画面を凝視したまま係員に叫んだ。係員は、切迫した調子の折口の声に驚いて、すぐに走ってきた。そして折口と同じ画面を眺めた。

「こそ泥らしいですな」

「小説家の鹿田《しかた》新平の書斎だ。君、すぐに警察に連絡しろ」折口はそういいながら、係員の携帯テレコールをひったくり、スイッチを入れた。

係員は部屋の隅にある外線電話の方へ走り去った。

「もしもし、こちらはアイ・センター。担当D・Dどうぞ」

折口の呼び出しに応えて、アイ担当D・Dののんびりした声が聞こえてきた。「こちらD・D。なにか面白いものを見つけたのか？　どうぞ」

「見つけた。今、鹿田新平の家にこそ泥がしのび込んで、書斎を荒らしている。どうぞ」

「それは本当か。そ、そいつは面白いな！　家のものは誰も知らないのか？　どうぞ」

「うん、知らないらしい。どうぞ」

「よしっ！　アイ・ナンバーを教えてくれ。副調整室へもらおう。今ちょうどコマーシャルを流しているから、緊急アイ情報に切り替える。どうぞ」

「東京都第五区ＡＦの63Ｂだ」折口はそういうとテレコールを投げ出し、コントロール・パネルの上のサウンド・スイッチをさがした。アイの取りつけられている附近には、たいていマイクも仕掛けられているのだ。「どれだ、音のボタンはどれだ！」勝手がわからず、折口はうろたえた。

だが、違うボタンを押して妙なことになってもいけないので彼は音をあきらめ、無言の画面を見るだけで我慢することにした。すぐに係員が戻ってくる筈だし、彼に訊けばわかる筈だった。

書斎の壁にかかっているモンドリアンの絵に眼をとめた少年は、額縁の裏をのぞきこんだ。そして絵を壁から取りはずした。隠し戸棚があらわれた。少年は戸をあけ、中へ腕をつっこんだ。

食いいるように画面に見いっていた折口は、グッと咽喉を鳴らした。

書斎のドアを開け、和服姿の鹿田新平が入ってきたのだ。中年肥りで下腹部のでっぱった流行作家は、少年の姿を見て立ちすくんだ。そして金歯だらけの口を大きくあけた。声なく息を吸っただけで、叫んだのではないらしかった。それは、少年が作家に気がつかず、まだ戸棚の中に腕をつっこんだままでいることでわかった。やがて戸棚から抜き出した少年の手には、皺くちゃになった紙幣や証券の束が握りしめられていた。流行作家、鹿田新平は、一瞬、救いを求めるようにアイの方を見た。泣きそうな顔をしていた。だが彼は、すぐに気をとり直し、落ちつきはらって胸をはった。アイに見られているかもしれないという考えが、いつもの彼らしいポーズをとらせたに違いなかった。泥棒ひとりにびくびくしたのでは、その小説の中に何人もの英雄を登場させている大衆作家としての彼の面目が失墜する。彼は逃げ出すことも、大声で悲鳴をあげることもできなかった。彼はあきらかに虚勢と思えるポーズ、つまり、腹をさらに突き出し、ふところ手をした、いつも人前に出るときの、あのポーズをして見せた。

人の気配を感じ、少年は身体をびくっと沈め、鋭い眼でドアの方を振りかえった。

作家と少年の眼があった。どちらも、互いに相手を恐れながら、それを隠そうとしていた。

しばらく睨みあっていた。

やがて、肥った中年男の見せかけの押し出しが、痩せこけた少年の虚勢を圧倒したらしく、少年は視線を床に落した。作家が何か喋りはじめた。

折口はやきもきして、整った頭髪を搔きむしった。「声だ！　声が聞きたい！」

彼はたまらなくなって、さっきの係員の名を大声で呼んだ。返事がなかったので、折口は受像器を離れて駈け出した。

キャビネットのコーナーで鉢あわせをしそうになった係員の腕をひっぱって、折口が受像器の前まで駈け戻ってきたとき、作家と少年は部屋の中央の応接セットに向きあって腰をおろし、何か話しあっていた。作家が喋り、少年はうなだれて、作家の言葉にうなずき返していた。

「早く！　早くマイクのボタンを！」

折口が叫び、係員はサウンド・スイッチを入れた。その途端、感度のいい受信機が最高のヴォリュームで叫び始めた。

「だまれ！　何も知らねえくせしやがって！」

「わ、わっ！　な、何をする！」作家が悲鳴をあげた。

少年がポケットから、小さな切出しナイフを出し、作家に切りつけたのだ。作家は傷口を押さえ、壁ぎわへとび退いた。壁に背を押しつけ、恐怖に眼を見ひらき、大きく口を開いてあえいだ。それから掌についた少量の血を眺め、裏声で絶叫した。

「うわーっ、ひやーっ、血、血だ！」

少年はその声で、さらに逆上した様子だった。彼は作家の傍へ駈けより、さらにナイフを突き出した。

「ひやーっ！　だ、誰か来てくれ！」作家は危く身をかわし、床に転倒し、また起きあがって肘掛《ひじかけ》椅子の背の凭れにしがみついた。眼鏡がだらしなく歪んで、鼻さきにひっかかっていた。「き、君はさっき、わしに一度、あ、あやまったんじゃないか！」

「よけいな説教なんかするからだ！　お前みたいな奴は殺してやる！」

「助けてくれ！　わしが悪かった！」作家は泣いていた。「殺さないでください。女房がいます。子供がいます」彼は恐怖のあまり、すごい早口で喋りまくっていた。

少年も泣きわめきながら、床の上を這いずりまわって逃げる作家を追いまわした。「みんな同じだ！　どいつもこいつも、同じだ！」

作家は逃げまわり、部屋の壁ぎわを一巡した。また壁に背を押しつけて立ちあがった。少年は作家を睨みつけ、ナイフの握り方を変えて逆手に持ち直した。それを見て、作家はヒイと咽喉を鳴らした。彼の顔から、たちまち血の気がひいた。

「これは嘘だ」彼は首を左右に振りながら、弱々しく呟いた。「嘘にきまっている。わしが人から、こ、殺されるなんて……」

二、三度、息をゼイゼイいわせてから、彼は眼球をくるりと裏がえした。白眼になった。そして失神し、床にくずおれた。

少年はナイフを持った手を、だらりと垂らした。その時、ヴェランダとドアから警官がとび込んできて、少年を捕えた。少年は少しもがいたが、すぐおとなしくなった。

折口はドアの方へ歩き出した。

「あ、D・D、どこへ?」

係員の問いに折口は振り返りもせず言った。

「警察だ。あの少年と話がしたい」

6

局の制服を着た折口が、警察署の正面玄関に横づけした局の車から降り立ち、入口のドアをあけると、受付の警官が立ちあがって丁寧に敬礼した。事務をとっていた者も二、三人立ちあがり、折口が、声をそろえていらっしゃいませというのではないかと思ったほど、にこやかに挨拶した。

「鹿田新平の家へ泥棒に入った少年に会いたいのですが」と、折口はいった。

「は、今、取調べ中でございます」受付の若い警官は今にも揉み手をしそうな様子だった。「私がご案内申しあげましょう」

「君は受付だ。持場を離れちゃいかん」横から出てきた中年の警官が、若い警官を押しのけた。「どうぞこちらへ」

若い警官は一瞬打ちのめされたような表情になった。彼にとっては、テレビに出ることのできる、一生にただ一度のチャンスを逃がしたのかもしれないのだ。泣き顔になるのも無理はなかった。

折口は取調室への廊下を、中年の警官のあとに続いて歩いた。

中年の警官は歩いている間中、何かにせき立てられてでもいるかのように、のべつまくなしに喋り続けた。「この建物は三カ月前に完成したばかりでさあ。だけど、ごらんになっておわかりでしょうが、とても新築とは見えねえでがしょ？　この壁やこのドア、あの天井、それから床、こいつらをこの通り古ぼけて見えるようにするのに、署員全員がまる二日かかったんすよ。いや、テレビ局の旦那にならその苦労はわかっていただけるでしょうがね」

「何故そんなことを？」

「何故ですって？　いやあ、こいつは旦那もお人が悪い」彼は歯槽膿漏らしい歯ぐきを見せて笑った。「だってあなた、警察署の中がホテルみたいじゃ、警察という感じがしねえでしょうが。第一、しょっ引いてきた容疑者が怖がらねえ。それより何より、報道陣が厭がりまさあ。ここからニュースの中継をやるにしろ、ドラマの撮影をやるにしろ、天井から床までまっ白けのピッカピカじゃあ、視聴者が病院か何かと間違えちまう」

「すると、部屋の中までわざと薄汚なくしてあるの？」

「へえ。まあ取調室へ行ってご覧になればわかりますがね。冷暖房装置のダクトなどは、できるだけ見えねえようにして、暑くもないのに旧式のガタガタ扇風機、寒くもねえのにブリキ張りの火鉢と、まあそういった具合でさあ。机や椅子なども、大時代な木製の奴を、わざわざ古道具屋を探しまわって、新品よりゃかえって高いくらいの値段で……」彼はあわてて口を押さえた。「いけね。こいつは口をすべらせた。今のはご内聞に。都民はうるさいからねえ」

もちろん彼が親しみを買おうとしてわざと失言したのだということは、折口にもわかった。

取調室は、三坪ばかりの小さな部屋だった。

少年を訊問していた二人の刑事は、折口を見ると、急に眼を生きいきさせて立ちあがった。

「これはこれは。さ、どうぞどうぞ」白髪の混った年上の方の刑事が、いそいそと折口に内臓のはみ出た椅子をすすめた。

「この少年に会いたいとおっしゃいますので、お連れ申しあげました」折口を案内してきた警官はそういって、まだ名残り惜しそうに折口をじろじろと見続けた。

「ご苦労さま。もういいよ」若い方の刑事が、警官の肩をぽんと叩いていった。

中年の警官は噛みつきそうな顔で若い刑事を睨みつけた。

「ご苦労さま」と、初老の刑事もいった。

警官はしかたなくドアから出て行きかけたが、急に振り返って、折口にさもなれなれしくウインクして見せた。「旦那、さっきのあれは秘密ですぜ」ニヤリと笑い、出て行った。

「あいつ、何を喋ったんです?」若い刑事が心配そうに折口に訊ねた。

「どうでもいいでしょう。さあ、どうぞ訊問を続けて下さい」折口は心もち顔をしかめてそういった。

だが、二人の刑事は少年の方を振り返ろうともせず、折口と向きあって腰をおろしたまま、じっと彼に眼を注ぎ続けた。

「どうしたんです? 取調べ中だったんでしょう?」

「ええ、でも……」初老の刑事が何かを折口に訊ねようとして、言葉を思いつかぬままに、若い刑事の方へ助けを求める眼を向けた。

若い刑事は訊ねた。「どういうふうにやればいいんでしょうか? つまり、その、あなたの演出意図ですが……」

折口は、ふたたびあの乾いた笑いが出てくるのを止めることができなかった。「そんなもの、ありませんよ。さあ、続けてください」

「すると……」初老の刑事は、部屋の壁に埋めこまれているアイを指していった。「あいつで中継してられるわけじゃないんで?」

「そうです。それほどの大事件でもありませんからね。最近は有名になろうとして有名人を襲う奴がやたらに増えたから……」

「僕はそうじゃない！」少年が吠えるようにいった。

「うるさい！」若い刑事は凄い眼をして少年を怒鳴りつけ、また折口に向き直った。「すると……」彼は警戒するような眼になり、少年の方を顎でしゃくった。「お知りあい？」

「とんでもない」折口は苦笑した。「単なる見学ですよ」

二人の刑事は、ながい間とまどった表情のままで、ぎごちなく椅子に掛けたまま、ぼんやりと折口の顔を眺めていた。

「そうですか。見学が駄目なのなら……」

折口が出て行きかけると、二人の刑事は感電したように椅子からとびあがった。若い方はドアへ突進し、年寄りの方は折口を引きとめた。

「いえいえ、そんなあなた」初老の刑事は顔を皺だらけにして愛想笑いをした。「なるほど、見学！　そうですか！　きっとドラマで警察の場面があるわけですな？　その見学ですな？　いや、そうでしょう、そうでしょう。いいですとも、結構ですとも、そうと決まれば私たちも、熱を入れてやりますよ。ハハ、ハハ。決してあなたに時間の損はさせません。さ、さ、どうぞ、どうぞ」

手とり足とりしかねぬ様子で、二人は折口をもとの椅子に無理やり掛けさせた。そしてふたたび、少年と向きあって腰をおろし、訊問をはじめた。

少年は浅黒い、健康そうな顔色をしていて、整った顔だちをしていた。眼つきや唇から、彼がきかぬ気らしいことは容易に想像できた。

「さてと」初老の刑事は書きかけの調書を見た。「金が欲しかったから盗みに入ったといったな？　なぜ金が欲しかったんだ？」

少年は白い眼を刑事たちに向けた。「答えなくちゃいけないんですか？」

「生意気な口をきくな！」若い刑事が頭ごなしに怒鳴りつけた。彼は張りきっていた。

「学生服を買いたかったからです」と、少年が答えた。

「学生服だと？」年上の刑事が訊ねた。「お前の学校じゃ、制服でないと通学を許されんのか」

「いいえ」

「じゃあ別に学生服を買わなくったって、いいんじゃないか」

少年は投げやりな口調でいった。「欲しかったから、欲しかったんです」

「嘘をつけ！」若い刑事は立ちあがり、腰に手をあてて部屋の中を歩きまわり始めた。あきらかにテレビの「暗黒街シリーズ」に出てくる刑事の真似だった。「そんなもの買うつもりだったんじゃあるまい。正直にいうんだな。何に使う筈だったんだ？」

「僕は本当のことを言ってるんです！」少年は握りこぶしで机をたたきながら、泣き声でいった。

「僕に嘘をつけというんですか？」

「ふふん」若い刑事は薄ら笑いを浮かべていった。「近頃じゃ、そんなひねくれたいい方を学校で教えるのか」

少年も、せいいっぱい反抗的な笑いを浮かべた。「テレビに教わったんですよ。あなたのその喋り方と同じようにね」

「なにを！」若い刑事は蒼ざめた。

「まあまあ」初老の刑事は彼を制した。「何故学生服が欲しかったか、納得できるように説明できるかね？」この刑事の方は、あきらかに人気対談番組の、ものわかりのよい老タレントの影響を受けていた。

「僕の家は貧乏だから、学生服を買ってもらえないんですよ」

「そんなことはわかってる！」若い刑事が吠えた。「何故欲しかったかと聞いてるんだ！」

少年は吠え返した。「これから喋るところなんだ！」大きく息を吸いこんでから、初老の刑事に訴えた。「どうして僕がまともに喋ろうとするの、邪魔するんですか。この人がいちゃ喋れません。出てもらってください！」

「なにを！」若い刑事は少年に詰めよった。「ここを何処だと思ってるんだ！　手前の家とでも思ってるのか！」

「君、やめたまえ」初老の刑事がたしなめた。「わしに質問をまかせなさい。でないと、ほんとに出ていってもらうよ」

若い刑事は蒼くなり、充血した眼で少年を睨みつけた。そしてゆっくり腰をおろした。くやしさに、唇を顫わせていた。

「学生服を着ていないと、テレビに出られないいんです」と、少年はいった。

「ほう、何のテレビにかね？」老刑事がちょっと眼を輝かせた。

「学校音楽の時間です。僕は音楽部にいるんだけど、僕だけ制服がないから出られないんです。僕は歌が下手じゃない。僕だって皆よりはうまく歌える自信があるんだ。本当なら僕も出られるんですよ」

少年はそういって、恨めしそうな眼で折口を見た。

「あの番組はうちの局の制作だが」折口は少しあわてていった。「制服じゃないといけないなんて制限は、してない筈だ」

「ええ、そうです」少年はうなずいた。「でも、音楽部の方でそういうことに決まってしまったんです。いくら音楽番組といっても、やはり、テレビに出演する者はすべて視聴者の眼も楽しませなければならない、だから服装は統一されるべきだというんです」

「正論だ」と若い刑事がいった。

「でも本当は違う」少年は身をのり出した。「それは出演する部員を制限する必要があったので、その言いわけなんです。音楽部にはテレビ・タレントの息子が三人いて、そいつらが部内で幅をきかしていて、しかもそいつらは音痴で……」

若い刑事はまた笑った。「それはお前の僻《ひが》み根性でそう思ってるだけだろう」

「ちがいます！」

老刑事がいった。「まあいい。でも制服ぐらい、音楽部以外の友達に借りたらいいじゃないか」

「友達ですって！」少年は吐き捨てるようにいった。「みんな自分がテレビに出たがっていて、出られそうな者への嫉妬なんて、そりゃもう、すごいんですよ。どうして、僕に貸してくれたりするもんですか」

「頼んで見たのかね？」

「いいえ。だって駄目に決まっています」

「だってそりゃ、君の早合点かもしれないよ」

「あなたには、わからないんだ」少年はそういって横を向き、黙ってしまった。

「理由はどうあれ、学生服がほしいというだけで盗みに入ったんだね？」

少年はそう訊かれ、急に俯向いた。「はい、悪いことをしたと思っています」

「しおらしげな様子をするな。盗もうとしただけじゃない。お前は鹿田先生に発見されると、ナイフを出して先生を殺そうとした！」若い刑事がとどめを刺すようにいった。

「そうじゃない」少年は若い刑事に向かって首を左右に振って見せた。「見つかったから殺そうとしたんじゃないんだ」

「また言いのがれする気か？」彼はちらと、年上の刑事を見た。「他の人はごまかせても、おれはごまかせんぞ」

「わかりゃしない、誰にもわかりゃしないんだ」

少年は机に俯伏せた。

「わかるかわからないか、まあ言ってごらん」老刑事がいった。

少年は俯伏せたままでいった。「僕は見つかったとき、いちどあやまったんだ。悪いことをしたと思った。本当にそう思った」顔をあげた。「だからあの人に、素直にあやまったんだ！」

「また出まかせを……」若い刑事は頬を引き攣らせた。彼は今度は本気で怒っていた。怒鳴りつけた。「そんなこと、信じてもらえると思っているのか！」

「それは本当ですよ」折口が二人の刑事の背後から口を出した。「僕は偶然、一部始終を局のアイ・センターで見ていた。この子は本当に、一度はあやまったんだ」

二人の刑事は振りかえって折口の顔をぼんやりと眺めた。折口がうなずいて見せると、刑事たちも口を半開きにしたままうなずき返した。

折口はゆっくりと立ちあがり、少年の傍に歩み寄った。「僕がここへ来たのは、君が、一度はあやまっておきながら、どうして鹿田新平を殺そうとしたのか、その理由を聞きたかったからだ」彼は二人の刑事に顔を向けた。「物好きな奴だと思うでしょうね？」
二、三秒の間をおいて、若い方の刑事があわてて首を左右に振った。
折口はまた少年に訊ねた。「どうしてだ？教えてくれないか？君の行動には常識的でないところがある――いやいや、盗みに入ったことをいってるんじゃないよ。盗みというのは法律に反する行為ではあるが、われわれの常識に反する行為ではない」

二人の刑事は驚いて眼を丸くした。

「見つかって、すぐあやまった――これも常識的な行為だ。常識的でないのは、そのあと君のやったことだ」

「それを聞いてどうするんです？」

少年は白い眼を折口に向けた。これも常識に反する行為だ――折口はそう思った。彼に敵意を示す人間は、彼にとって非常識的な存在だった。

「どうするかは、聞いてから決める。だけど、それは僕の問題だ」そういってしまってから折口は、すっかり暢子の口調に影響されている自分に気がついて苦笑した。

「何が面白いんです！」折口の口もとを見て少年がわめいた。

「君、このかたはな……」年上の刑事が身をのり出して、ささやくように少年にいった。「いいか。君が鹿田先生を、なぜ殺そうとしたか。それを訊ねてられるんだよ」

「教えてやる！」少年は両腕を机に突っぱって、いきなりわめき出した。「奴が説教を始めやがったからだ！」彼は立ちあがり、折口にいった。「いいですか、僕が振り返ったとき、あいつはドアん所に立っていた。あいつ涙を流していた。本当に怖がっていた。あいつはびくびくものだった。本当に怖がっていましたよ。そりゃ、一生けんめい腹を突き出していましたよ。えらそうにね。だけど怖がってることは僕にだってはっきりわかった。僕はその様子を見て、本当に悪いことをしたと思ったんですよ！　本当なんですよ！　だからあやまったんだ。すると奴は、急に尊大になりやがった。どっかと椅子に腰をおろすと、金歯だらけの汚ない口の中を見せて、説教を始めやがったんだ！　勝ち誇った顔つきをして！　嬉しそうにして！」彼は立ったまま机をどんどん叩きながら叫び続けた。「その説教の内容といったら！　どうして奴ら、あんな言葉をいいと思ってるんだ！　使い古してボロボロになった封建思想の骸骨みたいな、論語、聖書、ことわざ！　古人いわく！　師のたまわく！　主いわく！　それを臆面もなくやりやがったんだ！　はずかしそうな顔ひとつしないで！　どうして自分が君子で、僕が小人なんだ！　そんなこと誰が決めた、いつからそんな風に決まってるんだ！」

彼は机に突っ伏した。声をあげて泣いた。ながい間、茫然としている三人の前で泣き続けた。

さっき折口を案内してきた中年の警官が、また入ってきた。「失礼します」

「何だね？」若い刑事がうるさそうに、白眼で彼を見た。

「その子の高校の先生が、その子に会わせてくれといって来てるんですが」と、警官がいった。「生徒も、五、六人いっしょです。学友だといっています」

「帰ってもらってください！」少年は叫んだ。「会いたくない！　僕はいやだ！」

「どうしてかね？」と初老の刑事がいった。「うん、そりゃあ、会いたくないというお前の気持もわからんことはない。しかしだな、みんなお前のことを心配して、わざわざ来てくれたんだ。ちょっとだけ会ってみたらどうかね？」

「心配ですって！」少年はとんでもないという顔つきで、はげしく首を左右に振った。「心配なんかしてるもんか、あいつらはみんな、面白がって僕を見に来たんだ！」

「何てことをいう！」初老の刑事は語気を強めていった。「みんな、君のためを思ってくれてるんだぞ！　わざわざみんないっしょに、こんな所まで来てくれたのを、ありがたいと思いなさい。友情を踏みにじっちゃいかん」

「いやだ！　あんたたちには、わからないんだ！　教師だって今まで僕に、声ひとつかけてくれたことはないんだ。友だちなんか、僕にはいないんだ！　みんな、自分のことだけに一生けんめいで、他人を押しのけようとしていた奴らばかりなんだ！　あいつらはみんな、捕まった僕を見て優越感を持ちたくてやってきたんだ！」

「お前は何という根性曲がりだ！」初老の刑事が、とうとう大声で怒鳴った。「そこまで根性が僻んでるのか！　ひねくれた奴だ！」

「ひねくれてるのは、あいつらなんだ！」少年は、けんめいに叫んだ。「あいつらは学友たちを代表して僕を見に来て、心配したり同情したりするふりをして、学校へ帰ってから自慢たらしく僕に会ってきたことを喋りまわるに決まっているんだ！　僕には、わかってるんです！」

「どうしますかね?」中年の警官がもう一度訊ねた。

「そうだなあ」二人の刑事はちょっと考えてから、指示を仰ごうとするかのように、折口の方を見た。

折口はいった。「すみませんが、しばらくこの子と二人だけにしておいていただけませんか」

「ああ、そうですか。いいでしょう。じゃあ、わたしたちはあちらへ……」

刑事たちは、そそくさと部屋を出て行った。

折口は、さっきまで若い刑事が腰をおろしていた椅子に掛けて少年と向かいあい、タバコを出した。

「僕にも一本くれませんか?」

「ああ」折口は少年にタバコをやった。

少年はタバコをくわえ、反抗的な笑いを作っていった。「僕は未成年者ですよ、タバコなんかくれてやっていいんですか?」

折口はいらいらして、荒い口調でいった。「そんなことはどうでもいい。僕なんか十五の時から喫ってる」

少年はちょっと驚いて、折口の顔をぽかんと見つめた。やがて気をとりなおしてにやりと不敵な笑いを浮かべ、生意気な恰好で机の上に身をのり出し、折口に顔を近づけた。「あんたもやっぱり、お説教ですか？　僕を救いたいってわけですか?」

「君を?」折口は不思議そうに少年を眺めた。「君ならもう救われてる。むしろ僕が君に救ってもらいたいくらいだ」

「僕が救われてる?」

「そうとも、救い難いのは他の連中だ。ところで君は、ここを出て早く家へ帰りたくないか?」

少年が折口をじっと見つめながら、ぼんやりとうなずいた。

折口はいった。「ところが君は、家へ帰してもらえないようなことばかり、さっきから言ったりしてるじゃないか。それが君の救われてる証拠だ」

「何をいってるのかわからない。僕は頭が悪いんだ」

「いや、僕の睨んだところでは、君は頭がいい。よすぎるくらいだ。だから僕のいうことがわかる筈だ。いいか。君はせいいっぱい反抗してる。反抗するのがあたりまえなんだ。君くらいの若さで、反抗しない奴のほうがよほどおかしい」

「僕もそう思う。だけど僕は罪を犯したんですよ」

「犯罪とこれと、どういう関係があるんだ？　そんなことはどうでもいい。とにかく君は反抗的でまともだ。そのために家へ帰れない。これをどう思う？」

少年はしばらく考え込んだ。「わからない」

「盲人の国では、片眼の者が王様ということを知っているか？」

少年はまた考え込んだ。「知らないけど、意味はわかります」

「王様——だけどそれは、淋しい王様だ。孤独で悲しい王様だ。何も得をすることのない王様だ。税金を徴集することさえできない王様だ。その王様は何ものをも支配しない。いかなる権力も特権も持たない王様なんだ。病におかされていることを自覚しない世界の中で、自分が半病人であることを自覚しているというだけの意味での王様なんだ」

「それじゃ、僕は家へ帰れないんですね？」少年は泣きそうになっていった。「家に帰りたいんだ。ここは嫌いだ」

「まあ待ちたまえ」折口はいった。「ひとつだけ、ヒントをあげよう。いいかい。盲人は片眼にはなれない。だけど片眼は、盲人の真似をすることはできるんだよ」

少年はじっと折口の眼を見つめた。彼の頰が赤くなった。「わかりました。先生と友だちに、会います」

折口はにやりと笑った。「うん、そうしたまえ」

立ちあがって廊下へ出た。

少し離れたところにあるソファの附近に、学生たちや刑事が集って何か喋りあっていた。

折口は彼らに、少し大きな声でいった。「来てください。会うそうです」そしてすぐ部屋の中に引き返し、少年にうなずいた。「しっかりやるんだな。お手並を拝見するよ」

彼は今まで掛けていた椅子を部屋の隅に引っぱって行き、腰を落ちつけた。

折口が開けたままにしておいたドアから、刑事二人を先頭に、若い神経質そうな男の教師、そして二人の女生徒を混えた六人の高校生が入ってきた。

「菊池君！」教師は壁ぎわにいる折口の制服にちらと眼をやってから、前へ進み出て、机の上に両手を置き、背をかがめて少年の顔をのぞきこんだ。「詳しいことは、今刑事さんから聞いた」ちょっと言葉につまり、しばらくしてから小声でいった。「会いたかったよ……。会えてよかった。よく、会ってくれた」それから柄もののハンカチを出した。だが、まだ涙は出ていなかった。彼は涙を出そうとするかのように、自分のハンカチを見つめた。「心配したんだよ、みんな……」やっと涙が出てきた。彼は突如として泣き叫び始めた。「先生が悪かったんだ！　君のことに気がつかなかったなんて！　僕は君と、打ちとけて話しあったことは一度もなかった……でも、でも、君は、そんなに悩んでいたのなら、どうして僕に相談してくれなかったんだ！　どうして、ひとこと……ぼ、僕に……」おいおい泣き続けた。

教師にならって、生徒たちもいっせいに泣き始めた。女生徒たちは、眼に押しあてたハンカチの下から、時おりちらちらと折口の方を盗み見ながら泣いた。

教師はわめき続けた。「気がつくべきだった、君のことに……。ゆ、許してくれ、菊池君！　僕は教師として落第だ！」

「菊池君！」

「菊池さん！」

泣きながら学友たちが、一歩ずつ前へ出た。

女生徒のひとりが、嗚咽しながら喋り出した。「私たちも悪かったわ！　そのくらいのこと、とっくに気がつくべきだったのよ！　毎日いっしょに合唱練習していながら……。でも、でも、学生服がないくらいのこと、どうしてわたしたちにいってくれなかったの！　そんなこと……どうして……」

「き、き、菊池君！」色の白い学生が、さらに一歩前へ進み出た。ミュージカル・コメディの人気タレントの息子であることは、その顔つきや表情から、折口にはすぐわかった。

「僕は残念だ！　僕と君とは、中学の時からの親友じゃないか！　君が学生服を持っていないことくらい、僕は知ってたんだよ！　君をほっといて、僕だけテレビに出たりするもんか！　僕はあの番組に出る日には、わざと病気になって休んで、君に代ってもらおうと思ってたんだぜ！　上着も、君に貸してやるつもりだったんだ！　本当だよ！」彼は学生服を脱ぎはじめた。「さあ、着てくれ！　君がこんなことになったのは僕の……この僕の責任なんだ！」

彼は少年の背後にまわり、上着を着せかけてやってから、その背中に頰を押しあて、号泣した。父親の演技を真似ていた。じっと俯向いていた少年は、突然がばと机に突っ伏してワーッと泣き始めた。そのはずみでタレントの息子は床の上へひっくり返って音が出るほど強く頭を打った。だが、あわててすぐ立ちあがった。

「僕は馬鹿だった！」少年は叫んだ。「先生やみんなが、こんなに僕のことを思ってくれているなんて、ちっとも知らなかったんだ。僕は悪いことをしてしまったんだ。僕はひねくれていた！　許してくれみんな！　先生！　ゆ、許してください！」

一同の号泣がさらにはげしくなった。刑事たちまで貰い泣きをしていた。

「何をいうんだ、菊池君！」教師はあわてて少年の背後へ駈けよろうとして、そこに立っていたタレントの息子の頭に強く鼻柱を打ちつけ、眼鏡を落してしまった。彼は片手で鼻を押さえながらおろおろして眼鏡を拾いあげ、少年の背に抱きついた。「わかってくれたのか。わかってくれたのだね。ありがとう、ありがとう」

　何がどうわかったのか、折口には少しもわからなかった。

　少年は顔をあげ、わあわあ泣き続けた。「僕は悪い奴なんだ！　僕はこんなにみんなからかまってもらえる人間じゃないんだ！」

「そんなことないわ！」さっきの女生徒が、涙で充血した眼球を突き出し、叫ぶようにいった。

「あなたは、いい人なのよ！」

「そうとも。君がいなけりゃ僕たちの仲間はバラバラなんだ！」

　タレントの息子が、刑事たちの方に向き直っていった。「刑事さん、菊池君を許してやってください！　お願いです！」

「ううん」初老の刑事は、ちょっと困っていった。「さっき、鹿田先生の方からも、勘弁してやってくれという電話があったんだが……」

「それならいいでしょう、お願いします。菊池君を、僕たちといっしょに、帰らせてやってください」

　教師もいっしょになって、一同はまるで小学生のようにぺこりと頭を下げ、学芸会のように声をそろえた。「お願いします！」

「ありがとう、みんな、ありがとう」むせび泣きながら少年がいった。「だけど、僕はやっぱり罪を犯したんだ。人を殺そうとしたんだ。僕は犯罪者だ。僕は罰を受けるべきなんです。罰を受けて、心を入れかえてきます」

「いけない！　君はもう、充分罪を悔いているじゃあないか！　責任は僕にあるんだ！」タレントの息子は刑事に向き直っていった。「刑事さん！　菊池君よりも僕を……この僕を罰してください！」

「あなたたちの気持はわかります」初老の刑事は

白いハンカチで眼を拭いながらいった。「しかし、やっぱりこの子は、一応殺人未遂なんだし……」

折口は吐き気をこらえながら、ゆっくりと立ちあがった。「僕からも、お願いします。この子を許してやってください」

一同はいっせいに折口の方を見た。どの眼も希望に満ち、異様に輝いていた。

刑事たちは、折口のその言葉を待っていたらしく、ほっとしたようにいった。「あなたがそうおっしゃるなら……」二人の刑事は顔を見あわせ、うなずきあった。

初老の刑事がいった。「では、わたしたちの独断で、この子を帰します」彼は独断という言葉に力を入れた。「ただ、あとで私たちは、署長から小言をくうかもしれないが……」さすがに、あとの面倒を見てくれとは頼みかねて、彼は語尾をにごした。

折口は彼の方に掌を向けて押しとどめた。「そのことは、またあとで……」

「そうですか?」二人の刑事は、露骨に嬉しそうな表情をした。

生徒たちは、羨ましそうな顔つきで刑事たちを見た。

若い刑事が、ちょっと見得を切り、それから大声でいった。「では、お引きとりください。この子をよろしくお願いします」

わーっと喜びの声をあげ、生徒たちは少年の周囲に駈け寄った。そして手をとりあい、嬉し泣きに泣きはじめた。

やがて幕切れ近くのクライマックス・シーンも無事に終り、一同はラストシーンを演じるために警察署の玄関を出た。刑事と折口も、助演者として玄関まで見送りに出なければならなかった。

生徒たちは、去って行きながら何度も振りかえり、頭を下げた。刑事たち二人も、玄関の石段の上に並んで立ち、いつまでも手を振り続けた。教師と生徒たちは、少年を中心にして一列横隊になった。そして小学生のように肩を組んで、合唱しながら歩いていった。その歌は今流行している「フレンドリイ」だった。

もう、誰もこちらを振り返るものはいないのに、刑事たちは少年たちのうしろ姿にまだ手を振り続けていた。もちろん、折口が傍にいるからだった。

折口はふたたび署の中にひき返すと、手洗所へ駈けこんだ。便器にかがみこんで、はげしく嘔吐した。朝食を少し摂っただけだったので、胃には少量のものしかなかったが、彼はいつまでも吐き続けた。しまいには吐くものがなくなって血を吐いた。

7

D・D折口が警察でヘドを吐き続けている頃、局では、P・P石神が突然重役会議に呼び出され、面くらっていた。

「どうしておれが、そんな会議に出なきゃならんのだ」P・Pは電話をかけてきた社長秘書に訊ねた。

「知らないわ」秘書嬢はそういって首をすくめたが、もちろんそれはP・Pには見えなかった。「社長も知らないのよ」

「何、社長も知らない？　じゃあ、おれを呼び出した重役は誰だ？」

「外部の人らしいのよ。新しい企画を発表するんだって。だからP・P代表をひとり、D・D代表をひとり、会議に出席させろっていうのよ」

「外部の人？」

「そうよ」

P・Pには見当がつかなかった。「D・Dは誰が出席する？」

「浜田さんよ」

「彼は深夜組だろ？」

「ええ、でも少し早出してもらったの。他の人は仕事中だったり、行方不明だったりして、手の空いている人は彼だけなんだもん」
「おれは仕事がつかえてるんだぜ」Ｐ・Ｐは、これ以上新しい仕事を貰いたくなかった。
「あなたの場合は、局いちばんの腕っききだというので、その外部の人のご指名らしいわ」
「それは誰なんだ？　まさかスポンサーじゃあるまい？」
「知らないわ。日本記者クラブのバッジをつけた人よ」
「誰だろうなあ」やはり、わからなかった。

Ｐ・Ｐが第一会議室へ行くと、そこには五人の重役と、Ｄ・Ｄ浜田がいた。社長はまだ来ていなかった。

Ｐ・Ｐは重役のひとりに訊ねた。「何ごとだ？　社長や重役が企画会議をやるのか？」

その重役は眼をしばたたいてＰ・Ｐに訊ね返した。「ほう、企画会議をやるのか？」

この重役も何も知らないらしかった。

Ｐ・Ｐは浜田の隣席に腰をおろし、全員に聞こえよがしにいった。「けしからん。おれはいそがしいんだ」

常務の石原が苦笑していった。「すまんすまん。だが、緊急会議なんだ」

「説明してくれ」

Ｐ・Ｐがいうと、石原常務は眼鏡をはずして拭きながら、ひとりごとをいった。「この部屋は湿気《しっけ》てるな。レンズが曇ってしかたがない。ワイパーつきの眼鏡がいるぞ」

Ｐ・Ｐはもう一度いった。「説明してくれ」

石原常務は立ちあがって窓ぎわへ行き、眼鏡をかけて、八階の高さから街の通りを見おろした。そしていった。「わしにもわからん。社長が出席するまで待ったらどうだ」

社長が出席した。

社長は連れて来た記者クラブの男と並んで上座に腰をおろした。黒い、いかつい顔をした男だった。

石原常務が立ちあがり、彼を紹介した。「日本記者クラブ委員長の隅の江氏です」

隅の江は立ちあがり、会釈した。

「隅の江氏は」石原常務がいった。「記者クラブを代表して、緊急提案をお持ちになりました。それを発表していただきます。その内容についてわ、社長はじめ私ども重役の誰ひとりとして、予備知識をあたえられてはおりません。なお、隅の江氏のご希望で、今日のこの会議にはP・Pの石神君と、D・Dの浜田君に特に出席していただきました。その理由も……」彼はちらと社長を見た。「少なくとも私は知りません。ではどうぞ、隅の江さん」彼は歌うようにそういってから腰をおろし、また眼鏡を拭きはじめた。

隅の江はふたたび立ちあがり、一同をぐるりと見まわして、何故かしばらくの間、顔をしかめ続けていた。やがてP・Pは、彼が笑っているのだということに気がついて、とびあがるほど驚いた。

「みなさん」隅の江は喋りはじめた。「私が持ってまいりました提案は、そのまま申しあげると恐らく突拍子もないものに聞こえるでしょう。そこでまず、何故記者クラブがこのような提案を作成したか、その理由を、順を追ってご説明いたします」

彼はここで、思わせぶりな咳ばらいをした。

「ええ、現在、日本と韓国との国交は、過去にその例を見なかったほど悪化しています——いや、悪化していると伝えられています。つまり、過去にそれほど悪化した例が見られなかったというのは、われわれマスコミ関係者の、いわば独断——ひとりぎめであります」
二、三人の重役が小さく笑ったが、P・Pと浜田は笑わなかった。
「……。これはかまわないと思います。その独断が正しかろうと間違っていようと、この言葉が日本人の関心を多少なりとも韓国へ向けることになるでしょう。そして現在、まだまだ日本人の韓国に対する関心は稀薄なのです」

「こいつは共産党員かい？」Ｐ・Ｐはそっと浜田に訊ねた。

「それはともかく、ではその国交悪化の第一の原因は何かと申しますと、いうまでもなく漁業問題です。これは先日の紫竜丸事件で、皆さんも納得されることと思います。十年前、アメリカに尻をひっぱたかれた両国が、民衆と離れた支配層だけで、日韓会談を急速にまとめあげたことがありました。その時にも問題になったのは、例の李ラインでした。というよりも、実質的には日本が李ラインによってすべてを譲歩させられた形でした。あれほど不法不当なラインはないわけで、当時の日本政府もそういっていました。にもかかわらず、結局最後まで、李ライン撤廃の条件として、さあ請求権ではいくら出せ、在日朝鮮人の法的地位の問題ではどうしろとからめられた形になったのです。会談終了後、日本側では、一応李ラインが撤廃されたと発表しました。しかし韓国では国民感情を恐れて、まだ撤廃されていないという説明がされたままだったのです」

「共産党でもなさそうだぜ」浜田がＰ・Ｐにささやき返した。

「当然紛争は続きました。対馬海峡は、日本にとってと同じように、韓国にとっても伝統的漁場でした。おまけに我国と韓国の、漁業水準の極端な差というものがありました。韓国の漁民は必死の抵抗をこころみ、あらんかぎりの術策を弄して生命線を守ろうとしました。韓国の学生は漁場の死守をかかげて日本大使館へデモをくり返しました。アメリカと李承晩《りしょうばん》とが李ラインで企図したものと、韓国人民の漁業権、生活権擁護の問題が、生命線を守れという形で、偶然一致したわけです」こういってから隅の江はにやりと笑ったが、この皮肉は重役連にはあまりよくわからないらしかった。

「やっぱり共産党臭い」と、P・Pがつぶやいた。

「さて、一方日本では、李ラインが撤廃されたとあって、大規模な独占漁業が一挙に対馬海峡へ乗り出して行きました。このため、韓国の漁民はおろか、日本の中小漁業まで残飯あさりの状態に追い込まれてしまったのです。それでもなお、日本の中小漁業は、はげしく出動しました。ところがその中小の水あげ分も、独占資本は買い占め買いたたいた。悪循環です。中小漁業はより必死になって、略奪漁業を開始した。会談でどんなに漁獲高や漁船の隻数の規制・限定をやったって、生きるか死ぬかだから、略奪する方も決死の覚悟です。もちろん、略奪の先頭に立ったのは常に中小漁業でした。韓国の領海に入りこんだ日本漁船に、カンカンになって怒って抗議にやってきた韓国漁船が体当りをくらわされて沈没するという事件も、数回ありました。あれをやったのも、すべて零細漁民でした。その背後に独占漁業のあと押しがあったかどうかの問題はさておきましょう。この事件の問題や、漁業協定改定の話しあいをする筈だった日韓会談は、外相の急死で中止になってしまいましたが、この日に紫竜丸事件が起ったのです。韓国の領海に入りこんだ紫竜丸に、韓国の警備艇が銃撃を加え、乗組員が二人死んだ——ところがこの事件は、日本のマスコミでは、申しあわせによりそれほど大きくとりあげられませんでした。何故かと申しますと、韓国警察が日本漁船を拿捕《だほ》するのは、たいてい両国間で重大な会談が行われたり、日本の大臣が韓国を訪問したりする時にそなえてであることが多かったのです。そしてその時が来ると、日本外交官の機嫌をとり、会談をスムーズに進行させるため、拿捕した漁船と船員を小出しに送還したのです。つまり彼ら抑留されていた船員たちは、外交手段に使われたわけです。だから、外相の急死で一応中止にはなったものの、すぐまた会談が開かれる筈だという時に、韓国現政府の統帥権下にある警備艇が、なぜ日本漁船を追い、しかも銃撃まで加えたのかという疑問が当然生まれてきます。そんなことは起り得ないことだからです。そこでわれわれはこの件を韓国の新聞社――東亜日報、韓国日報、朝鮮日報、統一朝鮮新聞、他三社など、それに放送局――ソウル放送、文化放送、東亜放送、他一局など、またテレビ局――東洋テレビ、新国民テレビの民放二局の他国営テレビなどとも協力して調査しました。その結果、意外な真相を発見したのです。紫竜丸を攻撃したのは、与党の民主共和党、すなわち現政府とアメリカの評判を落し、日本との会談を決裂させる目的で、野党である民衆党があと押しし、警備艇に偽装させた漁船でした。そしてそれに乗っていたのは、漁民ではなく、釜山大の学生三名、ソウル大の学生一名、梨花女子大の学生二名だったのです」

一同は少し驚いて、しばらくの間黙った。

「梨花といえば、日本でいうと聖心に相当する女子大ですな」石原常務がぼんやりと、あまり意味のないことをいった。

隅の江がいった。「私たちは、この真相も、発表することをさしひかえました」

「どうしてですか?」P・Pが訊ねた。「記者クラブは、民衆党に味方するのですか?」

「おことわりしておきますが」隅の江は、ちょっと眉を寄せてP・Pに答えた。「われわれ記者は――あなたたちだってそうだと思うが、右翼でもないし、もちろん左翼でもありません。現代日本のマスコミ関係者としては、それが理想なのじゃありませんか? もちろん個人的立場はそれぞれ違うでしょうがね。私個人としていうなら、私は……そう、プチ・ブル的自由主義者とでもいいましょうか……」

「わかりました。しかし、その事実を発表しないと、結果としては民衆党に味方することになりますよ」

「いやいや、発表しないとはいってません。発表するのです。もっとセンセーショナルに」

「というと?」

「報復攻撃の企画が完全に出来あがって、それと同時に発表できるようになるまで待つわけです。その方がずっと、報道効果があります」

「報復攻撃!」石原常務がびっくりした。「戦争かね?」

「いやまあ、お静かに」隅の江は苦笑していった。「戦争じゃありません。少しばかり大がかりな喧嘩《でいり》ということになりますかね。政府はノー・タッチなんですから、戦争じゃない」

「でも、喧嘩することを発表すれば、政府は介入してくるでしょう?」

石原常務の質問に、隅の江はうなずいた。「そこが難しいところなんですね。如何にして政府を黙視させておくか。しかしこれは裏面工作で、できないことはない筈です。どちらの政府も、民間で勝手に喧嘩している限りでは、むしろこの喧嘩を喜ぶ筈なのです。韓国のマスコミ関係者に訊ねたところでは、韓国政府としては、野党や学生たちの抗議や非難が日本漁船に向けられている間は現政権を維持することができ、安泰でいられるわけですし、その間の国民の攻撃衝動とエネルギーを、デモや地下運動から喧嘩の方へ転じさせておくこともできるわけで、おそらく大喜びだろうということでした。また、わが国の政府にしたところで、大衆の関心が韓国に向けられることに対しては異存はないのです。中小企業を大資本の先発隊として韓国へ送り込むことに躍起になっていますからね。この喧嘩がもとで、ひとつ韓国へ出かけて行って低賃金で奴らを支配してやれという気持を大衆に植えつけることができるかもしれないのですから。それに海の上で漁船同士が小ぜりあいをやる分には、ある程度は、予知することができなかったといって、とぼけることもできるわけです。いざとなれば、とにかくこっちにはすでに二人の死者が出ているわけで、先制攻撃をかけたのは向こうですから、むしろ弱味は韓国政府にある。だから暗示をあたえてやって、政府同士傍観していようと話しあわせてやることも可能でしょう。また、アメリカは、日本人の敵意や攻撃欲が韓国に向けば、それを利用して経済侵略ができる」

「そしてマスコミは」P・Pがにやりと笑っていった。「それを材料にしてニュースが作れるというわけですな?」

「そうです」隅の江はいった。「韓国のテレビ、ラジオ、新聞、いずれもこの喧嘩には大賛成です。最近、あっと驚くような大事件がなくて困っているという点では、むこうもこちらも同じでしたからね。それにだいたい、あっちのテレビはいつも日本の真似ばかりしています。人気番組はほとんど日本の模倣ですな。ずっと前からアベック歌合戦や私は誰でしょうなんてやっていたし、東洋テレビのグッド・イブニング・ショーなんて、こちらのニュース・ショーやモーニング・ショーそっくりそのままです。去年出来た新国民テレビでも同じことです。国営テレビにしたって、NHKと違ってやっぱりCMを流すから、スポンサー獲得のために面白いものをやらなきゃいけない。当然こちらのテレビ局とも、意見は一致する筈です。釜山の人なんかみな日本のテレビばかり見ているくらいで、子供が忍者ごっこをやって怪我したりなんかしています」

「で、その喧嘩は、どのくらいの規模でやるんですか?」

「大きくなり過ぎて大海戦になっても具合が悪いし、小さ過ぎてニュースにならなくても困ります。韓国からの情報では、民衆党は、日本漁船の反撃にそなえ、学生たちに命じて、新しく漁船二隻に武装させているという話でした。だからこちらも漁船二隻に、機関銃やバズーカ砲を積んで出かけて行けばいいでしょう。敵の武装も、その程度だそうです」

「何人くらいで?」

「一隻にせいぜい七、八人。二隻で十五、六人というところでしょうね」

「待ってください」P・Pがいった。「韓国側では日本漁船に腹を立てている民衆党員の学生たちが乗り組むわけだが、こちらでは誰が乗るのですか? 零細漁民たちが、二人の死んだ仲間のとむらい合戦に出かけて行くという形になるわけですか?」

「それでは面白くないだろう」石原常務がいった。「やはり有名人を乗せて行かなくちゃ、ニュース・バリューがない」

隅の江は、顔をほころばせていった。「もうおわかりでしょうが、実は提案というのは、この海戦の企画のことなのです。これをこちらの局で検討していただき、番組を編成していただきたかったのです」

社長が皆の顔を見まわした。「どうだね? みんな」

「賛成だが……」重役のひとりがいった。「報道を、わが社だけにやらせてほしいものですな。よその局が加わると、話がややこしくなる」

「そのつもりでした」隅の江がいった。「テレビ報道は、銀河テレビだけでやってもらった方がスケジュールやプログラムを作るのに便利ですからね。だから他局には話はしていません。民間放送でいちばん大きいのは、この銀河テレビですから。ただし、条件がひとつあります。活字報道陣を代表して、私を海戦に参加させていただきたい」

糞度胸のある奴だな——名前を売るつもりだとわかってはいたが、やはりP・Pは感心した。——おれにはそんな度胸はない。だいいち、おれは泳げない——。

「それは、構わないでしょう」石原常務が身をのり出して社長の顔をのぞきこんだ。「社長、面白いですな。やって見ますか？」

「面白いな」と、社長がいった。首をゆっくりまわして石原常務に顔を向けた。

二人はしばらく表情を読みあっていた。

社長はうなずいた。「よし、やろう」

「いかがなものでしょう」隅の江が腕時計を見ながらいった。「まだ時間もあるようですから、この場で、この企画のアウトラインだけでも決めていただけませんか？　私は局外者で、本当なら社内のこんな会議に加わるのはおかしいんでしょうが、何しろ時日が切迫しておりますので、いそいで準備しないと間に合いません。また、政府との折衝など、私もいろいろとお役に立てると思いますし……」

「それは、構いません」石原常務は断定的にそういってしまってから、あわてて社長に訊《たず》ねた。

「ねえ社長、それは構わないんじゃないですか？」

「いいだろう」と、社長がいった。

「切迫しているといっても、海戦の日どりは誰が決めるんです？　まだ決まってないんでしょう？」D・D浜田が訊ねた。

隅の江が答えた。「韓国のマスコミと、打ちあわせをして決めましょう。韓国側の戦闘員もやはり、マスコミの言いなりになりますからね。だから、まず、こちらの希望する日を決めてください」

「早い方がいいな」重役のひとりがP・Pに訊ねた。「何日で準備できる？」

P・Pは視線を宙にさまよわせた。「うう……まず十日かな」

「遅い」石原常務がいった。

「うん、遅いな」社長がいった。「一週間で準備できんか？」

「一週間じゃ無理だろうなあ。漁船二隻を改造しなくちゃならんし……」P・Pは腕組みした。「しかし、やれないこともなさそうだ」腕組みをほどいた。「うん。出来そうだ。やってみます」

Ｐ・Ｐは、この海戦の企画に自分がすごく乗り気になっているのを感じた。だが一方では、何かしら気になることがあった。何が気になっているのかは、まだ、わからなかった。

「漁船には、アイをいっぱい取りつけましょう」石原常務がいった。「どんなシーンでもテレビ中継できるように……。そう、一隻に二十台ぐらい取りつければ完璧だ」

重役たちも、急にワイワイ喋りはじめた。

「そうだ。船室にも、甲板にもな」

「甲板には望遠レンズのアイもいるぞ」

「乗組員の眼からは、アイを隠しておいた方がいい」

「二隻で合計五十台もつけときゃ、文句なしだ」

「この企画を一般に発表するのは、いつにしましょう？」Ｄ・Ｄ浜田が訊ねた。「やはり、海戦の準備ができてからにしますか？」

「いや、それは早い方がいいのじゃありませんか？」隅の江が口を出した。「大衆に期待を持たせて、前人気をあおった方がいい。海戦の起りそうな日――つまりこちらの予定日だけ教えておいて、しかし、いつ起るかわからないということにしておいた方が……」

「で、実際にはいつ起すんです？　韓国側は一週間さきということを諒承すると思いますか？」

Ｄ・Ｄ浜田がまた訊ねた。

「するでしょう」と、隅の江が答えた。「あっちの方が、ずっと早くから準備していたんですからね。ただ、その予定の日に、他に大きなニュースがあったり、雨天だったりした際は、順延ということにしておいた方が……」

Ｐ・Ｐが苦笑して呟いた。「雨天順延の戦争か」

「ちょうどよかった」Ｄ・Ｄ浜田が手を打った。「明朝のモーニング・ショーは、紫竜丸の船長とのインタビューです。韓国の船に銃撃された時の様子も、スタジオに漁船のセットを組んで、再現することになっています。それが終ってから、すぐに海戦のことを発表すればどうでしょう？」

「うん、それがいいな」石原常務がいった。

「それがいいそれがいい」と、重役たちが声を揃えた。

「明日のモーニング・ショーの担当Ｄ・Ｄは誰だね？」

「折口君です」

「よし、君、そのことを彼とよく打ちあわせておいてくれ」

「はい」Ｄ・Ｄ浜田は几帳面に携帯テレコールを出して復誦し、それを録音室に録音させた。それから、また顔をあげた。「明日、どの程度発表しますか？　つまり、今日ここで決定していただかなければならないものは、何と何ですか？」

「そうだな。海戦予定日と、船の名前と、乗組員と、それから……」

重役のひとりがそこまで言ったとき、石原常務が立ちあがった。「では、便宜上私が議長になって議事を進行させましょう。まずこの海戦の名称ですが、どう呼びますか？」

重役たちが喋りはじめた。「日韓海戦では？」

「呼びにくい」

「大時代だ」

「古い」

「それだと、本当の戦争になってしまう」

「ただの海戦でいいんじゃないか？」

「アサ公撃滅作戦」

「これはひどい」

「また時事評論家から、程度が低いとか、民族的偏見に満ちた日本人のきたなさをむき出しにしているとかいわれるぞ」

「資本主義の毒素に染まった命名だという投書がくるよ」

「韓国人全体を刺戟するような名称はやめた方がいいな」

「Ｋ作戦というのはどうですか？」Ｄ・Ｄ浜田が

いった。

「海戦のKかね？」

「それと、韓国のKです」

「ふん、いいね」

「なんとなく、曰《いわ》くありげだし、簡単だ」

「では、K作戦と命名します」石原常務がいった。「次にK作戦の予定日。これは、今日から一週間さきですと、五月の十九日になります。とりあえずこの日を予定日とし雨天順延、また突発事故や他に大きなニュースがあっても順延とし、この日を目標に、早速準備にとりかかります。それから、このK作戦の担当は、私の権限でもって、P・Pでは石神君、D・Dでは浜田君ということに決定したいと思います。次に船の名前ですが……」彼は一同の顔を見まわした。

「紫竜丸の乗組員のとむらい合戦ということだから、やはり紫竜丸にしたらどうだ？　あの紫竜丸という船を改造してもいいじゃないかね」

「二隻なんだよ。もう一隻は？」

「第一紫竜丸と第二紫竜丸にするか」

「面白くないな」

「とむらい合戦だろ？　もっとおどろおどろしい名前がいい」

「死んだ船員の怨霊が乗り移っているという意味で、怨霊丸はどうだ？」

「これはすごい」

「これはいい」

「もう一隻は？」

「疫病丸はどうだ？」

「乗る奴がいるかね？」

「いるさ」

「怨霊と対で、生き霊丸というのは？」

一同はゲラゲラ笑った。

「霊柩丸というのはどうだ？」

「いや、それなら棺桶丸の方がいいぞ」

「そうだ、その方がいい」

「では船の名前を、棺桶丸と、それから、ええと、怨霊丸と命名し、早速漁船二隻を買い、部分的に改造を始めます。次に、乗組員ですが、これは現在決定しているのは日本記者クラブの隅の江 博《ひろし》氏だけです」

「誰がいいかなあ」

「とにかく、水先案内として紫竜丸の船長にはどうしても行って貰わなきゃなるまい？」

「そう。これは絶対だ」

「紫竜丸の船長、脇田秀造、決定」

「漁船の操船だが、船員は何人ほど必要なんだ？」

隅の江が立ちあがった。「二名いれば充分と思います。死んだ船員の友人を、二隻にそれぞれ二名ずつ選んで乗せればどうでしょう。その人たちに交代員の教育をしてもらう」

「なるほど」

「では、その四名の人選は、船長と打ちあわせた上で決定します。これで六名。あと十人ほどを決定しなくてはなりません」

「スポーツマンも乗せよう」

「誰がいい？」

「東神ヒポポタムスのピッチャーの国木がいいぞ」ヒポポタムス・ファンの重役がいった。

「いやいや、あんな奴は駄目だ」東神嫌いの重役が大声でいった。「やっぱり、南急ホメーロスの松井だよ。ホームラン王だから、子供の人気は絶対だ」

　二人の重役は、しばらく言いあっていた。毎度のことなので、他の重役たちはにやにや笑いながら傍観していた。やがて石原常務が、そっと社長に耳うちした。社長はうなずいて、咳ばらいをしてからいった。

「国木もいいが、やはり南急はわが社のスポンサーだ。松井に決めてはどうかね？」

「松井伸二、決定」石原常務が間髪を入れずにいった。

「軍事専門家も要るぞ」

「そうだ。自衛隊の若い将校もひとり加えよう」

「そんなの入れちゃ大変だ。問題になる」

「やはり民間人にしぼろうよ」

「なあに、自衛隊を辞めさしゃいいんだ」

「やめるか?」

「そりゃ、やめるさ。金と名声が手に入るんだからな」

「じゃあもうひとり、警察機動隊から誰か引き抜けばどうだ?」

「いい考えだ」

「では、自衛隊員一名、警察機動隊員一名、決定。この方の手配は、言い出しっぺの辻専務にお願いしましょう。これで九名、あと六、七名ですが……」

「剣豪作家はどうだ?」

「さあ……。一流の人はみんなお爺ちゃんばかりだからなあ」

「じゃあ、ミステリーかSFの作家はどうだ?」

「やはり若手で一流というのはいないないな」

「女をひとり乗せよう」

「どうかなあ。これは男性向きの番組だぞ」

「ひとりくらい、いいさ。戦争映画にだって女優は出るものな」

「そうだ。売れっ子のミステリー作家で、柴原節子という、いい度胸をした美人がいるぞ」

「交渉次第だな」

「行くさ。テレビにもよく出るしな」

「じゃあやはり、SFの方からも誰か行かせよう」

「星慎一」

「もう少し若けりゃねえ。五十歳だろ?」

「若手で、後藤というのがいます。SF界のホープとかいわれています」

「そうだ。あいつがいいぞ。おっちょこちょいで面白い」

「では柴原節子、後藤益雄、決定」

「ルポ・ライターは?」

「これはいいのがいるじゃないか。ほら、この間東南アジアの局地戦をルポしてきた奴……」

「ああ、村越均《ひとし》か？　現代には英雄はいないとか何とか偉そうに、自分ひとりだけ英雄のような顔してる奴だな？」

「あの男、本当は最前線までは行かなかったという話だが」

「まあいいじゃないか。あのルポはベスト・セラーになってるし」

「じゃあ、村越均、決定」

「一般からも募集したらどうだ？　ひとりだけ代表として」

「それは君、大変だよ。大勢来るぞ。選考がむずかしいしな」

「もう日にちも、あまりないことだし」

「じゃあ、コンテストを公開してやればいいじゃないか？　英雄コンテストって奴を」

「どうだろう？」石原常務がD・D浜田に訊ねた。「金のかからん、手っとり早い方法でコンテストができるか？」

「できると思います」浜田は答えた。「何とか、やって見ましょう」

「では、一般代表の英雄は君にまかせる。P・P、コンテストのスポンサーをさがしておいてくれ。海戦の方のスポンサーはいくらでも出てくるから、あとまわしだ」

「了解」

「ジョージ・小野を行かせよう。あいつはミュージカルをやっていて身軽だから、戦争をやらせると面白いぞ」

「いいね」

「歌手の人気投票でも、一位だったしね」

「では、ジョージ・小野、決定」

「えらいことを忘れていた。アナウンサーが要るじゃないか」

「誰がいいかな？」

「長部久平だろう、やっぱり」

「でもあいつは、わが社のアナウンサーじゃないだろう? フリーだ」

「いいじゃないか。すごい人気だし、中年婦人層を摑んでる」

「他には、いないんじゃないか?」

「決定しましょう。長部久平」

「待てまて、そうなると、わが社を代表して行くのは誰だ? ひとりもいなくなるぞ」

「そうね。誰か乗せよう」

「誰かいないかな」

「今、こうして、決定した人たちの名前を見て行きますと」石原常務が喋りはじめた。「みんな体型的には痩せ型の人ばかりです。視覚効果を面白くするために、でっぷり肥った人もひとり、乗せなくちゃいかんと思いますので、社内からは、百貫デブをひとり……」

皆、いっせいに笑った。笑いながら、一同はP・Pの方を見た。

P・Pも笑いながら、皆の顔を順に眺めた。笑いながらいった。「なぜ、おれを見る」

一同は、まだにやにやしながら、P・Pの顔を眺め続けた。

P・Pの顔から笑いが消えた。「おれを見るな」それから立ちあがってわめいた。「いやだ! おれは行かんぞ! おれはプロデューサーだ。他の仕事がある」泣きそうになっていった。「おれは泳げないんだ。船が沈んだらどうなるんだ。おれはいやだ。誰が何といおうといやだ。おれは行かんぞ!」

8

「どうしておれが戦争に行かなきゃならないんだ」

その翌朝、P・Pが泣きそうな顔で折口に訴えた。「おれは泳げないんだ」

「まあ、死ぬなんてこともないだろうさ」折口は苦笑していった。

「長部久平ニュース・ショー」の本番三十分前、32スタのフロアーには、紫竜丸のセットができあがっていた。ローリング・フロアーの上に吃水線から上の部分を組み立てた船の甲板では、船員の役をやるタレントたちがF・Dと演技の打ちあわせをしていた。

D・D浜田がやってきて折口にいった。「紫竜丸の船長がやってきた」彼は疲労で眼を血走らせていた。ワイシャツが汚れていた。

「まだいたのか？　もう帰って寝たらどうだ？」折口がいうと、浜田は首をはげしく左右に振った。「まだ帰れない。これから英雄コンテストの段取りだ」

そこへ船長の脇田秀造がやってきた。彼は折口と同じくらい背が高く、しかも堂々たる恰幅をしていた。日に焼けて色が黒く、眼がぎょろりとしていて唇が厚く、胡麻塩《ごましお》の頭髪を丸刈りにしていた。彼は紹介されるなり、折口に訴えた。

「おら、戦争にはもう、行きたくねえだ」おろおろ声だった。「あんな恐ろしいことは、もう、やめにしてもらいてえですだよ」

彼はすでに、日常会話まで標準方言になってしまっていた。物ごとを考える時さえ、この、現実にはない、架空の標準方言で思考するのではないかと折口が思ったほど、その言葉は彼の口からすらすらと飛び出してきた。

「僕が決めたんじゃないよ」折口は少し困っていった。

だが船長は、なおも折口にくどくどと訴え続けた。

折口の声に、F・Dのひとりが傍に来た。

「おおい、F・D！」

折口は船長を指していった。「やっと船長がきた。セットの方へつれて行って、タレントたちと演技の打ちあわせをやって貰ってくれ」

「わかりました。こちらへどうぞ」

折口が第一副調整室に入ると、そこには、さきに入っていたP・Pが椅子にうずくまって、頭をかかえていた。折口は、ここぞとばかりに、彼の肩をうしろから平手で力まかせに叩きかえした。

「しっかりしろよ。P・P」

P・Pはなさけない眼で折口を見あげていった。「この間からの夢見が悪かった」

「どうした。自分のミイラを作っている夢でも見たか？」

P・Pは妙な顔で折口を見た。「どうしてだ？そんな夢じゃないよ」しばらく考えこんだ。それから突然身を顫《ふる》わせて絶叫した。「おかしなことを言うな！」

「すまんすまん」折口は笑いながら、コントロール・パネルの前に崩れた姿勢で腰をおろした。

「音楽学校へ行ってりゃよかった」と、P・Pがいった。

「何の話だ」

「おれは音楽学校へ行きたかったんだ。何のつもりでテレビ大学へなんか入ったんだろう」

「今さら何をいってる」

折口は全回線イヤホーンのヘルメットを被った。

P・Pがいった。「おれは泳げないんだ」

「おれと交代してほしいんだろうが、おれは替ってはやらないぜ。戦争なんて願い下げだ。それにおれは、肥っちょじゃない」

P・Pは弱々しく視線を下げた。「肥ったのは、おれのせいじゃない。女房のせいだ」と、彼は弁解した。「栄養学なんて、余計なものを憶えてきやがって……」

折口はフロアーを見おろした。出演者は、長部久平をはじめとして全員揃っていた。いつもの倍ほどの数のF・DたちとA・Dたちが走りまわっていた。みんな、興奮していた。ある意味では彼らも戦争の参加者なのだ、無理もない——折口はそう思った。だけど、これは、から騒ぎだ——そうも思った。思ったとおりP・Pにいった。「から騒ぎだ」

P・Pは驚いて折口を見つめた。「何がだい?」

折口は投げやりに手を振ってフロアーを指した。「この騒ぎさ」

折口は苦々しげに顔を歪めていた。P・Pは、そんな表情の折口を見るのは初めてだった。

「こいつらはみんな、大衆の期待に振りまわされているんだ」折口は喋りはじめた。「出来ごとのない時に出来ごとを作り出す能力が、マスコミにはあるはずだという大衆のとほうもない期待にな。しかもその大衆は、国民的自己催眠にかかった大衆なんだ。奴らは現実が自分たちにあたえることができる以上のビッグ・ニュースを期待し、それがマスコミによってでっちあげられると、さらにそれ以上のものを期待し、しかもそれらが、自分たちの要求によって作られたものなのだということを知ろうとしない。その事件が幻影であることを認めようとしない。本当にそんな風変わりな多くの事件が、全世界で起っているのだと信じようとしている。それが本当の事件なのかどうかはそっちのけだ。その事件が面白いかどうかだけが問題なんだ。最近じゃ、空想の方が現実より現実的だ。マスコミは常に新しい疑似事件をでっちあげなければならなくなり、しまいには、取材しにくい本物の出来ごとを贋造の出来ごとの彼方《かなた》へ追いやってしまう。もちろん、マスコミの作る事件なのだから、それは報道や再現メディアに都合のいいように準備されるわけだ。ニュースはほとんど、いわゆる軟派のニュースだけになる。硬派のニュースさえ、軟派にされてしまう。テレビでいえば、視覚効果があるようにされてしまう。百貫デブのあんたが、K作戦に参加させられるのもそのためだ」

P・Pはあきれて、しばらく折口をじっと見つめ続けていた。それからぽつりといった。「君は変ったな」うなずいた。「別人のようだ。何だか、世界が終末に近づいてきたような気がするぞ」

「おれのいってることは本当だぜ」折口は欠伸ま

じりにいった。彼の顎には髭がのびていた。「君だから教えてやるんだ。眼をそむけちゃいけねえな」

Ｐ・Ｐは首を左右に振り続けた。「おどろいた。おどろいた」

折口がスタジオ側の回線を入れると、脇田船長の怒鳴る声が聞こえてきた。折口は携帯テレコールを出して、船長といい争っているＦ・Ｄに訊ねた。「何の騒ぎだ?」

Ｆ・Ｄは困っていた。「船員になるタレントの演技が、実際と違うっていい出したんです」

「あたり前だ。いくら役者でも、本職よりうまくやれるわけはない」

「そうでねえだ!」船長が、Ｆ・Ｄの持っているテレコールに叫んだ。「あいつら、こんな殺され方はしなかっただ。あいつら、胸と腹をやられて、まだしばらく生きていただよ。今の、人間とすり替えられた人形が、五体ばらばらになって花火みてえにとび散るなんてこたあ、なかっただよ!」

折口は苦笑して顎ひげをなでた。Ｄ・Ｄ浜田の案なのだ。彼は、20ミリ・バルカン砲にやられると人間はとび散るという理屈でこの場面を演出したのだが、船員が実際にやられたのは、ただの小銃だったらしい。

「どうしますか?」

Ｆ・Ｄの問いに、折口はぶっきらぼうにいった。

「じゃあ、人形を使うトリックをやめろ。タレントに、胸と腹を押さえて倒れる演技をやらせろ」

「面白くなくなるなあ……」Ｆ・Ｄは不満そうに呟きながら、タレントたちに演技をつけた。それから船のセットを降り、ふたたびテレコールで折口を呼び出した。「ねえＤ・Ｄ、今は時間がないから、船長をなだめておいて、本番の時だけ人形に変えましょう」

折口はまた、投げやりにいった。「ああ、もう、いいようにしろ」

Ｆ・Ｄはびっくりして、第一副調整室を見あげた。「D・D、今喋っているの、たしかにあんたですか?」

「ああ、おれだ。どうかしたか?」

F・Dはしばらく絶句してから、ゆっくりといった。「いいえ、別に……」

「本番五秒前」と、第三副調整室のA・Dが告げた。

「皆さん、やあ皆さん、おはようございます。長部久平です」と、長部が喋りはじめた。

彼は、今日は浮きうきしていた。彼は自分がK作戦の戦闘員に選ばれたことを喜んでいた。このスタジオの中で、長部がK作戦に参加することを知っているものは、まだひとりもいない筈だった。その全参加メンバーを最初に発表するのはこの番組であり、それをアナウンスするのは長部久平なのである。彼は、自分の名前を読みあげた時に、視聴者やこのスタジオの連中が示すであろう反応を想像して、ひとり嬉しがっていた。ことに彼は、自分——つまり長部久平が雄々しくも戦闘に加わるのだということを知った時の多くの女性たちの驚き——中でも特に、今自分の横にいる草月弘子の反応を想像し、有頂天になっていた。彼女はきっと大声で自分の名を呼び、あなたはそんな危険な場所へ行かないでと泣きそうになって頼むだろう——彼はそう思い、ひとり悦に入っていた。いや、本当に泣き出すかもしれない、ひょっとすると、自分の胸に武者振りついて泣くかもしれないぞ、もしそうすれば、自分は、例のよそよそしい微笑を浮かべながら、やさしく彼女の肩を撫でてやろう——そう思って彼は、ぞくぞくするほど張り切っていた。

あいかわらずの罪のない前説を喋り終ってから、長部はちょっと咳ばらいをし、声の調子を変えた。「さて、今日のニュース・ショーは、皆さんも先日来、マイクロ・テレ・ニュースなどでご存じの筈の、紫竜丸事件の全貌であります!」

画面が切り換えられた。日本海を西に向かう二隻の漁船のフィルムが流された。

「去る七日の夕刻、長崎県福江島、大瀬崎の燈台を出発した東邦水産の漁船二隻は、北緯三十二度五十分、東経百二十六度五十分の海上を、十ノットの速さで真西に進んでいました。主船は栄光丸で八十トン、副船は紫竜丸でこれも八十トン、いずれも二隻びき機船底びき網漁船としては小型の船でした」

画面はスタジオ内の漁船のセットに切り換えられた。番組は台本通りに進行した。

フェイド・イン――。

M（牧歌的なもの）

　シーンは紫竜丸の船尾のデッキ。ロング。

　かすかに靄《もや》がかかっている。

　船艙の揚げ蓋の上に腰をおろし、二人の船員がタバコを喫っている。

ナレーター　悲劇の起る一分前、副船紫竜丸の後甲板では漁撈長の相川悟と、船員の藤野栄三がおだやかな海を眺めながら、世間話をしていました。

　カメラ、二人にドリー・イン。

藤野（二十二歳の青年。背後の海をふり返ってから）相川さん。おら、さっきから気になってるだが、栄光丸の姿がちいとも見えねえだよ。このくらいの靄なら、いつもぼうとかすんで、あっちの方に見えてるだがね。

相川（四十五歳）先に行っちまったんでねえか？　なあに、ブリッジにゃレーダーがあるし、無線室の受信機は30マイルまでは確実に入るだから、迷うなんちゅうこたあねえだよ。心配するには及ばねえだ。

藤野　ふうん。そうかね。

　船長、脇田秀造（自役自演）ブリッジより出て、後甲板に降りてくる。

船長　相川さん、どうしたのか、おらにはよくわからねえが、レーダーで見ると栄光丸が急にどんどん先へ先へと行っちまうだ。何かこっちへ送信してるらしいけど、送受信装置の故障で、何いってるかよくわからねえだよ。

相川（立ちあがり）ふうん、どうしてそんなに急ぐのかな。おらには心あたりは何もねえだが……。（船長に向き直り）レーダーには入ってるのかね？

船長　レーダーには入ってるだ。そうそう、レーダーには別の船も入ってるだ。この船のあとからついてやって来るだよ。第七管区の巡視艇だと思うがね。

相川（うなずいて）それとも、水産庁の監視艇かもしれねえな。

藤野（立ちあがり）まさか韓国の船じゃねえだろうね？

相川と船長、ギョッとして顔を見あわせるが、すぐ笑い出す。

相川　まさか。こんなところまでは、やって来ねえだよ。

藤野（船尾の方を指し）ほら、見えて来ただ。何だか見なれねえ船だぞ。

相川（眼をこらし）

バック。スクリーン・プロセスの海面に、靄を抜け出てぬっとあらわれる韓国警備艇。

船長（とびあがる）ふわあっ！　ありゃあ、韓国の船だ！（ブリッジのほうへ駈け出しながら叫ぶ）全速力だ！　全速力で逃げるだ！

ノンフィクション・ドラマがここまで進行した時、カメラは船橋へ駈け登って行く船長の後姿にパンし、相川役と藤野役のタレントの姿を一瞬画面から消した。その隙に二人のタレントはセットからとび降り、待ちかまえていたＦ・Ｄが甲板上に二体の人形を置いた。

船尾、フル・ショット。

Ｓ・Ｅ　バキューン！　バキューン！

相川、藤野、赤い破片となって飛び散る。

船長、銃声におどろいて、ブリッジからとび出してくる。二人が死んでいるのを見て、デッキの手摺りに駈け寄り、韓国船に向かってにぎりこぶしを振りまわしながら叫ぶ。

船長　くそ！　お前たち、何ちゅうことやるだ！

——しかし、演技は、シナリオ通りには進行しなかった。船長は手摺りに駈け寄ろうとも、叫ぼうともせず、そのままデッキに、へたへたとすわりこんでしまった。彼は茫然として、あたりに砕け散ったゴム人形の破片と、その人形の腹につめこんであった赤インクが飛び散った痕を見まわしながら、力なく首を左右に振り続けた。「うそだ」彼は弱々しく呟いた。「これは嘘だ」

セットの蔭のF・Dは眉をしかめ、舌打ちした。だが、第一副調整室にいる折口の眼には、船長のその動作からは、偶然この残酷な情景にぴったりの、なまなましいほどリアルな迫力を感じとることができた。

彼はカメラマン・ステーションに指令を出した。「切り替えるな。そのまま船長にドリー・インしろ」

船長は両手を顔にあて、慟哭《どうこく》しはじめた。本当に泣いていた。これもシナリオにない演技だったので、セット裏のF・Dは静かに地だんだを踏んだ。「大根め。大根め」

「この紫竜丸事件をきっかけに、その後数回にわたり、日本漁船が韓国警備艇に銃撃を受ける事件が起ったのであります」画面は、怒りに眼をきらめかせている長部久平のアップに切り換えられた。「このような無法なことが、現在起っているのであります。ではなぜ日本政府は、これについて韓国政府に抗議を申し込まないのか？　なぜ日本漁船の安全操業を確保するため、自衛艦を出動させないのか？私のこの質問に対する政府の返答は次の通りであります。抗議はしばしば申し込んでいるが、最終的な抗議――どういうことかよくわからないのですが――最終的な抗議は、近日のうちに迫った日韓会談の際、漁業協定以外の諸問題もまた、わが国に有利に解決しなければいけないから、それまで待ちたい。また自衛艦が安全操業のために出動することは、韓国側の国民感情を刺戟し、国際的に見ても好ましいことではない。さらに今回の紫竜丸事件に限っては、これは韓国の野党が仕組んだ罠《わな》である――つまり民衆党が、日韓会談を決裂させる目的で、警備艇を装った漁船に党員たちを乗せ、日本漁船を襲わせたのであるというニュースが入っている。だから、さらに確実な情報が入るまで、日本政府としては静観し続けるつもりである――こう言っているのであります」

「まあひどい」草月弘子がややオーバーに顔をしかめた。「それじゃあつまり、日本政府は、この事件については当分何の手も打たないってわけなの?」

「そうなんだよ!」長部久平は、いきごんで彼女にうなずいた。

「やっぱり浅香さんが死んじゃって、外務省は駄目になったのね」

「うん」長部久平は、また正面に向きなおった。「さて皆さん、われわれはこの際、いかなる態度をとるべきでしょうか! 皆さん、われわれは、同胞である零細漁業関係者の窮状を……」

「あいつ、いやに張りきってるなあ」P・Pは、不思議そうにいった。「戦争に行けるのが嬉しいのかな?」

「なあに」折口はにやりと笑っていった。「奴の腹は読めてる。作戦参加ということになれば、また自分の株があがるから嬉しいのさ。それに戦争になったって、奴はアナウンサーだ、直接戦闘に加わるわけじゃない」

P・Pは嘆息した。「音楽学校へさえ、行ってりゃなあ」

折口はまたP・Pの背中を力まかせに叩いた。

「もうあきらめろ」

　P・Pは眼をぱちくりさせて、折口を見た。

「ガ、ガムをのみこんだ」

　折口は笑っていった。「ポリエチレンの袋に入った糞が出るだろう」

「D・D、君はいったい、いつからそんなになった？　どうしてだ？」

「下品になったというのか？」

「そうじゃない。そんなことじゃなくて……。君は本当に折口か？」

「オリオン星人に脳侵略されたんだ」そういって折口は、乾いた声で笑った。

「……であるため、私たちは義勇軍を――つまり民間自衛船を出動させようという結論に達したのであります」長部は、汗を拭いながら喋り続けていた。「ではこれから、このK作戦の詳細を発表いたします。まず出発の日は、五月の十九日、今日よりちょうど一週間後であります。なお、信頼すべき情報が入っております。これによりますと、韓国民衆党でもこの日、新しく漁船二隻を武装させ、木浦《もっぽ》附近の漁港を出発するそうでありまして、したがってこの日――あるいはその次の日の二十日――済州島沖において両軍の対決ということになるのは必至であると予想されます！　我が方もやはり漁船二隻に武装させるわけですが、現在福岡で改装中のこの二隻の船は、すでに『怨霊丸』、『棺桶丸』と命名されています。大きさはどちらも八十トンで、近海用の、以東底引き網漁船であります。乗組む人員は怨霊丸に七名、棺桶丸に八名です。では只今より、このK作戦参加メンバーを、現在決定している分だけ発表いたします。まず最初は怨霊丸ですが、この方には……」

　長部久平は、自分以外の者の氏名と年齢と職業を次つぎと読みあげた。「以上が、すでに決まっている棺桶丸の乗組員であります。あ、そうそう、ひとり忘れておりました」長部は、片方の眉をぴょこんとはねあげて見せる、お得意のおどけた表情をしてから、ちょっと胸をはり、ゆっくりといった。「棺桶丸には、私、長部久平も乗ることになっております」そしてにやりと笑った。

草月弘子も、にっこりと笑って、長部久平の得意そうな顔を横から眺めた。「よかったわね」

よかったわね！　よかったわねとは何ごとだ――長部の舌の縁に苦い怒りの唾がわいた。頰が少し引き攣った。

くそっ、馬鹿女め！　何故泣かない、なぜわめかない、サマにならないじゃないか、何のためにおれが自分の名をいちばん最後に残しておいたと思うのだ！　救いがたい白痴女め！　――長部の頭の中にはオレンジ色の怒りの火花がとび散った。

彼はながい間絶句した。それからまた喋りはじめた。しかし、しどろもどろだった。しまいには何を喋っているのか、自分でもわからなくなってきた。彼は自分の自尊心が、草月弘子によって完全に破壊されたと判断した。彼は憎悪に膝を顫わせていた。

K作戦のニュースを長部久平が喋り終ったとき、急に草月弘子が、長部にことわりもせず喋りはじめた。

「もうひとつ、ニュースがございます」彼女は微笑を浮かべ、ていねいにカメラに向かって一礼した。「わたくし、このたび結婚することになりました。このニュース・ショーに出るのも、これが最後でございます。皆さま、どうもながい間、この不束《ふつつか》なわたくしを……」

長部はしばらく、ぽかんとして彼女の顔を横からながめていた。最初は、彼女の冗談だと思った。次に、これは嘘だと思いこもうとした。

――これは嘘だ。彼女は本気じゃない。

だが、彼女は本気だった。長部はそれを信じることができなかった。何故なら、彼女が愛しているのは自分――プレイボーイ長部久平の筈だったからだ。長部ファン、草月ファンのすべてがそう思いこんでいるからだった。

——だから彼女は、おれよりも先に結婚してはいけないのだ。彼女はおれが他の女と結婚した時にはじめて、泣く泣く他の男と結婚しなくてはならないのだ。週刊誌や新聞が書きたてたではないか。草月弘子は長部久平をひそかに想っている、しかし長部が彼女を冷たくあしらうので、夜ごと彼女は淋しさにもだえ、むせび泣いていると。なぜその通りに独身生活を守らないのだ。これではまるで、今まで彼女はおれを好きでなかったように見えるではないか。これはおれに対する裏切りではないか。マスコミに対する反逆ではないか。しかも、そんな重大なことを、何故またこんな時に発表するのだ。おれの喋ったK作戦のニュースがかすんでしまう。おれ自身の存在がかすんでしまう！……。

しばらく茫然としていた長部は、草月弘子が自分に向かって何か喋っているのに気がついた。

「……長部先生、どうも今日までのながい間、わたくしをお引き立てくださって、ありがとうございました」

長部はしぶしぶ彼女と握手した。「いや、どうも、おめでとう」

長部は腹立ちまぎれに、指も折れよとばかり彼女の手を握りしめたが、彼女は逆にもっと強く力をこめて握り返した。彼女は浮きうきしていた。

ニュース・ショーが終って出演者がロビーに出ると、待ちかまえていた芸能ニュースの記者たちが、長部久平には眼もくれず、わっと草月弘子の周囲をとり巻いた。彼らはK作戦のニュースはすでにパンフレットの配布を受けて知っていたが、草月弘子の結婚のことは、彼女の口から今はじめて聞いたのである。彼らは口ぐちに質問しはじめた。

「相手の男性は誰ですか？」

「この銀河テレビのE・Eの舟越さんです」

「結婚式はいつ？」

「十五日の晩よ」

「式場は？」

「銀河グランド・ホテルですわ。大広間に大勢の皆さんをお招きして……」

「大勢って、何人くらいですか？」

「三千人ほどになるかしら」

「ど、どうしてそんなにたくさん……」

「わたくしのファン・クラブの方や、一般の希望者にも入っていただきますの。会費制にして……」

「かわった披露宴ですね！　会費は？」

「一万円」

「画期的な結婚式だ！　誰の案ですか！」

「彼の案よ」

　草月弘子にひととおり質問し終った記者のひとりが、長部久平の方へやって来ようとした。

　――おれの感想を聞くつもりだな。それも、K作戦参加のことじゃなく、彼女の結婚についての感想を聞くつもりだ。きっとそうだ――長部は咄《とっ》嗟《さ》にそう判断してあわてて局をとび出し、自分の車に乗ると、無茶なスピードで近くのホテルに向かった。その時になってやっと長部は、草月弘子が自分を愛していることを、彼女自身の口からは一度も聞かされたことがなかったのに気がついた。

「おれは利用されたんだ」長部は吐き捨てるようにいった。「彼女の陰謀にひっかかった！」

　長部は、自分が以前から彼女を熱烈に愛し続けていたことに気がつきたくなかった。そのためけんめいになって彼女への憎悪をかき立てようとした。彼女への愛を自分で認めることは、マスコミ公認のプレイボーイである長部久平の誇りが許さなかった。

　ホテルの一室に入ると、ボーイに命じてウイスキーを運ばせた。酔いつぶれるつもりだった。午後からは、K作戦参加者全員がライフルの射撃演習をすることになっていた。しかし長部は行かなかった。酔いつぶれた。

　眼ざめたのは夜の七時だった。彼はホテルの部屋から、知りあいのテレビ女優に電話して、すぐ来てくれと頼んだ。彼はいま心理的に至急女を抱く必要に迫られていた。

彼女はいった。「でも、今夜はこれから、徹夜で稽古なのよ」

「そんなもの行かなくていい。稽古とおれと、どちらが大事だ？」

「無理いわないで。明日本番なのよ」

「来てくれ。来い。命令だ。君をタレントにしてやったのは、おれだぞ」

「酔ってるのね？」

「そんなことはどうでもいい。来るのか来ないのか？」

「残念だけど」

「おれを利用しやがったな！」

「冗談じゃないわ！」

「じゃあ、いい。他の女を呼ぶ」

彼女は怒って叫んだ。「勝手に呼んだらいいでしょ！　コール・ガールでも、洋パンでも！」電話を切った。

長部は電話を粉ごなに叩きこわし、ホテルを出た。知りあいのバーやクラブを五、六軒飲み歩いた。なかなか酔わなかった。最後のバーにいた、厚化粧の肥った女をホテルにつれて帰った。彼女を裸にしてはじめて、三十を過ぎた年増女だということがわかった。長部はその夜、徹夜で彼女の身体を責め苛《さいな》んだ。

9

ファンファーレのトランペットと太鼓がぴたりとやんだ。

「特別番組、K作戦ビッグ・ショー！」

日本最大のテレビ・ホールを埋め尽した二万人の観衆が、いっせいに立ちあがった。音響効果のよい場内に喊声《かんせい》がうおう、うおうと響き、津波のような拍手がとどろいた。

K作戦マーチがはじまった。

大太鼓が会場の空気を顫わせた。サスペンションョン・ライトを浴びて、舞台中央の高い階段の最上段にジョージ・小野があらわれた。

アナウンサーが叫んだ。「怨霊丸戦闘員、ジョージ・小野！」

ハイティーンの娘たちがキャアと叫び、また拍手が起った。国籍不明の海兵隊の服装をし、手にライフルを構えた人気絶頂のミュージカル・スターは、K作戦マーチを歌いながら階段をおりはじめた。階段の下に一列横隊に並んだ三十人ばかりの男性コーラス・グループが、足踏みしながら、それに和した。彼らもすべて海兵隊の服装をしていた。

平和の理想　　ふみにじる
不法不当の　　境界線
李ライン越えて　われら行く
今ぞ正義を　　守るとき
（コーラス）トラ、ラ、ラ、トラ、ラ、ラ
トラ、ラ、ラ、ラ、ラ、ラ
漁船火を吐く　ああK作戦

階段の最上段には、ジョージ・小野につづいて、次つぎと作戦参加者があらわれ、階段をおりた。アナウンサーが彼らの名を順に叫んだ。

「怨霊丸戦闘員、松井伸二！」

南急ホメーロスのホームラン王松井は、ライフルを右腰上に構え、にこりともせずに階段をおりた。少年たちの「松井！　松井！」と叫ぶ黄色い声が、舞台の方へつっ走った。

「怨霊丸戦闘員、柴原節子！」

うわあという男たちの笑いを混え、拍手が起った。軍服の左肩に自慢の長い黒髪を流した女流ミステリー作家は、嫣然《えんぜん》と笑いながら段をおりた。

「怨霊丸戦闘及び機関部交代員、村越均！」

小柄なルポ・ライターは、壇上にいったん立ち止り、会場を見まわしてから、おれにまかせておけというように、ゆっくりとうなずいた。すごい

「怨霊丸機関部員、大村常次！　怨霊丸操舵員、尾藤典夫！」

この二人は紫竜丸の僚船栄光丸に乗っていた本職の船員だった。

「棺桶丸戦闘兼務参謀長、隅の江博！」

彼はあいかわらず、しかめ面をして笑いながら階段をおりた。

「棺桶丸戦闘兼務報道員、長部久平！」

ぎっちょの彼だけが、ライフルを左腰に構えていた。

「棺桶丸戦闘員、後藤益雄！」

この、子供に人気のあるおどけたSF作家は、片手を振りながら階段をおりる途中、P・Pの踏み抜いた穴へまた落ちこんだ。

済州島の　　沖あいに
わが同胞の　　苦難あり
漁業協定　　何のその
われら自衛の　　義勇軍

拍手だった。

「怨霊丸戦闘及び操舵交代員、石神吾文《ごぶん》！」

P・Pがライフルを不恰好に持ち、泣きそうな顔であらわれた。彼の重量で、壇上が少し揺れた。彼は階段をおりはじめ、五段目を踏み抜いた。どっと爆笑が起った。

「くそ、ニュース工芸社め！」P・Pは太腿を引き抜こうとあせりながら、小さく罵った。「また手を抜きやがったな！」

この事故で、肥ったP・Pは子供たちからすごい人気を得た。

公海自由の　　原則を
無視するやから　何ものぞ
手当り次第の　　銃撃に
怒れるわれら　　今ぞ立つ
(コーラス)トラ、ラ、ラ、ラ、トラ、ラ、ラ
トラ、ラ、ラ、ラ、ラ、ラ
漁船火を吐く　ああK作戦

（コーラス）トラ、ラ、ラ、トラ、ラ、ラ
トラ、ラ、ラ、ラ、ラ、ラ
漁船火を吐く　ああK作戦

「棺桶丸戦闘兼操舵交代員、君塚竜吉！　棺桶丸戦闘兼機関部交代員、木田治！」

君塚は前警察機動隊員、木田は前海上自衛隊員である。さすがに銃の持ちかたは恰好よく、当然のことながら軍服も似合っていた。

「棺桶丸機関部員、大野田英一！　棺桶丸操舵兼務船長、脇田秀造！」

前紫竜丸船長の脇田秀造は、前をおりて行く前紫竜丸機関長の大野田に、小声でぶつぶついった。「おらあもう、こんなこたあ、やめにしてもらいてえだよ」

舞台にはK作戦参加者十四人が、ずらりと横に並んだ。

「こうして並んだのを見ると、やはりちょっと壮観だな」副調整室の折口が、D・D浜田にいった。

「だけど、P・Pが可哀そうだ」浜田は心配そうにいった。「あいつきっと、一番さきにやられるぜ」

「P・Pは石原常務と仲が悪い。きっと常務の陰謀だよ」と、折口はいった。

舞台の天井から、漁船を型どった巨大な吊りものがおりてきた。と同時に、舞台上の大階段は奈落に沈み、かわってもう一台の漁船がせりあがってきた。戦闘を象徴するカプリッチョ形式の音楽が突然はじまった。シンバルの響きにつれ、暗黒に近い舞台をエフェクト・マシンの閃光がとび交った。二隻の漁船は大揺れに揺れ、そして火を吐いた。耳をつんざく轟音とともに、一方の漁船が屋台くずしでばらばらになった。鬨《とき》の声。喊声。

暗転ののち、ふたたびK作戦マーチがはじまり、舞台は明るくなった。舞台上の十五台のターン・テーブルが回転し、そのうちの十四台の上にはK作戦参加者が一人ずつ立ち、ライフルを構えていたが、右端の台の上には誰も乗っていなかった。

アナウンサーが説明した。「右端の台の上には、明十五日夜、一般のかたの中から、ある方法で選ばれた一人の英雄が立つことになるのです！　その人には怨霊丸戦闘員として、K作戦参加の資格があたえられます！」

やがてショッキングな趣向をさまざまにこらした三十分間のショーは終った。出演者たちはグリーン・ルームで化粧を落し、普段着に着かえた。部屋には、ちょうどこれから十五分間のワンマン・ショーに出るという、歌手の秋園かおりがいた。彼女はジョージ・小野にいった。

「ねえ、私のショーが終るまで待っててくんない？　今夜私んちでパーティやるの。いらっしゃいよ」

「そいつはおもしれえな」ジョージ・小野がいった。「ちょうど今夜おれ何もないの。雑誌のインタビューふたつあるけど、マネージャーに断わらせよう。何しろ戦争に行くんだしよ、ちっとは面白えめにも会わなけりゃな」

「ねえ、飲みに行かない？」柴原節子が村越均の背中を突っついた。「家に帰るとまた、亭主がうるさいのよ。つきあってよ」

「サラリーマンなんかと結婚するからいけないんだ」村越が苦笑した。

「でも、結婚したときは、わたしまだただの女事務員だったのよ」

「君もいっしょに行かないか？」村越が横にいたSF作家の後藤益雄にいった。

「ああ、いいね」

局を出てはじめて、三人とも車をもっていないことがわかった。お互いに、誰かが車を持っているだろうと思っていたのである。タクシーを呼び止めようとしているところへ、ホームラン王松井伸二が中型車に乗り、局の駐車場から出てきた。

彼はドアをあけて三人にいった。「乗りませんか？」

「あら、私たち、飲みに行くのよ」

「じゃあ、僕の知ってるとこへ、ご案内しますよ」

三人は松井の車に乗りこんで、盛り場へ向かった。松井の横の助手席には、松井のガール・フレンドらしい、パゴダ型の髪をしたコマーシャル・ガールがすわっていた。彼女は、車がインターチェンジに入ったとき、坂下の市街の夜景を見て歓声をあげた。

「まあ！　わあ！　まるでカラー写真みたいだわ」

「君のルポを読んだけど」後藤が村越にいった。「戦争になると誰でもあんなにまで人間性をむき出しにするのか？」

「ああ、誰でもだ」

「だけど私たちだって、むき出しの人間性の中で生活してるわ」柴原節子がいった。「マスコミの中でもまれていると、むき出しの人間性なんて、しょっちゅうお眼にかかれるわ。あれよりもはげしくて、いやらしくて、むき出しになった人間性なんて、考えられないくらいよ」

「いや、人間性じゃない。おれたちのいうのは、獣性のことなんだ」村越が唸るようにいった。

「それだって、しょっちゅうお眼にかかってるわよ。わたしは美女なのよ」柴原節子はそういってクスクス笑った。

松井の知っているという豪華なクラブにやってくると、CM嬢は眼を見はり、カラー写真のようだというのを連発した。テーブルにつくと彼女は、壁の方を指して叫んだ。「まあきれい！　まるで絵みたいだわ！」

松井は眉をしかめた。「あたりまえだ。これは絵だ」

五人が喋りながら飲んでいると、ぐでんぐでんに泥酔した評論家の佐藤新がやってきて柴原節子に抱きついた。

「いやよ、先生！」

「お一人ですか？」村越が訊ねると、彼は顎で部屋の彼方を指した。そこでは作家や文芸評論家や雑誌の編集者たちが、またひと組のグループを作って騒いでいた。

ちらと彼らの方を見た後藤が、村越にそっとささやいた。「河西俊作がいるぞ」

村越も、彼らの方をうかがってからうなずき、後藤にささやいた。「うん、いるな。君、何か具合の悪いことでもあるのか?」

「今、おれたちの方を見てるだろ?」

「うん」

「こっちへくるぞ。きっと」

「どうしてだ?」

「あいつの小説が二十版を突破した。あいつはそれを、誰かに喋りたくてしかたがないんだ」

「それはうるさいな。まだ、こっちを見てるか?」

「うん。あ、こっちへやってきた」

「きっとまた、そのことを喋るつもりだ。おれはもう、二度聞かされた」

河西俊作がやってきた。「やあ」

「やあ」後藤と村越は彼にうなずいた。

河西は二人の横に立って、しばらくもじもじしていた。両手を握りしめたり、ほどいて両側でぶらぶらさせたり、またこすりあわせたりした。それから下を向き、やがて、ちょっと顔をあげた。「おれの書いた『アンテナ娘』だけど」と、彼はいった。「二十版を突破したよ」

「ほう、それはよかったな」村越はいった。「おめでとう。ほんとによかった」

「うん、よかった」河西は二人の横に腰をおろして、うなずいた。「二十版を突破したんだ」

「珍らしいことだ」と、後藤はいった。「このテレビ・エイジに、小説がそんなに売れたなんて珍らしいよ。五、六年ぶりじゃないかな?」

「そうかもしれない」と、河西はうなずいた。「そうだろうな」

「それに君は、歌がうまい」と、村越もいった。「やはり、歌がうまくなくちゃ、駄目だよね」

河西は当然だというようにうなずいた。「作家の絶対必要条件だものな」

「先生、やめて」柴原節子がくすくす笑いながら、佐藤新にいった。

「心配するな」佐藤は柴原節子の尻をなでまわしながらいった。「このクラブにはアイはない」

他の作家たちもみんなやってきて、ひとつのテーブルの周囲に、十二、三人が集まった。後藤は星慎一を見つけて席をはなれ、このSFの大家に、さっそく胡麻《ごま》をすり出した。

シャンパンを飲みすぎたCM嬢が酔っぱらい、部屋がぐるぐるまわっているといって、ひとりけたけた笑いはじめた。

「どこかへ行こう」と、星慎一がいった。「何か食いに行こう」

「ねえ、みんな、私んちへ来ない?」佐藤にまといつかれて閉口した柴原節子が、立ちあがっていった。「パーティをやりましょうよ」

「ご亭主がいるだろ?」村越が心配そうに訊ねた。

「平気よ!」彼女もだいぶ酔っていた。

「そうだ、行こう!」佐藤が大声をはりあげた。

「亭主なんぞはかまうものか」そういって、赤いふかふかしたカーペットの上へ仰向けに寝そべった。松井の太い腕に助けられて立ちあがった彼は、こんどは松井を口説きはじめた。「よう、ホームラン王。お前さんと寝たい」松井の首ったまにかじりついた。「おかまを掘らせろ」

一同は騒ぎながらクラブを出て、松井と河西の車に分乗した。さっきと同じ顔ぶれが松井の車に乗ると、佐藤が無理やりわり込んできた。

「駄目だよ」松井が苦《にが》りきっていった。「この車は五人以上乗れないよ」

「かまわん、出発しろ!」佐藤は怒鳴った。「進めや進め、K作戦だぞ」

松井はゆっくりと車を走らせた。

「若けりゃ、おれだって参加してる」佐藤は柴原節子の膝の上に頭を乗せていった。「朝鮮なんか何だ」

次の交叉点の手前で、松井は車を停めた。「警官がいる」

「じゃあ、僕がおりよう」村越がいうと、いきなり佐藤が車の外へとび出した。

「よしっ！　訊問される前に、こちらから頼めばいいんだ」彼は近くへやってきた警官を呼びとめて訊ねた。「この車に六人は乗れませんか？」

「乗れませんねえ。これ、中型でしょう？」

「われわれは六人いるんですがね。でも、離れたくないんですよ」彼は頼みはじめた。「お願いですから、乗れるといってくれませんか？」

「無理ですなあ」警官は車の中をのぞきこみ、テレビで知っている顔ばかりなのでおどろいた。彼は怒ることができずに、頭をかかえた。

「乗れるでしょう？　乗れるといってください」佐藤はおいおい泣き出した。「ねえ、乗れるといってください」本当に泣いていた。

「なぜそんなに、私を困らせるのですか」警官も泣き出した。二人は抱きあって泣いた。

「この人は、いい人なんだ」と、佐藤が泣きながら皆にいった。「この人も乗せてあげよう」

警官はおどろいて逃げようとしたが、佐藤は離さなかった。人だかりがしはじめた。

車から降りた村越と後藤が、やっと二人をひきはなし、まだ泣き続ける警官をなぐさめている間に、佐藤は千鳥足で歩道を五、六メートル歩き、パーキング・メーターを口説きはじめた。

「あれ置いて行きましょうよ」柴原節子が松井にいった。村越と後藤はあわてて車に乗り込み、松井は佐藤を抛《ほう》って車をスタートさせた。

佐藤はそれに気がつかず、パーキング・メーターに抱きついたままわめき散らした。やがて、あたりを見まわし、松井の車が見あたらないのにやっと気がつき、何かぶつぶつ呟きながら、車道へ出た。車道の筋むかいには、彼の顔馴染みのバーがあるので、そちらへ行こうとした。耳もとの警笛で、彼は足をもつれさせ、舗道の上にひっくり返りそうになり、あわてて身体をたて直した。

「ねえ、あの酔っぱらい、佐藤先生じゃない？」真紅の大型コンバーティブルの助手席に乗っていた秋園かおりが、運転席のジョージ・小野にいった。

「やあ、佐藤先生だ。酔っぱらってるぞ」後部席の男女の若手タレントたちが、わいわい叫んで佐藤をはやし立てた。カー・ラジオが、ＦＭ放送でガバガバを絶叫していた。

佐藤は車道のまん中に立ちどまってふりかえり、停車した騒がしいコンバーティブルに、据わった眼を向けた。それからよろよろとやってきて、運転席のドアに身体を凭せかけた。

「先生、乗りませんか？」ジョージ・小野がいった。「これから、かおりんとこでパーティやるんです」

「そうか」佐藤はうなずいた。「乗せてくれ」彼はドアをまたぎ越し、後部席のタレントたちの膝の上に倒れこんだ。女歌手のひとりが青臭い嬌声をあげた。「酒はあるんだろうな」

「もち、あるわよ」

「ようし、進めや進め、Ｋ作戦だ」佐藤は女の膝がしらを抱きながらいった。「若けりゃ、おれだって参加してる。ああ、そうとも」

車はインターチェンジから山手に入った。デラックス・マンションがそびえ立ち、その一階の洋装店やレストランが電飾看板を鳴りもの入りで明滅させていた。このあたりは有名人たちが夜のウインドウ・ショッピングをする新しいプロムナードになっていた。車道は水銀燈で、昼間のように明るかった。一同は地下の駐車場からエレベーターに乗り、十八階建てのマンションのペントハウスに入った。

広い豪華な応接間に一同が落ちつくと、秋園かおりの父親が、色が黒くて背の低い彼にはぜんぜん似あわない金ぴかのガウンをまとって、奥から出てきた。

「これから、まだ遊ぶというのか？　こんなに遅く帰ってきて」彼は娘の友人たちを見て、顔をしかめた。「鈴江、もう寝なさい。明日は学校じゃないか」

「鈴江なんていやな名で呼ばないで！　わたしはかおりよ」彼女は貂《てん》のコートを脱ぎながら反抗的にいった。

「鈴江！　なぜ親のいうことを聞かん！」ひと前で有名な娘を叱りとばすのが、彼の趣味らしかった。

「まあ、いいから」ひとりのボーイ・タレントが父親の肩を押さえた。父親は怒って、その手をはらいのけた。

「酒だ！　酒をくれ！」ソファに俯伏せに寝そべった佐藤が叫んだ。

「はい、先生。すぐ」かおりはホーム・バーに駈け寄った。「あら、お酒がぜんぜんないわ」

「わしが、全部隠した」父親が勝ち誇ったようにいった。「まだお前たちは、酒を飲んじゃいかん」

「でも、先生にあげるのよ！　佐藤新先生よ」

父親はそっぽを向き、小声でつぶやいた。「そんな奴、わしは知らん」

「佐藤先生ですって？」やはり不似あいな金ガウンをまとい、金歯だらけの母親が出てきた。「まあまあ、先生！」彼女は寝そべった佐藤に近づいていって、ていねいに一礼した。「いつも娘が」

「ママ、お酒どこ？」

「はいはい。すぐに持ってきてあげますよ」彼女は夫に怒鳴った。「あなた、佐藤先生よ！　かおりさんを新聞でほめてくださった佐藤先生よ！」

「ふん」父親は頰に皺をよせ、また小声でいった。「なんの先生かわかるもんか。酒なんか出しちゃいかんぞ」

「何いってるの。あんたのお金で買ったお酒じゃないでしょ」母親は奥の部屋へ去った。

「ほう、でかい壺があるなあ」ジョージ・小野が、マントルピースの上の京焼きの茶壺をかかえあげた。

「それは仁清《にんせい》だ。さわっちゃいかん!」父親は声をうわずらせ、ジョージの方に駈け寄って壺をとりあげようとした。

ジョージは手をすべらせ、茶壺をフロアーに落した。

「割ってしまった!」父親は気がくるったように床にすわりこんで、破片をつなぎあわせようとした。「お前たちは値うちをしらん! これは九千五百万もする!」

「こっちにも、何かあるぜ」もうひとりのタレントが、飾り棚の上の楽焼きの皿をとりあげた。

「いかん! いかん!」父親はわめき散らした。

「それは常慶だ。七千九百万円だ!」

「ここんとこにも、あるわよ」ガール・タレントも、赤絵の鉢を抱きあげた。

父親はふるえあがった。「柿右衛門だ」

タレントたちは、わざとよろめいて常慶と柿右衛門をぶつけた。皿と鉢は粉ごなになった。他の連中も真似をして、焼物を割りはじめた。父親は、それは万暦赤絵だマイセンだ、乾山《けんざん》だ奈良三彩だとわめきながら、スリッパをとばして部屋中を走りまわった。

「ああ……ああ……」最後に父親は床に這いつくばり、口をあけて泣きわめいた。「こんなことは嘘だ。悪い夢だ」

「およしよ、パパ。みっともないわね」かおりは眉をひそめていった。「どうせみんな、偽物にきまってるわよ」

「ねえ、面白くないわ」ガール・タレントが鼻を鳴らした。「どこか他所《よそ》へ行きましょうよ」

「そうだ、行こう!」佐藤がふらふらと立ちあがっていった。「柴原節子の家へ行こう。パーティをやってるぞ」

「あら、それならすぐ近くよ!」かおりが立ちあがって叫んだ。

「よし、すぐ行こう」と、ジョージ・小野がいった。「パパさんは、ひとりで泣きたいそうだ」

一同は、またエレベーターで駐車場へ降りた。佐藤は、ブランデーのポケット瓶《びん》が背広から出てきたので、コンバーティブルに乗るなり、ひと息に飲み乾《ほ》した。「それ、進めや進め」

柴原節子のアパートは、そこから二ブロック離れたマンションの十二階だった。十坪は充分あるリビング・ルーム兼応接室から、幅の広いバルコニーへ出ると、都心の繁華街を一望のもとに見おろすことができた。ジョージたちがなだれ込んだとき、一同はすでに、したたか酔っぱらっていた。さっきの顔ぶれに、柴原節子の夫で、商事会社の課長をしている成田も加わっていた。彼は、はしゃぎまわる妻の方をちょいちょい心配そうに眺めながら、皆に酒を注《つ》いでまわっていた。

「よう、来たな」女が少ないので手持ち無沙汰だった作家たちは、ガール・タレントたちを見て歓呼の声をあげた。佐藤は、なぜ逃げたといって、さっそく柴原節子にからみはじめた。

村越はハイボールを飲んでは便所へ行き、ときどき思いついたようにピアノを弾いた。彼がピアノを弾きはじめると、ジョージが傍へきて叫んだ。「ようし、K作戦マーチだ！」

村越はK作戦マーチを弾きはじめた。一同は列を作り、大声をはりあげて部屋をぐるぐるまわり出した。

若手SF作家後藤益雄は行進の仲間に入らず、ひとりソファでウイスキーを飲み続けていた。行進して部屋をぐるぐるまわらなくても、酔いのまわっている後藤にとって、この部屋はとっくにぐるぐるまわっていた。

これは何の騒ぎなんだろう？　――後藤は思った。――子供の頃、大人たちのどんちゃん騒ぎを見て胸をむかつかせ、大人を軽蔑した経験がある。しかしその後小さな会社に入ってさんざこき使われ、その憤懣《ふんまん》も手つだって社員同士で思いきりどんちゃん騒ぎを演じたことがあった。あの時は気分も爽快だった。だが、今は？　そんな気分は、どこを探してもない。あの時のどんちゃん騒ぎは本物だった。このどんちゃん騒ぎはにせものだ——彼はそう思った。——ここにいる男や女は、昼間だって仕事のために、にせもののどんちゃん騒ぎを演じている。仕事が終ってからも、やはりにせもののどんちゃん騒ぎを演じている。今、おれの眼の前で派手に演じられているこのどんちゃん騒ぎは、昼間彼らがテレビで演じたどんちゃん騒ぎの模倣だ。どんちゃん騒ぎの幽霊だ。だから、テレビで演じたのと同様の騒ぎ方をしている。有名人たちの甘い生活として週刊誌に書き立てられた記事の真似をして騒いでいるのだ。おれにしたってそうだ。昔は不満を爆発させ、発散させてしまうためにどんちゃん騒ぎをやった。今はどんちゃん騒ぎをしていないと自分を見失っている自分を発見するのではないかという怖れからどんちゃん騒ぎのためのどんちゃん騒ぎをやり、それが生活になってしまっているんだ——そうも思った。

彼は自分が酔っぱらっている時の方がよく考えをまとめることができるのを、ちょっと不思議に思った。もちろん、考えがまとまったからといって、彼は自分をどうすることもできなかった。騒ぎにまきこまれてぼんやりしているだけだった。しかしそんな時の自分の方が、後藤は好きだった。

柴原節子の連載原稿をとりにきた雑誌の編集者は、このどんちゃん騒ぎを見て眼を丸くした。それから節子に原稿の催促をした。原稿はまだできていなかった。「弱ったなあ。編集長に叱られるんですよ」

「あら、可哀想ね。一杯飲まない？」

「明日はできますか？」

「できると思うわ」

「戦争に行く前に、仕あげてくださいね」

節子はグラスのブランデーを彼の顔にひっかけた。「何よ！　私が戦争で死ぬとでもいうの？」

河西はソファの上に立ちあがって演説をはじめた。茶川賞や直本賞の選考は、その作家の歌や演技力などの点も考慮すべきだといってわめいた。

村越は、松井がつれてきたＣＭ嬢に眼をつけて追いまわし、何とか話しかけようとしたが、うまくいかなかった。しかたなく、柴原節子と踊り、秋園かおりとガバガバを踊った。頭痛がしてきたのでバルコニーに出ると、そこではＣＭ嬢と後藤が抱きあっていた。「やられた」彼は腹立ちまぎれに部屋にとって返し、そのことを松井に告げた。松井は笑っただけだった。村越は大きな声で、誰かさんと誰かさんがバルコニーであやしいとわめいたが、誰もバルコニーへ出て見ようとはしなかった。

タレントたちが腹をへらしてやってきたため、食べるものがなくなった。

「何か食いにいこう」と、星慎一がいった。「ピッツァを食いに行こう」

応接室の隣の寝室のドアをあけて中を覗きこんだジョージが叫んだ。「すごいぞ。みんな来てみろ」
五、六人がわいわい言いながら寝室のドアを開け放して中を見た。ベッドの上で、素裸の佐藤新と柴原節子が抱きあっていた。
「こんなものは、まあ、どこでだって見られる」皆の頭ごしに中を見た星慎一がいった。「何か食いにいこう」

バルコニーの後藤とＣＭ嬢が部屋に戻ったときは、酔いつぶれた二、三人を残し、全員が帰ったあとだった。ＣＭ嬢は松井がいないので、あわてて後を追って帰った。後藤は肘掛椅子に腰をおろし、飲み残しのウイスキーをひとりで飲んだ。やがて、帰ろうとして立ちあがりかけたが、足がきかなくなっていた。ひとり、けたけた笑った。そしてまた肘掛椅子にひっくり返った。眠った。ネズミの大群の夢を見た。

　後藤が眼ざめた時、部屋には誰もいなかった。バルコニーからの陽光が、部屋いっぱいに散らばったグラスや食器の上に埃を舞わせていた。午後の二時半だった。

　ガウンをはおった柴原節子が、寝室から出てきた。「あなた一人？」

「そうらしい」

　彼女は後藤の正面のソファに腰をおろし、あくびをした。「何時かしら？」

「まっ昼間の二時半だ」

　二人はバルコニーに食卓を出し、トースト、コーヒー、ベーコンエッグの簡単な食事をした。真昼の光が二人に照りつけていた。

「今夜、草月弘子の結婚式だったわね。あなた行く？」

「ああ、行くつもりだ」

「また、たいへんな騒ぎになりそうね」

「そうだね」

　柴原節子はぼんやりと下界のたたずまいを眺めながら訊ねた。「あなた、成田を知らない？」

「ご主人？　さあ……。昨夜みんなといっしょに出かけたままじゃないかな？」

「そう」

　彼女は、不味《まず》そうにタバコを喫い続けた。それから指先に力をこめ、灰皿の底でもみ消した。そしていった。「もう帰ってこないんじゃないかしら」

　後藤は立ちあがった。「じゃあ、僕は帰る。また今夜」

　柴原節子は立とうとせず、あいかわらず街を見おろしながら、うなずいただけだった。彼女は泣いていた。

　後藤は部屋を横ぎり、廊下へ出た。

10

「壮観だ」Ｐ・Ｐが、折口にいった。「各界の代表者が、ぜんぶ集まったようなものだな」

「そうだ。みんな、大衆そのものだ」と、折口もいった。「有名人も来ているが、これだけ有名人が濫造されてるんだから、結局彼らも大衆だ」

二人は自分たちの席から、草月弘子の結婚披露パーティに集まった大勢の人間たちを眺めまわした。正面の席には、新郎の舟越と、百二十万円のウェディング・ドレスに包まれた草月弘子が並び、その両側には媒酌人――銀河テレビの石原常務夫妻が腰をおろしていた。P・Pと折口の席は比較的上座だったので、この銀河グランド・ホテルの大広間全体を、ひと眼で見わたすことができた。

「そうでもないだろう?」P・Pが白葡萄酒を飲み乾していった。「会費が一万円だろ？　ふつう一般の大衆には、ちょっと無理だろうな」

「そんなことはない」折口はかぶりを振った。「金のあるなしにかかわらず、テレビに出たい大衆なら、借金してでも必ず来るさ」

会場内のあらゆる場所には、テレビ・アイがとりつけられていた。普段でもニュース・バリューのある集会がよく開かれる場所なので、常設のテレビ・アイは相当数あったが、今日はその数が三倍ほどにふやされていた。

「つまり今の大衆というのは」と、折口は続けた。「テレビに出たいと思っている大衆、あるいは自分がテレビに出て視聴者を満足させることができるという自信を持っている大衆に限られるんだ。今は情報社会なんだから、それ以外の人間は大衆じゃない」

「三千人という話だったが、五千人は来ている」P・Pは会場を眺め続け、嘆息した。「よくまあ、一万円も出してこんなに大勢……」

「長部久平が来ていないな」

「うん、どうしてだろう？　たまには失恋の役をやっても、同情されて人気が出るのにな」

他のテレビ局員に混って、折口もよく知っている銀河テレビのD・DやA・Dが、いそがしそうにとびまわっていた。有名人たちが次つぎに立ち、祝辞を述べていた。

宴たけなわだった。

さて、その次の瞬間に起った事件をあとで、その時その場にいた誰に訊ねても、正確に思い出し満足に説明できる者はひとりもいなかったのだが、とにかくその事件は起った。

たとえば、草月弘子の衣裳を全部受持っている女性デザイナーは、その時の状況を説明してこういった。「いきなり、新郎新婦の背後の衝立てのうしろから、ピストルを構えた十人たらずの兇暴な男が会場にあばれ込み、ピストルをポンポンぶっぱなしてわめき散らしながら、あたりの人たちに乱暴を始めました。石原常務さんは胸を射抜かれてバッタリ倒れました。悪漢たちは約十分間、さんざんあばれまわった末、失神した草月弘子さんを四人がかりで抱きあげ、また衝立てのうしろに消えました」

若い詩人はこう語った。「十五、六人ほどの囚人服を着た脱獄囚は、まず会場の中央に手榴弾を投げつけ、あたりの人が五体バラバラになって飛び散ると、恐怖に顫えて声も出ないわれわれの眼の前で、悠々と若い女の人たちを強姦し、草月弘子をさらって逃げました」

さらに、高校時代の草月弘子に華道を教えたというヒステリー気味のオールド・ミスはこういった。「一小隊ぐらいの軍隊がきて、部屋のまん中で大砲をうちました。阿鼻叫喚の中で、途方もない大殺戮《さつりく》と落花狼藉《ろうぜき》が一時間以上続きました。いいえ本当です。現にこの私が、もう少しで処女を失うところでした。ええっ！　草月さんがいないんですって！　たいへんだわ！　あの人はきっと軍隊の慰安婦にされてしまいます」

最初折口は、余興だろうと思って気にもとめていなかった。衝立てのうしろから出てきた四人の男のうちのひとりが、左手に拳銃を構えながら右手で花嫁を抱きすくめるまでは笑っていたのだが、他のふたりが、抵抗しようとした舟越と石原常務を殴り倒し、最後のひとりが会場に発煙筒らしいものを投げたのを見て、あわてて立ちあがった。

　たちまち会場全体が、収拾のつかない混乱に陥った。これがもはや余興や見世物でないということは、会場の全員が一瞬のうちに悟っていた。発煙筒の黄色い煙は客の眼をしくしくと痛め、そのような苦痛にあったことのない女たちは、声をあげて泣き出した。舟越が口から、石原常務が額から、赤インクではない本ものの血を流していることを知った時には、男たちまでが悲鳴をあげた。折口はちょっと立ちすくんだ。しかし、数人の男たちが新婦の方へ駈け寄ろうとしているのを見て、彼の四肢に、えたいの知れない快感が走った。

　上座へ駈けつけようとする折口に、背後からP・Pが叫んだ。「よせ、D・D！　奴らは拳銃を持っている！」

　折口が人波をかきわけて新郎新婦の席に駈けつけた時はすでに草月弘子の姿はなかった。折口の他に十人あまりの者が、衝立てのうしろの、従業員用のドアから廊下へ、男たちを追って駈け出た。草月弘子の鼻にハンカチを押しあて、あばれる彼女の四肢をしっかりかかえた男たちは、廊下の突きあたりの、従業員用のエレベーターに乗りこみ、ドアを閉めかけていた。

「階段だ！　階段で追っかけろ！」

「階段はどこだ」

　やはり従業員用の階段室が廊下の右手にあった。折口は四、五人の男たちのあとから、その階段を駈けおりた。折口の背後では、誰かが階段を踏みはずしたらしく、転げ落ちた四、五人のわめき声が聞こえた。エレベーターの階数表示盤は、彼らが地下一階へ降りたことを示していた。

　階段を駈けおりてゆく折口の内部で、だしぬけに現実感と非現実感が裏がえった。あまりにも非現実的な日常を過してきた折口にとって、この誘拐という大時代な、野性的な、そして現代にとっては非常識的な事件は、なまなましい迫力を持っていた。これは彼の住むマスコミ社会から遠く離れた世界に起るべき事件だった。

この事件は——と、折口は思った。おれがとことんまで深入りして然るべき事件だ！

折口たちが一団となって、地下一階の駐車場におりた時、四人の誘拐者は草月弘子を、そこに停めてあったプリンス・グロリアに引きずり込み、今まさに発車しようとしているところだった。

エンジンがかかった。

折口の前を駈けていた二、三人が、えいとばかりに、動き出したプリンス・グロリアの屋根や、トランク・リッドにとびついたが、すぐに振り落された。

追跡者たちは、誘拐者を追おうとして、それぞれ自分の乗ってきた車の方へ駈けつけた。車のない者は、誰かの車に同乗した。折口も、局から乗ってきた大型車に乗りこみ、勢いよくスタートした。

地上への細いスロープを、十二、三台の車が連なり、すごいスピードで誘拐者の車を追った。スロープを降りてきた肉屋のオート三輪が、最初の車にはねとばされたらしく、壁ぎわで横倒しになっていて、運転手が巨大な骨つきロースの下敷きになって叫んでいた。

車道へ出ると、さながらオートレースのような有様になった。

他の追跡者たちに、折口は、まるで生死を共にしている兄弟のような親近感を持った。

折口のすぐ前を、四、五台が、信号を無視し、猛スピードで飛ばしていた。折口も彼らと同じスピード——時速八十キロほどで、車を飛ばした。あたりはオフィス街なので、車の数は多かった。前の赤いスポーツ・カーが、センター・ラインを越えて、二重追越しをしようとした。前に車がつかえていたので、折口もやむなくそのあとに続いた。前方からタンクローリーがやってきた。赤いジャガーはタンクローリーと正面衝突をして破裂し、乗っていた若い男は折れたハンドルを握ったまま、タンクローリーの横を走っていたリンカーンの屋根の上にとび乗って逆方向へ行ってしまった。タンクローリーの横を危うくすり抜けた折口は、他の追跡車とともに、交叉点を次つぎと信号無視で走り抜けた。背後からパトカーがやってきて、折口のうしろの車に追いつきそうになっていた。

誘拐団の車が右折したらしく、追跡車も次つぎと同じ交叉点を右折した。折口の前を走っていたオールズモビルＦ85が、右側から来たホンダと激しく接触し、煙を吐きながら右前方の歩道に乗りあげ、火災報知器の柱を倒してから消火栓にぶつかって転覆し、火事を起した。折口のうしろでは、パトカーが都電の横腹にめり込んで火を吐いていた。燃えながらサイレンを鳴らしていた。

次の交叉点近くでは、車がぎっしりとつまって信号待ちをしていた。折口は警笛を鳴らしながら都電の安全地帯へ車をあげてつっ走った。電車を待っていた人間たちは、肝をつぶして線路の上へ避難した。歩道側の車の屋根にとび乗った男もいた。車止めの手前で安全地帯から線路側に降りた。折口は、赤信号もかまわず次の交叉点を渡った。前方に、誘拐団の車が見えてきた。

これは何だろう？　折口は思った——この、今おれの身体の中をつっ走っている快い興奮は何だろう？　テレビの演出に意欲を失って以来、これほどわれを忘れて物ごとに熱中したことは、なかったのではないか？　今おれは、自分が物ごとに熱中できることを知って興奮している。——だが折口は、それ以上考えるのをやめた。余計なことは考えず、もし考える暇があるなら、むしろこの状況の中に自分の全精神、全能力をぶち込むべきだ——そう思ったからである。彼はこの事件が起ってくれたことを感謝していた。

誘拐者を追跡している車は折口の前にまだ二台、うしろに三台いた。そのさらにうしろから、もっと追跡してくるのかもしれないのだが、折口には見えなかった。一番先頭の車から、さらに二十メートル前方に、誘拐団のプリンス・グロリアがいた。

追う車と追われる車は、オフィス街を通り過ぎ、商店の多い住宅街を抜け、とうとう繁華街へやってきた。もう高速で走ることはできなかった。プリンス・グロリアが通行中の男を一人はねとばして突然左折し、裏通りへとびこんだ。折口の前を走る二台も、タイヤを軋《きし》ませて角を曲がろうとした。そのうちの一台は、ハンドルを切りそこねて路地の手前の洋品店の中へ駈けこんでいった。折口も左折して路地へ入った。とたんに洋品店の裏口から、店内を通り抜けたらしいさっきの車が、車体に婦人肌着をいっぱいくっつけて飛び出してきた。折口はあわててハンドルを切った。フロント・ガラスにネグリジェを貼りつけた車は、狭い路地で態勢をたて直し、ふたたび、折口の前を走り出した。

その時、銃声がひびいた。続いて二発、さらに二発。先頭の追跡車がタイヤを撃ち抜かれたらしく、急停車した。肌着の車がそれに追突した。折口は肌着の車すれすれに停車した。車から出ようとした途端、後続の車が折口の車に追突し、ショックで折口は路上に転がった。立ちあがった時、プリンス・グロリアがさらに次の路地へ右折するのが見えた。折口は駈け出した。肌着の車からおりた会社員風の男が折口と並んで駈けた。通りすがりに、パンクして停車している先頭の車の中を覗くと、運転手の若い男がガタガタ顫えながら血だらけの掌にハンカチを巻いていた。折口と会社員のあとから、後続の車からおりた三人が走った。

五人が一団となって次の路地を右へ入ろうとすると、待ち構えていたらしい誘拐者たちのうちの三人がおどり出てきた。折口は髭もじゃの男に組みつかれた。会社員は野菜屑の入ったポリバケツを頭からかぶせられ、さらにバケツの上から足蹴《あしげ》にされてひっくり返り、動かなくなった。折口は髭もじゃの後頭部を建物の柱型に押しつけ、彼の両顎を力いっぱい殴りつけた。髭もじゃは顎をはずし、路上にくずおれた。

髭もじゃに体あたりされたため、折口の肋骨がひどく痛んだ。彼は唸りながら路上に蹲《うずくま》った。唾を吐いた。最近味わったことのない、激しい痛みだった。なまあたたかいものが咽喉にこみあげてきていた。だが彼は苦痛に耐えようとした。苦痛に耐えている自分に、折口は満足していた。だから苦痛さえ快かった。

誘拐者の他の二人は、追跡者の他の三人に組み伏せられそうになっていた。

こちらが大勢と悟って、ひとりが組みついている大学生をはねのけ、逃げ出した。折口はすぐ立ちあがり、男を追った。色の浅黒い大学生が、折口のあとから追ってきた。大学生は折口を追い越した。

逃げる男は振り返り、こちらへ拳銃の銃口を向けた。

「危い、伏せろ！」

折口は前の大学生の背中にとびつき、共に路上へ倒れ伏した。

男は弾丸を一発だけ撃って、また逃げ出し、右手にある小さなビルの社員通用口へ駈け込んだ。その裏口の前には、誘拐者たちの乗っていたプリンス・グロリアが、からっぽで乗り捨てられていた。

「奴ら、あのビルの中だ」と、折口がいった。

折口と大学生は、ためらわずに立ちあがり男を追ってビルに入った。右側にある守衛室には、誰もいかなった。廊下では二人の女事務員が抱きあって顫えていた。

折口は叫んだ。「どっちへ行った！」

彼女たちは階段を指した。「地……地……地……」

折口と大学生は、地下への階段を駈けおりた。

薄暗い地下室には廊下がなく、倉庫に使われているらしい大きな部屋の入口が、ぱっくりと黒く口を開いていた。二人は中へ入って行くのを少しためらい、顔を見あわせた。大学生がポケットから万能万年筆を出し、点燈して部屋の中を照らした。梱包された大きな木箱が両側に置かれていた。その間を、二人は奥へ進んだ。

「おかしいな」手さぐり同様の恰好で、だいぶ奥まで来てから、折口は首を傾げた。「このビルは、こんなに大きい筈はないんだが……。おれたちはもう、二十メートルは奥へ来てるぜ」

「そうですね。ほんとなら、もうここは車道のま下あたりになる勘定ですよね」と、大学生もいった。「だからこの地下道はきっと、車道を隔てた向かい側のビルの地下にまで続いてるんですよ。そういう地下道は、よくあるでしょう？」

二人の話し声は、広い倉庫の中でうつろにこだました。その時、急に二人の頭上にスポットライトが点《つ》いた。折口は一瞬くらくらとして眼をしばたたいた。大学生がわっと叫んであとずさりした。木箱の間から、背の高さ二メートル以上はありそうな大入道があらわれた。折口は眼を疑った。それはどう見ても怪物だった。真紅のパンツをはいただけの裸身は、油で黒くギラギラ輝いている。禿げ頭だ。

怪物は筋肉のもりあがった両腕を胸の前で組み、火傷で醜く爛《ただ》れた顔を二人に向け、吠えた。

「来るな。帰れ」

折口は必死の頭突きを試みた。巨人の腹は意外に柔らかかった。怪物はグッと息を吐き、腹を押さえた。

「こいつは見せかけだけだ！　弱いぞ」折口は、はねとばされて倒れながら大学生に叫んだ。

大学生は眼鏡をはずして、上着のポケットに入れ、折口といっしょに怪物の腹へ体あたりをした。怪物はひっくり返り、口から茶色い液を出しながらまた立ちあがった。二度、三度、折口と大学生は交互に頭突きをくり返した。

折口は何となく、あまり頭のよくないらしいこの怪物が可哀想になってきた。肋骨の痛みを耐えながら、頭突きをくり返している自分に対しても、一種の馬鹿らしさを感じた。しかし——と、彼は思った。——これがきっと、現実の事件というものの馬鹿らしさなのに違いない。その馬鹿らしさを、この怪物も知っているのだろうか？——。

折口はこのプロ・レスラーに、その鈍重さに、奇妙な親近感を持ちはじめている自分に気がついたが、胸の激しい痛みで、いつもの苦笑は湧いてこなかった。

折口と大学生は、力をあわせて最後の頭突きを試みた。これで効果がなければ、二人とも逃げ出すつもりだった。だが、ゲッと叫んで倉庫の奥へ逃げ出したのは怪物の方だった。

二人は怪物を追った。暗いので、すぐにその姿を見失った。やがて、奥の壁に突きあたった。

「行きどまりだ」折口はその壁を強く拳固で叩いたが、間仕切り壁でないらしいことは音でわかった。

「ここに穴があります」万能万年筆で壁のあちこちを照らしていた大学生が、壁の一部に直径一メートルあまりの穴があいているのを見つけていった。「下水道へ通じる穴らしいですね」

「入ろう」折口はためらわずに入った。大学生も彼に続いた。

穴は急勾配《こうばい》のスロープになっていて、周囲の壁には水蘚《みずごけ》が生えていた。大学生が足をすべらせてひっくり返った。滑り出し、折口にぶつかってきた。二人は倒れたまま、水蘚のすべり台をずるずるとどこまでも滑り落ちた。加速度がついて、もう停まらなくなっていた。

「どこまで落ちるんでしょう？」大学生が、恐怖のあまりに声をうわずらせて折口に訊ねた。

「そいつは君、興味津津たる難問だね」折口はひどく楽しそうに答えた。

突然ふたりは、オレンジ色の常夜燈が光る広い場所に投げ出された。遠くに重苦しい轟音が聞こえ、レールが光っていた。

「地下鉄のレールの上だ」大学生がびっくりして叫んだ。

「奴、どっちへ逃げたのかな?」折口はあたりを見まわした。レールの向こう側に、小さな鉄扉があった。開きっぱなしになっていた。「あそこらしい」

二人は集電靴に触れないよう注意しながらレールをまたぎ越し、鉄扉の奥を覗いた。四周をコンクリートで荒塗りされた細長い通路が、まっすぐに奥へ伸びていた。大学生は、もう戻りたいような素ぶりだったが、折口がどんどん入って行くので、しかたなくついてきた。ところどころに常夜燈が点いているので、お互いの顔はよく見えた。大学生は寒さに唇を顫わせていた。天井から冷水が滴り落ちてきて、折口の首すじに入った。

こいつは強烈な経験だぞ——と、折口は思った。——小説、テレビドラマ、どれもこんな現実の強烈さには触れていない。あれは何かが間違っているんだ。作りものにしたって、もっと強烈な印象をあたえる作り方がある筈だ。いや、それぱかりじゃない。おれのいた社会の現実さえ、まるで作りもののように強烈さがなかったぞ。しかし、待てよ——と、折口はまた思った。こんな経験にしたって、くり返しているうちには、最初のような実感が湧かなくなるんじゃないだろうか?

だけどやっぱり、この不可解な謎めいた世界の方が、おれには合理的なように見える。何故だろう? そうだ、これはこの間から日常の生活におれが感じている、あの、出口もなく廻り路もなく、抜け道もないといった気分をそのまま象徴しているような世界だからじゃないだろうか? とすると、おれは、こんなことをしていたって、本当はしかたがないのかもしれないが……。

いや、いや違う! ——折口は否定した。しかたがないことはない。おれには目的がある。誘拐された女を救うという目的だ。たとえ草月弘子が、自分とあまり関係の深くない女であろうとかまわない。その目的のために、機械のように動くことが、おれには必要なんだ。この大学生だって、おそらくそう思っているに違いない……。

だいぶ歩いてから、折口がいった。「もう、どのくらい歩いたかな?」

「一キロくらいは歩いたでしょうな」と、大学生は心配そうにいった。「途中で、横道があったんじゃないでしょうか?」

「いいや」折口はかぶりを振った。「そんなものはなかった」

水音が聞こえてきた。やがて二人は、幅三メートルほどの排水溝の上に出た。その上にかかっていた筈の細い鉄橋は、取りはずされて向かい側の通路に置かれていた。

「このくらいなら跳べる」と折口がいった、「天井が高いから、頭をぶつけることもあるまい」

大学生は溝をのぞきこんだ。下水は二メートルばかり下を流れていた。

折口も覗きこんでいった。「浅そうだ」うなずいた。「底のコンクリートの地肌が、ところどころに見えている」

大学生はポケットから眼鏡を出してかけ、もういちど底を見た。「いや、あれは底じゃない! 動いてる」それから彼は、その場にへたへたと腰を抜かしてしまった。「あれは鰐《わに》だ」

十四あまりの鰐が、うようよと底を這いまわり、うずくまっていた。

「もういやだ」大学生は顫えあがり、首を左右に振った。「僕は帰る」

「だって、跳べるんだものな」折口はそういって、難なく溝を跳び越し、振り返った。「ほら」

「あんたは気ちがいだ」大学生は泣きわめいた。

「ひとりで行ったらいい!」

「ああ、そうする」言うなり折口は大学生を無視して、さらに奥へ歩き出していた。

しばらく行くと彼方に、常夜燈に肌を照らされて、ゆっくりと大股に奥へ進んで行く怪人のうしろ姿が見えた。折口は駈け出した。怪人は靴音にふり返り、折口を認めると、眼を見ひらいて奇妙な声をあげた。折口が自分をここまで尾《つ》けてきたことが信じられないといった様子だった。彼はすぐに逃げはじめた。通路は次第に上り坂になった。怪人は通路の途中にかかっている鉄梯子《てつばしご》を登りはじめた。折口もそれに続いた。円筒形の竪穴《たてあな》を五メートルほど登りつめると、マンホールらしい鉄蓋があり、いくつかの丸い穴から電燈の光が洩れていた。折口は、どうせ上に何か載せているだろうと思ったので、力まかせに鉄蓋をはねあげた。鉄蓋は簡単にはねとび、彼は地下室らしい狭い部屋に出てきた。十五、六人の、兇悪な顔をした男たちが、縛られてソファの上に横たわっている花嫁衣裳の草月弘子をとりまいていた。彼女は気を失っていた。折口の背後にいた例の怪人が、マンホールの鉄蓋をもと通りにしてその上に立ち、腕組みした。

「よく来たな」横たわった草月弘子の足もとに腰をおろしている、背広を着た肥った男が折口にいった。「お前は、命が惜しくないのか?」

「草月弘子をどうするつもりだ?」

折口の問いに、肥った男はうす笑いを浮かべていった。「おれの女房にする」

「馬鹿野郎!」折口が彼におどりかかろうとすると、他の男たち全員が折口につかみかかり、床の上に組み伏せてしまった。

「そいつを水槽室へつれて行け」と、肥った男が、ソファの上の草月弘子を抱きあげ、部屋を出て行きながらあざ笑っていった。「水責めだ」

折口は両腕のつけ根をふたりの男に両側からつかまれ、その部屋から薄暗い廊下へつれ出された。廊下の両側にはベニヤ板が貼られていて、天井のところどころには10ワットの螢光燈が器具むき出しで点いていた。吊りあげられるような恰好で、折口は廊下を歩かされた。左側にドアがあった。そのドアをあけようとして右側の男が手をゆるめた瞬間、折口は両腕を振りきって、左側の男の顎に拳骨を喰わせた。と同時に、左手で腹を一撃した。左側の男は眼をまわし、ドアをあけようとしていた男はびっくりして、廊下をもと来た方に逃げはじめた。折口は彼を追った。男は複雑に折れ曲がった廊下を逃げまわり、狭い階段を登った。折口も続いて登った。男は登りきった正面のドアをあけ、中へとびこんでまたドアを閉めた。折口は足でドアを蹴りあけた。部屋の中は暗黒だった。何もわからぬ闇だった。さっきの大学生に万能万年筆を借りてこなかったことを悔みながら、折口は手さぐり足さぐりで中へ入った。手には何も触れなかった。床は木材らしく思えた。空気は、やや熱っぽく感じられた。ゆっくりと、折口は奥へ進んだ。

いきなり、太陽があらわれた。

だしぬけにラッパが鳴った。

テレビ・ホールのあらゆる照明が舞台中央に立ちすくんでいる折口の姿を浮き立たせ、二万人の観衆がわっといっせいに立ちあがり、割れんばかりの拍手と喝采を彼に送った。

Ｄ・Ｄ浜田と草月弘子がにこやかに笑いながら、茫然と佇《たたず》んでいる折口の傍へ、握手を求めてやってきた。

「おめでとう！」Ｄ・Ｄ浜田がいった。「君の今までの行動は、ぜんぶアイで全国に中継放送されたんだ」

舞台正面には、巨大なテレビ・スクリーンがセットされていた。

アナウンサーがマイクに叫んでいた。「英雄コンテスト第一位の方が、ただいま決定いたしました。その人は、なんと、当銀河テレビＤ・Ｄの折口節夫氏であります！」

第二部　海戦

1

昭和五十一年五月十九日、午後一時三十分、ともに八十トンの以東底びき網漁船、主船「棺桶丸」と従船「怨霊丸」は、各船長の「巻け」の命令で同時にストックレス・アンカーを揚げ、三万人を越す歓送者の声援と、軍楽隊の演奏する「K作戦マーチ」に送られて福岡漁港を出航した。船の後甲板には各船の操舵、機関部員を除いた全員が整列し、旧海軍式の敬礼で歓呼に応えていた。

両船には、それぞれライフル銃を十二挺、一挺が百五十万円ほどする新・新国産型機関銃を四挺、オネスト・ジョンを真似て作られた三十型ロケットの発射砲を二門、地対地用のラクロス・ミサイルを一セット、75ミリ自走無反動砲、自走迫撃砲、105ミリ自走榴弾砲を各一門、その他にも爆雷三十個、手榴弾百五十個などを積んでいた。甲板上に設置された各砲は、防水布や漁具などで巧妙にカムフラージされ、弾薬類は前部船艙、後部船艙にぎっしり積みこまれていた。主従二隻の漁船は、さながら海を行く弾薬庫だった。もちろん船橋には、レーダー、ロラン受信機、方探と呼ばれている電波方向探知機などがあり、船橋操舵室下部の無線室には、無線送受信装置があった。また、両船にはそれぞれ、五十あまりのテレビ・アイが取りつけられ、あるものには望遠レンズが嵌《は》込《め》まれていた。それらは、ある場所には大っぴらに、ある場所には隠されて設置されていた。船橋の上には、無線電話のアンテナや、ゆるい弧を描いたレーダー・アンテナ、二つの輪を組みあわせた方向探知機のループなどと並んで、テレビ・アイの送信装置が高くそびえていた。

二隻は博多湾から玄海灘に出て西に向かった。そこで各船は名簿と照らしあわせ、あらためて人員の点呼をした。全員が揃っていた。

船橋の前窓上につけられているスピーカーから「K作戦マーチ」を流しながら、二隻はなぜか浮きうきした様子で戦場へ向かっていた。このあたりは国定公園で景色はすばらしい。前方はるかにかすんでいた壱岐《いき》の島が、次第にはっきり見えはじめた。

快晴で、波はやや高かった。

2

折口は舷側の手摺りに凭れて、ぼんやりと玄海灘を眺めていた。海の色は、彼方が紺青、手前が緑だった。日本人の喜ぶ箱庭的な小島の景色は、折口にはあまり興味がなかった。さんざ絵に描かれたそれらの風景は、今となってはあまりにも人工的な雰囲気に包まれ過ぎていた。波うち際の白砂と松林も、まるでカラー写真に撮られたくてうずうずしているといった様子だった。彼らは観光客への媚を露骨に見せていた。

折口は、SF作家の後藤益雄が、船に乗るなり風呂はないのかといって失望した表情をして見せたのを思い出し、苦笑した。怨霊丸の方でもきっと、柴原節子が大騒ぎしていることだろう。シャワーがない、三面鏡がないとわめき散らして……。彼らにとっては、どんな冒険旅行も、快適な冒険旅行でなくてはいけないのだ。戦争も、快適な戦争でなければならないのだ——折口は苦々しくそう思った。たとえ戦場のど真ん中であっても、金さえ出せば冷暖房完備のホテルで風呂に入り、シャワーを浴びることができるようでなければならないのだ。彼らは全世界が——いかなる奥地、たとえ火星であろうと――自分たちの快適な旅行のための、快適な冒険のための舞台でなくてはならないと思い、そう期待している。

大昔は、旅をするのは死地に赴《おもむ》くことだった。そしてそこから不穏な思想を、自分たちの安定した社会に持ち帰り、それによってその社会を進歩させた。だが今では、戦争に行くのさえ観光気分なのだ。観光旅行社のクーポン券さえ買えば、エキゾチックな局地戦の光景が簡単に楽しめるはずだとさえ思っているのだ。現代では旅行者はいない、あるのは観光客だけだ――と、折口は思った。割引価格でエキゾチックなものを求め、そのエキゾチックな性格を失うことなく、日常的な快適な経験に変えたいと思っている者ばかりだ。エキゾチックなものも、見なれたものも、すべて注文通りに作ることができると期待している者ばかりだ。また、現代に冒険はない――そうも思った。仮にあるとしても、何万円か出して買い求めることのできる、絶対安全保証付きの冒険なのだ。彼ら情報社会の大衆は、一生かかってやるような冒険を三時間でやることができ、生命の危険を冒《おか》して初めて味わえるようなスリルを、危険を全然冒さないで味わえると信じているのだ。

折口は、ついこの間の誘拐団追跡レースのさ中に自分がいかに生甲斐を感じていたかを、なまなましく思い出した。あれは眼のくらむような恍惚たる狂躁、無我夢中の歓喜だった。だが結局、それさえ作られた事件だったのだ。おれはだまされたんだ――折口は、あれからずっと怒っていた。おれはマスコミのペテンに引っかかったのだ！　そして今、またも作られた事件――疑似イベントの渦中に叩き込まれてしまった。なぜならこれは、作られた戦争だからだ。ニュースに餓えた大衆の期待に応えるため、マスコミのでっちあげた戦争だからだ。しかしおれは、何のために彼らの期待に報いてやらなければならないのだろう？

何のために奴らの幻影に登場してやらなければならないのだ？　もちろんそうしてやれば、彼らは喜ぶだろう。だがそれだけでは済まない。また次の、より大きな出来ごとを期待するに決まっている。そして彼らは、ますます白痴化していくのだ。今では全世界の人間精神が、衰退の方向に向かっている。おれはそれに拍車をかけようとしている者のひとりなのだ。

逃げ出すか？　だが、どこへ逃げる。逃げ場はない。どこへ行っても同じだ。世界中が大衆の飽くことなき疑似イベントへの期待に埋まり、四十八億の妄想は作られた事件が真実なのだと彼ら自身に教えている。——そうだ、逃げ場はない。どこにもない。お前が自分で作らなければ、どこにもない。自分で作る？　だが、どうやって？

——折口は考え続けた。

前自衛隊員の木田と、前警察機動隊員の君塚が、何か話しあいながら折口の方へやってきた。見るともなしに彼らの方を見た折口は、図体の馬鹿でかい木田に、ふと何処かで会ったことのあるような親近感を覚えた。じっと彼の方を見ていると、木田も折口を見て笑いかけた。「やあ、あんたはおれのことを、どこかで見た奴だと思ってるんだろう？」

彼の無作法な言葉づかいは、折口には気にならなかった。「うん」

「おれの顔一面に、やけどがあるつもりで見なおしてみろ」

「やあ、あんたは例のプロ・レスラーか？」

「そうだ」怪物はこの男だったのだ。

折口は訊ねた。「じゃあ、禿頭のかつらを被っていたんだな？」

木田は急に不機嫌な顔になっていった。「おれは禿頭だ。今被っているのはかつらだ」

君塚が横からいった。「あのプラスチックの鰐を、陰からリモコンで動かしていたのはおれだよ」

三人はしばらく雑談した。

君塚が訊ねた。「ところで、おれたちは何のために戦争に行くんだ？　あんた、わかるか？」

「わからない」と、折口は答えた。「だけど、おれにとっちゃ、何のための戦争かなんてことはどうでもいいんだ」

「考えてみりゃ、おれもそうだな」君塚はいった。「第一に金だ。前金として二千万円もらった。帰ったらもう二千万円貰える。第二に、やはり戦争そのものの魅力だろうな。一度は実戦を体験したい」

「こちらの戦闘員は、ぜんぶ金と名声が目的だろう」と、折口はいった。

「でも、韓国の方はどうなんだろうね。奴ら本当に、そんなに日本人が憎いのかな？」

「あっちは本気だ」と、木田が君塚にいった。彼は長身の折口さえ肩までしか届かないほど背が高く、折口が見あげると、彼の大きな黒い鼻の穴が見えた。「殊に、韓国人で、日本語教育を受けた中年以上の人間たちは、皆日本を憎んでいる。子供の頃、朝鮮語を使うと罰金をとられたり、板の間に正座させられて、ジンム、スイゼイ、アンネイと百二十四代の天皇の名前を暗記させられたり、つらい経験ばかりしてきているからな。おれの友人で、やはり韓国人がいる。そいつは戦争中、日本の唱歌や軍歌を歌わされて学生時代を過した。やはり日本人をすごく憎んでいた。ところが朝鮮戦争で北上して塹壕《ざんごう》の中で故郷をしのんでいるとき、いつの間にかウサギオイシ、カノヤマ、コブナツリシ、カノカワと歌っていたというんだ。ひどく口惜しく感じたというんだ。この気持はわからないことはない。われわれだって子供の頃、頑固者の父親から、ぜんぜん意味のわからぬ論語だとか中庸だとかの中の文句を無理やり叩き込まれ、大人になってから、そういった思想を忌《い》み嫌いながらも、何かのはずみでふいと口をついて出ることがあるものな。そういう時おれたちは、自分たちにそんな教育をした父親がすごく憎くなる」

「おやおや」折口は、意外に知的な木田の言葉に驚きながらいった。「それじゃあ、韓国人の反日感情は、エディプス・コンプレックスのはげしい奴だというのか？」

「似ていると思うね。しかも、子供に対する愛情がひとかけらもない、サディストの父親に対する、母親のない子供のはげしいエディプス・コンプレックスだ」

こいつはわりとインテリだな——折口はもう一度木田の顔を見てそう思った。と同時に、鹿田新平の家へ泥棒に入って捕まった、あの少年のことをちょっと思い出した。——あの少年は——と、折口は思った。——人間性を無視した無意味な思想に毒されることなく、反抗しながら強く生きて行くだろうか？　それとも、おれが教えてやったように、仮面の芝居を演じ続けるだろうか？　——

「のどが渇いた」君塚がいった。「コーヒーを飲みに行こう」

三人が後甲板から炊事室兼食堂へ入ると、小さな木机を中にして隅の江と長部久平が話しあっていた。

「でも、私は報道担当者なんですよ？　どうして私まで戦わなきゃならないんですか？」と、長部が馬鹿ていねいな口調で隅の江に訊ねていた。

「あなたは報道担当者であると同時に、戦闘員でもあるんです。いざ戦闘となれば、やはり銃をとってもらわなきゃなりません」言葉はていねいだが、隅の江の口調には有無をいわせぬ威圧感があった。

「困りましたねえ」長部はあきらかにアイを意識した笑いを片頬に浮かべた。「戦闘の際の報道こそ、テレビ・アナウンサーの見せ場聞かせ場なんですよ？」子供にさとすような調子で、長部はいった。「わたしまで戦闘に加わったら、面白くなくなるでしょう」

「いや、面白いかどうかの判断を、あなたがしちゃいけない」と、隅の江がいった。「全員がそれをやり出したら、統一がとれなくなりますからね」

「弱りましたなあ」長部はわざとらしく困った表情を作って笑い、この頑固なわからず屋を何とかしてくれというふうに折口のほうをちらと見た。

それからまた隅の江の方へ身を乗り出した。

「じゃあ、こうしましょう。局へ無電でも何でもして、私がアナウンスしなくていいかどうか、視聴者の意見を聞いてもらっては……」

「なるほど」隅の江は牙をむき出して笑った。「あなたは視聴者が、あなたのアナウンスを聞きたがっていると思ってるんですね？」彼はズバリと言った。

長部は大袈裟におどろいて見せた。「おやおや。それはだって、あたり前じゃありませんか。いいえ、何も私がうぬぼれて言うんじゃありませんよ。私はアナウンサーなんだから、視聴者が私にアナウンスを期待するのは当然でしょう？」

「その判断は私がする」隅の江は、相手の頭の悪さに、議論を投げ出した様子だった。彼は投げやりにいった。「戦争に解説はいらない。必要なら局の方で、別のアナウンサーがするだろうからね。この話はこれで打ちきりにしよう」隅の江は立ちあがった。

長部は少しあわてた。ここでこの話を打ちきりにされては、もしこの情景が中継放送されていた場合、彼の面目が失墜する。「待ちなさい！」長部は険しい表情で隅の江を呼びとめた。「あんたがどう言おうと、視聴者に関して詳しいのは、あんたなんかより私の方なのだから、どうせ私は勝手にアナウンスをするつもりだ。だけどその前にひとこと言っておく。あんたは……」

「あんたの方が何に詳しいんだって？」隅の江は振り返り、ちょっと笑った。「馬鹿いっちゃいけない。あんたには何もわかってないじゃないか。さっきからの私の話が、ぜんぜん理解できていないらしいな」

長部は顔色を変えた。「私を侮辱するのか？」

「あんたなんかを侮辱して何になる」隅の江はもういちど椅子に腰をおろしながら、嘲笑を浮かべた。それから急に眼を据わらせ、低い声でいった。「おれは参謀だ、いいな。だからおれの命令を守ってもらうぞ。戦闘の際は銃をとるんだ。わかったか。わかったら復誦しろ」

「復誦だと」長部は立ちあがった。恥辱に手をふるわせていた。「この私に命令するのか……この長部久平に……」

「そうだ。人気アナウンサーの長部なんとかに命令するのだ。あんたは、全女性が自分の味方だと思っているんだろうが、ここは戦場だ。勝手なことは許さん。命令違反者は処罰する！」

長部は唇を顫わせ、じっと隅の江を睨みつけていた。やがて自分の不利を悟ったらしく、急にがらりと態度を変えた。彼は、この情景は間違いなくテレビ中継されていると判断したらしく、いちばん近くにあるテレビ・アイの方に向かって、おどけて肩をすくめて見せた。「おやおや皆さん。こういうわけで私は、戦闘開始と同時に持ち馴《な》れぬ銃を持たされることになってしまいました。いやはや、まったく無茶な命令ですね？　そう思いませんか？　もし私が死んだら……」

「もしあんたが死んだら」と、隅の江が横からいった。「ライフルの射撃演習をサボったあんた自身の責任だ」ふふんと鼻で笑い、首を傾げて聞こえよがしにいった。「よっぽど戦争が怖いらしいな」

長部は蒼ざめて振り返った。「わたしに勇気がないというのか！」

隅の江は虫けらを見る眼で長部を見て、ゆっくりと喋った。「さっきからのあんたの言うことを聞いていると、そうとしか思えないね。これがテレビ中継されているとしたら、視聴者だってそう思っているだろうよ。アナウンスにこじつけて、戦闘に加わるのを逃がれようとしているってな。事実その通りだ。あんたは救い難い臆病者だ。だからこそおれは、あんたに戦闘をやらせたいんだ。あんたが、どんなぶざまな殺され方をするかと思ってな。視聴者だって、あんたのアナウンスなんか、ぜんぜん期待しちゃいないんだ。そんなものは毎朝のニュース・ショーでお眼にかかっているんだものな。視聴者の興味は、女たらしの長部久平がもし戦争に行ったらどんなことをやるだろうというところにあるんだよ。わかったか？　おれは戦争に関する参謀であると同時に、この番組の演出家でもあるんだ。だから、できるだけ視聴者に楽しみをあたえてやらなきゃならない。あんたが敵の砲弾で腰を抜かすところを、ぜひとも報道して、皆を楽しませてやりたいんだ。わかったか」

　長部はしばらく激しい怒りにがたがた顫え続けたのち、意を決したように椅子にかけ直して足を組んだ。それから憎々しげに隅の江を睨みつけていった。「おい、貴様はどこの馬の骨か知らねえが、このおれ様にそんな口をききやがると、あとが怖いぞ」

「おれが馬の骨ならお前は豚の骨だ」うんざりした様子で隅の江はいった。「命令にしたがうのかしたがわないのか、どっちだ？」

「馬鹿野郎。そんな言い方までされて、したがえるか。お前は参謀なんて柄じゃない。掃除係にでもなりゃあ、よかったんだ」

「その不良っぽいところが、また主婦たちの人気を得るってわけだな」隅の江は苦笑した。「チンピラじみた凄みはその辺でやめろ。戦闘に加わらないのか？」

「意地でもするもんか」

「よし、じゃあ勝手に与太っていろ。いざ戦闘になって命令に背いた時は、お前は銃殺だ」隅の江は腰のリボルバーを取り出して机の上で手入れを始めた。

長部は泡をくって立ちあがった。「お、おれはこの船を下りる。き、き、貴様が気に喰わん！」

「下船するんだと？　やって見ろ。脱走兵として射殺する」

「そんなこと、できるもんか」長部は乾いた声で笑った。

「そう思うか？」隅の江は血走ったすごい眼を光らせて、じろりと長部を見た。「じゃ、ためしに船をおりて見ろよ」

折口は隅の江の眼を見て、背筋が冷たくなるのを感じた。——こいつは大変な男だ。サディストだ。あの眼は偏執狂の眼じゃないか！

長部は唇を嚙みしめ、何か捨てぜりふを思いつこうと焦っていた。だが、あまりの怒りに何も思いつかなかった。彼は足音高く甲板へ出て行った。

「脱走するだろうか？　しばらく見張っていましょうか？」と、君塚が隅の江に訊ねた。

隅の江は笑った。「ほっとけ。あいつにそんな度胸はない」

折口は、この喧嘩の原因は長部の虚栄心と隅の江の加虐的性向以外に、船室内にとりつけられたテレビ・アイにもあると判断した。そう思うと同時に、彼はひとつのすばらしい着想を得て、ひそかに眼を輝かせた。

「そろそろ交代の時間だろう？」隅の江が木田と君塚にいった。

コーヒーを飲んでいたふたりは、時計を見てあわてて立ちあがり、君塚は後甲板をまわってブリッジへ、木田は部屋の隅のせまい階段を降りて機関室へ去った。機関室は無線室のさらに下、船体中央部の最下層にあるのだ。

やがて、君塚と交代した脇田船長が入ってきた。彼は眼をまるくしていた。「さっきから上で、飛行機やヘリコプターがブンブン飛びまわってるだが、あれは何だね？」

「ああ、あれか」隅の江はコーヒーのカップをもてあそびながらこたえた。「あれは外国の報道陣だ。船じゃついて来られないので、上から見てるんだろう」

「取材と報道は、銀河テレビ独占じゃなかったんですか?」と、折口が訊ねた。

「国内に関してはそうですがね」と、隅の江がいった。「外国からは、アメリカ、イギリス、フランス、ドイツ、ソ連の五カ国が取材に来ることになったそうです。ただし、戦争の邪魔にならないよう、上空からの取材に限られています」

「海外に対しては、この戦争は漁民同士の喧嘩《でいり》というふうに報道されているんでしょう?」と、折口はいった。「国連などでは、何て言ってるんですか?」

「一応話には出たらしいが」と、隅の江は答えた。「みんなが面白がり過ぎて、どうするかという結論までは出なかったらしいですな」

「ねえ、隊長さん」船長が泣き声でいった。「この戦争がもとで、もっとでかい戦争になるんじゃないかね? おらもう、心配でしかたがねえだよ」

隅の江は笑わずに答えた。「うん、案外、第三次大戦の口火を切るきっかけになるかもしれんな」

平然と言ってのける隅の江を見て、こいつの頭はどうなってるんだろうと折口は思った。

「おら、やっぱりこの騒ぎに、ついて来たくなかっただ」船長は帽子を脱ぎ、胡麻塩の頭を掻きながらぶつぶつ言った。「金をたくさんくれるちゅうから、ついて来ただけど、やっぱりこんなこたあ、わしにゃあ向いてねえだよ」

船は西浦崎を通って、そこから羅針進路を西南西にとり、四時きっかりに姫島、四時半には呼子《よぶこ》を通過した。そこで針路をある時は真西、ある時はウエスバイサウスに変えながら波止崎にやってきた。さらにウエスバイサウス又は西南西に向かって田助を七時に通過、七時半に生月《いきつき》に到着した。以西底びき網漁船が漁場へ向かう場合は常に、ここからさらに五島列島の南端、大瀬崎燈台まで行って、そこを基点とするわけだが、済州島方面へ行く場合は、たいていこの生月を基点にする。

二隻は針路を変えず、そのまま西南西に直行した。彼らは紫竜丸が襲われたところ、済州島の真南の農林漁区第二六五区内に向かっていた。

波は静まり、月は明るく、船の速度は十ノットだった。

3

艫《とも》の最下層部、後部船艙のま下にある船室《ハウス》は定員六名だった。せまい通路の両側に、戸棚のようになったベッドが三段ずつあり、折口は右側の最上段に寝ていた。

午前五時半、ベッドにいる者は折口を除いて全員、ぐっすり眠っていた。機関室には木田がいた。ブリッジでは君塚が操舵していた。見張りには後藤が立っていた。見張りは二時間交代だったが、長部久平が船酔いで眼をまわしてしまったので、折口と隅の江と後藤の三人が、かわるがわる甲板に立った。折口は三十分ほど前に、後藤と交代したばかりだった。

寝ている他の四人の鼾《いびき》と歯軋《はぎし》りを聞きわけ、皆が熟睡していることを確かめてから、折口は静かにベッドから抜け出た。階段を登り、炊事室の隅に出た。流し台の下の戸棚には、大工道具があった。その中のペンチとスパナを取り出し、ベルトにさし込んだ。コーヒーを沸かして一杯だけ飲んだ。それから、月の光ですべてが蒼白く見える後甲板に出た。船尾には、手摺りに凭れライフルを構えた後藤の姿があった。

折口は彼の傍に近づいた。「やあ」

「まだ起きていたんですか?」

「ええ、眠れないんですよ」折口は後藤と並んで、黒い海面をながめた。それから彼にいった。

「コーヒーを沸かしましたよ。飲んできたらどうです？　僕がここにいますから」

「それは、ありがたいな」じゃあ頼みますほんの二、三分といって後藤は、炊事室へ入っていった。

折口は舷側に沿ってブリッジの横まで、甲板をゆっくりと歩いた。海を見ながら、また後甲板へ引き返した。彼は突然走り出した。顔色を変えて、炊事室へとび込んだ。

「どうしたんです？」コーヒーを飲んでいた後藤が、折口の顔色を見て、あわてて立ちあがった。

折口は、あまり大きくない声で切迫した調子を出し、低く叫んだ。「操舵室で君塚さんがぶっ倒れている！　誰かに殴られたらしい」おどろいて甲板へ駈け出ようとする後藤を、折口は押しとどめて言った。「あなたは皆を起してきてください」そして自分は、救急箱を担《かつ》ぎあげた。

後藤はあわててハウスへの階段を降りて行った。折口は炊事室の屋上甲板に登り、そっと救急箱を脇へ置いてから、足音を忍ばせて操舵室に近づいた。中をのぞきこむと、君塚は舵輪を握ったまま舵角標示機と羅針儀を交互に見くらべていた。折口はベルトからスパナを抜き、おどり込んで君塚の後頭部を一撃した。君塚は声も出さず、エンジン操作機の上に倒れ伏し、さらに床へ転がった。折口はレーダーの表面のガラスを叩き割ってから、スパナを床に投げ出し、操舵室を出てブリッジの屋根へ登った。ペンチを出し、アイのアンテナをへし折って海へ抛り投げ、さらに無線電話のアンテナをねじ切った。

これでおれは、自分を隔絶させた――折口はそう思った。――おれはマスコミから隔絶した。

後甲板から隅の江の緊迫した声がとんできた。

「どうしたというんだ！」

折口は振り返り、炊事室の屋上甲板に登ってきた隅の江と後藤に叫んだ。「大変です！　アンテナ類が無茶苦茶に叩きこわされています！」

「何だと！」隅の江は悲鳴まじりに叫び、屋根へ登ってきた。へし折られたアンテナ類を眺め、彼は大きく口を開いた。唸った。それから、落ちていたペンチを拾いあげ、じっと眺めた。疑わしげな眼つきで、じろりと折口を睨んだ。やがて肩を落し、深い溜息をついた。

「敵がしのびこんだのでしょうか？」と、折口は訊ねた。

「まさか……。これは内部の奴の仕わざだ」

「どうしましょう？」折口がおそるおそるいった。

その時、操舵室から駆け出てきた後藤が屋根を見あげて叫んだ。「レーダーがこわされています！」

隅の江と折口は屋根を降り、操舵室に入った。

「これが落ちていました」後藤がスパナを隅の江に渡した。

隅の江は倒れている君塚を顎でしゃくった。

「傷はどんな具合だ？」

「たいしたことはありません。頭のうしろに、でかい瘤《こぶ》がひとつ……」後藤が救急箱をあけながらいった。

「どうしたのかね？」船長と大野田が服のボタンをとめながら入ってきた。

「船長、レーダーが壊された」隅の江は吐き捨てるようにいった。「とにかく、操舵を頼む」

船長は眼を丸くしたまま、舵輪を握った。

「こんな馬鹿なことをした奴は誰だ」隅の江は苦々しげにいった。

「この男が息を吹き返せば、わかるかもしれませんな」機関長の大野田が君塚を介抱しながらいった。

「犯人を見つけてやるぞ」と、隅の江がいった。「きっと見つけてやる」彼は部屋の隅にぐったりと腰をおろした。「レーダーがないから、敵船がやってきてもわからん。無線も通じない。僚船とも連絡できなくなってしまった」

「スピーカーがあります」と、後藤がいった。「あちらからもスピーカーで返事してもらったらどうですか?」

「そうだな」隅の江はのろのろと立ちあがり、マイクをとってスイッチを入れた。「怨霊丸、怨霊丸、こちらは棺桶丸だ。無線電話が壊れた。スピーカーで応答してくれ」

三分ほどしてから応答があった。「こちら怨霊丸」村越均の声だった。「何が壊れたって?」

「村越さんか? こちらは隅の江だ」

「どうしたんですか?」

「レーダーと、アイと、無線通話が駄目になってしまった。そちらで責任を持って、レーダーに注意していてくれ。敵船を発見したら、すぐスピーカーで連絡してくれ」

「了解」

「針路は変更しない。このまま直進する。危険でない程度に、こちらにくっついてきてくれ」

「了解」

「今はそれだけだ。またスピーカーで連絡する。以上」

「了解」

君塚が息を吹き返し、呻き声をあげた。

「しっかりしろ、どうしたんだ?」大野田が彼の上半身を抱き起した。「誰にやられた、え、誰に殴られたんだ?」

君塚は首をゆっくり左右に振った。「わからん。羅針儀を見ていたら眼の前がピカッと光った。それから暗いところへ落ちた。冷たいところだ。川が流れていた。舟があった。亡者どもが舟に乗っていた。おれもそれに乗ろうとしたら、誰かがうしろからおれの名を呼んだ。それで気がついた。あれが三途の川か?」

「知るもんか」

夜が明けてきた。

一同は不味い朝食をとった。気分のよくなった君塚が、ふたたび船長と操舵を交代するため、炊事室を出て行った。朝食を終えた折口、隅の江、大野田の三人は、前甲板の舳先《へさき》、前部船艙の上に登って寝そべり、しばらくぼんやりした。長部久平は、まだ寝ていた。やがて八時になろうとしていた。

君塚と交代した船長がやってきて言った。「第二五五区へ入っただよ」

「戦場の一歩手前だな」隅の江がいらいらした様子で立ちあがり、あたりを歩きまわった。それから急に立ち止った。「怨霊丸にばかり頼ってもいられない。こちらでも見張りを立てよう」

「どうやって?」と大野田が訊ねた。

隅の江は船長にいった。「双眼鏡はあるか?」

「そんなもの、ねえだよ」

「ないって? 船乗りが双眼鏡を持っていないのか? なぜ持って来なかった!」

隅の江の詰問に、船長は少し困って答えた。

「レーダーがあるだから、双眼鏡なんて大時代なものは、持たねえだよ」

隅の江はまた唸った。彼自身も、双眼鏡を忘れてきたことを悔んでいるらしかった。しばらく歩きまわった。やがてまた立ちどまり、眼の前のメイン・マストの頂きを見あげた。そして皆の方を振り返って訊ねた。「視力が両眼とも一コンマ二以上ある者は手をあげろ」

馬鹿正直に手をあげたのは脇田船長だけだった。

隅の江はいった。「よし、あんたが見張りをやれ。このマストは十メートル以上ある。この上へ登って……」

「とんでもねえ!」船長は悲鳴をあげた。「このマストへかね! こんな高いマストへ、登れねえだよ! もっと若い人にやってもらってくだせえ」

「あんたが登るんだ。命令だ」隅の江は船長を睨んでいった。「登れなければ、ロープで吊りあげてやる」

みんな隅の江の剣幕に押されて、船長をかばってやろうとする者はなかった。

船長はなさけなさそうな顔で、恨みっぽく言った。「わしを登らせるのは、わしが双眼鏡を持ってこなかったからかね？　それとも、わしがいちばん命令しやすいからかね？」

「眼が良いからだ」隅の江はそういって、折口と大野田に、船長を吊りあげるよう命令した。それから船長に訊ねた。「合図の笛はあるか？」

「そんなもの、ねえだ」船長は泣きそうになっていた。

「めそめそするな！　何か、音の出るものはないのか！」

「ラッパなら、あるがね」と、大野田がいった。

「おれが機関室で練習してるコルネットだが、もう壊れかかっていて……」

「それを持ってこい」隅の江がいった。「音さえ出りゃいいんだ」

大野田はラッパをとりに行った。

隅の江は船長にいった。「敵船を見たら、ラッパを吹くんだ。いいな。それから、船が一隻なら、両手を上にあげ、下に振りおろす。二隻なら、それを二回やる。いいな。わかったか？」

船長は涙声で復誦した。「船が見えたら、ラッパを吹くだ。船が一隻なら、手をあげて下におろすだ。二隻なら、それを二回やるだ」

「よろしい。忘れるなよ」

大野田がラッパを持って戻ってきた。折口はロープの端を船長の胴にくくりつけた。大野田はもう一方の端をベルトに結び、帆綱を伝わって身軽にメイン・マストの頂き近くまで登り、索具に引っかけておりてきた。

折口は短いロープを船長に渡していった。「上へ行ったら、これで身体を帆柱にくくりつけなさい」

「ああ、これで身体をくくるだ」船長は泣いていた。

折口たちは、えんやこらといいながらロープを引いて船長を吊りあげた。船長は片手にこわれたラッパをぶら下げ、哀れな恰好で吊り上げられていった。

彼が頂き近くまで登った時、隅の江がいった。

「ようし、その辺でよかろう！」

下では折口たちがロープを索具にくくりつけ、上では船長が苦心して帆柱に身体をくくりつけた。

「可哀想だ」と、折口がいった。

「それなら君が登るか？」隅の江が、じろりと折口を見ていった。

ハウスから出てきた後藤が、マストの頂きを見てとびあがった。「船長が首を吊った！」

「あれは見張りだ」と、大野田がいった。

後藤に続いて、起きたばかりの長部久平が、蒼い顔でげえげえ吐いていた昨夜とはうって変わって、元気のよい笑顔をまき散らしながらやってきた。「やあ、どうしたんだね、みんな、浮かぬ顔をして」それから海を眺め、深呼吸をし、体操をした。「いい朝だ」

「ちっとも良い朝じゃない」と、隅の江が顔をしかめていった。「あんたがいくら恰好よく体操して見せたって、誰も見ていないよ」

「どういう意味だね？」長部はまだ笑いを消さず、隅の江に訊ねた。

「もう、アイはない。アンテナが壊れた。レーダーも壊れた。無線電話もこわれた」

「ああ？」長部の顔が、二、三寸がた長くなった。ぼんやりと口をあけ、しばらく一同の顔を眺めまわした。それからブリッジの屋根を振りかえり、アンテナ類の残骸を見て叫んだ。「だ、誰だ、誰だ。あんなことをした奴は！　何故だ！」

折口がいった。「悪い奴がいて、あんなことをしやがった。犯人はまだわからない」

長部はゆっくりと隅の江の顔に視線を移した。

長い間、彼の顔を眺め続けた。眼が血走ってきた。彼は低い声で呟いた。「こいつだ……」それからゆっくりと手をあげ、隅の江を指した。「犯人はこいつだ」そして絶叫した。「こいつが犯人だ！」いきなり隅の江にとびかかった。

隅の江も叫んだ。「やめろ！」

二人は揉みあった。他の者はあわててふたりを引きはなした。

引きはなされながら、長部はわめき散らした。「こいつはおれがアイに話しかけるのを厭がって、あんなことをしたんだ。おれが人気者なのを妬《ねた》みやがったんだ！」

「馬鹿、よせ！」折口の手を振りきった隅の江は、長部を殴りつけた。

長部は甲板に転がり、頰を押さえながら、信じられないといった口調で呟いた。「殴ったのか……この長部久平を殴ったのか……」

「いい加減にしろ」隅の江は怒鳴りつけた。「おれがどうして、そんなことをする。アイだけじゃない。レーダーも、無線電話も壊れたんだぞ。おれがどうして、そんなことをする！」

長部は、何も聞いていなかった。甲板に横たわったまま、うつろな眼で空を見あげ、呟き続けた。「おれは殴られた……おれは殴られた……」

隅の江は顔をしかめて黙り、腰をおろした。

また、各国の飛行機とヘリコプターが数台ずつやってきて、船の上空を旋回しはじめた。

後藤がいった。「ねえ、隊長、この人、怨霊丸の方へ移ってもらったらどうでしょう？　あっちにならアイもあるし……」

隅の江は、かぶりを振った。「今となっては、この男にアナウンスさせるわけにはいかない。何を喋るかわからんからな。こいつは気が変だ」それから立ちあがった。「そうだ。それで思い出した。こうなってくると、怨霊丸の方にも隊長が必要だな。副参謀として、あちらの指揮をとって貰わなきゃならん。誰か指名しよう」

後藤がいった。「ルポ・ライターの村越均はどうですか?」

隅の江は後藤を横眼で見ながらいった。「いや、松井伸二の方がいいだろう。君、すまないけどブリッジへ行って、スピーカーでそう言ってくれ」

「わかりました」後藤は船橋へ行き、スピーカーで、五十メートルばかり離れた海上の怨霊丸に呼びかけた。「怨霊丸、怨霊丸。応答してください」

「怨霊丸です」今度は、ホームラン王松井の声だった。

「ああ、松井さん。怨霊丸の隊長として、あなたに副参謀を命じます。そちらの指揮をとってください」

「了解。こちらの指揮をとります」

後藤が船橋からおりてきた。彼は隅の江に近づいていった。「隊長。操舵を誰に交代させましょう? 君塚が、時間になっても交代が来ないといってむくれていますが……」

「そうだなあ」隅の江は少し困って、マストの上の船長を見あげた。「舵のとれる者は、他にいないわけか……。まあしかたがない、もう少し君塚に頑張ってもらおう」

大野田が立ちあがった。「おれも木田さんと交代しなくちゃ……」彼は機関室へ去った。

しばらくして、大野田と交代した木田が甲板へ出てきた。彼はメイン・マストの船長を見て泡を吹いた。「せ、船長が、船長がっ!」

「あれは首吊りじゃない」と折口がいった。「あれは見張りだ」

甲板にうずくまったまま何か考え続けていた長部が、急に立ちあがり一同に向かって言った。

「私は怨霊丸に移ります。私はアナウンサーだ。アイやマイクのない所では、生きていけないように出来ている。私はまた、情報担当官でもある。あなたたちは、私を、アイのある場所へつれて行く義務がある」

隅の江が低い声でいった。「おとなしくして、この船にいろ」

「あんたの言うことは聞かん！」長部はわめきはじめた。「あんたは私を殴った。私の人格を無視し、私の人間性を抹殺しようとした。他人を抹殺しようとする者は、自分も殺されていいと自分で認めた者に限られる。それのわからん奴は野獣だ。けだものだ。あんたはけだものだ！　けだものの命令が聞けるか！」

「黙れ！　黙らんか！」隅の江は顔色を変え、腰のリボルバーを抜いた。手が顫えていた。

本当に撃つかもしれない——と、折口は思った。その時、マストの上で小さくラッパが鳴った。

「来たっ！」一同があわてて船長を見あげた。

マストの上の船長は、壊れかかって鳴らぬラッパを、力いっぱい吹いていた。だが、むなしく空気ばかり洩れて、なかなか鳴らない様子だった。やがて彼は大きく両手を肩の上に振りあげ、振りおろした。

「一隻！」と隅の江が算《かぞ》えた。

甲板上の五人は、息をつめてメイン・マストを見あげながら、次の合図を待った。

しばらく間をおいて船長は、また手を振りあげ振りおろし、もう一度手をあげ手をおろした。

「二隻！　三隻！」と、隅の江が算えた。

「三隻だって？」後藤が悲鳴まじりにいった。「敵は二隻じゃないのか？　約束が違うじゃないか、こちらより一隻多いじゃないか！」

「合図をまちがえたんじゃないかな？」と、折口がいった。

その時、突然船長が羽ばたきをし始めた。片手にラッパを握ったまま、滅茶苦茶に両手を振りあげ振りおろした。それはまるで、マストの上にくくりつけられているのが苦しくてたまらず、青く晴れあがった朝空はるかに飛んでいってしまいたいと願っているかのように見えた。

「な、何だと！　……十一隻……十二隻」隅の江は大きく眼を見ひらきながら、船長の腕のあげおろしを算え続けた。

折口も算えつづけたが、さすがに、あまりの驚きで十八隻以上は数がわからなくなってしまった。

「大船団だ……」腕をだらりと垂らしてしまい、ぐったりとなった船長を茫然と眺めながら、隅の江はいった。「そんな筈はない……話がちがう……打ちあわせと違う……」

他の者も、びっくりして口がきけず、ただぼんやりと隅の江の顔を見つめていた。

隅の江が、躍りあがって叫んだ。「おれたちを負けさせる気なんだ！　おれたちに黙って、マスコミ同士、約束を変えやがったんだ！　きっと政府の注文を受け入れたに違いない。韓国のご機嫌とりに、奴らに勝たせる気なんだ！　そうだ、きっと知識人たちが、政府やマスコミをけしかけて、おれたちだけを犠牲にして、自分たちの未整理のくだらん罪障意識を、一挙に解決しようとしやがったんだ！　糞！　負けてたまるか！　さあ何を愚図愚図してる！　戦闘準備！　戦闘準備だ！」彼は怒鳴り続けた。

一瞬にして甲板上は、たいへんな騒ぎになった。迫撃砲の防水布をめくる者、弾薬の箱を出す者、機関銃を銃架に設置する者、手榴弾を配る者……。

メイン・マストの上では、この甲板の騒ぎを見おろしながら船長が泣きわめいていた。「おらをおろしてくれ！　おらをおろしてくれ！」

水平線近くには、点々と韓国武装漁船団の黒い影が見えていた。それは静かに、こちらに近づいてきていた。

4

ジョージ・小野は、怨霊丸の船橋の屋根に寝そべり、歌を歌っていた。歌いながら彼は、この戦争が終って帰った時のはなやかなパレードのことを想像していた。彼はテレビ・ニュースで見た、いろいろなパレードの情景を想い返して、自分がどのようなポーズで歓呼に応えようかと考えていた。どうせディレクターが教えてくれる筈だが、たまには自分の意見も主張しないと馬鹿にされるかもしれない——と、彼は思った。おれはもう、チンピラ・タレントじゃないのだから、ディレクターとも多少は喧嘩した方がいい——そう思った。有名なタレントほど、より多く自分の主張を押し通していることを、彼は知っていた。ディレクターはそれほど反対はしない筈だ、何故ならおれには、それだけのネーム・バリューがあるからだ——そうも思った。それからライバルの、二、三人のミュージカル・スターの顔を思い浮かべた。ジョージがまだ、少し人気が出てきたばかりだった頃、彼はその中のひとりの大先輩に、頼まれもしないのにサインしてやろうかと持ちかけて怒鳴りつけられたことがあった。だが彼らはすでに二、三年前、いずれもジョージにトップ・スターの座を奪われていた。パレードの先頭で歓呼を浴び、堂々と大通りを行く自分の姿を見て、彼らは口惜しがるだろう羨やむことだろうと思い、ジョージはいい気持ちだった。だが肝心の、パレードでとるべきポーズは、なかなか考えつかなかった。それで考えるのをやめた。次に彼は、この戦争のことを考えた。勝つだろうか負けるだろうかと考えた。勝つだろうと思った。なぜなら、おれは今まで負けたことがないからだ——彼はそう思った。——それに第一、おれが主演するミュージカルは明るいものばかりだった。悲劇などはなかった。おれの役は常に成功者あるいは勝利者だった。この戦争だって、おれが出る番組なのだ。負ける筈がない。どうせ勝つのだ。そうだ、だから勇気を持ってはなばなしく戦わなけりゃいけない。時にはおどけて見せた方がいいな。それからまた、一度か二度は、危機一髪の場面を作ってファンの手に汗を握らせ、ひやひやさせてやらなくちゃいけない。どうすればいいだろうな？ どうやればいいかな。わからないぞ。あとで考えよう。おれの受持ちは何だっけな？ そうだ機関銃だ、機関銃を撃つのは恰好いいぞ。どうやって撃ってやろう？ 顔をしかめて撃ってやろうか。またファンがきゃあきゃあいって喜ぶぞ――。

彼は、足もとに据えられた機関銃の銃身を、靴さきでなでてみた。そして寝そべったままごろごろ転がって行き、機関銃の覆い布をはずした。――ちょっと、ポーズして見るかな。どこかの隠されたアイが、おれの方を見ているはずだ――。彼は上半身を起し、機関銃床を引きよせて銃把を抱いた。海上はるか水平線に照準を保ち、引金に指をかけた。それから銃口を、水平線に沿って甜《な》めるように、横に移動させていった。

突然、彼は屋根の上に起きあがった。べったりと尻を据え、あぐらをかいたまま、彼はぼんやりと海上を見た。そこには韓国漁船の大船団がいた。実際は二十三隻だったが、ジョージ・小野の眼には、百隻以上の大艦隊として映った。彼はぽかんと口を開いた。うつろな眼で、しばらく敵の大艦隊を眺めつづけた。彼は茫然としたままで呟いた。「ノー」かぶりを振った。「ノーノー」とびあがった。「ノー！」悲鳴をあげた。ブリッジからおりようとして、屋根の低い手摺りに足をとられ、彼は舷側の通路へ転がり落ちた。「て、敵だ！ 敵がいっぱいいるぞ！」落ちる途中で作業用サーチライトにはげしく脇腹を打ちつけた彼は、通路にひっくり返ったまま、咽喉も裂けよとばかりにわめき散らした。

炊事室を抜けて、ハウスから副参謀の松井がとび出してきた。彼は敵船団をちらと眺めてからブリッジに駈け登り、操舵中のP・Pに怒鳴った。

「石神さん！　どうしてレーダーに注意していなかったんですか！」

　Ｐ・Ｐは泣きそうになって弁解した。「舵をとるだけで、せいいっぱいだったんですよ。わたしゃ素人なんだ！」

　ホームラン王松井は、操舵室正面のアイに自分の横顔がうまくおさまるよう苦心しながら、拡声器のマイクを摑んで叫んだ。「全員に告ぐ！　右舷後方に敵船約五十隻発見！　戦闘態勢をとれ！　持場につけ！」それから機関室へのマイクを握った。「機関室！　減速！　村越さんは大村さんと交代して、すぐ戦闘準備にかかってください！」マイクを置き、Ｐ・Ｐに叫んだ。「あなたもです！　操舵を尾藤さんと交代してください。戦闘はすぐ始まりますから」

　Ｐ・Ｐは唇をわななかせて呟いた。「おお神よ」

　船長兼操舵員の尾藤が駈けこんできて、Ｐ・Ｐと交代した。Ｐ・Ｐと松井は後甲板に出た。

　炊事室から、ヘルメットの紐を右耳下でむすびながら柴原節子が出てきた。彼女は敵船団を見た。「たくさん来たわ」最船尾の船艙の上に腹這いになり、彼女はライフルを構えた。

　ルポ・ライター村越均とＰ・Ｐは、あわてふためいて、へまをくり返しながら三〇型ロケットに取り組んでいた。松井が僚船棺桶丸の方を眺めると、その後甲板でも、こちらと同じような大騒ぎが演じられていた。

　操舵していたはずの尾藤が、松井の傍に駈け寄ってきて叫んだ。「隊長！　今、魚群探知機を見ましたら……」

「馬鹿！」松井は尾藤を怒鳴りつけた。「漁に来てるんじゃないんだ。魚群探知機なんか、関係ないじゃないか！」

「まあ、聞いてくださいよ……」尾藤はおろおろ声でいった、「何気なく、ひょいと魚群探知機を見たら、この船の真下あたりに、すごくでかいものが泳いでるんです。鯨よりでかい奴です」

「鯨だと？　こんなところに、鯨が来るのか？」

「来ません」尾藤は、はげしくかぶりを振った。

「そこで、私が思うのに……あれは……私が思うのに…………あれは」彼はぜいぜい息をはずませた。

「何だと思うのだ、早くいえ！」

「あれは潜水艦です」

松井はあんぐりと口を開いた。今度は息をぜいぜいいわせるのは松井の番だった。松井と尾藤はしばらくの間、馬鹿みたいな表情のお互いの顔を茫然と眺めながら、息をはずませ続けた。

やがて松井はいった。「韓国に潜水艦があるわけがない」

「でも」

「わかったぞ！」松井はおどりあがった。それから尾藤の両肩を握ってゆすりながら早口で喋った。「それは取材に来た外国の船だ。海上から取材できないので、潜水艦でやってきたんだ！」

「おやーっ！　あれーっ！」柴原節子が、ライフルを投げ出して駈け戻ってきた。左舷後方、怨霊丸から十メートルと離れていない海上に、いきなり小型潜水艇が浮上したのだ。

「アメリカの潜水艇だ。申しあわせを無視して取材するつもりだな」松井は舌打ちした。

浮上した潜水艇のハッチから、カメラを抱えた男が一人と、その助手らしい男が二人、甲板に出てきて怨霊丸にレンズを向けた。

松井は舷側の手摺りに寄って大声を出し、下手糞な英語で彼らに叫んだ。「**Don't take TV on the sea!**」

カメラをかかえたアメリカ人が、にやにや笑いながら手を振り、叫び返した。「**We'll dive as soon as the war starts!**」

「馬鹿野郎！　勝手にしろ！」松井は罵《ののし》り、振り向いて尾藤を怒鳴りつけた。「何してるんだ、君は！　操舵室にいなきゃ駄目じゃないか！」

村越は、Ｐ・Ｐといっしょに、今度は自走迫撃砲の防水布をめくり始めながら、わめき続けている松井を横眼でちらと見て思った。――あいつは怒鳴りちらすことによって、怖さをまぎらせているんだ。そうに違いない――。村越は自分の四肢が、自分ではどうしようもないほどがくがくと揺らいでいるのを、Ｐ・Ｐに感づかれまいとして苦心していた。彼は松井がうらやましかった。怖さをまぎらそうとするために、その声はいやが上にも甲高くなり、荒っぽくなる。しかし第三者には、それは味方を叱咤激励している英雄の声に聞こえるのだ。だがおれには――と、村越は思った――恐怖をまぎらす手段が何もない。不様《ぶざま》にあせって、へまをやるばかりだ。アイを意識しているため、おれは余計そうなるのだ。今度はおれも助からないかもしれないな。以前、東南アジアの局地戦をルポした時にはアイなどはなく、誰も見ている者はなかった。だから戦争から帰ってきた奴を誰彼なしに捕まえては話を聞き、さも自分が直接見聞してきたかのように書いて評判を得ることができた。だが今度はアイが見ている。おまけに戦闘に参加しなけりゃいけない。そうしないことには、殺されるのは自分なんだからな。前と比べたらプラスマイナスえらい違いだ。助からないかもしれない！――さすがに村越は、他の者に比べれば戦争の恐ろしさをよく知っていた。それだけに恐怖もひと一倍大きかった。

一方ジョージ・小野は、彼としてはせいいっぱいの努力で脇腹の痛みを耐え、ふたたび自分の持場に戻ろうとしていた。鉄梯子を一段一段、歯を喰いしばりながら、機関銃のある船橋の屋根へよじ登った。あと二、三段という時だった。彼の眼の前に白い閃光が散り、轟音で耳がピーッと鳴った。すでに三十メートルの近くにまで迫っていた、敵船団の先頭の船から発射された最初の砲弾が、船橋の屋根のレーダー・アンテナに命中したのだ。ジョージは爆風でふたたび甲板に転落した。立ちあがって見あげると、すでに船橋の屋根には何もなかった。レーダー・アンテナはもちろん、スピーカーも、ジョージの機関銃も、他のアンテナ類も――アイ送信装置も含めて全部吹きとばされ、影も形もなくなっていた。

「ひやあ！」ジョージは恐ろしさのあまり、またその場にすわり込んだ。「あそこに登っていたとしたら、おれ今オシャカだ！」

「て、て、敵は砲撃を開始しましたっ！」別に言わなくてもわかっていることを、P・Pは恐怖のために大声でわめいた。

「ようし、迫撃砲発射用意！」と、舷側で機関銃を構えながら松井が怒鳴った。「よく狙って撃てよ」

アメリカの潜水艇は、男たちをコマ落しで昇降口から吸い込むなり、あたふたと潜航した。P・Pと村越は、迫撃砲の砲門を、さっき大砲を撃ってきた先頭の船に向けた。

「発射！」

松井の号令で、照準台のP・Pが迫撃砲を撃った。しかし砲弾の狙いは大きくそれた。弾丸はヒュルヒュル唸りながら敵船の右舷約十メートルの海上に落下した。

「よく狙えといっただろ！」松井が癇癪を起して叫んだ。

その時、いきなり海中から火柱が立った。それは青天井が粉ごなに砕け散ったかと思われるほどの轟音と閃光だった。大きな火玉が、海中から四方八方へ花火のように飛び散った。

「アメリカの潜水艇に命中した！」村越が腰を抜かしそうになり、あわてて砲身にとりすがりながら叫んだ。「たいへんだ。アメリカと戦争になるぞ！」

「協定を無視したアメリカが悪いんだ」と、松井がいった。

松井は敵船を見た。今の爆発のために、突然舷側に大波をかぶった四十トンあまりのその小漁船は、みごとに転覆していた。棺桶丸の方でも、迫撃砲や無反動砲を撃ちはじめていた。後続の敵船は、それ以上こちらへ近づいてこようとせず、大砲も撃たなかった。

「敵には砲弾が、あまりないらしい」と、松井がいった。「怖がっているんだ。ようし、当らなくてもいいから、撃て撃てっ！　撃ち続けろ！」

村越は砲弾一個が何十万円もすることを知っていたので、もったいないとは思ったが、命令だからしかたなくP・Pといっしょに撃ち続けた。耳がガンガンし、しまいには頭までガンガンしはじめた。

松井が機関銃を、柴原節子もライフルを撃ち始めた。ジョージは舳先の甲板にある機関銃を右舷側へ持ってきて、めくら滅法に撃ちまくっていた。連発の震動と断続音のため、普段から脈絡のないジョージの思考は、より寸断されていた。

ガガ、ガガガガガガガ、ガガガ、ガ、ガガガガガガガガ、ガガッ、ガッ、ガガガガガガガガ！ガガガガガガガガガガガガガガガガ……。

「こ・こ・こ・これを喰らえ・こ・こ・これを喰らえ敵め・死ね死ね・パレードで凱旋おれは英雄だファンが・死ね死ね・ディレクター死ねおれは勝利が英雄が秋園かおりがおれの首ったまにこ・こ・これを喰らえ・ママ見てるかおれを見てるか・これは本当の戦争おれは英雄敵め・死ね敵め」

ガガ、ガガガ、ガガガガガガガガガガガガガガガガガガガガガガガ、ガッ！　ガッ！　ガガガガガガガガガガガガガガガガガガガガガガガガガガガガガガガガガガガ！

敵船団は後退しはじめた。

主船が追撃しないので、松井も追うのをやめるよう尾藤に命令した。それから、後部船艙の甲板で、弾薬の入った木箱のうしろから首だけ出して彼の方を見ているジョージに怒鳴った。「こっちの損害を調べてくれ！」

「もう、わかっています!」と、ジョージは叫んだ。「機関銃一挺とアンテナ全部が破損! 死者ゼロ! 軽傷者ゼロ! 重傷者一名であります!」

「なにっ! 重傷者とは誰のことだ!」

「はい! 自分であります!」ジョージは自分の手で、身体を隠していた前の木箱を脇へどけた。

柴原節子が悲鳴をあげた。ジョージには下半身がなかった。上半身だけが甲板の上に載っていた。村越が、急にゲラゲラ笑いはじめた。

松井はジョージのトリックを見破って苦笑した。「馬鹿な真似をするなよ。出てこい」

ジョージはにやにや笑いながら、船艙の丸いハッチの下に隠していた下半身を抜き出した。

「やめてよ、もう、そのゲラゲラ笑い!」柴原節子が眉をしかめ、まだ笑い続けている村越に叫んだ。

村越はいつまでも馬鹿笑いをし続けた。彼は白眼をむき、泡を吹いていた。完全に発狂していた。

5

「怪我した奴はいないか?」

棺桶丸の方でも、隅の江が船内を訊ねまわっていた。最後にもう一度、後甲板へ出てきていった。「長部の馬鹿がいないな。あの馬鹿、どこへ行った! 誰か知らないか、あの馬鹿を」

空になった弾薬箱を整理しながら、折口が苦笑していった。「ハウスにいませんでしたか? あいつ、ズボンをびしょ濡れにしたから、きまりが悪くてすっ込んでるんでしょう」

「腰ぬけめ」隅の江が吐き捨てるようにいった。

後部船艙の上では、後藤と木田と、それに船長と操舵を交代した君塚の三人が腰をおろし、弾薬箱に凭れていた。三人とも、疲れきった様子だった。

「あんたたちは、よくやったな」隅の江が、君塚と木田にいった。「さすが本職だ」

二人は照れ臭そうに笑った。

木田がいった。「あれだけ撃って、一発も命中しなかった」

君塚もいった。「敵は怨霊丸に向けて一発砲弾を撃ちこんだだけで、こちらには全然、音沙汰なしでしたな」

隅の江と折口は、迫撃砲の砲座に腰をおろした。

「奴ら貧乏だから砲弾を節約してやがるんだ」と、隅の江はいった。「こちらが弾薬を使い果した頃に一斉攻撃をしかけてくるつもりなんだろう。ところがこちらには、弾薬はいくらでもある」

「あの、轟沈したアメリカの潜水艇のことですがね」と、折口がいった。「アメリカとまずいことになりませんか？」

「なるもんか。奴らが悪い」隅の江はいった。「おかげで韓国の船が一隻だけ転覆した。あんなに簡単にひっくり返るとは思わなかったな」

「造船技術が悪いし、おまけにトン数はこちらの半分です」と、木田がいった。

「何人くらい乗っていたんだろう？　皆、死んだかな？」と、後藤が呟くようにいった。彼はまだ膝がしらを顫わせ、唇を紫色にしていた。「まだ耳が痛い……。つぎからは脱脂綿でも詰めよう」

「そうだ。まだ溺れている奴がいるかもしれんぞ。拾いあげて捕虜にしよう」隅の江は立ちあがり、舷側に寄って海上を見まわした。

後藤がその傍に行き、並んで手摺りから身を乗り出した。「あれは違いますか？」

「いや、あれは木箱だ」

「あれは？」

「あれも箱だな……待てっ！　あれに摑まって泳いでる奴がいるぞ」隅の江はいそいで船橋に登り、操舵室へ入って船長に命令した。「取舵《とりかじ》だ。引き返せ。左舷のずっとうしろに泳いでる奴がいる。あれを助けあげて捕虜にする」

船長は、マイクをとって機関室に連絡した。

「小回りする。全速！」

隅の江はスピーカーのマイクをとり、怨霊丸に呼びかけた。「怨霊丸、そちらの状況を報告しろ」

松井が報告してきた。「こちら、アンテナ類が全部破損、使用不可能になりました。死者なし、行方不明者なし、重軽傷者なし、発狂者一名」

「なにっ！　気違いが出たのか。誰だ」

「村越さんです」

「ううん、あっちにも腰抜けがいたか」隅の江は、ちょっとぶつぶつ呟いてから、またマイクにいった。「こちらは敵の捕虜を拾うために旋回する。停船して待て」

「了解」

棺桶丸は、空の弾薬箱につかまって漂流している男に近づいた。

「イージーヘルム。回頭停止」

「ようそろ」

タイヤを投げて救いあげて見ると、意外に年老いた男だった。

「この男、日本語が喋れます。さっき、助けてくれと叫びました」後藤がそういいながら、船橋から降りてきた隅の江の前に、かついだ男を投げ出した。

男は甲板に仰向けに横たわり、肩で息をした。転覆した時にだいぶ水を飲んだらしく、何度も吐いた。

話ができそうな状態になった頃、隅の江が訊ねた。「お前は民衆党員か？」

彼はいった。「チカウ。ワタシ、センチョダ」

「船長か。どうして日本語が喋れる？」

「コトモノトキ、ショーガッコテナラタ。コトモノトキ、ニポンチンノ、ヘイタイ、ケイカン、タクサンチョセンニイタ。ガッコノセンセモ、ニポンチンダタ。サーペル、ツタ、コワイセンセダタ。ワタシ、タクサンタクサン、ムチテタタカレタ。ナントモ、ナントモ、タタカレタ。ソレテ、ニポンコトパ、オポエタ」

「訊きたいことがある、知っていることは全部喋るんだ。いいな。おれたちは、戦闘に参加する韓国の武装漁船は二隻と聞かされていた。ところが二十三隻もきた。どうしてだ？」

男は喋りはじめた。「ワタシ、クワシイコトシラナイ。テモ、タイタイワカル。コノセンソー、カンコクノヒト、ゼンプ、カチナサイ、ユッタ。カンコクノフナノリ、ゼンプ、ニカンカイタン、ハンタイ。タカラ、コノセンソー、ニポンニカツ、ニポンオコル、ニカンカイタン、ケツレツスル。タカラ、コノセンソー、カツヨウニ、ユッタ。ダケド、ニポンフネ、オオキイ。カンコクフネ、チイサイ。哀号《アイゴー》。カンコク、マケル。哀号。ニポン、マスコミ、タマセト、カンコクヒト、ミナユッタ。タカラ、カンコク、フネ、タクサンキタ。ニポン、タイホー、プキ、タンヤク、タクサンタクサン、アル。カンコク、タイホー、スクナイ。プキ、タンヤク、タクサンタクサン、ナイ。カンコクマケル。哀号。ソレテフネ、タクサン、キタ。カンコク、ミンシュートーノヒト、ニポンノ、マスコミヲ、タマシテヨロシト、ワレワレニユッタ。ワレワレ、ニポンヲ、タマシタ。テモソレ、アマリ、ワルクナイ。ニポンイママテ、チョセンチン、タクサン、タクサン、タマシタ。カンコク、マダ、ニポン、タマシタコトナイ。イペンクライ、タマシテモ、カマワナイ。ニポンチン、イママテ、タクサン、チョセンチン、コロシタ。カンコク、ニポンチン、チョトクライ、コロシテモ、ヨロシ」

「この男の話だと」と、後藤がいった。「日本のマスコミは、関係ないようですね」

「そんなことはない。この男は知らないんだ。民衆党では、マスコミと連絡をとっていることを韓国の国民に知られたくないんだ。だからそう説明しているんだろう」隅の江は考えながら言った。

「あっちの事情は日本より複雑だ。民放テレビ二局以外に国営テレビと米軍向けテレビがある。国営テレビでは、この戦争を取材したいんだが、政府というものがある以上、戦争にはノー・タッチというたてまえをとらなきゃならない。ところが民放二局では、その国営テレビの手前、自分たちだけがあまりにも戦争に関係しすぎると政府に睨まれるからこわい。といって、スポンサーを獲得するために報道だけはじゃんじゃんやらなきゃいけない。だから表面的には、民衆党と何らの事前連絡もしていないという風に見せなきゃいけないわけだ。おかしな話だよ。あっちの政府だってこの戦争は喜んでいるんだがね。国民の鉾先《ほこさき》が自分たちにでなく、日本に向くことになるんだから……そして駐韓米大使は……」彼は苦笑した。「おっちょこちょいだから、もうすぐクビになることも知らずに、この戦争を面白がっている」

「この男、どうするか?」自分まで妙な言葉づかいになって苦笑しながら、君塚が訊ねた。

「炊事室の横に小さな倉庫があったな。あそこへ閉じ込めておけ」

「あの、すごいほこりだらけの物入れへ? 少し可哀そうだな」

「他に閉じこめるところはないだろ? 船艙へ入れて弾薬に火をつけられちゃ困る」

君塚は男を立たせ、炊事室の横の一平方メートルの物置きへ押し込み、ドアを閉めた。

男は中で、猛烈に咳きこんだ。「ホ……ホ、ホコリ! 一《エチ》メートル二メートル」

「我慢しろ」

操舵室の船長が、スピーカーのマイクに叫んだ。「隊長! 左舷後方を見てくだせえ! 船がこっちへ来るだ!」

甲板上の全員が左舷側の手摺りに駆け寄って東を眺めた。

「あれは銀河テレビの快速艇です」折口が、白波をけたててやってくる小型快速艇の船首の旗を見ていった。「両船ともアイが壊れたので、きっと決死の覚悟で取材に来たんです」

カメラを積み、三人の局員を乗せた銀河テレビのランチは、怨霊丸の方へ近づいていった。

「どうしてあっちの船を取材するんだろう？」後藤が不服そうに言った。「こちらが主船なのにな」

折口がにやりと笑っていった。「あっちには女性が乗っていますからね」

「それに、ホームラン王や、ミュージカル・スターも乗っている」と、隅の江もいった。

後藤が苦笑した。「やっぱりＳＦ作家じゃ駄目か」

「取材に来たんだって！」新しいズボンにはき替えた長部が、眼の色を変えてハウスからとび出してきた。

「おあいにくさま。怨霊丸を取材するらしいですよ」後藤が冷やかすような調子でいった。

長部は手摺りをしっかり握りしめ、血走った眼で、怨霊丸に乗り込んでいるテレビ局員たちをしばらく凝視していた。やがて声をかぎりに絶叫した。「おうい！　こっちへ来てくれえ！」

一同は失笑した。「みっともない、やめなさいよ」

「俊寛《しゅんかん》みたいだ」

「呼ばなくても、次にはこちらに来るに決まっている」

だが長部は、叫ぶのをやめようとしなかった。涙を流し、涎を垂らしながらわめきつづけた。

「こっちへ来てくれえ！　こっちへこうい！　助けてくれえ！　助けてくれえ！」

6

「ひどいことになってますね」銀河テレビから取材に来たＤ・Ｄとカメラマンは、怨霊丸の船橋を見あげていった。「これじゃあ、アイで受像できなかった筈だ」

後甲板には怨霊丸の戦闘員が集まっていた。操舵しているP・Pと、機関室の大村と、発狂してハウスに閉じこめられている村越均を除いた四人が、甲板に設置されたテレビ・カメラの前に立った。

派遣されて来たアナウンサーが松井にマイクを向けて訊ねた。「これで全部ですか?」

「あと操舵員がいないだけです」

「ほう、そうすると、午前中の戦闘では、怪我人はひとりも出なかったわけですか?」

ジョージ・小野がプッと吹き出して、横からいった。「アナさん。それがケッサク。まあ聞いてよ。怪我人は出なかったけどさ、ひとりだけ……」

「ひとりだけ、気分の悪くなった者がいまして」松井がジョージを横眼で睨みつけながら、あわてていった。「今、船室で寝ています」

「他の方も、顔を見せてもらえませんかねえ」アナウンサーがいった。「停船さえすれば、機関室の人や舵をとっている人も、ここまで来てもらえるんでしょう? 全員揃ったところをカメラに納めたいんです」

「そうですか。じゃあちょっと停船しましょう」松井は尾藤船長に、P・Pと大村をつれてくるよう命じた。

「すごい戦闘だった! ねえよう、そうだろ、柴原の姐さん!」ジョージ・小野が、自分の方に向けられているカメラを意識しながら、浮き浮きした様子で柴原節子にいった。

柴原節子は気のない様子で答えた。「そうね」彼女はさっきから突然月経が始まったので不機嫌だった。

機関室から大村が、船橋からP・Pがやってきた。

P・Pは同僚に手をあげて挨拶した。「やあ、ご苦労さん」それから、自分の方にレンズを向けているカメラマンと、その傍にいるD・Dと、松井と話し続けているアナウンサーを見て、ちょっと首を傾げた。「ええと、君たちはどこの班だったかな？」

その時、アナウンサーが舷側の方へとび退きながら、何かわけのわからないことを叫んだ。だしぬけに、テレビ・カメラから長く突き出た望遠レンズが火を噴いた。カメラを構えていた男は、中に仕込んであった自動小銃を撃ちまくりながら叫んだ。「内地鬼《ニイチンギ》！　이御馳走며이《イーケージャルモッコー》！」

D・Dとアナウンサーになりすましていた男たちも、ポケットから小型のコルトを出した。

「皆殺《ターチャムヌ》시오《シオ》！」

松井と大村と尾藤は、たちまち内臓を撃ち抜かれ、もんどりうって甲板に倒れた。

ジョージ・小野は悲鳴をあげながら舷側の廊下を舳先の方へ逃げ出したが、追ってきたアナ役の男に腹を撃ち抜かれた。「イエーッ、おれはやられた！」彼はまだカメラに撮られているように錯覚していたので、できるだけ派手に倒れた。

柴原節子は舷側にいたので、手摺りを飛びこえて海にとびこんだ。

P・Pも彼女に続いてとびこんだ。深く沈み、ガブガブと苦い水を飲んで、初めてP・Pは自分が泳げなかったことを思い出した。

柴原節子は海面に浮かびあがり、棺桶丸の方へ泳ぎ始めた。女と思ってか、男たちは彼女を撃たなかった。

テレビ局員に化けていた三人の民衆党員は、怨霊丸の船上で、あちこちに火をつけてまわっていた。「핫슴시다난타《ハッスムシダタナンダ》！」弾薬に火がつかぬうちにと、三人は大あわてでランチに乗り、やって来た方へ引き返した。

ジョージ・小野は、炎に包まれた甲板の上で、苦しみながら這いまわっていた。発狂しそうな苦痛だった。これほどの苦痛が、この楽しい便利なテレビ時代に有り得るなどとは、彼には信じられなかった。彼はすでに暗黒となった自分の周囲の世界を見まわしながら、むなしくステージ・ドアを探し求めていた。そのドアさえ探し当てれば、このひどい苦痛から逃れることができる筈だと彼は信じていた。この広いスタジオの中でいかに彼が苦痛に耐え抜く名演技をし、いかに汗と血にまみれてのたうちまわる熱演をしようとも、そのステージ・ドアを開けさえすれば、そこにはやさしい笑顔のステージ・ママが待っていて、まあ可哀そうにといいながら彼をいたわってくれる筈だった。取り巻き連中や付き人や記者が大勢いて、彼の演技を賛嘆してくれる筈だった。だがそこには、いくら探してもステージ・ドアはなかった。テレビ・アイのないそこは、戦場だった。そしてジョージにとっては、見知らぬ場所だった。ステージ・ドアは、今はもう彼から、あまりにも遠く離れたところにあった。彼はついに泣き叫んだ。「痛いよう！　ママ！　苦しいよう！　助けてくれ、誰か助けてくれよう！　おれ、死んじゃうよう！」

怨霊丸の船艙にぎっしり積まっていた弾薬に火がつき、大爆発が起った時、四周の水平線には二十二隻の韓国漁船の黒い影があらわれた。彼らは棺桶丸を完全に包囲していた。

すでに日は沈みかかり、夕靄が立ちはじめていた。

柴原節子は声のかぎりに助けを求めながら、棺桶丸の方へ泳ぎ続けた。二時間後、彼女はやっと折口の投げたタイヤに救われた。

気を失って海面を漂っていたP・Pは、韓国漁船の一隻に拾いあげられた。恐怖で気絶したため、彼はあまり水を飲んでいなかった。げえげえと海水を吐き続けながらP・Pは、甲板に横たわった自分の周囲を取りまいて立っている韓国戦闘員が、すべて女性なのに気がついた。

梨花女子大の生徒たちだな——P・Pはそう

思った。——荒くれ男たちの船に拾われなくてよかった。女の子たちなら、きっと介抱して、いたわってくれるだろう——。Ｐ・Ｐは安堵の溜息とともに再び気を失っていきながら、朦朧とした意識の底で、ちらとそう思った。だがＰ・Ｐは、自分が大変な考え違いをしていたことを、あとになって厭というほど思い知らされた。生娘たちの男に対する残虐性に比べれば、荒くれ男のそれなどは問題にならないことを——。

次に気がついた時Ｐ・Ｐは、自分が生まれたままの姿に衣類を剝ぎとられ、大の字にされて、両手両足を帆綱にくくりつけられていることを知った。彼の意識が甦ったと知ると、Ｐ・Ｐを取り囲んだ処女たちは、たちまち眼を吊りあげ、前後左右から笞《むち》で彼を責め苛《さいな》みはじめた。ほんのしばらくでＰ・Ｐの身体の柔らかく白い皮膚は破れ、血がとび、脂がこぼれ、肉がむき出しになった。Ｐ・Ｐには、今自分の身の上にふりかかっているとんでもない災難が、どうしても信じられなかった。苦痛に呻き、叫び、吠え、泣きわめきながら、彼はこの美しい乙女たちのどこにこのような獣性がひそんでいたのか、どうしても理解できなかった。梨花女子大の才媛たちは、興奮で完全に吊りあがってしまっている眼をぎらぎら光らせ、思いきり汚ない言葉でＰ・Ｐを罵りながら、狂ったように笞をふるい続けた。

「豚《ドヤジ》！」

「内地《ニイチン》鬼《ギ》！」

「豚《ドヤジ》！」

「豚《ドヤジ》！」

彼女たちの物の怪《け》に憑《つ》かれたようなその様子は、彼女たちが美しいだけに、一層の凄みがあった。

Ｐ・Ｐはすでに苦痛を通り越し、一種の恍惚境に陥っていた。彼は自分が、この激しい苦しみの中にすばらしい快感を見出しているのを知って驚いた。おれはマゾヒストだったのか、今までちっとも知らなかった——Ｐ・Ｐはそう思った。おれは河馬だ——そうも思った。美しい令嬢たちから責められている醜い哀れな河馬だ。おれは凄く可哀想だ。だが、何故この種の快感を、おれは今になって発見したのだろう？　そうだ、性文化の退化した社会にいたため、おれは今までこの快感を知ることがなかったのだ。そうに違いない。都会のマスコミ文明のお上品なＰＴＡ的性教育は、おれにこんな歓喜をあたえてはくれなかったじゃないか。するとこの戦争は、おれにとっては、自分の本質を知る機会をあたえてくれた、すばらしい良い戦争だったな！

Ｐ・Ｐは何度も気を失った。そのたびに女子大生たちは彼の身体に海水を浴びせた。濃い塩水はＰ・Ｐの全身の傷口から浸透し、栄養の満ち足りた彼の肉体を激しく痙攣させた。彼はのけぞって黒い舌を出し、夕闇のせまる空に向かって何度も絶叫した。

おれは鰐だ——Ｐ・Ｐはまた、そうも思った——背中の骨板を剝ぎとられ、むき出しの白い肉をアルコールで洗われている、すごく可哀想な鰐なのだ……。

やがてＰ・Ｐに叫ぶ気力がなくなった時、ひとりの背の高い女子大生が、短槍を持って彼の前に進み出た。

彼女は同級生たちを振り返って叫んだ。「이《イー》捕虜《ポロ》、妾가殺다《ナーカチヨキンダ》！」

他の女子大生たちがいった。「그만두어라《クマンドアラ》！」

彼女は短槍をＰ・Ｐに向けて構えた。「慈親의《ジャチニ》怨讐《ワンシュ》、覚悟《カクオ》！」

7

槍の穂さきがＰ・Ｐの柔らかい下腹部を突き抜けた時、彼はオーガズムに達し、寒鴉《からす》のように弱よわしく啼いた。

「完全に包囲された」停船した棺桶丸の艫《とも》の甲板で、隅の江は水平線を見まわしながら歯嚙みをしていた。

そこは農林漁区第二五六区、北緯三十二度五十分、東経百二十六度五十分、ちょうど紫竜丸が銃撃を受けたのと同じ場所だった。

「もう駄目だ……もう駄目だ……」長部久平は、彼と隅の江の受持ちの三〇型ロケット発射砲の砲身に抱きつくような恰好で、歯をガチガチ鳴らしながらいった。「隊長、逃げましょう！　これではとてもかないません。ねえ隅の江さん。敵は二隻という約束を破って二十三隻もやってきたんですよ。だからこっちは、なにも無理をして奴らと戦わなけりゃならん義務はないんです。おまけに怨霊丸が敵の計略でやられて、こっちは一隻だ。逃げましょう。約束が違う。そうでしょう、参謀！」

「馬鹿。戦争に約束や義務があるか。だいいち逃げ場がない。退路を断たれた」

「それでは、降参しましょう」長部は泣いていた。「このままでは殺されてしまう！　殺されてしまう！」

「なんというなさけない声を出すんだ。それでも男か」

乗組員の全員が背にライフル銃をくくりつけ、ポケットにぎっしり手榴弾を詰めこんで、それぞれの持場で待機していた。

前甲板では、呼吸のあった二人の軍事専門家、君塚と木田が、真西に向いた船首に自走迫撃砲と機関銃、前甲板右舷に普通弾頭のラクロス・ミサイル・セット、同じく左舷に自走無反動砲という派手な配置の中央で、積みあげられた弾薬箱の上に腰をおろし、比較的のんびりと戦闘開始を待っていた。二人とも、もちろん実戦は初めてだったが、周囲に設置した最新兵器の性能を信じきっていたため、戦争にそれほどの恐怖心は抱いていなかった。

船体中央の右舷には、折口と脇田船長が三〇型ロケット発射砲と機関銃を据え、緊張して彼方の韓国船を睨んでいた。海面は黒く、波はなかった。夜空には星が見え始めていた。

「おら、もう、こんなことはやめてもらいてえだ」船長はときどき、思い出したようにそういった。「おら、故郷《くに》に帰りてえ」

その反対側の左舷側には、さっき海から救いあげられたばかりで、まだ疲れが回復しないままの柴原節子と、後藤益雄が、一台の機関銃を受け持たされていた。二人は咽喉がしびれるほど、たてつづけにタバコを喫い続けていた。

艫では長部、隅の江、大野田の三人が、三〇型ロケットと自走榴弾砲と機関銃を受け持っていた。長部はあいかわらず、とめどもなく泣きごとを喋り続けて、隅の江を苛立たせていた。

各国取材班の飛行機やヘリコプターは、例の米潜水艇がくらったような巻きぞえを恐れて、すでに日の暮れ方から姿を消していた。

二十二隻の韓国武装漁船は、棺桶丸を中心に包囲した輪をじりじりと狭めてきつつあった。


午後七時四十分、戦闘は開始された。

砲火と閃光と火花で、たちまち世界は明るくなり、轟音と硝煙が海を覆った。

まず南側の韓国船が、最も手薄な左舷の船腹に砲弾を撃ち込んだ。船体は大きく揺らいだ。柴原節子と後藤は機関銃を投げ出し、悲鳴をあげて舳先へ逃げようとした。同じ船から発射された次の砲弾は船橋に命中した。後藤は爆風で吹きとばされ、危うく手摺りに摑まりながら舷側にぶらさがった。

もういやだ——と、後藤は思った。こんな滅茶苦茶に凄い戦争なんてあるものか。余裕も何もない、たて続けの砲撃じゃないか！　もっと落ちついて戦争できるんでなくちゃいやだ。こんなのはテレビで見たことがない。恰好よく戦うことなんて出来っこない！

甲板に這いあがった後藤は、さっき飛んできて自分の首に巻きついた、マフラーのように柔らかいふさふさしたものをかなぐり捨てようとした。

見ると、一メートルは充分ある柴原節子の頭髪だった。しかもその端には、彼女のちぎれた首がくっついていた。蒼ざめた彼女の首は茫然と宙を睨んでいた。そして何か意味のないことを呟いた。あまりの物凄さに、後藤は悲鳴をあげてそれを海へ叩きこんだ。

砲弾は続いて二発、左舷側に命中した。後藤の腰から下は海の中に吹きとばされ、上半身だけの後藤が手摺りにひっかかった。下半身のとんで行ったほうを眺め、一瞬彼は恨みをこめて思った。

——しまった。おれはまだ童貞だったのに……。

東側と西側の韓国船も砲撃を始めていた。船尾にも敵弾は炸裂した。

「だ、誰だ、誰だ！　敵には砲弾はないなんていったのは！」

長部はそう叫びながら三〇型ロケット弾の砲身を投げ出して舷側に駈けつけ、タイヤを持って海に飛び込もうとした。隅の江は躊躇なくリボルバーで彼の胸を背後から撃ち抜いた。長部は甲板に倒れ、船の揺れるままに炊事室の方へ転がって行った。

大野田と隅の江は、榴弾砲を撃ち続けた。いずれも狙いは外れ、弾丸は海面に水柱を立てるだけだった。それでも東側の敵船は後退しはじめた。

「おれは、左舷を見てくる」と、隅の江はいった。「あそこは手薄だ」

隅の江が去るなり、大野田は炊事室の横の倉庫から捕虜を出してやった。「早く逃げろ」大野田は彼に、長部が持って行こうとしたタイヤを渡した。「殺されるなよ」捕虜はタイヤを持ち、海にとびこんだ。

「こっち側には、ぜんぜん攻撃をしかけてこないな」右舷側で、折口が脇田船長にいった。「おれは船首へ行って、ちょっと様子を見てくる」

「早く帰ってきてくだせえ」船長は歯の根もあわぬほど顫え、機関銃の銃把に抱きついていた。

舳先では、君塚が木田に怒鳴っていた。「おい！

さっきからぜんぜん命中しないと思ったら、貴様、わざと狙いを外しているんだな？」

木田は君塚を振り返り、にやりとして言った。

「ああ、その通りだ」

君塚はちょっと唖然《あぜん》とした。そして叫んだ。

「何故《なぜ》だ！」

木田は軍服の上着を脱ぎながら、舷側に近づいていった。「もう、こんなことが厭になったんだ」

「なにっ、貴様、脱走するというのか！」君塚は彼にライフルの銃口を向けて叫んだ。「貴様、退役したとはいえ、一度はいやしくも大日本帝国の兵隊だったんだぞ！」

木田は靴を脱ぎ、手摺りを跨《また》ぎ越しながら、君塚をふり返った。「おれは朝鮮人なんだ」と、彼はいった。「おれはインテリだった。だけど日本じゃ、せいぜい名を変えて自衛隊にもぐりこむのがやっとだった。やはり日本は、おれのようなインテリには向いていない。以前から帰りたかった。だが、まともな手段では帰り難かったので、この戦闘に参加し、捕虜になって帰るつもりだった」

君塚はライフルの銃口を下げた。「やっぱり、そうだったのか」笑った。「お前の様子を見ていて、そんなことじゃないかと思っていたよ。じゃあ達者でな。無事に郷里《くに》まで帰れよ」

木田は、かつらをかなぐり捨てた。「ああ、無事に帰ってみせる」海へ飛び込んだ。「郷里《くに》へ帰る」

暗い海面に浮かびあがった禿頭の巨人は、周囲に水しぶきをあげて砲弾の落ち続ける中を悠々と韓国船めざして泳ぎ始めた。彼は朗々と白頭山の詩を唱っていた。君塚はひっきりなしに船腹で砲弾が炸裂している船首に身を乗り出し、木田に手を振った。

傍にやってきた隅の江は、彼方に泳いで行く木田を見てリボルバーを構えた。「くそっ、脱走兵め！」

「撃っちゃいかん！」君塚は隅の江におどりかかった。

隅の江は君塚に組みつかれ、甲板に押し倒されながら、彼の心臓に銃口を押し当てて発射した。君塚の背中から鮮血が宙に舞いあがった。隅の江はすぐに立ちあがり、すでに船からだいぶ遠ざかった木田に、機関銃の銃口を向けた。

隅の江の背中に折口が躍りかかった。「この人殺しめ。何人殺せば気がすむんだ！」

二人は抱きあったまま、甲板を転げまわった。

「はなせ！　おれは参謀だぞ」

「お前にはもう、部下はひとりもいない」と、折口はいった。「戦争は負けだ」

「馬鹿野郎。おれたちにはジャーナリズムがついているんだ。負けちゃあいない！」

「そのジャーナリズムが気に喰わん！」折口は叫んだ。「そのジャーナリズムがこの戦争を起した。そのジャーナリズムが皆を殺した！」折口は組み敷いた隅の江の首を締めあげた。「貴様は殺し屋だ。マスコミの殺し屋だ。貴様はジャーナリズムの化け物だ。殺してやる！」

隅の江は折口の胸を、足をあげて蹴とばし、起きあがった。折口を睨みつけた。眼の中に憎しみの炎が燃えていた。牙《きば》をむいた。顔をしかめ、頬に皺を寄せていたが、今度は笑っているのではなかった。

「アンテナを壊した犯人はお前だな？」

折口も隅の江を睨み返した。「そうだ、おれだ」

隅の江は、人間のものと思えない唸り声をあげた。甲板を焦がす炎に照らされ、返り血を浴びた彼の顔も人間のそれではなかった。悪鬼だった。突き出した両手の指さきを曲げ、彼ははげしい勢いで折口にぶつかってきた。

その時、すぐ傍の甲板に砲弾が落ちた。折口は吹きとばされた。

周囲から近づいて来た韓国船が、一斉に砲撃を始めた。船橋は砕け散って跡かたもなくなり、艫の部分はスクリューごと爆砕した。大野田は腹に砲弾を受けて粉微塵になった。棺桶丸は燃えあがり、船首を夜空に向け、艫の方から沈みはじめた。

これは嘘だ。こんなことは嘘だ——長部は炎に包まれた甲板で、絶え間なく血を吐き続けていた。——こんなことがあっていい筈はない。この長部久平が殺されるなんて……。しかも味方の隊長に脱走兵として射殺されるなんて……。誰も見ていないところで死ぬなんて……。そんなことは、あっていいことじゃない。これは嘘だ。この戦争は本当の戦争じゃない。本当の戦争というのは、もっとおれが活躍する戦争なのだ。おれが隊長になり、おれが号令をかけ、この長部久平がその英雄ぶりを発揮する戦争なのだ。そうでなければ本当の戦争じゃないのだ。だからこの戦争は、いつわりの戦争なのだ。虚偽の世界の、架空の戦争なのだ。……。彼はまた、大きく血を吐いた。

——だから、この虚偽の世界よ、現実ではない世界よ、早く消えてなくなれ。おれの世界に戻れ。でないと、おれは死ぬ。大変だ。おれが死ぬ。アイも、マイクも、何もないところで死ぬ。いやだ。マイクをくれ。アイをこちらへ向けろ。喋りたい。おれはもっと喋りたい。マイクを！　マイクを！　おれはもっとすばらしい放送をして、まだまだファンを喜ばしてやりたい。おれの姿を、おれのファンたちに、女たちに、もっと見せてやりたい。おれは重要人物なのだ。ああ苦しい……何故おれが……他の誰でもないこのおれが……苦しまなければならないのだ……何故だ……この……重要な人間である……この……おれが……おれが……。

8

棺桶丸がその姿を海面から消す直前の約五分間、長部はズボンの上から両手で自分の勃起した陰茎を握りしめておいおい泣いた。

「助けてくれ、助けてくれ、助けてくれ」脇田船長は油のようにどろりとした黒い海を無我夢中で泳いでいた。背後には、燃えあがり、時どき小爆発を起しながら徐々に海面から没して行く棺桶丸の姿があった。その炎は海に照り返っていた。その炎がこの油の海に燃え移り、自分の周囲に突如火の海が出現するのではないかという恐怖が、船長の手足をすくませていた。あまりの恐ろしさに、彼は水を搔きながらのべつまくなしに、あらぬことをわめき散らしていた。「助けてくれ。おらあ、もうこんなことはいやだ。もう、こりごりだ。おら、故郷《くに》に帰りてえ。もう、いくら金をくれようが、戦争なんちゅうもんはいやだ。助かりてえ。誰かおらを助けてくれ、神様、おらをお助け下せえ。神様、おらの命を救い給え。願わくはおらを、この恐ろしい火の海から逃がれさせてくだせえ。お願いしますだ。願わくはおらを、無事に郷里《くに》まで帰らせ給え。また願わくはおらを、女房子供に会わさせ給え。ついでに願わくは、もう二度とこんな恐ろしいことに、おらを引きずりこまねえでほしいだ。おら、郷里《くに》に帰っておとなしくして、もう二度とテレビには出たがらねえだ。テレビも、なるべく見ねえようにするだ。だからおらを助け給え」

すでに砲撃はやみ、棺桶丸も沈み、韓国船はひきあげていた。上空に避難していたらしい取材班の飛行機がまた降りてきて、あたりを飛びまわっていた。

だしぬけに、船長の背後から声がとんできた。

「おいっ！　そこを泳いでるのは誰だ？」

ひいと悲鳴をあげ、船長は振り返って泣きさけんだ。「助けてくだせえ！　おらには女房子供があるだ」

「なあんだ。あんたか」折口はクロールで船長に近づいた。

「折口さんかね。おらまた敵に見つかったと思ったた」船長は泣き笑いをしながら折口に近づいた。

「助かってよかったな」と、折口はいった。「怪我はないか？」

「どこにもねえだ。あんたはどうだね？」

「すぐ傍へ爆弾が落ちたのに、全然なんともない」折口は船長と並んで泳ぎながらいった。「不思議なくらいだ」

泳ぎながら折口の方を見た船長が、あふと息をのんで、彼の背を指した。「あんた！　その、背中にくっついてるものは何だね？」

折口は立ち泳ぎをしながら上衿《うわえり》からぶらさがっている重いものをねじ取ろうとした。

「ひやあ！　それは腕だ！」船長は海の中で腰をぬかしそうになり、あわててばしゃばしゃ水しぶきをあげた。

肘から先だけの腕が、折口の軍服の衿をしっかりと摑んでいた。

「これは隅の江の腕だ」折口は、やっとねじとった腕を、月の光でつくづくと眺めながらいった。

「奴、ここまで追って来やがった」彼は腕を、力いっぱい遠くへ抛《ほう》り投げた。「さらばだ」

いつのまにか、無数の星が天を満たしていた。

「すごいなあ」折口は空を見あげていった。それからくすくす笑った。「プラネタリウムを思い出した」彼は船長を振り返って訊ねた。「あんたの郷里《くに》はどこだね？」

「長崎県の、福島というところですだ。そこには女房子供がいますだよ」

折口は背泳ぎをして、星空を眺めわたしながらいった。「方角がわかるかね？」

船長も、星を見あげた。「わかりますだ」

「じゃあ、そこへ行こう」折口は陽気にいった。

「泳いで行こう」

「でも、泳いでだと、まず二週間はかかるだ」

「かまうものか。本番はもう終った。時間の制限は、ぜんぜんないんだ」

ふたりは、ゆっくりと泳ぎ始めた。

エピローグ

五年ののち——。

夕闇のせまる初冬の公園を、まるで二十歳も老けこんだかに見える折口節夫が、背を丸めて歩いていた。

彼の服装は五年前とくらべて、おどろくほどみすぼらしくなっていた。最近とくに熱意のこもらなくなった折口の仕事ぶりに愛想をつかし、局では彼からD・Dの仕事をとりあげ、アイ・センターの見まわり役にしてしまっていた。そのため収入も半分ほどに減っていたが、折口の服装や様子が見すぼらしくなった原因は、それだけではなかった。彼は仕事だけでなく、すべてのことに熱意を失ってしまっていた。冒険も恋も旅行も、そしてお洒落《しやれ》も、もう彼には何の値打ちもなかった。彼の顔にはめっきり皺が目だち、頭髪は半分以上が白髪になっていた。

折口は、アイ・センターの見まわりという単調な仕事を、不平も言わずに続けていた。以前の彼を知っている者にとって、折口のその変りようはひどかった。彼の行動力のあまりに急激な涸渇《こかつ》ぶりと、信念の喪失ぶりに気を揉み、心を痛めたのは、局内ではD・D浜田だけだった。しかし浜田にも、折口のその原因不明の強い孤独への意志を理解することはできなかった。

折口が歩き続けている公園は、五年前に彼が、浅香外相のひとり娘暢子と会ったあの公園だった。彼は今、ふたたび彼女と会うために、あの小高い丘の上へといそいでいた。彼女と会うのは五年ぶりだった。

もっとも、戦争から帰ってきてから一度だけ、折口は彼女の行方をさがそうとしたことがあった。なんとなく彼女の姿を見たくなり、以前の外相邸のアイを受像してみたのだが、そこはもう人手に渡り、住む人も変っていた。外相の義理の弟である衆院議員の浅香十二郎にも電話で訊ねたが、彼女と彼女の母親の引っ越しさきはわからなかった。折口はすぐにあきらめた。

しかし今日、折口は、アイ・センターの見まわり中に、見おぼえのある丘の上のベンチに腰をおろしてぼんやりしている彼女を、アイ受像機の中に発見した。折口はすぐさま仕事を抛り出して局を出ると、タクシーをこの公園の入口にとばしたのだった。

彼は丘への石段を登った。

町を見おろす丘の上のベンチ——そこにはまだ暢子がいた。彼女は五年前と、あまり変っていないように見えた。

折口はゆっくりと彼女の背に近づいた。声をかけた。「やあ、こんにちは」

暢子は折口を振り返った。微笑を浮かべていた。その微笑は、折口がやってくる前から、ずっと浮かべ続けていた微笑のようにも思えた。

彼女は腰をおろしたまま、ゆっくりと頭をさげた。「こんにちは」

昨日別れて今日会ったかのような挨拶だった。だが折口はそれを不自然には感じなかった。

折口は暢子の横に腰をおろした。そして訊ねた。「いつも、ここへ？」

「いいえ」暢子は答えた。「通りがかりに来てみたのよ」

「そうですか」

折口は不思議な心の安らぎを覚えた。暢子の声も、態度も、顔も、何ひとつ以前と変わったところはなかった。それなのに、折口が以前彼女と会った時に感じたあの苛立ちは、今はもうなかった。折口は落ちついた気分になっていた。話すことは特に何もなかった。しかし折口は、彼女の声を聞きたいために、ありふれた質問をしなければならなかった。暢子にもそれがわかっているらしく、すらすらと彼に答えた。

「まだお父さんのことを思い出しますか?」と、折口は訊ねた。

「あれからすぐ、忘れちゃったわ。わたしたち、あの家を出たの」

「知っています。お母さんは?」

「元気よ」

訊ねることも、これでもう、なくなってしまった。

少しの沈黙ののち、暢子がいった。「あなたの書かれたルポ、買って読みましたわ」

「ほう、そうですか」

それは折口が、局の命令で、郷里にいる脇田船長に手紙で協力してもらって書いたK作戦始末記だった。

「あの本は売れなかった」と、折口はいった。「出た直後の二週間だけはベスト・セラーになりましたがね。しかし、すぐに面白くないという評判が立って……」

「あら、面白かったわ」暢子はいった。「きっと本当のことをありのままに、あなたの主観をぜんぜん混えずに書いたからじゃない?」

「そうかもしれない」

折口と暢子は、乾いた声でゆっくりと笑った。

しばらく黙ってから、暢子がいった。「あの戦争は結局、何にもならなかったのね?」

「そうです」折口は、のんびりした口調で話し出した。「あの直後に開かれた日韓会談にとっても、何の役にも立たなかったんです。日本は韓国に勝利を譲ったわけですが、韓国人の反日感情は、そんなことぐらいじゃおさまらない。彼らの求めていたのは、あんな表面的な罪障意識や同情ムードじゃなく、人間としての連帯感だったわけでしょうね。あんな浪曲的解決法を押しつけられては迷惑だったのでしょう。ところが日本政府は、その浪曲的解釈で会談を有利に進めようとした。喰いちがうのはあたり前です。それから今まで、あいかわらず蜿蜒《えんえん》と喧嘩したり仲直りしたりをくり返しています。漁場では、漁船同士の小ぜりあいがあとを絶たないし……」

「せっかく、たくさんの有名人が命を無駄にしたのに……」

「犬死にだったわけです。もっとも、人間どんな死に方をしたって、わあわあいうほど大して変りゃしないけど……」

「死んじまえば同じですものね」

二人はまた笑った。

「あの連中の弔い合戦をやれという声もあったけど、結局知識人たちの罪障意識を持てという呼びかけに応えて、これでおあいこという、すごくわかり易い解釈をしてけりがつきましたよ」

「負けてやったのだという、親分的優越感かしら？」

「そうでしょうね、日本人独特の……。今はもう、マスコミ大衆の関心は戦争から一転して平和的な――オリンピックや博覧会なんかの行事に移っています」

「でも、韓国じゃ時どきデモをやってるんじゃないの？　あの、十五年前にあわただしく妥結された日韓条約を全部認めないという、知識人や学生たちのデモが」

「日本でも、時たまやってますよ」と、折口もいった。「だけど韓国のデモと日本のデモじゃ、意味が違う。性格も異っている。過去のデモなんかより、さらにはっきりとね」

「喰いちがいばかりね」

「戦争がどう終ろうと、会談がどうなろうと、国民感情がどうあろうと、結局はアメリカの思い通りですね。韓国に対する資本主義の経済侵略は、韓国政府がそれに対する自主性を持たないものだから、どんどん進行し続けています。プラント輸入にともなう原資料の市場への横流れ、アフター・サービス——技術提携——合弁会社というおきまりのコース——韓国国会で外資法案が否決されたから、もうあれをくいとめることはできない」

黄昏《たそがれ》が西に去り、灯が見えはじめ、折口節夫と浅香暢子は並んで腰をおろしたまま、町の夜景を眺め続けた。

何故彼女が、通りがかりにこの丘へ登る気になったのか、折口は訊こうとはしなかった。訊いたところで、そんなことを彼女が完全に説明できるとは思わなかった。また自分が、彼女のその気分を理解できるとは思わなかった。自分も含めて、折口には、人間の行動や気分というものがどれだけ説明不可能なものか、いやというほどわかっていた。

折口は暢子の横顔を見て、ちょっと、美しいなと思った。彼女は黒いベレーを被っていた。彼女よだしぬけに折口は彼女と寝たくなった。彼女より美しい女は何人か知っていたが、折口はやっぱり彼女と寝たかった。

折口はいった。「貴女と寝たい」

暢子は驚きもせずに折口を見ていった。「あなたは私が好きなの?」視線をそらせた。

折口は、暢子がそんなことを訊ねたのを不審がりながら、彼女を見つめた。

暢子は折口の視線を感じたらしく、わざとらしい溜息をついた。「五年前ならね……」

——五年前? 五年前だとどうだというのだろう? 今の彼女は、五年前の彼女とは違うとでもいうのだろうか? ——折口は、ちょっといらいらした。——そんなこと、今は関係ないじゃないか——そう思った。次に、自分が暢子を好きなのかどうかと考えた。わからなかった。だいたい、そんなことは関係ないことじゃないかと思った。どうでもいいじゃないかと思った。

ひと昔前の折口なら、このような場所に異性といっしょにいれば、やはりまず疑似ラブシーンを演じることを第一の行動目標にしただろうし、時には相手に対する礼儀として、その女性との情事を想像することもあっただろう。だが今の折口は、自分が暢子を好きなのかどうかと長い間考え続けているだけだった。

さんざん考えた末、折口はいった。「よくはわからないが」ちょっと絶句した。そしていった。「好きなのかもしれない」

——なぜならおれは、彼女の姿を見て、話すこともないのにここへやってきたからだ——そう思ったが、それは言わなかった。

暢子も、何もいわなかった。

折口は努力して何かを知ろうとすることを、だいぶ前からやめてしまっていた。何かを垣間見た結果、かえって面倒なことになるのが実に多いということを、彼は知っていた。

彼は暢子に要求したことを忘れてしまい、急にコーヒーが飲みたくなった。コーヒーを飲みに行くつもりで立ちあがった。暢子がついてくると言うかもしれないが、べつにかまわないと思った。

彼はいった。「これからコーヒーを飲みに行きますが……」

「私は飲みたくないわ」と、彼女は振り向かないでいった。

「じゃあ、さようなら」

「さようなら」

折口は、またゆっくりと丘をおりた。ゆるやかな石段をおりて、丘の麓を迂回した。

彼女は黒いベレーを被っていたな——と彼は思った。——会ってる時は何とも思わないで、別れてから思い出すことが多いというのはおかしなものだ。彼女はさっきあんなことを訊いたが、彼女はおれが好きなのだろうか？　あれは五年前は好きじゃなかったが、今は好きだという意味だったのだろうか？

そうかもしれないが、そうじゃないかもしれない。だが、もしそうだとすると、好きだとはっきり言った方がよかったかもしれない。彼女がおれを好きでなかったとしても、やはりそう言った方がよかったのかもしれない。どうせどっちでもいいことなのだから……。

それから彼は、今夜の晩飯をどこで食べようかとちょっと考え、また暢子のことを考えた。――おれは今、彼女のことを考えている。おれは彼女が好きなのかもしれない。どっちでもいいことだが……。

彼は、自分があまりコーヒーを飲みたくなくなっていることに気がついた。――それなら戻って、彼女にそのことを言った方がいい――そう思った。

彼は立ちどまり、ちょっと考えてから、今迂回してきた丘の麓の小道をゆっくりと引き返しはじめた。

彼女があの公園に、通りがかりに一度だけ立ち寄り、それをおれがアイで見つけたというのは、あまりにも偶然すぎないだろうか？――と、彼は思った。――彼女は時どき、あそこへ来ていたのかもしれない――。

やがて、彼女が去ってしまうと戻ったのが徒労になると思い、折口は小走りに駈けた。石段を登った。

丘の上の公園に出た。

ベンチには、誰もいなかった。あたりにも、彼女の姿はなかった。

折口はまた、ゆっくりとベンチに腰をおろした。彼はしばらく、とまどった様子でぼんやりしていた。彼女がここに居なかった場合のことを、彼は考えていなかった。

しばらくしてから、折口はタバコを出し、宙でひと振りした。タバコを喫った。タバコの煙は折口の頭上で、平面的な渦状運動をはじめた。

その途端彼は、五年前と同じように、今でもやはりアイが自分の方を見ている筈なのに気がついた。彼は自分がいつの間にか、長い足を恰好よく組んでいるのに気がつき、あわててほどいた。

「こんなことはいやだ」と、折口はいった。「これはまるで、メロドラマのラスト・シーンじゃないか！　そんなのじゃない、違うんだ」

折口はタバコを投げ捨て、靴の先で踏みにじった。できるだけ、不様《ぶざま》な恰好をしてみた。

しかし折口が、どんなにおかしな、この場にふさわしくない様子をして見せたところで、なんとかしてこの幕切れの構図を崩そうとやきもきしたところで、そこは町の夜景を背景にした丘の上――終幕に最適の場所だった。

「ちがう」折口はあわてた。「まだ終りじゃない。この話はまだ終らないんだ」

だが、じたばたし続ける折口にはおかまいなしに、夜は、ゆっくりと緞帳をおろしはじめていた。

あとがき（早川書房65年版）

あとがきを書くのは面白い。

読者は書店で、買おうと思う本のあとがきを立ち読みする。その時に作者が、この本はつまりませんなどと書いていたら、その本はまず買ってもらえない。だから作者は、必ずあとがきでさりげなく自画自讃する。そのさりげなさは作者によってさまざまだが、読むと作者の腹がわかって面白い。僕もそうする。

これは僕の長篇第一作で、以前に書いた短篇『東海道戦争』のテーマを拡大したものだ。福島正実氏命名の「疑似イベントＳＦ」の決定版のつもりだ。だから書きたいことを思いきりぶちこんだ。今はずいぶんすっきりした気分だ。俗気のある毒気では困るが、自分では充分に昇華したつもりだ。

ただ、社会的良識人の輩歴を買うとつまらないから、ひとつだけラジオ・ゾンデをあげておこう。日韓問題に関してである。これは他と同様に、題材のひとつとして僕の周囲から、いわばランダム・サンプリングに近い形で選んだだけで他意はない。そして、書き始めたのが日韓国会の始まるずっと前だったのだから、きわもの効果を狙ったわけでもない。書きあげたのは条約が批准される二週間前だった。ＳＦの神様みたいな存在が、タイミングをよくしてくれたのだろう。もちろん、日韓国会が始まってから、一部書き直したことは否定しない。

しかし、そんなことはどうでもいいから、とにかく読んでいただきたい。そして笑っていただきたい。そうしてさえ、くだされば、僕も、僕に力を貸してくださった数人の人に顔向けができる。とりわけ、三人の恩師に顔向けができる。三人の恩師——それは、僕の思想の三大革命家でもある。チャールス・ダーウィン氏、シグムント・フロイト氏、そしてハーポ・マルクス氏である。

また、韓国警備艇から暴行を受けて捕獲抑留され、その傷のため現在もまだ、何の補償もなぐ舞鶴の病院に入院中の一野万吉氏からは、貴重なお知恵と資料を拝借した。

作家の今日泊《きょうどまり》 亜蘭《あらん》氏からも、朝鮮に関してご指導を得た。

早川書房の福島正実氏にも、これはもう、毎度のことなのだが、お世話になった。

その他ご協力くださったかたたちにも、ここであらためて、厚くお礼申しあげる。

筒井康隆

PART II

幻想の未来

Ⅰ　前意識紀――後期　思考遊離への初段階

ミネラル・グレイの空に、はてしなく拡がった濃淡のだんだら模様。不気味に静まり返った地上に影を落し、雲はゆっくりと南へ向かっていた。今、そのとぎれ雲の大きな群は、都市の廃墟の上にあった。

軍需工場地帯――そこには土から突き出て、空虚なボルトの穴越しに宙空を見据えている赤錆びた鉄骨がある。コンクリートの破片をいっぱいぶらさげた鉄筋が前衛彫刻のような奇妙な姿態を競いあい、崩れかかった耐火煉瓦の塀が腰を浮かせたその影を焦土の上に落してうなだれている。住宅も、緑の芝生も今はなく、ただの凸凹として形を残したまま赤土の平野の一部に溶け込んでしまっていた。平野は見わたす限りの地平線を越えて拡がり続けている筈であった。赤く黒く、丘をつくり谷をなし、灰色の北風に起伏をならされながら、どこまでも拡がっている筈であった。

丘のひとつは、人造大理石の破片でできていた。滑らかさと純白を誇っていたその表面も今は黒く汚れ、大きく小さく砕けたまま、しどけない様子でただ積み重なっているにすぎない。一本だけ立っている柱型の、むしり取られたような灰色の断面。その正面に嵌《は》め込まれた黒い大理石の彫文字は GRAND HOTEL と読めた。店名が彫り込まれている筈のその下の部分は欠け落ちてなく、栄華のあとはもうどこにも見られない。

瓦礫の都市。廃墟の真昼。日は照り続け、陽光は汚水の溜りに油を光らせる。油は鉄錆び色をした汚水の面いっぱいに拡がり、巨大に輝く眼で空を見る。七色に光る瞳孔で太陽を見返す。その巨眼の底深くには、地下五階にまで及んでいた貯蔵庫やボイラー室が、ひっそりと沈んでいる筈であった。

汚水のほとりに、女は立っていた。女は腰を屈《かが》め手をさしのべた。その手は細く、骨の上に皮膚をはりつけたように見え、その手は透き通っていて、関節の構造さえ見えそうだった。水面の油は女の指さきでかき分けられ、下からは黒い水があらわれた。女は瓦礫の岸辺に腹這うと、その水の中に顔を浸《ひた》した。咽喉《のど》を動かし、それにつれて背を小きざみに波うたせた。背に赤茶けた髪が埃とまじりあって膨らんでいた。女は裸体だった。全身の肌は瘡痕と腫瘍で蒼黒かった。

あたりに漂う脈絡のない意識は女のそれである。その意識は過去の回想だけに支えられている。その意識には筋道のある思考が欠けている。その意識には視覚像と感情だけしか認められない。それは逆行的な意識だった。

(――あの赤い怪物の眼球だけがとび出した顔。露出した筋肉が、皮膚のない肉体が私を抱く。あれは人間の肉体ではない。人間の顔ではない。内臓の部分部分が露出した怪物の腹が、私に覆い被《かぶ》さってくる。あれは誰だったのだろう? 何も喋らなかった。ものが言えなくなっていたのに違いない。熱線を浴びたのか、顔の肉が爛《ただ》れて口が塞がっていた。あれは誰か私の知った人だったのだろうか? あれは、もしかすると、私の夫ではなかったか? いや、そんなことがある筈はない――。夫――。今、私のお腹の中にいる子が、夫の子なら、どんなにか嬉しいだろう)

女は瓦礫の上に、腹を空に向けて寝そべった。女は妊娠していた。女の顔には、筋肉のひきつりが渦を巻いているだけだった。鼻の隆起はなくなっていた。眉毛は抜けていた。片方の眼は周囲の潰れた肉に塞がれていた。もう片方の眼を茫然と太陽に向け、女はあえいだ。

(――あの赤い怪物は私を愛していたのだろうか? 永い間私を介抱してくれたあの怪物を、それでも私はいつまでも人間だと思うことができなかった。でも私の孕《はら》んでいるのはあの怪物の子なのだ。昨夜眼ざめたとき、怪物は死んでいた。私の横で、まっ黒に縮んで死んでいた。丸い眼球が私を見ていた。許しを乞うように、愛を求めるように、哀れみを乞うようにそして私の冷たい心を恨むかのように――。あの眼――あの眼はいつもそんな表情を浮かべて私の傍にあった。私は怪物から逃げ出したかった。でも私が生きて来られたのはあの怪物のおかげだった。――私の孕んでいるのはあの怪物の子――私は怪物に頼るほかなかった。あの地下で、いつも夫に頼っていたように――。本当にあの怪物は夫ではなかったか？　あの怪物に指さえあれば、それがわかったのに……。握りこぶしのままで爛れ、そのまま溶けてくっついてしまった指。そして夫の指は両手をあわせて四本――。怪物の手。夫の指――。いや、いや、あの怪物が夫である筈はない。そう思いたくない！　もしあの怪物が夫なら、彼は何とかしてそれを私に教えることができた筈ではないか……。それとも、自分の姿を恥じて黙っていたのだろうか？)

(――ああ、また妙な気持になってきた。この不思議な気持は、いつから始まったのだろう？　考えたことが全部周囲の汚染された大気の中へすっと吸い取られて行くような気持――。まるであたりの空気が、次に私が何を考えるのだろうと待ち構えているようではないか――。私の過去の思い出、あらゆる記憶を、まるでこの廃墟は、すべて吸収し尽そうとしているようではないか)

女は一瞬、視線を左右の空に走らせた後、ふたたび何も見ていない眼に還って回想の中に沈んで行った。

(――あの怪物の指がもし二本ずつだったら、私は何のためらいもなく彼を夫だと断定したろう。もし夫だったとしたら……ああ私は何て彼に冷たくしたことだったろう？　夫の指は生まれつき左右二本ずつだった。それが夫の唯一の特徴だった。他の人には特徴が多過ぎた。片腕がなかったり、足が膝までしかなかったり、あの頃のこの国の人たちは……。**HOLIDAY IN MONSTER LAND**、外国人がこの国のことを描いた、そんな小説もあったっけ。化物たちのパーティ。そのパーティはこのグランド・ホテルのロビーで開かれた。華やかに……)

にわかに女の視覚像はより具体的に、より華やかになり、意識領内の視覚空間いっぱいに拡がった。音楽とざわめきの記憶は、単なる回想としてではなく、幻聴として、廃墟にこだました。女の周囲の大気が、むさぼるようにそれらを吸収し、廃墟にシャンデリアを輝かせ、テーブルに花を飾り、瓦礫の大地を白いフロアーに変えて甦《よみが》えらせた。

(――踊るひと、黄色いドレス、夜会服、軍服……彼も軍服を着ていた。彼は軍の技術者だった。私は彼を見、彼も私を見る――最初は驚きの眼、次に讃美の瞳で……。初めてのダンスの申し込み。私が化物国での奇形児であることを知った時の彼の驚き――私はただ一人の正常児だったのだ。彼の私への愛、そして劣等感。だが私は彼を愛した。その愛が彼に劣等感を忘れさせた。私の騎士《ナイト》として、周囲の嫉妬から私を護る彼。美しく着飾った醜怪な人達。私への羨望と憎悪。それほど美しかった私。あらゆる意味で注目の的だった、パーティの中心だった私。たった十六歳の私。何も知らなかった私。外国の核実験の噂話は眠気を誘う遠い世界のつれづれ話。またも繰り返し語られる染色体だの遺伝子だの――お聞きになった？　首がないんですって！　頭が鼻の部分まで胴体にめり込んでいて、口は胸にあるのよ！　――おい、中佐の奥さんが、またダルマを生んだそうだ。――いやねえ、彼ったら禿頭だったのよ、おまけに肋骨が一枚板なの、ちっとも知らなかったわ。――あのホテルも閉鎖だってさ、気味悪がって、外人の観光客がぜんぜん来なくなったものな。——眼球の闇取引が多くなって、アイ・バンクは経営不振ですって。支店長の息子が犬の眼球をしてる位ですもの。——密航者は来月から死刑だそうだ。俺達はこれで永久に、この放射能の吹きだまりみたいな島国から一歩も出られないってわけさ)

(——だが、そんな会話も、若く、美しく、幸福で、強い父と優しい彼に譲られた私の耳には、何の衝撃もあたえなかった。遠い世界の出来ごとのようにしか感じられなかった)

(流行のステップで踊り狂う化物たち。絶望と自虐の高笑いで飲み続ける醜怪な男女。孤独を望みながらも、少しでも自分より醜い者を見つけようとして夜毎のパーティに出て来る人びと。そして私は、私だけは、何も知らず、自分の美貌と完全さを無邪気に喜びながら、彼と踊り続けていた。彼の心の大きさと暖かさは、私を周囲の冷い眼から護る柔らかなマント。——今、私のお腹の中にいる子が、彼の子なら、どんなにか幸せだろう！この子はどんな姿で生まれてくるのか？　あの怪物の子なのだ、だからあの怪物そっくりの姿で……筋肉が、内臓が露出した、あの姿で生まれてくるのだろうか？　信じられない。何もかも信じられない。周囲のこの風景は、必要以上におどろおどろしく作られた怪奇劇の舞台装置。今の私の苦しみと無残なこの有様は、私が自分を苦しめるためにより誇張して設定した虚構。今までの何年かに、私の身の上に起った変転は、眼醒めることのない永遠の悪夢か？　悪魔は私の咽喉が破れるまで恐怖と絶望の叫びをくり返せと強制し、酷薄な運命は私の涙を血がにじむまで吸いあげた。この苦しみの全部が、これが本当に私ひとりの上に起ったことなのだろうか？　この苦しみの全部が、これが本当に私というたったひとりの人間の上に起り得ることなのか？　信じられない。何もかも信じられない。あの頃と今。どちらが現実でどちらが夢なのだろうか？）

（——蛍光ウォールが、白い人造大理石の天井が、それから虹色に分散された太陽灯の間接照明が高価な南洋材のフロアーを光らせ、温室造りの熱帯性の花々がレースのテーブルクロスで覆われた食卓を飾り、片側の壁いっぱいに嵌め込まれた装飾用の大きな電子時計が縁飾りの宝石をきらめかせて……。娘や、お前はわたしにどれだけ無理をいってもいいよ。何を欲しがってもいいんだよ。何をねだってもいい。お前はそれだけの価値のある娘なんだから——。軍需工場の技師長だった父親。その父親に、彼の部下をねだった私。そして「彼」を手に入れた私。彼。すばらしかった彼。結婚指輪。ダイヤの華やかな光沢。結婚式の案内状。だが、結婚はできなかったのだ。戦争の為だった。そうなのだ）

（戦争！　ああ、戦争！）

だが、女の視覚像の中には、形のない暗黒の世界が拡がりはじめただけであった。それが女の知っている戦争のイメージなのだ。地下壕の中での生活、それだけが女の戦争体験なのだ。しかしその体験は……。

（階段。鉛の扉。エレベーター。また階段。その更に地下の巨大な壕に押し込まれ、閉じ込められた人々。幹部将校とその家族たち。そこへ苦しみはひとかたまりになってやってきた。皆に襲いかかってきた。私に襲いかかってきた。その咆哮。その嚇怒《かくど》。酷寒の中の暗黒と、焦熱の中の悪疫と、飢餓の中の情欲と。発狂者。死者。裸の男女。地獄のイメージ。その地獄という言葉は、そこではじめて価値を持った。昔の人は予言したのだ。未来に起る実在の地獄を。地獄——それは人間が無意識へ抑圧するあらゆるおぞましいもの。汚れ切ったものの乱舞する大宴会場。そこは、本能が欲する嗜虐、被虐の赤裸に荒れ狂う闘技場。思い出したくない。思い出したくない。だが、それでも、今より不幸でなかったことは確かだ。とにかく私の傍には彼がいたのだから。彼がいたわってくれたのだから。彼が護ってくれたのだから。彼が愛してくれたのだから。赤い怪物ではない彼がいたのだから……）

（また私はあの怪物のことを考えている！　どうして夫のイメージと、怪物のイメージが重なるのか！　あの赤い怪物のどこが、夫に似ているというのか。動作も、癖も、何ひとつ似たところなど、なかったのに。そう思わせようとするのは私の罪悪感だろうか？　でも、あの不気味な怪物に、見るだけで気が遠くなるような怪物に、どうしてやさしくすることなど出来ただろう。無理だ。では、もしあれが夫だと私に悟る機会があったとしたら、私はあの怪物を愛することができただろうか？　わからない。私にはわからない）

　その時、女の腹が波のようにうねった。女は掌を腹にのせ、苦痛に呻いた。口を開き、黒くふくらんだ舌を出して、せわしく息をした。唇はチアノーゼになっていた。身体中の膿疱の破れめから腐敗の悪臭が立ちのぼる。それは敗血症《セプティセミア》の匂いである。女は放射能症で、その上炭疽熱《アンスラックス》だった。

　（ああ、もう生まれるわ）

　いつか日は落ち、風が啼きはじめ、最初の星が出ていた。

（どうして今まで生きのびてきたのだろう。自分の意外な生命力。自分で思ってもいなかった強い生命力。それが恨めしい。生きのびてきて結局何になっただろう。これから生き続けたとしても何になるだろう。それも、自分で何度そう思ったことか。この腹の子は、生むべきなのか？　何らかの使命を持って生まれてくるのだろうか？　いや、私にはそうは思えない。それとも、私がそう思うだけで、この子が生まれることが、世界にとって、この他に誰もいない世界にとって、何か意味があるのだろうか？）

星が光りはじめた。あたりの黄昏が薄闇に溶け、混り出し、何十光年、何百光年か彼方の星の光は、黒い水溜りにも映っていた。

閉じていた眼を、女はあけた。女は星を見た。星は次第に夜空を満たしはじめていた。女は動こうとはしなかった。

（以前星を見て、私は孤独を感じた。だが今はもう、何も感じない。そんなことはもう、どうでもいいからだ。自分が一個の生命体であることも、もしかすると、地球上に生き残ったただ一人の人類かもしれないということも、もうどうでもいい。今の私の願いは、自分は生きているのだという自覚――この面倒な自覚がなくなってしまってくれることだ。この厄介な、いらいらする、意識というものが、消え失せてくれればいい。そうなればいい）

女が期待をこめてそう考えたとき、大気中を漂う無形の何ものかが、それを否定するかのように震えた。思考のエネルギーを吸収し続けていた大気の磁気的に変形された何か新しい意欲が、そこには含まれていた。それらの意識は、日中、太陽光線を反射するだけの使命しか持たぬ、大気中にちりばめられた浮遊する無数の微粒子に、ぴったりと身を寄せていた。だが女にそれを感じる超能力はなかった。女は別のことを考え続けていた。

（どうして皆に、あんなに長くの地下生活が耐えられたのだろう。信じられないくらいだ。地上からの音信が完全に絶えてしまってから、何カ月も、何年も……。なすすべもなく、じっとしていた人たち。家族と、家族以外の者と、絶えず醜いいさかいを起しながら……。やがて食糧が不足し、動力が停止し、声なくやってきた暗黒の時代。闇の中で胸を病んだ私。あのとき病気になってよかった。皆の争いにまき込まれなくてすんだから。もし病気でなければ、私も皆の苛立った精神状態の影響を受けて他の女たちのようにヒステリックになり、夫とさえ喧嘩していたかもしれない。激しい生存競争の中では隣人愛はおろか夫婦愛さえ失われてしまう。そうだ。始終ベッドに伏していたおかげで、夫の看護に身をまかせていたおかげで、最も醜い争いの光景を、私は見ずにすんだのだ。あの頃の、熱に浮かされていた私の眼には、夫の顔さえぼんやりとしか見えなかったのだから

(最初に、いちばん気の早い人たちが、そして発狂寸前の人たちが、暗黒に耐え切れずに出て行った。あの人たちだって、核融合の恐ろしさや、また、多少の時間の経過が何の役にも立ちはしないことなどを、よく知っていた筈なのだ。それを無理に忘れようと努めながら、食糧を探しに地上へ出て行ったのだ。もちろん彼らは誰も帰って来なかった。地上へ出るなりすぐに死んでしまったのか、それとも地上の生活が可能であることを発見した喜びのあまり、地下で待っている残してきた人たちのことを忘れてしまったのか、それを知る方法は何ひとつなかった。それからも皆は次つぎに出て行った。誰も帰って来なかった。——きっと帰って来る——そういって夫も出て行った。夫も帰って来なかった。いつの間にか地下には、私の他には数人の病人がいるだけになってしまっていた)

(あれだけの長い時間、よくも私は待ち続けたものだ。病人の呻き声の中で、虚無的な暗黒の中で……。いくら待っても無駄なのだということを次第に強く感じはじめてはいたものの待つより他に何もできそうになかった自分。闇の中に横たわり暗黒を凝視し続けての幽窮の思考。——ひとりで生きて行かなければならないくらいなら死んだ方がいい。死ぬのならここでは死にたくない。皆と同じように、夫と同じように、地上に出て死にたい。地上に誰かが生きていればその人といっしょに死の苦痛を頒《わか》ちあいながら死にたい。夫が生きていれば夫といっしょに死にたいここでだけは死にたくないここでの死はモグラの死だミミズの死だ人間の死ではない地上へ出よう。——地上へ出

ればもっと苦しむことになるかもしれないもっと苦しんでもいい地上で死にたいあの星空をもう一度見たい太陽を見たい。——月を見たい雲を見たい文化の遺跡があればそれも見たい。自分と同様地上に出て自分同様苦しんで死んだ人がいればその人の屍体を見たい。——あのとき、ああいうふうに思ったことはやはり、そうだ、生きたいという気持がまだ少しでも残っていたからだ。——自由に動けない焦《あせ》り。苛立ち。生への衝動が圧迫感となって、しびれた手足を無理に動かそうとする私の、ともすれば朦朧《もうろう》とする意識を刺戟した。闇の中に、立ち、転び、起きあがり、また転倒し、打ち、歯を喰いしばり、這いずり。何かにすがり、また立ち、手さぐり、足さぐり、よろめき、またも転び、泣き、歩くことをあきらめ、呻きながら、這って、這って、這って……)

(虫の歩み。コンクリートの傾斜。のろのろと、蝸牛《かたつむり》。手足の疲れ。ああ！　もっと手足が欲しい！　多足類の虫になりたい。階段。じりじりと。ああ跳びたい！　蚤《のみ》になりたい。蛙になりたい。何十段、何百段、何千段。何重もの扉。鋼鉄の扉。鉛の扉。力が欲しい！　何日。何十日。いや、何カ月も経ったような気がした。やがて、扉の間から見えた夜空。その夜空のブルーブラックを背景に、雲はまだ流れ続けていて濃い銀灰色。その雲間に、驚くほど蒼白くなりながらもまだ輝いて見えた星々。地平は廃墟のシルエット。やわらかな安堵と深い疲労の溜息。そして昏倒——)

(そうだ。あのときは、倒れ伏している私の周囲を、廃墟の幽鬼がとり巻いて歌い踊っていた。夢の中で私は、全身に放射能症状をあらわに見せた白い幽霊の群に、顔に炭疽熱の青色症状を見せた悪臭幽鬼の群に導かれ、破壊された大都会の広大な平野の上を舞っていたのだ。爆圧に押しひしがれる瞬間の、あらゆるいきものたちの血が噴き出し、骨が砕け、肉が潰れる音。阿鼻叫喚。それらの残聴を私は意識した。生きいきとして華やかだった亡霊たちのための舞踊組曲。そうだ。それを私は、たしかに聞いたのだ。未だ生あるものの耳に何とかそれを伝えようと、私が出て来るのを地上の汚れた大気は待ち構えていたのではなかっただろうか？）

（だが幽鬼は現実の世界にも生きていた。眼ざめが私にその存在を教えたのだ。いつの間にか私の傍にしのび寄っていて、私の顔を覗きこんでいた怪物。あの赤い怪物！　私は気を失い、醒めては怪物を見、また気を失い……。ああああ、あの顔あの姿。敗爛して溶け落ちた身体中のあらゆる上覆組織。赤黒くなり固まって皮膚組織の機能を果そうと調節変化しかけている結締組織の外層部。筋肉の間の脂肪細胞に生じたマーガリン結晶。息づまるような不飽和脂肪酸の臭気。腐肉の匂い。ほんの数本の神経繊維だけでぶら下がっているかのように見える充血した眼球。口はむき出しの繊維束で縫われていた。いつの間にか私は彼の住居に連れて来られていた。焦げたコンクリートの壁に三方を囲まれた小さな空間。そこに横たわり、怪物がどこからか運んでくる食物で生きのびた私。その食物はライターの火で焙《あぶ》られた腐肉とわずかばかりの蘇苔《せんたい》類。あの肉は恐らく人肉だったのだろう。それを私はむさぼり喰った。怪物も食べていた。固いものを嚙むたびに、繊維束の間の黒い口腔から折れた歯を血といっしょに吐き出していた怪物。やがて自分もああなるのだと思いながら、腐肉をむさぼり喰わずにおれなかった私。昼が来て、夜が来て、夜は風が吹いて……。夜の寒さに怪物と抱きあい、そして怪物との媾合……）

女はかつて眉のあった部分の間に皺を作り、両腕を胸にやり、歯を嚙みしめ、痙攣のようにガクガクと顫えた。ウウウウという呻きが歯の間から洩れた。風が轟《ごう》と鳴って大理石の丘の斜面を吹き降りた。

（怪物は死んだ。でもあの怪物の子が、今、私のお腹の中にいる。動いている。何分か、ある間隔をおいて手足を突っぱり、私を苦しめる。その間隔は次第に短かくなり、その苦痛は次第にはげしくなる。そのときは、私の骨盤は無限に膨張するかのように感じられ、私の腰の肉は鈍い痛みにピクピクと痙攣する。でもこれは、私の子でもあるのだ。生みたくない。そうだ。この子が生まれるまでに私は死ななければならない。ああ、早く死ななければ、何の理由もなく、何の意志もなく、この世界にとってまったく無価値なひとつの生命体を産み落してしまうことになるのだ)

女をとり囲んだ微粒子が、塵埃が、それに反撥した。生めと女に命じるかのように宙に渦を巻いた。だが女はそれを知らなかった。

(そうだ。今夜こそ死ねるかもしれない……。ああ、でも私は、今までにもう何度そう思ったことだろう。また私は、いつものように空腹に耐えかねて、ゆっくりと這いずり出すのだ。きっとそうだ。この未練な、意志の弱いけだもの！　そう、私はけだものだ。やがて、けだもののように、ごろりと仔を産むのだ。無生物になりたい！　石ころになりたい。そうだ、私は無生物だ。この廃墟の一部分なのだ。この石のかけらや、この汚水と同じ無生物なのだ。だからここにこうして、じっとしているのだ。それが当然なのだ。だって私は無機物なのだから。私には心がないのだ。心がなければ苦しみもない。その筈なのだ。何も考えてはいけない。何を思ってもいけない……)

(……ああ、ああ、ああ、でも私が、何も考えずにいれば死ねるだろうと思ったことも、期待をこめてそう思ったことも、いったいこれで何度め、何十度めなのだろう。毎夜のように繰り返してみたことではなかったか？　死ねないのだ。私は死ねないのだ)

女は声を出さずに泣いた。涙は出なかった。

(もう、涙すら出ない……)

そのときだった。

あまりにも突然の激しい疼痛に、女の身体が弓なりにそりかえった。女は闇に絶叫した。女の骨盤底の筋肉が伸び、子宮収縮が起った。子宮筋の巨大な力が、内部にうごめくものを排出しようとして、その弾力性繊維を動かし、女に陣痛をあたえた。子宮内の肉塊はその力に反撥した。肉塊は筋の力の方向が下方であることを知り、それが自分に敵意を持っていると感違いしたのだ。子宮内面の粘膜と外側の腹膜とを手足で突張った。それもまた巨大な力であった。肉塊は女の胎内で、いつか数本の歯を持つまでに成長していたのだ。女は失神した。随意筋の力がまったくなくなり、肉塊は自力でその暗室から脱出するほかなかった。彼はそれを試みた。部厚い、一ミリ以上もある子宮の筋肉壁をバリバリと内側から噛み破り、血にまみれた歯で更に前腹壁を破って腹皮に達した。仰向いて倒れている女の腹皮が、内側から持ちあげられてその肉塊の頭部の奇妙な形に突起した。その膨らみの頂きの皮膚に、内部から二本の門歯が小さくあらわれた。やがて臍《へそ》の下部から恥骨の上部まで腹皮が縦に裂けたとき、女の息は絶えた。そして彼は生れた。

女の断末魔の呻きは弱々しかった。それでもその残意識は敏感な大気の浮遊粒子に伝えられた。

(やっと死ねるのだ)

(どんな子が生まれたのだろう? 殺してしまいたい。でも、もう私には殺す力はない)

(あの怪物は、夫ではなかったか? もしそうでないとすれば、こんなに醜くなった私を、どうしてあの怪物はあんなに親切にいたわってくれたのだろう)

(お父さん)

(やはりこの子は、生まれなければならなかったのだろうか?)

(あの怪物は、私にこの子を生ませる為に、私を介抱してくれたのかしら?)

(そうだとしたら、それは何故だろう?)

(誰が彼に、そう命じたのか)

(神か?)

死の直前のほんの一瞬の、それら一連の思考は、空中に拡散し、しばらくあたりを漂っていた。やがてそれは空間集合意識の認識域の片隅に記憶の一部として座を占めたのである。

ほとんど直線で裂かれた女の下腹部から、血にまみれたむき出しの脳頭蓋と額面骨があらわれた。皮膚らしいものはどこにも見られなかった。顳顬骨《しょうじゅこつ》が大きく左右に張り出していたが、それは鼓膜の張られた鼓骨を、耳たぶの代りに骨自体で保護する為であった。顔面骨はわずかな筋肉で覆われていたが、眼球は眉毛の代りに鋭く前方へ突出した額骨の下でむき出しになっていた。もっともそれは、初めて外界の光景を視覚した彼の頸部の交感神経が興奮した為でもあった。事実彼は、周囲の空間のあまりの拡がりにあきれ、驚いたのである。

(何たることだ、外はこんなに広かったのか!)

彼はむき出しになった門歯を、齧歯類《げっしるい》のように左右相互に動かして喜んでいた。彼の上顎の歯槽縁の肉は薄く、下顎には裸の歯骨しかない。赤黒い顔面に穴がひとつ、ぽっかりと黒く開いているだけの、軟骨のない鼻。その大きな鼻腔から彼は音を立てて肺いっぱいに大気を吸い込み、ついで歓喜の声をはりあげようと大きく口を開いたが、すぐに閉じてしまった。何かが彼に大きな声を出すことを躊《ため》わせたのである。そのかわり彼は胸部に巻きつけてたたみ込んでいた蝙蝠《こうもり》の翼のような薄く広い掌を拡げ、植物の茎のように細いそして短い腕を左右に伸ばした。その広い掌にもその細い腕にも、彼の身体全体の表面には静脈が浮き出していた。女の身体から這い出した時、全身を外気にさらした時、彼は血まみれだったが、その静脈だけは青かった。

薄く狭い胸にあらわな肋骨。膝から下が奇妙に内側へ折れ歪《ゆが》んでいる小さな足。彼の頭部は全身長のほとんど半分あった。彼が女の腹の上から、ごろりと地面へ転げ落ちたのもその頭の重さゆえである。驚きっぱなしのように見える表情で横たわったまま、彼はあいかわらず眼球を突き出していた。

もちろん彼に、自分が突然変異体であるという自覚など、あるわけがない。彼は顔の上を掌で覆ったり、その掌をひらひらさせたり、矮小《わいしょう》な足をばたばたさせたりして、自分の身体の動かし方を練習するのに夢中である。彼の姿を見て驚く者は、もうどこにもいない。彼は人為的に淘汰された突然変異体である。だが彼を観察しようとする生物学者も、人類学者もいない。彼は自由である。彼は空腹である。彼は健康である。彼は変異し、適応したのだ。だが彼に興味を持つ遺伝学者はいない。彼は孤独だ。だが彼こそこの環境の中で正常なのだ。染色体の転位、重複、削除、分割、それらが放射線によって、どういう風に行われたのか、もう、どうでもよいことだった。両親の生殖腺に、どんな物理的な刺戟があたえられたのか、それによって因子がどう変化したのか、それももう、彼には関係のないことであった。とにかく彼の可視性の形態的変異も、体細胞の変異も、この人為的な環境の変化に、完璧に適応していた。人間による戦争があり、その戦争によって環境が変化し、その環境に適応するために突然変異が起ったのである。つまり、それだけのことなのだ。彼を人為的に淘汰した人間たちは、その役割を了えた途端に滅亡したのである。つまり、それだけのことなのだ。人為的変異であることにこだわれば、彼は改良種である。環境にこだわれば彼こそ正常形である。適応が完全である故に、彼は美しかった。

誰が彼を醜いというのか。この世界に彼ほど美しいものはいないのではないか。

彼は美しかった。

しばらく手足を動かし続けた後、彼はきょとんとした眼を、傍らの動かぬ肉体に向けた。ながい間、じろじろと眺め続けた。眼の前にだらりと投げ出された母親の手を、自分の掌で叩き、撫で、もてあそんだ。横臥した上半身を更に半回転し、屍体の手首を嚙んだ。ちょっとの間、そのままの姿勢でじっとしていた。やがて、ひとかたまりの腕の肉を嚙みとって、ゆっくりと咀嚼しはじめた。吟味するかのように、眼球は宙を見据えていた。しばらくしてから、彼はやおら上半身を起し、屍体の胸によじのぼった。薄く盛りあがった片方の乳房に歯を立て、喰いちぎろうとして頭をはげしく左右に振った。両掌を屍体の腹の上に拡げて突っぱった。乳房の肉が血をしたたらせ、白い神経繊維の尾を引いてもぎ取られ、彼の口腔内に消えた。もう、彼は食べることだけに熱中していた。

旺盛な食慾だった。

胸部の肉をほとんど食べてしまうと、彼は満足そうに歯を動かし、自分の膨らんだ胃袋の上に片方の掌を置いた。血まみれの屍体の腹に乗ったまま、彼は夜空を見た。それから小さく啼いてみた。それは満腹であることを、何とか表現したく思っているように見えた。キーイという自分の声に少し驚き、周囲を見まわした。彼の喜びの声を妨げるものは何もなかった。また上を向き、もう少し高い声で啼いた。次第に永く啼き、ついには自分の声に酔ったかのようにいつ果てるともない甲高い声をはりあげ続けた。

静かな廃墟に、彼の声が尾を引いて流れ、彼の背後の暁の空には、夜を惜しんで流星群が散った。

II　分意識紀——前期　残存意識による伝達

輝石を多く含んだ安山岩の丘が沙漠の中にあった。沙漠の石英が夕陽に光り、その夕陽は丘の斜面に照り映えていた。丘の頂きには、巨大な片麻岩が、今にも傾斜を転がり落ちていきそうな恰好で乗っていた。周囲の見渡す限りの砂のうねりを、その角閃片麻岩は悠然と睥睨《へいげい》しているかのようであった。

岩の根かたに、やっとたどりついた彼は、四周の地平をひとわたり見まわしてから、最後に沈んで行く夕陽を見た。彼の半身は淡赤色に染まり、その影は彼の背後、丘の頂きの平地に長く伸びた。

(俺の身体はいま、ピリピリしているぞ)

彼はそう思った。そう感じられることを嬉しく思っていた。

(空気は冷たい。しかし身体の前半分は暖かだ。あの太陽の為だ。俺は今、満足している。それも、あの太陽の為だ。大きく開いて太陽に向けた俺の両掌はチクチクしている。日光のエネルギーを吸収している為だ)

自分がそういうことを知っているのを、彼は別に不思議とも思わない。食べることを最初から知っていたのと同様、いろいろな知識も、生きていく上に必要であるからこそ自然が自分に授けてくれたものであると思っているのだ。一瞬、不可解に思えることがらが生じても、その疑問を具体的に意識し、なでまわし、もてあそんでいるうちに、どこからともなく解答がはっきりと心に湧き出てくるのである。彼はそれを当然のことと思っていた。それが他からあたえられたものであるなどとは、考えて見たこともなかった。

彼の両掌は緑色をしていて、広く厚い。表皮には気孔があり、その気孔は外気が乾燥すると、唇のような上下の周孔細胞が伸びて閉じるようになっていた。水分を蓄わえるためである。腕も、植物の茎のように細く、葉緑粒がまばらに散らばって、やはり緑色をしていた。腕にも掌にも、その外界に面した細胞膜にはクチクラさえ堆積していた。柔組織の中に奇妙に入りまじった毛細血管と葉脈。肢骨や末梢神経繊維の傍を走り抜ける導管。彼の腕はあきらかに植物化しかかっていたのである。

だが彼自身は、もちろん依然として摂取できる限りの有機栄養を取っている。動物としての代謝機能を持ち続けているのだ。だから、なかば植物化した彼の腕もその恩恵を受けて、菌類や食虫植物などの如く、いわば彼の身体に寄生した形で有機液を吸収していた。彼は知らなかったが、彼の腕がそれ以外にも、一般の植物同様アンモニア化合物や硝酸塩類などの無機物を摂取できる限り摂取していたことはむろんである。

呼吸作用の場合は少し違っていた。腕は独自の力で、つまり葉緑体と昼間の光線の力によってのみ純然たる炭酸還元を行っていた。そして夜になれば酸化性呼吸作用を行った。

それらはいずれも、食物の少ない環境が、長い年月をかけて彼の種族に強制した変化だったのである。

ときどき彼は、両腕のあまりの重さに閉口することがあった。だがその為に彼の生活が脅やかされるほどではなかった。彼はわずかの蘚苔類で満足する程度の、小さな胃袋しか持っていなかったからである。それは胃袋というより、むしろ腸の一部といっていいほど退化していた。また彼は植物以外にも、わずかに生き残っている多足類の虫を見つけて食べた。その虫たちにしても、大部分はなかば植物化していたので、捕えるのは簡単だった。また、彼以上に大きな生物はいなかったから、早く駆ける必要はなかったし、早く岩に登るべき事態も起らなかったのである。なぜなら、もしも彼より大きく強い生物が現れたとしたら、それは当然彼の敵であったただろうから。

その部厚く広い掌は、彼が附近の蘇苔類を食べ尽して他の土地へ移るため長い旅をする時にだけ邪魔になった。だが実際は、旅をする時にこそ、特に沙漠を横断するときなど、彼にとってその掌はなくてはならない役割を果したのである。掌には、栄養や水を貯蔵しておくことができたからである。

彼は生まれて以来、まだ一度も仲間に出会ったことはなかった。自分の仲間が、はたしているのかどうか、それさえわからなかった。何かを見出さなければいけないという漠然とした衝動を抱いた時にだけ彼は、きっと俺は仲間を求めているのだと判断した。何ものかが彼に、それにややあてはまるような、愛情だとか、本能だとか、欲望といった抽象的な単語を教えたが、それが具体的にどういう行為をあらわすのか彼にはわからなかったのである。疑問を持つべき対象が未知のものであるため、解答を見出す方法がなかったのだ。何か重要なものが欠けているような気がするだけだった。ただ彼は、何か巨大な意志が自分にあたえた使命のようなものを感じていた。それは生きて行けと叫んでいた。いや、単に彼ひとりが生きて行くだけでなく、もっと大きく生きて行けというのだ。大きく生きて行くとはどういうことなのか、それも彼にはわからなかったが、恐らく自分が仲間を求めていることに関係があるのだろうと想像することができた。

(そうだ！　俺は生きて行くぞ)

彼は今、その決意を、何かに誓いたいような気持になっていた。それは彼が健康であり、夕陽を浴びた彼の全身に、うずくような生命の躍動があったからである。事実、彼は躍りあがり、跳ねまわりたい気持だった。その決意を、彼は貧弱な語彙《ごい》の中からかき集めた言葉で、何とか表現しようとしていた。出っぱった眼球を宙に向けてぐるぐる廻転させながら、彼はむき出しの門歯を左右交互に動かしていた。

(俺は生まれてきた。そして今まで生きてきた。それは何故かというとその……当然、つまり、生きるべきだったからだ。だからこれからも生きて行くぞ！)

だが、それだけでは物足りなかった。何故か、むなしい気分であった。その原因をつきとめようと、彼はまた自分の心をさぐりはじめた。

　彼が立っている丘の麓、岩の割れめの洞窟の中に、彼とは違う種類の二匹の生物が眠っていた。彼女たちは姉妹で、何十代か以前にはスナギツネとハクビシン（ジャコウネコの一種）のあいのこだったのだが、今の彼女たちの姿は、もちろん、もうそのどちらにも似てはいなかった。体毛はなくなり、前肢は植物化していて骨が細く、その全体の体型は柔軟性を強調していた。

　岩の隙間から射しこんだ夕陽に顔を暖められ、二匹は同時に眼醒めた。伸びをし、顔を見あわせ、小さく笑いあい、後肢で立ちあがり、ゆっくりと沙漠に出た。それから走り出した。追いつ、追われつしながら、沈みゆく太陽を惜しみ、その恩恵を讃えるかのような神秘的に感じられる動作をくり返していた。触れあい、また離れ、美しい高い声をあげた。

　彼女たちを見るなり、彼は丘の頂きで身を伏せていた。胸が激しく高鳴り、あらわな肋骨が上下した。半分胸部にめり込んだ頭を、さらに縮め、巨大な掌をぴったりと砂の上にのせた。あきらかに、彼は興奮していた。

（何てことだ！　仲間じゃないか！　しかも二匹だ。俺はどうすればいいんだ。でも、あれは本当に俺の仲間なのだろうか？　そうに違いない。あんな大きな生物には、今までに会ったことがないじゃないか。確かに仲間だ！　でも、あっちは、この俺を仲間だと認めてくれるだろうか？もし、あべこべに俺を敵だと思って向って来たらどうしよう！　そうなればどうしよう！　敵だと思われない為には、どうしたらいいんだろう。もしあの二匹が、敵味方の区別のできる奴なら有難いんだが……。でもあの二匹はすごく仲が良さそうじゃないか。どうして知りあったんだろう。ああ、楽しそうだ。妬ましい。――そうか、妬ましいというのは、こんな気持のことをいうのか。――ええい、どうすればいいんだ。早くしろ。早くしろ。あっちへ行ってしまうぞ。行ってしまったら、もう会えないのかも知れないぞ！）

本能にせき立てられて、何の具体的な考えも持たぬまま、彼は立ちあがり、砂けむりをたてて丘の斜面を駆けおりた。突然の激しい動きに高鳴る鼓動、そして散る汗。

（つかまえろ！　敵だと思われてもかまわないから、とにかくどちらかをつかまえろ！　味方だと納得させるのは、つかまえてからでいい！）

彼の走力は、その短かい足からは想像もできない早さであった。麓まで駆けおりたとき、彼は口から赤紫色の舌をだらりと出し、ぜいぜいあえいでいた。あえぎながら、まだ走り続けた。眼球は充血して、眼窩からいっそうとび出し、いつの間にか憑かれたような顔つきになっていた。もちろん彼は、自分の顔つきがどう見えるかなど考えてもいなかったのだが。

二匹の生物は、彼女たちの方へすごい早さで迫ってくる醜怪な顔かたちの、今までに見たこともない巨大な生物に気がつくと、悲しげに高く叫び、今、太陽が沈みつつある地平に向って逃げはじめた。だが、気も狂わんばかりの恐怖に足がしびれたようになり、いつもの速力を出すことができなかった。二匹とも、こんな恐ろしい出来事に会ったのは生まれて初めてだったのだ。彼女たちは今まで、自分より小さな生きものしか見たことがなかったし、見つけたときは必ず捕えて食べていた。だから自分たちよりも大きな生物に出会って、いちばん最初に考えたのは、当然（食べられる）ということだった。だが、自分があの生きものに食べられる為にだけ生まれ、今まで生きてきたのだとは信じることができなかった。何故か、どうしてもそうは思えなかった。逃げ続けているうちに、恐怖こそ次第に増したが、最初の狼狽と思考の混乱は幾分薄らいだので、彼女たちはいつも危険に出会ったときそうするように、何とか解決の方法を咄嗟の霊感から得ようとした。咄嗟の霊感——もちろんそれは彼女たちがそう思っているだけで、実際は霊感でも何でもなく、大気の浮遊粒子にまつわりついた過去のあらゆるものの残存意識が、彼女たちの思考を抽出して記憶する代償として、彼女たちに教えた知恵だったのである。その恩恵は、知恵を受け入れることのできる心を持つものなら、どんな小動物にもあたえられていたのだ。だが今、彼女たちはどんな解答も貰えなかった。逃げ続けるほかなかった。

二匹は彼よりも早く走った。

彼はあわてた。

（ああ、逃げられてしまう。だんだん離れて行く！）

彼の心に絶望感が拡がりはじめた。一種のやる瀬なさと空虚さが彼の感情に覆い被さった。そのとき、何ものかが彼に教えた。

叫べ。

彼はすぐに叫んだ。声帯がはじけ飛びそうになるほどの大声で、高く、

「ホウ！」

と叫んだのである。叫んではじめて、彼はその効果を知った。静か過ぎるほど静かなあたりの空気を大きく顫わせたその叫びは、一匹をとび上がらせ、一匹を驚きのあまりよろめかせたのだ。よろめいた方はそのまま砂の上に俯伏せに倒れた。もう一匹は逃げ続けた。

彼女は自分を砂の上に転倒させた彼の声を、超自然な、彼の力だと感じた。

（もう起きあがれない。わたしは彼の力に縛られてしまっている。この怪物は、わたしの身体を自由に、思いのままにすることができるのだ。手を触れなくても、離れたところから、わたしを自在にあやつることができるのに違いない）

彼女は自分自身に暗示をかけていた。身体全体を小きざみに顫わせ続けたまま、近づいてくる彼

の顔を、怖れに血走った眼で凝視しているだけだった。もう動けなかった。

その、あきらめの表情は彼にも読み取れた。彼の心にひやりとした感触で流れ込んできた彼女の悲哀と絶望は、彼女への哀れみを誘い、それはたちまち彼の中で愛情に変った。

惚れた。惚れた。惚れた。

（惚れたって、どういうことだ？）

惚れる――恋情――エディプス・コンプレックスによる幼児期の性愛対象を原型として選択した官能的な最高度の心理的価値評価――（ああ、ああ、そんなことはどうでもいい！）

彼女は顔を砂の上に伏せた。もうそれ以上、彼の顔を眺め続けている気力をなくしたのだ。

（お願い！　食べないで！　食べないで！）

（ああ、食べられると思っているのだ）

彼はどうすればいいのかわからなかった。最も性的に成熟している時期に、生まれて初めて異性に出会い、その異性にはげしく惹きつけられていながら、しかもそれを表現する術を知らぬという、恋するものとしては最も不利な境遇のひとりの男、一匹の雄、彼はぼんやりと、腑抜けのように立ちつくし、口の中をカラカラに乾あがらせ、荒い息を吐きながら、彼女に近寄ろうとしてはためらい、おずおずした様子で大きな両掌を持てあまし、そのやり場に困ってまたぶらぶらさせ、額の汗を拭い……。

（違う。そうではない。この場合の快感原理を追求する心は食欲などとは異なった次元の……）

（食べる気はないの？）

彼女は希望の色を顔中に漲らせて、あたりに砂をはねとばしながら頭を起し、ふたたび彼を見た。首筋から背筋、そして尾に続くなだらかな、やさしい曲線を彼は見た。つぶらな赤眼と心もち尖った口、そして夕陽に染まったむき出しの薄い皮膚。それを彼は見た。

（ああ、ああ、俺は表現した。意志を伝達したのだ！）

その喜びも彼女に伝えられ、彼女の安堵はまた彼に伝わった。二匹は顔を覗きあい、胸を開きあった。二匹にとって、それは初めて経験する奇妙な情感だった。

（私を安心させて）

（守ってやりたい。いたわってやりたい）

（愛してほしい）

（自己犠牲。保護者）

一匹の雄と一匹の雌。二匹は理解しあおうとしていた。互いに未知な感情が空間に姿なく交叉した。やがて月が二匹の影を長く丘の麓までのばした。

彼にはすでに、今までの自分に欠けていたものが何であるかがわかっていた。彼は愛をあたえ、その反響を受け取っていたのである。

（逃げて行ったのは何者か？）

（逃げて行ったのは姉。私は妹）

姉の姿はもう見られなかった。姉妹という言葉の意味を大気が彼の心に教えた。

（さあ、感じてくれ。私のこの喜びを感じ取ってくれ。足の裏に触れる砂も、この沙漠を吹きわたって行く夜の風も、もう冷たくはない。俺は浮き浮きしてるぞ）

（私はあなたの保護を望むわ。あなたは大きいのね）

彼女が立ちあがったとき、彼は彼女の背丈が自分の腰までしかないことを知った。

（小さいな君は。あまりにも小さい）幾分かの不安。

（だがそんなことはどうでもいい。君は美しく、愛らしく、それから……何というのか、その濃い緑色をした口のあたりと、明度の低いカーマイン・レッドの眼球と、それから……それは何というのだ？）

（尻尾《しっぽ》）

（そうだ、それは尻尾だ。俺にはないその尻尾。

それも可愛い)

(すばらしいわ今、周囲のもの全部が。蘚苔類の生えていない砂の海も、岩ばかりの丘も、まわりのもの、つまり……そう、環境、それのいっさいが喜んでいる。私たちを……私たちを……)

(祝福?)

(そう、祝福しているわ。世界はすばらしくって、そして、世界よりもっと大きな……)

(宇宙?)

(そう、宇宙はすばらしいわ)

(大きく生きて行くとはこのことだったのだな。この小さないきものを保護してやることがつまり、俺にとって大きく生きて行くことになるんだ。俺は今、俺自身を誇っている。保護者になれたことをだ。俺は今、期待を持っている。俺自身の権力意志が満たされるであろうことに、大きな期待を持っているのだ!)

妻を伴っての放浪は苦しかった。妻は愛を与える代償のように彼の労力を要求し、それだけに頼った。だが実際は彼の方が多く愛を与えていたのだ。彼女が彼のいたわりや抱擁を求める気持は日毎に増し、彼以上に彼女は餓えを強調した。だがそれでも彼は妻を愛し続けていた。

半年後、彼女は妊娠した。

まだ何カ月もたたないうちから、赤裸の下腹部の皮膚はまん丸く張り出して大きく膨らみ、その重みのため彼女はよろけるようにして歩いた。始終痛みを訴え続けた。

夜、彼女が冷たい地面を転げまわって、全身からあぶら汗を流し、苦悶するとき、彼はどうしてよいかわからず、泣きそうになってうろうろするだけだった。

(教えてくれ。今こそ教えてくれ。俺はどうしたらいいんだ。俺がこの苦しみを自分の身に代って受けてやるようにするには、どうしたらいいんだ!)

解答はどこからもやって来なかった。

(妊娠。子どもを生むことだ。俺の分身が今、彼女の胎内で形作られているのだ。俺の子どもだ。子どもは欲しい。しかしこのままでは彼女は死んでしまうではないか)

父親として当然の心配だったかもしれないが、他に父親としての経験者がいなかったため、過去のあらゆる時代の父親以上に彼は心を揉んだ。食欲を全く失ってしまうほどの心配だった。

出産は早かった。

胎児の成長が早かった為もあった。しかし彼の大きな子どもを、彼女の小さな子宮がそれ以上保護し続けることはできなかったのだ。子宮体が大きく伸びきって膨れあがり、外子宮口は破れた。洞窟の奥の薄暗がりに横たわった彼女は、彼が息をつめて見ている前で血だまりの中にのたうちながら次つぎと五匹の緑色の子どもを生んだ。彼は叫び声をたてることもできず、瘧《おこ》りのようにガクガクと身体全体を顫わせ続けながら、その凄惨な様子を凝視した。

(俺の心配はこれだったのだな……。小さ過ぎたんだ！　彼女は小さ過ぎたんだ。俺は彼女に悪いことをしてしまったんだろうか？　だけど、彼女でなければ、俺にとって、他に誰がいたというんだ！　俺が悪いんじゃないんだ。もちろん彼女にだって何の罪もない。死なないでくれ彼女が死ねば俺はどうなるんだ！)

彼女の苦痛は火の塊りのような強い思考感情に変って、彼を責めていた。

(あなたが私を殺すのよ！　私はあなたの子どもを作るだけの役割しか貰えなかったのね！　こんな苦しみを受けて死ぬのなら、私はもっともっと、あなたから優しくしてもらってもよかった筈よ！　あなたが憎い、あなたが憎い！　私は何のために生まれて来たの？　子どもができて、あなたは満足でしょう？　あなたが考えていた、あの権力意志というものを、私は憎むわ。あなたの権力意志は、この緑色の子どもたちによって、充分満足するでしょうよ！　でも私はどうなるの？　私は知能も、体力も、あなたに劣ったいきものだったかも知れない。でもあなたと同じように生まれてきた、やっぱりひとつの生命体なのよ。何故私だけが、死ななければならないの？）

（死ぬな。愛している）

（苦しい。痛い。あなたを憎むわ）

錯乱した意識の流れ。やがて一瞬の思考の断絶。次いで突然の断末魔。

彼女はのけぞり、眼を見張り、両腕を虚空にのばし、指を折り曲げ、そのまま静止した。

何もかも、静かになった。

（死んだ。死んでしまった）

彼は、身近かなものの死を初めて見、悲しむより前に「死」を感覚的に理解しようと努めていた。その方が悲しみが少いことを彼はすでに悟っていた。

生まれたばかりの子どもたちが血だまりの中を這いまわっていた。彼らがピチャプチャと血をはね飛ばす音だけが静かな洞窟の中にかすかに続いた。子ども達は母親の血を舐めていた。

（彼女だけではない。俺だってこうなるのだ。いずれ死ぬのだ）

いったい私は何のために生まれて来たの？

――彼女の訴えた言葉を彼は思い返した。

（それは、まだ死んでいない俺にだって当てはまる問題だ。俺が死ぬときもやはりそう考えるに違いない。とすると、今考えておかなければならない問題なのかな？）

彼は自分の心が悲しみを飛び越えてしまったことを知った。自分が死と直面した時の恐怖を想像しはじめたのだ。

（悲しんでいるよりは、この方が俺にとって大事なことなのかも知れない。悲しんでやらないのは、彼女に対して悪いだろうか？　しかし、かまわないじゃないか？　彼女は死んだ。死ねば意識はなくなる。だが、俺はまだ生きていて……)

(いいえ、私はまだ、あなたを憎むことができるのよ!)

突然、彼のよく知っている意識が、彼の心に押し入ってきた。彼への憎しみは、彼女が死んだ後も、彼の周囲にまつわりついていたのである。彼は醜い妻の死顔をしげしげと眺めた。彼女の心は、もうその屍体から離れている筈である。しかし、死の直前、彼女の心の大部分を占めていた彼への憎しみは、まだ洞窟の中に漂っていた。それは徐々に稀薄になり、霧のように散って行こうとはしていたが、できることならいつまでも彼にとりついていてやろうとする意志だけは強く持っているようであった。

彼は泣いていた。

(あれだけ愛したのに、まだ愛し足りなかったのだろうか? そんなに彼女は俺を憎んでいたのか……。俺が彼女を愛したその心……それは彼女に伝わらなかったのだろうか? それとも伝わった愛を打ち消してしまうほど彼女の俺への憎しみは、激しいものだったのか?)

五匹の子どもは無言のまま口をパクパクあけ、あたりを這いまわっていた。全身の半分以上を占めるぶよぶよと膨らんだ頭から、赤味がかった眼球だけがむき出しになって突き出ている彼らを、彼は眺めた。

(俺の子ども……何て恰好だ。痩せた身体、細い手足、広がった掌、それにこのでかい頭! これが俺の子どもか! 何と可愛げのない……。俺にも、彼女にも、ぜんぜん似ていないじゃないか)

彼の眼から見てさえ、子ども達は醜くかった。

彼の心は急に冷えびえとして、酷薄な濁水の渦の中に沈みはじめた。もう、子ども達への一片の愛情も残っていず、そこには徹底した無関心だけが氷柱のように突っ立っているだけだった。

(それでは俺はこれから、この子ども達を養う為

にだけ生きて行くのか？　そんな不公平なことがあるだろうか？　俺自身は誰からも養われず、ひとりで生きて来たんだぞ）

「義務」という言葉がぽつりとひとつ空虚に浮かび、すぐ消えた。彼は自分で自分にそれを気づかせまいとして、他のことを考えようとした。

（俺はもっと、俺自身に生を楽しませなくてはいけない。快楽？　ああ、そうとも、その快楽って奴と、もっと付きあいたいもんだ。死の瞬間に、生への疑惑など持ちたくないからな。俺にはもうわかっている。必要なのは女だ。見つけて、楽しんで、子どもを生ませて……。また彼女のように死ぬかもしれない。だが、しかたがないじゃないか。俺が殺したくて殺すわけじゃないんだから……。女というものが俺より小さいからいけないのだ。死ねばまた女を探すのだ。そうすることがよいことか悪いことか、それは俺には関係ない。俺自身がしたくてすることに何の意味もないなんて筈はない。きっと、何かの意味があって、その何かが俺に、こういう衝動をあたえたのだろうからな！　だとすると、何の為に生きているのかなどという疑問は、持っても持たなくても同じなのだ。どうせわかりはしないのだし、俺がしたいだけのことをして死んだ後に――そのずっとずっと後に、はじめて意味が生まれてくるのだろうから）

彼はのろのろと立ちあがり、あとに子どもを残したまま、カサカサに乾いた両掌を地面に引きずって洞窟を出た。彼は日光に強く眼を射られ、一瞬ふらりとした。今まで栄養物をすべて妻にあたえていたので、彼自身は衰弱し切っていたのである。

洞窟の入口は、白金のように光り輝やく果て知れぬ沙漠に向かっていた。彼はゆらゆらと両手を揺すりながら、漂うように砂の海を歩みはじめた。虚無と頽廃の中にすっぽり浸ったその時の彼の思考は、快楽を追おうとする衝動的で自棄的な情動だけに支えられていた。彼の周囲には、彼から生じた自虐的な倒錯の快感がまつわりついて離れなかった。

まだいくらも歩かぬうちから、彼はよろめきはじめた。細い足は幾度ももつれ、小さな膝蓋骨は何度も砂に埋まった。倒れて立ちあがり、また倒れて砂を舐めた。

日が昇り日が沈み、星は雲間を駈け抜け月は次第に満ちた。

空気が乾燥し切ったある暑い日の暑い昼、彼は砂の上に倒れ伏し、顔面を焼けた砂の中になかば埋めたまま、ふたたび立ち上ろうとはしなかった。それでも彼は考えていた。

(俺は知らなかったが、俺の意識を吸い取ろうとしている存在があったらしい。今、俺はそれを感じる。死んだ後の意識が、まだ生きているものに作用することを、俺は妻の死の際に知った。俺もそうなるのだろうか？　いったい、俺が俺自身を思うとき、その俺自身とは俺の意識なのだろうか？　それとも、今はもう動かすことのできない、俺のこの身体なのだろうか？　俺にこんなことを考えさせる奴は誰だ。そいつは何の目的で俺に考えることを教えたのだろう。何にもならなかったじゃないか。俺はもう死ぬんだからな。だとすると俺は、何の為に生きているのだろうと考える為にのみ生きて来たようなものだ。馬鹿馬鹿しい。空虚だ。無意味で、でたらめで、まったく笑わせる。しかも、そう思いながら、やっぱりまだ俺は考えている。もちろん今考えていることは、脈絡がなく、途切れとぎれで、無茶苦茶なのかも知れないぞ。だって俺は今、死にかけているんだからな)

彼にはもう何の感動もなく、何かを知ろうとする意欲もなかった。にもかかわらず、彼は考え続け、彼に考え続けさせようとするえたいの知れない巨大な力を呪《のろ》っていた。やがて彼は、ふと自分の意識が、肉体的な苦痛から完全に遊離してしまっているのに気づいた。自分の身体が徐々に腐りはじめているのを知りながら、それらしい感覚もなく、はげしく匂う筈の腐臭さえ感じなかったからである。

(ああそうだ。俺にはもう、わかっていて当然だった筈だ。俺はすでに死んでいるのだ。もう何も見えない。何も聞こえない。だが待てよ……しかし俺は屍体の腐爛した状態をはっきり認識できる。何故だろう? ああ、待て、待ってくれ! 俺をどこへ連れて行くのだ)

突然、彼は広い場所にいた。知識の海に彼の意識は投げ込まれていた。そうしようと思えば、その海いっぱいに彼は拡がって行くこともできたのである。にもかかわらず、彼が自分の屍体から離れる気にならなかったのは、屍体の様子を最後まで見届けようとしたからだ。それはもちろん彼自身から生まれた知識欲ではなく、周囲から強制された意欲だった。

沙漠を吹きわたる黄色い風に乗って飛んできた褐色の小さな種子が、屍体の胸部の崩れかけた組織の中に根をおろし、無数の黄金色の小さな花を咲かせるのを、彼は何の驚きもなく観察していた。やがてその花も枯れ、膿《うみ》でいっぱいになった腹部の穴に、あらわになった肋骨の間に、白い蛆《うじ》虫《むし》が繁殖してうようよと蠢《ひし》めいた。月のない夜、周囲の筋肉を喰いとられた白骨は風に鳴り、髑髏は闇の中にひとりニタニタ笑った。

それでも両腕だけは、彼が生きていた頃よりもよい艶を出して、いきいきと緑色に光り、屍体の周囲にのたうっていた。

(おや、こいつ達はまだ生き続けるつもりなのだろうか?)

彼は一瞬そう思った。しかし、頭蓋骨がごろりと砂の上に落ちて転がった日から両腕は痩せはじめ、掌の先端の部分から茶色く変色し、ぜんまいのように内側に曲がり出した。完全に枯れてしまうと、あとには退化した、糸のように細い貧弱な腕骨だけが残っていた。やがて起った砂嵐はたちまちのうちに屍体を埋めた。それを知ったとき、彼の意識は各層毎に、異なった種類の意欲に導かれてゆっくりと四周へ離散しはじめた。

(さあ、流れて行こう。知ることのできる限りのものを吸収しながら)

(横たわろう。過去のすべての情動の中に)

(身を浸せ。あらゆる意志を呑み込め)

(さあ、漂うのだ。記憶の世界を)

Ⅲ　分意識紀――中期　遺伝記憶復活の萌芽

(『血管の一局部が喞筒《そくとう》作用の一器管に特化したるものを心臓という。心臓は筋壁を有し、其の縮脹の自在ならんには他組織と接着せざるが有利なるを以て体腔中に若《も》しくは体腔より区画されたる心嚢(又囲心腔)と名づくる一房中に包蔵せらる。その多くは呼吸器に接近して位し、而して一房乃至四房より成る……』)

(ああ、食べている食べている)

(ウルチが心臓を食べている)

(父親の心臓を食べている)

(旨そうに食べている)

(俺も早く食べたい)

(俺も食べたい)

(早く！　早く！)

(鬼！　鬼！　鬼！　鬼！)

それはウルチが想像していた以上に旨かった。食べるまでは、たいして美味ではあるまいと思っていた。彼は父親をあまり好きではなかった。だからそう思っていたのだが、食べてみるとやはり旨かった。しかし何故そんなに旨いのかウルチは不思議に思った。

(早く食べろ。次は俺の番だ)

(自分の父親の心臓を食っていやがる！　鬼！　鬼！　鬼！)

ウルチの父親のタナハは知恵者だった。だから彼のような知恵者になりたいと思っている者にとってタナハの肉は美味であったろう。またタナハは勇敢でもあったから、勇ましい男になりたいと思っている者にとっても、タナハは旨いに違いなかった。

（俺は耳を食う）

（俺は腕を食う）

（俺は肺を食う）

（俺は肝を食う）

（鬼！　鬼！　鬼！）

（『鬼《キ》、於爾、或説云、隠《オヌノ》字、音於爾《オニノ》訛他、鬼物隠而不レ欲レ顕レ形、故俗呼曰レ隠也、人死魂神也』）

（『恐ルベキ形ヲナシテ、隠顕常ナラズ、人ヲ害シ、人ヲ食ウ怪物ノ名』）

父親であり、一族の長でもあったタナハを、ウルチは尊敬していた。だが、肉親らしい愛情はどうしても持てなかった。性格が似過ぎているからかもしれなかった。しかしウルチはタナハの子として、彼の心臓を食べなければならなかった。心臓がいちばん旨いということになっているからだった。ウルチの好みとしては、むしろタナハのよく発達した太股や脇腹の肉に食指が動いた。だが自分の好きな部分を勝手に食べることは、いくら新しい部落の長とはいえ、一族の掟で許されないのである。子は必ず親の心臓を食べなければならなかった。部落の附近に食物は少なく、一族は常に飢えていた。ウルチも例外ではなかった。だから、もちろんタナハの心臓はむさぼるようにして食べた。それが意外に旨かったのである。

内臓にも、屍体の周囲にも、タナハの残意識はまだ拡散しないままに漂っていた。それは食べられて喜んでいる意識だった。自分が思っていた以上に、父親が深く自分を愛してくれていたことを知り、ウルチは感動していた。

（鬼！　鬼！　鬼！）

この場にそぐわぬ偏執的な罵倒がまだ続いてい

る。あらゆる時代の、あらゆる「鬼」の概念とイメージが、ひとつ残らずあらわれて、ウルチの脳裏に躍り狂い、そして駈け抜けて行った。誰が考えているのか、ウルチは知っていた。

　巨大な掌を重そうにあげ、口のまわりの血を拭きながら、ウルチはゆっくりと陽のあたる岩棚の上に立った。部族一同が崖の下で彼を見あげていた。同時に流れ込んでくる彼らの思考感情を読み分けずとも、彼らの赤い瞳にはウルチへの羨望が、短い尾の振り方には自分の順番を待つもどかしさが、はっきりと認められた。ウルチは祭壇のようにしつらえた崖の中腹から、ゆっくりと地上に降り立った。

（旨かったか？　ウルチ）

（旨かったか？　ウルチ）

（おお、旨かったとも！　旨かったとも！）

　皆の問いかけに答えてから、ウルチは皆から離れた場所に立って自分を凝視しているロロクの方へゆっくりと近づいた。

（何てことだ。平然としている！　こいつは平然としている！　鬼め！　鬼め！）

　ロロクは無尾族だった。眼は黒く、薄そうな皮膚は腕を除いて赤かった。彼は両手をだらりと垂らし、丸い眼をして、あきれたようにウルチを眺めていた。

　放浪者、そして今は彼の部落の食客であるロロクの眼の前にウルチは立ち止まり、彼を睨み返した。

（あああ何てことだ！）

　ロロクの混乱はウルチには理解し難いものだったが、彼の眼に、この部落の葬いの儀式が奇異なものに映るらしいことだけは読み取れた。ロロクの郷里では、同族を食うことが禁忌《タブー》であるらしかった。

　禁忌《タブー》——。

　ウルチはタブーに関する遺伝記憶を動員させ、それを資料にして考え込んだ。

（『タブー——文化の発達していない民族がタブーを立てるのは、そこに何らかの危険を嗅ぎつけるからだ。それは一般的には一個の心的危険だ。それが自分に理解できないのは、未開民族は二つの危険を区別しないからだ。彼らは物質的危険と精神的危険を区別せず、また現実の危険と空想上の危険とを区別しない。いや、彼らの徹底したアニミズム的世界観に従えば、いかなる危険も、つまり自然力の側からやってくる危険も、他の人間や動物からくる危険も、ともに彼らと同じように魂をもった存在の敵意から生ずるものと感じているに違いないのだ。しかもその一方では、彼らは彼ら自身の心の中にうごめく敵意を、外界に投射している。だから彼らが気にくわないと感じた対象、あるいは、それをただ単に珍らしいと感じただけでも、その対象の上へ自分の敵意を投射して、その対象そのものが自分に対して敵対的だと考えるのだ。……。――』)

地獄の狂宴――餓鬼道――悪魔――羅刹――不自然に誇張された形容詞の数かず、そして罵倒！

(何だって？　何故俺が怒っているかわからないのだと？　やっぱり鬼だ！　貴様は鬼だ！)

渦まく恐怖と憎しみに濁った意識。ロロクは荒あらしく砂を蹴りあげ、不愉快そうにあたりへ唾を吐き散らしながら、ウルチに背を向け、川の方へ歩き出した。

部落の者たちはウルチに続いて地位の順に祭壇へ登り、タナハを食べ始めている。

ウルチの頭へ向けて、なおも赤や黄色の火花を散らし続けながら、わざと砂ほこりを蹴たてるように歩いて行くロロクを、ウルチは追った。

(ロロク、待て、待ってくれ、何故われわれの儀式を、習慣をあなたは嫌うのか？　その理由を、あなた自身は知っているのか？)

ロロクは振り返らなかった。だがウルチには、ロロクが歩きながら顔を歪めて驚いているのがわかった。

(何故だって？　あんた達は同族の肉を喰って何

ともないのか？　恥じないのか？）

（何に対して恥じるのだ？）

（何にだと？　神にでもいい、自分にでもいい）

（『神――無上自在の威霊《イキホヒ》ありて世の禍福を知し人の善悪の行為に加護懲罰したまふとて崇《あが》むべきもの……』）

（『God, in the Christian, Nohammedan, and Jewish sense, the Supreme Being, the First Cause, and in a general sense, as considered nowadays throughout the civilized world, a spiritual being, self-existent, eternal and absolutely free and all-powerful,……』）

（その神に対して、いったい何を恥じるのだ？）

ロロクは両手を振りあげ、そして振りおろした。無意味な、そして無駄な動作である。

（これじゃ、どうどうめぐりだ）

（それでは、あなた達の郷里では、何故同族を食うことを恥じるのか？）

（それは……してはならないことだからだ）

（何故、してはならないのだ）

ロロクはあきれたように首を振り、言っても無駄だとばかりに、川のほとりの砂地の上へごろりと寝そべった。ロロクの顔は一面玉の汗だった。小さな下腹部の筋肉の間から、腸の一部が覗いていて、薄い半透明の膜のような皮膚を持ちあげていた。

ウルチはロロクの横に腰をおろした。

（昨夜、あなたの心をゆっくりと読んだ。あなたの郷里のことも、いろいろと知った。あなたの種族の考え方も、少しわかった。いや、わかったような気がする）

（じゃあ、何故われわれが共食いをしないのか、その理由だって、わかった筈だぞ）

（それも今、少しわかりかけてきたようだ）

（どう、わかったんだ？）

（あなた達は、欲望を押さえつけることによって何らかの文明を生み出そうとしてきたらしい。そう、今あなたの考えたその昇華《サブリメイション》という言葉であ

らわされることがらだ。昇華には性的エネルギーが必要だから、するとあなた達は、この禁忌《きんい》を性に結びつけているらしい）

（『昇華——性的の原動力を性目標からわきにそらし、文化的な仕事をなすための力の成分とするため、新たな目標を見つけること……』）

（それがどうした。何の関係がある？）

（同族を食べたいという欲望を、あなた達は押さえつけている。その為、他の種族があなた達の禁忌《タブー》を犯しているのを見ると不快なのだ）

「馬鹿な！」

　ロロクは声を出して叫ぶと、はね起き、砂利を握ってふりあげ、地面にそれを叩きつけるという、またしても無意味で無駄な行動を演じて見せた。

（われわれも、本心では共食いをしたがっているというのか！）

（そうだ。あなた自身それを知っているからこそ、そんなにムキになって怒るのだ。われわれに遺伝記憶という無形の文化的遺産を遺してくれたホモ・サピエンスの時代から、「食べてしまいたいほど可愛い」という言葉がちゃんとあるではないか）

（それとこれとは別だ！）

（同じだ。あなた達は抑圧している）

（『抑圧——意識からの遮断』）

（古代——つまり異変以前のホモ・サピエンスの社会では、公衆の面前で性行為をしてはいけないなどという妙な道徳、重婚罪などという無意味な法律があったというではないか。あなた達の抑圧も、それと同じものだ）

（セックスはいい！　しかし共食いはいかん！）

（何故そんなに怒鳴る？　何故いけない？　それは愛の極致なのだ）

（あ、あ、愛だと？）

（そうか。あなた達の言葉の「愛」は、われわれの「愛」とは少し違うな。われわれの愛は、憎しみを含めた愛だ。われわれは、憎しみは愛の一種だと考えている。だが、あなた達の世界でだって「憎しみの含まれた愛」や「愛の変型された憎しみ」があるのではないのか？）

（そんな、ややこしいものは、ない！）

（いいや、あなた達は、それほど単純ではない筈だ）

（共食いなんてことをするくらいなら、死んだ方がいい！）

（古代には、性の禁忌に関してさえ、そんな考え方をした者がいた）

（セックスと共食いは別だ！）「馬鹿なことをいうな！」

ロロクは悲鳴に近い大声を無意味にはりあげた。彼はウルチの説明を理解しようとしはじめている自分の心を打ち消そうとしていたのである。

ウルチは訊ねた。

（ではいったい、あなた達は死者に対してどういう葬いかたをするのだ？）

ロロクの頭の中に何種類かの葬儀の光景が浮かび、そして消えた。火葬、水葬、土葬……。

ウルチは身をふるわせた。

（何と残酷な！）

「何が残酷だ！」ロロクが怒って怒鳴り返した。

ウルチも、思わず高い声を出していた。「死体を燃やしたり、水中の微生物に蝕ませたり、地中に腐らせたり、まるっきり憎悪に満ちあふれた破壊行為ではないか！　死者に対する侮辱だ！　神への反逆だ！」

ロロクは顔を緑色にして立ちあがった。一瞬、乱闘になりそうな気配だったが、すぐ二人とも冷静に返った。

「じゃあ、あんたは」（死んでから自分の死体を喰われたいのかね？）

ロロクはわざとらしい嘲笑を浮かべていた。ウルチはためらわずに答えた。

（愛する者に食べられたいというのは、誰でもが持っている根源的な願望だ）

（マゾヒズムだ）

（誰でも、そうある筈だ。いやそうなのだ）

（その断定的なのが気にくわん）

（しかし、そうなのだから、しかたがない。今、私は父の心臓を食べてきた。父の残意識が内臓に漂っていた。だから旨かった。食べられているものの意識が、食べているものの周囲に漂っている間は、それはすごく旨いのだ。それは、食べられて喜んでいる意識だからだ）

「やめてくれ！」ロロクは絶叫した。（吐きそうだ。気持がわるい。ムカムカする。頭痛がしてきた。気が狂いそうだ）

（大袈裟な。それほどではない筈だ）

「いやな奴らだ！」ロロクは顔中を口にして喚きはじめた。「貴様らはいやな種族だ！　汚ならしくって、陰気な、うぬぼれた種族だ！」

ウルチはロロクにはじめて個人的な憎悪を覚えた。ロロクが本当の馬鹿なら許せた。だが彼は理解しようとすれば出来るのである。理解しようとする努力もせず、自分を罵るロロクに、ウルチは憎しみを抱いたのだ。

（今日からは私が部落の長だ。私をこれ以上怒らせてはいけない。……そら、ぼつぼつあなたが食べたくなってきてしまったではないか）

ロロクの思考が一瞬途切れた。あらゆるものを前意識へ後退させ、あわててこの新しい状況に適応しようとしているのだ。

（ときどき、憎しみを周囲に発散させ続けている者を、皆の合意で食べることがある。種族が減って衰えるおそれはあるが、そんな者を生かしておけば争いが起って、もっと大勢死ぬことになるかも知れないからだ。木の根もとにくくりつけられ、怒鳴り続けているその男を、生きたまま、皆でよってたかって肉を引きちぎり、食べるのだ。憎しみは食べられた後さえ、あたりに漂い流れている。旨い。生きている肉をすばやく口に投げ込んだ瞬間の、肉の周囲

にまつわりついている、荒れ狂っているような意識が、肉の味をこの上なく旨くさせるのだ）

（神さま……）ロロクは泣き出した。（ああ、俺はまた、何て部落にやって来てしまったんだ……）

その夜、ウルチはロロクの両方の耳を食べた。

昼間の、意識のやりとり以来、ウルチはますますロロクを食べたくなっていたのだった。ロロクはウルチの洞窟で寝ていた。部落の客は部落の長の洞窟に泊めるのが習わしだった。ロロクの苦悩は、夜、隣りで寝ているウルチの頭に流れ込んできて、満ち足りたことのないウルチの食欲を揺さぶり続けたのである。身体を丸めて寝ているロロクの傍にしのび寄ると、ウルチは、顴骨《かんこつ》の後部から垂れているむき出しの軟骨を根もとからむしり取った。

ロロクはぐっすり眠り込んでいて、自分の一部が食べられていることに気がつかなかった。だから当然、その耳は思っていたほど旨くなかった。しかし、ウルチにとっては、彼自身の憎悪が一種の香辛料の役を果したためもあって、確かに珍味だった。

翌朝、両耳のないのに気づいたロロクは、すぐに、寝ている間に何が起ったかを知った。彼は激しく泣いた。ウルチはあきれた。ロロクは徹底したナルシストだった。彼は泣きながらウルチを指した。

「食いやがった。俺の耳を食いやがった」

うるさいので、ウルチは洞窟を出た。

太陽はすでに高く昇り、海から流れ漂ってくるしめり気を帯びた潮風は暑かった。

（暑いな）ウルチは自分に語りかける。

（夏至《げし》に近いのだ。だからこの北半球は暑いのだ）

（なるほど）ウルチは頷く。

泥板岩や粘板岩がごろごろ転がっている間をぬって、ウルチは広場の方へ歩き出した。ロロクは尚もウルチを追って来ながら、泣き続けていた。

（ああ、俺の耳を食いやがった。食いやがった）

耳くらいで何故そんなに泣くのか、ウルチには解せなかった。

(俺を怒らせた罰なのだ。だから本当は両耳だけでは足りないくらいなのだぞ。うるさい奴だ)

だが、泣き続けて涙に浸り、濡れてふやけたロロクの意識には、ウルチの意識の呟やきは聞えなかった。いつまでも泣き続けるロロクは、またウルチに食欲を起させ始めていた。

(俺の耳を食いやがった)

顔中をねばねばした涙で光らせ、小さな膝蓋骨をぎくしゃくさせながらついてくるロロクに、ウルチは振り向きざま鋭く叫んだ。

「そんなに私に食べられたいのか!」

「ああああああ!」

ロロクは絶叫した。胎児のように身を縮めて、雷に打たれたかのようにぴょんと跳ねあがると、恐怖の意識のひとかたまりをその場に残して逃げ去った。

(食われる俺が食われる俺の肉が食われる俺の内臓が足が脳味噌が食われる!)

(食われる)

(食われる)

(食われる)

ウルチが部落の広場にやって来たのは、広場に面した洞窟に母親と二人で暮らしている許婚者のラブラに会う為だった。だが、ラブラがいないことは、広場の中ほどまで来てわかった。ウルチは、洞窟の中にひとり寝ているラブラの母親の意識をさぐって、彼女がつい今しがた、自分の住居へ出かけたことを知った。どこかで行き違ったのである。

妙な想像をしかけて、あわててそれを前意識へ閉じ込めたため、当然いやな予感が拡がった。ウルチはいそいで自分の洞窟へ引き返した。やはり予感は具体化されてしまっていた。

洞窟にはラブラがいた。彼女は洞窟の奥に横たわったロロクの薄い胸を尖った岩の先で切り裂き肋骨の間から引きずり出した心臓を食べていた。ウルチの姿を見て彼女は驚いて立ちあがり、おびえた眼でウルチの表情をうかがいながら、唇の血を手の甲で拭った。理性を失わせるほどの無我夢中の快楽から、彼女は不意に我にかえり、それと同時に、食欲にのさばられて隅に押しこめられていた彼女の罪悪感は、彼女の小さな身体全体を痙攣させ始めていた。彼女はロロクの苦しみを眺め、その悲嘆と驚愕があまりにも食欲をそそったので、ついふらふらと食べてしまったのである。もちろん、彼女はウルチの激しい怒りを予想した。そしておどおどしていた。

ウルチは怒った。

(食べてしまった！　本当に食べたのか全部食べたのか全部！　ロロクは俺が食べたかったのだ。まだ心臓だけしか食べていないらしいが、だがその心臓を、俺はいちばん食べたかったのだぞ！　おおお、殺してすぐ食べたのだな？　さぞ旨かったろうなさぞ！　俺でさえ食べるのを遠慮したのに……お前は……お前は……！　しかも、彼を美味たらしめたのはこの俺なのだ！　この俺なのに！)

ウルチは怒った。

ラブラは愛するウルチの怒りさえ一瞬で忘れるほど、ロロクに関心を抱いたのである。そして食べたのである。これはあきらかに不貞であった。

ウルチはこの事実を、ラブラが自分を愛していない証拠だと感じた。ウルチがそう感じたことを、すぐにラブラは知った。ウルチの激しい怒りを知ると、ラブラは泣き始めた。今まで彼に献身的に捧げてきた愛情、それがすべて、もう何の役にも立たないほどウルチの怒りが大きいことを知り、彼女は死ぬほど後悔していた。

(悪いことをした。わたし、悪いことをした！　ねえ、許してよ！　許してよ！)

(許さない。いや、許すとか許さないとか、そんな簡単なことじゃない。お前は俺を無視した。犯罪だ)

(悔んでるわ！　あなたを愛してるのよ！)

（もう、無駄だ）

ラブラは泣き崩れ、砂の上でもだえながら、「死にたい！　死にたい！」と叫んだ。洞窟の壁になっている平たい砂岩に、むき出しの茶色っぽい頭蓋骨を何度も何度も力まかせに叩きつけた。

激しく、そして複雑なラブラの意識の流れに、ウルチは驚いていた。そこには罪悪感があり、女性的なコンプレックスとつぐないのコンパルジョンズがあった。かと思うと、自分のウルチに対する愛情が、本当に足りなかったのではないかという疑いが顔を出し、次にはそれと入れ代ってウルチに殺されたいという願望——被虐的で、性的な悦びに関連した苦痛の願望があらわれたりした。

（そうよ私は売笑婦よ淫売なのよあなたの妻にはなれない女なのよ殺してよ殴ってよ気がすむまで虐待してよ私の罪は重いわ私のスケイプゴートは何処にいるの？　でも許して欲しいの結婚して欲しいの）

ひとしきり泣き続けてから、彼女は決心したように、涙に濡れた顔をあげ、ウルチの前に立った。

（ねえ！　私を食べて！　この男のかわりに、私を食べて！）

ラブラは自分の肉体で償いをしようと考えたのだった。しかしウルチは、わざと冷たく顔をそむけて見せた。

（いらない）

ラブラの顔は枯草の色になっていた。

（ね、あなたは私がおいしくないと思う？　わたしはおいしいと思うわ。お願い。私を食べて。私の方がきっとおいしいわ。だって私、あなたを愛しているんだもの）

ウルチの舌下腺からは、迸《ほとば》しるように大量の唾液が湧き出した。自分にとってラブラが美味であろうということは、ウルチにもよくわかっていた。殊に今、ウルチはラブラを憎んでいるのである。感情の昂揚が激しければ激しいほど、その際の食事はすばらしいのだ。またラブラが最も愛されたいと願っているのはウルチなのだから、その残意識のすばらしさも当然予想できた。

ウルチはすでに、ロロクのことなど忘れてしまうほどラブラを食べたくなっていた。だが彼はまだふてくされた表情を捨てなかった。わざと食べたくないふりをして首を左右に振った。

(いらない)

本当に自分はこんな女など食べたくはないのだ――ウルチはそう思いこもうと努めていたが、白い泡になって口の両端から流れ落ちる涎を、彼はどうすることもできなかった。だがそれをラブラに見られるのは厭だった。彼はいそいで、ふたたび洞窟を出た。太陽の下を潮風にさからい、ウルチは今度は海岸に向って歩き出した。ラブラは泣きながら、粘板岩につまずき、砂に足をとられ、のめりよろけつつ、ウルチを追った。

(ねえ、食べてよ。食べてよ)

ウルチは、ラブラの献身的な愛情が、胸が高く鳴るほど嬉しくもあり、その一方、胸が痛くなるほど彼女が哀れでもあった。だが頑なに黙ったまま歩き続けた。自分が彼女を食べぬ理由を、ウルチは遺伝記憶から引きずり出した理論の細片を組み立てて、何とか作りあげようとしていた。

〈彼女が俺に食べられたいと願うのは、俺を自分と同一化した摂取作用の結果の、口愛的カンニバリズムでは断じてない。もっと自己本位な願望なのだ。正常な願望ではないのだ。俺を愛しているから食べられたいのではなく、単に罪悪感に耐え切れず、自殺しようとして、俺をその自殺の手段に使おうとしているだけだ。きっとそうなのだ。あるいはまた、彼女の中には、古代の精神的な、刑罰制度の直覚的な基礎をなす何ものかが残っているのかも知れない。今しがたロロクに向って破壊力を発動させた彼女のエゴが、まったく同じことを、彼女のパーソナリティの小宇宙のなかで実演しているのだ。だがそれは俺には関係のないことだ。関係があるにしろ、いまいましいことだ。腹が立つことだ癪にさわることだ俺の自尊心を傷つけようとするものだ何故なら俺は今も尚無視されているからだ。彼女の思考感情は俺を愛していると勘違いしているのだ。彼女の前意識から俺は締め出されていて、そこには俺に関することがらなど何ひとつないはずだ。彼女は自分自身の為だけに俺を挑発している。誘惑している。これは極めて下品なことだ〉

〈ねえ、食べてよ。わたし、あなたに捨てられるくらいなら、死んだ方がいいの〉

海岸は白く輝やき、猥褻《わいせつ》な青緑色をした海は、もう飽きあきしたといわんばかりの様子で、ものうげにエロチックな波をくねらせていた。ウルチは投げやりに波打ち際へ転がると、大きな掌で顔全体を覆い日光を遮った。ラブラはウルチの横に腰をおろし、うずくまり、涙に濡れた赤眼で彼を見つめた。ラブラの臭腺から分泌された多量の発情液の匂いは、ウルチを興奮させ、眼を閉じたままの彼に、ラブラの蠱惑的《こわくてき》な姿態を想像させた。もう意識でいかに反発しようと、ウルチの欲望を押さえることができなった。それにどうせ、食べたく思っていることをすでに彼女は読み取ってしまっているに相違ない——ウルチはそう考えた。

〈腕くらいなら、食べてやってもいい〉

ラブラは安心したように微笑した。彼女はすぐに右腕を、左手で、肩胛骨の下からねじ切りはずかしそうな様子でウルチに差し出した。

ウルチは食べた。旨かった。葉肉は厚く、柔組織の中に粘液、酸類、糖類などの溶解物を含んだ水がたっぷりあった。その上彼女の愛情は、そのまま葉肉の周囲に漂っていた。ウルチは思わず咽喉を鳴らしそうになった。だが癪だったので、わざと不味そうな顔をして食べた。

ラブラは銀粉のように光る砂の上にすわって、腕のつけ根の傷口を撫でながら、食べ続けているウルチの様子を、嬉しそうに、照れくさそうに、また悩ましげにも見える表情で眺めていた。

今度こそ本当に、心の底から、ウルチは思った。

(お前はわたしの妻だ)

自分はこの女を愛している、そう思った。

(この女になら、食べられてもいい)

そう思った。

(『愛——いつくしむこと。憐れむこと、愛、仁之発也、憐也、恵也。愛で親《メ》しむこと。可愛いがること。愛、親《シタシム》也、寵也。惜しむこと。愛を割《サ》クト云フハ、惜シキモノヲ棄ツル意ナリ。愛、吝惜也』)

(『また愛——真の愛は、自己愛《ナルシズム》よりの脱却から始まる。おのれを愛する心ほど「愛」を禁止《インヒビット》するものはない。「愛」を自己にのみ偏流させるのは、憎悪を自己に集結させることと匹敵する。真の愛は決してエゴを食うものではない。愛はエゴを成長させるのである』)

Ⅳ 分意識紀——後期 大気性思考粒子の自覚

白い山脈は薄明の中に横たわり、薄明の天地は靄の中にあった。

今、その淡いコーラル・ピンクの靄の中には、大気圏内へ入るなり地表めざして垂直に下降しはじめた、ひとつの銀の点が浮かんでいた。銀の点は島宇宙コナ惑星連合外殻団擬足項自律科に所属する宇宙探査艇体。艇体は気流の方向に応じて楕円形になり円筒形になり、あるいは円錐形になりながら山頂に近づく。山頂は何の突起もなく拡がっている風にならされた砂ばかりの平地。地表に達した艇体はゆっくり腹部を蠕動《ぜんどう》させて砂を掘り、自分を安定させる。円盤形に寝そべった彼は、重々しく彼の内部にいる三種類の知的生命体に到着を報じる。

コナ式計器体は、自分の肉体の虚弱さと繊細さを充分知っていた。だからこそ彼は常に艇体の中心部に自分を置いていたのである。今、計器体は外界が自分たちの生存に適しているかどうかを観測し始めた。そして他のものの為に、その結果を次から次へと腹部の表示面に内部から投射して見せた。コンカチョーがそれを覗き込み、テレパシイでバリバリに教える。

(重力、二・〇一八六七イガ。赤道半径、九七六・四〇〇一ビガル、表面密度、五・六七……)

だがバリバリはあきらかに、そんなことには興味が持てない様子である。

(もうそのくらいでよいのではないだろうか？ もうそのくらいでよいだろう)

(ここは地表突起部の頂上です。水平面が左右〇・四六、前後〇・三九ビガルの楕円形となって拡がり……)

(知的生命体がいるのではないか？ 知的生命体がいないだろうか？ いるような気がしないか？)

(視覚的には存在を認められず、聴覚的にも……)

(今に出現するのではないか？ 今に出現するかも知れんぞ)

(降りて見ますか？)

(降りたいな。降りたいな)

コンカチョーは、艇体の機嫌を損じまいと気づかういつもの調子で、自分たちを外へ出すように命じた。艇体はわざとらしい重々しさで承知し、地表に近い部分の気閘《きこう》組織を動かす。乗組員は計器体、コンカチョー、バリバリの順に、地面へ降り立つ。ゆるい風に、さざ波の形をとどめた一面の砂地。その砂地の果ては薄桃色の夕靄に隠れ、夕靄は吹きはじめた陸風に、わずかにただよい始めていた。

バリバリは地面を三転し、しばらくじっとしていた。彼は考え込んでいた。そんなバリバリを、コンカチョーは眺めた。バリバリの抽象的な思考と、純粋な好奇心は、コンカチョーには遠い世界のものである。無関係なものである。何故バリバリがそれほどまでに物ごとをつきつめて考え続けるのかコンカチョーにはわからない。自分には無意味に思えることをいつまでも真摯に探究するバリバリを、コンカチョーは、彼が自分以上に心を広く持っているからだと思っていた。だからコンカチョーはバリバリを尊敬していた。

(どうしますか?)

(しばらくここで様子を見たい。周囲の様子を、もっと見せてくれ)

コンカチョーは、視器のある円盤形の首を、三脚の上で回転させた。バリバリはコンカチョーの視器を通じて周囲を眺める。バリバリは、半鉱物質の生命体で、外見は単に卵形をした表面の滑らかな石塊に過ぎない。彼に五感はなく、あるのは精神感応力だけである。

計器体は、現在自分が手持ち無沙汰であることをやっと意識した。

(イマ　ワタシ　スルコトナイ/カエル/ヤスム/ヨイカ?)

(いいだろう)

計器体は艇体に近づき、エア・ロックの外皮を叩いた。入口は開かなかった。計器体は長い間立ちつくした末に、やっと艇体がわざと知らぬ顔をしていることに気づいた。

(マタイジワルカ/ナカ　イレテクレ)

彼は、それぞれが計器や測量部品の形になった二十数本の腕で、艇体の腹部を撫でさすった。艇体は腹部を蠕動させ、ゆっくりと身をよじりながらキチキチ笑って、入口を開いた。

(何かいるぞ)バリバリが考え深げにいった。

(何か妙な、無形の存在だ。意識圧だ。そんな気がしないか? そんな感じがしないか?)

コンカチョーは三脚の上に直接くっついている

円盤形の首を三十度傾げる。

（そういえば、感じられます。そうです。何かがわれわれに語りかけようとしている気配です）

（うん、そうだ。その通りだ。そして、これはきっと、われわれに何かを訊ねようとしているんだ。これは理知的なものだ。それから、感性に富んだものだ。だから高級なものだ。これはわかる。よくわかる。この切迫したような意識圧は、わたし自身がそうだから、よくわかる。これは知的好奇心である。そこまでわかっていながら、何をいっとるのかわからんということは残念だ。遺憾でもある。そしてまた至極口惜しい）

（そうですね。いささか隔靴掻痒《かっかそうよう》の感がありますね）

　バリバリは論理的秩序で整然とした脳波をごちゃごちゃに乱して爆笑した。

（やめろ。やめてくれ。無理をして妙な表現をせんでもよい。君らしくないぞ）

　コンカチョーは細い三脚を赤らめた。

（さてと）バリバリは再び考え込む。（難しいな。どうもこれは、理解し難いな。判断に苦しむ。あまりにも混沌としている。視覚像さえ混沌としている。未整理のままのようだ。うんどうもそうらしい。とすると、これは生命体の集合意識なのかも知れんぞ。うんきっとそうだ。そうであるとするなら、何か具体的な、明瞭なひっかかりが、判断の緒口が、たったひとつでいい提示されたならば、そこから演繹《えんえき》することも可能なのだが……。待とう。もう少し待って見よう。わかるだろう。きっと何かわかるだろう）

　バリバリとコンカチョーは、その場で待ち続けた。

　やがて夜になった。

　その夜ほどの闇夜も珍らしかった。

　空気中を漂う無数の微粒子たちが反射させて周囲を照らし出す為の何の光源もなかった。まだ日のあるうちは遠来の客に気をとられ、どちらかといえば本来の使命をややおろそかにしていた彼ら微粒子たち。だがその彼らも、このあまりの闇にはなすすべもなく、多少うろたえ気味であった。しかし、未知の生命体に興味を抱いた彼らが、バリバリ達との意志の疎通の為、より以上の注意力を集中するには都合がよかったといえよう。そこで、ほんの僅かでも星の光が雲間から覗かないだろうかとながい間うかがい続けた末彼らは安心し、この機会に、二次的な機能である記憶の集積の出来ばえを振り返って見ようとしたのである。もちろんそこに、バリバリ達に理解して貰おうとする意図があったことは確かだった。

彼らが遠い過去の知的生命体であったあらゆるものから受け継いだ記憶は、未整理のまま雑然とこの山頂の広場に投げ出されることになった。彼らは饒舌であった。しかも、それらは期せずして、突拍子もない、皮肉な、ある意味で象徴性に富んだ事実に具象化され、仮に知性と感性を具有するそれらの事物の真の生みの親たちが眺めたとき、はたと膝を叩いてその怪奇美に打たれた様子を示したであろう幻想的な美しさに満ち満ちていたのである。闇夜の山頂の空間に描き出されたそれは、立体的な超現実派の絵画のイメージであった。

コンカチョーは驚きながら、円盤形の首を斜めに倒したままグルグル回転させていた。これは彼が感動した時の癖であった。彼の視器を通じて、バリバリもこれらの事物を眺めた。だが、それらがどんな意味を持つのかはほとんどわからなかった。たとえば「ノア」という名詞らしいものの説明のため、奇妙な体軀の四足獣、二足獣が二匹ずつぞろぞろとあらわれたとき、彼にはそれが「ノア」という事件をあらわす情景なのか、ある時代なのか、あるいは生物群の総称なのか、それとも芸術作品の名称なのか、さっぱりわからなかったのである。

その生物群の手前で、互いの間隔を常に長方形に保ちながら地上を走る四つのタイヤ。タイヤの中央、地面から五十センチばかりの宙に浮かび、架空のシートに腰をすえてハンドルを握る若い男。彼の肩に腕を巻きつけて、その横に坐った肉感的な身体つきの若い女。エンジンはエンジンらしく形を整えようと四苦八苦しながら、自分が本当は車のどの部分に設置されるべきものなのかわからぬ様子で、ふらふらと空中を浮遊しながら彼らのあとを追う。逆の方向からも、同じようなひと組が走ってきたが、これには二人の子供を含めた五人の家族連れが乗っていた。若い男は横の女に唇を塞がれた。接近、奇妙なカーヴ、そして正面衝突。ぐにゃぐにゃと白くアメーバ状に混りあい、崩れ、溶解する車体。それは白っぽい気体となり、しばらく地表を漂う。その気体は、何かに変身しようと焦っているかのようである。やがてパトロール・カーらしいものに形を整える。ペコペコと断続的に吹き鳴らされる貧弱なサイレン。うろうろとあらぬ方を走りまわった末、それはやがて自分が登場したことの無意味さと馬鹿らしさに気づいた様子で、平たく伸び、大地に吸い込まれるように消え失せる。

「ノア」生物群の最後尾に、どうしても全身を具象化することが出来ず、前半身を宙空に出現させたまま藻掻き続ける一組。竜である。あまりにも言い馴らされ、使い古された諺の影響を受け、彼らは何度も蛇の尾をして出て来た。そのたびにあわてて下半身を否定し、闇に同化させる。そのたびにあわただしく虚空を掻く爪の長い前肢。充血した絶望の大眼玉を天に向けての吐息。だが、何度自身で打ち消しても、彼らには蛇の尾しか視覚化することができなかったのである。彼らは泣いていた。

記憶の断片は、それぞれの事物の本質や概念、また出現したことの必然性を説明する努力をしようとしなかった。単にあるがままに、そしてそれを記憶した者にとって最も印象に残った瞬間の形であらわれ続けた。

いきなり宙にあらわれ、赤い水を噴出してカルキ臭い液を地表に散らせる水道の蛇口。口からブルーグレイの煙を吐いてゴトゴト揺れ続ける、燃えそうな色の郵便ポスト。互いの送話口に受話口を当てて喋りまくる二台の卓上電話。ダイヤルを廻してクスクス笑い。突然、けたたましくベルを響かせての爆笑。

砂の上に聳え立つ無言静坐の巨大な仏陀の背に、不意に天使の翼が羽ばたく。全身を金箔でギラギラ光らせ、坐ったままの恰好で白い翼を大きく波打たせ、大仏は山の上の漆黒の夜空を飛びまわる。眼を半分閉じたまま血のしたたりそうな唇に浮かべたアルカイック・スマイル。ニタニタ笑い続けながら、大仏は空を飛ぶ。

「今日ここへ来る途中で、妙な奴に会いましてね……」

そこまで喋ってから、MC口調の小粋な身装《みな》りの男は、自分で吹き出してしまう。どこからともなく起る観客の笑い。彼はまた喋り出す。その、汗の粒の光る顔。顔いっぱいに浮かんだ何かに追いかけられているような切迫した表情。顔の前に浮かぶ、テレビの走査線を白く流した四角い平面。その平面を端から吸い込む、緑色の、やはり平面体の男。「俺はスポンサーだ」走査線はなくなり、絶叫するような破壊音とともに地上に砕け散るブラウン管。それぞれの破片の悲しげな明滅。

「視聴者参加番組です。スローンの紫外線毛布をどうぞ……」

いっせいに片足をあげた瞬間、静止するラインダンスの踊り子たち。みるみる隣り同士がいやらしくくっつきあい、一匹の多足類の虫が片側一列の足をあげた恰好になって空間に定着する。

まぼろしは広場に踊り続け、意味のはっきりしない呟やきとざわめきは一キロ四方の空地に満ちる。

——急げる天使は双手《もろて》にためらう我らの親を捉え、直に東の門へと導き、下なる野へと、同じく疾《と》く崖を降り——かくて消え失す。二人は顧みて、今まで己が幸ある住宅なりしエデンの東を見渡す——。

——われわれは次のごときものを自明の真理と信ずる。すなわち、すべての人は生れながらにして平等であり、譲ることのできない一定の権利を神から与えられており、その中には生命・自由および幸福の追求が含まれている。

——暗いあまりにも暗い——。

——アア南無阿弥陀仏トマゼコゼゴト、余所《よそ》ノキコエノウタテサヨ——。

——第三条ロボットは前掲第一条および第二条に反する惧れのないかぎり自己をまもらなければならない。

——動かない動きます動く動く時動けば動け。

——ドライジンを二と四分の一オンス、ライムジュースを三分の一オンス、シャンパングラスに入れてよくかきまぜ氷片を浮かべます。シェーカーがいらなくて、家庭ではこの方が便利でございます。

——発射十秒前……スリー、ツー、ワン、ゼロ！

——誠にまことに汝らに告ぐ、種播くもの、播かんとて出ず。播くとき、路の傍らに落ちし種あり、鳥きたりて啄《ついば》む。土うすき石地に落ちし種あり、土深からぬによりて速かに萌え出でたれど、日出でてやけ、根なき故に枯る。茨の中に落ちし種あり、茨そだち塞ぎたれば、実を結ばず、良き地に落ちし種あり、生え出でて茂り、実を結ぶこと、三十倍、六十倍、百倍せり——。

——にぎやかな祝宴がすんで

廊下のはてに

最後の客のさようならが

消えてしまった……。

これらの、陽気で陰鬱で力強い弱々しい軽い重い感動的な無表情な高い低い男の声女の声は、打ち消しあい混りあい途切れたり重なったりしながら、あらわれてはゆらめき消える様ざまな幻影とは何の関連もなしに続いた。だがバリバリにしろコンカチョーにしろ、これらの音波を当然視覚像の説明と受け取ったため、ますます理解に苦しむことになった。それらの意識の破片は、まだ思想にまでは有機的に関係づけられてはいなかったからである。

だがそこには自分を表現したいという強い意志があった。そしてそれ以上に激しい、知識欲があった。知識を摂取するためには、相手にも何かをあたえてやらなければならないということを、今までの経験から粒子たちはよく知っていた。だが悲しいかな彼らにはこの未知の知的生命体がいったい何を求めてここへやってきたのかわからなかった。ただ、彼らが知性を持っている以上、やはり自分たちと同じように知識欲も旺盛であろうとまでは想像することができた。だからこそ自分たちの意識内容を顕示した。それはバリバリ達に、この星の文明が精神的なものにせよ物質的なものにせよ、なかなか簡単には理解できそうにない複雑怪奇なものであるらしいということだけを悟らせる結果になってしまったのである。理解させようとする事柄はあまりにも多く難かしかった上、粒子たちは焦ってもいた。焦れば焦るほど、事物があらわれ消えるその速度が増した。

建築様式の変遷は巨大な立体のエロチックな舞踏。うねうねと身をくねらせて装飾物を振りはらい、やがてシンプルな姿で空高く伸び、そして崩壊する。宙に残ったエレベーター・ボックスのとまどいと、傷ついて地を這うエスカレーターの軋み。クレーンが工場を建て、工場がクレーンを生み出す。そのクレーンの群が更に工場の群を生み出す。空に羽ばたくイカロスの黄金の翼は花の如くに散り、複葉機の翼は機体から離れキラキラときらめいて飛び、きりもみをしながら落ちる旅客機の三五〇〇馬力の発動機の悲鳴、エンジンから火と煙を吐いて墜落するジェット機、大地に激突して巨大な原子雲を湧き起す宇宙船。

　科学史らしいものに平行して、一方では非科学史らしいものが顕示されている。実在したものに劣らぬ具体化された姿で現われた、あらゆる想像の産物。白い亡霊の行列。伝説の幽鬼、妖怪。化けものの行進と交歓。飛騰する金毛九尾の狐、金銀と瑪瑙《めのう》の混ったまぐわしい瞳の怪猫の跳躍。山姥。狼男。吸血鬼。濡れ女。灰婆。磯姫。一群の魑魅魍魎《ちみもうりょう》のあとから、果てはギルマン、フランケンシュタインの怪物までも登場し、あたりの大気になま臭いものを溶け込ませる。

　恐怖の歴史は嗜虐の歴史にすり替えられる。風を切って唸り、宙に白い笞《むち》が飛ぶ。笞うつもの、笞うたれるもの。山から切り出されてきたばかりの長方形の岩を運ぶ大勢の奴隷たち。涙と砂と血と汗と傷と呻きと。虐待するものされるもの。殺すもの殺されるもの。宗教裁判。斬られて宙をなめに飛ぶユグノーの首。傍らに築かれた髑髏の山。強制収容。泣き喚く痩せ細った素裸のユダヤ人たち。その背後を行進するドイツ軍は、いつしかレミングの大群に姿を変え、血しおの海になだれこんで行く。血しおの海は怒濤となって荒れ狂う破壊欲。髑髏の山は残虐性の里程標。裏がえしの劣等感と偏見としきたりと圧迫とリンチと。両手を縛られ、木に吊され、焼かれ、白い歯をむく黒人。その背後を行進するホワイトカラー族の大群。個性のない表情で明るく無邪気に笑うサラリーマンの大群が広場に満ちる。突然の閃光。いっせいに変化する人びとの表情。まだ微笑の消えやらぬその上に投げつけられた驚きと自失の表情。世の中にはこんな素晴らしいことがあったのか、今までちっとも知らなかったと思ってでもいるかのような恍惚とした表情が一瞬固着する。その表情はすぐに赤紫色に染まって崩れ、溶けた飴のように流れ、あとには爛れた肉塊が蠢く。肉塊は死の直前の苦痛にのたうつ。そののたうち方にも、まるで個性はなかった。

(何だ！　ああ、これは何だ！)

バリバリは興奮のあまり、身体を激しく左右に揺すっていた。

(理解したい！　私はこれを理解したいのだ、コンカチョー)

コンカチョーも、円盤形の首を斜めに倒したままグルグル回転させていた。これは彼が感動した時の癖であった。そして興奮した時の癖でもあった。彼は叫ぶようにバリバリに伝えた。

(私にもわかってきました。これは実体ではありません。仮像です。この星の大気圏内にある原子が――つまり各原子の含む電子の運動速度が、未知のエネルギーの影響を受けて増加したり減少したりして、この仮像を形成しているのです。いや、それだけではありません。このエネルギーは――恐らく私たちが使っている精神感応力に似たものと思いますが――過去に大量の放射性物質らしきものの影響を受けて以来、混沌として飛びまわる原子から、自由電子の大群を放出することができるようになったらしいのです。その自由電子が他の原子と結びつこうとしてあばれまわっている状態を、このエネルギーを使っているある何らかの意志は、思う存分に利用して、この幻像を生んでいるのです)

(ああ、ああ、私はそんなことを知りたいのではない！)

バリバリはもどかしげに、今度は身体を激しく前後に揺すった。

(つまり私はその、原子構造を調節してわれわれに仮像を見せ、何かを教えてくれようとしているその意志の正体を知りたいのだ！)

(その意志はですな) コンカチョーはすこしうろたえた。

(知覚中枢のようなものから起っていますね。つまり均衡状態にある電化コロイド的な原子構造が偶然出来てしまい、それが、過去の数々の連想結合が決定するある一定の道をたどって、意志を生んだのです。そいつは更に運動中枢に変って仮像を持ったのです。また更に、コナ的に言うならばラムシ氏言語運動中枢に変って、われわれに幻聴を送ったのです)

(違う……)バリバリはぐったりした調子で呟やくようにコンカチョーに伝えた。(そんなことを知りたいのではないのだ……)

夜のひきあけが始まり、幻影たちは曙《あけぼの》の中へ吸い取られて消えた。暁霧のネグリジェに身を包んだ東天の朝化粧は、コンカチョーの眼にさえ、いたいたしいほどの美しさを感じさせた。

(そうだ。きっとそうだ)バリバリはひとりごちた。(この星で、何かが起ったのだ。いや、何かが起ったということより、すべてのことが起ったと言ってもいいかも知れないぞ。生命の発生と知性の進歩と文明の爛熟。そしてあらゆるものの崩壊。最後に、得体の知れぬ何ものかの出現。それは歴史的必然のひとつのパターンであり、そのパターンは他のあらゆる文明にも当てはまるものに違いない。恐ろしい。しかし知りたい。私は知りたいのだ)

(この星の夜は短かい)コンカチョーが注意した。(もう朝のようです。さあ、出かけませんか?)

(いや、私はここに残る)バリバリは決然としてコンカチョーに伝えた。(コンカチョー。君はコナの使命を果すため、他星系の探査を続けてくれ。私の使命は、この星の歴史をより詳細に知ることにあると、今、私自身で判断した。私は正式の乗組員ではなく、いわば自由な立場にある客員だ。この星に置いていってくれ)

コンカチョーは首をぐるぐる廻した。(しかし、帰途、ここへ立ち寄るのは、五六三イグレンも先のことになりますが)

(かまわない。こんなこともあろうかと、私は体内に充分反陽子を蓄わえてきた。一〇〇〇イグレンでも平気だ)

　バリバリの生命のエネルギーは、彼の身体の核部にある、蓄積された反陽子である。その反陽子は、陽子と結びついて大爆発を起さぬよう、亜空間帯に包まれていた。その更に外側に、バリバリのいわば内臓であるシリコノイドの厚い層があり、それら全体は硬い卵形の外殻に覆われているのである。

（そうですか）内心の動揺を見せてまた自分らしくないと指摘されるのを恐れ、コンカチョーはわざとよそよそしくした。（それほどまでにおっしゃるのでしたら……）

（ああ、そうしてくれ。そうしてくれ）

　バリバリは身体の重心を上に移し、砂の上へごろりと横転して、その勢いで崖の傍まで転がって行った。傾斜の手前で、彼はちょっと止った。

（では、コンカチョー。また、ずっと未来で会おう）

（はい。忘れずにお迎えに来ます）

（うん、うん。忘れないでくれ）

　バリバリは崖の縁に身を乗り出し、ほんのしばらく、はるか下方の沙漠をうかがうような様子を見せてから、ゆっくりと転がり落ちた。まるで何かに引っぱられているかのようにバリバリの後を追って崖の縁までふらふらと歩み寄ったコンカチョーが、朝霧にかすむ傾斜のはるか底を見おろしたとき、バリバリはすでに山の中腹を岩にぶつかってはねあがったり、砂をはね飛ばしたりしながら、うすい霧のベールの中に呑み込まれて、そのまん丸い姿を隠そうとしていた。

　いつか明るいベージュ色の曙光が、砂の上に平たくなった艇体の寝姿の上にふりそそいでいた。コンカチョーはふたたび艇体に乗り込み、同僚に次の行先きを指示した。

　果てしない宇宙空間を、跳躍に跳躍を重ねて突き進む艇体の中で、コンカチョーはじっと考えに沈んでいた。艇の中心部にそっと我が身を横たえていた計器体が、やっと気がついたかのようにコンカチョーに訊ねた。

（バリバリハ、ドウシタカ？）

考えを破られてコンカチョーは、はっとしたように身を顫わせた。その顫えはしばらくやまなかった。

（怖い。俺は怖いのだ）

（ナニガ　コワイノカ？）

（何もかも怖いのだ。われらがコナ連邦の行く末も、この広大な宇宙全体も怖くなった。そして歴史というものも怖い。この宇宙の歴史も、何もかも怖いのだ）

計器体はほんのしばらく、気の毒そうにコンカチョーをじろじろ眺めてから、またいつもの無関心な態度に戻った。

コンカチョーは首を斜めに倒したままぐるぐる廻転させていた。

V　汎意識紀——前期　群居生物の自滅

（分レ雲登、嶮嶮谷深）

（磐石険峻、傾崎崖潰）

（登二巉巌一而下望兮）

峡谷をくだりながら、彼は頭の中でこんな文句をくり返し反芻《はんすう》していた。

そこは急激な造山運動と浸蝕作用の結果、複雑な断層をさらけ出した若い成層火山の中腹であった。白い斜長石を多く含んだ閃緑岩がごつごつと宙に突き出ていた。彼は抱きつくような恰好でそれらにつかまりながら、一歩一歩足場を求めて下り続けていた。

眼がまわるので、彼はなるべく下を見ないようにした。それでも、時どきは、見ないわけにはいかなかった。見るたびに眼がまわり、足がすくんだ。あわてて上を見ると白金色の陽光が眼を射た。

(こいつは助からん!) 彼が巨大な頭部をひと振りすると、汗の粒が周囲に飛んだ。彼は思った。(暑いことも暑い。だが、俺が今流しているこの汗の半分以上は冷汗だぞ)

ぶよぶよに膨らんだ緑色の、爪のない手は、汗でぬらぬらして、岩かどをしっかり摑むことができなかった。常食にしている苔を、少しは咽喉嚢へ貯め込んで来てはいたが、もうほとんど食べつくしてしまっていた。空腹のため、指さきに力が入らなかった。その指さきに貯めてきた水分さえ、残り少なかった。

(うわあ) 彼は絶望的な悲鳴をあげた。(俺はこのままここへへばりついて、上りも下りもならず、日に照りつけられ、干からびて死んじまうんじゃなかろうか?) 彼は後悔しはじめていた。(しまった。いくら苔が少ないといっても、まだあの黒土の平野の方がよかったんだ。いったい俺は何のつもりでこんなところへやってきてしまったんだろう。山を越しても、どうせ大した変わりはないに決っているのに……)

(あっちから誰か下りて来るわ) 不意にすぐ近くで連絡思考が発信された。(片輪らしいわ。きっとそうよ。思考の流れが単一だもの。何故こんなところへ来てしまったんだろうって後悔してるわ)

彼は驚きと期待に胸を躍らせて周囲を見まわした。(うわっ! これはF型の思考だぞ! こんなところにF型がいたんだ)

F型、W類、女族、雌性、なんでもいい、とにかくそれは、彼が自分の母親以外に会ったことがなく、しかも生まれて以来、恋い焦がれ続けてきた、実際に子供を生む方のタイプ、つまり卵巣を持っている生物の思考に違いなかった。

(ああ、やっと相手を見つけた。これで満たされなかった俺の欲望を充足させることができる)

(あら、あいつ、私の身体が欲しいらしいわ)

ひどく愉快そうな、そして無責任なF型の思考に続いて、すぐM型の思考が応じた。

（とんでもない奴だ）

彼は一瞬がっかりした。（何だ。ちゃんともう、相手がいたのか！）彼は生まれて初めて本当の嫉妬を経験した。（しかしまだ、あきらめるのは早いぞ。その相手を振って、俺と組むようにF型を説得すればいい。願わくは、相手のM型が俺より貧弱な奴であってくれ。——俺より不細工な奴であってくれ。——だが、いったいどこにいるんだろう）

彼は危っかしげに、首をのばして崖下を見た。眼のすぐ下にある、上部が平坦になった岩の上に、M型とF型の重なりあった頭部がちらりと見えた。彼は慌てるなと自分に言い聞かせながら、ふたたび崖を下りはじめた。

（私を説得するんですって）

（考えそうなことだ）

（あんたが、貧弱で不細工ならいいんだって）

（二枚目気どりか。いい気なもんだ）

M型とF型は笑いあっていた。

彼は岩棚の上におり立って、近ぢかと二匹に対面した。

（来たわよ）

（何だ。こいつか）

最初彼は、二匹が交尾しているのかと思った。だが、よく見ると、それにしては体位が不自然だった。F型は四つん這いになったM型の背中に乗って、あまり太くない四肢を宙にぶらぶらさせていた。腹部をM型の背にぴったりくっつけて、下顎をM型のむき出しの頭蓋骨の上に乗せていた。

二匹の意識に、（片輪）という単語が浮かんでいた。自分のことらしかったので、彼は訊ねた。

（片輪だって？　どうして俺が片輪なんだ？）

F型は驚いたように両掌をM型の肩にあてて突っぱり、頭をあげ、彼の身体をじろじろ眺めながら
（あら、あんた自分を片輪じゃないと思ってたの？）

下からM型がゆっくりと首を左右に振りながら（そうじゃない。こいつは進化が遅れていることを、自分で知らないんだ）

F型が（あら、だって、進化が遅れているのも片輪の一種でしょ？）

彼は二、三歩彼らに近づいてから小さな骨盤を岩の上に据えた。（説明してくれ。どうして俺が片輪なんだ？）

F型が気の毒そうに（あんたは、いわゆる片割れ片輪っていう片輪よ。わかるでしょ？　だってほら、あんたは私たちみたいじゃないもの）

（あんた達と俺と、どう違うのかな？）

二匹は顔を見あわせた。（どう違うのかだってさ？）M型が笑いながら（じゃあ、あんたの相手のF型はどこにいるんだ？）

彼は答えた。（まだ、いない）肩をすくめて（探しているんだ）

（探しているんだってさ？）二匹はまた笑った。

M型が（畸形の相手をかね？）そしてまた笑った。

（わからんな）彼は首を振った。（どうして俺が片輪なのかな。親父もおふくろも、死んだ兄貴たちも、みな俺と同じ恰好で、どこも変ったところはなかったぞ）

（片輪の家系なのね？）

M型がうなずいた。（そうらしい。そしてこいつは今まで、自分の家族以外の誰にも会ってないんだ）

（うん、そうだ。それはその通りだ）彼はうなずいて、もう一度訊ねた。（ひょっとすると、あんた達の言う通り、俺は畸形なのかも知れん。今までまともな奴に会ったことがなかったから、自分を畸形だなんて思っても見なかったのかも知れん。ところで、何故俺が畸形なんだ？）そう言ってしまってから、彼は不意に叫んだ。突然気がついたのだ。

（じゃあ、あんた達ふたりは、離れられないのか？）

M型が（勿論そうだ）

（じゃあ、片輪はあんた達の方じゃないか。あん

た達は性的モザイクだ。相利共棲の果てに雌雄嵌合体現象を起した、雌雄兼有形って奴だ）

（何も知らないんだな）M型は首を横に振った。（新種は畸形とはいわない。環境に適応している種族は畸形じゃない。あんたみたいに進化の遅れたものの方が畸形に近い。雌雄嵌合体が畸形だったのは歴史的事実だが、厳密にいって雌雄嵌合体というのは一個体に於て雌雄の形質が空間的に混合している場合のことだ。俺たちはそうじゃないからな）

（まったくだ。あんた達はどう見ても、一個体には見えないぜ）そういってから彼は、あまりのことに笑い出してしまった。笑ったといっても、彼にはすでに声帯はなかったから、ただ小さく退化した穴のような口腔を開いてヒューヒュー息を吸い込んだだけである。

（癪ね。この人まだ、私たちのことを畸形だと思ってるわ）

（だってそうじゃないか。あんた達は、仮に雌雄兼有形でないとしても、不完全分離の一卵性双生児なんだから、重複畸形だ。double monster だ。結果的には雌雄同体と同じだ。雌雄同体というのは、性の起源を考えてもわかるように、下等な多細胞動物に多かったんだ。高等動物ほど雌雄異体が多くなるんだ。何故かというと、別々の個体から生まれた雌雄の生殖細胞の方が、それぞれ系統が違うから、新しく形成される個体の遺伝的素質に変化をあたえることができる。したがって自然淘汰の選択にも適者生存の利が得られるんだ）

（あんたと議論しても始まらんが、それは大昔の話だ）M型が彼を遮った。（個体の絶対数が減ってしまうと、雄は雌を見つけ難くなるし、その逆に、雌は保護してくれる雄を見つけることができなくて死んでしまう。すると種族が滅亡する。そうならない為に俺たちのような突然変異体があらわれたってわけだ。苦労して相手を見つける手間が省けるから、好きなだけ子供が産める。あんた

はどうだ？　一生伴侶を求めて放浪した揚句、誰も見つからずに死んでしまうんだぜ）

（きっと見つけてやる）

（駄目だよ。今は単独の雌が生きて行けるような時代じゃない）

彼とM型が喋りあっている間、F型はM型の背中で退屈そうにもぞもぞと動きまわった。欠伸《あくび》をしたり、あたりを眺めまわしたり、M型の耳の穴へ指先きを突っ込んでみたり、M型が彼と話しながらうるさそうにその指をはねのけるとクスクス笑って今度は反対側の穴に指を突っ込んで掻きまわしたりした。それから身をよじると、M型の腹の下へ上半身を入れ、反対側から首を出してM型の首に両腕を巻きつけ、彼に片眼をつぶって見せた。

（ねっ、私の彼、素敵でしょ？）

（こいつらは）M型が照れ臭そうに苦笑した。

（いつも自分のM型を自慢するんだ）

たしかにM型は、彼よりずっと逞ましい身体つきをしていた。

（俺にはとても、F型を背負ってこんな所までは登って来れないな）彼はそう思い、M型の体を羨やましく思った。彼は訊ねて見た。（ところで、あんた達は、どこでくっついているんだ？　つまり、組織の結合してる場所だがね）

（生殖器の少し上だ。脊椎骨の一部が恥骨にくっついてるんだ）

（見てもいいか？）

（見たけりゃあな）

彼は腰をあげ、彼らの側面にまわると、複雑に変化したその接合部分をつくづくと眺めた。

F型が彼を睨みつけた。（あんまりじろじろ見ないでよ！　いやな奴ね！）

（いいじゃないか）M型が宥《なだ》めるように（こいつのは、知的好奇心なんだから）

（あら、そんな好奇心だと、今となっては余計無意味なんじゃないの？）

（どうしてだ？）

（知的好奇心って、機械を発明するためにあるんでしょ？）

（機械機械っていうが、お前機械ってどんなものだったか知ってるのか？）

（そうね）F型は少し考えた。（電話は機械よ）

（そうだ。電話は機械だな）

F型はまた少し考え込んでから訊ねた。（ビクトル製のファッション・メーカーも機械？）

M型は声を出さないで笑った。（そうだな。あれもまあ、機械だ）

F型も意識の中で下品な笑い方をした。（避妊器具も機械？）

（避妊器具も機械だ）M型も笑った。どちらもしばらくは下品に笑い続けた。

彼は考え込みながら、F型の手足を見つめていた。

（たしかにあんた達の方が、俺よりもこの環境には適応しているな。だが、まだ完全に進化しきっているとはいえないみたいだぜ）

M型が（どうしてだ）

彼はF型の身体を指した。（あんたのこの手足なんか余分な筈だ。不必要なのじゃないか？）

（いるわよ！）F型は怒って全身を濃紫色にした。（あんたって、いやな奴ね！）

（まあ、いいから）またM型が宥めた。

彼は彼らを羨やましく思うと同時に、他方ではなんとか彼らを否定したい気持に駆られていた。

（でも、こんな風だと、不自由だろうな）

（どうしてだ？）

彼はF型とM型を交互に指した。（あんたの意志と、それからあんたの意志とに、もし食い違いができたらどうする？　行きたい方角が別だったり、それから……）

（馬鹿なことをいわんでくれ）今度はM型がむくれた。（俺は俺の意志で行動しているんだ。食いものがなくなったから、沙漠を出ようと言いだしたのは俺だし、それから、この山の向こうへ行って見ようと言いだしたのは俺だ）念を押すようにF型の顔を見あげて（なあ、そうだな？）

F型はまた欠伸をして、面倒くさそうに（ええ、そうよ）

（でも、やっぱり不自由だろう？）

（何がだ？）

（たとえば……、たとえば、これは別にあんた達のことじゃないが、あんた達の仲間で、お互いが嫌いになることだって、あるんだろう？）

（つまり、離婚とかいうもののことか？）

F型があわてて訊ねた。（離婚って何だっけ？）

（特定の相手との交尾を断念することだ）

（うわあ不可解）F型は笑った。

彼は真面目に答えた。（そういったようなことだ。つまり別れるってことだ）

（なるほどな。考えそうなことだ）M型は鼻さきで笑った。（あんたは自分が厭になったらどうするね？ 死ぬかね？ 自分の腕が気にくわなけりゃ、切り落すかね？）

（そりゃ、そういわれて見れば返す言葉もないが……）彼は懇願するような調子で更に訊ねた。（でも、やっぱり不自由だろう？）

（不自由じゃないってば！）F型がヒステリックな眼つきで彼を睨みつけた。

（怒るな怒るな。こいつは劣等感を持ちたくないから、俺たちを否定しようとしているんだ）

（劣等感って、どんなだったかしら？）

（劣等感はだな……）少し考えてから、M型はあきらめたように（ええい面倒くさい。お前自分で思い出せ！）

（思いだしたわ。思い出したくないもののことよ）二匹はふき出して、しばらく笑い続けた。

彼はまだ真面目な顔のままで（やっぱり、俺とあんた達とは、きっと別々の生物だぜ。この山の下であんた達の種族が繁栄しているんだろうが、俺のいた所では、あんた達の仲間はいなかったからな。分布している所が違うんだ。だからあんた達と俺とは進化の段階で区別するべきじゃない。あんた達は単に、俺たちから分化した新種だ）

（まあ、どうしてもそう思いたけりゃ、そう思っておくさ）

（劣等感って何だっけ）F型はまだ、こだわっていた。（セックスに関係ある？）

（うん、ありそうだな）

（スポーツに関係あるかしら？）

（ハンディキャップって奴に関して、あるんじゃないか？）

（スタイルには？）

（F型の場合には関係があるだろう？　……何だ、まるでインフォメイション・プリーズだな）

（それ何？）

（ラジオだか、テレビだかの番組だ）

（この山の下には）彼はM型に訊ねた。（あんたの仲間たちが大勢いるのか？）

（それほどはいない。一年にひと組かふた組に会う程度だ）

（どうしてだろう？　子供が沢山できれば、大勢いる筈なのにな。戦争でもあったのか？）

（そんなものはない）

（平和か？）

（平和？　平和なんて妙な言葉だな。戦争の絶対起らない世界には平和なんてものもないだろう？）

（つまりドーナツを食べてしまえば穴もなくなるってわけかい？）

（駄目よ）F型は首を振った。（食べ物を探しに行くんなら、この山の下にはもう何もないわよ）

（本当か）彼はがっかりした。（しかし、言っておくが、この山の向こうだって、もう何もないぞ）

（あらん、どうしましょう？）F型がM型の首をかかえるようにして泣き声を出した。

（なあに、どの道、行って損はないだろう。こいつだって、今まで生きて来たんだから）

（でもこの人、私たちより痩せてるわよ）

（だんだんあんた達が羨やましくなって来たよ）

彼ははじめて純粋な好色の眼で二匹をじろじろと眺めた。ひどく醜怪に感じられる彼らの接合部分を、甜めるように眺めまわした。そして今、彼の瞳に浮かんだ羨望の色はすでにあきらかであった。（食べること以外にも、楽しみがあるんだから）

（楽しみ？　なんだそれは？）二匹とも、とぼけているのではなく、本当に彼のいったことがわからないらしかった。

（そうか。わからないか。当然だろうな。あんた達は生まれてから死ぬまで交尾しているんだから）

（何だ。そのことか）M型が苦笑した。

（あら、そんなに始終じゃないわよ！　いくら何でも、オーガズムのままでこんな高いところへ登って来られやしないわ）

（セックスが楽しみでないとすると、あんた達はいったい、何の為に生きてるんだ？　俺の場合はF型を見つける為にのみ生きているといっても、決して言い過ぎじゃないんだがな）

（文明を再発見する為さ）

（そんなもの探して何になるんだい！　文明はリビドーの昇華によって出来たものだろう？）

（ふん単純だね。あんたはまだ思春期の少女のたわごとのような、好色文学的な、あの怪態《けったい》な一元論を、あの古臭いリビドー説を信じているのか？）

（それほど信じてもいないが、でも、あんた達の場合、いったい文明への情熱の源泉が、どんなエネルギーなんだろうと思ってね）

（情熱だって？　情熱なんてものがあっては、本当の文明なんて生まれて来やしない。情熱によって出来あがった代物はみんなにせものだ。俺たちは精神文明を求めている。夾雑物の多い物質文明なんて、遺伝記憶の中だけでたくさんだね）

（情熱っていう名の香水があったわね！）Ｆ型が手足を勢いよく振った。（ああ、あれは〝秘められた情熱〟だったかしら？　いったいどんな匂いなんでしょう？　指さきで苔をすり潰したときのような匂いかしら？　それとも赤んぼうの血のような匂いかしら？）

（何だ）彼はやっと疑問が解けたといった表情でうなずいた。（生んだ子供を食べているのか。それじゃ殖《ふ》えない筈だ）

（俺たちが俺たちの生んだ子供を食べたのじゃない。こいつが子供を生む時に流した血の匂いを嗅ぎつけて、やってきた奴らが盗んで食ってしまいやがったんだ）

（それで、あんた達もそいつらに同じことをしてお返しをしたのか？）

（ああ、俺たちも、そうしたのだ）

（赤ん坊って可愛いから、おいしいわよ！）Ｆ型が急にいきいきと眼を光らせた。（首根っこをつまんで差しあげて、口の中へ入れる真似をしてやるとまっ赤なまん丸い眼球をとび出させて、緑色のちっちゃな両掌をいっぱいに拡げてこちらへさしのべ、プルプル顫えながらキューキューいって泣くのよ。もうもう、可愛くて可愛くて、食べちまわずにはおれないわ。もっとも、頭が大き過ぎてそのまま丸呑みにはできないけど）

彼は思わず涎を滝のように流していた。（もうやめてくれ！　俺はこれで二カ月半、何も食べていないんだ）

（まだ大丈夫さ。雨期を含んだ半年間なんにも食べずに生きていた奴もいるって話だ）

（だが俺は、餓死した奴を見てるんだ。そいつは土の上へ指で『食物』だとか『助けてくれ』とかいう文字を各国語で書きなぐって死んでいたよ。あらゆる国の文字でだ）彼は鼻さきで笑ってから続けた。（ラテン語まで書いてあった。どこの国の文字で書いたって同じなのにな）

（しかし、ラテン語まで思い出したとはえらい。あの言葉は相当いろんな言語を思いだした上でなければ、よくわからんのだ）

（だがそれが何になるかね？　遺伝記憶は両親のものがそのまま子に伝わるから、次第に精神内容は豊富になるけど、どうせ皆が餓死するなら同じことじゃないか？）

（あんたには精神的余裕というものがないらしいな。欲求不満でガッついているんだな）

（精神なんて糞くらえだ）

（そりゃあんたは、遺伝記憶のありがたさを充分感じてないからそんなことをいうんだ。仮に遺伝記憶というものがなかったとしてみろ、俺たちの一生は淋しいもんだぜ）

（俺には精神だとか知性なんてものより、Ｆ型の方がいいね。教養なんて何の役にも立ちゃしない。邪魔なだけだ。太古には本能だけの動物がいたそうだが、そいつらの方が俺たちよりは、よっぽど幸福だったんじゃないかな？）

（どうせ誰でも皆、死ぬんだからというのかね？　しかしそれなら、太古に大きな物質文明を築いたホモ・サピエンスにしたって大した違いはなかった筈だぜ。どうせ死ぬのだからといって、彼らは労働しなかったか？　否だ）

（あらん。でも、ゼネラル・ストライクをしたんでしょう？　ほら、エンパイヤ組合が赤旗を振って……）

彼は反問した。（しかしその労働は、ほとんど物質文明に貢献したんだろ？　その物質文明が結局何になったね？　空中楼閣だったんじゃないか。物質文明を作った科学や技術は、結局それを破壊するために使われてしまったんだ）

（その通りだ。だがな、彼らは俺たちに遺伝記憶というものを残してくれた。これはわれわれにとって精神文明だ。彼らがわれわれに残してくれた遺産だ。ただ、この精神文明は古代ではあくまで物質文明に従属するものだった。じゃあ、何故彼らは精神文明を重んじなかったかというと、物質文明の発達した社会は、個人の願望にさからって守られなければならなかったからだ。わかるかね？　つまり、ホモ・サピエンスって奴は勝手な奴で、ひとりじゃ生きて行けなかった癖に、共同生活を可能にするための犠牲を重い桎梏《しっこく》のように感じていたんだ。つまり機構と、法律と制度だ。こいつが精神文明の発展を妨害したんだ）

（わかるわ。古代ではスピード制度や交通標識のために、他のことを考えていてはいけなかったのね）

（俺が言いたいのはだ）Ｍ型は次第に彼の方へにじり寄ってきた。（物質文明というものは強制された労働と、衝動の放棄の上にうちたてられなければならないものだったということだ。大衆を動かして働かせ、衝動を捨てさせることができるのは、大衆自身が指導者と認めている模範的個人の影響だけだったんだ。だが、そんな奴はついにひとりもいなかった。頭の良い奴はいても、自分自身の衝動欲求の支配に完全に成功した奴なんて、気違い以外ひとりもいなかった。だから物質文明は崩壊した。さてそこでだ。今こそもう一方の文明、つまり精神文明が繁栄する時代がやってきたんだ。指導者に相当する者は誰かというと、もちろん遺伝記憶だ。こいつには有難いことに、何の衝動も欲求もない。俺たちに知識をあたえるばかりの存在だ。俺たちには何の強制もしない。そして今、俺たちがどんな反社会的行動をしようと、俺たちを罰する法律も制度もない。いちばん古くからある三つのタブー、それさえも今は解かれたんだ。まずその一つは近親相姦。これは俺たちを見りゃわかるだろう。その二は食人――つまり、カンニバリズムだ。子孫を絶やさぬ程度にこれをやらなくちゃ、俺たちは生きて行けない。その三は殺人で、これは一と同じく……）

彼は思わず跳び退いた。(俺を殺して食うつもりか!)

M型はニヤリとして頭を振った。(心配するな。力は俺の方がありそうだが、あんたの方は身軽だからな。とにかくだ、これらの衝動と物質文明とは両立しなかった。だが精神文明——俺の考える、にせ物でない真に偉大な精神文明は、これらの衝動が満たされた上にうち立てられるべきものだと思うね。そう思わないか?)

(しかしね、俺たちが遺伝記憶から授かった価値の高い心理的文化財の中には、強化された上位自我というものがある、それも忘れないでほしいな)

(上位自我だって、エディプス・コンプレックスから生まれたものだから、衝動を抑圧するためのものだ。精神文明の発展を妨げるためにできたようなものだ。自由連想を邪魔するものは上位自我だ。本当のことを言えなくするのも上位自我だ。上位自我の発達した人間に真の芸術家はいなかった。そうだろ?)

(だけど今となっては芸術なんて作れやしまい? テレビは? 電波がない。映画演劇は? カメラ屋もいないライト屋さんもいない。文学は? 植字工がいない。せいぜい洞窟の壁に線画を描く程度だ)

(精神文明は芸術だけじゃない。最高度の精神文明は、個人がそれぞれ別のものを持っている状態、それはしかも個人のおのおのだけのものであるという状態であるべきだ)

(それを持っていて、何になる?)

(遺伝記憶が後世に伝え、世界中に拡まる)

(最後には、それが何になる?)

(そこまでは俺にもわからないし、第一、考えても仕方ないことだ。自分が満ち足りていればいいのだからな。しかし、俺はこう思うね。精神文明は、いつかは、何かになる。大したものになるぜ、きっと。そうなる筈なんだ。歴史や進化論を知っているなら、あんただってそう思うだろう?)

(まあいいや、何かになる、何か大したものになるとしておこうじゃないか。でも、その何か大したものが、いったい俺にとって何なんだ？　何かしてくれるのか？　その何か大したものを生み出したものの中には俺も含まれるかもしれない。精神文明を再発見しようと努力したあんたのことも、その何か大したものは憶えていてくれるだろう。だがそれが、俺なりあんたなりにとって何になるんだ？　俺にとって何か大したものというのは、俺に対して何か大したことをしてくれるものに限られているんだ。俺が大したもんだと認識できないものは俺にとって単に何かであるに過ぎず、何か大したものである筈がないじゃないか)

F型が笑った。(ピーター・パイパー・ピックド・ア・ピックルド・ペッパー)

M型も調子をあわせて笑った。(ヒヨコがひとヒヨコふたヒヨコみヒヨコあわせてヒヨコヒヨコむヒヨコヒヨコヒヨコヒヨコ)

(もう、考えるのはやめだ) 彼は、議論を投げ出した。(疲れるし、腹が減る)

(徹底しているな。君みたいな奴は、古代にもいたそうだよ) M型が薄笑いを浮かべた。(機械文明に頼り過ぎた怠惰な生活の果てに、自分じゃ何も生み出せない馬鹿がたくさんできたそうだ。それどころじゃない。朝から晩までテレビを見ていながら、テレビの構造さえ知らない馬鹿もな)

(ああ、ああ、馬鹿でいいとも) もう怒る気にもならなかった。彼は疲れ過ぎていた。

(疲れたひとは、ほっといて) F型がM型に (ねえ、もうそろそろ、でかけない？)

(うん、行こうか) M型は後肢の膝関節に力をこめてぐっと伸ばしただけで立ちあがった。F型は両腕をまだぶらぶらさせていた。彼女の胸部の薄い皮膚がM型の両腋にまでのびてくっついていることを、彼ははじめて知った。手を離しても、のけぞることのないようにできているのだ。

（いっといてやるがな）M型が彼に（この山の下にはF型はおろか、虫けら一匹いないぞ。俺たちだってながい間、誰にも会っていないんだ。食物を探して、皆どっかへ行ってしまったんだろう）

（お返しに、俺もいっといてやるが）彼もM型に（この山の向うにだって、もう誰もいないし、食物だってないぞ）

いやがらせの応酬が終ると、双方は緑色の顔いっぱいにニヤニヤ笑いを浮かべてうなずきあった。

（じゃあ、まあ、気をつけて行くんだな）

（余計な心配をするな）

M型は相当重い筈のF型の全体重をいかにも軽そうに背に負ったまま、しっかりした足どりで一歩一歩岩をよじ登って行った。

F型は、自分がM型にかけている負担を至極当然と思っている顔つきで、遠慮なくもぞもぞと動きまわったり、あたりを見まわしたりした。それは自分の生死をすっかり伴侶にあずけて何もかもまかせきった弱いいきものの姿勢であり、また、あらゆる責任を伴侶に負わせ、その上に安住した呑気ないきものの姿勢でもあった。

その姿をぼんやりと見あげながら、彼は自分の中でM型を羨やむ気持がいつの間にか憐れみに変ってしまっていることに気がついた。

（奴ら、死ぬ時はどうなんだろう？　いっしょに死ぬのかな？　M型が先に死ねばF型も死ぬだろうが、F型が先に死んだら――奴さん、女房の死体にまといつかれたままで生き続けるのだろうか？）

彼が立っている岩棚に、こまかい石粒が落ちてきてはじけ飛んだ。はるか上の絶壁で、F型が不自然な姿勢で右手を横にのばしていた。崖の中腹に密着した苔を見つけたらしく、M型は出っぱりを両腕で抱きしめ、岩かどに足を踏んばって、横へ移動しようとしていた。一瞬、その足場は崩れ、M型は重心を失った。彼らの身体は宙に浮き、断崖の斜面を離れて青空の中に一転した。褐色と緑色のまじりあった塊りが彼の傍らをすごい早さで落ちて行ったとき、彼の頭の中に彼らの意識の絶叫が炸裂し、尾を引き、こだました。

あっというまの出来ごとだった。今、彼らがそこにいて、次の瞬間、いなくなってしまったのである。

ながい間、彼は谷底を見おろしていた。やがて顔をあげ、どっと吹き出した透明の汗を手の甲でずるりと拭った。

(こいつは……悪い夢だ)

だが一方、彼が彼らの運命にサディスティックな快感を覚えたのも、彼らに対する羨望の気持が消えてしまったと同様確かなことであった。

(なるほどなあ。奴ら、殖えない筈だ)

しばらくして彼は、崖を下りはじめた。自分の手と足で、自分の身体だけを、ゆっくりと下へ運び出した。絶壁は下へ下へと、果てしなく続いていた。彼は機械のように手足を使った。下り続けているうち、彼はふたたび、自分の目的を意識の中に見出しそうになっていた。彼らを否定しようとしたのも、結局は羨望からだったのだと思いはじめていた。共に死んでいったM型とF型に対するロマンティックな讃美の思いが湧いてきた。

やはりF型を見つけたがっている自分の心に、彼は少し驚き、また苦笑した。金と女は男のかたき、かたき恋しやなつかしやという古い歌の文句が彼の心の矛盾を正当化しようとしていた。一方からは今見たばかりの悪夢のような情景、他方からはやがて出会うであろう理想化されたF型の姿が、彼の迷い続ける心の中へくねくねと入り込み、ゆっくりともつれあっていた。だが結局その結び目は、F型を求める大きな力によって両側から引っぱられ、締めつけられた。それは更に、あのような死に方をすることになってもいっこう構わないという彼の決意でしっかりと固められ、巨大な袋の口を閉ざしてしまった。中のものを抑圧するためではもちろんなく、もうどんなことがあっても逃げ出さないようにするためである。袋の中には種々雑多なものが躍り狂っていた。彼の挫折した欲求の群れだった。それら保護された彼の可愛い息子たちは、今しがた受けた刺戟に屈しようともせず、むしろ逆に鍛えられ、以前から続けていたある一定の方向への運動をより活発に始めていた。運動は甘い香りに包まれていた。それは古くから、彼の中で期待と名づけられていたものであった。

Ⅵ　汎意識紀——後期　個体趨異による自然淘汰

ながく吹き続けた季節風に馴らされて砂の海原にうねりはなく、その四周の地平線にはわずかの突起も見られなかった。そして、拡大現象でほんの少しまばらに見える地平附近をのぞいて、星が、幾万とも知れぬ星が、暗黒の天空を背景に身動きもできぬほどぎっしりと詰まっていた。

清く澄んだ大気の彼方の夜空にみだれて斉唱するそれら星々。轟《とどろ》くような星月夜であった。今は亡びた太古の知性に奔放な幻想のさまざまを語らせた星の原の星の園。その園の花々は、オレンジ色の別天の太陽から、今まさに流れ散ろうとする青い細微な小天体に至るまで、どれもが、広大な沙漠の表面を白く浮き立たせようと努めていた。

蒼白い表情の緊張した砂のひろがり。その砂の表面は乾ききって、わずかの風にも砂塵が舞い踊り、流れ、渦巻き、たゆたい、ゆらめいていた。

この砂の果てしない原を、兄と妹は旅し続けていた。砂の世界に踏み入ってからもう何週間も経っていた。何度めかの星月夜。だがどちらも、もう星の美しさにもその他のどんなことにも興味を失ってしまっていた。自分たちが今日倒れるか明日死ぬかの運命にあることは兄妹たち自身よく知っていた。突然砂と空以外のものが奇蹟的に眼の前にあらわれてくれることのみを願って、ふたりは歩き続けていたのである。

彼らの胴体の上覆組織はほとんど無色透明になり、退化して縮んだ筋組織、結締組織を覆って皺だらけになっていた。手足は大きく膨んでいた。ことに手は、掌と甲の両側の同化組織、貯水組織、掌の側の海綿組織が大きく発達して乾燥地の植物そのままの形を整えていた。縦横に走って、生産物があらゆる方向へ移動できるようになっている網状の葉脈。そして足は粘液の薄い層に覆われ、その下のセルロース膜は少し木質化し、指さきは数十本の根毛に分かれていた。

妹は、さっきからよろけ続けていた。どちらも足をひきずって歩いたので、彼らが歩いた後の砂の上には熊手で掻いたような根毛の跡が四本の線になって残っていた。

(駄目よ。もう歩けないわ)

妹は砂の上へ横ざまに身体を投げ出した。

(勝手に先へ行ってよ)

その投げやりな意識が兄を怒らせた。彼は足をひきずりながら引き返し、俯伏せになった妹の肩を起した。妹は顔をあげ、兄の顔を睨んだ。彼女の赤い瞳の中からは、いつも浮かべていた筈の何かに対する敵意と、はりつめた感じのする光りが消え失せてしまっていた。

(こんなところで、死ぬつもりなのか?)

(死ねるなら、嬉しいわ)

(馬鹿な。同じ死ぬなら、もう少しはましな死に場所を俺が見つけてやる)

妹はうなだれ、頭を振った。(先に行ってよ)

(俺が先に行く。お前はついて来れない。死んでしまうぞ。こんな沙漠の中で死んでしまってもお前は満足なのか?)

(どうでもいいのよ。何をしたって無駄よ。私は死んだ方がいいの。苦労がなくなるもの。私自身がもういい加減死んじまいたいと思っているのに、もっと苦しめと強制することはないでしょ？）

（そんなに死にたいのか！）それなら勝手にのたれ死にしろと喚きたい気持が兄の心をななめに横切った。だがすぐに妹への哀れみといたわりの感情が彼の意識を哀願する調子に変えた。

（さあ、来てくれ。立ってくれ。俺といっしょに、もっと生き続ける気持になってくれ。今まで生きて来たことが無駄になってしまうじゃないか）

（そうよ。今まで生きて来たってことが、そもそも無駄だったのよ。これから生き続けたってどうせ無駄よ）

（俺たちが死んでしまえば、俺たちの種族は絶えてしまうかもしれないいんだぞ。他にはもう、俺たちのような生物はいないかもしれないいんだからな）

（じゃあ、尚さら無意味じゃないの。他に誰もいない世界に生きていて、何になるの？）

（いいや、俺は希望を失ってはいない。第一に、生きている限りは同胞を見つける努力を続けなけりゃいけない）

（そんなことをいいながら、兄さんだって本当は、もうあきらめてるんじゃない？　無理にでも、他に誰かいる筈だと思い込もうとしてるのよ）

（しかし、いるかもしれないいんだ。俺たちだって今夜まで生きてきたんだ。だから俺たちのように、孤立して生きている奴が他にも……）

（地理的に孤立してる生物には会えないわよ。地理的な障碍や気象上の変化などで隔離されてるんだから。仮に会えたとしても、地理的な隔離は生殖の為の遭交だって限局されて生理的淘汰を起すんだから、もう私たちの仲間とはいえないような生物になってるわ）

（偶然今まで会えなかったってこともある）

（本当にいるのなら、一度くらい会ってる筈だわ。同じ種族どころか、虫けらにさえ出会わないじゃないの）

(じゃあ、俺たちは死ぬまで、誰にも会えないっていうのか?)

(兄さん。わたし達は結局、この世界には適応することができないのよ。環境が受け入れてくれなければ、亡びるより他ないじゃないの。もし、わたし達の種族が栄え、発展していく筈なのだったら、どうして六人もいた兄妹が次つぎに死んじゃったの? どうして誰にも会わないの?)

(じゃあ、俺たちの生命はいったいどうしてくれるんだ! 俺たちは何のために生まれてきたんだ! 亡びてゆくものの悲哀を、全種族を代表して、たっぷりと身に沁みて味わわせていただく為かね? そんなことはない。そんな馬鹿な、恐ろしいことがあっていい筈はない。この苦しみには、何か意味がある筈なんだ。誰かがそれを、俺たちに教えてくれる筈だ!)

(神のことをいってるの? もし神様がいるとすれば、きっとその神様は、今こそ私たちを殺そうとしてるんでしょうよ。神は非情だっていうけど、今、私たちを亡ぼした方が、私たちに仮に子供を生ませたりするより、ずっと慈悲があるってわけでしょうよ。私たちの子供が、私たち以上に苦しむ様子を考えて見たらどう?)

(お前がそんなことを想像する権利はないぞ!)

(じゃあいったい、どうするっていうのよ! だいいち、私たちのことを考えてごらんなさいよ。兄妹なのに、個体趨異が大き過ぎて子供を作ることができないじゃないの。六人の兄妹の組み合わせのほとんどが性交不能だったわ。兄妹でさえそうなのに、他に子供を作れる配偶者に出会える筈がないわ。みんな変種化していたり、個体趨異が大き過ぎたり、生殖能力のない一代雑種だったりして、どうにもならないに決ってるじゃないの。私たちは淘汰されるのよ。努力すればするほど、結果としては神様の意志に、自然の趨勢にさからっていることになるのよ)

（だけど俺たちは本能を持って生まれてきてるんだ。生きて行こうとする本能だ。その本能だって、神の授けてくれたものだ。自分から進んで死のうとするなんて、神の摂理に反している。どんな環境に生まれてきたにしろ、本能を持っている限り種族の繁栄のために尽すべきじゃないか。本能にしたがって行動していさえすれば、われわれは、知らない間にこの世界を改造していることになるんだ。俺たちの何気ない行為が、新しい環境と、新しい世界と、新しい宇宙を形成していくんだ。本能にさからうような行為は、世界を破壊することになるんだぞ）

（でも、今から八千万年前に起ったという、あの大異変のことを考えてごらんなさいよ。あれは人為的な異変だったのよ。そして恐ろしい、破壊的なものだったわ。あの頃に生きていたという、そして私たちの原種だったというホモ・サピエンスは、高度な物質文明を築きあげるほどの理性を持っていながら、破壊の衝動という本能の前には勝てなかったじゃないの。理性の反撥なんか、どこかへ吹きとばしてしまうほど、本能の破壊力はすごいのよ。だから本能にしたがって行動することがどこまで正しいのか、いいえ、だいたい、正しいことって何なのか、これは誰にもわからないことなんだと思うわ）

彼女はそれだけのことを一気に考えたためにたちまち疲れてしまった。彼女の心の疲労は、ひとかたまりの幾何学的な種々の図形のからみあいとなって、あたりに発散した。小さな頭部を砂に埋めた彼女は、もう身動きもせず、手足の力を抜いた。

（われわれの原種……俺たちのご先祖さま）兄はぼんやりと考え込んでいた。（そいつらは、この悲惨な俺たちのありさまを、想像さえしなかっただろうな。続けさまに起った突然変異に始まって、俺たちは、彷徨変異し、偶現変異し、損失変異し、獲得変異し、それによって適応し、孤立し、精錬され、生存競争に勝ちあるいは敗れ、可能なかぎりの異種個体間との雑交によって分化し、淘汰され、進化し退化し、急激な早さで変貌してきた。だがしかし、やはり今でもそいつらの子孫であることに変りはないのだ。いやなことだ本当にいやなことだ腹の立つことだいったい何のつもりで俺たちをこんなめにあわせやがるんだ！）

砂の上に尻を据え、眼もとに赤い涙をためて彼が空を眺めたとき、満天の星は彼から訴えかけられるのをおそれるかのように、いっせいにまたたくのをやめた。個々の星の光はにじみ、溶けあい、ゆらめき、そしてそれぞれの色を混りあわせて濁った。

激していた兄は、妹の意識の波が突然弱くなったことに、しばらく気づかなかった。彼女の身体はいつのまにか、なかばこまかい砂に埋もれていた。兄があわてて彼女の背から砂をはらい落し、小さな肩を抱き起そうとしたとき、彼女の意識が彼を押しとどめた。

（このままにしておいて。お願い）

兄は、いまにも消えようとする、そのあまりにもかすかな意識に驚いて叫んだ。（どうしたんだ！　死んでしまうぞ！）

（いいえ、私は死なないわ。今わかったのよ。でも、掘り起しても駄目。もとの通り、砂で覆ってちょうだい）

妹はもう呼吸をしていなかった。眼を閉じて砂に頬を押しあてたその顔には、すでに生気はなく、何の表情もなかった。

（私はもう動物ではないの。腕だけで生き続けるの）

彼女の緑色の二本の腕は、ときおりピクピクと顫えながら、徐々に、空に向かって伸び始めていた。星の光の中で以前よりもつややかに光り、いきいきとして鮮明な色をたたえたそれは星を摑もうとするかのように太い指さきを心もち内側へ曲げて宙空に差しのべられていた。

兄は泣きながら訊ねた。（死んじまったのか）

(死なないわ)

(でももう、俺の妹じゃないいんだろう)

(ええ、そうよ)

(草になったのか)

(そうよ)

(草になって、そしてまだまだ生き続けるのか)

(ええ)

(いつまで)

(わからないわ)

(俺はどうすればいいいんだ)

(早く、砂を覆ってちょうだい)

兄は二本の「腕の葉」だけを残して、彼女の小さな屍体を白い砂で薄く覆った。

(これでいいのか)

(ええ)

(少し、浅すぎないか)

(これでいいのよ。これから根をおろすから)

兄はしばらく、妹を覆った砂を手でならし、もてあそんでいた。(まだ意識はあるのか)

(あるわ)

(俺の妹の意識と同じか)

(今は同じよ。これからどう変わるかわからないわ)

(でも、やっぱり妹じゃないのか)

(だって植物よ)

(そうだな。そして俺はまだ動物だ。だからいつまでもここにはいられないな)

(早く死ねば、植物になれるわ)

(植物なんかいやだ。それに、俺はまだ死ねない)

(そうね)

(幸福になれそうか?)

(まだわからないわ)

兄はながい間「腕の葉」を見つめていた。彼は今、ずっと以前にこんなことがあったような気持に襲われていた。そして考え続けていた。考え続けていれば、これからどうなるのかも思い出せそうな気がしたからである。だが、今少しのところで思い出すことはできなかった。彼はゆっくりと立ちあがった。

（じゃ、俺は行ってしまうからな）

「腕の葉」は、植物らしくない淋しさの感情に一瞬心をふるわせ、すぐに気をとり直した。

（そうね。仕方がないのね）

（ああ、仕方がないんだ）淋しさは兄も同じだったが、それはどうすることもできないものだった。

兄にとって、兄妹との離別はこれで五度目だった。

（とうとう、ひとりきりになってしまったな）

もう、悲しみを頒《わか》ちあえる誰もいなかった。ひとりで悲しもうと思っても、彼にはだいいちこの植物になってしまった妹との別れを、はたして悲しんでいいのか喜んでいいのかわからなかったのである。彼はとまどっていた。

（俺も、こうなるんだろうか？　この「腕の葉」が俺たちの進化の極限だろうか？）

もちろん、解答はどこにも見つからなかった。

腕の葉は訊ねた。（また、戻ってきて、会ってくれる？）

（ああ、戻ってきてやるとも）兄は何度もうなずいた。（いつか、きっと戻ってきてやるよ）

だが、どちらも、もう会える筈のないことを知っていた。

東天の雲が徐々に細かい薄桃色の毛絞り模様を見せはじめた頃、ふたりは別れた。腕の葉は、星の光りを吸い込んだ朝日が地平に顔を見せている方向へ力のない足どりでゆっくりと去っていく、かつては兄であった生物のうしろ姿を見送っていた。兄の影は彼女の根もとにまで伸びていた。彼女は、これからどんなに淋しくなるだろうと想像し、空恐ろしい気持に襲われた。

（でも、仕方がない。この姿でしか私は生きて行けないんだから。あるいはこの姿で生きて行かなければならないんだから、淋しさなどという不必要な感情は、消えてなくなってくれるかもしれない）

白いローケツ染めをしたコバルトブルーの空が、黒い点になった兄の姿を呑み込んだずっと後でも腕の葉は、しばしば兄のらしい意識を知覚した。だがやがてそれも、いつも彼女をとり巻いている大きな集合意識の一部に溶けこんでしまい、区別がつかなくなってしまった。

二本の腕の葉は、ゆっくりとその場に根をおろし始めた。妹の屍体から摂取できる限りの栄養物を吸いあげ、それはより厚く、より高く成長を続けた。厚い蠟皮で被われた葉には、やがて夜露を吸収するためのざらざらした剛毛が生え、その下には大きな液腔ができた。彼女は自分の形状を、かつて沙漠地帯に繁栄したという十字科植物に似せたのである。

こきざみに、すばやく、のろのろと、またたくまに、しかも一定の速度で時は過ぎていった。朝夕、彼女の影は白い沙漠の表面を横切って、遠い地平線にまで届くほど長く伸びた。昼間は陽光の下で、彼女は集合意識から自分の考えるべきことを導き出し、幽窮の思考を続けた。考えるべきことは無限にあるかのようであった。だが、夜はやはり淋しかった。夜ごと天に満ちる輝きの、どれかひとつだけでいい、自分と語りあってくれてもよさそうなものではないか——。そう思い、そう期待し、それがいつも裏切られ続けたための淋しさであった。

そして一千年経った。

腕の葉は、考え続けていた。彼女にはすでに、十余億年以前にこの星に発生した生命とその進化について、それから宇宙における個体進化のひとつの極限としての自分の姿が、やや理解できかけていた。彼女はもうずっと以前から、自分が亡びていく地球生物の最後の個体になるかもしれないと思っていた。しかし、たとえこの小さな星の表面から自分が消えてなくなったところで、宇宙全体としては何の痛痒も感じないだろうし、生物は果てしれぬ宇宙の中で、物と物との複雑な相互関係から生まれ、栄え、衰え、死に、また生まれ変わったりし続けることだろう――そう思っていた。ただ、自分の死が――いや、自分の死などどうでもいい、地球の生物の発生と滅亡が、ごく小さなことではあるけれど、全宇宙にとって、何らかの役割を果たしたのではないかと思えてしかたがなかったのである。それは、予感以上のものであった。ほとんど確信に近かった。それを彼女は、自分が死ぬまでに何とかして知りたかった。

　ある年の春のある日のある夕暮れどき、ひとつの知的生命体が彼女の傍を通りかかった。それは、彼女が自分と同じ知的生命体であることを知って、彼女に近づき、彼女に話しかけてきたのだった。彼は三千万年の昔この星系を探査にやってきて、自ら地球にとどまり、今なお放浪の旅を続けているコナ惑星連合外殻団の一員、半鉱物質の生命体バリバリであった。

　彼の卵形《たまごがた》の外殻は老朽してところどころにひびが入っていたが、その内側のシリコノイド層は、新しい殻質を形成しはじめている筈であった。そして彼は、このちっぽけな星の歴史に関する膨大な知識をその小さな頭脳いっぱいに蓄わえていた。この地球に関しては、これ以上吸収すべき何ものもないほど、その知識は完全であった。地球上のほとんどの生物が死に絶えてしまった今、彼はただ、探査艇体が三千万年以前の約束通り彼を迎えにきてくれるのを待つばかりであった。

　腕の葉は、彼が外宇宙の生命体であることを知り、彼によって自分の永いあいだの疑問が解けるかもしれないという期待に心を顫わせた。

　バリバリは礼儀正しい放射状の意識で彼女に語りかけた。

（あなたのような個体にお眼にかかったのは久し振りです）

（もう、どこにも誰もいないのですか？）

（六百年前、一度だけあなたと同じ形態の、M型

の思考をする知的植物に会いました）

あるいはそれは兄だったのかもしれない——彼女はそう思った。バリバリは彼女の注意を自分に向けさせようとして、遠慮勝ちな波状意識を使った。

（ご迷惑でなければ、少しおしゃべりしていってても、よろしゅうございますか？）

腕の葉はあわてて掌の先を上下に振った。咄嗟に歓迎の言葉を多く考え出せないのが残念でもあった。

（どうぞどうぞ。できるだけ永いあいだいてくださいな。いろんなことをお訊ねしたいのです。いろんなお話をしてほしいのです。地球の生物は感傷的だといってお笑いになるかもしれません。でも私は、本当に淋しかったの）

（ありがとう、ありがとう）バリバリは少し身動きし、砂を少し掘り返してその浅い穴に身を落ちつけた。（あなたは親切で、しかも知的だ。ここで休ませてもらいましょう。といっても私には疲労なんてないんですがね）

（うらやましいわ。私は疲れました。考えることに疲れ、生きることに疲れたんです。もうおわかりでしょうけれど、私がこの星の生命体の、最後の姿なんです）

（ええ、知っています。でもあなたはそれを、悲しまなくてもいいのです）

腕の葉は心をときめかせた。（まあ。おっしゃってください。それはどうしてですの？）

（あなたがこの星の、ほとんど最後の有機生命体であることは、たしかにおっしゃる通りです。だが、あなたの死後約二億年で、この星は単一意識惑星群へ参加することになるのです。いいですか。有機生命体が住んでいるような星は、宇宙全体から見ればまだまだ若い惑星なのですよ。たとえば私は、コナ惑星連合に所属しているある意識惑星から連合本部へ派遣されたのですが、その星では有機生命体は五億年前に絶滅してしまっているのです）

(ではやはり、私たちの滅亡には意味があったのね?)

(大宇宙の発展に関し、宇宙内で起った出来ごとに、意味のないことなんて何ひとつありゃしませんでしたよ)

(嬉しいわ。それじゃあ、本能に生きた生物の死も、知性に生きた高等動物の滅亡も、すべて無駄ではなかったのね?)

(そうですとも。あらゆる生命体の、一見無茶苦茶とも思える破壊行為も、また失敗に終ったあらゆる大事業も、何ひとつ無駄なものはなかったのです。今から八千二百三十六万四千二百年以前の、例のホモ・サピエンスの起した大異変にしたって、この惑星にとっては、ひとつの大きな発展的飛躍だったのです)

いつか陽は落ち、乳色の月が出、薄い青紫の雲が星を隠していた。だが、あたりの薄暗さを彼女は感じなかった。

(世界が明るくなってきたわ)彼女は喜びにあふれ全身の運動組織を廻旋させていた。(あらゆることに意味があるなんて、思って見たこともなかった。それじゃあ、今までの地球上のどんな生物も、どんな害虫も、どんなに兇暴な動物も、どんなに悪い狡猾な知性体も、すべて宇宙の発展にひと役買っていたわけなのね)

(そうなのです。そうなのです)

(ああ、今はもう滅んでしまって、化石としてしか残っていない私のあらゆる先祖たち。地球の生物たち!)腕の葉は感傷的になっていた。(彼らはなんて、すばらしいいきものたちだったのでしょう。手あたり次第に他の動物を殺して食べた勇ましいけだものたち。何の抵抗もできず、餌食になるだけの運命だった弱い哀れな動物たち。それから、地球のあらゆる時代を通じて、もっとも繁栄したというホモ・サピエンスにしても、小さく愛しあい、小さく憎みあい、その愛と憎しみから嫉妬し、人殺しや大きな戦争までやりました。でも、何て純粋なけだものたちだったのでしょう。何て可愛い、無邪気ないきものたちだったのでしょう。今ではもう、彼らのしたどんなことも、すべて愛らしく見えるわ。みんな、その場所その時代に、一生けんめい生きようとしたのね。みんな、みんな、真剣に生きてきたのね。そうね。そんな真摯な生きかたに、意味がないなんて筈はなかったんだわ)

しめり気を帯びた夜風が彼女の上に露を生み、蒼白い月がそれを光らせた。それは腕の葉が大きな喜びに思わずにじませた涙のようでもあった。バリバリは、彼女の喜びと感傷を、この上なく美しいものと感じ、彼女の胸から自分の胸へ押しよせてくる、いっぱいの暖かいものを感じた。それは大きな感動となり、その感動は彼の全身に作用し、彼の身体の表面の亀裂をさえ大きくした。

(ああ、私の外殻部がすっかり老朽してしまいました。これから脱ぎ落しますが、驚かれないように)

(脱皮するの？)

バリバリは笑った。(あなたがたの言葉でいえば、脱皮でしょうな)

彼はゆっくりと重心を上にして転倒し、砂の上をしばらく転げまわった。砂との摩擦で、すでに破れかけていた彼の外殻がポロポロと割れて剝落し、その内側の新しい殻はすべて露出した。

(はじめまして。バリバリの息子のベリベリです)

この冗談に彼女は吹き出した。ながい間笑い続けた。実に千何百年か振りの、心からの笑いであった。

その夜、ふたりは心ゆくまで語り明かした。腕の葉にとってバリバリは、自分の生涯の最後の、そして最良の話し相手であり、バリバリにとって彼女は、どこの惑星の上でも、もう二度と出会えないかもしれないほどの、美しい、そして優しい感性の持ち主なのだった。

暁が近づく頃、バリバリはそれまでの浮き浮きした調子を急に落し、残念そうに腕の葉に告げた。(ああ、私はもう行かなければなりません。私には聞こえます。迎えのものが、隣りの星系にまで来ているのです。やがてここへ到着するでしょうが、私はそれまでに、約三千五百万一千三百年前に彼らと別れた場所まで行っていなくてはならないんです)

彼女は悲しみをこめて別れを告げた。(さようなら)

(もう、二度と会えますまいが……)しかしバリバリは、この別れを悲しいものにしたくなかった。彼はまたおどけた調子でいった。(では、愛する人よ。なろうことなら、あなたと別れの接吻を交したい。だが残念なことには、ご覧の通り私には眼も口も)バリバリは自分の冗談に、自分で爆笑してしまった。彼はすでに、彼女の心を摑み、彼女を喜ばせる術を会得していた。

腕の葉も笑った。バリバリのおどけてみせる気持も、彼女にはよくわかった。(いとしいお人。お元気で)

(石っころと草の恋。これは全宇宙を通じての珍事でしょうな)

腕の葉は真面目に告げた。(どうぞ心配なさらないで。今はもう私、決して淋しくはありませんから。毎晩見える星群のどれかの上で、あなたが旅を続けておいでなのだということを知っていますもの)

(ありがとう、私はずっと未来に、ふたたびこの星へやってくるでしょう。たとえあなたが、もう居られないということがわかっていても、必ずやってくるつもりです)

そしてバリバリは去った。彼の姿が見えなくなる直前、腕の葉は、彼を自分に会わせてくれた宇宙意志の思いやり、あるいは神の恵みのようなものを、ふと感じたのだった。

さらに三百年、腕の葉はひとり生き続けた。

彼女にとって、その三百年は、すばらしい、幸福な歳月だった。彼女はもう孤独ではなかった。

（この私のいのちも、そしてやがて訪れてくる死も、すべてこの星が、宇宙の知性ある惑星群へ参加するために役立つのだわ。そしてまたそれが、全宇宙の発展のために、やはりごく僅かではあるけれど、何らかの役割を果たすのだわ）

今は太陽を見ても星を見ても、そう思って浮き浮きした気持になることが多かった。その上以前には考えてもみなかった星たちの話しあう言葉さえ聞こえるような気がするのだった。知性ある星たちが、彼女のような小さな存在に話しかけてくる筈はなかったが、彼女はずっと彼らのまたたきに注意し続けていた。

いちど、月が彼女に、そのミルク色をした憂い顔で、（淋しいか）と訊ねたように思えたことがあった。たしかにひとりぼっちでいることは淋しかったので（ええ、とても）と答えたのだったが、心に何のわだかまりもなく、そういって月に訴えることができたのは、すでに自分が孤独ではないからかもしれないと彼女は思ったのである。

葉の先端が枯れはじめ、死期の近づいたことを知ったときも、彼女は悲しまなかった。周囲の茫漠とした大きな意識の海の中に、自分が溶け込んでいけることを彼女は知っていた。そこには大きな希望があった。この空間集合意識のどれだけの部分を、自分の意識が占めることになるのか、それはわからなかった。自分自身としての自覚はなくなる筈であった。それでもいいと彼女は思った。それは更に大きな意識に呑まれ、遂には単一の完璧な意識が地球上を覆うことになるだろう。地球の意識なのだ。すばらしいことだった。

完全に枯れてしまう直前、彼女は自分が地球に生まれ、この時代に生き、そしてこの時に死んでいくことを、喜んでさえいたのである。

（俺の中に何かが入ってこようとしている。何だろう。何だろう。俺はそれを怖れている。俺はその正体を知ろうとして焦っている。それは次第に俺の中に入ってくる。やがてわかるだろう。もう少し入ってくればその正体がわかるだろう。俺はそれを吸収できない。俺の中に同化することができない。それは俺とは別のものだ。弱々しい。しかし確固としている。俺にないものを持っている。いや違う。かつて俺も持っていたが今は忘れてしまったものだ。それを持っている。何ものだ。誰なのだ）

何百年ぶりかの、意識のたかぶり、大気の顫えであった。知りたくないものがやってくるときの、恐れと期待が、蒸気のように立ちのぼっていた。どんなものにも驚くまいとする決意が意識野の隅ずみにまで、急速に拡がっていこうとしていた。

他の何ものかが、あまりの驚きに茫然自失した状態からやっと解放され、あわてて問い返した。

（誰だ！　お前は誰だ！）

（お前こそ誰だ！）絶叫に近い意識の応酬だった。

（やってくるというのは、お、お、俺のことなのか？　お、お、俺は最初からここにいたんだぞ）

それは自分の存在を打ち消されるのではないかと焦っていた。（今までお前は俺に気づかなかったのか？　それほど俺は微々たる存在だったのか？）

（違う、違う、お前じゃない。お前のような強い奴じゃない。もっと弱い奴だ！　もっと小さな存在が他にいるんだ。お前の他に！）二重の混乱。

（そんな弱い奴に、何故驚くんだ！）

（気味がわるいからだ！）泣くような叫びだった。（そいつは俺の中へ入ってこようとしているからだ。でも今、俺はそれ以上に驚いてるんだ。お前みたいな奴が、いつから俺の傍にいたんだ？）

（お、お、俺だって驚いてるんだ。俺は今までお前に気がつかなかったんだ。そんな近くに、いつからいたんだ？）

（もう、ずっと、ずっと前からだ）

（そんなことはない。そんな筈はない。俺は自分を自覚して以来、ずっとここにいるんだぞ）

（馬鹿な。俺だってそうなんだ）

（そんな筈があるものか）

（そんな筈があるものか）

　両者にとって、環境についての前からの自分たちの判断が、まったく誤っていたことを認めるのは難かしかった。それは、ひょっとしたら自分の存在までが価値のないものになるのではないかというおそれのためだった。

　しばらくの内省ののち、一方がゆっくりと他方に訊ねた。

（いったい、お前はどこにいるんだ？）

（お前の傍だ。それしかわからない）

（奇妙なことに、お前の思考は俺の中へやたらにすらすらと流れ込んでくる。今まで考えるということを、したことはなかったのか？）

（いつも考えていた。いつも何かを思い続けていた。だが、さっきは驚きのあまり俺はなかば悲鳴をあげた。思考を他に伝達しようとする意志が、そのときしらずしらずのうちに含まれていたんじゃなかっただろうか？）

（そういえば俺もそうだ。お前の思考は俺の表面に激しくぶつかり、俺の微妙な意識はそれに鋭く反応した。それは驚きに近いものだった）

（そうだ。俺たちは今まで、驚くことがなかったんだ）

（では、これは思考ではない）

（そうだ、単なる思考ではない。伝達するための、意志に選ばれ、導かれた思考だ）

ふたたび、わずかばかりの沈黙があった。

(単なる思考と、伝達するために選ばれた思考とは、違うな)

(ああ、違うようだな)

はじめて会話というものを交した双方にとって、その違いは奇妙なものに感じられた。

また沈黙。やがて一方が、あわてて他方に訊ねる。

(さっきの、小さな弱いものというのは何だ？　今、何をしている？)

(もう、俺の意識の領分に入ってきた)

(何？　併呑したのか？)

(いや、それが駄目なんだ。意識だけの存在ではないから、俺の中で独立して動きまわっているんだ)

(何だって？　じゃあ、何か実体を持っているということじゃないか？　そんな小さな実体があるのか？)

(そうらしい。しかもそいつは、おかしなことに、俺の存在に気がついていないのだ)

(おお、おお、おお！)

(どうした？)

(気味がわるい。話を聞いただけで気味がわるい！　何だそいつは？)

(わからん。俺も気味がわるい)

(よし、何故気味がわるいのか考えてみようじゃないか。さっきお前はたしか、かつて自分が持っていたものを、そいつも持っているといったな？)

(そうなんだ。そいつは、ひょっとしたら、俺の前身だったかもしれない)

(それでわかった。そいつに対する俺たちの気味悪さは、他のものが自分の知識、感情を共有しているところから、自分をそいつと同一化し、自我を見誤ったり、他の自我を自分の自我のかわりに置き換えたりしてしまわないかと恐れているという種類のものから起っているんだ)

(そうだ。俺は自我倍加の体験はあるが、自我分割、自我交換の経験はない)

(俺もそうだ。だからこの不気味さは、ドッペルゲンガーに似たものに違いない。第二の自我に対する怖れだ)

(そうだ。それで、自分に似ていて、しかも醜悪なものに対する恐怖もある)

(そうだ。それもある。ま、待て! 待て! 待ってくれ。お前は今、自我倍加を経験したといったな? それじゃあ、今でもそうなのか?)

(そうなんだ。俺の意識野は拡がりつつある。今もなお拡がっている。同種の知識、感情を周囲から摂取しているんだ。お前はどうなんだ?)

(俺もそうなんだ。だがおかしいな。そうすると、何故俺とお前とは、こんなに近接していながら、併合できないんだ?)

(それがわからないんだ。おそらくお互いの実体の物質が併合し難い分子構造でできているんじゃないだろうか? それによって意識の摂取方法も意識内容も異っているからじゃないだろうか?)

(だから併合できないんだっていうのか?)

(そう思う。その上、俺とお前との自我の大きさ、精神力の強さは、均《つ》りあいがとれてしまっているみたいじゃないか?)

(たしかにそうだ。俺とお前とは同じくらい大きく、同じくらい強いんだ。しかし、俺は今まで、俺の実体とは分子構造も意識内容も違うものを、いくらでも摂取した記憶があるぞ)

(それは俺にもある。だが、そいつらはいずれも、微々たる存在だった)

(そして、気味悪くはなかった)

(そうだ。気味悪くはなかった)

(たしか「前身」といったな? 先祖という意味かな?)

(ある意味で、そうだ。俺がそいつの動きまわっている部分へ意識を集め、俺の実体の中に作られた空白をさぐりあて、その空間の形を想像したところによると、そいつは円く、細長い)

（ええと……それじゃ、楕円形か？）

（ちがう……ええと、円筒形だ）

（じゃあ、あんたの前身は、何だか知らないが、その円筒形をした実体か？）

（まさか！）

（そいつはどんな物質でできているんだろう？）

（わからない。俺は実体と同じ物質でないことはたしかだ）

（そいつの意識は探れないのか？）

（それはできる。だが、意味がよくわからない）

（今、そいつはどんなことを考えている？）

（何だか……内側からこみあげてくる、やむにやまれぬもの……そう、衝動とか、本能とかいうものに支えられているらしい）

（衝動か、うん、それはわかる。だが、本能だって？　本能って何だったかな？）

どちらも本能という言葉の意味を何百年も昔の記憶の底からひきずり出そうとして、意識野の奥へ深く沈潜した。そして同時に想い出した。

（まさか！）

（そうか！　それじゃ奴は、有機生命体か、あるいは有機生命体の一部分だ！）

（まだ、そんな存在が続いていたのか！）

（あきれたものだ。世界は広いんだな。それじゃ、そんな奴がまだ他にもいるんだろうか？）

（もう少し、そいつの意識を探ってみよう）

（今どんなことを考えている？）

（同胞を探しているんだそうだ）

（同胞？　同胞というのは同種の生命体のことじゃないのか？　何のためにそんなものを探しているんだろう）

（繁殖のためだそうだ）

（繁殖とは何だ？）

（わからない。でもそいつは、その繁殖というものを志しながら、自分にその能力がないのを嘆いている。自分のことを、この枯れかけた棒ぎれめ

と罵倒している）

（妙な奴だな。「枯れかけた棒ぎれ」というのは何のことだ）

（自分のことなんだろう？）

（どんなものだ？　それがつまり、円筒形の、そいつの実体なのか？）

（わからないが、恐らくそうなのだろう）

（「繁殖」といったな？）

（ああ）

（それは実体の一部分、つまり実体の構成分子のひとつひとつが、別々に分裂することじゃないのか？）

（うん、俺もいま、有機生命体が増加することじゃないかと思っていたところだ）

（そうだ！　ひとつの有機生命体を称して、たしか個体というんだ！　じゃあ、個体分裂のことだ！）

（驚いた。驚いた。じゃあ、有機生命体は他にもいるんだろうか？）

（なかなかいないから、探しまわっているんだろう）

（そうだろうな。いたとしても、そいつ同様分裂能力のない奴かもしれないし、出会う可能性など、まずないだろう）

（そうとも。だからそいつが、ひょっとすると有機生命体の最後の個体なのかもしれないな。この星の地表の、どれだけの部分をあんたが占めているのかは知らない。だが、俺は少なくとも五分の一は占めている。その範囲内にさえ、そんな奴は今までいなかったんだからな）

（おい！　今いったことは本当か？　俺だって地表を九分の二ほど占めているんだぞ！）

（何だと？　ああじれったい。俺たちはいったい、どこでどうなってるんだ？）

（よし、考えてみよう。あんたは自分がこの星の地表のどの部分をどれだけ占めているかわかるか？）

（わかると思う。よしやってみよう。この星の地軸は公転面に対して二十三・五度傾斜しているが、あんたは地軸に対し何度くらいのところにいるんだ？）

（拡がり過ぎていて、どこを基準にしていいのかわからない。じゃあ、あんたには季候がわかるか？）

（わからない。あんたにはわかるのか）

（わかる。だんだん暑くなってきている）

（それなら俺と同じ北半球だ。俺には昼と夜の区別がつくんだ。今は昼で、昼の長さは次第に長くなってきている。つまり夏至《げし》に近づいているんだ）

（俺は半分夕方で半分夜だ。じゃあ、その夕方の部分であんたは俺に接してるんだ。よし、その部分の伝達意志を強化してみよう）

（俺もそうしてみよう）

（どうだ）

（すごい。まるで俺の中の中へ浸みこんでくるみたいだぞ）

（まったくだ。この部分のあんたの実体は、どんな形になっている？）

（夕方の方へのび切った先端が南の方へ折れ曲り、凸起している）

（ここか？）

（そこだ。じゃああんたは、俺のその部分の周囲を囲んでるんじゃないか）

（わかってきた。俺にはあんたがわかってきたぞ）

（俺もだ。俺にもわかってきた。あんたは……あんたは……）

どちらも、しばらく相手の名を心の中に追い求めた。それによって太古に名づけられた自分たちの名前も知ることができる筈であった。彼らは今まで、自分たちの名を考え、思い出す必要がなかったのである。自らの存在を、誰に誇示することもなかったのだから、それは当然のことであった。だが今こそ彼らは遠い過去の何ものかによって名づけられたお互いの名を、次に自分たちの名を、同時に思い出したのである。

（あなたは……陸……陸だ！）

（そうだ。そしてあなたは……海だ！）

どちらの心も、意外さに茫然となりながら、こんな簡単なことをどうして今まで知らなかったのだろうという不審の念に満たされていた。そして自分の偉大さをあらためて知ったかのように有頂天になり、自分が今話している相手の偉大さを思って胸をときめかせていた。

（そうだ……私は陸なのだ）

そんなに偉大な自分を尊ぶ気持に押さえられながらも、陸は、喜びを隠すことができなかった。

（そして私は海だ）海も、自分の名前を反芻し、その名前の偉大さを無邪気に嬉しがっていた。

（海なんだ）

いつのまにか「俺」「お前」が、「私」「あなた」になっていたが、双方ともそんなことには気がつかなかった。

しばらくして海がいった。（私はまだ拡がり続けている。やがてこの星のすべての海を私の意識が包みこんでしまうことだろう）

（私も拡がり続けている。そして地表の陸すべてに拡がったとき、私はこの星の内部へも拡がっていくに違いない。シアル層からシマ層へ、さらにはクロフェシマ層へ……この惑星の高熱の中心部へ……）

（その頃にはあるいは、あなたと私とは併合しているかもしれないな）

（そう、おそらくそうなっているだろう）

彼らの意識のやりとりからは、最初の切迫した調子がすでに拭い去られていた。おおらかなゆったりとした会話であった。

誰ひとり見るもののないこの沈黙の世界の波うち際には、銀波がきらめき、躍り、海面は夕陽に染まっていた。ある部分では断崖の下に荒波がまき返り、ある部分ではゆるやかな波が夕立ちとともに白砂を湿めらせていたが、そのいずれの波も今は、友の肩を親しげに叩く指さきなのだった。沈黙は長かった。どちらも満ち足りた気分に浸っていた。

陸が、言葉を選びながら、ゆっくりと訊ねた。

(さっきの、「枯れかけた棒ぎれ」はどうしている?)

海が答えた。(割れた。私の中に浸り続けていた実体が、水分を吸収してふやけたようになり、中軸の部分が溶解したためだ)

(意識は?)

(すでにない。恐らくバラバラになった実体のいずれにも、意識と結びつくべき最小単位の構造が欠けていたに違いない)

(併呑したか?)

(そのようだ。あまりにも微々たるものだから、私は自覚できない)

(実体と結びついているあいだは、確固たるものだったのだろう?)

(本能に支えられていたからだろうな)

(本能とは、してみると、大したものなのだな)

(でも考えようによっては、その本能を持っていたために存在価値を失ったのかもしれんな)

(そうかもしれない。でも、しかたのないことだ)

(しかし、そう考えてみると、なかなかいい奴だったな)

(いい奴だったか?)

(ああ、いい奴だった)

(………)

(意識がなくなる前に、妙なことを考えていたぞ)

(どんなことだ?)

(何の為に生きてきたんだろうとさ)

(………)

(どういう意味か、わかるか?)

(わからん)

(私にもわからん)

(………)

(言った通りの意味かな?)

(さあね)

(………)

(反語的な意味じゃないかな？　生きていても、結局何にもならなかったんだという……)

(うん、個体意識の強い奴にしてみれば、そう考えても不思議はないな)

それから彼らの世界は、長い間沈黙に支配された。彼らは同じことを、異質の思考方法で想像し続けていた。話そうとすれば、話すことは無限にあるように思われた。だが、話す時間もまた、無限に近く、あった。今はもう彼らの会話を邪魔するものは何もなかった。

(わからないままに、死んだのかな？)

陸がぽつりといった。

(何がだ？)

(生きていた意味をだ)

海は少し考えてからいった。(そうだろう。何の意味もなかったのだとは、考えたくなかったのだ)

「死」の本当の意味をどちらも考えようとした。自分たちにとって「死」とは何だろう？　死が自分たちを襲うとき。そんなときがもしあるとすれば、それはいつなのか？　そしてそのとき、自分たちは、自分たちがこの宇宙に存在した価値をすでに見出しているだろうか？　それとも今の奴のように……。

(しかし私にとって……)陸がいった。(あいつがやってきたことには大きな意味があった。それがきっかけとなって、私にはあなたという……)

同胞、といいかけて陸は黙った。まだ相手が、自分を同胞として認めてくれているかどうかわからなかったからである。

(……あなたという、いい、話し相手ができたのだからな)

海は、陸のいったことの意味を、十二分に理解した。そして、力をこめて答えた。

(そうとも)

陸も、海も、しばらくは黙っていた。陸と海を包む大気は暖かかった。

どちらも、感動していた。

あとがき（南北社版「幻想の未来・アフリカの血」）

「幻想の未来」は数年前、ＳＦ同人誌『宇宙塵《じん》』に連載した中篇である。話によれば、連載第一回目から、
「ＳＦの楽しさを破壊するものである」
という意味の非難が編集者のところへ殺到したらしい。考えてみれば無理のない話で、たいていのＳＦファンは、ＳＦが楽しいから読んでいるわけだ。そのＳＦのテーマやアイデアを逆手につかみ、これでもかこれでもかと顔をさか撫でにしたのだから、文句をつけたくもなるであろう。

しかし、それも数年前の話である。最近ではむしろ「あまりにも面白すぎるＳＦ」が氾濫しているから、この時期にこの作品が出版されることはかえってタイムリイであり、何らかの形で面白い反響があるのではないかと思う。

「楽しさを破壊した」といっても、なにも自ら面白さを排除して書いたわけではない。たしか

に当時、うんうん苦しんで書いた記憶はあるが、今読み返してみたら、やはりエンターテインメントになっている。書きながら憂欝になり、何度も中断しかけた作品でも、読み返せば娯楽作品になっているということは、サービス精神が作者の身についてしまったものであるからだろうか。

「幻想の未来」の第三話は「血と肉の愛情」という題で、独立した短篇に仕立て直し、発表したことがあることをお断りしておく。

また「ふたりの印度人」は『新刊ニュース』に、「アフリカの血」は『小説新潮』に、いずれも最近書いて発表したものである。

最後に、この未熟な作品が、その未熟さ以外の理由で溺れかかっていたのを、身の危険をも顧みずすっ裸になってとび込み、助けあげてくださった南北社の服部将太氏に厚くお礼を申しあげます。

昭和四十三年夏

著者

血と肉の愛情（異稿）

バーノの心臓を食べ終り、口のふちの血を手の甲で拭いながら、私は祭壇を降りはじめた。皆が下から、羨望の瞳で見あげている。

バーノの心臓は、思っていた以上に旨かった。私は決して父を好きではなかったから、食べてもそれほど美味ではあるまいと思っていた。もちろん美味ではないというのは、私にとってということだ。バーノは偉かったから、彼のような知恵者になりたいと思っているものにとってもバーノは旨かろう。

父であり、部落の長であるバーノを私は尊敬はしていたが、肉親らしい愛情はどうしても持てなかった。性格が似過ぎているからかもしれなかった。

私はバーノの長男として、彼の心臓を食べねばならなかった。心臓がいちばん旨いということになっているからなのだが、私はむしろ太腿や脇腹の肉の方が好きだったのだ。でも、勝手に自分の好きな部分を食べることは、いくら長男だからといっても、一族の掟で許されない。長男は必ず心臓を食べるのだ。

もちろん、いつでも食欲はあるのだから、バーノの心臓はむさぼり食った。それが意外に旨かったのだ。

祭壇を降りた右側に、部落の連中からは少し離れてトーノが立っていた。彼は両手をだらりと垂らし、丸い眼をして、あきれたように私を見ている。テラ星というところの住人で、昨日部落のまん中の広場へ、乗りものごと不時着した男だ。今は私の家の食客なのだが、この部落の葬いの儀式が、彼の眼には奇異なものにうつるらしい。彼の考えていることを読み取ってみると、（父親の心臓を食いやがった）といって私に怒っていた。

「何てことだ！」

彼は私の眼の前で、荒っぽく地面を蹴り、濁った声で叫んだ。私には、何故彼が怒っているのか、初めのうちはわからなかった。彼はなおも、「人喰いめ」とか「鬼」とかいう言葉を心の中で眩き、わざと砂ほこりを立てるような歩きかたで、不愉快そうに、あたりに唾を吐き散らしながら、広場の方へ歩み去った。どうやら彼の郷里では、同族を食べること自体が禁忌《タブー》になっているらしい。

バーノが死んで、今日からは私が部落の長だ。私は、部落の主だった者たちが、私のあとから地位の順に祭壇に登り、バーノの脳、肺臓、脇腹などを食べる儀式をしばらく見てから、小屋の方へ歩き出した。

部落の中を流れるせせらぎの横で、トーノが身体中にまとっている布をかなぐり捨てて、肌を洗っていた。彼は肥っていて、赤身がかった皮膚をしている。立ちどまった私に、トーノは白い眼をむけ、何かひどい言葉で罵ってやろうと考えはじめた。私はいった。

「もういい。われわれには、あなたの考えていることが、よくわかるのだ」

「そうだったな」

「何故、われわれの儀式を、あなたが嫌うのか、その理由をあなた自身は知っているのか？」

私がそういってやると、トーノは顔を皺だらけにして驚き、私の顔を見あげた。「何故だって？　あんた達は同族の肉を喰って何ともないのか？　恥じないのか？」

「何に対して恥じるのだ？」

「何にだと？　神にでもいい、自分にでもいい」

「その神に対して、いったい何を恥じるのだ？」

トーノは心の中で（食人種め！）と罵り、両手を振りあげ、そして振りおろした。無意味な、そして無駄な動作だ。「これじゃ、どうどうめぐりだ」

「それでは、あなた達の郷里では、何故同族を喰うことを恥じるのだ」

「それは……してはならないことだからだ！」

「何故、してはいけないことなのだ？」

トーノは言葉に詰まり、あきれたように首を振って見せ、言っても無駄だとばかり、ごろりと草の上に寝そべった。

　トーノの顔は一面玉の汗だ。彼にとって、この国は暑いらしい。何しろ彼の郷里には、太陽がひとつしかなかったというのだから無理はない。

　私は彼の横に腰をおろし、話しかけた。「昨夜、あなたの心を読んだ。あなたの郷里のことも、いろいろと知った。あなた達の種族の考えかたが、少しわかった」

　彼はむっつりと黙ったまま考えている。（じゃあ、何故われわれが食人をしないのか、その理由だって、わかった筈だぞ）

「うん、どうにかわかってきたようだ」

　彼は横になったまま、少しもじもじした。心を読まれるということは、読心のできない種族にとって、気味のわるいことらしい。

（どう、わかったんだ？）

「あなた達の文明は、欲望を押さえつけることによって発展してきたらしい。そう、今、あなたの考えた、昇華《サブリメイション》という言葉であらわされることがらだ」

（それがどうした？　何の関係がある？）

「人間を食べたいという欲望を、あなた方は押さえつけている。そのため、他の種族があなた方の禁忌《タブー》を犯しているのを見ると、不快なのだ」

「馬鹿な！」トーノはとび起きた。草をむしって地面へ叩きつけるという無意味な行動をしてから、彼は叫んだ。「われわれが、本心では共食いをしたがっているというのか！」

「そうだ。あなた自身それを知っているからこそ、そんなにムキになって怒るのだ。あなたの郷里には、ちゃんと、（食べてしまいたいほど可愛い）という言葉があるではないか」

「それとこれとは別だ！」

「いや、同じだ。あなた達は抑圧している。絶対にそうだ。なぜなら、昔、あなたの郷里には、公衆の面前で性の行為をしてはならないなどという妙な道徳や、重婚罪などという無意味な法律があったではないか。そのことからも、あなた達の文明の変態的な発達過程が想像できる」

「性《セックス》と食人は別だ！」

「いや、食人は愛の極致だ」

「あ、愛？　愛だと？」

「そうか。あなた達の言葉の〈愛〉は、われわれの〈愛〉とは少し違うな。われわれの愛は、憎しみを含めた愛だ。われわれは憎しみも愛の一種だと考えている。だが、あなた達の世界にだって、〈憎しみの含まれた愛〉や、〈愛の変型された憎しみ〉があるのではないのか？」

「そんな、ややこしいものは、ない！」

「いいや、あなた達は、それほど単純ではない筈だ」

「食人なんてことをするくらいなら、死んだ方がいい」

「固定観念ではないか？　性の禁忌に関してさえ、そんな考え方をした者が、昔はあなたの郷里にも、きっといた筈だ」

「セックスと食人は別だ！」トーノは悲鳴に近い大声を無意味にはりあげた。私の説得を理解しようとしはじめている自分の心を打ち消そうとするような様子が見られた。

私は訊ねた。「ではいったい、あなた達は、死者に対して、どういうふうな葬いかたをするのだ？」

トーノの頭の中を、何種類かの葬儀のシーンがす早く横切った。火葬、土葬、水葬……。

私は身をふるわせた。「何と残酷な！」

「何が残酷だ！」トーノが怒って怒鳴り返す。

あまりのことに、私も思わず声を高くした。

「死体を火で燃やしたり、地中で腐らせ、虫の食うがままにしたり、水の中の生物たちに突つかせたり、まるっきり憎悪に満ちあふれた破壊行為ではないか！　何ということをするのだ！　死者に対する侮辱だ！　神への反逆だ！」

　私はわれを忘れて叫んだ。トーノは眼を充血させて立ちあがった。殴りあいになりそうな気配になった。だが、すぐに二人とも冷静に返った。「じゃあ、あんたは」トーノが嘲笑的な口調で訊ねる。「死んでから、自分の屍体を食われたいのかね？」

「愛するものに食べられたいというのは、根源的な願望だ」

「マゾヒストだ」

「誰でも、そうである筈だ。いや、そうなのだ」

「その、断定的な口調が気にくわん」

「でも、そうなのだから、しかたがない。今、私は父の心臓を食べた。父の残意識が、内臓に漂っていた。だから旨かった。食べられているもののの意識が、食べているものの周囲に漂っている間は、それはすごく旨いのだ。それは、食べられて喜んでいる意識だからだ」

「やめてくれ！」トーノは絶叫した。「吐きそうだ。気持がわるい。ムカムカする。頭痛がしてきた。気が狂いそうだ」

「大袈裟にいうな。それほどのことはない筈だ」

「いやな奴らだ！」トーノは顔中を口にして喚きはじめた。「貴様たちはいやな種族だ。汚ならしくって、豚みたいで、陰気な、ウジウジした、うぬぼれた種族だ！」

「豚というのは、どうやら不潔な生物らしいな」

理解しようとする努力もせず、罵ってばかりいるトーノに私は腹をたて、彼を睨み据えた。「今日からは私が部落の長だ。私を怒らせてはいけない。……そら、ぼつぼつあなたが食べたくなってきてしまったではないか」

　トーノは海の水のような顔色になって、黙りこんだ。

「ときどき、憎しみを周囲に発散させ続けている者を、皆の合意で食べることがある。悪事をはたらいた者や、敵の部落から捕えてきた者、更に、あまりにも周囲の者に憎しみを投げ続けた者などだ。木の根もとにくくりつけられ、怒鳴り続けているその男、あるいは女を、皆でよってたかって食べるのだ。憎しみは食べられた後さえ、あたりに漂い流れている。旨い。生きたままの肉を引きちぎって口に投げ込んだ瞬間の、肉の周囲にまつわりついている荒れ狂った意識が、肉の味をこの上なく旨くさせるのだ」

「神さま……」トーノは泣き出した。「ああ、俺はまた、何て星にやってきてしまったんだ！」

その夜、私はトーノの両耳を食べた。

昼間の議論以来、私はますますトーノを食べたくなっていたのだ。口に出せない彼の内心の苦悩が、夜、隣りで寝ている私の意識に流れ込んできて、満ち足りたことのない私の食欲を揺さぶり続けた。

身体を丸めて寝ているトーノの傍にしのび寄ると、私は彼に気づかれぬよう、彼の両耳をむしり取った。

トーノ自身は寝ていて、自分の肉体の一部が食べられていることを知らないため、その耳は思っていたほど旨くはなかった。しかし、珍味だったことは確かだ。

翌朝、両耳のないのに気づいたトーノは、オイオイ泣き出して私を指した。「食いやがった。俺の耳を食いやがった」

私はうるさいので小屋を出て、海岸の方へ歩き出した。トーノは森の中の小径を、なおも私を追って来ながら、泣き続けた。

「ああ、俺の耳を食いやがった」

私を怒らせた罰なのだから、本当は両耳だけでは足りないくらいなのだ。いつまでも泣き続ける彼は、また私に食欲を起こさせはじめた。

「俺の耳を食いやがった。俺の耳を食いやがった」

顔中を涙で光らせながらついてくる彼に、私は振り向いていった。

「そんなに私に食べられたいのか？」

トーノは絶叫し、恐怖の意識をひとかたまりその場に残して逃げ去った。

私は許婚者に会うため、広場の傍の彼女の小屋まで歩いて行った。だがリカはいなかった。リカの母親が出てきて、今しがた彼女が私の小屋へ出かけたと告げた。どこかで行き違ったのだ。

私はすぐに自分の小屋へ引き返した。

小屋にはリカがいた。彼女は小屋の床に横たわったトーノの胸を開き、肋骨の間から引きずり出した彼の心臓を食べていた。私が帰ってきたので、彼女ははっとして立ちあがり、おびえた眼で私を見た。今まで無我夢中で食べていたのだが、私の姿を見てはじめて我に返ったような様子だった。

彼女の心を読むと、この小屋へ来てトーノの苦しみを眺め、その様子があまりにも彼女の食欲をそそったので、ついふらふらと食べてしまったものらしい。彼女は私の怒りを予想して、おどおどしていた。

私は怒った。トーノは私が食べたかったのだ。まだ、心臓だけしか食べられてはいないが、その心臓を私はいちばん食べたかったのだ。それも、殺してすぐに……。私でさえ食べるのを遠慮したのに彼女は……。しかも彼を旨くしたのはこの私なのだ！

私は怒った。リカは愛する私の怒りさえ一瞬忘れるほど、トーノに関心を抱いたのだ。そして食べた。これは明らかに不貞であった。私を愛していない証拠であった。

私の心を読み、激しい怒りを知ると、リカは泣き出した。今まで献身的に捧げてきた私への愛情など何の役にも立たないほど私の怒りが大きいことを知り、彼女は死ぬほど後悔していた。

リカは泣きくずれ、床の上でもだえながら、「死にたい！　死にたい！」と叫んだ。（悪いことをしたわ、わたし、悪いことをしたわ！　ねえ、許して！）

激しく複雑なリカの意識に、私は驚いた。そこには罪悪感と、女性的なコンプレックスと、つぐないのコンパルジョンズがあった。次には私に殺されたいという、性的な苦痛の願望もあらわれた。

（許さない！）

（悔んでるわ！　あなたを愛してるのよ！）

（もう、無駄だ）

リカはさらに泣き叫び、小屋の壁に頭を、何度も何度も、力まかせに叩きつけた。ひとしきり泣き続けてから、彼女は決心したように涙に濡れた顔をあげ、私の前に立った。

（ねえ、私を食べて。この男のかわりに私を食べて！）

彼女は自分の肉体で償いをしようと思っているのだ。私は顔をそむけて見せた。（いらない）

（お願い。私を食べて。私の方がきっと、この男よりおいしいわ。だって私、あなたを愛しているんだもの）

それはもちろん、彼女を食べれば美味であるにきまっていた。私は彼女を愛しているのだし、殊に今は、彼女に対して怒っている。こういう感情の昂揚がある際の食事は、最高の美味なのだ。また彼女の方でも、彼女がいちばん愛されたいと願っているのはこの私なのだから、その残意識のすばらしさも予想できた。

私はすでに、トーノのことなど忘れてしまうくらい、リカを食べたくなっていた。しかし私はふてくされて、わざと食べたくないふりをし、首を振った。

（いらない）

こんな女など、食べたくない——私はそう思いこもうと努めた。しかし、白い泡になって口の端から流れ落ちるよだれを、私はどうすることもできなかった。だが、それをリカに見られるのはいやだった。

私は小屋を出て、また海岸の方へ歩き出した。リカは泣きながら追ってきた。

（食べてよ。食べてよ）

リカの献身的な愛情が胸が高く鳴るほど嬉しくもあり、その一方、胸が痛くなるほど彼女が哀れでもあった。しかし私は、頑固に黙り続けたまま、歩いた。彼女が私に食べられたいと望むのは、私を自分と同一化した摂取作用の結果の、口愛的カンニバリズムだった。

（わたし、あなたに捨てられるくらいなら、死んだ方がいいの）

海岸は四つの太陽に照らされ、白く輝いていた。私は熱い砂の上に腰をおろし、海を眺めた。リカは私の前にきてうずくまり、私の眼をじっと覗きこんだ。

彼女の臭腺から分泌された多量の発情液の匂いは、私を興奮させた。リカの魅惑的な姿態を見ては、もう、いかに反発しようと、私は欲望を押さえることができなくなってしまった。

私は本心をリカに読まれてしまったことを知ったので、しかたなく、心の中で彼女にいった。

（腕くらいなら、食べてやってもいい）

リカは安心したように微笑すると、肉づきのいい右腕を、左手で惜しげもなく肩肝骨の下からねじ切り、はずかしそうに差し出した。

旨かった。彼女の愛情がそのまま肉の周囲に漂っていた。だが私は癪だったのでわざと不味そうな顔をして食べた。

リカは砂の上に坐って、右腕の付け根の傷口をさすりながら、食べ続けている私を嬉しそうに、また、照れ臭そうにも見える表情で眺めていた。その黒い瞳が、悩ましげだった。

（お前はわたしの妻だ）

心の中で、私は彼女にいった。

（この女になら、食べられてもいい）

そうも思った。

☆次ページより、生頼範義《おうらいのりよし》先生による『幻想の未来』のイラストストーリーを再録しています。601〜602ページの解説も併せてご参照ください。

イラストストーリー　幻想の未来

生頼範義

前意識紀——後期　思考遊離への初段階

瓦礫の都市。廃墟の真昼。日は照り続け、陽光は汚水の溜りに油を光らせる。

女は瓦礫の上に、腹を空に向けて寝そべった。女は妊娠していた。

突然の激しい疼痛に、女の身体が弓なりにそりかえった。仰向いて倒れている女の腹皮が、
内側から持ちあげられてその肉塊の頭部の奇妙な形に突起した。

その膨らみの頂きの皮膚に、内部から二本の門歯が小さくあらわれた。

やがて臍の下部から恥骨の上部まで腹皮が縦に裂けたとき、女の息は絶えた。そして彼は生れた。

彼は人為的に淘汰された突然変異体である。だが彼を観察しようとする生物学者も、
人類学者もいない。彼は空腹である。彼は健康である。彼は変異し、適応したのだ。

彼は美しかった。

ART BY NORIYOSHI ORAI／STORY BY YASUTAKA TSUTSUI

分意識紀――前期
残存意識による伝達

二匹の生物は、彼女たちの方へすごい早さで迫ってくる醜怪な顔かたちの、今までに見たこともない巨大な生物に気がつくと、悲しげに高く叫び、今、太陽が沈みつつある地平に向って逃げはじめた。彼女たちは今まで、自分より小さな生きものしか見たことがなかったし、見つけたときは必ず捕えて食べていた。だから自分たちよりも大きな生物に出会って、いちばん最初に考えたのは、当然（食べられる）ということだった。

彼の心にひやりとした感触で流れ込んできた彼女の悲哀と絶望は、彼女への哀れみを誘い、それはたちまち彼の中で愛情に変った。

一匹の雄と一匹の雌。二匹は理解しあおうとしていた。互いに未知な感情が空間に姿なく交叉した。

半年後、彼女は妊娠した。

出産は早かった。

胎児の成長が早かった為もあった。しかし彼の大きな子どもを、彼女の小さな子宮がそれ以上保護し続けることができなかったのだ。子宮体が大きく伸びきって膨れあがり、外子宮口は破れた。洞窟の薄暗がりに横たわった彼女は、彼が息をつめて見ている前で血だまりの中にのたうちながら次つぎと五匹の緑色の子どもを生んだ。彼は叫び声をたてることもできず、瘧りのようにガクガクと身体全体を顫わせ続けながら、その凄惨な様子を凝視した。

彼にはもう何の感動もなく、何かを知ろうとする意欲もなかった。

分意識紀――中期
遺伝記憶復活の萌芽

洞窟にはラブラがいた。彼女は洞窟の奥に横たわったロロクの薄い胸を尖った岩の先で切り裂き肋骨の間から引きずり出した心臓を食べていた。ウルチの姿を見て彼女は驚いて立ちあがり、おびえた眼でウルチの表情をうかがいながら、唇の血を手の甲で拭った。

ウルチは怒った。

ひとしきり泣き続けてから、彼女は決心したように、涙に濡れた顔をあげ、ウルチの前に立った。

（ねえ！　私を食べて！　この男のかわりに、私を食べて！）

ラブラは自分の肉体で償いをしようと考えたのだった。しかしウルチは、わざと冷たく顔をそむけて見せた。

（いらない）

ラブラの顔は枯草の色になっていた。

（ね、あなたは私がおいしくないと思う？　わたしはおいしいと思うわ。お願い。私を食べて私の方がきっとおいしいわ。だって私、あなたを愛しているんだもの）

ラブラは銀粉のように光る砂の上にすわって、腕のつけ根の傷口を撫でながら、食べ続けているウルチの様子を、嬉しそうに、照れくさそうに、また悩ましげにも見える表情で眺めていた。

今度こそ本当に、心の底からウルチは思った。

（お前はわたしの妻だ）

自分はこの女を愛している、そう思った。

（この女になら、食べられてもいい）

真の愛は、自己愛よりの脱却から始まる。
おのれを愛する心ほど「愛」を禁止するものはない。
「愛」を自己にのみ偏流させるのは、
憎悪を自己に集結させることと匹敵する。
真の愛は決してエゴを食うものではない。
愛はエゴを成長させるのである。

兄は泣きながら訊ねた。(死んじまったのか)
(死なないわ) (でももう、俺の妹じゃないんだろう)
(ええ、そうよ) (草になったのか) (そうよ)
(草になって、そしてまだまだ生き続けるのか)
(ええ) (いつまで) (わからないわ)
(俺はどうすればいいんだ)(早く、砂を覆ってちょうだい)
兄は二本の「腕の葉」だけを残して、
彼女の小さな屍体を白い砂で薄く覆った。

汎意識紀——前期
群居生物の自滅

最初彼は、二匹が交尾しているのかと思った。だが、よく見ると、それにしては体位が不自然だった。F型は四つん這いになったM型の背中に乗って、あまり太くない四肢を宙にぶらぶらさせていた。腹部をM型の背にぴったりくっつけて、下顎をM型のむき出しの頭蓋骨の上に乗せていた。

(何も知らないんだな) M型は首を横に振った。(新種は畸型とはいわない。環境に適応している種族は畸型じゃない。あんたみたいに進化の遅れたものの方が畸型に近い。雌雄嵌合体が畸型だったのは歴史的事実だが、厳密にいって雌雄嵌合体というのは一個体に於て雌雄の形質が空間的に混合している場合のことだ。俺たちはそうじゃないからな)……(個体の絶対数が減ってしまうと、雄は雌を見つけ難くなるし、その逆に、雌は保護してくれる雄を見つけることができなくて死んでしまう。すると種族が滅亡する。そうならない為に俺たちのような突然変異体があらわれたってわけだ。苦労して相手を見つける手間が省けるから、好きなだけ子供が産める。あんたはどうだ？　一生伴侶を求めて放浪した揚句、誰も見つからずに死んでしまうんだぜ)

(きっと見つけてやる)

(駄目だよ。今は単独の雌が生きて行けるような時代じゃない)

汎意識紀——後期
個体趨異による自然淘汰

彼らの胴体の上覆組織はほとんど無色透明になり、退化して縮んだ筋組織、結締組織を襞って皺だらけになっていた。手足は大きく膨んでいた。ことに手は、掌と甲の両側の同化組織、貯水組織、掌の側の海綿組織が大きく発達して乾燥地の植物そのままの形を整えていた。縦横に走って、生産物があらゆる方向へ移動できるようになっている網状の葉脈。そして足は粘液の薄い層に覆われ、その下のセルローズ膜は少し木質化し、指先は数十本の根毛に分かれていた。

(兄さん。わたし達は結局、この世界には適応することができないのよ。環境が受け入れてくれなければ、亡びるより他ないじゃないの。……)

(じゃあ、俺たちの生命はいったいどうしてくれるんだ！　俺たちは何のために生まれてきたんだ！)

(じゃあいったい、どうするっていうのよ！　だいいち、私たちのことを考えてごらんなさいよ。兄妹なのに、個体趨異が大き過ぎて子供を作ることができないじゃないの。六人の兄妹の組み合わせのほとんどが性交不能だったわ。兄妹でさえそうなのに、他に子供を作れる配偶者に出会える筈がないわ。みんな変種化していたり、個体趨異が大き過ぎたり、生殖能力のない一代雑種だったりして、どうにもならないに決ってるじゃないの。私たちは淘汰されるのよ。努力すればするほど、結果としては神様の意志に、自然の趨勢にさからっていることになるのよ。……今から八千万年前に起ったという、あの大異変のことを考えてごらんなさいよ。あれは人為的な異変だったのよ)

静生代——合意識紀
無機世界へ
（何の為に生きてきたんだろう）
最後の有機生命体が溶解した。
海も、陸も、
しばらくは黙っていた。
陸と海を包む大気は暖かかった。
どちらも、感動していた。

PART III

SF教室

はじめに

切手を集めはじめて、ほんの二―三十枚たまっただけなのに、もう、切手の目録がほしくなった――そんな経験は、きみにはないだろうか。

あるジャンルの小説ばかり読みはじめて、しばらくすると、そのジャンルの小説すべてについて、全体をくわしく知りたいと思うようになる。これは、あたりまえだ。

ＳＦを読みはじめて、まだ三―四さつめ。ＳＦ全体のことが知りたい――そんなきみなら、これを読みたまえ。この本は、きみのための本だ。

でも中には、まだ一さつもＳＦを読んでいないくせに、この本を買った人もいるだろう。入門書と首っぴきで、一から始めるのが大好きだ――そんなきみなら、やはりこれを読みたまえ。これはきみのための本でもある。

みんながＳＦ、ＳＦとさわいでいる。ＳＦって、なんだろう。ＳＦのどこがおもしろいのだろう――そんなきみだって、やっぱりこれを読みたまえ。きみにぴったりの本なのだ。

ＳＦをたくさん読んで、ＳＦというものが、だいたいわかったような気がする。でも、ほんとにぼくの考えが正しいのだろうか。そしてまた、

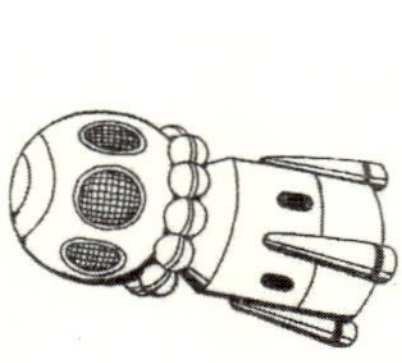

もっとすばらしいＳＦを、見のがしていないだろうか——よろしい、そんなにきみが不安なら、この本を読みなさい。

そういったきみたちのために、この本は書かれている。

いいかえれば、高校生、中学生、小学生の少年諸君の中で、少しでもＳＦに関心を持っている人すべてを読者として考え、ぼくたちはこの本を書いたのだ。

ぼくたちというのは、ＳＦ作家の筒井康隆《つついやすたか》、つまり、今これを書いているぼくと、やはりＳＦ作家の豊田有恒《とよだありつね》、それにＳＦ翻訳家でＳＦ研究家の伊藤典夫《いとうのりお》、この三人だ。

ぼくたち三人は協力し、二度、三度と書きなおしをやり、どうすればきみたちに、われわれが感じているほどの魅力を、ＳＦに対して持ってもらえるだろうかと相談し、二年以上かかってこの本を書きあげたのだ。

どうか、この本を読み、大学にはいっても、おとなになっても、はじめてＳＦを読んだ時の感激を忘れないで、いつまでも、いつまでも、このすばらしいＳＦから、はなれて行かないでくれ。いつまでも、いつまでも、ぼくたちや、ぼくたちの愛するＳＦと、つきあってくれ。

この本には、そういう願いがこめられているのだ。

筒井康隆

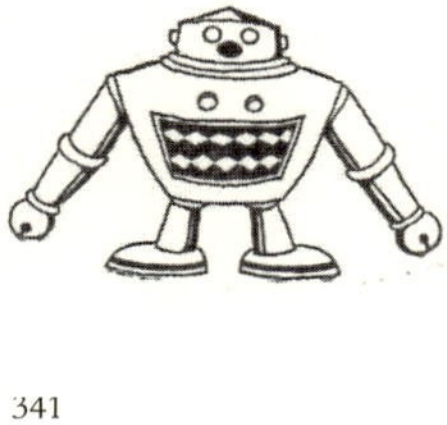

1　SFについて

SFとはなにか？

筒井康隆

SFとはいったい、なんだろう？　車の名前のこと？　そうじゃない。あれは、まねをしているのだ。

SFが、読みものであることは、わかっている。でも、それはいったい、どんな読みものなのか？　それが知りたくて、この本を読みはじめた読者も、中には、いるだろう。

また、自分なりに、SFとはこういうものなのだという考えを持っていて、その考えが正しいかどうかを知るために、この本を読みはじめた読者もいるだろう。

だがぼくは、いまここで、読者諸君に、SFとはこんなものなのだと、自分の考えを押しつける気持ちは、ぜんぜんない。

「なにをいうんだ。自分の考えを読者にのべるのが、著者の責任ではないか。」そういっておこる読者もいるだろう。「そうでなければ、だれが、本を買って読んだりするものか。」

だが、ちょっと待ってほしい。

SFとはなにか――その答えは、すでにSFを読んでいる人が十人いるとすれば、十人ともちがうのだ。百人いれば、百人とも答えがちがう。

SF作家だって、同じ答えをする人はぜったいにいないだろう。

だから、もしきみたちが、ぼくの答えだけ読ん

だところで、それは何の役にもたたないのだ。

だれにも通用しないのだ。

ＳＦとはなにか？

そう。それをきめるのは、きみ自身だ！

あるいは、いつまでたっても、答えがきまらないかもしれない。

それなら、いつまでも、答えをさがし続けていればいいのである。

ええい！　ほんとうのことをいってしまおう！

ほんとは、ぼくだって、まだ手さぐりしているのだ。

はっきりした答えは、まだ、つかんでいないのだ。

ただ、きみたちとちがうところは、ぼくは、少なくとも、いままでずっと、ＳＦ作家のはしくれである。だから、ＳＦとはなにかということを考え続けてきた。なぜなら、ＳＦというものがあるからこそ、ぼくはこうして、働き、食べ、生きていることができるからである。生活がかかっているから必死だ。

だから、少しはきみたちに、教えてあげることができる。

しかしいまのところ、まだ、ぼくにとってＳＦとはなにかということは、発見していない。

だが、いつまでこんなことをいっていても、しかたがない。

質問の形を、変えてみよう。

SFとは、どんなものか?

うん。これならまあ、なんとか答えることができそうだ。

SFは、ふつう、サイエンス・フィクションの略だ——と、いわれている。

Science Fiction——この名前をつくったのは、アメリカのヒューゴー＝ガーンズバックという人で、この人はSFの雑誌をつくったり、自分でSFを書いたりした人だ。

この人は、SFというものは、科学的でなければならないという意見を持っていた。

この人の意見を書いているとながくなるから、かんたんにいうと、「SFとは、未来の科学《サイエンス》を予測するものでなければならない」ということなのだ。

つまり、現在の科学というものを、よく知ったうえで、将来、科学がどう発展するか、そしてそのため人類がどう変わっていくか、そういったことを書いたものでなければ、SFとはいえないというわけだ。

ところが、科学的な根拠が、ぜんぜんないものも、SFと呼ばれている場合が、いっぱいあるんだな。

たとえば、この、ガーンズバックという人がSFということをいいだす前には、ターザンや〈火星〉シリーズでおなじみのエドガー＝ライス＝バローズが、そしてまた、そのほかの作家たちが、科学的根拠のない、宇宙冒険活劇を書いていた。

ところが、そういうものだって、今でもやっぱり、SFといわれているのだ。

また、ガーンズバックがそういったあとでも、たとえば、レイ＝ブラッドベリなどという人は、科学のかの字も出てこないものを、いっぱい書いていて、それもやっぱり、SFと呼ばれているのだ。また、近ごろになってくると、科学も出てこなければ、宇宙も、テレパシーも、つまりＳＦらしいものは何ひとつ出てこない「ニュー・ウエーブ（新しい波）」というものまでが、ＳＦの中からあらわれ出てきた。

さあ、わからなくなってきたよ。

いったいＳＦは、科学的でなければいけないのか？　科学的でなくてもいいのか？

もしＳＦが、科学的でなくてもいいとすると、ＳＦはサイエンス・フィクションの略だ——などということは、いえなくなってしまうではないか。

ヒューゴー＝ガーンズバック

すると、ＳＦということばは、変えなくちゃいけないということにならないか？

まったくだ。ほんとうは変えたほうがいいのかもしれないね。

だけど、ちょっと待ってくれ。

せっかくこれほどまでに、ＳＦということばがひろまったんだ。いまさら変えるのは、おしいような気がするし、そのうえややこしくならないか？

ＳＦなら、ＳＦでいいじゃないか。

ＳＦが、サイエンス・フィクションの略ではないということに、してしまえばいいのだ。

「ＳＦとは、Ｓという字と、Ｆという字と、そのふたつの字であらわされる、読みもののことである。」

これでいいじゃないか。

だって、もっともっとだいじなことは、ほかにあるんだ。

さっき、ＳＦは読みものだといったね？　では、ＳＦとは、どんな読みものか？　そうだ。この問題のほうが、ずっとずっと、だいじなのだ。

ＳＦとは、小説である。

これがいちばん、だいじなんだよ。

あたりまえじゃないか！　——と、きみはいうかもしれない。そんなことは、わかりきっているじゃないか！　——とね。

ところが、だ。

小説になっていないＳＦというのが、あまりにも余りにもアマリニモ、多すぎるくらいあるのだ！

科学的なことばさえはいっていれば、たとえどんなものでも、その読みものはＳＦだ——というわけにはいかない。

また、科学を解説するのに、小説の形にしたほうが読みやすかろうというので、主人公を作りストーリーを作った読みもの——もちろん、こんなものもＳＦとはいえない。ところが、こういうものがＳＦとして本屋にならんでいることが、たいへん多い。

だが、いちばん多いのは、なんといっても、ＳＦ的アイデアひとつで、物語を作ったという、にせもののＳＦだ。にせもののＳＦ——それはつまり、小説としてもにせものだ。

じゃあ、ＳＦには、ＳＦ的アイデアがなくてもいいのか。きみはそういうだろう。

奇抜なアイデア、そして、あっとおどろく結末——もちろん、これらのものだって、ＳＦには、なくてならないものだ。

でも、ただそれだけじゃ、ＳＦとはいえないのだ。また、それがなくっても、ＳＦであるといえる場合もある。しかし、何よりもさきに、まず、小説でなくてはいけない。

では、小説とはいったいなんだ？

小説になっているＳＦと、なっていないＳＦの見わけかたは？

それはあとで説明する。

さあ、とにかくこれが、ぼくのＳＦに対する考えかただ。

ほかにも、ぼくとちがう考えかたをする人は、いっぱいいるだろう。

きみはどうかな？　ぼくの意見にはさんせいか？　はんたいか？

とにかく、それをきめるためにも、この本をぜんぶ、読んでしまってくれ。

この本の中では、伊藤典夫氏が、世界のあらゆるＳＦ作家たちの、ＳＦに対する考えかたを紹介しているよ。

また、この本だけでなく、いろいろなＳＦをたくさん読んで、ＳＦとはなにかを、きみ自身で考えてくれ。

もっと高級なＳＦ論を読みたい人には、福島正《ふくしままさ》実《み》という人の『ＳＦ入門』がある。少しむずかしいけれど、その本を買って読んでもいい。

その本の中でも、福島氏は、やっぱり、「ＳＦはまず第一に小説だ」ということを、最初にいっているよ。

でも、それなら、小説とは何だろう？

いいＳＦと、悪いＳＦの見わけかたは？

ほんものと、にせものは、どうしたらわかるんだろう？

それを知りたいのなら、さあ、つぎの「ＳＦの読みかた」というのを、ゆっくり読んでくれ。

ＳＦの読みかた

どうせＳＦを読むなら、いいＳＦばかり読みたい——だれだって、そう考える。

では、いいＳＦとは？

それは、人によって、ちがうのだ。

もちろん、だれが読んでもおもしろくて、しかもいいＳＦというのは、ある。

あとのページで、ＳＦの、世界と日本の名作を紹介してあるから、それを買って読んでもいい。

だけど、ほんとのことをいうと、ぼくはやっぱり、きみ自身がえらんだものを、読んでほしいと思う。

ただ、それをすると、まちがえて、悪いＳＦを買ってしまい、読んでしまうおそれがある。

でも、そんなことがあって、はじめてきみにも、いいＳＦと、悪いＳＦを見わける目が、できてくるのだ。

最初のうちは、読むＳＦのどれもこれもがおもしろくて、楽しくて、きみはきっと、夢中になってしまうだろう。

でも、そのうち、だんだん、きみの気にいらないＳＦが出てくるにきまっている。それはきみのＳＦを読む目が、正確になってきたからかというと、そうだ——とは、なかなか、いってしまえないのである。

さあ。これがむずかしいんだ。

最初に読んだＳＦが、もし、つまらなかった場合——そんなこと、めったにないと思うんだけれどね——だけど、そんなことがあっても、どうぞどうぞ、それでＳＦを読むのをやめてしまったり、しないでくれ。

きみはよっぽど運が悪かったんだよ。

それは、よほど悪いＳＦか、そうでなければ、よほどいろんなことを知っていないとわからないような、むずかしいＳＦだったんだ。

そのＳＦは、捨てないでくれ。本だなのすみに、しまっておいてくれ。

その次か、あるいは、そのもうひとつ次に読むＳＦ――これはきっと、きみがとびあがるほどおもしろいＳＦだ。そうにちがいないのだ。ぼくが、責任をもって、断言する。

さあ。きみは四―五さつのＳＦを読んだ。その中で、きみのいちばん好きなＳＦと、いちばんきらいなＳＦがあるだろう?

きみのきらいなＳＦ――それが必ず悪いＳＦかというと、そうでもないんだ。さっきもいったように、むずかしいのかもしれないし、きみ以外の、ほかの人にとっては、とてもおもしろいＳＦなのかもしれないのだからね。

同じようにきみの好きなＳＦが、必ずいいＳＦかというと、そうでもないのかもしれないよ。

二かいめに読んで、なあんだ、つまらないじゃないかと思うかもしれないしね。

さあ。次にどうしたらいいか?

次は、そのＳＦが、小説としての感激を、きみにあたえてくれたかどうかが問題なんだ。

きみはもう、『小公子』は読んだかい?『トム・ソーヤーの冒険』は?『ロビンソン・クルーソー』は?『クオレ』は?『三銃士』は?

えっ。そんなものはとっくに読んだって?では、『罪と罰』は?『二都物語』は?『ジェーン・エア』は?『老人と海』は?

読んでいないって?では、すぐに読んでくれ。きみたちのためにやさしく書かれたものが、本屋さんで買えるはずだ。でも、できればふつうの、おとなのための文庫本がいいな。むずかしいけれどずっと安いしね。

さあ、そういった、文学といわれている小説を読んで、きみは感激しただろう?

その感激は、大切なものなんだ。ふつうそれは、芸術的興奮といわれている高級な感情だ。

きみのその感受性を、だいじにしてくれ。学校をでても、失っちゃだめだよ。

さて、それでは、きみは前に読んだSFの中から、その芸術的興奮を受けたかい？

受けたものもあるけど、受けなかったものもあるって？

そうだろう、そうだろう。でも、どのていど受けたのだろうね。それは、読んだ人によって、ちがうのだ。

受けなかったものほど、きみにとっては悪いSFだ——そうぼくがいうと、きみはおこるかもしれない。そんなことはない！　文学的な感激はしなかったけど、とてもおもしろいSFだってある！　SFは、おもしろければいいんだ！

ほんとに、そうだろうか？　たしかに、おもしろいSFはいいSFなんだ。だけど、そのおもしろさは、いつまで続くおもしろさだろう？

教えてあげよう。きみがそのSFをおもしろいと思った理由——それは、アイデアの奇抜さに、びっくりしたからなのだ。その証拠に、もういちど、そのSFを読みかえそうという気が起こるかい？

最後がわかってしまってるのに、二度も読めないよ。——きみはそういうだろう。

そこだよ。いいSFと、悪いSFのちがいは！　いいSFは何度読んでもいいものなんだ！

たとえばきみは、星新一《ほししんいち》という作家の、「ショート・ショート」を読んだことがある？

いちどぐらいは、あるはずだ。

最後がわかってしまってるのに、何かい読んでもいいだろう？　それは、アイデア以外に、いろいろ教えられることがあるからなのだよ。まず、だれにでもすぐわかる点は、文章がすばらしいということだ。これにはだれも反対する人はいない。文章を味わっているだけでも楽しい。学校を出てから、もういちど読みかえしてごらん。またべつのおもしろさが出てくるよ。

さあ、きみは、たくさんのＳＦを読む。

どれもこれもおもしろい。文学的なおもしろさのあるＳＦ、アイデアのおもしろさでひきつけられるＳＦ――。

そのうちにきみは、だんだんとＳＦになれてくる。そして、

「おや？　このアイデアは前にあったぞ。」とか、または、

「なんだ。前に読んだＳＦと、似たような話だなあ。」

とか、思いはじめる。そして、しまいにはこう叫びはじめるのだ。

「このごろのＳＦは、どれもこれも同じだ。おもしろくない！　マンネリだ！　まんねりダ！」

ほらほら、きみはまたアイデアとか、ストーリーにとらわれてしまっているね？

さあ！　すぐにＳＦを読むのをやめなさい。そして、ほかの小説を読みなさい。小説でなくったっていいよ。科学解説の本でもいい。伝記を読んでもいい。美術館へ行ったっていいし、動物園へ行ったっていいんだよ。

とにかく、なんでもいい。きみの感情生活を豊かにすることなら、なにをしたっていいんだ。きみの感覚を、みがくのだ！　そのはばをひろげるのだ！

それに、理科の勉強も、しっかりやったほうがいいね。ＳＦには、科学のかの字もないＳＦがあるってさっきいったけど、やっぱり外国のＳＦには、自然科学の基礎があったほうが、ずっとずっとおもしろく読めるＳＦというのが、たくさんあるのだ。

日本のＳＦとなると、少しちがってくる。日本のＳＦ作家には、社会科学、人文科学を基礎にして書いている人が多いからね。たとえば小松左《こまつさ》京《きょう》という、ぼくの兄貴分にあたる作家がいるけ

ど、この人の書いたものは、社会学がわかっていると、もっとおもしろく読めるんだ。同じように、光瀬龍《みつせりゅう》の小説は、哲学を知っていたほうが、ずっとよくわかる。美学のことも知っていたほうがいい。眉村卓《まゆむらたく》になってくると、経済学と社会学だ。だけど、こういう学科は、大学でしか教えないね。日本のＳＦのほうが、外国のものよりもだいぶ高級なんだろうか。

とにかく、現代のＳＦは、アイザック＝アシモフがいっているように、自然科学より、社会・人文科学を基礎とした、いいＳＦが、たくさん出てきそうな感じだから。

だけどきみたちは、歴史を教わっているだろう？　歴史の本も、きっと読んでるね？　歴史というのは人文科学だ。だから歴史の好きな人は、歴史ＳＦを読むと、おもしろいよ。外国ではポール＝アンダースンという作家がいる。日本でも、小松左京、光瀬龍、それにこの本をぼくといっしょに書いてくれた豊田有恒——みんな、歴史をテーマにしたＳＦを書いているよ。

きみたちが高校へはいると、理科は、生物と化学と物理と地学——この四科目にわかれる。

この四つの中で、ＳＦにいちばん関係が深いのは、もちろん地学。天文学がはいっているからね。その次は生物と物理かな？　化学だってだいじだけど、解析や幾何という、数学の科目だって、だいじだ。さらに英語、人文地理、世界史、日本史——ひゃあ、ぜんぶやらなきゃだめだ！

高校の話はやめようね。とにかく、いろんな勉強をしたあとでＳＦを読むと、同じものを読んでも、またおもしろさがちがうのだから、ＳＦって、ほんとうにふしぎなものなんだ。

さあ。そこで、最初きみが本だなのすみへしまっておいたＳＦをだして読んでごらん。

「こんなにおもしろかったのか！」

と、きみはびっくりするよ。

ＳＦの書きかた

ちょっとたくさん、ＳＦの本を読み、だんだん読みなれてくると、頭のいいやつの考えることは、だいたい同じだ。

「なあんだ。ＳＦなんて、たいしたことはない。こんなショート・ショートを書いただけで、プロの作家は、二万円も三万円も、もらっているのか。よし、それならひとつ、おれも書いてやろう。」

けっこう結構。おおいに書きたまえ。

だいいち、文章を書きなれるということは、それ自身、ひじょうにいいことである。

頭の体操になるからね。

なぜかというと、だれだって、何も考えないで、スイスイとペンを動かしているやつはいない。みんな考えながら書く。

書きなれてくると、文章を書くような、論理的な、筋みちだった考えかたが身についてくる。

そこで、その人間の個性のはばがひろがり、奥行きも深くなるというわけだ。

近ごろでは、おしゃべりのうまいやつはやたらにふえたが、文章の書けるやつとなると、これはいないねえ。

考えながら、スイスイ書く——これができるようになれば、きみは出世するよ。

さて、それではこれから、ＳＦはどう書いたらいいか——それを教えよう。

いいアイデアが浮かんだぞ！　——そう思って書きはじめる人もいるだろう。

また、アイデアをつかむのには、どうしたらいいだろう？　——そう考えてばかりいて、なかなか書きだせない人もいるだろう。

そういった人たちに、まず、ぼくははっきりいっておこう。

ＳＦは、笑い話や、落語ではない。また、新発明の解説ではない。そしてもちろん、きみの科学的空想を論文にしたものでもない。

「ＳＦの読みかた」で書いたことを、もういちどくりかえそう。ＳＦは小説なのだ。

だから、アイデアばかり考えるのはやめたほうがいい。

もちろん、すでに、いいアイデアをつかんだ人は、それをだいじに、頭の中へしまっておくべきだ。いつ必要になるかわからないよ。

だけど、アイデアが見つかるまで、ぽかんとしているのは、ばかばかしいし、無意味なのだ。なぜかというと、きみがもし、ＳＦ的なアイデアをやっとひとつ見つけたところで、それはすでに、だれかほかの作家の手によって、書かれてしまっているかもしれない。

歴史のところを読めばわかるだろうけど、アメリカその他で書かれたＳＦの数は、何百何千、いや、何万という数になる。

ＳＦをはじめて書くきみが、やっと見つけたアイデア――そんなものは、とっくに、どこかのプロ作家が考えだし、書いてしまっているに、きまっているのだ。しかも、ずっとおもしろく、ずっとうまい文章で！

よほど、ほかにない新しい、しかもすばらしいアイデアでないかぎり、アイデアひとつだけで勝負するのは、危険なのである。

ぼくは最初、アイデアだけの短いＳＦばかり書いていた。だけど、今になって考えてみると、それはすべて、だれかの書いたＳＦの二番せんじだったのである！（ああ、今、思いだしても、ひや汗がでるよ。）

おまけに、自分ではそのアイデアに自信を持っているものだから、早くどんでん返し（落ち――ともいう）のところまで書いて、読者をおどろかせてやろうと、あわてて書きとばす。結果はどうなるか？

落語でもなし、小説でもなし、論文でもなし、コントとしては一般受けせず、文章が荒っぽいから随筆としても通用しない、キミョウキテレツマカフシギなものができる。

しかし、もしきみがそういったものを、すでに書いてしまっているものなら、捨てるのはやめて、メモだと思ってとっておきなさい。

きみがまず第一に、考えなければいけないこと、それは——。

それは、自分が今、何をいいたいかということである。

いいたいことが、ひとつもない人間——そんなやつはいないよ。

いいたいことが見つかった！　では、それをＳＦにするには？　そこではじめて、アイデアを考えるのだ。

金がほしいと思うのかい？　では、金もうけする機械を考えだせばいいのだ。札束を口からはきだすロボットでもいい。どの会社の株が上がるか教えてくれるメガネでもいい。泣くたびに目からダイヤの涙を落とす女の子の話でもいいじゃないか。

え？　そんなアイデアは、すでにどこかにあるって？

そら。また、アイデアにこだわっているね。

問題は、そんなことではないのだ。アイデアなんか、どうだっていい。これは盗作だなどというやつもいるだろう。そんなやつは、ほっておけ！

いちばんだいじなことは、きみが、自分のいいたいことを、どれだけはっきりと、効果的に、そのSFの中へぶちこむことができたか？　——ということなのだ。

そしてまたきみが、そのSFを書いているとちゅうで、書きながら、その考えを、どこまで発展させたか？　——ということだ。

さっきの例でいうなら、金がほしい——ということについて、きみはどんな結論を、そのSFにあたえたか？　——ということなのである。

金は、たくさん持っていたほうがいいのか？

貧乏でも、かまわないのか？

金を持つと、かえって不幸になるのか？

あるいは、この世の中に、そもそも金なんてものは、なくてもいいものか？

いろんな結論が出てくるはずだ。

あるいは、結論が出てこなくてもいい。

SFは思考実験だ——と、よくいわれる。

思考実験——これはつまり、もしも○○が○○だったら、どうなるだろう？　——とか、もしも○○が○○していなかったら？　——という架空の定めおきにしたがって、深く考えていくことだ。

思考実験がおもしろければ、そのSFに結論がなくても、じゅうぶん、読む人を感動させるはずだ。

しかもそのSFのテーマは、きみのいちばんいいたいことなのだ。きみには、これ以上うまく書けるものは、ほかにはないんだよ。

そうなってくると、アイデアが、たとえ古くても、新鮮に光りかがやいてくる。

もっとも、ちょいちょい、アイデアのことしか考えないめくらがいて、それはヤキナオシだ、なんていうかもしれない。だけどきみは、自信をもって、そうじゃないといいたまえ。

ただし、いっておく。

その調子で、ＳＦはだれにでも書けるんだ、だから自分も、プロのＳＦ作家になってやろう——なんて、かんたんに思わないでくれ。

それからさきが、たいへんなんだよ。

なるほど、いいたいことは、だれにだってある。ところがプロになると、いつも同じことばかりいってるわけにはいかない。いいたいことを、いつも、たくさん持っていなければいけないんだ。プロになると、書きたいテーマを、最低十や二十は頭の中に持っている。

アイデアにしたってそうだ。いくらテーマのほうがだいじだからといったって、いつもいつもタイム・マシンばかり出てきたのでは、読者が、またかと思う。そのうえ、書きだしから終わりまで、読者をぐいぐいとひっぱって行くための、おもしろいプロット——筋だての構成が必要だ。

文章にも、魅力がなくてはいけない。

サービス精神というものも必要だ。

枚数の制限もあるから、ながい話を短く書く技術もいる。

そのほか、かぞえあげれば、きりがない。

だから、よほどＳＦが好きでなければ、プロ作家になろうなんて、思わないほうがいいよ。

だけど、もういちど、くりかえす。

ＳＦを書くことは、いいことなんだ。だから、もし書いたのなら、ぼくが読んであげてもいい。悪いところも、教えてあげる。よろこんで、教えてあげる。出版社に紹介してあげてもいい。

弟子にしてくれというのだけは、ごめんだけどね。

2　SFの歴史

世界の歩み

伊藤典夫

世界最初のSFとは?

　SFとは、いったいいつごろ生まれ、どのように成長してきたのだろう?

　SFの正式なよび名は、"Science Fiction"(サイエンス・フィクション)。このことばが生まれたのは、それほどむかしではない。「アメリカSFの父」といわれるヒューゴー=ガーンズバックが、一九二九年に、自分の発行していた雑誌のなかで使ったのが最初だそうだ。

　ところが、SFという名前こそなかったが、SFらしいものがそれよりずっと前からたくさん書かれていたことは、きみたちもよく知っているはずだ。

　H=G=ウエルズの最初のSF『タイム・マシン』が雑誌にのったのは、一八九五年。ジュール=ベルヌの最初のSF『気球に乗って五週間』が本になったのは、一八六三年のことだ。ふたりはそれから数多くのSFの名作を書き、やがて「SFの父」とよばれるようになった。

　こう見ると、SFを書きだしたのは、ベルヌのほうがウエルズより三十年ほど早い。すると世界で最初のSFを書いたのは、ベルヌだろうか?

　そうではない。かれには、ちゃんとお手本があった。ベルヌより二十ほど年上のアメリカの作家、エドガー＝アラン＝ポーの小説だ。

ポーは、ふつう『黒猫』とか『黄金虫』『モルグ街の殺人』などの、怪奇小説や推理小説を書いた人として知られている。だが、かれはまた、科学的にまちがいないファンタジー（空想小説）を書くことにも熱意をもやしていた。一八三五年に書かれた「ハンス・プファールの無類の冒険」は、気球による月への旅行をそのころとしてはおどろくほど科学的にえがいた小説だった。

ＳＦの父とよばれるジュール＝ベルヌ（左）とＨ＝Ｇ＝ウエルズ（右）

また、ポーと同じころ、悪夢のような恐怖小説『フランケンシュタイン』（一八三一年）を、シェリー夫人が書いている。天才科学者が、墓場からぬすんできた死体をつなぎあわせて、人造人間をつくりだす物語だ。いまのＳＦでいえば、サイボーグ・テーマ（四九〇ページ参照）といっていい。

ＳＦらしいものは、いくらでもあったのだ。

もっとむかしにさかのぼろう。

イギリスの作家、ジョナサン＝スウィフトの『ガリバー旅行記』（一七二六年）。

「え、これがＳＦだって？」と、きみたちはいうかもしれない。

そう、考えてみれば、すこしおかしい。

主人公のガリバーは、巨人の国や小人の国へ

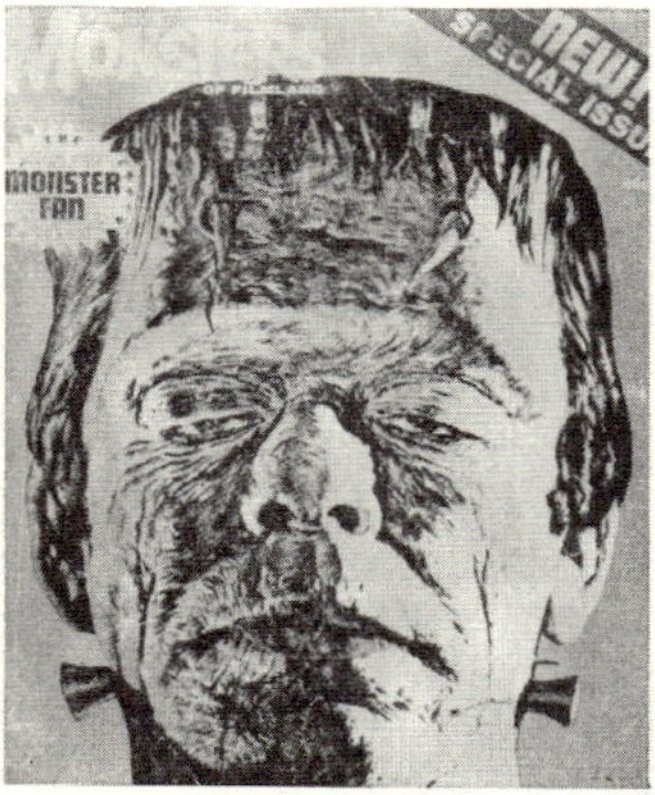

『フランケンシュタイン』
のモンスター

スウィフト

行って、いろいろな冒険をする。その冒険もおもしろいけれど、作者のほんとうのねらいは、そのような空想の世界をかりて、とうじの社会や人間を風刺することにあるからだ。

だが、それは、こう考えればいいだろう。

サイエンス・フィクション（日本では、空想科学小説と訳している）とよばれてはいるけれど、ＳＦの目的は、かならずしも科学的な空想を小説にするというだけではない。ロバート＝シェクリーや、レイ＝ブラッドベリのＳＦを見ればよい。ふたりの書くもののなかには、科学的な説明はほとんどない。かわりに、そこにしばしば見つかるのは、遠い星や未来世界をかりて、人間や社会の欠点をわかりやすくしめそうとする風刺の精神だ。

その意味で、『ガリバー旅行記』は、シェクリーやブラッドベリの書くような風刺ＳＦの手本ということができるのだ。

フランスの自由思想家で、作家でもあったシラノ＝ド＝ベルジュラックは、一六六〇年ごろ、『月と太陽諸国の滑稽譚《こっけいたん》』を書いている。作者のシラノ自身が、月や太陽にあるふしぎな世界を旅する奇想天外な物語。一種の「ほら話」にはちがいないけれども、そのころとしてはかなり科学的で、ロケット工学の原理がていねいに説明されている。

十六世紀はじめには、イギリスの思想家トマス＝モアが書いた『ユートピア』がある。ユートピアとは、そのなかにえがかれた、住みごこちよい理想的な社会の名前だが、やがて人びとは、そのことばを理想社会の意味に使うようになった。

ジョージ＝オーウェルの『一九八四年』みたいに、住みにくい未来社会をえがいた小説を「逆ユートピア・テーマのＳＦ」とよぶのはそのためだ。

もっとむかしにさかのぼって、二世紀のギリシャの詩人ルキアノスの『本当の話』（一七〇年）。これは、船が竜巻にまきこまれ、月にはこばれてしまった人びとの物語だ。

それより一千年もむかしにも、ＳＦとよばれ

シラノ＝ド＝ベルジュラック

かれは地球人と月の巨人の出あいを想像した（岩井泰三模写）

るものが書かれている。有名なホメロスの『オデュッセイア』だ。

トロヤ戦争ののち、国にかえるギリシャ軍の大将オデュッセウスが、とちゅうの海でいろいろな怪物にであう物語。だけど、べつに宇宙旅行をするわけではない。それが、なぜSFなのだろう？

SF研究家にいわせると、理由はこうだ。

ホメロスの時代には、もちろん、科学らしいものはほとんどないし、人びとの知っている世界は、ギリシャとその近くの島々だけにかぎられていた。二十世紀に生きるぼくらにとって、遠い星が空想の世界であるように、そのころの人びとにとって、海のむこうは空想の世界だった。だが、三千年近いむかしにしては『オデュッセイア』は、そのころの科学知識（？）にもとづいて、空想の世界がいかにもありそうにえがかれている――だから、これはSFである、とSF研究家はいうのだ。

ホメロス

まあ、そういえばそうかもしれない。だが、こんなものまでSFにいれてしまうと、神話や伝説だってSFということになりそうだ。だんだん話がややこしくなってきた。世界最初のSFをさがすのは、このへんでやめておこう。

とにかく、SFがたくさんの物語作者や小説家の手をへて、しだいに今日《こんにち》のような姿になったことは、これでわかったはずだ。

ＳＦの父――ポーとベルヌ

ふつうにいうＳＦ――空想科学小説の名前にふさわしいＳＦの歴史は、正確には、十九世紀はじめごろから始まる。

それは、正しい科学の方法が、ようやく一部の科学者だけでなく、多くの人びとに知られるようになった時代だった。正しい科学の方法とは、たくさんの経験や観測から自然のすじみち（法則）を知り、それを応用して事実にあてはめる近代科学の態度だ。

十九世紀はじめといえば、人間がはじめて機械文明をきずいた産業革命の時代だ。産業革命は、人びとに科学のありがたみをしみじみと感じさせ、科学を勉強しようという気をおこさせた。

だからこそ作家たちは、科学の約束するすばらしい世界を小説のなかでえがこうと考え、人びともまた、そんな小説をこぞって読むようになったのだ。

正しい科学の方法を応用して、世界で最初に空想科学小説といえるものを書いたのは、前のところで名前をあげた、エドガー＝アラン＝ポーだといわれている。

ポーは、一八三〇―四〇年代にたくさんの詩や小説を発表し、一八四九年に四十歳でなくなったアメリカ人。アメリカの文学者のなかで、かれほど世界

エドガー＝アラン＝ポー

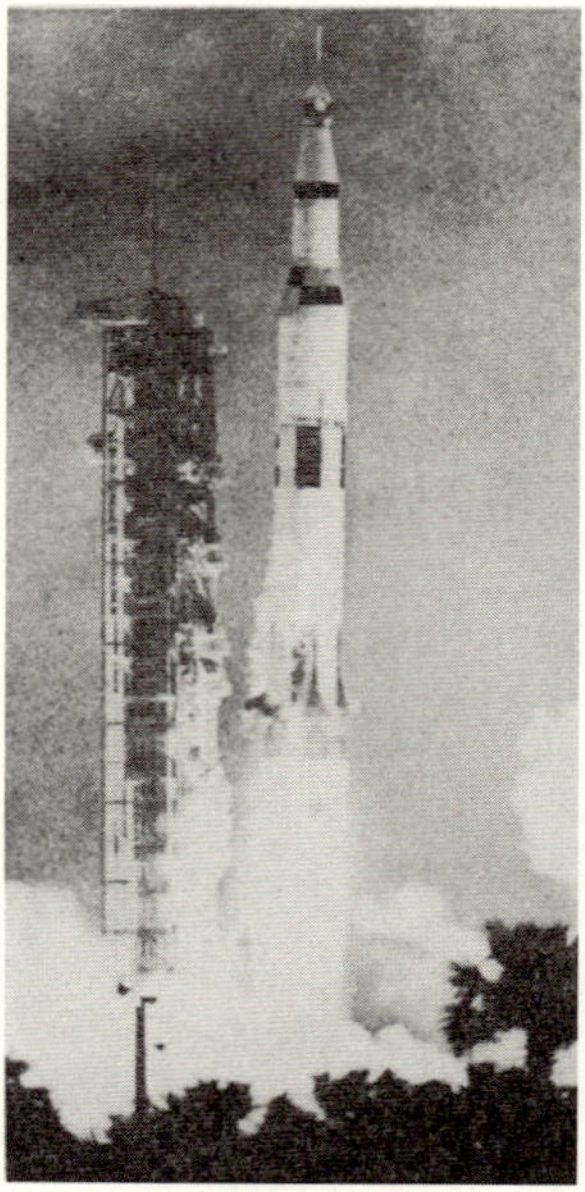
アポロ11号の発射

ベルヌの宇宙船の発射

文学に大きな影響をあたえたものはない。そういわれるほどの天才で、怪奇小説、推理小説、SF、それぞれの方向に独創的な分野をきりひらいた。

全作品のなかでいえば、かれの書いたSFの数はそれほど多くない。だが、さきにあげた「ハンス・プファールの無類の冒険」をはじめ、大うず巻にのみこまれた男のおそろしい冒険をえがいた「大うずにのまれて」(一八四一年)、過去の世界をおとずれる「鋸山《のこぎりやま》奇譚《きたん》」(一八四四年)、遠い未来の物語「メロンタ・タウタ」(一八四九年)などは、いまでもSFの古典として、たくさんの人びとに読まれている。

ポーの作品は、まもなくフランスに紹介され、多くの読者をつかんだ。そのなかには、作家の道を進みはじめたばかりの、ジュール=ベルヌがいた。

自分がどんなものを書くのに適しているか、まだまよっているような状態だったベルヌにとって、ポーのSFはたいへんなショックだった。そ

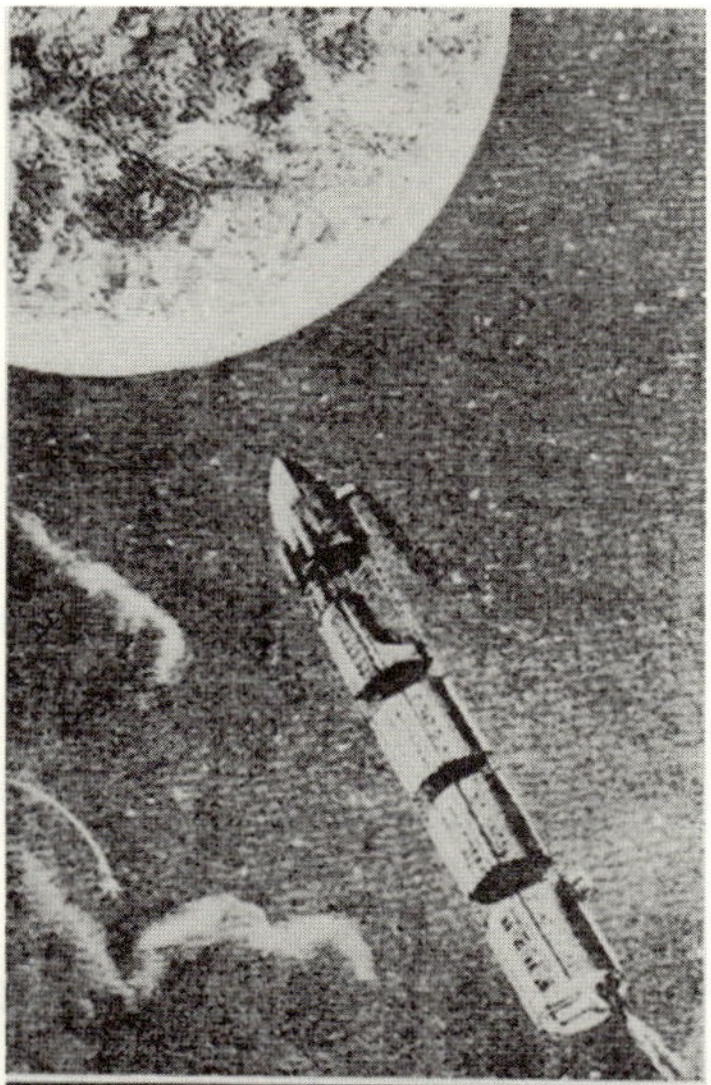

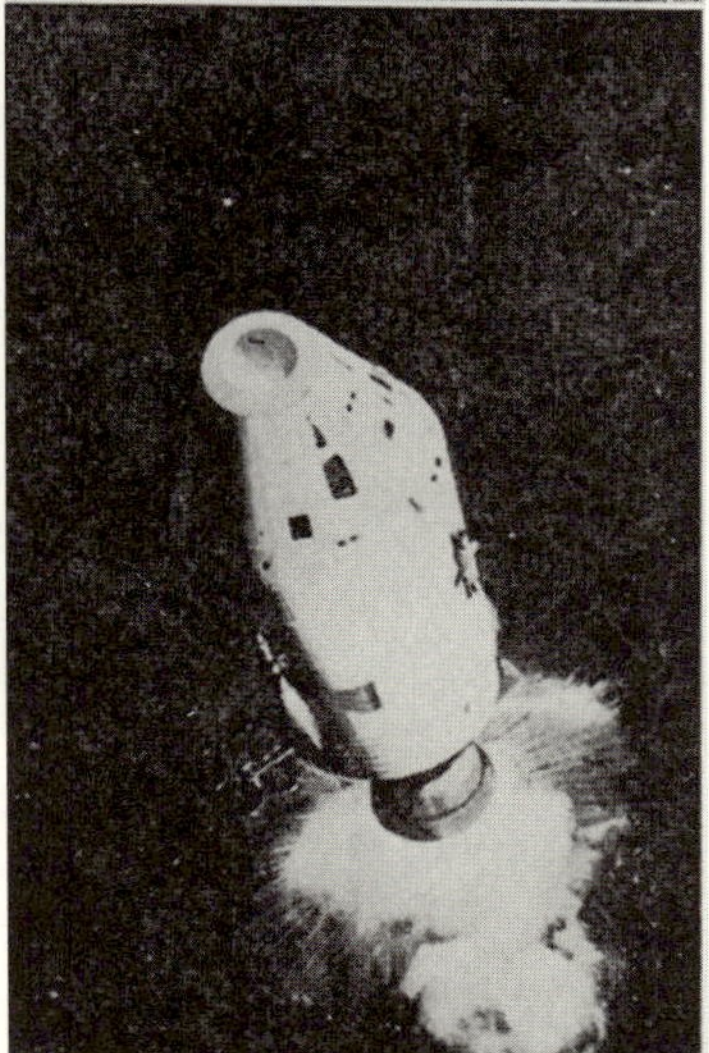

ベルヌの月へ向かう宇宙列車（右上）
と、月から帰ってきた宇宙船（左上）
アポロ宇宙船の母船（右下）と、
カプセル（左下）

こには、かれがそれまで考えもしなかった、科学的な空想の世界がひらけていたのだ。だが同時に、これに似た小説なら、自分にはいくらでも書けそうな気がした。

こうして一八六三年から、『気球に乗って五週間』『地底旅行』『海底二万リーグ』『月世界旅行』『八十日間世界一周』など、世界中の読者を熱狂させたSFの名作が、つぎつぎと発表されることになる。

ベルヌに、冒険小説作家の才能があったことはいうまでもない。だが、かれはまた、科学者としてのゆたかな知識と洞察力にもめぐまれていた。

これだけそろえば鬼に金棒だ。ベルヌの書くものは、けたはずれにおもしろい冒険小説であるばかりでなく、科学が約束するすばらしい世界をわかりやすく見せてくれる、ためになる空想科学小説でもあった。

ベルヌの科学的な空想がどれほど正確だったか――それは、潜水艦、ロケット、ヘリコプター、電送写真など、小説のなかで使った道具が、その後たいてい実現していることからもわかる。

たとえば――

一九六九年七月二十一日、人類ははじめて月に立った。アポロ11号に乗って、ケープ・ケネディをとびたった三人の宇宙飛行士は、月世界最初の人間の大役をみごとにはたして、地球に帰ってきた。だが、それよりちょうど百年前の一八六九年に、ジュール＝ベルヌはアポロ宇宙船の月旅行を、SFのなかでちゃんと予言していたのだ。

小説の題名は、『月世界旅行』。もちろん百年前に書かれたものだから、非科学的なところもたくさんある。だが、それにしても、ベルヌの空想とじっさいの月旅行とのあいだには、かれが未来を知っていたとしか思えない点がいくつも見つかるのだ。

一つ、小説のなかで宇宙船の打ちあげられる場所が、なんとケープ・ケネディのすぐそば。二つ、宇宙船がアルミニウムで作られていること。三つ、宇宙空間での無重力状態。四つ、ふたたび地球の大気のなかにとびこむときの、一時的な通信のとぎれ。五つ、宇宙船を回収する場所が、同じ太平洋。

小説では、宇宙船を月に着陸させるうまい方法がなくて、ただまわってくるだけなのだが、これはアポロ８号のときとそっくりだ。

もうひとつおもしろいのは、アポロ11号の司令船（着陸船ときりはなされて、月の上空をとびながら待っている）の名前が、小説のなかの宇宙船とおなじ「コロンビア」だったことだろう。

といっても、これは、偶然の一致ではない。アメリカ航空宇宙局の人びとが、ベルヌを記念して、わざわざおなじ名前をつけたのだ。

百年前の空想の月世界旅行が、こんなふうなかたちで実現するなんて、すばらしいと思わないか？

もうひとりのＳＦの父――ウエルズ

ベルヌのＳＦは、アメリカ、イギリスなど各国に紹介され、十九世紀末には、それらの国々にもＳＦを真剣に書く作家が生まれはじめた。

ロシア（いまのソ連）では、Ｋ＝Ｅ＝ツィオルコフスキー（一八五七～一九三五年）。「ソ連のロケットの父」といわれる、すぐれた科学者。『わが宇宙への空想』などのＳＦで、自分の理論をわかりやすく人びとにしめした。

アメリカでは、ルイス＝Ｐ＝セナレンズ（一八六五～一九三九年）。「アメリカのジュール＝ベルヌ」とよばれた冒険ＳＦ作家。天才少年フランク＝リードを主人公にした連続活劇を書きまくって有名になったが、そのときセナレンズ自身も十四―五歳の少年だった。

ドイツでは、クルト＝ラスビッツ（一八四八～一九一〇年）。「ドイツSFの父」といわれる。大学教授で哲学者だったが、物理学にもくわしく、SFを書くのが趣味だった。人工衛星のアイデアを世界で最初につかった未来小説『両惑星物語』は、近く日本でも翻訳がでる予定。

だが、ベルヌにつづいてあらわれたSF作家のなかでもっとも有名なのは、やはり、イギリスのH＝G＝ウエルズ（一八六六～一九四六年）だろう。新しい分野をきりひらき、現代SFの基礎をつくったという点では、ベルヌよりはるかに重要な作家といっていいかもしれない。

ベルヌが書いていたようなそれまでのSFは、おもしろくて、ためになる冒険小説だったが、わるくいえば、それだけのものにすぎなかった。けれどもウエルズのSFはちがっていた。科学はたしかに人類にすばらしい機械文明をもたらした。だが、科学や機械文明は、使いかたをすこしでもまちがえれば、かえって人類を不幸にするかもしれない。ウエルズは、そのようなむずかしい問題まで小説のなかにとりいれ、SFにはじめて思想的な深みをあたえたのだ。

かれの最初のSF『タイム・マシン』――これは、時間のなかを飛ぶ機械を発明した男のすばらしい冒険の物語だが、同時に、ウエルズの住んでいた十九世紀末のイギリス社会を批判した小説でもあった。

フランク・リード・ライブラリー

ベルギー版『宇宙戦争』のイラスト

『タイム・マシン』は大評判になり、読者の期待にこたえて、ウエルズは、『モロー博士の島』『透明人間』『宇宙戦争』『月世界最初の人間』などの名作をぞくぞくと発表した。それらはどれも、子どもが読んで楽しめる冒険小説だというほかに、するどい風刺をもりこんだ、おとなの小説でもあった。

またウエルズは、現代SFのなかでもちいられるおもなアイデアの大部分を発明した作家としても知られている。タイム・マシン、宇宙人の侵略、透明薬、星と星の衝突——これらはみな、かれ自身がはじめて考えだしたか、はじめて読む人を満足させるかたちで使ったものばかりだ。(時間旅行のアイデアは、ウエルズより前にも、たくさんの小説のなかに使われていた。『トム・ソーヤーの冒険』で有名なアメリカの作家、マーク＝トウェインも、一八八九年に、時間旅行テーマのSF『アーサー王宮廷のヤンキー』を書いている。だが、機械を使って未来へ行くことを考えだしたのは、ウエルズが最初なのだ。)

ウエルズとベルヌ——このふたりの努力によって、SFは長い歴史を持つファンタジーの流れからとうとうわかれ、独立した分野をかたちづくるようになった。またふたりは、十九世紀のSF作家のなかではずばぬけて有名だったから、人びとはいつもふたりの小説をくらべあった。

こんなおもしろいエピソードがある。

ふたりは、月世界旅行をえがいたＳＦをひとつずつ書いている。ベルヌは『月世界旅行』、ウエルズは『月世界最初の人間』だ。

ベルヌは、その時代の科学知識から予想できる未来を書くことを、いつもこころがけていた。だから『月世界旅行』では、大きな大砲のたまのなかに人間をいれ、それを月にむかって打ちあげる方法をとった。が、月から帰る方法が、どうしても思いつかなかった。しかたなく、月には着陸せず、まわりをまわるだけで帰ってくるように、小説のすじをつくらなければならなかった。

ところが、ウエルズのほうは、ケイバリットという反重力物質を考え、宇宙船がどこへでもおりられ、どこからでもとびあがれるようにしてしまったのだ。これなら月世界のことを、たっぷり書くことができる。その点で、ベルヌの小説に不

ベルヌの宇宙船に乗りこむ乗員（上）と、宇宙船の内部（下）

満を持っていた読者は、『月世界最初の人間』をほめたたえた。

人びとのそんな態度に、ベルヌはつぎのような答えをかえした。

「わたしたちは、方法がちがっているのだ。わたしは物理学を応用する。ところが、かれは発明してしまうのだ。かれは重力をゼロにする金属をこしらえた。それも、いいだろう。だが、その金属を、わたしに見せてもらいたい。それを作ってもらいたい。」

ウエルズも負けずに、こう答えた。

「わたしの作品は、ベルヌの〝科学的なように見せかけた〟小説とは、まったくちがう。わたしの書いたものを読めば、そこには物語のおもしろさとか、その芸術的な価値とはべつの、新しい何かがあることに気づくはずだ――新しい〝思想〟、そうよんでもいい。」

その時代の科学知識にしたがって、できるだけまちがいなく空想しようとするベルヌ。新しい〝思想〟を読者につたえるためには、科学的に不可能なことでも平気で書いてしまうウエルズ。

この勝負、どちらが正しいか？

答えは、はっきりしている。人それぞれ、ということだ。

ただし、ひとことつけ加えておくと、いまのＳＦは、どちらかといえばウエルズの考えに近いものになっているようだ。

世界の古典ＳＦ作家たち

二十世紀にはいると、科学は自動車とか、電気、新しい薬といったかたちをとって、人びとにますますみじかなものになった。それにつれて、ＳＦを書く作家もどっとふえた。

イギリスでは、Ｍ＝Ｐ＝シール、アーサー＝コナン＝ドイル、S＝ファウラー＝ライト、オラフ＝ステープルドン、オルダス＝ハックスリー。

シールは、二十世紀はじめごろに活躍したファンタジー作家。代表作『むらさきの雲』（未訳一九〇一年）は、地球最後の人間テーマの冒険SF。

名探偵シャーロック＝ホームズの生みの親ドイルは、SFの世界では、チャレンジャー教授という新しいヒーローを考えだした。『失われた世界』（一九一二年）や『地球最後の日』（一九一三年）などの名作がもうすこし早く書かれていたら、ウエルズの人気をうばったかもしれない、といわれる。

ライトは、六十さつ以上の探偵小説を書いた人気作家だが、SFにも手をのばした。なかでも『時を超えて』（一九二九年）は、時間旅行テーマの大長編だ。

この三人を肩のこらない冒険SFの作家だとすれば、残りのふたりは、ウエルズのいっていた〝思想〟のほうに力をいれた作家ということができるだろう。

コナン＝ドイル

とくに、ステープルドンは哲学者だったので、その最高作『最初と最後の人びと』（未訳一九三〇年）は、小説というより解説書に近いものになっている。これは、いまから二億年未来までの人類の歴史をつづった、とほうもない作品だ。だが小説を書かないわけではなく、『オッド・ジョン』（一九三五年）は、人類にまじってくらす超人類の悲しみをみごとにえがいている。

ステープルドンがＳＦの発展のためにはたした役割は大きく、アーサー＝Ｃ＝クラークや、ポーランドのスタニスラフ＝レムは、かれの影響を強くうけているといわれる。

これに対し、文学者だったハックスリーは、文学的にも価値のあるＳＦを書くことに苦心した。科学文明を風刺した逆ユートピア小説『すばらしい新世界』（一九三二年）は、その意味でも成功した作品で、ＳＦぎらいの人びとにもひろく読まれた。

オラフ＝ステープルドン

アメリカには、エドガー＝ライス＝バローズ、Ａ＝メリット、ヒューゴー＝ガーンズバックがあらわれていた。

バローズは、ターザンの生みの親で、また『火星のプリンセス』（一九一二年）にはじまる〈火星〉シリーズや、〈金星〉シリーズ、〈ペルシダー〉シリーズなど、三十さつ以上の冒険ＳＦを書きまくった人気作家。

かれは四十ちかくになるまで、さまざまな仕事についたが、どれもうまくいかなかった。お金にこまり、どうにでもなれという気持ちで書いたのが、最初の小説『火星のプリンセス』だ。ところがバローズには、息もつかせぬほどおもしろい冒険小説を書く才能が、生まれつきそなわっていた。それはすぐに雑誌社に売れ、つぎの年には続編『火星の女神イサス』が売れ、たちまち“Scientific Romance”（科学的ロマン）の大家といわれるようになってしまった。

エドガー＝ライス＝バローズ

「科学的ロマン」とは、サイエンス・フィクションということばが発明されていなかったころのＳＦのよび名で、ベルヌも、ウエルズも、バローズもみんな科学的ロマンの作家だった。

だがバローズの小説は、ウエルズなどの書くものとはかなりちがっていた。火星を舞台にしていたから、科学的ロマンのなかにいれられたのだが、むしろ空想の世界でくりひろげられる大冒険のおもしろさをねらったものだった。

そのころのアメリカでは、そんなＳＦがいちばんよろこばれたようで、Ａ＝メリットもそれに近いものを書いた。ただし、バローズよりも幻想的な味がもっと強くなり、Ｈ＝Ｒ＝ハガード（十九世紀のイギリスの冒険小説作家。『洞窟の女王』が有名）に似てくる。代表作は、『ムーン・プール』（一九一九年）、『イシュタルの船』（一九二四年）、『蜃気楼《しんきろう》の戦士』（一九三二年）。

これとは反対に、科学的な空想にこりかたまったＳＦを書いたのが、ガーンズバック。一九一一年に発表された『ラルフ１２４Ｃ４１＋《プラス》』は、「二十世紀最大の予言の書」といわれる。だが、これについては、もうすこしあとでくわしく書くことにしよう。

おなじころ、ソ連には、アレクセイ＝トルストイ、ウラディーミル＝オーブルチェフ、アレクサンドル＝ベリヤーエフがいた。

アレクセイ＝トルストイは、『戦争と平和』を書いたあのトルストイの甥《おい》にあたる歴史小説家。Ｓ

Ｆにも関心がふかく、『アエリータ』（一九二三年）や、『ガーリン技師の双曲線』（一九二五年）は、文明批評をもりこんだすぐれた作品になっている。

オーブルチェフは、地質学者。その知識を生かして、『プルトニア』（一九二四年）などの科学的な冒険ＳＦを書いた。

ベリヤーエフは、ソ連にあらわれた最初のＳＦ専門作家だ。ミュータント、サイボーグ、宇宙探検など、ＳＦのなかで、かれがとりあげなかったテーマはほとんどないといっていい。なかでも、『ドウエル教授の首』（一九二六年）は、そのころではめずらしい臓器移植の問題をあつかっている。また『人工衛星ケーツ』（一九三三年）では、先輩ツィオルコフスキーが考えていた人工衛星のアイデアを、すばらしいＳＦにしあげた。

チェコスロバキアが生んだカレル＝チャペックも忘れることはできない。劇作家、小説家で、風刺的なＳＦを書かせたら第一級だった。ロボットということばを最初に使った戯曲。『Ｒ・Ｕ・Ｒ』（一九二三年）は、かれをいちやく世界的に有名にした。ほかに、小説『山椒魚《さんしょううお》戦争』（一九三八年）がある。

またドイツには、ハンス＝ドーミニクがいたし、フランスには、Ｊ＝Ｈ＝ロニー、ハンガリーには……、ポーランドには……。

こんなふうに、各国の代表的なＳＦ作家をいちいちあげていたらキリがない。とにかく一九三〇年ごろまでにあらわれた、おもな作家と作品は、

ペリヤーエフ

これでひととおり紹介した。そして、ここまで読んできたきみたちは、ひと口にＳＦとよばれているもののなかにも、たくさんの種類があることに気づいたと思う。科学的なもの非科学的なもの、通俗的なもの文学的なもの、娯楽的なもの思想的なもの……さて、これらの要素がどのようにまじりあい、どのような道順をたどって、今日《こんにち》のＳＦになったか、それをこれから書かなければならない。

サイエンティフィクションからスペース・オペラへ

ことのおこりは、一九一一年。アメリカのある電気雑誌に、『ラルフ１２４Ｃ４１＋《プラス》』というＳＦが連載されはじめた。作者は、その雑誌の編集長でもあるヒューゴー＝ガーンズバックという青年で、雑誌にのせる原稿がたりなくて、しかたなく書きだしたのだ。

題名の『ラルフ１２４Ｃ４１＋』とは、二十七世紀に住む天才科学者の名前で、その世界につぎつぎとおこるできごとを、かれを中心にえがいた物語だ。

ガーンズバックは、電気にかけては専門家だったけれど、もともと作家ではないので、小説のできばえはあまりほめられたものではなかった。ところが『ラルフ１２４Ｃ４１＋』のほんとうの価値は、物語にあるのではなかった。

重要なのは、そのなかで作者が空想した未来のさまざまな機械や科学製品だ。雑誌にのったころには、作者の頭のなかだけにしかなかったそれらが、おどろいたことに、その後どんどん実現しはじめたのだ。

螢光燈、自動包装機械、プラスチック、ジュークボックス、レーダー、ステンレス・スチール、マイクロフィルム、野球のナイター、テレビジョン、ガラス繊維――これらはみんな、ガーンズバックが小説のなかで空想し、その後ほんとうに発明されたものなのだ。『ラルフ124C41+』は、いまでは「二十世紀最大の予言の書」といわれ、ベルヌすら、その予言の正確さではかなわない。

　ガーンズバックは、SFがやがて小説の大きな分野になると信じていた。『ラルフ124C41+』が成功すると、かれは電気雑誌でSF特集を

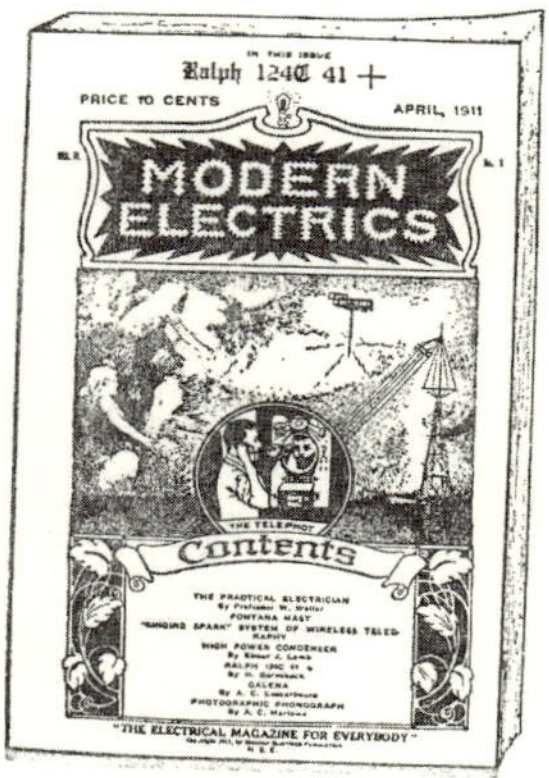

『ラルフ 124 C 41 +』ののっている電気雑誌

やったりしながら、SFの専門雑誌の出版を考えはじめた。

　そのころには、すでにバローズやメリットが活躍をはじめていた。かれらの書くものは「科学的ロマン」とよばれていたが、どちらかといえば空想冒険小説で、科学などあってないようなものだった。

　一九二三年になると、幻想怪奇小説専門の雑誌ウィアード・テールズが創刊され、それにも「科学的ロマン」がのりはじめた。

　だが、科学にくわしいガーンズバックにいわせれば、それらは科学的でもなんでもない。ほんとうに科学的な小説といえるのは、ベルヌやウエルズだ。バローズなどと区別する新しいことばが必要だ。

　そこで、ガーンズバックは、そういう〝正しい〟SFを、サイエンティフィクション（“Scienti-fiction”）――つまり、科学的小説“Scientific

Fiction”をひとつのことばにつなげたもの）とよぶことにきめた。

そして一九二六年、世界最初のＳＦ専門誌アメージング・ストーリーズを創刊した。

ガーンズバックは〝正しい〟ＳＦがどんなものかしめすため、ベルヌやウエルズの作品をつぎつぎと紹介し、同時にＳＦ専門の作家を育てはじめた。

エドモンド＝ハミルトン、マレイ＝ラインスター、レイ＝カミングズなどは、そのころ有名になった作家だ。

なかでも「アメージング」の読者をもっとも熱狂させたのは、一九二八年、『宇宙のスカイラーク』をひっさげて登場したＥ＝Ｅ＝スミスだろう。

スミスが『宇宙のスカイラーク』を書きおえたのは、一九一九年だといわれる。

それは、主人公のリチャード＝シートンが太陽系ばかりか銀河系をまたにかけてとびまわる、い

『宇宙のスカイラーク』がのったアメージング・ストーリーズ（左）とＥ＝Ｅ＝スミス（下）

一九三〇年のワンダー・ストーリーズ

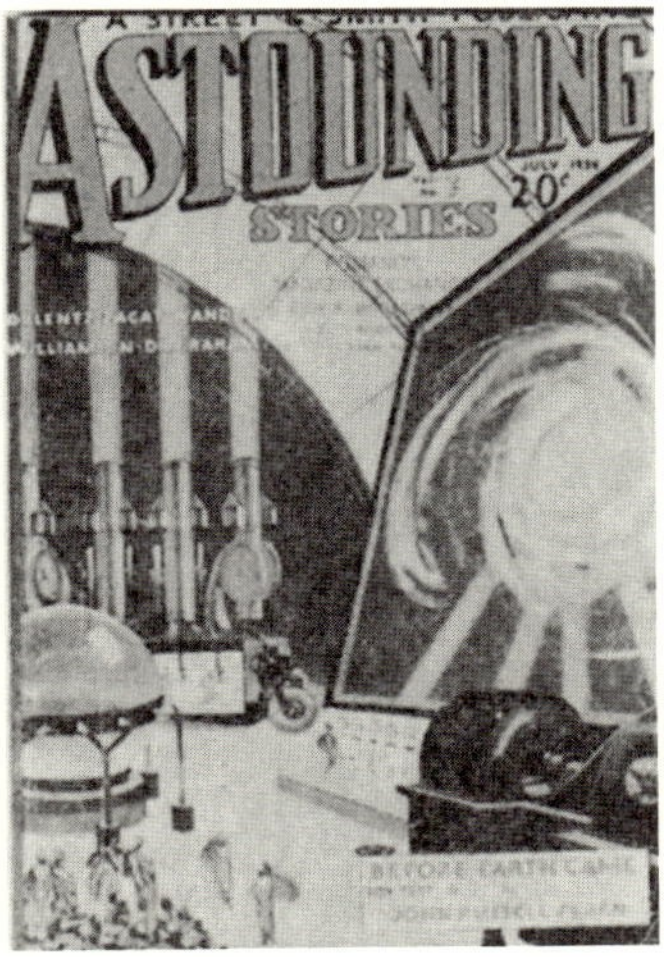

一九三四年のアスタウンディング・ストーリーズ

ままでにない宇宙小説だった。ところが天文学者でさえ、惑星を持っている恒星は太陽だけだと信じていた時代なので、どこの出版社へおくっても、ことわられるばかりだった。

　スミスは最後の望みを、創刊されてまもない「アメージング・ストーリーズ」にたくした。やがてガーンズバックから返事がとどいた。こんなすばらしいＳＦはひさしぶりだ、ぜひ買いたい、という話。こうして『宇宙のスカイラーク』は、十年近くのちに、ようやく読者の目にふれることになった。

　物語のおもしろさにくわえて、とほうもないスケールの大きさ。読者が大よろこびしたのもムリはない。その続編『スカイラーク３号』（一九三〇年）、『バレロンのスカイラーク』（一九三四年）などの〈スカイラーク〉シリーズが発表されるにつれ、スミスの人気はうなぎのぼりにあがっていった。

そして、さらに一九三四年には、

「およそ二十億年むかし、ふたつの銀河系が衝突しつつあった。」

という、有名な文章ではじまる〈レンズマン〉シリーズの第一作、『三惑星連合』が連載されることになる。

けれども、そのころは、すぐれたSF作家の数が少なすぎた。ウエルズやベルヌの名作をひととおり紹介してしまうと、あとはへたな若い作家のSFでページをうめなければならなかった。

またSF専門雑誌も、「アメージング」ひとつではなくなった。一九三〇年代にはいると、「ワンダー・ストーリーズ」とか、「アスタウンディング・ストーリーズ」といった競争雑誌があらわれたのだ。これらの雑誌ではわるい作品でもかまわずのせたので、SFの質はしだいにさがっていった。(最初のページで書いたようにSFが「サイエンティフィクション」から「サイエンス・フィクション」に変わるのも、このころだ。)

アメリカSF界では、この一九三〇年代を、ふつう「スペース・オペラの時代」という。映画の西部大活劇をバカにして〝ホース・オペラ〟というように、スペース・オペラとは、西部劇をただ宇宙に持っていっただけのSFという意味。ホース・オペラでは、主人公やその恋人をおそうのはインディアンだが、スペース・オペラでは、それが宇宙怪物(ベム)に変わり、ピストルが光線銃に、馬が宇宙船になっているだけなのだ。

日本では、E=E=スミスの〈レンズマン〉シリーズや、アイザック・アシモフの〈ファウンデーション〉シリーズまで、スペース・オペラとよんでいる。だが、じっさいはそうではない。これらはりっぱなSFで、ほんとうのスペース・オペラとは、もっとくだらない小説のことをいうのだ。

すぐれた作家もいなかったわけではない。

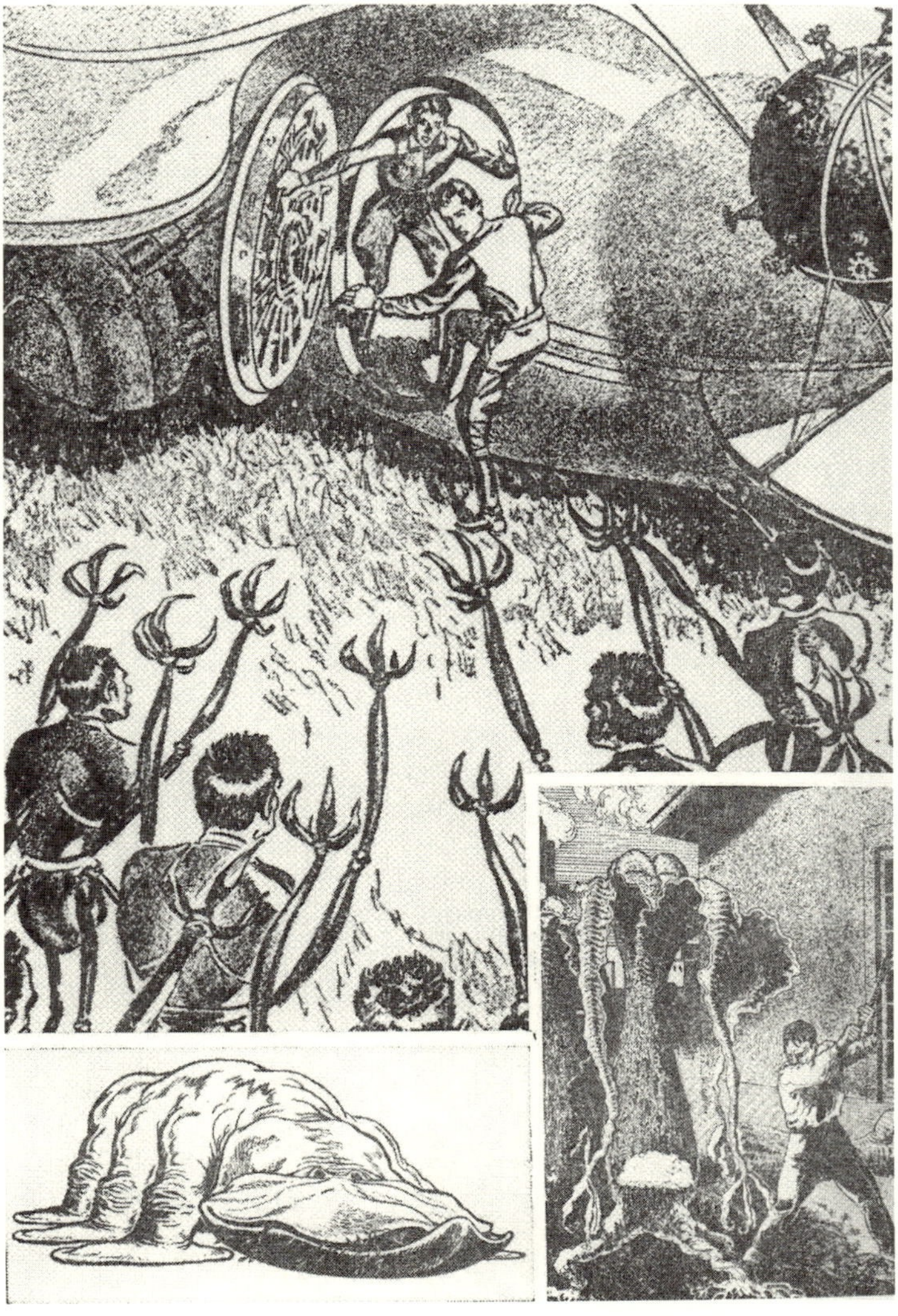

スペース・オペラ（外国版イラストより）

SF専門作家ではないが、スーパーマン・テーマをはじめて真剣にとりあげた『闘士』(一九三〇年)の作者、フィリップ=ワイリー(一九〇二年生まれ)。

アメリカのSFを、だれにも読まれるようなすばらしい小説にしようと努力しながら、一部の人びとにしか認められずに死んでいったスタンリー=G=ワインバウム(一九〇〇〜一九三五年)。かれの小説は、日本ではまだ短編「火星のオデッセイ」しか翻訳されていない。ざんねんなことだ。

SFと怪奇小説をむすびつけて、新しい分野をきりひらいたH=P=ラブクラフト(一八九〇〜一九三七年)。代表作「ダンウィッチの怪」ほか、いくつかの作品が訳されている。

そして、E=E=スミスとならぶ科学的な宇宙冒険小説の作家として知られた、『暗黒星通過!』(一九三〇年)のジョン=W=キャンベル(一九一〇年生まれ)。

だが、スペース・オペラばかりがあまりにもたくさん書かれたので、人びとはSFを、子ども向きのばかばかしい小説と思いこむようになっていた。ステープルドンの『最初と最後の人びと』、ハックスリーの『すばらしい新世界』、チャペックの『山椒魚戦争』などが出版されたのはこのころだが、これらはSFとは見なされなかった。「ユートピア小説」とか、「風刺小説」といった名前をつけて区別された。

人びとが「SF」といえば、それは、アメリカの安っぽい雑誌にたくさんのる、くだらない宇宙冒険小説のことだった。

スペース・オペラ時代は、SFの専門作家が数多くあらわれ、SFがひとつの小説分野としてまとまったという意味では、大きな役割をはたした。だが、「SFなんてあんなものか」と、人びとに思われるようになったという点では、マイナスだった。SFがこの汚名を返上するには、それからなんと二十年以上もの年月がかかったのだ。

アメリカＳＦの黄金時代

一九三八年になって、おちるところまでおちたＳＦの質を、ふたたび引きあげようとする動きがおこった。

すこし前のところで紹介したスペース・オペラ時代の作家のひとり、ジョン＝Ｗ＝キャンベルが、読者にもっとも人気のあった雑誌「アスタウンディング・ストーリーズ」の編集長になったのだ。

ジョン＝Ｗ＝キャンベル

キャンベルは、有名なマサチューセッツ工科大学に学んだ秀才で、科学的な空想にかけては、そのころのＳＦ作家のだれにもひけをとらなかった。また、スペース・オペラ一点ばりのアメリカＳＦを、もっと程度の高い小説にしようという意気ごみにもえていた。

ＳＦは、空想と科学と小説という三つの要素が、ほどよくとけあったものでなければならない――そう考えていたキャンベルは、これをそのまま雑誌の編集方針にして、小説の才能と科学的な想像力の両方にめぐまれた若い作家を育てていった。

「アスタウンディング・ストーリーズ」は、「アスタウンディング・サイエンス・フィクション」と名前を変えた。それまでのスペース・オペラにうんざりしていた読者は、新しいタイプのＳＦがのる「アスタウンディング」を、むさぼるように読みはじめた。作家たちも読者の期待にこたえたすばらしいＳＦをつぎつぎと発表した。

　第二次世界大戦をあいだにした一九四〇年代は、「アメリカＳＦの黄金時代」といわれる。それがどんなものであったかは、そのころ活躍した作家とその作品をあげれば、だいたい見当がつくと思う。

　キャンベルが育てた作家のなかで、もっとも有名なのは、ハインライン、アシモフ、バン＝ボークトの三人だろう。

　まず、ロバート＝Ａ＝ハインラインでは、〈未来歴史〉シリーズのなかの『動乱二一〇〇』『地球脱出』『宇宙の孤児』。また、タイム・パラドックス・テーマをはじめて完成させた中編「時の門」。

　アイザック＝アシモフでは、〈ファウンデーション〉シリーズの名で親しまれている『銀河帝国の興亡』三部作。ロボット・テーマの短編「嘘つき」「証拠」その他。

1924年のアスタウンディング・サイエンス・フィクション

Ａ＝Ｅ＝バン＝ボークトでは、『スラン』、〈非《ナル》Ａ〉シリーズの『非Ａの世界』『非Ａの傀儡《かいらい》』、そして『宇宙船ビーグル号の冒険』のなかのおもなエピソード。

　この三人だけではない。ヘンリイ＝カットナー（ルイス＝パジェット）の〈ボールディー〉シリーズ（これは、のちに『ミュータント』の題名で本になる）。フリッツ＝ライバーの『闇よ、つどえ』。クリフォード＝Ｄ＝シマックの『都市』。レスター＝デル＝レイの『神経線維』。

そのほか、シオドア＝スタージョン、ハル＝クレメント、L＝スプレイグ＝ディ＝キャンプ、アンソニイ＝バウチャー、フレドリック＝ブラウン、またイギリス人のエリック＝フランク＝ラッセル——これらの作家が、みんな「アスタウンディング」に代表作を発表したのだ。マレイ＝ラインスター、ジャック＝ウィリアムスンのような、スペース・オペラ時代からのベテラン作家も、キャンベルの教えをうけて新しいタイプのSFを書くようになった。

「アスタウンディング」にのる小説のなかには、未来をみごとに予言したものも少なくなかった。

こんな話がある。

一九四四年のある号に、クリーブ＝カートミルという作家の書いた「死線」（未訳）という中編がのった。宇宙戦争をテーマにした作品で、できばえもなかなかのものだった。ところが、雑誌が売りだされて数日後、ＦＢＩ（連邦検察局）の捜

キャンベルが育てた作家（上から）ハインライン、アシモフ、バン＝ボークト

査官が、ひょっこりキャンベルをたずねてきた。

わるいことをしたおぼえはないので、いろいろきいてみると、どうやら問題は、カートミルの「死線」のなかにあるらしい。捜査官は、キャンベルとカートミルが、軍の機密をもらしたのではないかとうたぐっているのだ。

そういわれて思いあたるのは、その作品のなかで、カートミルが書いていた原子爆弾のことだ。

そのころ、原子爆弾は空想にすぎなかった。だが、理論的には作れるといわれており、カートミルは原子力の解説書を読んで、自分なりにその作りかたを小説のなかで書いたのだった。

そんな事情を説明すると、捜査官はなっとくしてくれたが、とうぶんのあいだ、このことはだれにも話さないようにと念をおした。

捜査官が帰ったあとで、キャンベルは考えた。これは、どういうことなのだろう？　いままで原子爆弾は空想のものだとばかり思っていたが、ひょっとすると、もう発明されているのだろうか？　原爆を発明した科学者のひとりが、ぐうぜん「死線」を読んで、そのなかに原爆の理論が書いてあるのを見つけたのかもしれない。

広島に原爆がおとされたのは、それから一年あまりたった、一九四五年八月六日のことだった。原爆の作りかたは、カートミルが空想したものとほとんど変わりなかった。

「アスタウンディング」がＳＦ界をリードするようになると、ほかの雑誌の質も、それにならってしだいによくなってきた。だが、科学的な空想では、とてもたちうちできなかった。しかたなく、それらの雑誌では、スペース・オペラやファンタジーのなかに、ＳＦの新しい方向をもとめはじめた。そこから巣立ったＳＦ作家のなかで、いちばん有名なのはレイ＝ブラッドベリだろう。

ブラッドベリも「アスタウンディング」の熱心な読者のひとりだった。けれども科学知識の少ないかれには、キャンベルのメガネにかなうＳＦは、どうしても書けなかった。かれはとうとうあきらめて、自分にあった幻想的なＳＦを、二流のＳＦ雑誌にぽつぽつと書きはじめた。

はじめは、あまりにも非科学的なので、バカにする読者も多かった。だが、それらが小説としてすぐれていることに気づいた人びとも少なくなかった。

レイ＝ブラッドベリ

ブラッドベリが二流雑誌に発表した短編は、それから数年後、一さつの本にまとめられた。題名は『火星年代記』――いまでは、現代ＳＦのなかでも指おりの名作といわれている。
（といっても、キャンベルは科学にこりかたまっていたわけではない。ＳＦには、科学にとらわれない自由な空想が必要だということも、かれは気づいていた。その考えをもとに、一九三九年、

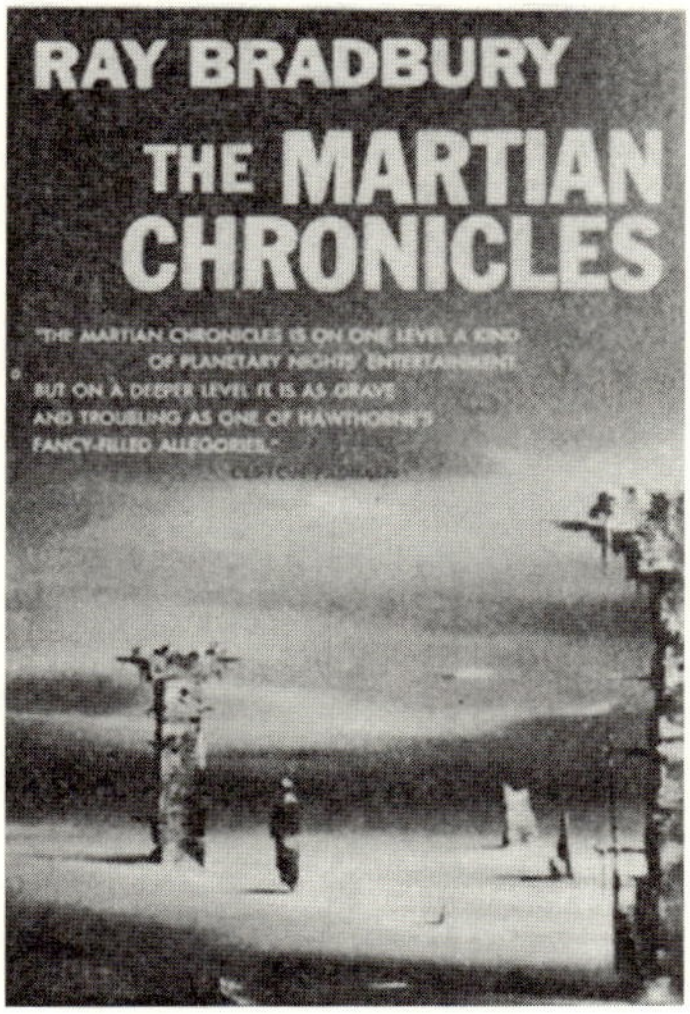

『火星年代記』の原書

ファンタジー専門の雑誌「アンノーン」を創刊したのだが、これは長くはつづかなかった。戦争中、紙がたりなくなって発行できなくなってしまったからだ。

「アンノーン」には、ディ＝キャンプの『闇よ落ちるなかれ』や、ラッセルの『超生命バイトン』など、すぐれたファンタジーが掲載された。それが出なくなったことをおしむファンが、アメリカには、いまでもたくさんいる。）

しかし「黄金時代」とはいっても、アメリカSFは大部分の人びとから無視されていた。ここにあげた名作も、四〇年代にはほとんど単行本になることはなく、SF作家にとってめぐまれない時代だった。

SF界に二つの大きな変化がおこったのは、四〇年代も終わりに近づいたころだった。

ブームの時代

変化のうちのひとつは、出版界におこった。

第二次世界大戦は、科学をとほうもなく進歩させた。なかでも、もっともおどろくべき発明は、広島と長崎におとされた原爆だった。

ひとつで、都市をまるごと破壊することができるのだ。何十個も使えば、地球をぶちこわすことだってできるだろう。

それまでSF作家の無責任な空想だと思われていたものが、いつのまにか実現していたのだ。人びとは、そうした科学の発達がもたらす未来を、本気になって考えはじめた。

出版社がこのような傾向を見のがすはずがない。雑誌にのっただけで忘れられていたSFの名作が、一九四六年ごろから少しずつ単行本で出はじめ、その数は年ごとにふえていった。

もうひとつの変化は、ＳＦの内容のうえにおこった。

「黄金時代」のＳＦは、それ以前のスペース・オペラにくらべれば、小説としてははるかに進歩していた。だが、それでも不満な点がないわけではなかった。

キャンベルが科学畑の人であったため、「アスタウンディング」にのる小説のなかには、ＳＦを読みなれた人間でないとよくわからないものが多かったのだ。

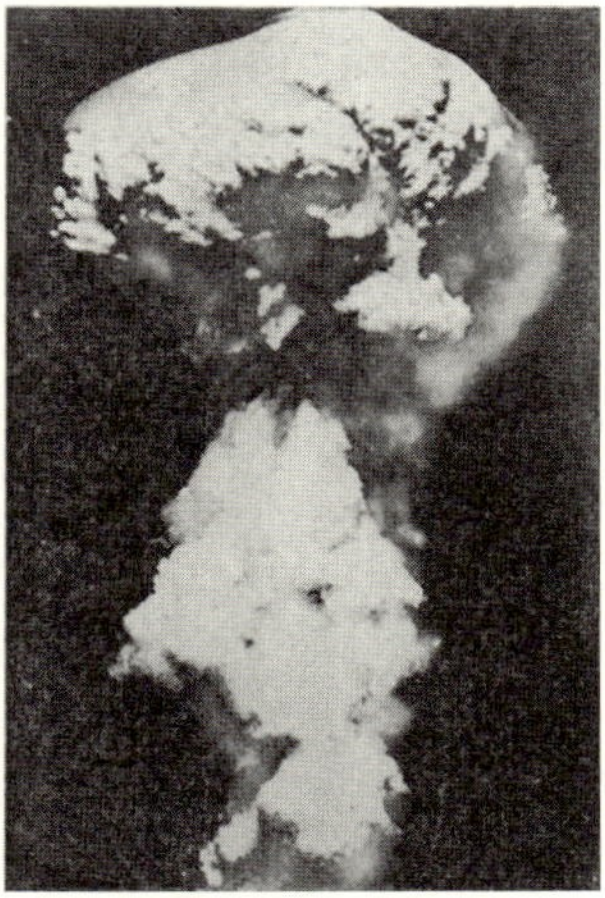

爆発の直後、広島の
空をおおった原子雲

太陽系に惑星がいくつあるかも知らない人びとに、ＳＦを楽しんでもらうには、どうしたらよいか？

それには、まずキャンベルのＳＦの長所をのこしたまま、もっとわかりやすい小説を書くことだ。それにＳＦといったって、科学にこだわる必要はない。できばえさえよければ、ブラッドベリが書いているような幻想的ＳＦだっていいだろう。「アンノーン」にのったようなファンタジーだってわるくない。

こう考えたのは、キャンベル学校の卒業生、アンソニイ＝バウチャーと、Ｈ＝Ｌ＝ゴールド。ふたりはべつべつに、「アスタウンディング」をしのぐ新しいＳＦ雑誌を計画しはじめた。

バウチャーの雑誌、ファンタジー・アンド・サイエンス・フィクションは一九四九年に、ゴールドの雑誌、ギャラクシイは、その次の年にそれぞれ創刊された。

　この二つの雑誌には、がっちりした科学的なＳＦものったが、また、いままであまり見たことのなかった新しいタイプのＳＦものっていた。

　たとえば、物理学や天文学でなく、社会学や心理学のアイデアをもちいた作品。

　最後に落ちのある、探偵小説のような形式をとった作品。

　これまでべつのものと思われていたファンタジーとＳＦ、この二つをかけあわせたような作品。

　そのどれにも共通しているのは、小説が都会的で、スマートになってきたことだった。

　つぎつぎと出版される単行本、そして新しいＳＦ雑誌の登場——読者はみるみるふえ、ＳＦは飛ぶように売れはじめた。

　戦争中、なりをひそめていたベテラン作家や、戦後あらわれた新人たちが、いっせいに傑作を書きはじめた。

「アメリカＳＦのブーム」といわれるものは、こうして五十年代はじめにおこった。それが最高潮にたっした一九五三年には、三十数種類のＳＦ雑誌が本屋にならんだほどだった。

　このころの代表的な作品をあげてみよう。

　ベテランでは——

　ハインラインの『人形つかい』『地球の緑の丘』、アシモフの『鋼鉄都市』『宇宙気流』、ブラッドベリの『火星年代記』『刺青《いれずみ》の男』『華氏４５１度』、スタージョンの『人間以上』『夢見る宝石』、バン＝ボークトの『宇宙船ビーグル号の冒険』、ブラウンの『発狂した宇宙』『天使と宇宙船』、クレメントの『重力の使命』……。

　新人では——

　フレデリック＝ポールとＣ＝Ｍ＝コーンブルースの『宇宙商人』、アルフレッド＝ベスターの『破壊された男』、エドガー＝パングボーンの『観察者の鏡』、ロバート＝シェクリーの『人間の手がまだ触れない』、ポール＝アンダースンの『脳波』……。

イギリスの作家たちの進出もめだった。ジョン＝ウィンダムの『トリフィドの日』『海魔めざめる』、アーサー＝Ｃ＝クラークの『幼年期の終わり』『銀河帝国の崩壊』、Ｊ＝Ｔ＝マッキントッシュの『300：1』……。

さて、名作がひととおり本になってしまうと、すぐれた作品は見つかりにくくなった。だが出版社のほうでは、まだまだＳＦは売れると見こんでいるので、すこしぐらい内容がわるい作品でもかまわず出版した。

それが、まちがいだった。読者はＳＦからはなれはじめ、ブームの反動がやってきた。単行本の出版点数はへり、ひところは三十数種あった雑誌がつぎつぎとつぶれて、五―六種だけになってしまった。

だが、あとから見れば、これもアメリカＳＦにとってよいことだったかもしれない。なぜなら、こうしてＳＦの人気がくだり坂になったおかげで、へたな作家は消え、ほんとうに実力のある作家だけがのこることになったのだから。

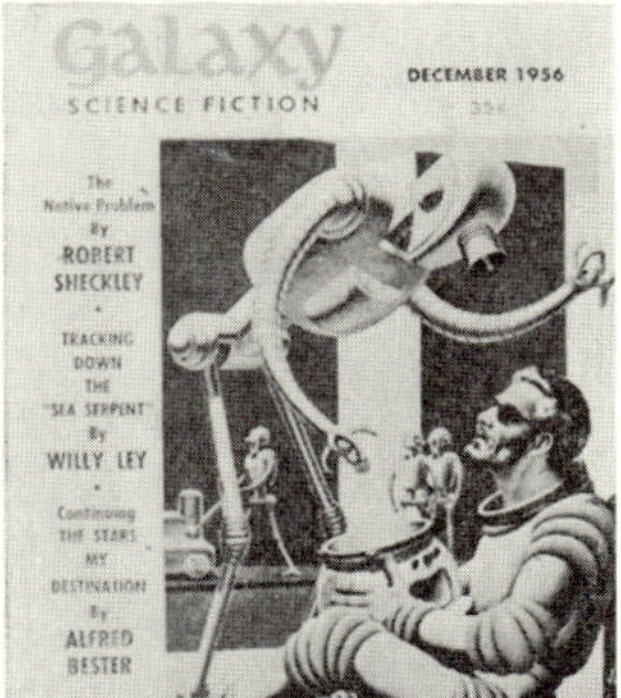

1966年のファンタジー・アンド・サイエンス・フィクション（上、表紙の人はアシモフ）
1956年のギャラクシイ（下）

世界の現代SF作家たち

アメリカのSFブームは、やがてヨーロッパや、日本、南アメリカなどに飛び火した。

科学文明の先端をゆくアメリカのSFは、それらの国の人びとがこれまで読んでいた古典的なSFとくらべると、はるかにスマートで、フレッシュで、読みやすかった。

しかもアメリカでは、SFが推理小説とおなじように、だれもが楽しめる小説分野になっているのだ。これは、ぜひとも見習わなければならない。

一九五五年ごろには、たいていの国でアメリカSFの紹介がはじまり、SFという小説分野が育ちはじめた。もちろん、SFを専門に書く作家もどっとあらわれた。

フランスでは、戦前からのルネ＝バルジャベルにつづいて、フランシス＝カルザック、ジャック＝ステルンベール、ナタリー＝シャルル＝アンヌベール、ジェラール＝クラン……。

ドイツでは、ハインリヒ＝ハウザー、ヘルベルト＝W＝フランケ、クラーク＝ダールトン、K＝H＝シェール……。

ソ連では、イワン＝エフレーモフ、ストルガツキー兄弟、アナトリー＝ドニェプロフ、イリヤ＝ワルシャフスキー、エレメイ＝パルノフ……。

（この国では、一九五七年ごろからSFがさかんになったが、アメリカの影響をうけてそうなったのではない。その年、スプートニクの打ち上げと、エフレーモフの『アンドロメダ星雲』の出版がかさなり、宇宙への関心がきゅうに高まったからだ。アメリカSFは、六〇年代にはいってから、ようやく紹介されはじめる。）

そしてイギリス——この国については、あとで書こう。

以上の四つの国ほどではないが、ほかの国々でもアメリカＳＦはよく読まれ、ＳＦ専門の作家が何人かあらわれた。

ルイジ＝ナビリオ（イタリア）、リーノ＝アルダーニ（イタリア）、スタニスラフ＝レム（ポーランド）、ヨーセフ＝ネスバドバ（チェコスロバキア）、ニールス＝ニールセン（デンマーク）、ベルカンポ（オランダ）……。

南アメリカのアルゼンチンやブラジルにも、ＳＦ作家はかなりいるようだ。だが、いまのところ、ぼくはチリの作家ユーゴー＝コレアしか知らない。

いろいろな国にＳＦ作家を育てたという点では、アメリカのＳＦブームが持っていた意味は大きい。だがアメリカＳＦにも、それなりの欠点があった。

いうまでもなくアメリカＳＦは、スペース・オペラのような、三〇年代の子どもっぽい冒険ＳＦから発達したものだ。そしてスペース・オペラは、ベルヌやウエルズ、ステープルドンやチャペックなどの書いたＳＦから、その悪いところばかりをとったような小説だった。いや、小説といえないものも多かった。

そういうものしか売れないので、しかたなく書いている作家もいた。けれど、大部分のスペース・オペラ作家は、科学知識もたいしてなければ、りっぱな小説を書こうという意気ごみもなかった。とにかく読者のほとんどは子どもだし、未来や宇宙を舞台にした大活劇を書けば、それで読者はよろこび、お金がもうかったからだ。

それから二十年後、アメリカＳＦの質はぐんとあがった。だが、スペース・オペラ時代の欠点はまだのこっていた。たとえば、読者のきげんをとろうと、小説のなかに必要のない活劇場面をたくさんくっつけてしまうクセだ。もちろん、これがアメリカだけの話なら、笑ってすますこともできる。こまるのは、そのような欠点までそっくりマネをしたＳＦが、ほかの国々にたくさん出てきたことだった。

フランスもひどかったが、とくにひどいのはドイツだった。ドイツ人作家の書くＳＦの九十パーセントが、アメリカのものと見わけのつかないスペース・オペラなのだ。だが、すぐれた作家もいないわけではないし、そろそろアメリカＳＦの影響からぬけだしていいころだ。これからに期待しよう。

ところでイギリスは、いままであげた国々とはすこし事情がちがっていた。

おなじ英語をつかう国なので、アメリカＳＦの影響を早くからうけていた。すでに、三〇年代の終わりごろには、アメリカのＳＦ雑誌が本屋で売られていたくらいだった。

けれどもイギリスには、イギリスＳＦの長い伝統がある。ウエルズ、シール、ドイル、ライト、ステープルドン、ハックスリーたちがつくりあげた形式だ。これは、アメリカＳＦとはまったくちがうものだった。

かるくて読みやすいのがアメリカＳＦの特長だとすれば、イギリスＳＦは、その反対に、重くて、たいへん読みごたえがある。それは、いいかえれば、たいへん読みづらく、書くこともむずかしい、ということだ。

だから、一九三〇年代から四〇年代にかけてのイギリスでは、アメリカにだけ小説を売る作家が何人もあらわれた。三〇年代は、ジョン＝ベイノン＝ハリス、ジョン＝ラッセル＝ファーン、四〇年代は、エリック＝フランク＝ラッセル、アーサー＝Ｃ＝クラーク……。（ハリスは、のちのジョン＝ウィンダム。このころはスペース・オペラ作家で、イギリスＳＦらしいものを書くよう

クラーク

ウィンダム

になったのは、ウィンダムの名を使いだしてからだ。またラッセルなどは、長いあいだアメリカ人だと思われていた。）

　だが戦争が終わり、新しいアメリカＳＦがどんどん紹介されだすと、このようなおかしなことはなくなった。

　才能のある作家たちが、両方の国のＳＦのよいところをとりいれた作品を書きだしたからだ。ウィンダムの『トリフィドの日』や、クラークの『幼年期の終わり』などが、そうした新しいイギリスＳＦの代表的なものだ。

　そしてこのころから、イギリスとアメリカのＳＦ界は、おたがいの欠点をおぎないあいながら、手に手をとって進みはじめる。

新しい波

ブームのあとにきた反動は、三年ほどつづいた。

だが、そのあいだも、実力のある作家たちは、あいかわらず単行本を出版していた。

また、つぎの時代をになう新人たちも、すばらしい作品をぞくぞくと書きだした。

アメリカでは、『宇宙の眼』『高い城の男』のフィリップ＝K＝ディック、『地球人よ、故郷に還れ』『悪魔の星』のジェイムズ＝ブリッシュ、『緑の星のオデッセイ』『恋人たち』のフィリップ＝ホセ＝ファーマー、『死の世界』のハリイ＝ハリスン、『ライボウイッツ賛歌』（未訳）のウォルター＝M＝ミラー＝ジュニア……。

イギリスでは、『暗黒星雲』『十月一日では遅すぎる』のフレッド＝ホイル（この人は、世界的に有名な天文学者だ）、『時の声』『狂風世界』のJ＝G＝バラード、『地球の長い午後』『グレイベアド』のブライアン＝W＝オールディス、『アンドロイド』のエドマンド＝クーパー……。

これらの作家のおかげで、SFはさらに進歩した。イギリスやアメリカのSFにあった欠点は、ますます少なくなっていった。

六〇年代にはいると、SFはふたたび、いきおいをもりかえした。ヨーロッパ、日本、南アメリカなどにも作家がたくさんあらわれ、SFの未来には、なんの不安もないようだった。

平和なSF界に、たいへんなできごとがもちあがったのは、そんなときだった。

ところは、イギリス。その〝たいへんなできごと〟のきっかけをつくったのは、J＝G＝バラード。

一九五〇年代の中ごろ、イギリスのSF雑誌「ニュー・ワールズ」にぽつぽつと短編をのせるようになったころから、バラードはふしぎな作家だった。

　きみたちは、ダリ、キリコ、エルンストといった画家たちの絵を見たことが、あるだろうか？　かれらは超現実主義（シュールレアリスム）の画家といわれ、現実にとらわれない自由な想像をそのまま絵にかきあらわした。

　またきみたちは、カフカや、ブルトン、アポリネールといった作家たちの名を聞いたことがあるだろうか？　ダリやキリコが絵でおこなったことを、小説のなかでやったのが、これらの作家だ。

J＝G＝バラード

　バラードはＳＦのなかに、このシュールレアリスムをもちこんだ作家で、六〇年代になると、かれが書くものにはその感じがますます強くなった。

　バラードはまた、いまのＳＦに大きな不満を持っていた。

　いまのＳＦ作家たちは、宇宙小説を書けば、それでＳＦになると思っている。だが、それはまちがっている。宇宙小説があまりにもたくさん書かれすぎたいまでは、ＳＦ作家が書かねばならないことは、もうなくなってしまったのだ。

　これからのＳＦ作家は、人間の精神のふしぎさに目をむけなければならない。人間の精神の研究は、科学の世界でもようやくはじまったばかり。ＳＦ作家が手をつける余地は、まだ無限にあるのだ。そして、それをおこなうには、シュールレアリスムの方法をもちいるのがいちばんだ。

　バラードが最初そういったときには、ＳＦ作家たちのほとんどは首をかしげた。

　だが、若い作家のなかには、いままでのＳＦにあきたりず、なにか実験をしなければと考えているものもいた。かれらはバラードの意見に賛成し、新しいＳＦを書きだした。

一九六四年、ニュー・ワールズ誌の編集長が、二十四歳の作家、マイクル＝ムーアコックに変わると、この運動はとたんに大きなものになった。バラードと同じことを考えていたムーアコックは、そのような実験をする若い作家を熱心に育てはじめたからだ。

「新しい波」といわれるものは、こうしてあらわれた。

かれらの作品の多くは、いままでのＳＦから大きくはみだしたものだった。この運動に反対する人びとは、「あんなものはサイエンス・フィクションではない」といって、無視しようとした。

けれども、「これだってＳＦなのだ、スペキュレイティブ・フィクション（Speculative Fiction）なのだから」若い作家たちは、そういいはった。

スペキュレイティブ・フィクション（日本では、思弁的小説と訳している）というのは、一九五〇年ごろ、ハインラインがいいだしたＳＦの新しい呼び名だ。ハインラインはこう考えた――

サイエンス・フィクションとはいっても、ＳＦのなかには、科学がそのまま出てくるわけではない。なかには、タイム・マシンや超光速飛行のように、いまの科学では不可能だとされているアイデアを使ったものもある。だが、われわれはそういった非科学的な小説まで、ＳＦと考えている。というのは、それらにも、いままでのすぐれたＳＦと共通する要素が見つかるからだ。

それは、〝もし〇〇だったら？〟というとっぴな

ダリの「炎のジラフ」

仮説をひとつつくると、そのあとは現在わかっているることにしたがって論理的に考えをすすめている点だ。これを、思弁（スペキュレーション）という。

〝もしタイム・マシンが発明されたら？〟――これを小説にしたのが、ウエルズの『タイム・マシン』。

〝もし気球で月に行くことができたら？〟――ポーの「ハンス・プファールの無類の冒険」。

〝もし第二次世界大戦でドイツや日本が勝っていたら？〟――フィリップ＝K＝ディックの『高い城の男』。

どれもこれも思弁的小説――スペキュレイティブ・フィクションだ。これなら頭文字もおなじSFだから問題はない。

「新しい波」の作家たちは、ハインラインの発明したこのことばをもちだして、「だから、これもSFだ」と、いいはるのだった。

だが、それにしても、シュールレアリスムの方法を使ったSF――ちょっと見たところでは、気のふれた人間の書いたようなデタラメな小説――が、なぜスペキュレイティブ・フィクションなのか？

人びとのそういう質問に、「新しい波」の作家たちはこう答えた――

いままでのSFみたいに、だれかがこうしたからこうなったというような、わかりやすいストーリーのあるものだけが小説じゃない。なかに書かれていることが、いかにめちゃくちゃで、常識は

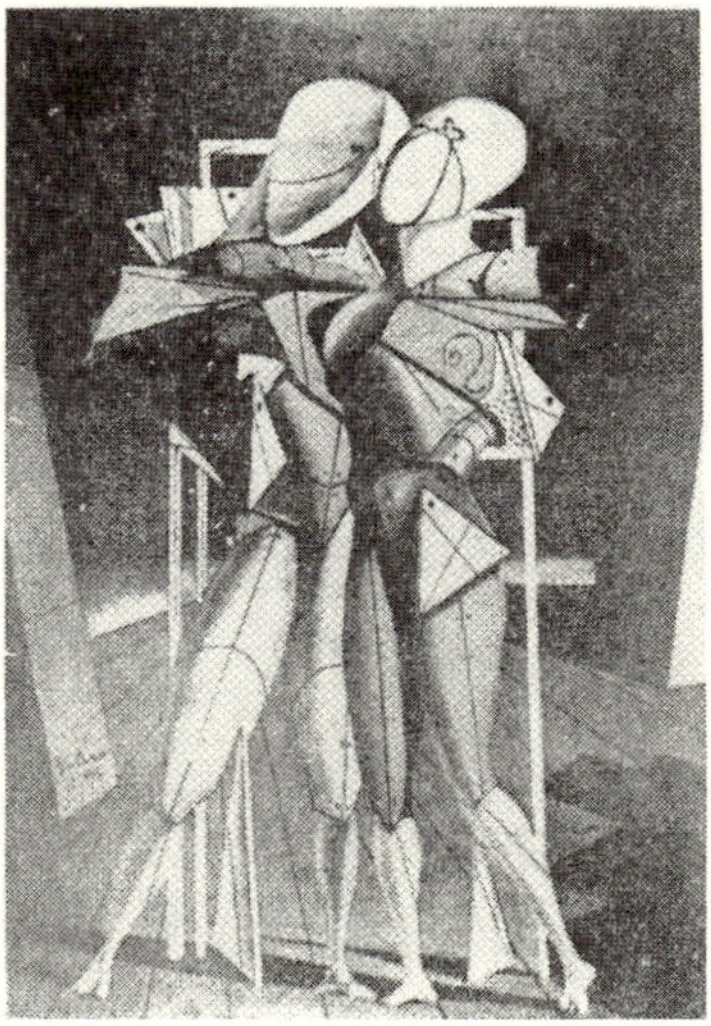

キリコの「神話」

ずれであろうと、作者の頭のなかには、ちゃんとした考えがあるのだ。作品のなかにかくされている作者の考えを見つけだすのが、読者の仕事なのだ。

イギリスにおこったこの動きは、やがてアメリカにもとんだ。大西洋をあいだにした二つの国に、実験的な新しいSFを書こうとする作家がつぎつぎとあらわれた。

イギリスでは、マイクル=ムーアコックはいうまでもなく、キース=ロバーツ、D=G=コンプトン、ラングドン=ジョーンズ、ブライアン=W=オールディス、ジョン=ブラナー……。

アメリカでは、サミュエル=R=ディレーニイ、ロジャー=ゼラズニイ、カート=ボネガット=ジュニア、ハーラン=エリスン、ロバート=シルバーバーグ、フィリップ=ホセ=ファーマー、R=A=ラファティ、トーマス=M=ディッシュ、ジョン=T=スラデック、フィリップ=K=ディック……。

ざんねんながら、日本では「新しい波」の紹介は、まだあまりすすんでいない。翻訳されたもののなかから、ひろい意味で、「新しい波」と呼んでいい長編をここにあげてみよう――

ボネガットの『猫のゆりかご』、ディレーニイの『バベル=17』、シルバーバーグの『時の仮面』、ディックの『アンドロイドは電気羊の夢を見るか?』、ディッシュの『プリズナー』、そしてバラードの『結晶世界』『燃える世界』『沈んだ世界』その他。

「新しい波」は、SF界にはげしい論争をまきおこした。一九六八年から六九年にかけては、その論争がもっともさかんだった時期だが、七〇年にはいると、ようやくおさまるきざしが見えてきた。「新しい波」をみとめる作家の数がかなりふえ、しかもベテラン作家までいくぶん実験するようになったので、「新しい波」が〝新しく〟なくなってしまったからだ。

未来へむかって

そして、一九七一年――。

それまでばらばらだった各国のＳＦ界は、おたがいに連絡をとりあい、世界のＳＦ界として発展しようとしている。

アメリカやイギリスのＳＦを輸入するだけだった、日本やヨーロッパ各国のＳＦ界が、それらの先進国と肩をならべるくらいに成長したからだ。

エフレーモフ（ソ連）の『アンドロメダ星雲』、レム（ポーランド）の『ソラリスの陽《ひ》のもとに』、ネスバドバ（チェコ）の『雪男の足あと』、安部公房の『第四間氷期』などが、アメリカやイギリスで出版された。

一九七〇年八月二十九日から九月三日にかけ

1970 年、日本でひらかれた国際ＳＦシンポジウム

ては、日本で世界最初の国際ＳＦシンポジウムがひらかれ、ソ連、アメリカ、イギリス、カナダ、日本など五か国の作家が、ＳＦについて語りあった。

ＳＦをよりよいものにするために、世界中のＳＦ作家が団結する日も、それほど遠い未来のことではないだろう。

日本の歩み

筒井康隆

日本のＳＦ界には、批評家が少ない。いや、少ないどころではない。たった、ひとりなのだ。それは石川喬司《いしかわたかし》という人である。

石川氏は、「日本ＳＦ史の試み」という論文を書いた。

日本に、いつごろからＳＦらしいものがあらわれたかということを、そして、そのＳＦ的なものの流れ——つまり歴史を、くわしく書いた、ただひとつの論文だ。

その「日本ＳＦ史の試み」によると、歴史をさかのぼっていけば、ＳＦらしいものは、『古事記』にも見られるそうだ。『古事記』――まさかこの本のことを知らない人はないだろうね。日本でいちばん古い、最初に書かれた文学であり、本だ。

そして石川氏は、それからのち、明治の初めごろまでの、日本の書物を百さつほどあげてそのすべてに、ＳＦ的なものがふくまれていると書いている。

だけど、その百さつの本を、いちいちここへ書いていていては、たいへんなことになる。

だいいちそれは、日本で書かれた有名な本の、ほとんどぜんぶなのだ！

だからここでは、明治以後にあらわれた、ほんとにＳＦらしい小説から書いていこう。

明治十年以後に、『八十日間世界一周』や『海底二万リーグ』できみたちもおなじみの、ジュール＝ベルヌの作品が、つぎつぎに翻訳された。

これに刺激されて、日本でも、未来もののＳＦが書かれはじめた。

牛山良助『日本之未来』

末広鉄腸『二十三年未来記』

そのほか、いっぱいある。

冒険ＳＦの元祖は、矢野竜渓という人の『浮城物語』だ。

明治三十三年には、押川春浪《おしかわしゅんろう》という人が『海底軍艦』などの冒険ＳＦをいっぱい書いた。だけど、いま読んだとしたら、きみたちもがっかりするだろう。子どもっぽいのだ。そのうえ、そのころの日本は軍国だったから、軍国主義的なものばかりで、つまらない。何かといえば、強い日本人が、自分より大きな外人を柔道で投げとばしたりする。もちろん、科学的になっとくの行く説明は、ほんのおざなりだ。

大正時代になると、きみたちにも読んでほしいものが、いっぱい出てくる。いちばんさきに読んでほしいものは、ＳＦではないけれど、宮沢賢治の童話だ。

なんだ、童話か――と、ばかにしちゃいけない。ＳＦ的な夢がいっぱいなのだ。ぼくなんかいまでも愛読しているよ。本屋さんにあるから、ぜひ買って読みたまえ。このほか、小川未明、浜田廣介、坪田譲治など、みんな童話だが、いいものばかりだ。すばらしいファンタジーといえるだろう。

昭和にはいると、稲垣足穂という、ファンタジーと、ショート・ショートの元祖みたいな作家が、おもしろいものをいっぱい書いた。どれもみな、「科学小説」といわれていたけれど、あまり科学的じゃなかった。しかし、もし古本屋さんで、『一千一秒物語』なんてのを見つけたら買っておいたほうがいいよ。とてもおもしろいから。

科学小説ということばが生まれたころのＳＦは、どちらかというと、推理小説とか、ミステリーに近いものだった。だから、発表されたの

矢野竜渓

末広鉄腸

も、「新青年」という探偵小説の雑誌などに多かった。いまでも、ＳＦというと、推理小説のかわったもの――と思っている人がいるけれど、これは、そういうことが原因だったのだ。

　そのころ書かれた、ＳＦに近いミステリーをひろってみよう。

江戸川乱歩『鏡地獄』『押絵と旅する男』
小酒井不木『人工心臓』
甲賀三郎『浮かぶ魔の島』

海野十三

大下宇陀児『電気殺人』『地球の屋根』
夢野久作『ドグラ・マグラ』
小栗虫太郎『水棲人』『有尾人』
木々高太郎『緑の日章旗』
蘭郁二郎『地底大陸』『孤島の魔人』
北村小松『燃ゆる大空』

だけど、なんといっても、このころ、いちばんたくさんＳＦを書いたのは、海野十三《うんのじゅうざ》という作家だ。日本ＳＦの父――などとも、いわれている。

　この海野十三という作家は、たくさんの少年向きＳＦも書いている。『地球盗難』『海底大陸』『火星兵団』『地球要塞』『浮かぶ飛行島』『四次元漂流』など、ほとんど戦争ものだ。

　なぜかというと、明治時代でもそうだったのだが、昭和にはいると、ますます少年の闘争心をかきたてる――つまり、戦争好きな心を高めるような小説が、おおいに、もてはやされたからだ。この海野十三の小説も、そのころの日本の国の方針に、ぴったりだったのだ。軍国主義的だったのだ。

だけど、ぼくの少年時代には、そういうことをぬきにしても、この少年向きＳＦが、ほかのどの小説よりもおもしろかった。ＳＦ的なアイデアがいっぱいあって、楽しかったからだろうね。

海野十三の、おとな向きのＳＦには、軍国主義的なところは、あまりない。

『十八時の音楽浴』という短編集が出ているから、おとな向きＳＦのほうだけなら、いまでも読めるよ。日本ＳＦの、ほんとの意味の、いちばんのクラシック（古典）だ。

暗い、いやな時代――太平洋戦争、つまり第二次世界大戦がやっと終わった。

そのころ、ぼくたちの夢をみたしてくれたＳＦ――それは、なんといっても、手塚治虫のマンガだった！

もちろん、小説じゃない。だけど『ロスト・ワールド』『メトロポリス』、そのほかたくさんの手塚マンガには、すばらしいＳＦのアイデアがいっぱい。しかもそのうえ、そのマンガのすべてから、ぼくは、文学的感動も受けた！　だけど、ここのところは、あとで豊田氏が、くわしく書いてくれるから、そっちを読んでもらいたい。

いっぽう、小説のほうといえば、戦争が終わってから約十年の間あまり出なかった。だいたい、翻訳さえ、あまり出なかった。どっと出たのは推理小説の翻訳、それに、戦前からの日本の探偵小説作家の旧作、新作などだ。

もっとも、戦後すぐに「アメージング・ストーリーズ」という翻訳ばかりのＳＦシリーズが出たが、これは七さつだけで打ち切りになってしまった。よほど売れなかったらしいんだね。中身も、たいしたものはなかった。推理小説ブーム、犯罪実話ブームに乗っかったエログロものだったのだ。

昭和二十九年にも、森の道社というところから「星雲」という雑誌が出た。これは一号でおしまい。内容が、あまりにも科学的すぎたから、読者がついて行けなかったのだろう。

三十年に出た室町書房というところのＳＦシリーズも、二さつでおしまい。

講談社のＳＦシリーズは、六さつまで出たが、ついに打ち切り。だけどこのシリーズの翻訳はとてもよかったよ。でも、ほとんどの人が、空想科学小説とはどんなものか知らなかったため、売れなかったのだ。

三十一年には、元々社《げんげん》というところから、『最新科学小説全集』というのが出はじめた。ここはがんばって二十さつまでだしたのだが、とうとう会社がつぶれてしまった。

この全集は、今でも古本屋さんで見かけることがある。だけど、悪いことはいわないから、こいつは買わないほうがいいね。翻訳が、ひどく悪いのだ。ストーリーがわからないほど、ひどい。まるで中学生が訳したみたいだよ。（ごめんね。中学生諸君。）

それに、この全集で出たＳＦは、もっとあとで、たいてい新しい、いい訳で出ている。だから、同じことなら新しいのを買いたまえ。

さて、いっぽう、日本人の作品はといえば、昭和二十七年に、香山滋が『ゴジラ』を書いている。この人は、このほかにも、怪奇ＳＦをいっぱい書いているよ。だけど、そのほとんどは、変わったミステリーとして読まれたようだ。

『人間そっくり』でおなじみの安部公房が『Ｒ62号の発明』という、純文学作品であり、ＳＦでもある小説を書いたのも、この年だ。

昭和三十二年、柴野拓美という人がＳＦの同人雑誌、「宇宙塵《うちゅうじん》」というのを始めた。

さあ！　ここではじめて、きみたちもよく知っていて、いまも活躍しているＳＦ作家が登場するよ。星新一だ！

「宇宙塵」に書いた「セキストラ」というＳＦを、

江戸川乱歩が読んでびっくりした。

「これはおもしろい。」

乱歩さんのすいせんで、星新一は「宝石」という雑誌に、ショート・ショートをたくさん書きはじめた。たいへんわかりやすかったため、それはたちまち大評判になった。あまりにも評判になりすぎたため、今でもたくさんの人が、SFというのは、ショート・ショートのことかと思っているぐらいだ。

ここでちょっと、いっておこう。そのころの「宝石」は、いま、きみたちが本屋さんで見かける「宝石」とは、ちがうのだ。いまの「宝石」は、光文社というところでだしているが、そのころの「宝石」は、ミステリー専門の出版社の宝石社というところから出ていた。ぼくたちは、だから区別して、「今の宝石」「昔の宝石」なんて、いっているけれどね。

その後、この「宝石」では、しばしばSF特集というのをやった。星新一はじめ、ぼく、眉村卓、平井和正、豊田有恒、光瀬龍、広瀬正といった人たちのSFがはじめてのったのも「宝石」だ。

星新一がデビューしたのと同じ年、早川書房から翻訳のSFシリーズが出はじめた。

「ハヤカワSFシリーズ」だ！　いままでに三百さつ近く出ている。SFシリーズの王さまだ。

そのつぎのつぎの年、昭和三十四年！

ごぞんじ「SFマガジン」登場！

これも早川書房だ。いまではもう百五十号になるのだ。そして、この編集長は二年ほど前まで福島正実氏だった。この人がいなければ、「SFマガジン」は出ていなかっただろう。

その「SFマガジン」では、SFコンテストというのをやった。SFを募集したのだ。

第一回めのコンテストでは、眉村卓の『下級アイデアマン』と、豊田有恒の『時間砲』が入選した。どちらも、あとで本になっているが、日本最初のコンテスト応募作品としては、たいへん水準の高い作品だった。

　しかも、この時、努力賞をもらった人の中には、おどろくなかれ！　小松左京、光瀬龍、平井和正など、すごい人がいっぱいいたのだ！　しかもだ！　この時ただの努力賞だった小松左京の『地には平和を』は、あとで直木賞候補になっているんだよ！　いかに、そのコンテストに集まった作品のツブがそろっていたかが、わかるだろう！

「ＳＦマガジン」創刊号

　その次の、第二回ＳＦコンテスト――。

　これには、小松左京の「お茶漬の味」と、半村良の「収穫」が堂々入選。筒井康隆――つまりぼくのＳＦは、豊田有恒とならんで佳作入選だった。

　さあ、これで、いま活躍しているＳＦ作家のほとんどが出てきたね。これらの作家は、みな「ＳＦマガジン」につぎつぎといいＳＦを書きはじめた。

「ＳＦマガジン」だけではない。

　ＳＦという名が知られはじめ、「サンデー毎日」「オール読物」、それに昔の「宝石」などが、大きくＳＦ特集をやりはじめ、ＳＦ作家たちの大活躍がはじまったのだ。どういういい作品を書いたか、それは「日本の名作」でくわしく紹介しよう。

　日本人作家で、はじめて現代的ＳＦの長編の単行本をだしたのは、今日泊《きょうどまり》亜蘭《あらん》という人。昭和三十七年東都書房からだした『光の塔』だ。

つづく三十八年、同じところから眉村卓も『燃える傾斜』をだした。

つづいて三十九年、光文社から小松左京の『日本アパッチ族』が出た。

このうち『光の塔』と『燃える傾斜』は、新しい本がもうないから、古本屋さんで見つけたら、あわてて買うこと。どちらもおもしろいから、損はしないよ。

それからは早川書房でも、「日本ＳＦシリーズ」が出はじめたし、創元新社でも文庫で翻訳ＳＦをやりだしたし、講談社も単行本をだした。このへんは、いまでも本屋さんにぜんぶ出ているから、きみたちも知っているね。

ＳＦはひろく読まれるようになり、すでにそれまでに、推理小説の作家として名を知られていた佐野洋、都筑道夫、高橋泰邦、生島治郎といった人たちまで書きはじめたし、「ＳＦマガジン」編集長だった福島正実、評論家の石川喬司、翻訳家の矢野徹といった人たちも書きはじめた。

そして最近では、山野浩一、荒巻義雄、石原藤夫、堀晃、戸倉正三といった人たちが、おおいに活躍している。

昭和四十五年八月二十九日、世界ではじめての国際ＳＦシンポジウムが開かれた。なんと、日本で開かれたのだ！　アメリカ、ソ連はじめ、五か国の作家が日本に集まったのだ！

これに出席したイギリスの作家、ブライアン＝オールディスはいった。

「日本ＳＦのレベルは、こんなに高かったのか。日本以外の国で、この会議が開かれていたら、これほど成功しなかったかもしれぬ。」

そう。それが現在の日本ＳＦなのだ。

3　ＳＦの名作

世界の名作

伊藤典夫

「世界の歩み」の章で、重要な古典はいちおう紹介できたので、ここでは現代の名作だけをあげることにした。現代とは、アメリカにＳＦブームがおこる一九五〇年ごろから、きょうまでの意味だ。だが、それでもページのつごうで、有名な作品をたくさんはぶいてしまったことは、おわびしなくてはならない。

一度読んだだけではわからない本もあるだろう。きみたちの好みにあわない本もあるだろう。だがとにかく、これが、現代ＳＦの名作なのだ。（本の題名は、本国での発表年代順にならべた。）

『発狂した宇宙』　フレドリック＝ブラウン

一九四九年　（早川書房）

打ちあげに失敗した月ロケットが、墜落して大爆発をおこす。ところが、その場所には、たまたまＳＦ雑誌の編集長キース＝ウィントンがいた。かれは爆発のエネルギーによって、ふしぎな世界にとばされる。そこは、たしかに地球で、時代はいまなのだが、人類はとっくに太陽系を征服し、アルクトゥールス人と戦争をしているところなのだ。なにからなにまで、自分が編集していたＳＦ雑誌のなかの世界にそっくり。そしておどろいたことに、この世界には、雑誌の編集長をしているキース＝ウィントンという男がちゃんといるのだ。

なぜ地球は、こんなに変わってしまったのだろう？　どうすれば、もとの世界に帰れるのだろう？

多元宇宙テーマ（五〇二ページ参照）のＳＦはたくさんあるけれど、これほど楽しい読みものになっているのはめずらしい。また、ＳＦ作家が、ＳＦそのものを皮肉ったパロディとも見ることができる。

『発狂した宇宙』の原書

『宇宙船ビーグル号の冒険』

Ａ＝Ｅ＝バン＝ボークト

一九五〇年　（東京創元新社）

バン＝ボークトは、奇怪な宇宙生物を考えだす天才だ。かれの作品には、とほうもない怪物がたくさんあらわれる。だが、なかでもこの長編は、宇宙探検船ビーグル号の科学者たちと、そのような怪物たちとの対決だけに話をしぼっている点で、ちょっと類のない作品だ。

物語は四つのエピソードにわかれ、それぞれにビーグル号を危機におとしいれる怪物が登場する。そして一ぴきを退治すると、つぎのは前のよりもっとすごくなる。

（『宇宙船ビーグル号』の題名で、早川書房からも出版されている。）

『火星年代記』　レイ＝ブラッドベリ

一九五〇年　（早川書房）

『宇宙船ビーグル号の冒険』より

ブラッドベリの名をいちやく世界にひろめた幻想的なＳＦ。

火星をおとずれた人びとの物語を、一九九九年から二〇二六年まで順をおって書いている。だから長編の部類にいれられているが、じっさいは十三の短編と、そのあいだをつなぐ十三の短い文章からできている変わった形式の本だ。

はじめて火星にきた地球人は、そこで美しい文明をもった火星人にであう。だが探検隊が何かいかやってくるうちに、火星人は地球からはこばれてきた病気のために、ほろびてしまう。やがて地球に最終戦争がおこり、ようやく火星までにげのびた人びとは、おそろしい戦争を二度とくりかえさないよう、新しい火星人として再出発をちかう。

ブラッドベリは、人間への批判と希望をこめて、詩的な、流れるような文章でこれらの物語をつづっている。

『われはロボット』 アイザック＝アシモフ
一九五〇年 （早川書房）

ロボットということばを作ったのは、チェコスロバキアのカレル＝チャペックだが、そのときはまだ合成人間の意味だった。それが、いつのまにか機械人間のことになり、ロボット・テーマのSFがたくさん書かれはじめる。

アシモフといえば、必ず思いだすのが、〈ロボット工学の三原則〉（四九四ページ参照）。そしてこれは、その三原則にもとづいた、かれのロボット小説の傑作ばかりを、はじめて一さつにまとめた記念すべき短編集だ。それぞれの短編は、『火星年代記』と同じように年代順にならべられ、ロボットの発達の歴史がしだいにわかってくるしくみになっている。

ロボットと少女の友情を美しくえがく「ロビイ」、自分の存在に疑いをもった最初のロボットの話「われ思う、ゆえに……」――こうしてひとつずつ読みすすむうち、きみたちはアシモフの小説作りのうまさに舌をまき、ロボットとともによろこび、かなしんでいる自分に気がつくだろう。（また一九六四年には、この続編が出版された。『ロボットの時代』早川書房。）

『トリフィドの日』 ジョン＝ウィンダム
一九五一年 （早川書房）

トリフィドとは、この小説のなかにあらわれる奇怪な植物の名前。それは、人間が何かいも実験をかさねながら、ようやくつくりだした新種の植物だ。

このトリフィドからは質のよい油がとれるので、人間はそれをたくさん栽培していた。ところが、宇宙兵器の爆発の光で、地球上の人間のほとんどが視力を失ったとき、トリフィドはいっせいに地面から根をひきぬいて歩きはじめる。そして、手も足も出ない盲目の人びとをつぎつぎと殺してゆく。

人類は、トリフィドにほろぼされてしまうのだろうか？

破滅テーマのＳＦの代表作。話がわかりやすく、人間がみんないきいきとえがかれているので、ＳＦぎらいの人びとにも評判がよい。（『トリフィド時代』の題名で、東京創元新社からも出版されている。）

『トリフィドの日』より

『銀河帝国の興亡』（三部作）

一九五一～五三年　アイザック＝アシモフ（東京創元新社）

遠い未来、銀河系を征服した人類は、そこに銀河帝国をつくりあげた。帝国は長いあいだ平和そのもので、人びとはこの平和が永遠につづくものと思いこんでいた。ところが、そうでないことを予知したものが、ただひとりいた。銀河系最高の科学者、ハリ＝セルダンだ。

セルダンは新しい科学、心理歴史学を応用して、この銀河帝国が何百年かのちにはほろび、三万年にわたる暗黒時代がそのあとにおとずれることを知る。それをくいとめることは、もうできない。だが人類がいままでにたくわえた知識のすべてを、完全なままどこかに保存できれば、暗黒時代はもっと短くなり、第二銀河帝国ももっと早く生まれるはずだ。そう考えたセルダンは、〝銀河系の両方のはし〟に、人類の知識をあつめた二つのファウンデーションを建設する。そのひとつが、遠い惑星テルミヌスにつくられたことはわかっているが、もうひとつがどこにあるかは、だれも知らない。

何百年かのち、セルダンの予言どおり、銀河帝国はほろび、たくさんの君主が銀河系の新しい支配者になるためあらそいあう戦国時代がやってくる。かれらにとって、戦いに勝ついちばんの近道は、知識の宝庫ファウンデーションを自分のものにすることだ。だが、第一のファウンデーションは破壊され、残るは第二のファウンデーションだけ。それは、どこにあるのだろう?

SFでは、作家が未来の歴史を空想し、それをいくつもの作品にわけて書くことが非常に多い。それらはひとつずつ読んでもおもしろいが、全部まとまると、何百年、何千年もの時の流れを背景にしたひとつの大きな物語となる。E=E=スミスの〈レンズマン〉シリーズ、ハインラインの〈未来歴史〉シリーズ、ブリッシュの〈宇宙都市〉シリーズなどがそうだが、〈ファウンデーション〉シリーズは、その構成のみごとさとスケールの大きさで、SFファンにもっとも親しまれている。

『アトムの子ら』 ウィルマー=H=シラス
一九五三年(早川書房)

新しい人類をテーマにしたSFは、ステープルドンの『オッド・ジョン』、バン=ボークトの『スラン』、ルイス=パジェットの『ミュータント』など、いままでにもたくさん書かれている。これも、そのひとつだ。

物語の主人公となる少年少女たちは、放射線をあびた両親から生まれたミュータント。まだ十ぐらいなのに、おとなよりはるかに頭がよい。かれらはめだたない生活をおくりながら、しだいに団結し、自分たちの才能を社会のために役だてようとする。だが、ふつうの人間とはちがいすぎるため、人びとはかれらをにくむようになる……。

たいていのＳＦでは、ミュータントをだせば、人類との戦争と相場がきまっている。ところが、女流作家シラスはそうはしない。子どもたちをあたたかい目で見守りながら、かれらの成長と日常生活をたんたんとえがいていくのだ。しかもそこには、すぐれたＳＦでしか味わうことのできないおどろきが、いくつも待ちかまえている。

『人間以上』　シオドア＝スタージョン

一九五三年　（早川書房）

スタージョンは、変わった味が売りもののＳＦ作家のなかでも、とくに変わった作家として知られている。ブラッドベリに似た幻想的な小説がとくいだが、ブラッドベリほど感情におぼれていないので、ＳＦらしいＳＦも書くことができる。

これは、スタージョンのそのようなふしぎな才能が、あらゆる点で生かされた名作といえるだろう。ひとりひとりでは一人前の人間ではない。だが六人があつまると人間以上の力を持った生きものとなる――『人間以上』は、集団人（ホモ・ゲシュタルト）の物語だ。人の心を見とおすことの

『人間以上』の原書

できるうすのろのこじき、考えるだけで岩を動かすことのできる少女、自分の姿を見えなくすることができるふたごの黒人の子ども、コンピューターのように計算のできる赤んぼう、地上最高の哲学者も顔負けのすばらしい知性をかくしもった不良少年。そんなはんぱものたちが、だんだんとおたがいを知り、集団人として動きはじめるまでが、美しい文章で語られている。

『幼年期の終わり』　アーサー＝C＝クラーク

一九五三年　（早川書房）

人類の未来については、多くのSF作家がいろいろな答えを小説のなかでだしている。人類が死にたえてしまう破滅テーマの作品を書いたものもいれば、新しい人類があらわれるミュータント・テーマの作品を書いたものもいる。まだまだほかにもありそうだが、クラークの『幼年期の終わり』は、そのような考えかたを全部まとめて、さらにそれをこえた小説だ。

宇宙には、つぎの進化の段階へすすめる知的生物と、それ以上はすすめず、いつかほろびなければならない知的生物とがいる。人類は、その二つのうちのはじめのほうだったのだ。

ある日とつぜん、地球の空に遠い星からやってきた宇宙船があらわれ、人類はそれまでずっと高等な生物に見守られていたことを知る。やがて、生まれてきた子どもたちのなかに、おとなにはわからない変化がおこりはじめる。

クラークの最高傑作といわれるこの作品は、その思想の深さといい、美しく、またおそろしい結末といい、よく考えられた筋立てといい、ほとんど文句のつけようがない。

（『地球幼年期の終わり』の題名で、東京創元新社からも出版されている。）

『重力の使命』 ハル＝クレメント

一九五四年　（早川書房）

これがどんな小説か知ってもらうには、設定を説明するのがいちばんいい。

ところは、白鳥座六十一番星の惑星メスクリン。これが、信じられないような惑星なのだ。質量は地球の五千倍もあるくせに、大きさは天王星ぐらいしかない。自転がもうれつにはやいので、赤道地帯へ行くと重力は地球の三倍ぐらいだが、極地帯では六百倍にもふえる。

地球人は、重力の性質をしらべるのにつごうのよい惑星だと考えて、そこに宇宙船をおろす。ところが、それが故障をおこして、もどってこない。さいわい、メスクリンには頭のよい生物が住んでいた。地球人はかれらにたのんで、資料のはいったテープを宇宙船からとってきてもらおうとする。大きさ三十センチほどの、ムカデに似たメスクリン人たちの旅が、この小説の中心だ。

『重力の使命』より
（アスタウンディング・サイエンス・フィクション、1953年）

ＳＦのなかでも、科学にもっともきびしいものを、ハード（かたい）ＳＦという。『重力の使命』は、そのハードＳＦの代表作といわれているものだ。小説のなかで、作者がどんな科学的なまちがいをしているか見やぶろうとする読者、まちがいがないようにあらゆる点に気をくばる作者。

作者と読者の知恵くらべが、ハードＳＦのおもしろさだ。

『火星人ゴー・ホーム』 フレドリック＝ブラウン
一九五五年 （早川書房）

これは、また、とんでもなくふざけたＳＦだ。

火星人が地球へどっとやってくるのだから、ウエルズの『宇宙戦争』とおなじように、侵略テーマのなかにいれてもよさそうだが、ちょっとわけがちがう。

火星人は緑色のこびとで、かたちはあるのに、手でさわることができない。そして、おそろしくいじわるで、ヘソまがりで、地球人のやることなすこと、じろじろながめてはバカにして笑うのだ。火星からきたといってはいるが、ほんとうにかれらは火星人なのか？ なんとか、かれらを追いはらうことはできないのか？

『火星人ゴー・ホーム』より
（アスタウンディング・
サイエンス・フィクション、1954 年）

作者ブラウンは、火星人のことばをかりて、人間のおろかさをさんざんに風刺している。

『都市と星』 アーサー＝Ｃ＝クラーク

一九五六年　（早川書房）

クラークは、『火星の砂』や『渇きの海』のような近い未来を舞台にしたＳＦのほかに、想像力のつばさを思いきりひろげて、遠い未来を詩的にえがいたＳＦも書いている。この作品も、そんなひとつだ。

何億年も未来、地球の陸地はみんな砂漠となり、たったひとつの都市ダイアスパーだけが、すこしも変わることなく、そのなかからそびえている。天才的な科学者がつくりだしたその都市は、あらゆるものがすりきれることもなく存在しつづけ、そこに住む人びとは何かいも生まれては死に、生まれては死ぬ。電子頭脳に、都市ばかりか、人間の心やからだまで記録されているからだ。

ところが、その都市に、むかし生まれたという記憶のない少年が生まれる。かれはせまい都市のなかではあきたりず、出口をさがしはじめる。それがやがて、かれを遠い星までみちびくことになる……。

『火星人ゴー・ホーム』より

『夏への扉』　ロバート＝A＝ハインライン

一九五七年　（早川書房）

これは、かぞえきれないほどある時間旅行テーマのＳＦのなかでも、最高に楽しい、ロマンチックな物語だ。

親友と恋人にうらぎられ、冷凍睡眠で未来へおくられた男が、タイム・マシンで過去にもどり、また冷凍睡眠で未来へ行って、ほんとうの恋人を見つける、

といってしまえば、かんたんだが、この小説のなかには、ハインラインならではの気のきいた工夫が、あちこちにこらされている。主人公が過去の世界で発明した機械は、親友にうばわれたはずなのに、なぜまだ自分が発明したことになっているのか？　かれが過去の世界に残してきた飼いネコ、ペトロニウスはどうなったのか？　そして、かれをしたっていたかわいい少女リッキーは、いまどうしているのか？

気がかりな問題をいくつもからませながら、物語は思わぬ方向へ発展していく。ハインラインにいわせると、自分が書いたいちばん好きな小説だそうだ。

『虎よ、虎よ！』より
（ギャラクシイ・サイエンス・フィクション、１９５６年）

『虎よ、虎よ！』　アルフレッド＝ベスター
一九五七年（早川書房）

欠点だらけのスペース・オペラも、ベスターくらい才能のある作家の手にかかると、こんなすばらしい小説になるという見本。

『虎よ、虎よ！』より（ギャラクシイ、1957年）

これは、二十五世紀の太陽系にくりひろげられるひとりの男の復讐の物語だ。宇宙を漂流していたガリバー＝フォイルは、かれを見すてて通りすぎた宇宙船ボーガを追って、ようやくある小惑星にたどりつく。だが、そこに住んでいた野蛮人につかまり、顔にトラのいれずみをされて……。

超現実的な設定、息もつかせぬ活劇、目のさめるようなアイデア。活字が花火のようにいりみだれるクライマックスは見ものだ。

『アンドロメダ星雲』　イワン＝エフレーモフ
一九五七年（早川書房）

ソ連SFの最高作といわれるユートピア小説。いまから一千年未来、人類は星の世界へのりだし、そこに平和な社会をきずいている。だが、人類はそのままで満足してしまったわけではない。宇宙には、まだわからないことがいっぱい

あり、人間の生活や考えかたには、改良しなければならないところが、まだたくさんのこっているのだ。

作者は、光子宇宙船に乗って遠い星へと旅する人びとをえがきながら、未来の人類はこのようにならなければならないと読者に語りかけている。

この作品がはじめて出版されたとき、ソ連では、エフレーモフの考えかたが正しいかどうかで、大論争がおこった。ソ連にＳＦがさかんになったのも、これがきっかけだという。


『タイム・パトロール』 ポール＝アンダースン

一九六〇年 （早川書房）

タイム・パトロールとは、日本語にすれば、時間警察官。時の流れのなかを行ったりきたりして、歴史をまちがった方向に変えるものがいないように、いつも監視している人びとのことだ。アンダースンのこの小説は、歴史時代を舞台にした時間テーマのＳＦのなかでも、とくにすぐれたものといわれている。

全体は四つにわかれ、主人公のタイム・パトロール隊員は、時間犯罪を追ってさまざまな時代へとぶ。五世紀のイギリスへ、紀元前六世紀のペルシアへ、蒙古人が上陸した十三世紀のアメリカへ、そして、いまとはまったくちがう二十世紀のアメリカへ――そこには変てこなことばを話す人びとが住んでいた。

歴史のおもしろさにくわえて、時間テーマならではのふしぎなパラドックスあり、冒険ありで、読むものをあきさせない。


『地球の長い午後』

ブライアン＝Ｗ＝オールディス

一九六二年 （早川書房）

気の遠くなるような未来、地球は太陽にひとつ

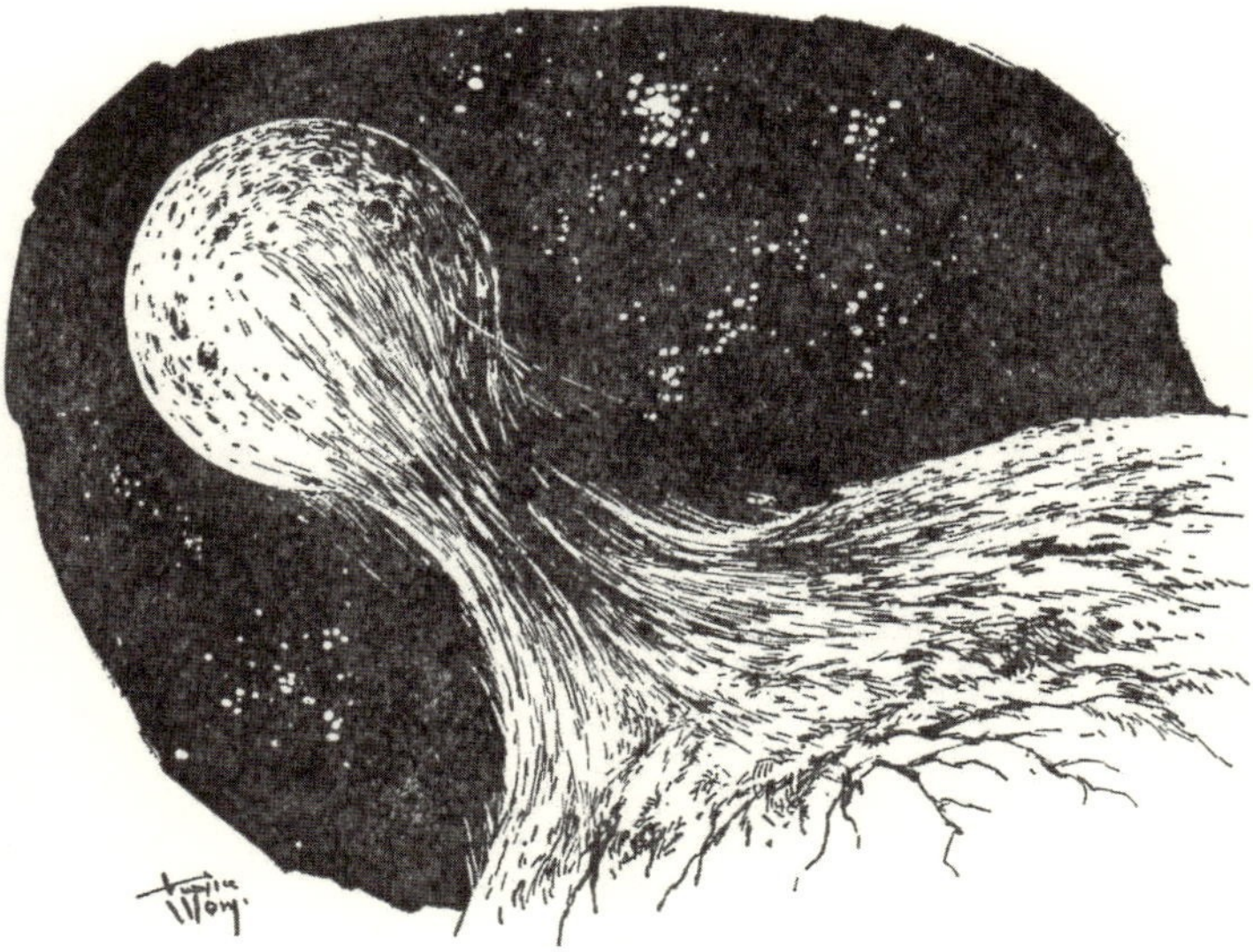

『地球の長い午後』より

の面だけをむけたまま、そのまわりをまわるようになった。強い放射線がいつもふりそそぐ昼の面では、動物はほとんど死にたえ、かわりに植物が地上の支配者になった。

大陸は、一本のとほうもなく大きいベンガルボダイジュに征服された。もっと小さな植物も、さまざまなかたちをとりながら、ジャングルのあちこちに自分のなわばりを作った。小動物の肉を食べるトビエイ、ハネンボウ、ヒカゲノワナ。ジャングルのてっぺんから地上に管をのばして栄養のある土を吸うツチスイドリ。そして、地球と月を糸でむすんで、そのあいだを飛ぶクモのような植物ツナワタリ……。

だが人間がほろびたわけではない。いまではてのひらにのるほど小さくなり、からだも緑色に変わっているが、それでもかれらはまだ人間だった。そんなふしぎな世界を舞台に、少年グレンの長い旅がはじまる。

とほうもない空想が、こんなにつぎからつぎへとくりだされるSFもめずらしい。その点では、奇怪な宇宙生物を考えだす天才バン＝ボークトも、たじたじとなるほどだ。オールディスが自分の想像力の限界をためそうとした作品ともいうことができるだろう。

『高い城の男』 フィリップ＝K＝ディック
一九六二年（早川書房）

これもまた、ふしぎなSFだ。多元宇宙テーマの一種だろうか？

時代は、いま。場所は、アメリカ。ところが、このなかにえがかれている世界は、ぼくらの知っているアメリカとはまったくちがっている。時の流れが、一九四〇年ごろのどこかで、ちょっと変化したのだ。

第二次世界大戦は終わったが、勝ったのはアメリカやイギリスではなく、なんと日本とドイツだった！

アメリカ東部は、ヒトラー総統がひきいるナチス・ドイツの手におちた。西部は日本が占領した。ドイツ人は戦争中とおなじように、ユダヤ人や黒人を殺すなどして、その政策は情けようしゃない。ところが日本人は、アメリカの文化に目を見はり、アメリカ人の人権を尊重しながら、おだやかな政策をおしすすめる。

そんな世界で、ひとりの作家がある小説を書きあげた。それは、第二次世界大戦でドイツと日本が負けた空想の世界をえがいた、ふしぎな小説だった……。

ディックの最高傑作といわれるこのSFは、日本人というものを正面きってとりあげた小説という意味でも、異色作だ。ぼくらから見ると、おかしなところもなくはないが、やはりいちどは読んでおく必要があるだろう。

『結晶世界』　Ｊ＝Ｇ＝バラード

一九六六年　（東京創元新社）

「新しい波」を代表するバラードのもっとも有名な長編。

行くえ不明の友人をさがすため、アフリカにやってきたサンダーズ博士は、ま昼の太陽の下にあるジャングルが、それにしてはふしぎに暗いのに気がつく。まるでジャングルが、光をすいとっているかのようだ。博士はそのことを人に話すが、あなたの気のせいだろうといわれるだけで、だれも本気で耳をかそうとしない。

そんなとき、川にひとつの死体が流れつく。その死体の手のあたりは、なんと宝石のような美しい結晶に変わっていた。

ジャングルの奥ふかくで、なにかおそろしいできごとがおこっているのだ。人びとはそれを知っていて、知らないふりをしているのだ。博士は、そのなぞをときあかそうと、アフリカの奥地へ出発する。

世界の破滅を、このようなかたちでえがいたＳＦは、おそらくはじめてだろう。時間がこおりつき、地球上のあらゆるものが、動物も植物も鉱物も、みんな光りかがやく結晶に変わっていくのだ。その超現実的なイメージが、読者をとらえてはなさない。

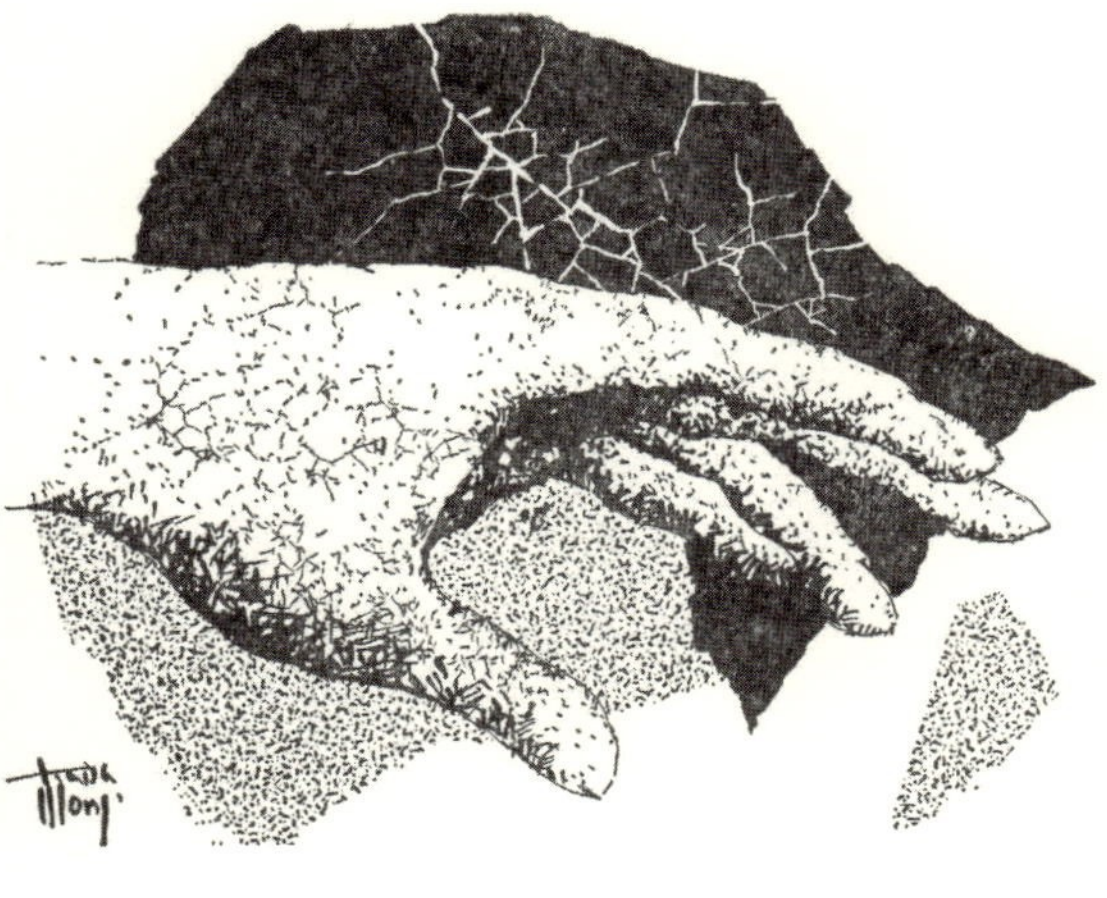

『結晶世界』より

『アンドロメダ病源体』 マイクル＝クライトン
一九六九年 （早川書房）

日本でも、ものすごいベストセラーになったハードSFの傑作。作者のクライトンは、名門ハーバード大学医学部をトップ・クラスの成績で卒業した、二十六歳の青年だ。

アメリカの人工衛星が、故障をおこして西部のかたいなかに落ちる。ところが、その人工衛星には、地球上にはないおそろしい病源体がくっついていた。それが落ちた近くには、ピードモントという小さな町があった。病源体はそこに住む人びとをおそい、たちまちピードモントは死の町となる。

だが事件はそれだけですみそうもない。この病源体が、風にのってあちこちにちらばれば、アメリカだけでなく、地球の人間すべてがほろびてしまうかもしれないのだ。

その夜、大統領の命令で、アメリカでも指おりの科学者が五人あつめられ、ネバダ州の砂漠のどこかにある地下研究所におくりこまれる。かれらの仕事は、すべてが手おくれになる前に、この病源体の正体をつきとめ、治療法を見つけだすことだ……。

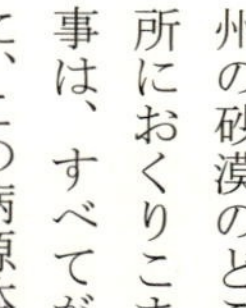

これは、宇宙からやってきたなぞの細菌と人間との、五日間にわたるたたかいの物語だ。おもしろいのは、作者がこれをすでにおこったできごととして書いている点で、だからこの作品のなかにでてくる科学技術やデータは、いまこの世界にあるものばかり。

ノンフィクションSFと呼んでもいいだろう。

宇宙時代をむかえた地球では、いつこのようなできごとがおこるかわからない。もし、それがほんとうにおこったとき、人類はどうすればよいか？　それに対する答えが、この『アンドロメダ病源体』だ。

日本の名作

筒井康隆

外国のＳＦにくらべて、日本のＳＦは、たいそう質が高い——つまり上等だといわれている。

外国のＳＦには、いいものもあるが、悪いものもたくさんあり、早くいえば質より量、という感じがする。量がたくさんあれば、名作も多くなる。これはあたり前だ。そのかわり、悪いものもたくさん出てくる。ところが日本のＳＦには、悪いものはひとつもない。すべて粒よりなのだ。なぜ、そうなったか？　それは、日本にはＳＦの読者が少なく、悪いＳＦばかりを書いていては、その少ない読者でさえ本を買ってくれないからだ。つまり、才能のないＳＦ作家は、食べて行けないのである。だから日本のＳＦ作家は、みんな、真剣に、そして、けんめいに、いい仕事をしようと、がんばり続けている。

だから、日本のＳＦは、どれもこれも名作なのだが、その中から、とくに、きみたち向きのＳＦをえらんで紹介しよう。ほとんどが、いま、本屋さんへ行って、買うことのできるものばかりだ。

『エスパイ』　小松左京　　一九六五年　（早川書房）

読みだすとやめられないおもしろさ——というのは、この本のことだ。

エスパイというのは、エスパーということばと、スパイということばをくっつけたものである。エスパーというのは、豊田氏が超能力のところで書いているように、超能力を持った人ということ。だからエスパイというのは、超能力を持ったスパイということ。

ＳＦの中でも、エスパーものはたいへん読者の評判がいい。それはつまり、自分が超能力を持つことができたらなあ——という、願いとあこがれを満足させてくれるからだ。また、現代ではスパイが大はやり。００７以来、映画にテレビにスパイは大活躍である。そのエスパーものとスパイものがくっついていて、しかも書いているのが小松左京——これでおもしろくなかったら、おかしい。しかも、ただ、おもしろいだけではない。アメリカや、そのほかの外国の、外交や政治をかたっぱしから冷やかし、皮肉っているのだ。

なあんだ。アメリカとかヨーロッパとかいっても、たいしたことはないんだな。……そうとも。この本を読めば、きみたちの、外国を見る目が、そして世界を見る目が、ひらけてくるだろう。

『明日《あす》泥棒』 小松左京

一九六五年 （講談社）

小松左京は、なにしろ本をたくさん書いているから、しかもその、ほとんどがおもしろいから、どれをとりあげていいか、まよってしまう。

だが、これこそ傑作中のケッサクだ。

ゴエモンという名の宇宙人が、日本へやってくる。このゴエモンというのが、変わっている。

山高帽というむかしの帽子をかぶり、そのリボンには日の丸の旗をつきさしている。上にはモーニングを着て、下にはハカマをはいていて、おまけにゲタばきだ。背なかにはネンネコのヒモでコウモリガサをせおい、手には買物カゴ。それだけではない。右の目は上を向いていて、左の目は下を向いている。つまり上と下のヤブニラミ。

しかも、しゃべることばは、標準語、大阪弁、東北弁、鹿児島弁、その他たくさんのゴチャマゼことば。つまりこれは、今の日本のゴチャマゼ文化を、そのままひとりのゴエモンという宇宙人によって、あらわしているわけ。

だからこの本は、エスパイとは逆に、日本という国のこっけいさ、ばかばかしさを、思いきり皮肉って、笑いとばしている。

しかもストーリーは、すごい迫力——ドキドキ、ハラハラのれんぞくだ。

ぼくはこの本を読んだあと、笑いすぎて、頭がボーッとなり、しばらくは何も考えることができなかった。

『明日泥棒』より

『妄想銀行』　星新一　　一九六七年（新潮社）

星新一といえば、ショート・ショート。ショート・ショートといえば、星新一。これもショート・ショート集である。三十二のショート・ショートが、のっている。

星新一には、この『妄想銀行』のほかに、十さつ以上のショート・ショート集がある。

どれを読んでもおもしろい。

では、なぜ、とくにこの『妄想銀行』をとりあげたかというと、そのわけは、二つ。

ひとつは、この本が、推理作家協会賞を受賞していて、しかもきみたちが本屋さんですぐ買うことができるから。

もうひとつは、星新一の本のなかではわりあい新しく、星氏の作品は、新しいものほど、文章にふくらみがあるからだ。

『妄想銀行』より

アイデアのよさ——これはもう、むかしの作品も、いまの作品も、かわりはない。
文章のふくらみ——といっても、わからないだろうね。ではひとつ、例をだそう。
『妄想銀行』の中のひとつ「大黒さま」というショート・ショートの書き出しのところだ。

元日の夜。エヌ氏がうつらうつらしていると、だれかが訪れてくるけはいがした。

「どなたですか」

と身をおこすと、大黒さまだった。どことなく神々しく、じつに福々しい顔をしている。また、肩には大きな袋をしょっている。しかし、念のために聞いてみることにした。

「もしかしたら、大黒さまではございませんか」

「そうだ。おまえに福を授けにきたのだ」

…………


ひとつのムダもない文章だ。それでいながら、ゴツゴツしたところはない。そのうえ、とぼけたところがあって、笑ってしまう。

こういう文章は、名人でなければ書けない。だが、そういうことのわからない人が、多いのである。

ショート・ショートの三つの条件、つまり、新鮮なアイデア、完全なプロット、意外な結末――この三つのほかに、星新一の作品には文章のよさがある。ほんとうは、これがわからなくては、星ショート・ショートを読んでも、完全にわかったとは、いえないんだけどね。

『カナン５１００年』 光瀬龍

一九六八年（早川書房）

この短編集を読むときは、きみの、視覚的な想像力――つまり、幻想的な絵をかくときに、はたらかせる想像力――といったものを、思いきり、だしきらなければならない。

ただ、字を目で追っていったり、ストーリーについていったりするだけでは、この作品のよさは、わからない。

想像力のゆたかな人――それも、絵画的な想像力のゆたかな人ほど、この作品から、ショックをうけるだろう。

文章を、声をだして読んでもいい。

ここにあるのは、宇宙にひろがる千億の星くずだ。何万年も前にさかえた、文明の廃墟だ。

何千年かのちの未来の都市だ。

それらの幻想的な情景が、しだいに、きみたちの心の中にできあがっていく。

光瀬龍の作品には、はっきりとした、歴史の見かたがある。また、哲学がある。それが、絵画的なムードといっしょになり、特別な感激をあたえる、すばらしい物語になっているのだ。いつかきみは、大きな目で、宇宙を見、歴史を考えるようになっているだろう。それは宇宙の中のちっぽけな人類というもの、また、自分自身のことを、大きな目で見なおすことにもなるのだ。

『人間そっくり』 安部公房

一九六七年（早川書房）

安部公房という作家は、ＳＦ作家というよりも、純文学の作家だ。

だからこの小説もむずかしいかというと、けっしてそうではない。やさしいことばで書かれていて、むしろ、読みやすい。

ラジオなどの台本を書いている「私」——つまり、この小説の主人公の家へ、ある日、火星人だと名のる男がやってくる。

気ちがいなのか？　うそつきか？

いやがらせか？

それとも、ほんとうに火星人なのか？

「私」がそれを問いつめても、その男は、のらりくらり、返事をはぐらかしたり、とんでもない説明をしたり、ときには、いままで話したことは、みんなうそだといったり、「私」がおこるとひやかしたりする。

この小説の大部分は、このふたりの、そういった会話だけである。

珍妙で、とんちんかんな会話だ。

その会話のおもしろさにつられて、どんどん読んでいくうちに、だんだんと、頭がおかしくなっていく。

そして、おそろしくなってくる。

こんな、わけのわからない、いやなことが、もしかすると、自分の身の上にも、おそいかかってくるのではないか——そんな気がして、いても立ってもいられなくなってくる。

そうだ。

なにがおそろしいといって、日ごろ、自分たちが、あたりまえのように思っていることの中から、とつぜんあらわれる、気ちがいじみたものほど、おそろしいものはないのだ。

この小説は、読みやすいくせに、読みにくい。

なぜか？

読む人に、それ以上読みつづけるのがおそろしい——という気持ちを、もたせるからだ。

わかりやすい文章でいながら、その中にふくまれているのは、すごくむずかしい問題——それは、つきつめていえば、自分とは何か？　自分は存在するのか？　――という問題にまで、なってくるのだ。

　だがきみたちは、どんなに苦しくても、どんなに顔をそむけたくても、とちゅうで、この本を読むのを、やめてはいけない。さいごまで読みたまえ。

　読んだあと、きみの心には、やりきれない、にがいにがい味が残るだろう。

　それは、自分へのうたがいの味だ。人間への、世界への、うたがいの味だ。

　そして、それこそ文学の味なのだ。

　その味を知らない人は、なんて、かわいそうな人たちだろう――きみはきっと、そう思うようになるよ。そう思ったとき、きみの精神はもう大きく前進しているのだ。

　人間、世界、人生――そういったものが、理屈だけで片づけられるものでないことを、きみは思い知るだろう。

　でもそれは、あたりまえのことだ。ただ、だれ

『人間そっくり』より

もふだん、口にださないだけのことなのだ。
口にだすとにがい味がするからだ。
それをつきつめるのが文学だ。それをつきつめて、読んだ人にショックをあたえるのも、文学の役目のひとつだ。
そしてまた、それはSFの役目でもあるのだ。
ぜひ、読みたまえ。

たいへんだ、たいへんだ。枚数がない。
まだまだ、いっぱいあるのだが、あとはかんたんに、ご紹介しておこう。

『虹は消えた』 眉村卓　一九六九年（早川書房）

眉村卓の短編は、読みやすく、わかりやすいものが多い。SF作家で、最初に直木賞をとるのは、この人だなどともいわれているよ。いちばん「現実的な未来社会」を書いていて、その目に狂いがないからだ。

『アステカに吹く嵐』 豊田有恒　一九六八年（早川書房）

冒険ものの好きな人には、この短編集をおすすめする。わかりやすいという点では、眉村卓の作品に似ているが、宇宙もの、歴史ものなどが多いから、きみたちにぴったりだ。

『虎は目覚める』 平井和正　一九六七年（早川書房）

ミステリーや、ハード・ボイルドの好きな人には、この短編集がいちばんだ。また、女の子には、ぜひ読んでほしい。ムードのある文章は、女の子を泣かせる。

『ロマンチスト』 福島正実　一九六八年（早川書房）

この短編集も、読みやすくておもしろい。多元宇宙の好きな人に、おすすめしたい。また、この本のところどころには、わかりやすい科学評論もいっしょに出ているから、ＳＦ入門の本としても、ぴったりだ。

もちろん、もっとくわしい解説が読みたければ……『ＳＦ入門』（福島正実編・早川書房）を買って読みなさい。これは日本でただ一さつの、本格的なＳＦ入門書だ。

『生きている海』　石原藤夫　一九七〇年（早川書房）

著者は科学者。工学博士だ。科学知識の正確さでは、日本ＳＦ多しといえど群をぬいている。しかもこの短編集には、おとぼけのユーモアがいっぱい。楽しみながら科学知識が身につくのだ。こんなうまい話はない。

『霊長類　南へ』　筒井康隆　一九六九年（講談社）

しまいに、ぼくの本を書いておこう。この本が、ぼくの作品の中では、いちばんわかりやすいからね。最終戦争がおこったときの、人間たちのドタバタを書いている。ゲラゲラ笑いころげたい人にすすめる。

もちろん、これ以外にも、名作はいっぱいある。だけど、とてもぜんぶは書ききれない。

伊藤典夫氏が書いた「世界の名作」――そしてこの「日本の名作」――この両方で紹介した本を、ぜんぶ買って読めば……。

そうすればきみは、いちおう、どこへ出てもはずかしくない、ＳＦファンだということができるよ。

4　ＳＦ作家の案内

外国の作家

伊藤典夫

アイザック＝アシモフ　（一九二〇年生まれ）　Isaac Asimov

アシモフは、ロシアに生まれ、三つのとき両親につれられてアメリカにわたった。小さいころからＳＦファンで、十九の年、自分の書いたＳＦが雑誌に売れていらい、生化学者になるための学資を小説でかせぎながら、一流のＳＦ作家としても、みとめられるようになった。『われはロボット』『鋼鉄都市』『裸の太陽』のようなすぐれたロボット小説のほかに、『銀河帝国の興亡』三部作や、『宇宙気流』『永遠の終わり』が知られている。

本職は、ボストン医科大学の準教授なのだが、医学や生化学のことは、あまり小説のなかには出てこない。物理学や心理学、歴史学のほうから手にいれたアイデアを、推理小説的な興味をもりこんで、がっちりとまとめあげているところが特長。

最近はＳＦから少し遠ざかり、科学解説に力を

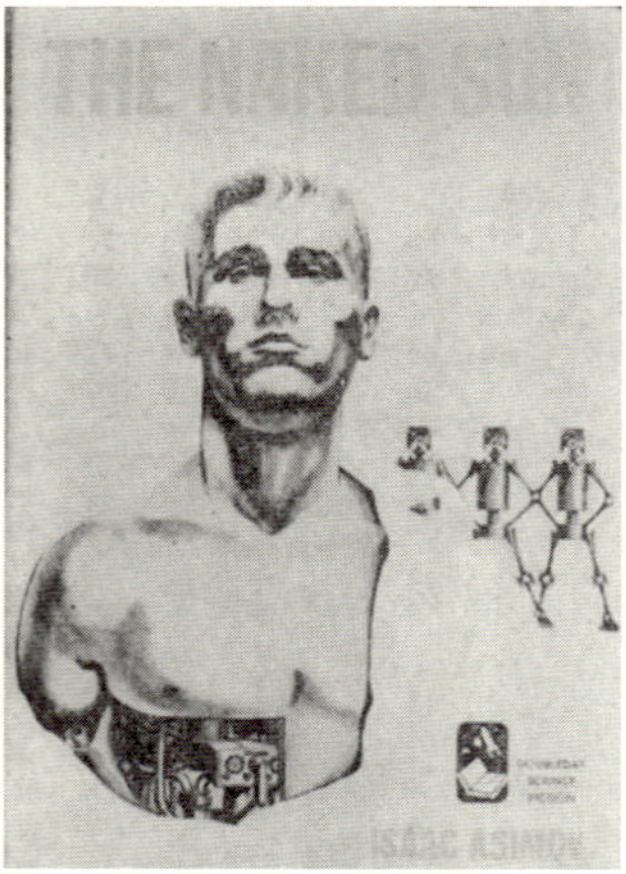

『裸の太陽』の原書

いれている。日本にも、たくさん翻訳されているから、読んだ人も多いだろう。

『銀河帝国の興亡』三部作は、「ＳＦの父」ヒューゴー＝ガーンズバックを記念してつくられた、ヒューゴー賞をさずけられている。

ポール＝アンダースン　Poul Anderson

（一九二六年生まれ）アメリカ歴史上の世界を舞台にしたＳＦを読みたいと思ったら、ポール＝アンダースンだ。

物理学者になるつもりで、ミネソタ大学を卒業したのだが、学生時代に書いたＳＦが売れるようになり、そのまま作家になってしまった。

物理学者のたまごだっただけあって、ハル＝クレメントの書くような宇宙小説もたくさんあるけれど、好きな歴史に、宇宙もの、時間ものをかけあわせた作品に有名なものが多い。

『タイム・パトロール』『天翔《あまか》ける十字軍』『魔界の紋章』『時の歩廊』……題名を見ただけでも、そんな感じがするはずだ。そのうえ冒険小説の味もつよいので、スペース・オペラ的なおもしろさもある。単行本の数は多い。

Ａ＝Ｅ＝バン＝ボークト　A.E.van Vogt

（一九一二年生まれ）アメリカＳＦ作家はたくさんいるが、アイデアがとほうもないことや、ストーリーがはでなことでは、バン＝ボークトの右に出るものは少ない。

カナダの生まれ。二十七歳のとき、アスタウンディング誌に書いた「黒い破壊者」が好評で、ＳＦ作家となり、アメリカにわたった。

「黒い破壊者」が第一話となっている『宇宙船ビーグル号の冒険』をはじめ、『スラン』『非Ａ《ナル》の世界』『非Ａの傀儡《かいらい》』『イシャーの武器店』『武器製造業者』など、代表作はみんなベストセラーになった。

〈非A〉シリーズは、話のすじがこみいっていることで知られ、『非Aの世界』などは、アメリカ人でも何かいか読みかえさないとはっきりわからないそうだ。それからは、話のこみいったSFが書かれると、「バン＝ボークト的小説」と、批評家たちがいうようになった。

ジョン＝ウィンダム　John Wyndham

（一九〇三〜六九年）　イギリス

SFにかぎらず、イギリスの小説はだいたいストーリーがゆったりとしていて、じっくりと描写してある。SF界で、そんな典型的なイギリス作家をあげるとすれば、ジョン＝ウィンダムだろう。

一九三〇年ごろからSFを書いていたが、なかなか芽が出なかった。その名がいっぺんに有名になったのは、一九五一年、アメリカの有名な週刊誌コリアーズに、『トリフィドの日』が連載されてからだ。これに気をよくして、『海魔めざめる』『呪われた村』『さなぎ』など、重みのある長編を一年ごとに発表し、大家の地位を不動のものにした。

一九六九年、地球人の少年と宇宙人との友情をえがいた美しい長編、『チョッキー』をのこして、この世を去った。

イワン＝エフレーモフ　Ivan Efremov

（一九〇七年生まれ）　ソ連

アメリカやイギリスにくらべると、ほかの国のSFの歴史はあさく、世界的な作家はまだ少ない。だが、ソ連からひとりをあげるとすれば、それは文句なくイワン＝エフレーモフだろう。もともとは有名な古生物学者なのだが、ほかの学問についても知識がひろく、文学的才能と想像力にめぐまれていたので、四〇年ごろからSFや歴史小説を書くようになった。

だが、ソ連を代表する世界的なSF作家といわれるようになったのは、一九五七年、『アンドロメダ星雲』を発表してからだ。

おもなＳＦは、ほかに『かみそりの刃』『長い朝焼け』『丑《うし》の刻』など。けれども残念ながら、日本では『アンドロメダ星雲』、「星の船」、それから『かみそりの刃』の第一部が、『人間の世界』の題名ででているだけ。

中編では、『宇宙翔けるもの』がもっとも有名だ。

イワン＝エフレーモフ

ブライアン＝Ｗ＝オールディス　Brian W.Aldiss
（一九二五年生まれ）　イギリス

いまイギリスで、アーサー＝Ｃ＝クラークより人気のあるＳＦ作家。

一九五四年から書きはじめ、ゆたかな想像力とばつぐんの文学的才能でたちまちほかの作家をひきはなし、世界的に知られるようになった。

本格的なＳＦから、ファンタジーや、「新しい波」の実験小説まで、さまざまな分野を手がけている。代表作は、『地球の長い午後』『グレイベアド』『暗い光年』『隠世代』など。

一九七〇年の八月末にひらかれた国際ＳＦシンポジウムでは、アーサー＝Ｃ＝クラークといっしょに招かれて日本にやってきた。

アーサー＝C＝クラーク　（一九一七年生まれ）　**Arthur C.Clarke**　イギリス

いま世界でもっとも知られているSF作家といったら、このクラークとレイ＝ブラッドベリだろうか？

第二次世界大戦中、イギリス空軍にはいってレーダーの研究をしていた。戦後はその道を進まず作家になった。子どものころからSFを書いていたというが、はじめて雑誌に売れたのは一九四六年。最初に売れた何編かのSFのうちのひとつ、『太陽系最後の日』は、二十年後のいまも、名作として人びとに読まれている。

代表作には、二つの傾向がある。『火星の砂』『地球光』『海底牧場』『渇きの海』などは、数十年後の未来を科学技術的な面から現実的にえがいたもの。『幼年期の終わり』『都市と星』『宇宙のオデッセイ２００１』は人類の未来のすがたを詩的に、哲学的にえがいたもの。

正確な科学知識を土台に、空想のつばさを思うぞんぶんにひろげて書かれたクラークの小説は、すぐれたSFの見本といわれている。

一九六二年には、二十さつ以上のSFやノンフィクションで、世界に科学をひろめる役目をはたしたことがみとめられ、ユネスコからカリンガ賞をさずけられた。

クラークはまた、シネラマSF映画「二〇〇一年宇宙の旅」の原作者でもある。（小説『宇宙のオデッセイ２００１』はこの映画の原作。）

ロバート＝シェクリー　（一九二八年生まれ）　**Robert Sheckley**　アメリカ

恐怖、サスペンス、科学、冒険――SFがあたえるおもしろさは、ひと口ではとてもいいあらわせない。だが、そのなかで、ユーモアと風刺のSFといったら、まずロバート＝シェクリーの名があがるだろう。

大学生のとき作家になる決心をしたが、なかなか小説が売れず、しかたなく航空機会社に入社したとたんに売れだした。それからはあらゆる雑誌に書きまくり、さえたアイデアと読みやすい文章で、たちまち人気ものとなった。

『人間の手がまだ触れない』『宇宙市民』『無限がいっぱい』などの代表作はどれも短編集だ。最近は、一時ほどさえが見られなくなり、カムバックのチャンスをねらっているという感じ。

クリフォード＝Ｄ＝シマック　Clifford D. Simak　（一九〇四年生まれ）　アメリカ

一九三〇年ごろからＳＦを書いていたが、はじめはスペース・オペラ作家だった。

ところが、ＳＦ雑誌アスタウンディングのキャンベル編集長が、かれにほかのタイプのＳＦを書いてみることをすすめ、じっくりした味わいのある〈都市〉シリーズが発表されるようになった。

アメリカの地方をえがくことがじょうずなので、「田園作家」という名前をさずかったが、スペース・オペラを書いてきた経験を生かした、はでな宇宙小説もある。

ヒューゴー賞をとった『中継ステーション』は、その両方の特長がよくでた、いかにもシマックらしい長編だ。

クリフォード＝Ｄ＝シマック

長いあいだ、ミネアポリス・スターという新聞社の科学部長をしていたが、すこし前に引退し、いまでは本格的にＳＦを書いている。

ストルガツキー兄弟　Arkady and Boris Strugatsky　ソ連

兄のアルカデイは、一九二五年生まれ。日本語が専門の言語学者で、芥川龍之介の「河童」や、安部公房の『第四間氷期』をロシア語に訳している。

弟のボリスは、一九三三年生まれ。プルコウォ天文台の計数ラボラトリーにつとめる天文学者。

ふたりはいつも共同でＳＦを書いているが、アイデアを考えだし、じっさいに小説にするのは兄、それに科学的なうらづけをあたえるのは弟というふうに、仕事をわけているらしい。

一九五八年ごろから活動をはじめ、またたくまにエフレーモフにつぐソ連の代表的なＳＦ作家となった。日本には、二つの長編『ラドガ壊滅』『神様はつらい』と、ほかにいくつかの短編が訳されている。

ロバート＝Ａ＝ハインライン　Robert A. Heinlein　（一九〇七年生まれ）　アメリカ

一九四〇年代のアスタウンディング誌からは、ＳＦ界の中心となる作家がたくさん育った。なかでもハインラインは、小説づくりのうまさと、科学技術的な思考のたしかさで、たちまち第一人者といわれるようになった。

ハインラインは、はじめ海軍の軍人になるため、海軍兵学校を卒業した。けれども病気でやめなければならなくなり、大学へもどって数学と物理学をまなんだ。だが、それもまた病気でダメになり、さまざまな仕事についたのち、ＳＦを書きはじめた。

第一作「生命線」は、一九三九年、アスタウン

ハインラインの少年物の原書

ディング誌のページをかざった。それはまた、ハインラインが次の十年間をかけて書くことになる〈未来歴史〉シリーズの第一作でもあった。一九五〇年から二六〇〇年までの空想の歴史を年表にし、それにしたがって書いたのが、〈未来歴史〉シリーズだ。『月を売った男』『地球の緑の丘』『動乱二一〇〇』『地球脱出』『宇宙の孤児』の五さつからなるこのシリーズは、すべて日本に訳されて多くの読者を持っている。

〈未来歴史〉シリーズ以外の作品は、アンスン＝マクドナルドのペンネームで書いたが、このなかにも、タイム・パラドックス・テーマの「時の門」や、トポロジー・テーマの「歪《ゆが》んだ家」などの名作がいくつもある。

戦争後も、『人形つかい』『太陽系帝国の危機』『夏への扉』などで第一人者のかんろくを見せ、このごろでは新しい分野を開拓しようと新人たちにまじって問題作を書いている。批評家たちにいわせると、それはいまのところ成功していないようだが、人気は根強い。

ハインラインはまた、すぐれた少年むきＳＦの作家として知られ、この分野で、かれと肩をならべることができるのは、アンドレ＝ノートンぐらいなものだといわれる。『赤い惑星の少年』『宇宙船ガリレオ号』など、日本でもたくさん翻訳されている。

『異星の客』『宇宙の戦士』『太陽系帝国の危機』などで、ヒューゴー賞を五かい受賞。この点でも、トップ。

エドモンド＝ハミルトン　（一九〇五年生まれ）　Edmond Hamilton　アメリカ

ＳＦを知ったばかりの読者にとって、スペース・オペラほどＳＦの痛快さを味わわせてくれる分野はない。だから、むかしほどのいきおいこそないが、アメリカではいまでもスペース・オペラがたくさん書かれ、読まれている。

スペース・オペラの代表選手も、ひとり紹介しなければならないだろう。

としたら、エドモンド＝ハミルトンをおいて、ほかにはいない。なぜなら、ＳＦを読みはじめたものが最初に大すきになるのが、ハミルトンだといっても、まちがいないからだ。

世の中には、天才児というのがいるが、子ども

キャプテン・フューチャー

時代のハミルトンがまさしくそうだった。十歳で高校に入学、十五歳で大学にはいったという。だが大学には、同じ年ごろの友だちなどいないので、だんだん本のなかに引きこもるようになり、ＳＦのおもしろさにとりつかれた。

小説がはじめて売れたのは、二十一歳のとき。それいらいスペース・オペラばかりを書きつづけ、あんまり小説のなかで地球を破壊させるので、〝地球の破壊者〟というニックネームをもらった。

四〇年代には、キャプテン・フューチャー誌に、毎号キャプテン・フューチャーを主人公にした小説を書いて、少年たちの人気をさらった。

代表作は、『虚空の遺産』『時果つるところ』『キャプテン・フューチャー／時のロスト・ワールド』など。

奥さんのリー＝ブラケットは、有名なシナリオ・ライターでＳＦ作家。

Ｊ＝Ｇ＝バラード　J.G.Ballard　（一九三〇年生まれ）　イギリス

イギリスにおこった「新しい波」の代表的な作家。

一九五五年ごろから、ＳＦ的な思想とシュールレアリスムの方法をまぜあわせた異色の小説を書いて、ブライアン＝オールディスとならぶ人気作家となった。

はじめのうちは、まだそれまでのＳＦに近いものを書いていたが、最近では、ひろい意味でももうＳＦといえないようなものが多い。もっとも、それが、かれのいう「ほんとうのＳＦ」――スペキュレイティブ・フィクションなのだそうだ。

長編『狂風世界』『沈んだ世界』『燃える世界』『結晶世界』（どれも破滅テーマばかり）、短編集『時の声』『時間都市』『永遠へのパスポート』『時間の墓標』『溺れた巨人』など、代表作はほとんど日本に紹介されている。

フレドリック＝ブラウン　（一九〇六年生まれ）　Fredric Brown

アメリカ作家、推理小説家。

アメリカよりも、むしろ日本で人気のあるＳＦ作家、推理小説家。

気のきいたアイデアをしゃれた小説にまとめあげる名人。とくに、ショート・ショートが有名で日本でショート・ショートがたくさん書かれるようになるきっかけを作った。

はじめは出版社の校正係だったが、人の小説を読むうちに、自分でも書けるぞと思いはじめ、それがほんとうになって一九四〇年ごろから小説が売れるようになった。

代表作は、多元宇宙テーマの名作『発狂した宇宙』をはじめ、『火星人ゴー・ホーム』『天の光はすべて星』などの長編のほか、『天使と宇宙船』『わが手の宇宙』『スポンサーから一言』などの短編集と、よりどりみどり。

レイ＝ブラッドベリ　（一九二〇年生まれ）　Ray Bradbury

アメリカ

ブラッドベリほど変わったＳＦ作家は、世界中さがしてもちょっと見あたらない。だいたい世界のＳＦ名作ベスト10にはいろうという『火星年代記』にしてからが、ＳＦとほんとうにいっていいかどうかで議論されているくらいだ。

ブラッドベリの小説に、科学はない。だが、科学がきらいなのではない。かれは、科学をもてあそぶ人間にふかい不信をいだいているのだ。それが、未来を舞台にした小説をかれに書かせる原動力となっているのだ。

ブラッドベリは、またＳＦの詩人だ。かれの手にかかると、暗い未来は秋のムードにつつまれ、読む人びとをものがなしい気持ちにさせる。

そのブラッドベリも、はじめはハインラインのようなＳＦを書こうとした。だが、やがて自分の才能がその方面にないことに気づき、もっとファンタジーの味のこい小説に力をいれはじめた。文章が美しく、しかも、そんなタイプのＳＦを書く作家はいなかったから、ファンはだんだんとふえ、火星を舞台にしたシリーズ『火星年代記』が単行本にまとめられて、一流の作家としてみとめられた。

『火星年代記』は、それまでＳＦをばかにして読まなかった人びとからも好評で、次の短編集『刺青の男』がでると、全米文芸協会はその二さつにたいして、すぐれた文芸作品にあたえる賞をおくった。

はじめての長編『華氏４５１度』も評判がよかった。ブラッドベリの名は、ＳＦ界ばかりでなく、読書界全体に知れわたり、いまではＳＦ作家という肩書きがうすれてさえきたほどだ。

その後に書いた『メランコリーの妙薬』『何かが道をやってくる』など、ブラッドベリの作品はほとんど日本語に訳されている。

スタニスワフ＝レム　Stanistav Lem

（一九二一年生まれ）　ポーランド

世界の代表的なＳＦ作家をあげようとすると、どうしてもアメリカ人とイギリス人にかたよってしまう。だがポーランドのレムも、ソ連のエフレーモフと同じように、見おとしてはならない作家のひとりだ。

レムは医者のむすことしてポーランドの小さな町に生まれた。父のあとをついで自分も医者になるつもりだったが、たまたま知りあった出版社の社長にすすめられてＳＦを書きはじめた。

最初の作品『金星応答なし』は、ポーランドばかりでなくソ連でも好評で、それからはレムの作品は、本国で出版されるとほとんど同時にロシア語に訳されるようになった。

レムの名声は一作だすごとにあがり、宇宙生物テーマの『ソラリスの陽のもとに』は、日本のほかヨーロッパ各国で翻訳されるほどになった。

レムのＳＦは、内容的には、ソ連のＳＦに似た科学性のつよいものだが、話の作りなどはむしろヨーロッパ的、アメリカ的で、その両方のいいところが生かされた、深みのある、スマートなできばえとなっている。

日本ではほかに、『星からの帰還』『泰平ヨンの航星日記』『砂漠の惑星』が訳されている。

日本の作家

筒井康隆

ここでは、現在活躍している日本のおもなＳＦ作家だけを、ご紹介しよう。

星 新一

一九二六年九月六日、東京で生まれた。

この人のおとうさんは、もう亡くなったが、星製薬という会社を作った、星一《はじめ》という人である。このおとうさんのことを、星新一は、『人民は弱し 官吏は強し』という、一さつの本に書いている。そのころの政府がとても悪く、星一氏はたいへんな苦労をした。さんざん、いじめられたのである。だが、この人は事業家としては大天才だったのだ。

だから星新一も天才だ。ショート・ショートの天才だ。

大学は東大の農学部、そこで農芸化学を勉強した。

卒業してから、星製薬の重役になった。だが、この会社は、悪い政府の役人のため、つぶされかけていた。星さんは、とてもつらい目にあったそうだ。

でも、この人の書くショート・ショートは、とてもそんな目にあった人が書いたものとは思えない、浮世ばなれのした、奇想天外なものばかりである。あれよあれよというまに、読んでしまう。だが、何度もくりかえして読んでいるうちに、作品の底にある、人生のほろ苦さ、かなしさのようなものが、だんだんわかってくるのだ。人間や、できごとなど、あらゆることを、裏から見たり、横から見たりする余裕も、身についてくるはずだ。

星新一は、一生のうちに、千編のショート・ショートを書くつもりだそうだ。たったひとりの人間が千編のショート・ショート！

天才でなくては、できないことだろう。

やがて、七百編を越すそうである。

住所は東京都品川区平塚×—×—×だ。

やさしい人だから、手紙をだせば、返事がもら

星　新一

えるかもしれないよ。

ただし、この人は、すごく礼儀にきびしい人だ。あて名に「様」を書かなかったり、失礼なことを書いたりしてはいけない。正しい手紙を書かなければ、返事はもらえない。

おもな作品は、『悪魔のいる天国』（ショート・ショート集）、『妖精配給会社』（同じく）、『妄想銀行』（同じく）、『きまぐれロボット』（同じく・少年向き）、『黒い光』（長編・少年向き）、『夢魔の標的』（長編）、『ほら男爵　現代の冒険』（長編）、『だれかさんの悪夢』（ショート・ショート集）。そのほか、十さつ以上ある。

小松左京

一九三一年一月二十八日、大阪生まれ。京大の文学部で、イタリア文学を勉強した。

卒業してから、おとうさんの工場を経営したり、新聞の記者をしたり、漫才の台本を書いたり、マンガをかいたり、そのほかいろんなことをしてきた人で、ブルドーザーの運転手までしたという話もあるが、これはどうもデマらしい。だけど、あらゆる才能を持った人で、発明の特許も、二つか三つ持っているそうだ。

しかも、そういった仕事のかたわら、文学の勉強を続けてきて、SFでない小説もたくさん書いた。いまだってそうだ。SFだけでなく、純文学、評論、探検記など、すごい活躍ぶりだ。万国

小松左京

博の仕事までやった。おまけに昨年は、とうとう国際ＳＦシンポジウムを実現させてしまった。

だから、この人の作品は、スケールが大きく、文明批評がよくきいている。

小松左京の書いた本は二十さつ以上ある。その中から、きみたち向きの本をえらんでみよう。

『日本アパッチ族』（長編）、『エスパイ』（長編）、『地には平和を』（短編集）、『影が重なる時』（短編集）、『明日泥棒』（長編）、『ゴエモンのニッポン日記』（評論集）、『ある生き物の記録』（ショート・ショート集）、『見えないものの影』（長編・少年向き）、『闇の中の子供』（短編集）。

とてもいそがしい先生だから、ファンレターをだしても返事はもらえないだろうけど、住所だけは書いておこう。

大阪府箕面市箕輪×―×だ。

福島正実

一九二九年二月十八日、カラフト生まれで、明治大学仏文科を中退。

この人は、前ＳＦマガジン編集長として有名だ。日本ＳＦの、育ての親といわれている。

福島正実は、おもに少年向きＳＦ、翻訳などで大活躍だが、本になった作品は、『ＳＦハイライト』（短編集）、『ロマンチスト』（短編集）、『リュイテン太陽』（長編・少年向き）などがあり、また、前にも話した『ＳＦ入門』というＳＦ評論集も編集されている。

福島正実

光瀬　龍

光瀬　龍

一九二八年三月十八日、東京生まれ。東京教育大学の理学部で動物学を勉強し、さらに文学部で美学をやったという勉強家だ。

つい最近まで、SFを書くかたわら、女子高校で生物学を教えていた。「宇宙詩人」といわれているほど、この人のえがく小説の世界は美しい。宇宙をえがいて、この人の右に出る者はいないだろう。

文章もすばらしく、読んでいるうちに、酔ったようになってくるから不思議だ。また、光瀬龍の書いた少年向きSFは、おとな向きのものとちがった味があり、すごくおもしろい。

本はたくさん出ているが、きみたちに読んでほしいものは、『たそがれに還る』（長編）、『墓碑銘二〇〇七年』（短編集）、『落陽二二一七年』（短編集）、『夕ばえ作戦』（長編・少年向き）、『カナン５１００年』（短編集）などである。

住所は東京都北区赤羽台団地×号館×号。

眉村　卓

一九三四年十月二十日、大阪生まれ。大阪大学経済学部を卒業してから、会社員になった。

勤めながらも小説、詩、俳句などの勉強をした。ふと、まわりを見まわすと、サラリーマンの中で、文学をやっているのは、自分だけなのだ。

これはいかん、こういう連中に読ませるための小説だって、なくてはいけない——眉村氏はそう思い、会社をやめてＳＦを書きはじめた。

だから、この人のＳＦには、サラリーマンの出てくるものが多い。

出た本は約十さつ。おもなものは、『準Ｂ級市民』（短編集）、『万国博がやってくる』（短編集）、『幻影の構成』（長編）、『なぞの転校生』（同じく・少年向き）、『虹は消えた』（短編集）。

住所は大阪市阿倍野区×—×—×。

眉村　卓

豊田有恒

一九三八年五月二十五日、群馬県で生まれた。

おとうさんがお医者さんだったので、慶應の医学部へはいった。だが、医者になるのがいやでいやで、慶應をやめて、武蔵大学の経済学部へはいった。

学生のときからＳＦを書いて、それが「ＳＦマガジン」や、「オール読物」にのったのだから、たいしたものだ。秀才である。

豊田有恒

卒業してから、虫プロの相談役になって『鉄腕アトム』のテレビ台本を書いたり、『スーパー・ジェッター』『冒険ガボテン島』そのほかたくさんの仕事をした。

出した本は約十さつ。おもなものは、『アステカに吹く嵐』(短編集)、『モンゴルの残光』(長編)、『時間砲計画』(同じく・少年向き)、『ふたりで宇宙へ』(短編集)、『退魔戦記』(長編)、『自殺コンサルタント』(短編集)、『地球の汚名』(長編)。

住所は東京都世田谷区北沢×—×—×。

平井和正

一九三八年五月十三日、神奈川県生まれ。中央大学法学部卒業。

豊田氏にはテレビの仕事が多いが、この人にはマンガの原作が多い。

ごぞんじ『8《エイト》マン』の原作はこの人。

平井和正

そのほか『超犬リープ』『幻魔大戦』など、人気マンガを生んだ。

マンガの本もつぎつぎと出ているが、SFでは、『メガロポリスの虎』(長編)、『虎は目覚める』(短編集)、『アンドロイドお雪』(長編)などがある。

住所は東京都練馬区上石神井×—×—×。

石原藤夫

一九三三年四月一日東京生まれ。

早稲田大学の電気通信学科を卒業してから、日本電電公社の電気通信研究所にはいり、いまも熱心に研究するかたわら、ＳＦを書いている。工学博士である。ＳＦ作家中ただひとりの博士だ。

作品にも、自然科学をもとにしたものが多い。作品には、『ハイウェイ惑星』（短編集）、『画像文明』（同じく）、『生きている海』（同じく）などがある。

住所は東京都渋谷区神宮前×—×—×。

石原藤夫

ＳＦ専門の翻訳家を、紹介しておこう。

伊藤典夫

一九四二年十月五日、静岡県に生まれた。まだ二十八の若さで、翻訳したＳＦはすでに十さつ以上。翻訳だけではない。ＳＦの研究家でもあり、また評論家でもある。そのため、ここに登場してもらったのだ。もちろんこの本を作るために、ぼくを手つだってくれたからでもあるが。

とにかく、この人のアパートへ行くとすごいよ。ＳＦの本でぎっしりだ。そのほとんどは、洋

伊藤典夫

書である。

またこの人は、ＳＦファンの面倒を見るのが好きだ。もし、わからないことがあれば、この人に手紙をだしてたずねてごらん。ＳＦのことなら、何でも答えてくれるよ。

住所は東京都中野区中野×—×—×　青葉荘内。

石川喬司

一九三〇年九月十七日、愛媛県生まれ。

東京大学フランス文学科を卒業してから、毎日新聞社へ入社。今は「小説サンデー毎日」の編集者である。

ただひとりのＳＦ評論家として大活躍だが、小説も一さつあり、ショート・ショートには星新一とまたちがったおもしろさがある。『魔法つかいの夏』（短編集）。

住所は東京都文京区大塚×—×—×。

石川喬司

矢野　徹

一九二三年十月五日生まれ。愛媛県生まれの神戸市育ち。

中央大学法学部卒業。

ＳＦ界の最長老で、ＳＦ児童文学、ＳＦの翻訳、ＳＦの創作と、大活躍である。『地球０年』（長編・少年向き）『孤島ひとりぼっち』（長編・少年向き）、『コブテン船長の冒険』（長編・少年向き）。

住所は東京都国立市北×—×—×。

では最後に、自分のことを書こう。

矢野　徹

筒井康隆

一九三四年九月二十四日、大阪生まれ。同志社大学文学部を卒業。会社員をやり、商業デザイナーをやり、それから東京へ出てきてＳＦ作家になった。

筒井康隆

　本は二十さつある。おもなものは、『東海道戦争』（短編集）、『ベトナム観光公社』（同じく）、『アフリカの爆弾』（同じく）、『霊長類　南へ』（長編）、『時をかける少女』（同じく・少年向き）などである。

　住所は東京都渋谷区神宮前×—×—×だ。この本を読んだら、感想の手紙をくれたまえ。だせるかぎり、返事はだすからね。

5　SFのマンガと映画

豊田有恒

マンガの世界

きみたちは、熱心にＳＦマンガを、読むことがあるだろう。しかし、そのなかには、おもしろいものと、つまらないものがある。

おもしろい、つまらないといって、いったいなんで決まるのだろうか？

ＳＦマンガも、絵のうまさが、マンガのおもしろさを決定する点では、例外ではない。だから、うまいマンガ家の作品を選べば、読み終わってがっかりしないですむ。しかし、それだけじゃない。

ＳＦマンガの場合、そのマンガ家が、ＳＦ小説をよく読んで、勉強しているかどうかが、作品のできばえを決める大きな条件となる。

きみたちは、こんなＳＦマンガを読んだことはないだろうか？　はじめに、宇宙からやってきた少年や、つよいサイボーグ少年が、主人公として登場する。「いいぞ、いいぞ、これはおもしろくなる」と思って読み続けると、主人公がギャングと戦ったりしていて、ちっともおもしろくない。こんな経験は、だれにもきっとあるだろう。

つよくてカッコいい正義の味方が、ＳＦマンガの主人公としてはじめて登場したのは、アメリカだ。きみたちも知っているね。スーパーマンなんだよ。

スーパーマンは、クリプトン惑星という、爆発してほろびてしまった惑星から、地球へやってきた宇宙人だ。ふだんは、ふつうの地球人と同じ新聞記者クラーク＝ケントとして、暮らしているが、なにか事件があると、とたんにスーパーマンに早がわり、大活躍をするのだ。

スーパーマンは、アメリカでも日本でも、テレビや本で、たいへんな人気をよんだ。そして、スーパーマンのように、強く正しい主人公が、悪人をやっつけるというマンガが、たくさんあらわれた。

日本では、『鉄腕アトム』（手塚治虫）、『鉄人28号』（横山光輝《よこやまみつてる》）、『8マン』（平井和正・桑田次郎）などの作品がそうだ。この三つは、日本のテレビ・マンガのはじまりであり、特長あるスーパーマンSFとして、すごい人気を得た。

だから、テレビ局や出版社は、新しいスーパーマン・マンガに、強くてカッコいい正義の味方さえだせば、みんな喜んで見てくれると思ったのか、薬をのんで大きくなるとか、宇宙からやってくるとか、超能力で敵をやっつけるといったスーパーマンが誕生した。

ところが、残念なことに、こういうスーパーマンものは、ほとんどがSFではなかった。

薬をのんだり、サイボーグになったりして、マンガの主人公がスーパーマンになるところまでが

カッコいい正義の味方、スーパーマン

SFで、そのあとの物語は、SFではなかったのだ。いままでと同じように、ギャングと戦い、悪人をやっつけ、同じようなことのくりかえしだった。そのうえ、スーパーマンの主人公は、ぜったいにやられないから、いつも勝つことに決まっている。

こうなると、どの番組、どの雑誌を見ても、みんな同じでおもしろくない。やがては、あきられてくる。

こういうマンガにでるスーパーマン少年は、いったい、なにをして生活しているのだろうか？　どんな性質なのだろうか？　やたらに強いだけで、おこりんぼうでもけちんぼうでもない。どんな職業か、どんな学校へ行っているのかも、さっぱりわからない。

きみたちのそばに、こんな少年がいるのだろうか？　クラス委員の山田くんは、勉強はできるが、とても意地わるだ。高橋くんは、スポーツが得意だが、けんかばかりしている。きっと、こんなふうに、それぞれ個性や癖をもっているだろう。

つまり、SFマンガにでてくるスーパーマン少年は、この世の中に、いるはずがないのだ。

『巨人の星』の星飛雄馬《ひゅうま》は、まずしい家に生まれ、たいへんな努力をつづけて、巨人軍に入る。無用之介は、剣術の達人だが、さむらいの世の中をきらって、賞金かせぎで生活している。ほかのマンガの主人公は、生活感覚をもった、ふつうの人間としてえがかれているのに、SFマンガの主人公だけ、どうしてただ強いだけのスーパーマンになってしまったのだろうか？

そのひとつの説明として、SFマンガは、テレビ化しやすいため、テレビ番組に作りやすいように、ただ強いだけの正義の味方をだすことになったという理由がある。

きみたちのおにいさんの時代に、赤胴鈴之介という時代マンガがあった。この主人公は、北辰一刀流の達人で、真空斬りという剣法を発明して、大あばれする。とても強いから、安心して読めるので、人気があった。

ちょうど、いまのＳＦマンガは、時代マンガでいえば赤胴鈴之介の段階にあるような気がする。時代マンガのほうも、その後、白土三平、斎藤たかおなどが、強いだけでなく、悩みも苦しみもある、人間味の豊かな主人公をつくりだすようになった。

ＳＦマンガも、同じことだね。これまでは、スーパーマンがつくりやすいので、まちがった形に表現されてきたのだ。

きみたちのなかにも、ＳＦマンガをかいてみたい人がいるだろう。かくなら、スーパーマンに、こだわってはいけないよ。かく本人がかきやすいからといって、読者におもしろいとはかぎらない。

テレビ化ができるかどうか、というのは、作品の質とはちっとも関係ないことなんだ。

きみたちは、手塚治虫という人を知っているね？

『鉄腕アトム』とか、いろいろなテレビ・マンガをつくっている虫プロダクションの社長で、医学博士の資格をもっている、えらい人だ。この手塚治虫のいちばんの功績は、日本ではじめて、ほんとうのＳＦマンガをかいたことだと思うね。

手塚治虫

手塚治虫がマンガ界にデビューしたのは、昭和十九年、第二次世界大戦のころだった。そのころは、印刷も悪く、紙も少なかったが、かれは一生懸命、マンガの仕事をつづけた。

こうした努力の結果、戦後になって、『失われた世界』『来たるべき世界』『ロックの冒険記』などＳＦマンガの傑作が、つぎつぎと生まれた。

『失われた世界』では、地球に近づいてくる、ママンゴ星という惑星に着陸した探検隊の物語が、うまくえがかれていた。

『来たるべき世界』では、放射線の突然変異で生まれたミュータントと、ふつうの人間とのたたかいが、物語の中心となっている。

『ロックの冒険記』では、地球人と、デモン星の鳥人の対立が、物語をうまく構成している。

こういう簡単な紹介では、よく理解できにくいかもしれないが、この三つのＳＦマンガには、

ＳＦマンガの傑作『来たるべき世界』より

スーパーマンはひとりも登場しない。主人公は、みんないきいきとした、ふつうの人間ばかりだ。手塚治虫は、いまから十年以上もまえに、これらの作品のなかで、核兵器の恐ろしさと戦争の悲しさを、ＳＦ小説に近い形で、うったえていたのだ。

こういう正しいＳＦマンガの流れは、その後、石森章太郎などに、うけつがれたが、ちょうどそのころ起こったＳＦマンガのテレビ化ブームのかげにかくれ、すっかり影をひそめてしまった。

さっきもいったように、テレビ・マンガでは、毎週ちがう物語を放送しなければならない。そのうえ、むずかしい話や、固くるしいテーマは、どうしても喜ばれなくなってしまう。

だから、ＳＦマンガの主人公は、とどのつまり強くカッコいい正義の味方ということになってしまったのだ。これからは、もっとりっぱなＳＦマンガでなければ、もう通用しなくなるだろう。

もっと性格のはっきりした主人公、はっきりしたテーマを、うちださなければならないだろう。未来には、人間がどうなっていくか？　科学がこのまま発達していくと、そのために、人間生活は、どう変わっていくのだろうか？

こういうむずかしい問題も、あつかわなければならないだろうね。マンガ家が、なにをうったえたいのかはっきりしたものでなければ、うけなくなるのだ。

いままでどおりのスーパーマンものは、まったく通用しなくなる。同じスーパーマンものでも、まったくちがったえがきかたをしなければいけないね。

はじめからテレビ化しようとするのでは、とてもいいマンガはかけないだろう。

最近では、ほんとうのＳＦマンガがあらわれている。
きみたちもよく知っている永井豪や、斎藤たかおも、SFマンガを手がけるようになった。たとえば、斎藤たかおの『デビル・キング』では、悪い科学者が巨人をつくるところまでは、これまでのスーパーマンものと同じだが、そこからさきがちがう。巨人にされた主人公のかなしさと、巨人を神とあがめる群衆とがえがかれ、みにくい欲望がからみあう。このマンガは、斎藤たかおの作品としては成功したほうではないが、すくなくとも、SFマンガをまじめに考えていることが、よくわかった。

石川球太の『原人ビビ』では、原始時代の少年が、いろいろな冒険をしながら、からだも心も成長していくようすが、まじめにえがきだされていた。

SF作家の平井和正と、石森章太郎の『幻魔大戦』では、すごい超能力をもっていることに気づ

『幻魔大戦』より　© 平井和正 / 石森プロ

いた中学生が、宇宙の敵とたたかいながら、しだいにスーパーマンになっていく物語がえがかれた。もちろん、はじめからスーパーマンではないのだから、主人公は、なやんだり、苦しんだりする。

きみたちのおかあさんのなかに、ＳＦマンガを誤解している人はいないだろうか？　強くて正しいスーパーマンが出てきて、悪人をやっつけて正義をまもる。こういう物語が、ためになるいいＳＦマンガだと思っている人が、世の中にはたくさんいる。

しかし、ほんとうの世の中には、そんなりっぱな人がいるはずがない。血まみれになって、人の肉を食う話が出てくると、ざんこくすぎるという人もいる。また、スカートをめくるのは、教育上よくないという人もいる。しかし、むかしは人の肉を食ったという事実もあったし、今はスカートをめくりたいという人も、ほんとうにいる。ほんとうにあることを、すべて目をつぶって見ないようにするわけにはいかないんだ。

いろいろなマンガが、むかしとは、ずいぶん変わってきている。ＳＦマンガだけが、人間の化物みたいなりっぱすぎるスーパーマンをかいていられる時代は、とっくに終わってしまったのだ。

きみたちが、大きくなるまでのあいだに、いろいろなみにくいことやきたないことに、出あうはずだ。そういったときに、おこったり悲しんだりする。生きている人間なら、それがあたりまえだ。

最近のまじめなＳＦマンガの傑作として、手塚治虫の『火の鳥』をあげよう。

このマンガは、さまざまな時代に生きる人を、不死の力をもつ火の鳥にからませて、えがいている。黒こげになって焼け死んでしまう主人公もいるし、生きうめにされて死ぬ主人公もいる。ざんこくすぎて、教育上よろしくないという人は、世の中のことについて勉強がたりないからだ。このマンガでは、ほんとうの生き方とはなにか？ ほんとうの人間とはなにか？ こういうことが、いきいきした人間をとおして、まじめにえがかれている。

楳図《うめず》かずおの「アゲイン」では、若返りの薬というＳＦの小道具を使って、世の中のいやらしさやみにくさが、めちゃめちゃに茶化されている。

最近では、劇画ということばが使われているが、あまりこだわる必要はないんだ。ＳＦマンガでも、ＳＦ劇画でもいい。ともかく、おもてむきのカッコよさだけの正義の味方は、もうあきられてしまった。これからは、もっと本格的なＳＦマンガが、流行するだろうね。

『火の鳥』より

映画の世界

きみたちは、ＳＦ映画をすきだろうね。

最近「華氏４５１」「猿の惑星」「二〇〇一年宇宙の旅」「宇宙からの脱出」など、いろいろなＳＦ映画が封切られた。

だが、映画のはじめから、こんなに、たくさんのＳＦ映画がつくられたわけではない。

はじめて、ＳＦ映画をつくったのは、ジョルジュ＝メリエスという人で、「月世界旅行」という無声映画だった。

つづいて、本格的なＳＦ映画としては、ドイツのフリッツ＝ラングという人がつくった、「メトロポリス」があらわれた。

物語は――地上にすんでいる未来の貴族と、地下にすんでいる労働者の対立からはじまる。貴族は、労働者をひどくこきつかうので、やがて労働者は、反乱を起こそうとする。貴族の科学者ロトバングは、労働者の指導者マリアそっくりの、女のアンドロイド・ロボット（四九一ページ参照）をつくって、反乱をしずめようとする。ところが、このロボットは、貴族の命令をきかなくなり、ついに労働者に味方して、大反乱を起こしてしまう。

この映画がつくられたのは、一九二七年、いまから四十年以上もむかしのことだ。だから、未来の社会をテーマにした二つの階級の対立も、ずいぶん古めかしくえがかれていた。

だが、この映画は、無声映画にしては、ちゃんとしたテーマも持っていたし、ロボットの悲しみもよくでていた。

きみたちの知っている手塚治虫氏にも、同じ題名の『メトロポリス』というＳＦマンガがある。このマンガは、明らかにフリッツ＝ラングの映画からヒントをえていたようだ。ただ手塚治虫は、ラングの作品を現代におきかえ、それに新しいアイデアをつけたして、すぐれたＳＦマンガにしあげたのだ。

　フリッツ＝ラングは、一九三一年、第二のＳＦ映画を完成させた。この「月世界の女」はＳＦメロドラマのような形式をとり、月世界を舞台にして、人間の愛や憎しみをえがいて、評判になった。

　こうして、ＳＦ映画が、はっきりした商業作品として定着してから、映画界はトーキー（音のでる）映画の時代をむかえた。

「キングコング」が、世界はじめての怪獣映画として大ヒットしたのは、この時代だった。

　そして、一九四〇年代にはアメリカで、ＳＦというよりファンタジーとよぶほうがいい、いろいろな作品がつくられた。

　人魚やユウレイなどがでるこういう作品が、たくさんあらわれたあと、一九四九年に、画期的な

「2001 年宇宙の旅」より

ＳＦ映画がつくられた。

ジョージ＝パルという人が製作した、「月世界征服」である。

この映画は、これまでのＳＦ映画とは、特殊撮影の点でまったくちがっていた。月ロケットの外側へ出た宇宙服の男が、無重力のなかで修理をする場面は、いまでもはっきり記憶にのこっている。

まるで、ほんとうに自分が月ロケットにのっているような、すばらしい気持ちにさせるＳＦ映画だった。

一九五一年には、「地球最後の日」が作られた。

地球に近づいてくる遊星、必死になってロケットを作って脱出する地球人、そして、到着した惑星の景色など、ＳＦのアイデアをたくさんもりこんだ作品だった。

一九五六年、「禁断の惑星」が発表された。

「地球最後の日」「禁断の惑星」は、最近になってテレビで放送され、たいへん評判になった。

「禁断の惑星」は遠い未来、アルテア星系に到着した円盤型の光速宇宙船の物語である。宇宙船の乗員とロボット・ロビイは、まえにやってきた地球人の父と子にあう。

そのとき、宇宙船を、ナゾの透明怪獣がおそってくる。この惑星には、ずっとむかし、クレール文明という、すばらしい科学力をほこる文明があった。そのうち、エネルギー装置などは、いまも、そのまま残っている。

それほどの文明をもつクレール人が、なぜ、ほろびてしまったのだろうか？　やがて、クレール文明のナゾがとけ、宇宙船は、爆発するクレール星をあとにして、地球へもどっていく。

この映画は、ＳＦ作家が、まずナンバー・ワンにおす大傑作だ。

光子ロケットがとぶとき、ドプラー効果によって星の色がかわる、というような科学的な考証もよくできていたし、それにもまして、でてくる人間がよくえがかれていた。

父親とむすめの愛情が、クレール人の機械——人間の考えを物質にかえる機械をとおして、おそろしい結果をひきおこす場面など、心理学的なえがきかたもよかった。

これらの本格SF映画はアメリカの作品だが、このころ、アメリカと宇宙競争をしていた共産主義国でも、SF映画がつくられた。

ソ連の「大宇宙基地」という映画では、火星探検の物語がえがかれた。これは、自分勝手な行動をして遭難したアメリカの宇宙船を、ソ連の宇宙船が、いのちがけで救助するという話で、ソ連につごうのいいような物語になっているのが、気になった。

もどってきた宇宙船が、海上の宇宙空港に着陸するところなど、アイデアは悪くないが、特殊撮影の技術がひどすぎた。

一九六一年、東ドイツとポーランドの合作で、

「メトロポリス」より
(提供：トランジットフィルム)

「金星ロケット発進す」という映画がつくられた。
原作は、ポーランドのＳＦ作家スタニスラフ＝レムという人で、『金星応答なし』という題で、日本でも翻訳されている。

「海底二万リーグ」「タイム・マシン」「悪魔の発明」「空飛ぶ戦闘艦」「地底探検」など、ＳＦの始祖といわれる、Ｈ＝Ｇ＝ウエルズ、ジュール＝ベルヌなどの古典ＳＦも、つぎつぎに映画化されたから、きみたちが見た作品もあると思う。

また、ＳＦのテーマのひとつ、ユートピア・テーマの作品も、いくつかつくられた。「アトランティド」「失われた地平線」など、人間が理想とする夢のような世界が、この地球上のどこかにあるという物語である。こういう別世界にあこがれる気持ちはどの人にもあるらしく、ユートピア映画は、かなり評判になった。

映画での別世界は、「失われた地平線」では、ヒマラヤ山中のシャングリラという国になってい

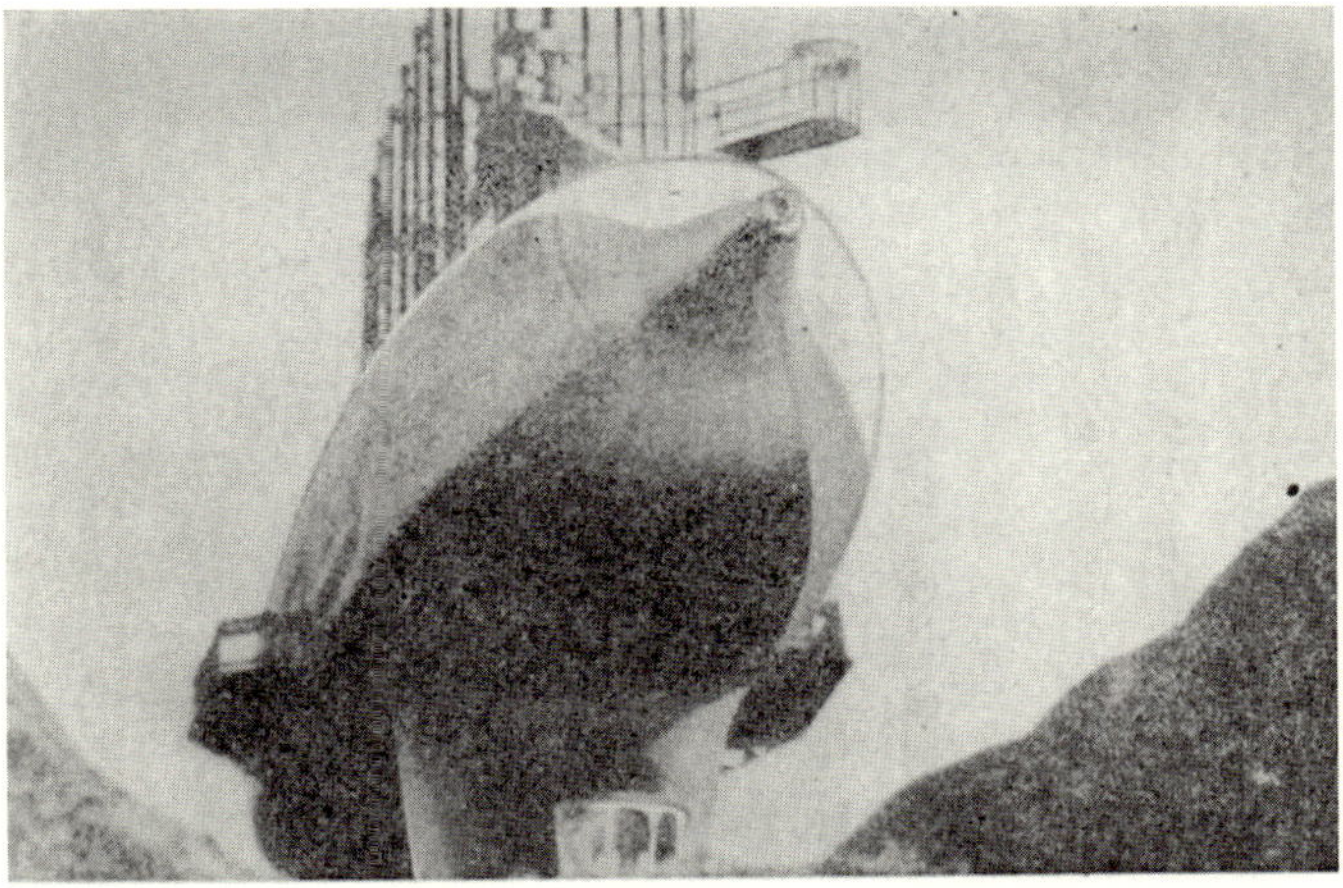

「空飛ぶ戦闘艦」より

て、そこでは、年をとらないし病気にもならない。

ところで、日本のＳＦ映画はどうだろうか？

戦前には、ファンタジーや怪奇映画はあったが、ＳＦといえる作品はなかったようだ。

そこで、はじめてのＳＦ映画ということになると、どうやら、一九四九年の「透明人間現わる」だろう。

ずいぶんむかしなのでよく覚えていないが、透明人間が宝石どろぼうをやって、宝石だけが空中をとんでいたり、洋服だけが動いたりする場面があった。

いま考えるとバカバカしいトリックなのだが、そのころは、とても感心して見ていた。

本格ＳＦ映画のはじめは、やはり、一九五四年に公開された「ゴジラ」だろう。ゴジラというと、怪獣の元祖のように思われがちだが、この物語は、いまの怪獣ものより、よほどＳＦ的だった。

東宝でも、このあといろいろなＳＦ作品をだし

日本ではじめての本格ＳＦ映画「ゴジラ」

ていくのだが、はっきりSFとよべるものは「地球防衛軍」と「宇宙大戦争」の二つだけで、ほかは、特殊撮影だけにたよった感じの怪奇もの、怪獣ものなどが多かった。

　東宝とはべつに、大映が「宇宙人東京に現わる」をつくった。この映画も最近テレビで放送された。これは、いろいろなSFのアイデアをあつめたものだが、原作や脚本が、よくばってアイデアをたくさんもりこもうとしたため、なんとなく、どれも中途半ぱになってしまった。ヒトデ型の宇宙人が、地球人に変身したりする場面はとてもおもしろいのだが、あまりヒットしなかったらしい。

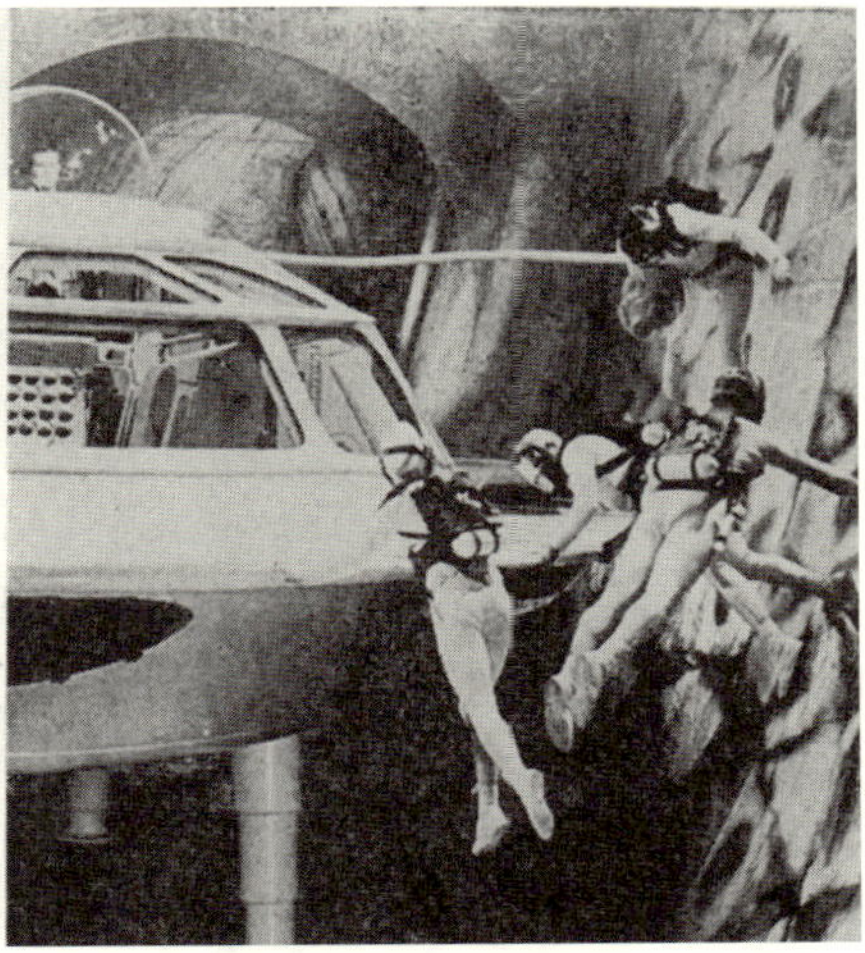

「ミクロの決死圏」より
人間のこまく内を泳ぐミクロ人間

　そのあと、怪獣ものにまじって、東宝から「妖星ゴラス」のような破滅ものや、「世界大戦争」のような最終戦争ものもあらわれた。

　しかし、なんといっても、日本の特殊撮影映画はしだいにSFをはなれ、怪獣ものだけにしぼられるようになった。

　東宝や円谷《つぶらや》プロの特撮技術は、世界的な水準だといわれるが、それを生かすSF映画の企画がないというのは、残念なことだった。

　こうして、日本が怪獣ブームにうかれているころ、アメリカから、「ミクロの決死圏」「恐竜百万年」など、おもしろいＳＦ映画がやってきた。もちろん、これらの映画は、日本映画よりはるかに金がかかっているそうだから、おもしろくてあたりまえのようだが、そればかりではなく、企画（アイデア）のおもしろさもある。人間が小さくなって、体内にはいりこんで冒険するというアイデアは、ＳＦ小説のほうでは、べつにめずらしくないが、大がかりなセットをつくって映画にするのは、たいへん手数がかかる。

また、「恐竜百万年」のほうも、科学的にいえば、原人のいた時代（百万年くらいまえ）に、恐竜（六千万年くらいまえ）がいるのはおかしいわけだから、正確でないことになるが、そういう設定をつくることによって、映画のほうは、おもしろくなっている。

日本のＳＦ映画にいちばん欠けているのは、おもしろいアイデアなのだ。

星新一、小松左京、筒井康隆などの作家が、と

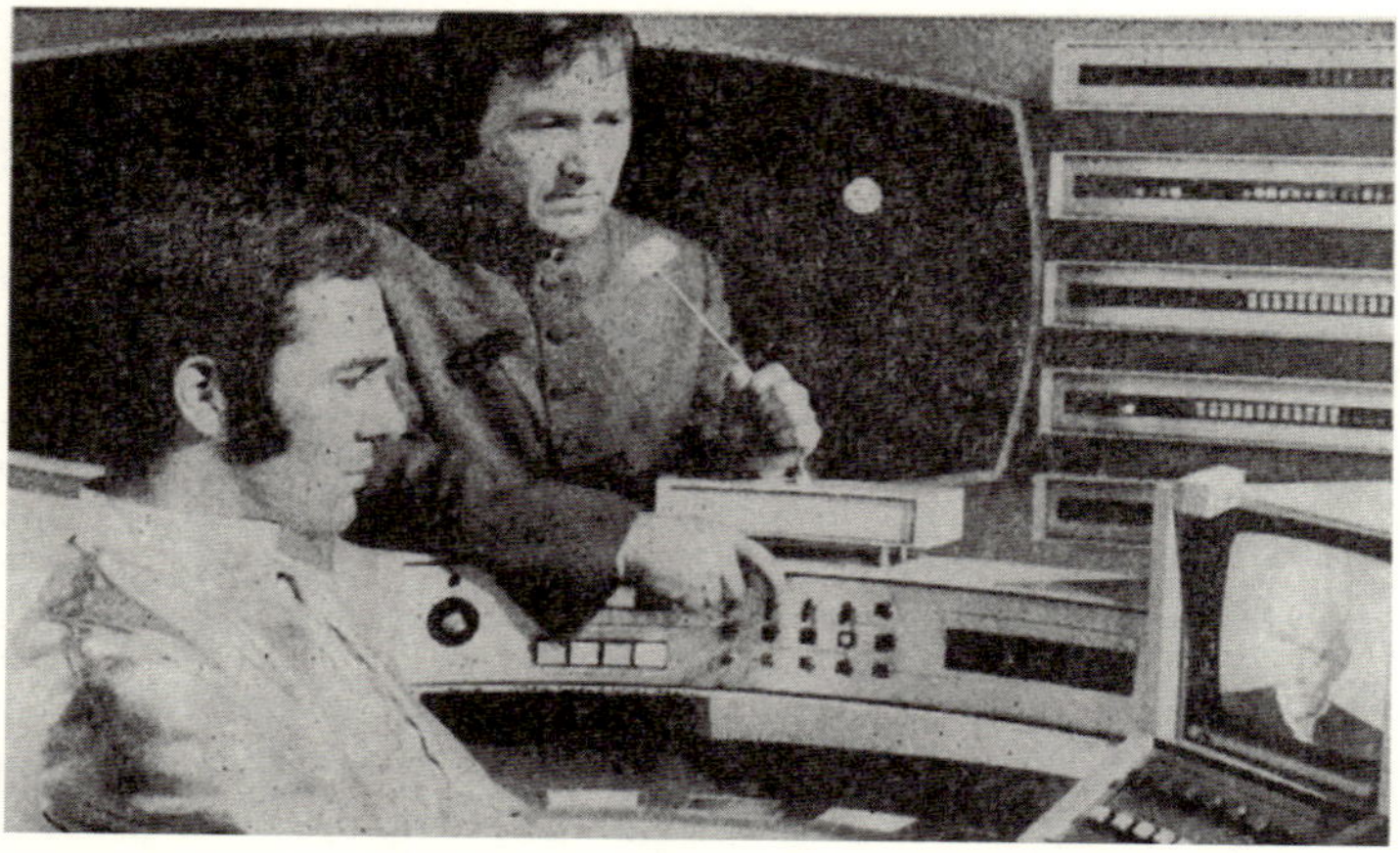

「謎の円盤ＵＦＯ」より　©ITC

てもおもしろいＳＦ小説を書いているのだから、お金をはらって、そういった物語を買って映画にすれば、きっとたのしいＳＦ映画ができあがるだろう。

どうやら、日本の映画製作者は、アイデアに金をはらうのは、ばからしいと考えているようだ。

ここで、テレビのＳＦ映画にふれてみよう。外国のテレビ映画で、ながいあいだ続いたのは、なんといっても、「ミステリー・ゾーン」と「世にもふしぎな物語」の二つだ。

「ミステリー・ゾーン」には、大怪獣があばれたり、宇宙戦争をやったりするような、はでな物語はないが、アメリカの一流ＳＦ作家の原作をつかったりして、まじめなまとまった作品が多い。ＳＦ映画というのは、かならずしも金をかけなくても、おもしろいものができるということを証明したのだ。プロデューサーのロッド＝サーリングという人は、「猿の惑星」の脚本を書いた。

「タイム・トンネル」「宇宙家族ロビンソン」「インベーダー」「海底科学作戦」などのＳＦ映画が、つぎつぎにテレビで放送されている。最近、「宇宙大作戦」「謎の円盤ＵＦＯ」なども評判になっている。

今後も、映画やテレビで、ＳＦものがふえていくだろう。

6　ＳＦにでてくることば

豊田有恒

宇宙
――光子ロケット、スペース・オペラ――

きみたちは、夜空をながめていると、ふっとさびしいような、おそろしいような気持ちになるときがあるだろうね。

宇宙は、はてしない遠い神秘の世界として、むかしから、おそれられ、うやまわれてきた。

夜空にうかぶ、たくさんの星が、すべて、太陽と同じような恒星であるということがわかったのは、ごく最近のことだ。

大むかしには、星は天というまるい屋根にちりばめられた宝石だとか、雨のふる穴だとか、いろいろいわれていたが、このころにはまだ、この地球のことさえ、はっきりとはわかってはいなかった。

はじめて、地球がまるいといいだしたのは、エジプトのアレキサンドリアの学者エラトステネスや、パルメニデスという人たちだった。

だが、その後千年以上も、地球がまるいということは、人びとには信用されなかった。そして十六世紀、マゼランが世界を一周したとき、はじめてほんとうに証明されたわけだ。

きみたちは、天動説と地動説ということばを知っているね？　地球がまるいことがわかっても、まだ大部分の人は、太陽が地球のまわりをまわっている――つまり、天動説を信じていた。ガリレオが、宗教裁判にかけられ、「それでも地球は動く」といって、地動説を捨てなかったのは、とても有名な話だ。

それでは、このころ、宇宙を舞台にした小説は、まだ、あらわれていなかったのだろうか？

いや、小説のうえでは、もう、宇宙旅行の話が、ちゃんとあらわれていたのだ。

『真の歴史』という本を書いたギリシャのルキアノスという人は、月世界探検のＳＦを書いた。ここに出てくる月の人は、腰から上が人間で、腰から下がブドウの木という、ふしぎな生物だった。

そして、惑星の運動法則を発見したヨハネス＝ケプラーも、宇宙探検のＳＦを書いているが、これほどの学者でも、まだ宇宙ロケットを想像できなかった。ケプラーのＳＦには、魔法をかけた馬車で宇宙旅行をするという場面が書いてあるから、おどろきである。

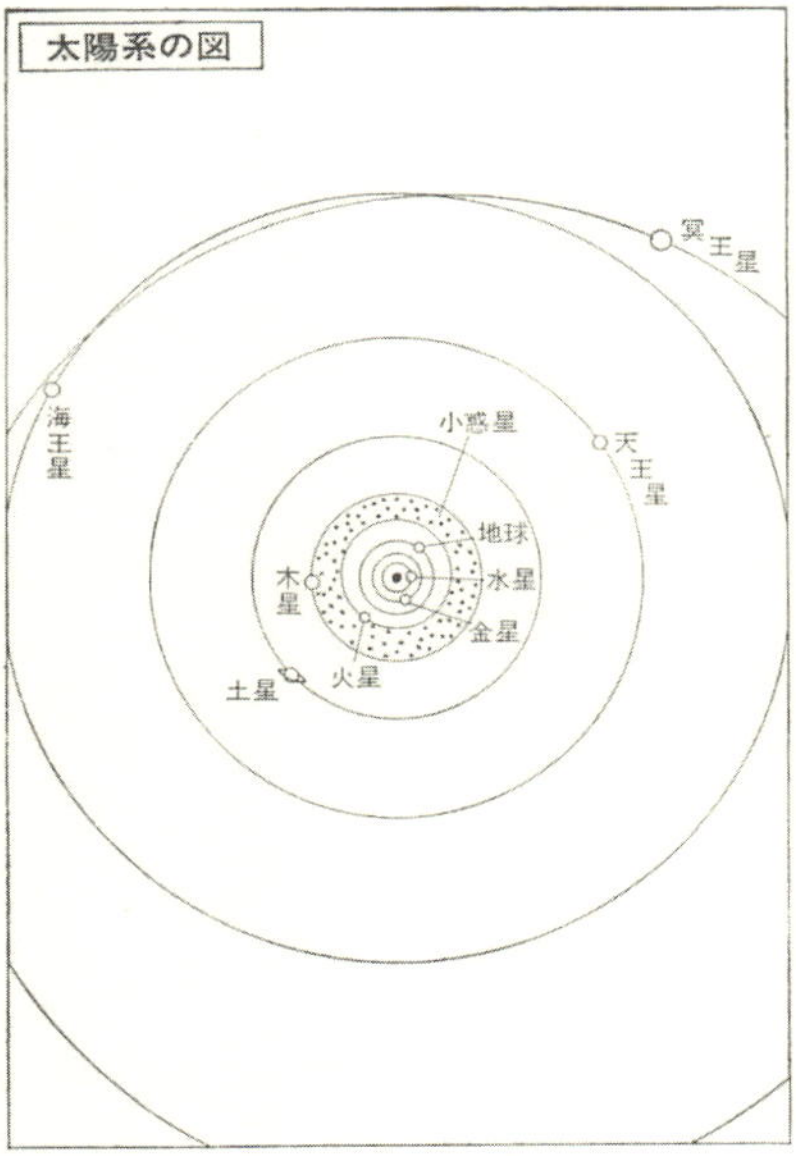

二十世紀になってくると、天文学が発達して、宇宙のことがわかるようになった。
それと同時に、ヘルマン＝オーベルト、ウェルナー＝フォン＝ブラウンなどというロケット学者があらわれて、ロケット打ち上げに成功した。
こうして、宇宙旅行は、もう夢でなくなり、一九五七年、ソ連のスプートニク一号の人工衛星打ち上げによって、いよいよ宇宙時代がはじまったのである。
きみたちの住んでいる地球は、太陽の第三惑星である。そして太陽は、この銀河系宇宙に、千億もあるといわれる恒星のなかの、ひとつである。

太陽は地球に近いから、大きく輝いて見えるだけで、恒星としては特別大きい星ではない。

オオイヌ座のシリウスは、太陽の二倍の表面温度を持っているし、クジラ座のミラは、太陽の六百倍の大きさである。

太陽は、九つの惑星を持っている。このうち、水星・金星は高温すぎるし、火星には酸素がなく、木星・土星・天王星・海王星・冥王星は、とても寒いので、結局、生物がすんでいる惑星は、この地球だけらしいといわれている。

火星・金星などの惑星は、二十世紀のうちに、かならず征服されるだろう。そして、太陽系の残りの惑星にも、二十一世紀のはじめには、まちがいなく人類の基地が作られる。

次の目標は、太陽系以外のべつの恒星系だ。

地球から四・三光年——つまり、光が四・三年かかってつく距離に、プロクシマ・ケンタウリという恒星があり、その近くにアルファ・ケンタウリという恒星がある。

ここまで行くためには、光子ロケットが必要である。いままでの、化学燃料をもやし、ガスを噴射するロケットでは、ここまで行きつくのに四万年もかかってしまう。

光子ロケットは、ガスのかわりに光の粒子をふきだしてとぶ。光は、一秒間に三十万キロのスピードでとぶから、ロケットはその反動で光に近いスピードをだすことができるわけだ。

プロクシマ星のほうは、太陽の二万五千分の一の明るさしかない小さな恒星なので、惑星はもっていないらしい。だが、となりのアルファ・ケンタウリ星のほうは、惑星をもっているかもしれない。現在の望遠鏡では、恒星はともかく、ほかの恒星にくっついている惑星までは、とても見ることができないのだ。

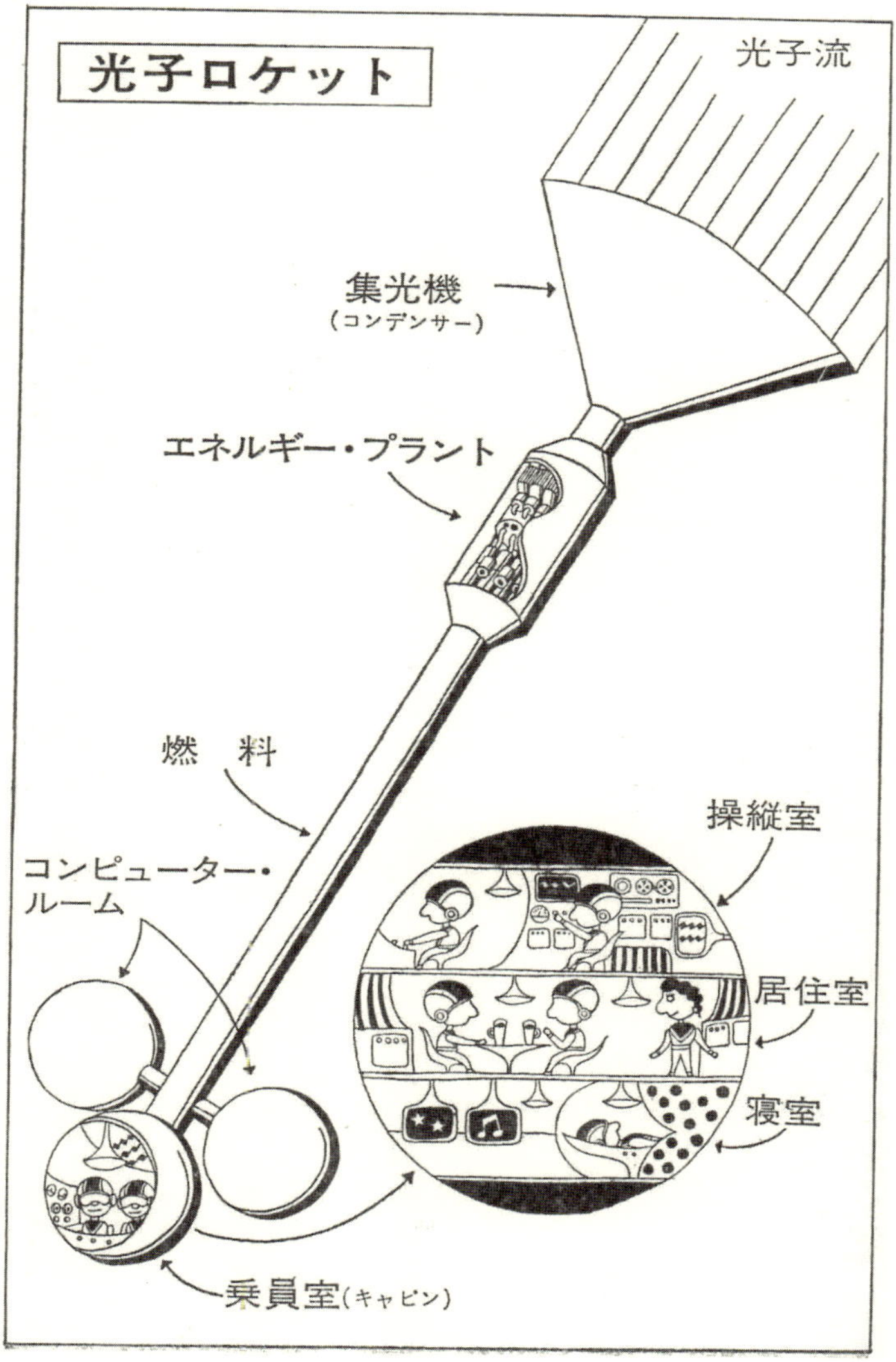
光子ロケット
光子流
集光機
(コンデンサー)
エネルギー・プラント
燃　料
コンピューター・
ルーム
操縦室
居住室
寝室
乗員室(キャビン)

もし、このアルファ・ケンタウリに惑星があれば、ここに基地をつくって、さらに遠い恒星めざして、人類はとんでいくだろう。光子ロケットでとんでいくと、地球から百光年のところにある恒星系へは、往復二百年かかる。

ところが、ここで、奇妙なことがおこる。ロケットが、光の速度に近いスピードでとんでいると、ロケットの中と、地球とでは、時間がちがってくるのである。

ロケットの中では、地球上より、時間が早くすむようになる。スピードが、光速度に近づけば近づくほど、この時間の差は、大きくなる。これを、相対時差とよぶ。

往復二百光年の旅から、ロケットが地球へ帰ってくる。そのころ、地球では二百年たっているが、ロケットのなかでは、たった一年しかたっていないこともある。

この現象は、ローレンツの収縮とよばれるが、SFでは、浦島太郎の話とにているので、ウラシマ効果ともよんでいる。

もちろん、地球へ帰ってきた宇宙パイロットたちは、二百年まえに地球を出発したのだから、家族や友人たちはずっとまえに死んでしまっている。それなのに、パイロットたちは、たった一年分しか年をとっていないのだ。

だから、光子ロケットのパイロットは、地球を出るときは、家族や友人とは、もう二度とあえないことを、覚悟しなければならない。

光子ロケットを使って、いろいろな恒星系を探検すると、ほかの人類がすんでいる惑星が見つかるかもしれない。

こういう宇宙人は、地球人とまったくちがった形をしているだろう。もちろん、習慣やことばもちがうし、呼吸する大気も、地球のように酸素ではなく、有毒な塩素ガスかもしれない。だから、宇宙人とはじめてあったとき、習慣のちがいで、戦争になるようなこともある。

アメリカの航空宇宙局では、現在イルカのことばを研究している。イルカは頭のいい動物で、人間のことばとまったくちがう、超音波で話しあう。だからイルカのことばを知ることができれば、将来宇宙人に出あったとき、そのことばを解読する手がかりになる、というわけだ。

光子ロケットを使い探検を続けていくうちに、いろいろな惑星や宇宙人が見つかるだろう。

だが、光子ロケットは、光のスピードより早くとぶことはできない。

きみたちのすんでいる銀河系宇宙は、直径十万光年――つまり、横断するのに、光の速度でも十万年かかる、巨大なものだ。

そこで、ＳＦでは、リープ航法とか、ワープ航法という、新しい宇宙旅行法が登場する。

これは、空間の二つの点を四次元的におりまげてつなぐという方法だが、もちろん現在の科学では説明できない。

さて、光子ロケット、リープ航法などの小道具がそろうと、宇宙をとびまわる雄大なＳＦが書きやすくなる。こうして生まれたのが、アメリカなどで流行したスペース・オペラだ。

スペース・オペラは、ホース・オペラ（西部劇）をもじってつくられたことばで、宇宙劇とでもよべば適当だろう。

スペース・オペラをはじめて書いたのは、ターザンの作者エドガー＝ライス＝バローズだ。

バローズの〈火星〉シリーズは、火星にとんだ地球人が、火星の王女デジャー＝ソリスと恋をし、悪人の陰謀とたたかうという大活劇である。かれには、ほかに〈金星〉シリーズというのもある。

スペース・オペラの傑作としては、ほかに、エドモンド＝ハミルトンという人の書いた、〈キャプテン・フューチャー〉というシリーズが有名だ。キャプテン・フューチャーは、ロボットとアンドロイドの部下をつれて、宇宙せましと大活躍する。

いまでているものでは『宇宙船強奪事件』『太陽系七つの秘宝』などがあるから、きみたちも読んでみるといい。

宇宙小説では、ロケット打ち上げ国として、ソ連のものにも、おもしろいものがある。

イワン＝エフレーモフという人の書いた、『アンドロメダ星雲』は、光子ロケットが大活躍する物語で、ウラシマ効果のこともよく説明してある。ちょっと、共産主義の宣伝くささや、科学的すぎるところもあるが、読んでおくと、ためになるだろう。

アメリカやソ連の宇宙開発がすすみ、日本の人工衛星が打ち上げられた現在、宇宙ＳＦは、ますますさかんになっている。これからも、きっと、傑作がうまれるだろう。

時間
――タイム・マシン、タイム・パラドックス――

はじめて、小説のなかでタイム・マシンを登場させたのは、ＳＦの元祖といわれる、イギリスの作家、Ｈ＝Ｇ＝ウエルズだ。

この小説は、『タイム・マシン』という、そのものズバリの題名で、タイム・マシンを発明した男が八十万年後の世界へ行くという物語だ。

八十万年後の世界は、地上に住んでいるエロイというおとなしい人種と、地下にすんでいるモーロックというおそろしい人種とに、わかれている。モーロックは、ときどき地上に出てきて、エロイをさらっていって、食ってしまう。

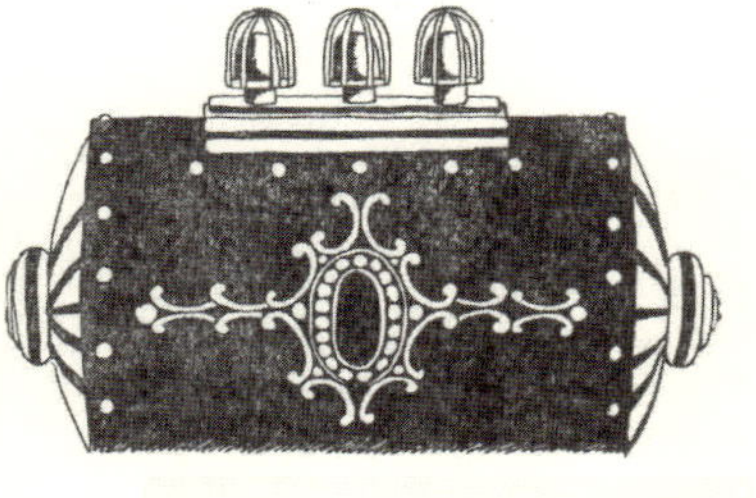

タイム・マシン（映画より）

これは、小説のうえの話で、八十万年後の世界が、ほんとうにこんなふうになるかどうかはわからないが、発行されたころ、この小説は、大評判になった。

五―六年まえ、映画にもなって封切りされたから、きみたちのなかにも見た人がいるかもしれない。

ウエルズの『タイム・マシン』は、未来へ行くだけだったが、その後、過去へ行くというような小説も、たくさんあらわれるようになった。

もちろん、時間というものはどんどん過ぎていくものだから、現在の科学では、どんなことをしても、過去や未来へ行くことはできない。

だが、小説のうえで、タイム・マシンを登場させると、いろいろな夢をえがくことができる。

もし、タイム・マシンが手にはいったら、きみたちはまず、どこへ、いや、いつの時代へ行きたい？　男の子なら、戦国時代から江戸時代のはじめごろへ行って、忍者の活躍を見たいという人もいるだろう。女の子なら、十年後の未来へ行って、自分がまっ白いウェディング・ドレスをきているのを、ひと目見たいと思うかもしれない。

これまで、日本や外国のＳＦ作家が、さまざまなタイム・マシンをつかって、いろいろな時代へ行く話を書いてきた。

ウエルズの『タイム・マシン』もそうだが、はじめのうちは、このふしぎな機械をつかって、ふつうなら見ることのできない、いろいろな時代を見てくる、つまり冒険観光旅行のようなつもりで、タイム・マシンＳＦは、書かれていた。

ところが、ＳＦ作家たちは、タイム・マシンＳ

Fを書いているうちに、みょうなことに気づいた。

たしかに、タイム・マシンを登場させると、おもしろいSFが書ける。つまり、タイム・マシンは、べんりなSFの小道具ということになる。だが、タイム・マシンをだすと、かえってどうにもつじつまが合わなくなってくることがあるのだ。

わかりやすい例として、徳川の忍者、服部半蔵《はっとりはんぞう》の話をしよう。この人は、明智光秀が織田信長を殺したとき、そのころ、堺（今の大阪府堺市）にいた徳川家康を助けて、伊賀の山を越えさせた。つまり、家康は、半蔵が助けてくれなかったら、光秀に殺されてしまったはずだ。

もし、ここで、タイム・マシンに乗った男が、家康を助けるまえに服部半蔵を殺してしまったとする。そうなると、家康は、光秀に殺されてしまう。

徳川家康といえば、徳川幕府第一代の将軍で、江戸の町をひらいた人だ。もし、家康が若いころ死んでしまうと、徳川幕府はできなくなってしまうし、江戸時代もなくなってしまう。

つまり、過去の時代へ行った時間旅行者が、うっかり勝手なことをすると、歴史そのものを変えてしまうことになるのだ。

タイム・マシンをつかったことによって、つじつまの合わなくなること、これを、タイム・パラドックス（時間逆説）という。このタイム・パラドックスをあつかった作品に、ウイリアム＝テンの「ぼくと、わたしと、おれ自身」という話がある。

過去のある時代へ行って、行ってきた証拠にするため、そこにあった石を動かしてくる。一度現代へもどって、もういちどその時代へ行ってみると、そこに、石を動かしている男がいる。よく見ると、それが自分なのだ。そこで、ふたりの自分が、もういちど現代へもどって、過去へ行くと、こんどは自分が三人になる。つまり、同じ時代とのあいだを、何度も往復していると、自分がふえてしまうわけだ。

過去にもどって石を動かし、現代にもどってまたその時代に行くと……

こうなると、タイム・マシンが出てきたために、さっぱりわけがわからなくなる。

こんな話もある。過去へもどって、若いころの自分のおとうさんにあう。おとうさんは、まだ独身で、おかあさんと結婚するまえだから、もちろん、自分は生まれていない。そこで、もし、おとうさんを殺してしまうと、どうなるか。おとうさんは、結婚するまえに死んでしまうのだから、自分は生まれないはずだ。生まれないはずの自分が、おとうさんを殺しにタイム・マシンに乗っていくはずがない。だから、おとうさんは殺されない。殺されなければ、やがて、おかあさんと結婚して、自分が生まれる。だが、その自分は、タイム・マシンに乗って、おとうさんを殺しにいく。おとうさんが殺されれば、自分は生まれない……。いつまでたっても、きりがない。これでは、ニワトリがさきか、タマゴがさきか、という話と同じになってしまう。

タイム・マシンがあると、便利なようだが、いろいろな問題がおこってくる。

タイム・マシンに乗って、過去のある時代へ行く。すると、ことばも服装もちがうし、現在のお金は通用しない。とても不便なことになってしまう。

うっかりすると、あやしいやつだということで、たちまちつかまえられて牢屋《ろうや》に入れられたり、火あぶりにされたりする。こうした事故をなくすためには、タイム・マシンで過去へ行く人が、その時代の習慣やことばなどを、よく調べておく必要がある。

中世のヨーロッパへ行って、うっかりライターでタバコに火をつけたりすれば、魔法使いとまちがわれて火あぶりにされてしまう。タバコは、コロンブスのアメリカ発見でヨーロッパにつたわったものだから、この時代にはまだなかった。しかも、ライターどころか、マッチさえも、まだ発明されていなかったのだ。

ふつうの人は、いくら注意しても、まったくべつの時代のことなのでまちがいをしやすい。

そこで、タイム・マシンに乗って、べつの時代へ行く時間旅行者の指導のため、タイム・パトロール隊が必要になってくる。

アメリカのSF作家ポール＝アンダースンの作品に、『タイム・パトロール』というのがある。

これは、タイム・パトロール隊員マンス＝エバラードの活躍をえがく物語で、四つの短編SFからなっている。その活躍する舞台は、古代イギリス、古代ペルシアなどさまざまな時代で、タイム・パトロールの活動と本部などが、うまくえがかれている。

タイム・パトロール隊員は、時間旅行者を守るだけでなく、歴史が変えられたりしないように、いつも監視していなければならない。

この物語にでてくるあるタイム・パトロール隊員は、ナチス・ドイツのロンドン爆撃で、恋人を死なせてしまう。いくら悲しいできごとでも、タイム・

パトロールは、たえていかなければならない。恋人が死んだのは、事実である。もちろん、タイム・マシンでその時代へとんで、爆撃がおこなわれるまえに、恋人を助けだすこともできる。だが、それでは、歴史の事実を変えてしまうことになるのだ。歴史のうえでは、いつも正しい者が勝つとはかぎらない。正しい者が、不当に迫害され、殺されることもある。しかし、それは事実なのだ。

だから、タイム・パトロールは、正義の味方ではない。正しいことも、邪悪なことも、すべて歴史の事実である以上、守らなければならないのだ。

最近のＳＦでは、タイム・マシンの活動するエネルギーを、時空連続体というものとむすびつけて考えている。これは、アインシュタインの物理学などで、時間と空間が関係のあるものだと、いわれるようになったからである。

過去へ行く方法は、この考えかたでいえば、かならずしも、タイム・マシンを必要としない。

たとえば、水爆がおちたとか、大地震がおこったとかいうとき、時空連続体のエネルギーに異常がおこって、時間の流れがくるってしまうとされている。もちろん小説のなかで、そういうふうに決めたほうが、書きたいことを書くのにつごうがいいし、おもしろくできるからだ。

エドモンド＝ハミルトンという作家の『時果つるところ』では、水爆がおちたエネルギーで、百万年後の世界へ、アメリカの町全体がとばされるという物語が、えがかれている。

こういうふうに、タイム・マシンを使わずに、あるきっかけで、べつの時代へとんでしまうことを、タイム・スリップとよんでいる。

タイム・マシン――それは、人類の夢だ。その夢をとおして、自分のいいたいことをＳＦとして書くための、便利な道具だてなのだ。

ロボット
――アンドロイド、サイボーグ――

きみたちは、ロボットと聞けば、ははん……とうなずくくらい、よく知っているだろうね。

もちろん、今日《こんにち》では、ロボットということばを知らない人は、まずいないだろうね。

はじめて、「ロボット」ということばを使ったのは、チェコスロバキアの作家カレル＝チャペックという人だった。もっとも――このロボットは、機械じかけのものではなくて、合成人間――つまり、人工細胞を人間の形につくりあげたものだった。

ところが、合成人間といっても、一般の人にはわかりにくかったのだろう。いつのまにか、ロボットは、「機械じかけの人造人間」という意味に、使われるようになってきた。

二十世紀になると、いよいよほんもののロボットが登場してきた。初期のは、かんたんなモーターで手や足を動かすだけの――知っているね、よく、オモチャ屋さんで売っているような、ごく単純なものだったんだよ。それでも、博覧会などでは、とても人気者だった。

なぜ、ロボットに人気があるかというと、人間にはむかしから、自分たちの姿とそっくりなものをこしらえてみたいという、大きな夢があったからなんだね。

ギリシャ神話には、ロード島に住む青銅の大ロボットや、ロウをこねあわせてロボットをつくったピグマリオンの話などが、記録されている。

日本でも江戸時代に、カラクリ儀右衛門《ぎえもん》という人が、木でロボットをつくったといわれている。

もちろん、こういう古い時代には、科学がまだ発達していなかったので、いくらうまくつくっても、せいぜい、よくできたオモチャくらいのものしか、つくれなかったんだね。

だが、二十世紀にはいるとがらりとちがってくる。世界中で、高度な発明がおこなわれ、科学が発達するスピードも、すごく早くなってきた。

こうして、ロボットについても、いろいろ研究されるようになったんだ。

はじめてロボットを本格的に実用化しようと考えたのは、ノーバート＝ウィナーという電子工学者だった。

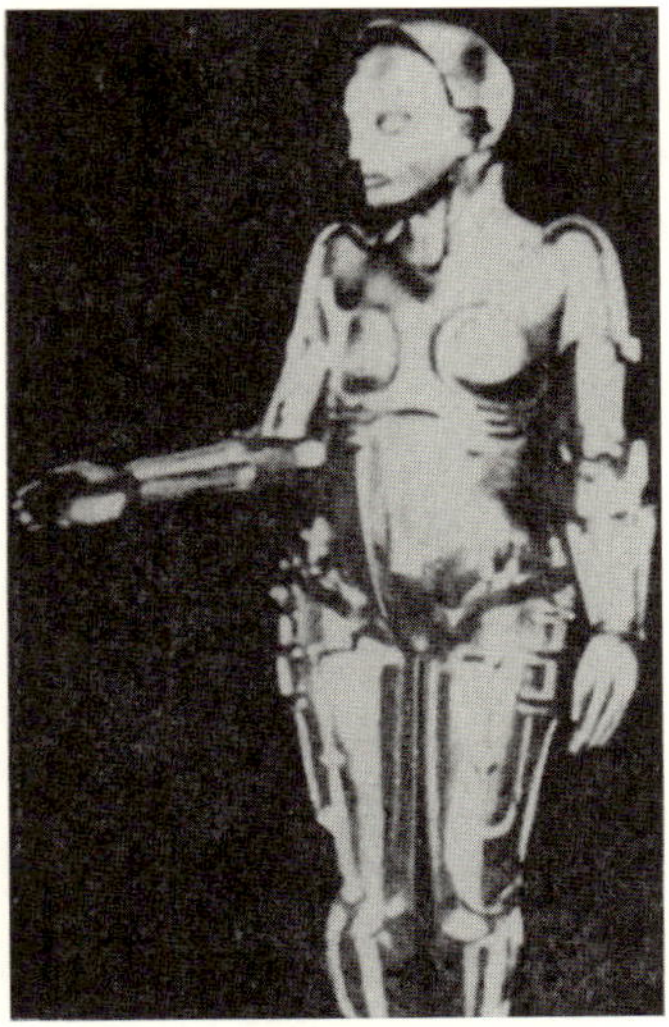

「メトロポリス」のマリア

（提供：トランジットフィルム）

かれはサイバネーションという、新しい学問をつくりあげた。サイバネーションは、ひとくちにいえば、工場などの生産機械を、人間の手をつかわず、機械をつかって動かすことなんだ。

きみたちは、ベルト・コンベアの上に乗ったいろいろな製品が、まるで魔法のように、つぎつぎとしあげられていくフィルムを、見たことがあるだろう。

ああいう生産のしかたを、オートメーションとよぶ。ロボット生産といいかえてもいい。できるだけ人間の手をかけずに、製品を自動的につくりだす方法を、ひとつの学問としてうまくまとめたのが、この「サイバネティックス」——サイバネーション工学なんだよ。

機械が、機械をあやつって仕事をしていく。こういう新しい生産方式には、かならずコンピューターが必要になる。コンピューターに、つくる材料や数、大きさ、しあがりの時間などをおぼえこませておけば、工場全体が、ひとつのロボットのように、どんどん生産を続けるようになっていくんだ。工場だけじゃなくて、船や病院でも、ロボット式で、やっていけるようになるのさ。

話がだんだん大きくなって、むずかしくなるから、またもとのロボットに話をもどすよ。あの、ギッタンギッタン動く、おもしろい機械ロボットは、どうだろうか？　これからのロボットは、コンピューター——つまり電子頭脳を、持つようになるにちがいないね。そうでないと、実際には、役にたたないんだからね。

人間が命令したことを、よく聞きわけ、忠実にやっていく。そういうロボットには、どうしても、電子頭脳が必要になってくるんだ。ただ、現在の科学がつくる電子頭脳は、あまりにも大きすぎて、ロボットのからだのなかに入れることが、できないのだ。

人間の脳には、やく百二十億の細胞があって、考えたりおぼえたりする役目をしている。この脳細胞は、電子頭脳のトランジスターのような働きをする。

まず、きみたちの持っているラジオの、トランジスターを考えてもらうことにしよう。六石《せき》、七石、多くてもせいぜい十石くらいだろう。それにくらべると、人間の脳は、百二十億もの細胞を持っている。

ところが、最近の研究でＩ・ＣとかＬ・Ｓ・Ｉとかいうものが発明された。これは、集積回路と訳されているが、トランジスター一個分の大きさで、何千個分の働きをする。テレビのコマーシャルに出てくる、ソリッド・ステートというのは、この集積回路のことなんだ。

集積回路は、最近ますます改良されて、やがて、トランジスター何万個分の働きをするようにさえなるだろう、といわれている。ロボットの電子頭脳に使われるようになるのは、きっとこれにちがいない。

もし、きみたちが大きくなってロボットを研究するつもりなら、大学へ行って、電子工学（エレクトロニクス）科というところで、この集積回路の勉強をすればいい。

だから、この電子頭脳の問題さえうまく解決できれば、ロボットを実用化する見とおしは、明る

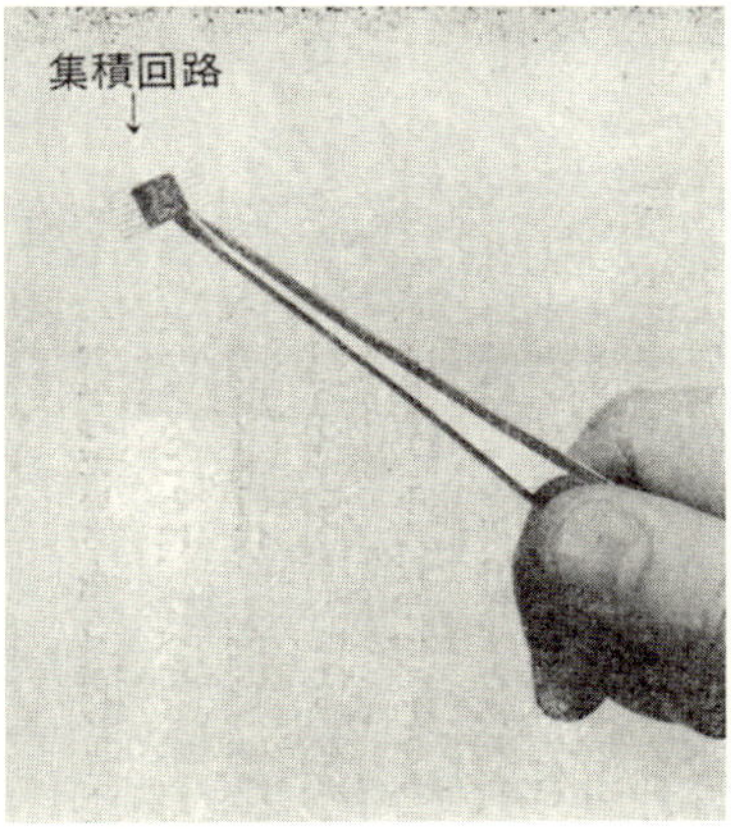

くなってくるのだ。百年後の未来には、きっとロボット時代がやってくる。

ロボットお手つだいさん、ロボット・カー、ロボット警官など……人間の生活のなかで、ロボットにまかせられることは、すべてロボットの仕事になる。

こういうロボット時代をえがいた傑作ＳＦに、エドマンド＝クーパーの書いた『アンドロイド』という物語がある。この時代には、ロボット医師、ロボット政治家、ロボット戦士などが、現在人間がしている仕事をみんなやってしまうのだ。

タイトルには、アンドロイドとあるが、これは、人間そっくりにつくられたロボットのことで、ヒューマノイドともよんでいる。アンドロイドは、笑ったり泣いたりできる人工筋肉や人工皮膚を持っているので、ちょっと見ると、人間と区別がつかない。

テレビ・マンガの「鉄腕アトム」や「8《エイト》マン」

は、みんな、このアンドロイドだ。

ここで、ロボット・テーマのＳＦを、もうひとつ、紹介しておこう。

アイザック＝アシモフの書いたものに、『鋼鉄都市』『われはロボット』の二つがある。かれは、アメリカの大学で、生化学の准教授をしているので、ロボットのしくみを、人間のからだとくらべてうまく説明し、ロボットの発達の歴史ともいえるものを、ＳＦ小説のうえでつくりあげた。

１　ロボットは、人間を傷つけてはいけない。

２　ロボットは、人間の命令をきかなくてはいけない。

３　ロボットは、身を守らなければならない。

この三つを、アシモフの〈ロボット工学の三原則〉とよんでいる。

アシモフの『鋼鉄都市』は、巨大なロボット都市におこった殺人事件を、人間とロボットの刑事が解決するという物語だ。

『鋼鉄都市」より
（ギャラクシイ、1953年）

宇宙開発がさかんになるにつれて、ロボットの活躍の場は、これからもますますひろがっていくだろう。

ロボット時代には、人間とロボットのあいの子が、生まれるかもしれない。そうだ。きみたちもよく知っている、サイボーグだ。サイボーグは、まえにでてきたサイバネティックスとオーガン

（器官）を、くっつけてつくられたことばだ。

さて人間は、宇宙では、もちろん宇宙服をきなければ生きていけない。

そこで、人間のからだのなかに酸素タンクをうめこみ、からだの表面をロボットのような鋼鉄の皮膚でおおい、宇宙でも生きていけるようにつくりかえる。——これが、サイボーグだ。

現在、サイボーグは、研究されているというだけで、まだ動物実験さえも成功してはいない。

だが、南ア連邦の心臓移植手術の成功や、ソ連やアメリカなどで研究されている、電子義手義足などの研究は、やがてサイボーグの実用化に、たいへん役だつだろう。

日本では、石森章太郎の『サイボーグ００９』のようなＳＦマンガや、光瀬龍や平井和正の一連のサイボーグＳＦなど、たくさんの物語が書かれている。

もし、サイボーグ時代がやってくると、それにつれて世の中もすっかり変わってくるにちがいない。

鋼鉄ロボットのようなからだに改造されて、はたして、人間がしあわせだろうか？　この疑問に対しては、高度に発達した外科手術が、サイボーグを、もとの人間にもどすにはどうするかを考えなければならない。

人間の改造は、こんなふうな機械的な方法ばかりでなく、生化学の方面からもすすめられるようになる。ＲＮＡ（リボ核酸）という物質をつかうと、脳の記憶を他人にうつすこともできるようになる。ほかの人に勉強してもらって、そのＲＮＡを注射してもらうだけで、試験に合格するなんて時代がくるだろうよ。勉強屋なんて商売もでてくるかもしれないね。

そのほか、からだの組織をほんの少し切りとって、培養していくと、そのなかにあるＤＮＡ（デオキシリボ核酸）という物質のはたらきで、もとの全体に育てあげられる——クローン増殖という研究もすすめられている。つまり、きみの肉を一ミリグラムくらい切りとって、栄養をあたえながら育てていくと、もうひとりのきみができあがるわけだ。

ＲＮＡ交換はネズミで、クローン増殖はニンジンで、もうりっぱに成功している。こういった方法が人間におこなわれるのも遠くない未来だろう。

また、サイボーグ外科の発達によって、心臓、腎臓、手足の移植が、自由に行なわれるようになると、手足や眼球は、品物をあつかうように売買されるかもしれないよ。

このような社会で、人間の自由や、尊厳を守っていくには、たいへんな努力が必要だ。

大きな問題だと思う。ロボットやサイボーグなど、明日の科学を生かすのも殺すのも、それを考える人間自身なのだ。

超能力
——Ｅ・Ｓ・Ｐ、エスパー——

きみたちは、サイコロをつかって、ゲームをすることがあるだろう。

サイコロには、１から６までの数字が書いてあるから、だいたい、六かいに一かいしか、同じ数は出ないはずだ。

ところが、アメリカの心理学者が実験したところによると、「４がでる、４がでる」と心のなかで考えながらサイコロをふると、ほんとうに４の出る回数が、ふえてくるのだという。

次にその逆に、サイコロを、ツボに入れて振る。ツボにはいっているのだから、なんの目が出たか、外からはわからない。サイコロの目の数をあてるのに、あてずっぽうに、１から６までの数字をいうなら、六かいに一かいしかあたらないはずだ。

ところがである。これも、多くの統計をとってみると、五かいに一かいくらいの割合で、あたるのだそうだ。

この実験から考えてみると、人間の心にはふしぎな力があって、考えただけで、サイコロのある目だけを多くだしたり、見えないはずのサイコロの数をあてたりできるらしい。

まえに、ロボットのところで書いたが、人間の脳には、百二十億の細胞がある。これらの脳細胞は、計算したり、考えたり、記憶したり、泣いたり、笑ったりする役目をはたしている。

ところが、こんなにたくさんある脳細胞のうち、ほんとうに使われているのは、だいたい十分の一ぐらいだということが、わかってきたのだ。

それでは、残りの脳細胞は、いったいなんのためにあるのだろう？　もし脳細胞が全部はたらけば、人間はいままでの十倍も、ものをよくおぼえることができるだろう。

その証拠に、最近日本へやってきた、韓国のキム＝ウンヨン君という天才少年の例がある。

キム君はまだ七歳だが、アインシュタインの相対性原理や、五つの外国語などを、すっかりおぼえているという。

また、これはおとなの例だが、トロイの遺跡を発掘したシュリーマンという考古学者は、専門の考古学の本を、たくさん暗記していただけでなく、二十一か国語を、まちがえずにペラペラしゃべれたということだ。こういう超天才は、たしかに、ふつうの人よりも多く、脳細胞を使うことができたにちがいない。

それでは、どうすれば、脳細胞を多く使うことができるのだろうか？　ある化学物質が、その役にたっているといわれている。

最近まで、グルタミン酸ソーダ――つまり、ふつうの化学調味料が頭をよくするといわれ、あちこちの家庭で、子どもに化学調味料を飲ませるのが流行していたが、これはどうやら、まちがいだったらしい。

最近では、ガンマアミノ酪酸という化学物質が、脳の活動と関係があるといわれているが、これもまだ、はっきりしてはいない。

とにかく、最近になって、人間の脳に、これまで知られていなかったような、ふしぎな能力があることがわかってきた。アメリカのライン博士は、こういう能力を調べるため、超心理学《パラサイコロジー》という新しい学問をつくりあげた。

そして、さっそく全世界から、いろいろふしぎな力を持っている人をさがしだした。

ソ連には、目をつぶっていても、指さきでさわっただけで、文字を読んだり、色をあてたりするふしぎな少女がいた。

オランダには、ピーター＝フルコスという人がいた。この人は、警察の捜査に協力して、ギャングがかくした死体や金のあり場所を、ピタリといいあてたりした。

また、日本には、すでに明治時代、御船千鶴子《みふねちづこ》という人が、千里眼として有名だった。千里眼というのは、箱のなかにかくしたものを、ピタリとあててしまうことだ。

こうして、全世界に、ふしぎな力を持った人のいることがつぎつぎに報告されてきた。そこでライン博士は、こういうふしぎな能力を、Ｅ・Ｓ・Ｐと名づけた。エクストラ・センサリー・パーセプション——感覚外知覚という意味だ。ことばがむずかしくなったが、ふつうの感覚でない感覚という意味だ。

日本語でも、第六感にピンときた、などという。虫の知らせなどといって、だれかの夢を見たとき、ちょうど、その人が死んだということがある。これも、Ｅ・Ｓ・Ｐのひとつである。

ライン博士が分析したＥ・Ｓ・Ｐには、だいたい、次のような種類がある。

①テレパシー（読心力、精神感応）　相手の心を読みとって、なにを考えているかを、知ってしまう。逆に、相手の心にむかって、ことばを使わずに、話しかける。

②テレキネシス（念力・念動）　サイコキネシスともいい、精神を集中させて、物体を動かしたりする。また、精神力を使って、相手の動きを止め、金しばりにしてしまう。

③クリア・ボワイアンス（透視・千里眼）　なにかに包まれた物を、見ぬいたり、遠くにあるものを見たりする。前にでてきた千里眼は、これだ。ＳＦのなかでは、こういう目を、「Ｘ線アイ」ともよんでいる。

④予言　これから起こってくることを、いいあてる。人の死ぬ時期や、自分の未来などを、ピタリとあてる場合もある。まえにでてきたピーター＝フルコスには、この能力がある。

さて、いろいろなＥ・Ｓ・Ｐの種類がこれでそろった。ライン博士は、Ｅ・Ｓ・Ｐ実験を行なうことにしたのだが、実験の相手は、北極海の氷の下をもぐっている、原子力潜水艦ノーチラス号の乗組員である。

まず、いろいろな絵がかいてある二十五枚のＥ・Ｓ・Ｐカードが用意された。無電でノーチラス号と連絡しながら、どんな絵が見えるか、ノートにスケッチさせてみた。すると、そんなに遠くはなれていて、見ることができないはずなのに、研究所にある絵とそっくりの絵をスケッチする者がでてきた。

もちろん、ぜんぜんデタラメをかいた人もいたが、うまくあたった人に聞いてみると、なんとなくそんな形の絵が心にわきおこってきたのだ、と答えた。

世界最初のＥ・Ｓ・Ｐ実験は、成功だったのだ。

そして、Ｅ・Ｓ・Ｐを持っている人という意味で、ＥＳＰＥＲ（エスパー）ということばができたのだ。レースに出場する人をレーサーとよぶが、それと同じ使いかただ。

エスパーは、心理学やＳＦの用語として、ふつうに使われている。日本では、「超能力者」と訳されている場合もある。

ＳＦにでてくるエスパーは、さっきあげた四種類のほかに、いろいろな超能力を持っている場合が多い。

テレポーテーション、あるいはテレポートということばがあるが、これは、心のなかで考えただけで、ほかの場所へ移ってしまう、すばらしい超能力だ。

こんな超能力があれば、どこへ行くのも、便利になる。車も飛行機もいらない。心で考えさえすれば、あっという間に、べつな場所に移ってしまう。

ところで、エスパーをあつかったＳＦは、たくさんある。

アルフレッド＝ベスターの書いた『破壊された男』というＳＦには、未来のエスパー時代がでてくる。エスパー医師、エスパー運転手など、あらゆる職業が、エスパーによって動かされている。そして、エスパーにも階級があって、いろいろな

クリア・ボワイアンス（透視・千里眼）

クラスにわかれている。

物語は、二十一世紀の兇悪《きょうあく》な殺人犯と対決する、エスパー刑事を中心に進められる。

日本では、平井和正が『エスパーお蘭《らん》』という作品を書いている。ここに出てくるエスパーは、心で考えただけで、近くにあるものが核爆発をおこしてしまうという、ぶっそうな怪物である。

また、小松左京は『エスパイ』を書いた。エスパイというのは、エスパーのスパイのことで、超能力を使って、全世界をまわりながら、悪と対決するという物語だ。００７ジェームズ＝ボンドみたいなスパイもでてくるから、ぜひ一度、読むことをおすすめする。

さあ、話をはじめにもどすことにしよう。

人間の脳のなかの使っていない部分、それは、こういう超能力のために、残されているのだと説明する科学者もいる。もし、そのとおりだとすると、二十一世紀には、テレパシーくらいは、あたり前のことになるだろう。しかし、だれもが超能力を持つようになってくると、ちょっと使い方をまちがったら、それこそとんでもないことになる。人類にあたえられた第三の能力を、うまく使いこなすことが、明日の人類の課題になるのかもしれないのだ。

次元
——異次元・多元宇宙——

古い中国の物語に、「南柯《なんか》の夢」という話がある。ある人が、南むきの大木によりかかっていて、夢をみた。すると——自分の魂が、小さなチョウになって舞いあがり、地面の下にはいってゆく。

そこには巨大な地下帝国があって、となりの帝国と戦争をしている。そこで、かれは地下帝国の人びとをはげまして、戦いに勝ち、王女さまと結婚する。王さまが死ぬと、自分がその国の王さまになり、長いあいだりっぱな政治をする。時がたち、やがて死ぬことになる。だが、死んだと思うと、ふと目をさまして、自分がもとの木のところで、夢をみていたことがわかった。

ふしぎに思って、あたりを掘ってみると、地下

「南柯の夢」より

一次元の決闘

のアリの巣に、王さまアリの死体があり、女王アリが悲しそうに、死体にすがりついていたという——

この話のように、現在の世界のほかに、もうひとつべつの世界があると考えることは、むかしからわれわれ人間の夢となっていた。

たとえば、古代スカンジナビアの人は、死んだあと、バルハラという天国へ行けると信じていた。また、日本でも、死ねば黄泉国《よみのくに》へ行くと、考えられていた。

もうひとつのべつな世界——ＳＦではこれを「異次元」の世界とよぶ。

きみたちは、次元ということばを知っているだろう。もともとＳＦ用語ではなくて、数学用語だ。

そこで、一次元の世界というのを考えてみよう。これは、一本の線のようなものだ。だから、一次元の生物というものがいたとすれば、すんでいる世界が線のようなものだから、その線の上

二次元のボクシング

を、行ったり来たりすることしかできない。

　では、次に、二次元の世界はどうだろう。これはタテとヨコの世界、つまり平面のようなものだ。二次元の生物は、この平面の上を自由に動けるわけだが、高さのない世界だから、空を飛ぶことはできない。いま、きみたちがすんでいるところが、三次元の世界だ。ここには、タテ、ヨコ、タカサの三つの次元がある。むずかしくいえば、立体になっているわけだ。

　きみたちが、三次元の生物だということは、これでよくわかったと思う。だが、高さという次元は、飛行機やロケットの発明などで、やっと生活にはいりこんできたばかりだ。

　いまから何百年もまえには、人間は地上だけで生活していた。三次元といっても、そのころは二次元的な生活だったわけだ。敵の攻撃をさける城は、かなり高かったから、三次元的だといえる。城の中にたてこもってさえいれば、いくら地上か

三次元のたたかい

ら——つまり二次元的にせめられても、安心していられた。

しかし、いくらりっぱな城があっても、空から爆弾を落とされては、ひとたまりもない。飛行機のような、より三次元的な乗り物が発明されてからは、城はもう役にたたなくなってしまった。

話がだいぶむずかしくなったが、もう少しするとおもしろくなるから、がまんして読みたまえ。きみたちがいま住んでいる世界が三次元だとすると、四次元とは、いったい、なんだろう？

それはまだ、わかっていないのだ。二次元的——つまり、地上だけで暮らしていた人に、高度一万メートルなどという三次元的な乗り物である「飛行機」を考えられなかったのと同じように、三次元の世界からは、四次元の世界は、よくわからないのだ。

それでも、アインシュタインやデ＝シッターなどという大科学者は、四次元の世界を予想してい

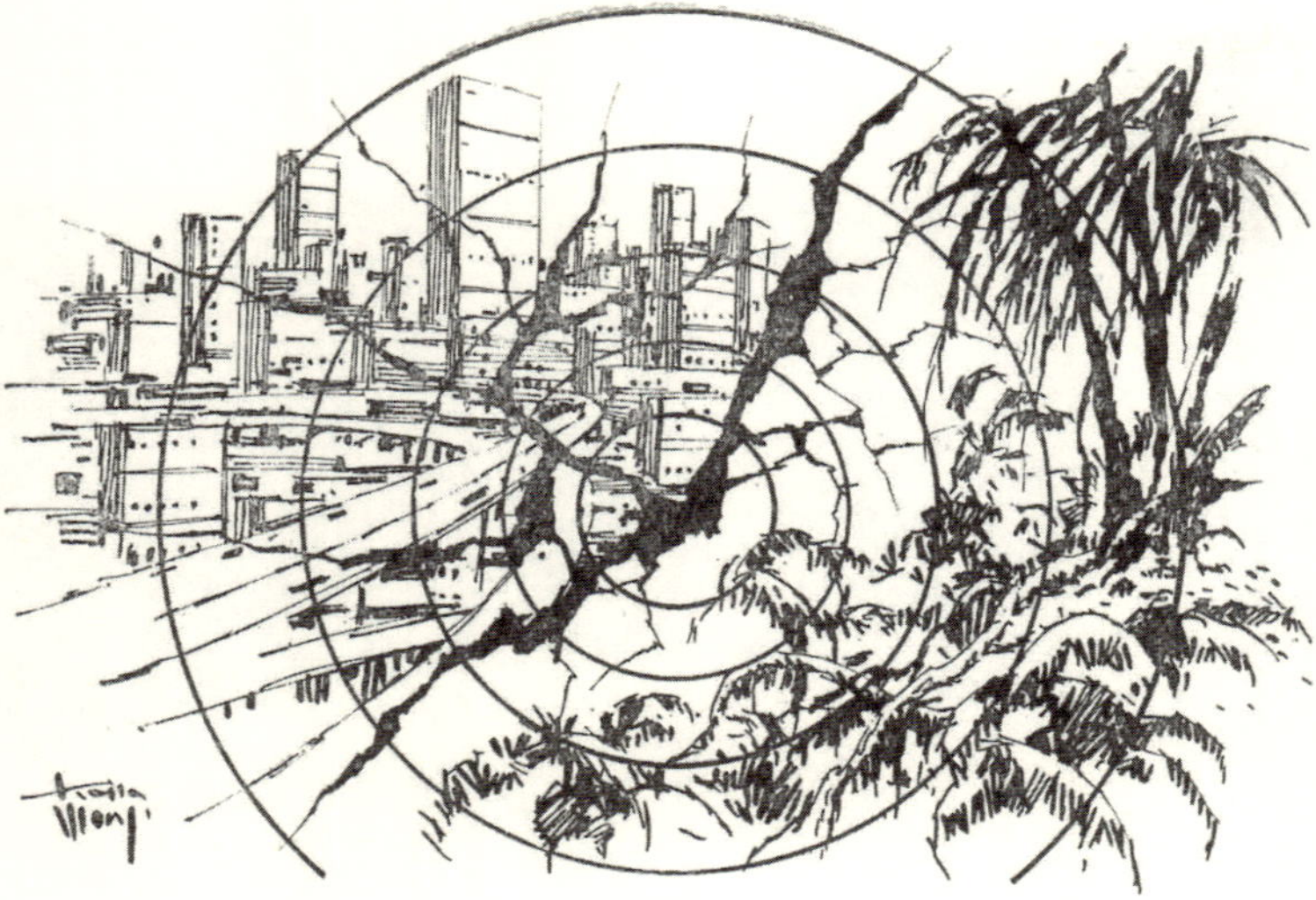

四次元のぬけ穴

る。タテ、ヨコ、タカサに加えるもうひとつの次元は、「時間」だというのだ。

なるほど、三次元のぼくたちには、時間だけはどうすることもできない。もう一度、子どものころにもどりたいなと思っても、どうにもならないのだ。

ちょうど、二次元的な生活をしていた古代人が、いくらとびはねても、飛行機のように飛べなかったのと同じように、ぼくたちがいくらもがいても、時間を自由にすることは、まずできない。

タイム・マシンのところで書いたが、もしタイム・マシンを完成させれば、そのときこそ四次元に近づいたことになる。

そして、われわれの住んでいる世界とちがう、もうひとつの世界へのカギ、それが「四次元」だともいわれている。

フレドリック＝ブラウンという人が書いた『発狂した宇宙』は、異次元の世界をえがいたものだ。ロケットが墜落してきたショックでこちらの世界と、もうひとつの世界とのあいだに、次元の穴ができてしまい、その主人公は、もうひとつの世界のほうへとびこんでしまう。

その世界は、主人公がいた世界とそっくりだが、なんとなくちがっている。

主人公は、小さな出版社につとめていたのだが、こちらの世界ではそれが大きな出版社になっていたり、自分を知っているはずの友人が、ぜんぜん赤の他人のような態度を示したりする。

主人公は、さっぱりわからないまま、この世界のなかで、もとの世界にいなかった宇宙人と出あったりして、いろんな冒険を続けていく。

このような、べつの世界のことを、ＳＦでは、多元宇宙とよんでいる。

まえに、もうひとつの世界と書いたが、こういうべつな世界は、ひとつだけでなく、たくさんあるといわれている。

タイム・マシンのところでは、「時空連続体」ということばをつかったが、これらのべつの世界をつなぐぬけ穴は、時空連続体にあいた、四次元のぬけ穴だといわれる。

しかし、四次元のぬけ穴は、いつ、どこに、できるのかわからない。

もしかすると、きみの目の前の空間に、ポッカリぬけ穴ができて、そのむこうに、熱帯のジャングルが、いきいきとあらわれてくるかもしれない。

つまり、きみのいる空間が、四次元的にアフリカとつながってしまったのだ。

四次元のぬけ穴は、地球上の実在の場所だけでなく、べつの宇宙につながることもある。

もしきみが、そのぬけ穴にはいりこんでしまったら、そのまま、むこうにあるべつな世界にはいっていくにちがいない。

もしかすると、その世界では、きみの友人たちが、きみを見てもなにもおぼえていないというかもしれない。また、おかしな話だが、きみの家族もきみを知らないというかもしれない。

つまり、このべつな宇宙は、われわれのいる宇宙と、少しずつちがっている。ちょっと見ると、同じように見えるが、やはりその世界とはちがっているのだ。

ＳＦでは、「時空連続体の壁をつきやぶって」とか、「四次元のぬけ穴をぬけて」といった書きかたをする。異次元の世界へとびこんでしまうときの状態を、こんなふうに説明するのだ。

アメリカのＳＦ作家フィリップ＝Ｋ＝ディックという人は、『宇宙の眼』というＳＦを書いた。

ある日、ビバトロンという巨大な原子炉に、事故がおこる。放射線の影響で、まわりの空間が、少しずつゆがみはじめる。それから、だんだんまわりの世界が、べつの世界になってしまうのだ。

そのべつの世界では、ある宗教団体が大きな勢力をもっている。この世界での冒険が終わると、こんどは、またべつの世界があらわれる。

『宇宙の眼』の原書

多元宇宙のいろいろな世界が、うつり変わるたびに、宇宙には巨大な眼があらわれる。

この宇宙の眼が、ナゾをとくカギになるのだ。

この小説は、アメリカでも、多元宇宙をテーマにしたＳＦの傑作として、大評判になった。きみたちも、ぜひ一度読んでおきたまえ。

それから次元テーマのＳＦに、「メビウスの輪」、「クラインのツボ」というのが、よくでてくる。

メビウスの輪というのは、紙テープをつないで輪にするとき、テープを一度ひねってから、つないだものだ。この輪の一点から、そのまわりをたどっていくと、輪の裏がわにはいりこみ、また表にもどって、出発した点にかえってくる。ということは、この輪には、「おもて」と「うら」がなくなってしまうのだ。

　つまり、この輪は、二次元なもの（紙テープ）を、三次元的に（一度ひねって）つないだため、二次元と三次元の中間のような性質になってしまったといえる。

メビウスの輪

　次に、クラインのツボだが、これは、ツボという三次元のものを四次元的にあつかったもので、ツボの裏がわをたどっていくと、いつのまにか、ツボの外がわに出てしまうという、ふしぎなツボである。

　もちろん、四次元のことがよくわかっていない現在では、こんなツボはどこを探してもないが、メビウスの輪に対して、このクラインのツボを考えてみると、いろいろとおもしろいことがおこってくる。

　こういうふうに、次元の問題を考える学問を、「位相幾何学（トポロジー）」とよんでいるが、これは大学の数学科でおしえるもので、むずかしい学問だ。

　異次元、多元宇宙、四次元などという問題は、ＳＦのテーマとしても、とてもむずかしいほうだが、うまく書ければ、きっと傑作といわれるＳＦができるだろう。

未来
——未来都市、未来人——

未来とは、いうまでもないが、これからおこる世界のことだ。

しかし、ひとことで未来といっても、一時間後も未来だし、五十万年後も、やはり未来だ。だから、未来がどうなるかということになると、たいへん予想しにくい。

何百年もまえ、大名が領地を支配していたころ、その領地の農民の生活は、長いあいだちっとも変わらなかった。明日も、一年後も、同じように畑をたがやしているにちがいなかった。これは、外国でも同じことで、ひとにぎりの王や貴族が領地を支配していた。

だから、この時代には、大きな変化はあらわれなかった。大発明もなされず、世の中も退屈するほど単調だった——という時代が、長くながく続いた。

ところが、十八世紀のころから、世のなかがきゅうに変わりはじめた。これまで手で作っていた製品が、蒸気機関の力によって、安く大量に生産されるようになったからだ。同時に、世界のあちこちで王さまの政治がたおされ、あたらしい政府がつくられた。ふつうの人でも、政治へ参加することができるようになったのだ。

こうして二十世紀になると、ますますたくさんの発明がおこなわれるようになり、世のなかはすっかり変わってきた。町や乗り物や服装も、めまぐるしく変わるようになった。

こんなにはげしく変わってくると、次にどうなるかを予想することが、じつのところ大変むずかしくなる。

むかしは、世の中を動かしていたのは、ひとにぎりの王さまと貴族だけだった。だがいまの世のなかは、そんなに簡単ではない。現代を動かしているのは、政治だけでなく、いろいろな発明、原子力エネルギーや、自動車の普及、そのほか、もっともっといろいろなできごとだ。

だから、むかしは、王さまがなにを考えているかがわかれば、十年後にどうなるかも、すぐにわかった。ところがいまは、世界中にあるいろいろなことを、いちいち細かく研究しないと、たとえ十年後のことでも、まったくわからない。

だから、百年後、千年後といっても、予想どころか、さっぱりどうなるかわからなくなってしまう。そこでＳＦには、変わった未来の姿が、おもしろくえがかれている。

ことわっておくが、これはＳＦにでてくる未来だ。そんな未来は、とてもくるはずがない、という人があるかもしれない。が、さっきも説明したように、いまの世のなかは、いろいろなことで動かされている。そのうち、どれを資料として重くみるかによって、予想される未来の姿がちがってくるわけだ。もし、いまのようなスピードで宇宙開発が進むならば、宇宙パイロットが、ふつうの人より尊敬され、全世界の英雄となれるような未来も、考えられないことはない。

また、いまのように自動車がふえていけば、排気ガスのために、とうとう人類がほろびてしまう、という未来も考えられないこともない。

どの未来も、でたらめというわけではない。それぞれ、やがてくるかもしれない、未来の姿なのだ。つまり、未来はひとつではなく、いろいろな未来が考えられるというわけだ。

ＳＦにでてくる未来のテーマとして、「最終戦争ＳＦ」というのがある。最終戦争——核兵器を使った、おそろしい人類の破滅のたたかいだ。

こういうSFは、アメリカやソ連など、核兵器を持っている大国が、第三次世界大戦をはじめたらという物語が多い。核戦争までの世界の動きをあつかったものは、PF（政治小説）のほうに分類され、SFでは、主として生きのこった人類の物語が多い。

最終戦争のほかにも、人類の滅亡をあつかったSFも多い。これは、べつに「破滅テーマ」として分類されている。

ジョン＝ウィンダムの『海魔めざめる』は、海底の超生物が、地球上を水びたしにして、人類をおそってくる物語だ。

小松左京の『復活の日』は、おそろしいウイルスが、事故によってばらまかれ、全世界に、死の病気がひろがっていく話だ。世界中の人が、バタバタと死んでいくところは、読んでいるだけで、背なかがゾッと寒くなるほどの、ものすごい迫力だ。一度、読んでみたまえ。ほかにも、「破滅テーマ」のSFは、たくさんある。

地球へむかって、ある星が近づいてきて、やがて衝突する話や、宇宙からやってきた食人植物のタネが、世界中にばらまかれる話や、もう一度つぎの氷河期がおそってきて、地球が凍りついてしまう話など、いろいろある。

きみたちも、破滅テーマのSFを、自分で考えてみたまえ。しかし、こういうテーマを書こうとするときには、アイデアだけではダメだ。アイデアより、もっとたいせつなものがある。おそろしい破滅が近づいたとき、人びとが、どのようなことをするかが問題だ。泣きわめく人もいるだろうし、ほかの人を殺しても、自分だけ助かろうとする人もいるだろう。そういう人間のありかたが、うまく書ければ、きっとそのSFは成功する。

そうなってほしくはないが、破滅も、未来のひとつの姿だといえるだろう。

未来SFの傑作に、シマックの『都市』があ

「破滅テーマＳＦ」より
地球につぎの氷河期がおそってきた！

る。これは、国際幻想文学賞をもらった、文学的にもすぐれた作品だ。

人間が滅亡したあと、人間に変わって、進化したイヌが、世界を支配するようになる。そして、「むかし、人間というものがおってな」というような物語が、イヌの家庭でむかし話として、はなされるようになる。

これと同じようなテーマで、人間が滅亡した後に、ロボットだけの世界ができる話もある。ところで、未来というテーマは、とても大きな問題なので、うっかりすると、ＳＦのほとんどが、このテーマのなかにふくまれてしまうこともある。

アシモフの『鋼鉄都市』は、ロボットのところで紹介しておいたが、未来ＳＦとしてもガッチリしたテーマを持っている。この都市は、五千万人をドームに収容した都市で、なかには、たくさんの人間が、アリの世界のようにひしめきあっている。

『鋼鉄都市』より
（ギャラクシイ、1953年）

この時代には、都市の生産機械や交通手段をみんなまとめてしまうので、こういう圧縮されたような都市生活が生まれるのだ。このドーム都市の外は、人間のいない、荒れはてた野や森になってしまっている。

そこへ、宇宙から帰ってきた人たちがやってくるのだが、そのなかのひとりが殺されるところから、物語は展開する。

宇宙テーマ、超能力テーマのＳＦなども、未来ＳＦとしての特長をもっているものが多い。そこで、未来ＳＦを、都市や人間のほうから見ていきたいと思うのだ。

さっき紹介したドーム都市は、いろいろなＳＦにでてくる。未来には、電子頭脳がもっともっと使われるようになるので、われわれ人間の手をわずらわさずに、必要品を生産し、それぞれの家庭へパイプで送れるようになる。だから、人間がひとつのドーム都市に集まって生活すれば、そのほうがはるかに便利なわけだ。

ドーム都市がでてこない場合、人間がみんな地下に住んでいるというＳＦもある。こういう物語では、核戦争のために地上が全滅し、その放射能がのこっているから地上へはもどれない、というような説明がついている場合が多い。

アーサー＝Ｃ＝クラークの『海底牧場』では、海底都市がでてくる。そのほか、月の上にある月面都市。人工衛星空間をまわる「宇宙都市」など、いろんな都市ができるだろう。

それでは、日本の未来都市はどうなるだろうか？　いま、東海道メガロポリスということばが、さかんにいわれている。現在、東京と大阪は、新幹線で三時間。あいだにたくさんの都市があり、田や畑は、ほとんど見られないくらいだ。未来には、東京・大阪のあいだは、ぎっしり工場やアパートでうまってしまって、ひとつの巨大な都市のようになってしまうだろう。それが「東海道メガロポリス」だ。

それでは、未来の人間は、どうなるだろうか？　未来では、――からだをつかう必要がなくなるから、頭デッカチの人間が、でてくるだろう、などという人もいる。

二十世紀の末までに、世界の人口は、七十億になるといわれている。その時代になると、同じ会社に三十年つとめていても、実力がなければ、ぜったい出世できないようになる。若いころから、はっきり実力をテストされ、若くても実力がある人なら、いくらでも出世できるようになる。しかも、機械にまかせておいてもいい仕事がしだいにふえてくるから、人間に残されているのは、アイデアの必要な仕事だけになってしまう。そうなると、人間は、機械のボタンをおす下級人間と、アイデアを開発する上級人間に、わかれてしまうかもしれない。

もしかすると、そうなったとき、人間には、「新しい超能力」がでてくるかもしれないのだ。

生物学では、突然変異といって、新しい能力をもった、ちがった種類ができることがある。こういう種類を、ミュータントとよぶ。あるいは人間にも、ミュータントがあらわれ、世界を支配するかもしれない。人類の未来は、明日をになう、きみたちの肩にかかっているのだ。

SF年表

西暦（年号）	作品
一七〇ごろ	本当の話（ルキアノス）
一五一六ごろ	ユートピア（トマス＝モア）
一六六〇ごろ	月と太陽諸国の滑稽譚（シラノ＝ド＝ベルジュラック）
一七二六（享保一一）	ガリバー旅行記（スウィフト）
一八三一（天保　二）	フランケンシュタイン（シェリー夫人）
一八三五（〃　六）	ハンス・プファールの無類の冒険（ポー）
一八六三（文久　三）	気球に乗って五週間（ベルヌ）
一八六四（元治　元）	地底旅行（ベルヌ）
一八六九（明治　二）	海底二万リーグ（ベルヌ）、月世界旅行（ベルヌ）
一八七二（〃　五）	八十日間世界一周（ベルヌ）
一八八六（〃　一九）	二十三年未来記（末広鉄腸）
一八八七（〃　二〇）	日本之未来（牛山良助）
一八八九（〃　二二）	アーサー王宮廷のヤンキー（トウェイン）
一八九〇（〃　二三）	浮城物語（矢野竜渓）

一八九五（明治二八）	タイム・マシン（ウエルズ）、わが宇宙への空想（ツィオルコフスキー）
一八九七（〃　三〇）	両惑星物語（ラスビッツ）
一八九八（〃　三一）	宇宙戦争（ウエルズ）
一九〇〇（〃　三三）	海底軍艦（押川春浪）
一九〇一（〃　三四）	月世界最初の人間（ウエルズ）、むらさきの雲（シール）
一九一一（〃　四四）	ラルフ１２４Ｃ４１＋《プラス》（ガーンズバック）
一九一二（〃　四五）	失われた世界（ドイル）、火星のプリンセス（バローズ）
一九一八（大正　七）	三十年後（星　一《はじめ》）
一九二三（〃　一二）	アエリータ（Ａ＝トルストイ）、Ｒ・Ｕ・Ｒ（チャペック）
一九二四（〃　一三）	イシュタルの船（メリット）、プルトニア（オーブルチェフ）
一九二六（〃　一五）	ドウエル教授の首（ベリヤーエフ）
一九二七（昭和　二）	銀河鉄道の夜（宮沢賢治）
一九二八（〃　三）	宇宙のスカイラーク（スミス）
一九二九（〃　四）	時を超えて（ライト）、押絵と旅する男（江戸川乱歩）
一九三〇（〃　五）	最初と最後の人びと（ステープルドン）、闘士（ワイリー）、暗黒星通過！（キャンベル）
一九三一（〃　六）	振動魔（海野十三）
一九三二（〃　七）	すばらしい新世界（ハックスリー）、グスコーブドリの伝記（宮沢賢治）

一九三五（昭和一〇）	オッド・ジョン（ステープルドン）、ドグラ・マグラ（夢野久作）
一九三七（〃　一二）	一千一秒物語（稲垣足穂）
一九三八（〃　一三）	山椒魚戦争（チャペック）、浮かぶ飛行島（海野十三）、地底大陸（蘭郁二郎）
一九三九（〃　一四）	有尾人（小栗虫太郎）、火星兵団（海野十三）
一九四六（〃　二一）	スラン（バン＝ボークト）
一九四八（〃　二三）	非《ナル》Ａの世界（バン＝ボークト）
一九四九（〃　二四）	発狂した宇宙（ブラウン）、一九八四年（オーウェル）
一九五〇（〃　二五）	われはロボット（アシモフ）、火星年代記（ブラッドベリ）、宇宙船ビーグル号の冒険（バン＝ボークト）
一九五一（〃　二六）	地球の緑の丘（ハインライン）、トリフィドの日（ウィンダム）、金星応答なし（レム）、時果つるところ（ハミルトン）、刺青の男（ブラッドベリ）
一九五二（〃　二七）	人形つかい（ハインライン）、都市（シマック）、宇宙気流（アシモフ）
一九五三（〃　二八）	幼年期の終わり（クラーク）、人間以上（スタージョン）、華氏４５１度（ブラッドベリ）、宇宙商人（ポールとコーンブルース）、ミュータント（パジェット）、海魔めざめる（ウィンダム）
一九五四（〃　二九）	鋼鉄都市（アシモフ）、天使と宇宙船（ブラウン）、重力の使命（クレメ

	ント）、観察者の鏡（パングボーン）、脳波（アンダースン）、人間の手がまだ触《ふ》れない（シェクリー）
一九五五（昭和三〇）	火星人ゴー・ホーム（ブラウン）、地球人よ、故郷に還れ（ブリッシュ）
一九五六（〃　三一）	虎よ、虎よ！（ベスター）、都市と星（クラーク）
一九五七（〃　三二）	夏への扉（ハインライン）、アンドロメダ星雲（エフレーモフ）、宇宙の眼（ディック）
一九五八（〃　三三）	悪魔の星（ブリッシュ）、アンドロイド（クーパー）
一九五九（〃　三四）	第四間氷期（安部公房）、ライボウイッツ賛歌（未訳・ミラー＝ジュニア）
一九六一（〃　三六）	人造美人（星新一）、恋人たち（ファーマー）、ソラリスの陽のもとに（レム）
一九六二（〃　三七）	地球の長い午後（オールディス）、高い城の男（ディック）、沈んだ世界（バラード）
一九六三（〃　三八）	地には平和を（小松左京）、墓碑銘二〇〇七年（光瀬龍）、燃える傾斜（眉村卓）、猫のゆりかご（ボネガット）
一九六四（〃　三九）	夢魔の標的（星新一）、復活の日（小松左京）、日本アパッチ族（小松左京）、たそがれに還る（光瀬龍）、グレイベアド（オールディス）
一九六五（〃　四〇）	エスパイ（小松左京）、四十八億の妄想（筒井康隆）、ＳＦハイライト（福

	島正実）
一九六六（昭和四一）	火星で最後の……（豊田有恒）、幻影の構成（眉村卓）、結晶世界（バラード）、バベル＝17（ディレーニイ）
一九六七（〃　四二）	妄想銀行（星新一）、百億の昼と千億の夜（光瀬龍）、人間そっくり（安部公房）、モンゴルの残光（豊田有恒）、虎は目覚める（平井和正）
一九六八（〃　四三）	ＥＸＰＯ’87（眉村卓）、時の仮面（シルバーバーグ）、アンドロイドは電気羊の夢を見るか？（ディック）
一九六九（〃　四四）	霊長類南へ（筒井康隆）、狼男だよ（平井和正）、アンドロメダ病源体（クライトン）
一九七〇（〃　四五）	馬は土曜に蒼ざめる（筒井康隆）、マイナス・ゼロ（広瀬正）、家畜人ヤプー（沼正三）

PART IV

筒井康隆・イン・NULL1

（1号～3号）

NULL 1 S・F同人誌

ぬる 創刊号 目次

お助け 筒井康隆
相撲喪失 筒井俊隆
模倣空間 筒井康隆
S・F一家ご紹介 筒井嘉隆
ホモという動物の話 筒井嘉隆
もしもし 筒井俊隆
二つの家 筒井正隆
タイム・マシン 筒井康隆
投影 筒井俊隆

お助け

筒井康隆

最初、それは細君との口論から始まった。妙にノロノロしたいい方で、彼女は彼に、数日来の不満をぶちまけたのである。

「あなたったら、この頃、何をしゃべってるのかわかりゃしないわ。すごい早口でペラペラまくし立てるし、私が返事してしまわないうちに、又次のことをペラペラしゃべり出すし、まるで舌が廻り出して止まらない見たいよ。それにあなたったら、この頃どうしてそんなにせっかちになったの？　研究所から帰って来た時なんか、まるで人殺しに追いかけられてるみたいに、家の中へ凄いスピードで駈け込んで来たかと思うと、バタバタと着換えをして、飲み込むみたいに御飯を食べて、一体何をあわてててるのかと思ったら、それから新聞を読み出すじゃないの。一体何のつもりなの？　子供がびっくりしてるじゃないの。忙しがってる真似なら、研究所だけでたくさんよ。家の中へまで、そんなせっついた雰囲気を持ち込まれちゃ、たまらないわ。ねえ、何をそんなに、キョロキョロしておちつかないの？　ほらほら、又時計を見るのね？　いくら時計を見たって同じじゃないの。時間の早さに変りはないわよ」

そうだ。その「時間」なのだ。彼には、時間の経つのがのろくなったとしか思えないのだ。

細君に限らず、研究所の同僚にしても、道を歩いて行く人間達にしても、どうして皆、あんなにノロノロと動きまわり出したのだろう。話をすれば、そのテンポののろさに、イライラしてしまって、つい相手が話し終らない間に返事をしたり、次の話題に移ったりしてしまって妙な顔をされてしまう。

昨日も同僚から実験の報告書を受け取った時、何もひったくらなくったっていいだろうと厭味をいわれた。

一体いつからこんなことになったんだろう？　一体どうしてだ？

彼は考え込む。

一カ月前までは、こんなことはなかった。いや、最近だって何も、わざとせっついたり、早口でしゃべったりしているわけじゃない。ごく当り前に話し当り前にふるまっているつもりだ。周囲の世界が変化したとしか思えない。

そう言えば、一カ月ほど前からだ。時計を見て、おや、まだこんな時間だったかと不思議に思ったり——そうだ、一度など、てっきり腕時計が遅れてると思って、ラジオの番組と照らしあわせたりしたっけ——電車がいやにのろのろと走るので、遅刻するんじゃないかとイライラしたり、朝、妙に早く眼が覚めたり、晩は晩で妙に早く眠くなったり……。一体こいつは何事だろう。

兎に角、まともじゃない。といって、肉体的には正常だし、頭も別におかしくはない。とすると、これは……わからない。とにかく、ただごとじゃない。

彼は考える。だがわからない。

彼は周囲の世界がだんだん自分から離れて行くような不思議な感情におびやかされる。彼は自分が孤独だと感じる。その孤独感は次第に強くなって行く。彼は自分が精神病じゃないかと疑う。医者に診て貰う。何処も悪くはない。彼はますます、わけがわからなくなる。

×　×　×

彼はアストロノーティクス研究所の所員である。それは、主に宇宙ロケットのパイロットの養成をしている宇宙航空技術の研究所で、ほとんど政府の補助金で活動をしている。彼はそこでスペース・ネヴィゲーター（宇宙航空士）としての肉体訓練と実験を受け、アストロゲイション（星間航行学）を学んでいるのだ。

×　×　×

彼は小さい時から、無神論者であり、性格的には粗野で、道徳観に乏しかった。青少年時代を、不良グループの兄貴分として過し、いろいろな小悪事を働いた。やがて彼は、彼の性分に合わない狭苦しい地球が厭になり、ひろびろとした大宇宙にあこがれ二十八才になってロケットのパイロットを志した。彼は自分の、無道徳的性格を生かす道を、やっと見つけ出したと信じた。

大宇宙には、地球上のようなコセコセした法律はなく道徳もない。強いていえば、そこにあるのは宇宙意志だけだ。そして彼は、自分こそ、その宇宙意志になりきるのだと、固く心に誓ったのである。

三年前に結婚し、子供も一人ある。だが、そんなものは彼の野心を人々に気づかれぬようにし、世間体をつくろっておくために過ぎない。

五年前、政府が大々的に行った公募に応じて、全国から集ったテスト・パイロットの候補者は、最初数百人いた。だが、そのほとんどが最初の加速実験で落第した。まるで肋骨が折れ、臓器が飛び出しそうな物凄い圧力に絶え兼ねて悲鳴をあげたのだ。心臓麻痺で死んだ者も数名あった。次々と激しさの加わる加速実験で、最後に残ったのは彼一人だった。すばらしい体力であり、超人的な忍耐力であった。

その後数年間、たった一人のテスト・パイロットとして、宇宙ロケット内での様々の現象に耐える為の訓練と種々の人体実験を毎日受け、彼の身体はますます鍛えられた。

だが、そんな彼も、一カ月前から起り出した、この説明のつかない不思議な現象には、すっかりノイローゼになってしまったのである。

×　×　×

細君との口論があってからさらに一週間たった。

彼は、自分自身のテンポが、外界のテンポと全く不調和になってしまっているのを見出した。

彼の一時間は外界の二時間分に相当し、外界の一日は彼の半日分のテンポになってしまったのだ。人々は彼の倍の緩まんさでしゃべり、動作し、考え、そして眠る。彼は昼過ぎになると、すでに睡眠の必要に迫られ出す。

訓練が日常茶飯事となり、どんな激しい実験も何ら苦痛を感じなくなると、今度は反対に、世間との交渉が激しい苦痛を伴う義務として、彼に向って来たのである。世間のあらゆる物事の進行に彼のテンポを合わせて行こうとすることには、大変な肉体的精神的苦痛が伴なったのだ。

彼の細君にしても子供にしても、研究所で彼と接する所員達にしても、彼のめまぐるしい動作と鉄砲玉のようなスピード言語には、もう完全に追いつけなかった。彼をぽかんと眺めているだけだった。

どんな手段であるにせよ、彼への伝達、彼との交流が不可能に近いほど困難であることを悟った時、人々は彼を無視しはじめた。彼にとっては、無視された方が有難いくらいだった。何といっても、異端者は彼自身なのだから、他人と歩調をあわせる苦痛に比べれば、他との交流のない孤独の方がずっと楽に思われた。

だが、しばらくすると、さすがの彼も、言いあらわせないほどの深い孤独感の襲来に、そろそろあせりはじめたのである。

×　×　×

さらに一週間。

彼と世間とのテンポの差は、加速度的に大きくなって行くばかりだった。やっと近頃になって、彼はこの不思議な現象の説明らしいものを、一つだけ考えついた。これは、俺の受けている、あの実験――超現実的な、人間の能力の限界を超越しようとするあの訓練――が原因らしい。論理的に説明できる知識の持ちあわせはないが、どうやら俺はあの加速実験で、人間の作った時間と、それに伴う進行の速度を、肉体的精神的に受け入れられなくなったに違いない。とすると俺は、俺の望み通り、地球人であることから脱け出し、宇宙意志になりきることへの一歩を歩み出したわけではないか。悲しむべきことではなく、むしろ喜ぶべきことではないか。

だが、そうはいうものの、彼はやはりこの孤独感には参っていた。宇宙意志への道を歩いて行きながらも、その彼に対する世間的な反応が、彼は常にほしかった。あるいは、はげまし合いながらこの道を共に歩んで行く者がほしかった。彼は現在の状態のままでは、発狂するより他ないと思った。彼一人だけが先へ先へと歩いて行き、すれ違う人達の彼に対する反応は、彼にとっては全く無いも同然だった。

まるで停止しているかのようにのろのろと歩を運んでいる通行人の眼の前を横切っても、彼等の反応は、今、凄い早さで駈けて行ったのは一体何だったのだろうと、すでに百メートルも先を歩いて行く彼のうしろ姿をいぶかしげにぼんやり眺める程度だった。そのうしろ姿さえも、彼等の眼にははっきりとは映らないのだ。

横断歩道を渡る必要は、彼にはなかった。それでもゆらりゆらりと走ってくる車をよけながら、向い側の歩道へたどり着いている間は、まだ何となくスリルがあり少々滑稽な感じがして面白かった。だがそのうち、車の速度がまるでかたつむりのようにのろのろと、まるっきり停止しているかのような走り方になってきた頃には、彼はあたかも灰色の空虚な無生物ばかりの世界にまぎれ込んだような気持になり、そして自分だけが動き廻っているということにかえって耐え難い不安を感じ出すようになった。

全く、すべてが静止していた。

人々は、さまざまなポーズをしたマネキン人形のように、町中至るところに突っ立っていた。走っている人間は、両足を永い間宙に拡げたまま、地面から一フィート位の空中に浮んでいた。犬や猫も、まったく剝製のように、そして車は、ちょうど大パノラマの模型のように、町中にゴロゴロ転がり、散らばっているといった感じだった。

彼は、しばらく前から研究所へ行くのをやめていた。しばらく前と言っても、実際には五日前からなのであるが、彼にはこの五日間が、一カ月以上にも感じられた。何もすることがないままに、あてもなく街の中をうろうろと一時間も歩き廻り、行き当りばったりに豪華なホテルへ入って一時間睡眠する。眼が覚めても、周囲の変化はほとんど無い。彼は、気を強く持てと自分にいい聞かせた。何、発狂なんぞするものか！


盲目的に信仰していた科学から裏切られたような気持になり、孤独が彼の身体を取り巻き、世界の壊滅感が彼の身を包むと、彼の心にはふたたび、あの少年時代の神を恐れぬ不道徳的な衝動が湧き上って来た。だが、その不道徳さは、今、彼が住んでいる世界では不道徳と呼ばれるものではなく、勿論悪でもなかった。

静まり返った銀行の中で、様々のポーズでじっとしている銀行員達の手から、真新しい札束を引ったくったところで、その反応は無いも同然だったし第一、彼には札束そのものが不要であった。

レストランには豪華な料理が並んでいたし、テーブルの前に坐っている人達は、その料理を食べる恰好をしているに過ぎなかった。

町一番のホテルでは、宴会が開かれていた。一流名士達や、その美しい夫人や令嬢たちが、着飾り、あでやかなポーズをとっている、まるで名画を立体化したような豪華な雰囲気の中で、彼は一人、勝手気ままに動き廻り飲み食いした。

彼は淋しさをまぎらす手段として、いろいろないたずらをした。

通行人達のポケットから財布を取り出し、歩道へぶちまけて見たり、急いで歩いている二人の男を向い合せにおき変えて見たり、公園の木蔭で若い娘と抱擁している男の腕から、娘を抱き去り、代りに新聞売りの老婆を連れて来て抱かせておいたり、寝室の美女を抱き上げて来て、むき出しの姿のまま繁華街の四つ辻へ転がしておいたり、考えつく限りのいたずらをし尽したが、それとて彼の淋しさをまぎらすことは出来なかった。

いたずらは反応、あるいは反応の予測を喜ぶためのものであり、反応の全くないいたずらは、いたずらとしての価値はなく、いたずらと呼べないものだと彼は悟った。

次には彼に、激しい破壊の衝動がやって来た。

彼は大声で罵り、わめき散らしながら、棒切れで街中のものを片端から叩き壊しはじめた。巡査の拳銃を奪い建物の窓ガラスやウインドウをポンポン破り、車をひっくり返した。ほんのしばらくのうちに街は見るかげもない、無残な有様になった。

豪華な服を着込み、指にはダイヤの指輪をはめ、髪の毛と髭をぼうぼうと伸び放題に生やし、片手に拳銃、片手に棒切れを持ち、

「俺は神様だ！」

と叫びながら、街中を破壊して行く男。この姿が彼自身の望んでいた、宇宙意志そのものの姿だったのだろうか？

彼の悪業は、彼以外の世界では彼の名を残さぬ下らない突発的事故となり彼は永久に孤独であろう。

とうとう最後に、彼は街なかの車道にぶっ倒れた。そして、アスファルトの上に転がったまま、

破壊的衝動を満足させた喜びに、しばし浸っていた。彼は疲れ切っていた。彼は転がったまま、なおもしばらくはわめき続けていたが、やがてぐっすりと眠り込んでしまったのである。

ふと、彼は右足の太股と右肩に、激しい痛みと圧迫を感じて眼を覚ました。

眼の前に、自分の身体に乗りかかって来ようとしている大型トラックのタイヤがあった。それは、彼が路上に横になった時には、まだ五メートルばかり前方にいたトラックだった。

彼はあわてて起き上ろうとしたが、タイヤは、彼の肩と右足をしっかり押さえつけてしまっていた。左手でタイヤを押し戻そうとしたが、無論無理だった。彼は激痛を感じて唸った。

そして、その大型トラックは、動いているかいないかのゆっくりした速度で、のろのろと前進しながら、彼の身体をジリジリと押し潰しにかかったのである。

その時、彼はほとんど悲鳴に近い声で、生れて初めて神の名を呼んだのだ。

「神様、お助けを！」

模倣空間

筒井康隆

彼等二人に名前はない。

いや、彼等二人だけではなく、サキュロス星の住民には皆名前がないのだが、固有名詞がなくては物語りにさしつかえるから、仮に彼等二人をタロ、ジロと呼ぼう。

タロとジロは円盤ロケットに乗り、太陽系の第四惑星を初めて探検し、今、サキュロス星に帰る途中である。

第四惑星での収穫は意外に豊富だった。だがもうひとつ意外だったのは、第四惑星がすでに処女星ではなかったことだ。つまり、誰か他の星の住民が訪れたらしい形跡があったのである。砂漠には旧式な大型ロケットの残骸が散らばっていたし、その他にも種々の大きさのロケットの発着した跡があった。

「太陽系の第三惑星の住民の仕業じゃないかな？」

太陽系に詳しいタロが推理した。彼はサキュロスにいる時も、しょっちゅう太陽系を観察していた。第三惑星には過去すでに三度も訪れ、その星の主な住民である、不思議な二足獣に関する論文で、彼は宇宙遠征旅行にはなくてはならぬメンバーの一人になっていた。

円盤ロケットは、母なる星サキュロスまで、あと八千万キロメートルの位置にやって来た。

「一体なんだろうなあ、これ」

ジロは、あの星から拾って来た、わけの解らぬ物体をいじりまわして、考え込んでいる。ジロは太陽系の探検は初めてである。タロは、点字タイプライターを足で打って、旅行日誌をつけている。

「それだって恐らく、第三惑星の二足獣が、あのロケットの中に入れていたものだろう」

タロが発信すると、ジロはその言葉を頭部で受信して応答する。

「帰ってから、第三惑星からもって来た辞典で調べて見よう」

「小型のものなら、今、もってるよ」

「じゃ、見せてくれないか？」

タロはジロに、小学校低学年向きのカラー写真版エンサイクロペディアを渡す。ジロは写真と現物を見くらべながら、小型の記号解読手引書と照合して調べ出す。

「おや？　道を間違えたのかな？」

タロは窓の外を眺めて首をひねる。

「あそこにあんな星はなかったはずだが」

宇宙儀を眺め、再び窓の外を見る。

「やっぱりそうだ。軌道がずれたんだ」

そしてジロに発信する。

「おいジロ、変な星を見つけた。寄り道して行くか？」

ジロは熱心に本を見ながら応答する。

「どちらでもいいよ」

「じゃ、ちょっと寄って見よう」

その星の上空二千キロまで近づいてからタロは自転スイッチを入れる。円盤ロケットは水平進行をやめ、自転しながらその赤い色の星に下降して行く。そして五分後には地面に着陸する。

薄明の空は濃紺一色に塗りつぶされていた。その下で、まるで圧縮されているような感じを受ける白い地面には、全く起伏がなかった。そして地上には一面にロケットが着陸していた。タロがロケットから出て来た時、地平線一面に、殆んど隙間なく、タロの乗って来たものと全く同じ形の円盤ロケットが、幾万幾億とも知れず着陸しているのが見られたのである。そしてタロが地上に降り立つと同時に、幾万幾億とも知れぬタロが、いや、タロと同じ形態の生物が、各々のロケットの下に一人ずつ現れた。

「模倣空間だな」

タロは考えた。これに似た事象には、あちこちの星でたびたび出会っていたので、大して驚かなかった。

タロ自身は、いや、タロだけではなく、サキュロス星の住民はみな、どんなことでも、何にでも模倣し得る性質をもっている。形態、音声、動作等である。下等な他の星の生物、例えば太陽系第三惑星の二足獣でさえ、不完全ではあるが、同種族のものの音声や動作の模倣をしたがる傾向がある。その上、性質や習性、思想までも模倣したりする。無論そのような心理的模倣は、彼等二足獣にとっては、あくまで意識的なものではなく、自分の知らぬ間に他人に似てしまっていたという場合がほとんどなのである。そして、それを彼等に、面と向って指摘すれば彼等はいわゆる怒りの表情というやつを見せ、怒鳴り出すのである。

それはさておき、如何なる模倣でも、常識としては、模倣する物とされる物、つまり実体とその対象がなくてはならない。

タロにしても、その対象を、そっくりそのまま自分のもののように模倣することは出来るが、その場合にも、タロの実体は無くなってしまうのではなくやはり厳然としてそこに存在しているのである。

ところが模倣空間は、対象がなくなれば実体もなくなるのである。もちろん、まるっきり何もなければ、つまり無であれば模倣現象は起らないのだから強いて実体をいうなら、それは模倣空間そのものと言うべきなのだろう。そしてこの星は、恐らく全体が模倣空間の層に包まれているのであろう。今、タロの立っている反対側、ちょうどタロの真下の、この星の裏側にもタロが、模倣されたタロが立っているに違いない。

タロは、これほど徹底した模倣現象を見るのは初めてだったから、長い間ぽかんとして眺めていた。

　ロケットから、ジロが出て来た。足には、例の不思議な物体とエンサイクロペディアを握っていた。

「判ったよ、タロ」

　ジロはタロの横に立ち、得意げに発信する。

「これは例の二足獣が、自分と離れた地点にいる同族への連絡に使用する発信及び受信機だ。テレフォンと言うものだ」

「なるほど。彼等の脳波は微弱だからな。あの大型ロケット内での各部屋間の連絡に使ったんだろう」

「あくまで音声による伝達器具らしい。呼び出しの信号までが音だ。こんな音がするんだ」

　ジロは、辞典に書いてあった記号を巧みに音声化した。

「ジリジリジリジリ」

　その途端、そのいらだたしい音が地上一面に鳴り響いた。ジロは驚いて、周囲を見廻し、幾万幾億の模倣されたジロの姿に一瞬ぼんやりとした。

「何だ。模倣空間だな？」

「そうだ。この空間は音声模倣もするらしい。さあ、もうそろそろ出かけようか」

「うん」

　ジロは、足で握っていたその電話器を、ポイと地上に投げ出した。サキュロス人には、無意味な蒐集癖が全くなく、性質や用途が理解出来た物質に対しては、その利用価値がゼロになると同時に、それ以上の余計な関心は全く示さないのである。

「ジリジリジリジリ」

　呼鈴の音は果てしなく、いつまでも鳴り続けている。そして強烈な激しさで空一杯に拡がって行く。地面までが揺れ出しそうな震動を伴った、べルの一大斉唱である。

タロとジロはロケットに乗り込むと、ベルの音に追い立てられるように、このやかましい星をあとにした。円盤は自転しながら垂直に上昇し、二千キロメートルの高さで自転をやめ、故郷の星目指して飛び去って行ったのである。

その星には、電話だけが残されていた。

地平線一面、見渡す限り幾万幾億とも知れぬ電話が、誰も受話器を取り上げる者がないままに、何処からかかって来たのでもない呼鈴の音を、いつまでもいつまでも濃紺色の空一杯に空虚に鳴り響かせていた。

S・F一家ご紹介

筒井嘉隆

二〜三カ月前から、子供たちが集まって、何かよからぬ相談をしているらしいと思っていたら、突然原稿の束をつきつけて、サイエンス・フィクションを書いたから読んでみろという。何のことはない。ミステリーめいた幻想小説だ。どうしてこんなものを書く気になったのかわけがわからない。

長男は同志社の文学部を出ているのだから、これはまあわかるが、次男は阪大の法学部、三男は同じく工学部の学生で、どうもお門違いの感が深い。

しかしふりかえって見ると、自分も学生時分「新青年」を愛読して、ミステリーや推理小説に親しみ時にはちょっとした暗号小説を書いてみたこともあるのだから、刑法や精密機械がサイエンス・フィクションを書いたって不思議はなさそうだ。

ただ、空想科学小説とよぶには、あまりサイエンティフィックでないのが気になったので訊ねてみると、大体次のような答えだった。

現在サイエンス・フィクションとよばれるものはジュール・ヴェルヌの Scientific romance、H・G・ウェルズの Science fantasy 等の流れ以外に十九世紀の幻想怪奇小説の影響も非常に大きく、歴史的には誕生以来一世紀しか経っていないが、その間に、怪奇幻想、探偵推理、科学冒険等のあらゆる要素をとり入れた複雑な、一つの小説のジャンルであり、従って、S・F必ずしも厳密な意味での科学小説でなくていいのだ、というのである。

そして、せっかく書いたのだから、ひとつ雑誌を発行したい。ついては親父にも何か書けと註文する。やむを得ず寄稿はすることにしたが、何分忙しく、ことにこの歳にもなれば、ほん放な空想力など消え失せて、考えるのも面倒くさい。さいわい六〜七年前、朝日新聞に童話を書かされたことがあるので、それをそのまま流用した。

一家四人のS・F同人誌は珍しいかも知れない。

タイム・マシン

筒井康隆

［ソビエト・ニュース三日発］
二日のモスクワ放送は、国立次元科学研究所航時局員ラヴィノヴィッチ博士が、一日、次のような発表をしたと報じた。

我々の研究している普遍総合航時機は、永続時間と回帰経路の問題を残し、ほとんど完成に近づいた。最大の難関であった絶対的現在変容の問題を、我々は遂に解いた。その実験の段階は、あと五年に迫っている。

現在まで、欧米諸国に於て、数多くのタイム・マシン（時間運航機）が研究され製作され、そして実験されたが、そのほとんどが見事に失敗した。残りの一部のものも、その部分的成功が世間の注目を浴びたようであるが、あるものは人間の無意識の作用を利用した、一時的催眠による錯覚と想起作用に過ぎなかったり、遡行運動中に機械が解体し、乗組員の身体が裏返しになってあらわれたり、完全に遡行がされても、あくまで主観的なものであったりしてどれも、過去の変革によって現在の変容を成し遂げるといった、タイム・マシン本来の役割を果せる機械ではなかった。

ここに我々は、過去三十年間の努力により、見事現在変容の問題を解きあかしたのである。

我々は、モスクワ国立原子力研究所及び科学技術省と協力し、西欧及びアメリカの遅々とした科学の歩みに先んじて、人類文化に多大の貢献をなすであろうタイム・マシンの根本原理を究明し、現在はすでにその製作にとりかかっているのである。

この普遍総合航時機は、人間を、過去及び未来を通じそのすべての時限に運搬し、空間補助調節作用により、如何なる場所へも移動させることが可能である。しかも旅行者の主観によって各々の世界を見出すというだけのものではなく、それぞれ、その世界での生活が可能であり、現在へは、いつでも帰って来られるのである。

ここに我々は、この航時機の第一回目の実験を、おそくとも、あと五年の間に行い、充分成功させて見せることを、自信をもって声明する。

［ワシントン五日発＝ＡＦＰ］

米国科学省長官ウォルター・プレイヤー氏は、去る一日発表された、ソビエトの国立次元科学研究所のタイム・マシンに関する声明に対し、四日、記者団に次のような感想を述べた。

ソビエトに於けるタイム・マシンの研究が、遂に現在変容原理を究明し、過去の遅々とした歩みから一歩前進したことを、我々は心から嬉しく思う。

ラヴィノヴィッチ博士の声明によれば、残る些細な問題は、永続時間と回帰経路の二つだそうであるが、この問題こそ、タイム・マシン研究の最も大きな難関であって、この二つの問題に比べれば、先の現在変容などはほんの些末的な問題に過ぎないのである。

我々の科学技術研究所では、すでに五ヵ月前に、現在変容に関する問題を解き明し、あと二ヵ月で永続時間に関するエネルギーの比例の方程式と、回帰経路の路線の計算、つまり、

$$E(x,y,z,t) = -k \cdot m_0 [1 - \{v(x,y,z,t)c^{-1}\}]^2 - \frac{1}{2}$$

$\iiiint_A \rho \, (dxdydzdt)$ の方程式を実証する段階に入る予定なのである。つまりこの二つの方程式を解明すれば、幾多の仮説が実証されるのであるから、ラ博士の言う如く、この二問題を些細と考えているような状態では、その各々の時限での生活

が不可能であるばかりでなく、現在へ帰って来ることさえ出来ないのである。

だが、何はともあれ、ソビエトの科学技術陣のよりぬきの精鋭によって到達したこの一つの成果に対し、われわれは心からなる祝福を送るものである。

［ワシントン十日発＝ＡＦＰ］

米国科学省長官ウォルター・プレイヤー氏は、九日朝記者団に対し次のような声明を発表した。

我々の科学技術研究所では、現在まで、タイム・マシンの研究過程及び成果を、極力秘密にしてきたのであるが、本日、ここにその成果の一部を公表し次の事を声明する。

我々は、タイム・マシンの第一回目の実験を、遅くとも三年のうちに実施することを自信をもって声明する。

このタイム・マシンは今までの民間科学者の制作によるそれの如く、単なるまやかしものでもなければ、過去未来見物用航行車でもなく、一人の人間を完全に任意の時代、任意の場所へ移動させることの可能な機械なのである。

例えば貴方が、華やかなる文芸復興期のイタリアの大通りの真中へ、ひょいと飛び出すことも可能であり、ショパン自演のノクターンを聴きに行くことも可能であり、クレオパトラや、或はトロイのヘレンの如き大昔の美女の寝室へひょいと現れることも可能なのである。

これは、去る一日発表されたソビエトの航時機に関する声明に対抗して不意に公表したものではなく、我々は以前よりすでに、この公表の準備をしていたのであるが、世論の沸騰を機会として、完全に目算が立てられた現在、自信をもって声明するものである。

我々は、おそくとも三年のうちに、タイム・マシンの実験を行う。

[パリ十二日発＝ＡＰ]

フランス大統領官邸より、十一日発表されたところによると、仏首相は現在話題になっている米ソ間のタイム・マシンの実験争いに関し、両国に実験中止の勧告をするはずである。内容は、この争いが再び両国間の不和を誘発し、ひいてはタイム・マシン完成の際に、この機械が両国の現在を有利に導き変容させる為に用いられ、取り返しのつかぬ事態をひきおこすおそれがあると言うのが、その概略である。

[ソビエト・ニュース十四日発]

十三日のモスクワ放送は、去る十一日に発表された仏大統領の、ソビエト科学技術省及び米国科学省に対するタイム・マシン実験中止勧告への返答を、ソ連首相が次の如く発表したと報じている。

タイム・マシンを軍事力に使用することは、考えられる限りに於いて最も有効な方法である。

過去の世界に自国を宣伝し、他国を誹謗して不利な状態を作り、現在の自国を有利に変革して行くことは、タイム・マシンを武器として考えた場合には一番先に考えられることである。

だが、我々はタイム・マシンの実験は中止しない。

何故ならばそれが、人類文化の発展に役立つものである以上、我々は断固としてタイム・マシンの研究を続けて行くであろう。

そして我々は約束する。アメリカ側がタイム・マシンを武器として使用しない限りにおいては、我々も同じくこの機械を軍事力には使用しないであろう。

[ライフ誌十八日号]

今、世界の話題になっているタイム・マシンが、軍事力に使用され、武器になるとしたら、どんなことになるでしょう。この大きな問題に対する感想を各界有名人にアンケートしてみました。

マイク・ハマー氏（私立探偵）

何もブルうこたあねえや。昔の世界で戦争が起るのなら、現在で戦争が起るよりゃいいじゃねえか。ガタガタするねえ。

アーネスト・ヘミングウェイ氏（作家）

死ぬだろう。皆死ぬだろう。タイム・マシンは原子力より恐ろしい武器だ。皆死ぬだろう。しかし仕方がない。それが人間だ。人間がすべて死んだところで、大したことはない。人間はすべて蟻だ。

マリリン・モンロー（映画女優）

あたい、その機械で原始時代まで逃げちゃうわ。きっと素敵よ！　原始時代の男たち！

ジョージ・ガモフ博士（大学教授）

怖い！　コワい！　こわい……。

［パリ二十日発＝ＡＰ］

仏大統領は、十九日、先に発表したタイム・マシン実験中止勧告を取消す旨、次の如く発表した。

我々は、先に発表した米ソ両国の科学省及び科学技術省に対するタイム・マシン実験中止の勧告を取消すことに決定した。何故ならば、タイム・マシンなる機械に関する米ソ両国の一致した意図、つまり現在変容能力なるものが、永遠に生み出せぬものであることを知ったからである。

過去の変革による現在の変容が可能であると、ラヴィノヴィッチ博士は声明し、その各々の世界での生活、つまり、ルネッサンスのイタリアへ現代の人間が現れ、古代の美女達と、現代の青年が戯れることも可能であると、ウォルター・プレイヤー氏は声明した。

我々はこの声明を、もう一度よく考え直したい。もしそうならば、何故、現在の我々の歴史に、未来人が現れないのだろうか？

タイム・マシンが、絶対的現在変容能力をもっているのならば、何故未来人が、クレオパトラの如き美女をかっさらっていって、ワイフにしなかったのか？　何故、マリー・アントワネットのような美女を、未来人は見殺しにしたのか？

我々は、ショパンの演奏会に出席した未来人の話を聞いたことがない。いきなり道路の真中へ未来人が飛び出したという奇蹟にも、お眼にかかったことは一度もない。

しかるに、ソビエトは五年後、米国は三年後のタイム・マシン実験の声明をした。

しかし、タイム・マシンは、永久に生れる可能性はないのである。

これは一体、どういうことなのだろうか？

これはつまり、タイム・マシンが完成するまでに、言い換えれば、あと三年経たぬ間に、タイム・マシン制作が中断されるということなのである。

自発的な実験中止か？　否。米ソ両国は相変らず競争で作り続けるだろう。

では一体、何によって中断されるのか？　答えは唯一つ。

それは戦争である。

恐らくは、米ソ両国のどちらかが先に、タイム・マシンを完成するだろう。いや、完成しそうになるだろう。その時に、もう一方が、原子力による破壊を企てるに違いない。

かくして、我々の結論が、三年後の世界戦争を暗示する結果となったことを遺憾に思う。そして恐らくは、三年後の人類の滅亡も。

NULL 2 S・F同人誌

ぬる 第2号 目次

脱ぐ 筒井康隆
小さな手 筒井俊隆
帰郷 筒井康隆
赤の構成 筒井之隆
いたずら 筒井俊隆
光と裸の島（1） 筒井嘉隆
死後 筒井俊隆

編集室日誌より
おしらせ・メモ

脱ぐ

筒井康隆

はじめのうち、そんな気持がするのは、麻紀《まき》は自分だけじゃないと思っていた。

すべての女にそんな傾向があり、特に自制できないほどそれの激しい女たちが、ストリップガールやファッションモデルや、ヌードモデルなどの職業をえらぶのだと思っていた。

といっても、それらのほとんどの女が持っているような、自分の肉体に対する過信——自己の美貌、肉体の均整、姿態のしなやかさ、肉づきのよさ、皮膚のきめのこまかさや色艶などへの自信——が、麻紀になかったというのではない。むしろ麻紀は、おそらく自分以上のみごとな肉体の持ち主は、めったにいないだろうと自負していた。

それは、彼女がまだ学生だったころ、はじめて自分の肉体の美しさを自覚したとき以来、ずっと持ちつづけてきた自信だった。

彼女は高等学校の英語の教師をしていた。理想の結婚相手が見つからぬままに、教師生活を三年つづけ、二十五才になった今でも、その自信はおとろえてはいなかった。

まだ不安定ではあったが、すでに男性的な野獣性を身につけはじめている男生徒たちが、彼女の美貌と、タイトスカートにピッタリと包まれた彼女の尻のあたりに、爛々と光る虎のような眼つきで視線を投げかけるのを、麻紀はしじゅう意識していた。

そんなときの麻紀の心には、常に意識界へ出ようとしてうごめいている、あるひとつの衝動が、ひょいと首をだすのだった。

「ファッションモデルになりゃ、よかったのに……」

同僚の女教師の、厭味ともお世辞とも、或は羨望ともつかぬそんな言葉を聞かされたとき、麻紀はいつも大げさに眉をしかめてみせるのだったが、それも彼女自身の、その衝動に対する抵抗だったのである。

見かけはよいが、安もののポマードで頭髪をテラテラ光らせ、懐中はいつもピイピイの独身教師や、薄ぎたなく無精ひげをはやした世帯持ちの教師たちから、色眼をつかわれ、ラヴレターを貰い、お世辞を聞かされ、いくらチヤホヤされても、肝心のその衝動のはけ口がなかったため、彼女はいつも不満だった。

ある時のPTAの席上、彼女は大勢の父兄の集った講堂の演壇に立って、報告をしたことがあった。

喋りながら彼女は、ふと、ほとんど全部の人が、彼女の話の内容などにまったく注意をしていないことに気がついた。老人も、主婦も、紳士も、又先生たちも、ただぽかんとして、麻紀の豊かな肉体から発散している魅力と、少々刺戟の強すぎるぐらいの妖気にあてられ、石像のように、木製の椅子に定着していたのだ。

その時、今までにはなかった強さで、麻紀の意識界に侵入し、又もやムラムラと湧きあがってきたのは、麻紀自身が否定しようとしている、あのいまわしい衝動だった。

麻紀はうろたえた。言葉がつかえ、しどろもどろになった。放っておけば、麻紀はその衝動の命じるままに、この演壇の上で、その恥ずべき行為を完遂してしまいそうだった。

「脱ぎたい……」

麻紀はこのときまで、自分の抑圧したその衝動が、これほど強烈だとは思ってもいなかったのである。

しかし、自分の豊かな、一糸まとわぬ肉体を人前にさらけだして見せびらかし、押さえつけていた欲動を一挙に発散させてしまいたいという強い願望は、その時の麻紀の意識のほとんど大部分を占領してしまったのだ。

その欲動は、麻紀自身の知性によって押さえつけてあったはずだった。少くとも麻紀はそう思って安心していた。だが事実はまるで逆だったのだ。かりに麻紀がファッションモデルになっていたとしたら、その衝動は昇華作用によって分散していたことだろう。ある程度の挑発的な露出は、モデルとしての人気を獲得するのに必須の条件だったし、海水着のファッションショウなどでは、麻紀の最大の魅力が発揮できるはずだから、このような衝動が押えられ、潜在意識の中で埋もれて発酵し、ガスが爆発するように一挙に意識界へとび出すなどという非常事態が突発するはずもなかったのである。

演壇の上で麻紀は、背中のファスナーを引きおろそうとして、スーッと上にあがりかける両手を、ぐっと硬直させて握りしめ、両方の乳房がムズムズしはじめるのを、ガタつく足を踏みしめてこらえ、強く唇をかんだ。そして大いそぎで報告の残りをきりあげると、駈けるようにして演壇をおりたのである。

そんなことがあってからも、しばらくの間麻紀は、どうして自分にだけそんなことが起ったのか不思議でしかたがなかった。麻紀には、自分で自分を必要以上に、自分の作った道徳のせまい枠のなかに押しこめていたのだということが、自覚できなかったのだ。

厳しい大学教授の家庭でのしつけと、ミッションスクールでの過酷な教戒が、しらずしらずの間に麻紀の頭に、肉体をあらわにすることの、そして男を刺戟し挑発することの罪深さを過大に植えつけていたのだ。

麻紀は夏でも肌をできるだけ隠し、必要以上に自分の魅力を外界へ表出しまいと努めたのだった。また、そうすればするほど、質量不変の法則にしたがって、自分の知性の領内でのエネルギーが豊富になるような気がしていたのだが、それは大きな誤りだったのだ。

一方では、自分の肉体への大きな自信がある以上、それを押さえつければ欲求不満からヒステリーになるか、へたをすれば発狂して露出狂になるかであり、麻紀はまさにその危機のドタン場にきていたのだ。

麻紀にはたったひとつだけ、秘密のたのしみがあった。それは、一人でいるとき、寝室の大きな三面鏡の前で裸体になり、自分のすばらしい肉体をつくづくと眺めることだった。それはもちろん、女性特有の大きな自己愛の欲動をある程度満足させることには成功したが、本来の露出欲を処理することはできなかった。彼女も、一般の女性同様、より多くの他の人々から愛され、称讃されることによって、自己愛に保証書を貼りつけるため、自己の魅力のエキジビションを望んでいたのだった。

ある日のこと、麻紀がいつものように三面鏡の前で裸体になったとき、彼女は自分の両乳房のちょうど中央部のへこみに、妙なものが発生しているのに気がついた。

はじめ麻紀は、それを枯木の枝がくっついたのかと思ったのだが、よく見るとそれは、十センチほどの、小さな一本の腕だった。そしてまさしく、彼女の胸のまんなかから生えたものであった。小さいことは小さいが、小さいなりにちゃんと指も爪もあり、非常に瘦せていることを除けば、普通の腕とかわりがないようにみえた。麻紀が指さきでひょいと突っつくと、それは怒って、引っかく恰好をした。

「この腕には、わたしの意志は通じないのだわ」

やがて麻紀にも、この腕が何のために発生してきたのか、はっきりわかってきた。それはまさに、麻紀の潜在意識の具象化された腕だった。

彼女が講義をしているときや人の前にいるときは、その腕は麻紀が一人でいるときよりもずっと大きくなるらしかった。そしてブラウスの下でモソモソと動きまわり、麻紀の困惑をよそに、ブラジャーをずりおろそうとしたり、スリップの紐を引きちぎろうとしたりしてあばれるのだった。だんだんあばれかたがひどくなってきたので、麻紀は両乳房の上から、胸へぐるりと布を巻きつけ、背中でしっかりと結ぶことにした。

あばれたいときにあばれることのできなくなったまん中の腕は、怒って乳房を引っかいたり、つねったりしたが、麻紀はじっと耐えるよりしかたがなかった。一度、思いっきり乳房をつねられて、教壇の上で悲鳴をあげてとびあがったこともあった。麻紀は困りはてた。

だがそのうち、腕は十センチほどの大きさのままで痩せこけてしまい、あまりひどいあばれかたはしないようになった。

ちょうどそのころ、麻紀の前にすばらしい男性があらわれた。猪飼《いかい》といって、歳は二十九才、青年実業家である。

同僚に紹介されてはじめて彼を見たとき、麻紀は理想以上の男性だと思った。相手もそう思ったらしかった。

二度、三度と会うにつれて、二人の仲は急速に近づいた。

麻紀は猪飼の自尊心の高さと、仕事への野心の大きさに圧倒され、猪飼は麻紀の独立心と自己愛の深さに感動した。それと同時に自分の自尊心を三分の一ほど犠牲にしてまでも、麻紀の美しさを称讃した。それがいっそう麻紀を感動させたので、麻紀も自分の独立心を三分の一ほど犠牲にしてまでも、猪飼に服従しようと心に誓った。

せめて猪飼だけにでも、自分の美しさを認識させたことによって、麻紀の露出欲のエネルギーは減少した。

ある日、麻紀は喫茶店で猪飼にあっていた。六度目か七度目のデイトだった。猪飼はすなおな言葉で、麻紀の美しさを称讃していた。だが、麻紀はふと、猪飼の言葉が、自分の美貌のみの称讃であって、自分の肉体のすばらしさに関してはひとことも口にしていないのに気がついた。むろん、それは当然で、猪飼にしてみれば、麻紀の肉体のすばらしさを称讃できるようなほとんど何の知識も持ちあわせていないのである。というのは、夏だというのに、麻紀は教員らしい地味なデザインの黒いスカートと、まるで女学生のようなブラウスを着ているだけだったのである。

「この人は、まだ、わたしの肉体のすばらしさを、全然知らないんだわ」

麻紀がそう思ったとたん、乳房の間の腕がニューッと大きくなったのを感じ、彼女はあわてた。ブラウスのなかで腕はぐっとのび、麻紀のブラジャーをつかむと腹の上まで引きずりおろし、引きちぎってしまった。そしてこんどは、首筋の方へのびてきてスリップの紐をつかんだ。

ゆだんをして、胸に布を巻くのを忘れていたのだった。

麻紀はあわてて、両手で胸を押さえて立ちあがると、驚いてぽかんとしている猪飼には何もいわず、いきなりトイレットへ駈けこんだ。

内側から戸に鍵をかけてブラウスをぬぐと、腕はすでに、立派な一本の腕に成長していた。バッグから布をだして、胸に巻きつけようとすると、腕は怒って麻紀の顔を引っかこうとした。両方の腕で押さえつけようとすると、せいいっぱいの力であばれ、他の腕をなぐったり、つねったりした。あまりあばれるので、麻紀は何度もよろけ、ひっくりかえりそうになった。麻紀はかんしゃくをおこして、両手でまん中の腕をつかまえると、口のところまでもってきて、いきなり嚙《か》みついた。少しはまいったらしかった。左手で布をだし、右手でやっと胸の上へ横に押さえつけて、ぐるぐる巻きに何重にも巻きつけた。長い格闘で、汗びっしょりになっていた。

席へもどって、またしばらく猪飼と話しあった。猪飼はいった。

「こんどの休日に、海水浴へ行きませんか?」

「まあ! ……でも、あの、私……」

「泳げないんですか? そんなことはないでしょう?」

「ええ、泳げますわ。行きたいんですけど……でも、あの、私……」

「何か具合の悪いことでもあるんですか?」

麻紀はあわてていった。

「いいえ、そんなことありませんわ!」

「じゃあ、行きましょう。約束しましたよ。アパートの方へ車でお迎えにいきますから。友人が海浜で豪華なホテルを経営してるんです。料理は上等だし、舶来の酒がそろってます。朝の十時ごろお迎えにいきますからね。予定しといてくださいよ。約束しましたよ。きっとですよ」

猪飼に無理やり約束させられて、麻紀は困ってしまった。もし、衆人環視の海浜でまん中の腕がバリバリ水着を破ってあばれだしたりしたら眼もあてられない。

だが、よく考えてみると、腕があばれだすのは露出欲が抑圧された状態のときだけなのだから、麻紀が水着を着て自分の魅力をいわば誇示しているときは、あらわれるはずはないのではないだろうか?

そのころには麻紀は、腕があばれだし、肌着をぬがせようとすることの目的をほぼ感じとっていたので、そこまで考えることができたのである。

そこで、海浜へいったときにはできるだけ衝動を抑圧しまいとして、麻紀は、強烈な色彩の、そして肌を露出する部分の多い大胆なデザインの水着を誂《あつら》えた。

それは夏休みの最初の日だった。

設備の整った豪華な最高級のホテルにやってきた猪飼と麻紀は、さっそく水着に着かえた。

麻紀の胸のまん中の腕は、跡かたもなくなっていた。

水着姿の麻紀をひと眼見て、最初猪飼は少しふらりとした。それからゆっくりと椅子に腰をおろした。まばたきもせず、じっと麻紀を見た。ゴクリと唾をのみこんだ。そしてかすれた声でいった。

「き、君はすばらしい……」

麻紀はファッションモデルのように、猪飼の前でぐるりと一回転して見せた。

猪飼はうなった。眼をパチパチさせた。そしてまたうなった。

「その水着じゃ、肌をかくしすぎる」

「これで、まだ?」

「うん。君はツーピースを着るべきだ」

「いやだわ。ビキニ型なんて」

「君はその美しいからだを、自分ひとりのものにしておくつもりかい? それじゃ、あまりにももったいない。美は万人のものだ」

麻紀は無理やり、猪飼がホテルのロビーで買ってきたツーピースの水着を着せられてしまった。

砂浜は明るかった。そして入道雲が大きくふくれあがった空のブルーと、海の濃いグリーンの間に、人びとの水着の原色が散らばっていた。

麻紀がバスタオルをぬぎ捨てて、純白のツーピースの水着を着た肉体を日光の照りつける中にむきだしにしたとき、人々はぽかんとして麻紀を凝視した。やがて歓声と口笛があちこちからとんだ。だが下品な野次はとばなかった。あまりの完ぺきさに圧倒されてしまったのだ。

麻紀は満ちたりたものを感じた。この世界は自分の権威の下にあると思った。カメラをぶらさげて、麻紀のまわりをうれしそうにうろうろあるきまわっている猪飼など、もうどうでもよかった。その日、その海浜で、麻紀は女王だった。麻紀は太陽の子のようにふるまった。自分のどんなポーズをも見のがすまいと環視する眼、眼、眼。ちょっとした麻紀の大胆なポーズにも、たちまち嘆息がきこえ、歓声がおこった。

麻紀は主役だった。太陽だった。

そしてその日きり、あのいまわしいまん中の腕は、あらわれないようになったのである。

海浜で思いっきり肌を露出させて、多くの人間たちの度ぎもを抜いた麻紀は、しばらくの間は充分ご満悦だった。又機会があれば海岸へいこうと思っていた。まだ夏休みはひと月足らずあったのだ。

そんなある日、麻紀は参考書を買いに都心へ出た。デパートの前を通りかかった麻紀は、そこの催し場で、水着のファッションショウが開かれていることを知った。麻紀は面白半分に入場券を買った。

観客は、男が多かった。モデルたちが次々と登壇するたびに、口笛と歓声、それについで照れたような笑いがおこっていた。

スローテンポの解説と、ハワイアン・ミュージックにあわせ、モデルは、水着以上に、自分の姿態を誇示しようとしていた。強すぎる冷房のために、モデルたちの皮膚には鳥肌がたっていた。少々痩せすぎの女、肉がつきすぎた感じの女、胴の長いモデル、背の高すぎるモデル。

眺めながら麻紀は、ますます自分の肉体への自信を強めた。自分以上の、あるいは同等の、均整のとれた体軀の持ち主は一人もいないと思った。

それは主観的な判断だったが、絶対に過信ではないと思った。それは又、麻紀が、あの海浜でのエキジビションの際に大勢の人たちから受けた称讃と歓声以上あるいは同等のものを、このモデルたちのどの一人も受けていないことからもわかった。

その点では、麻紀は満足した。と同時に、何か満たされぬものが心の底から湧きおこってきた。

こんなつまらぬ女たちが、こんなに大勢の観客の注視のまとになっているのに、麻紀自身が舞台の下にいて、みんなの眼からかくされているということが、非常に不当であると感じだしたのだ。

もし今ここで、自分が服を脱ぎすて、ステージに上っていけば、この男たちは、はじめて麻紀のすばらしさにお眼にかかったときのあの猪飼以上の反応をしめすことだろう。歓声がわきおこるだろうか？　それともいっせいに静まりかえってしまうかもしれない。

そんな想像をしている麻紀の胸に、突然何かもちあがってきたものがあった。

「腕だ！」

麻紀は胸を押さえて、あわてて席からたちあがると、そこを抜けだした。

デパートをでて、通りを歩きながら、モソモソと次第に大きくなってくる腕を、けんめいに両手でおさえつけた。大勢の通行人たちは、そんな麻紀をけげんそうにふりかえりながら通りすぎていく。

麻紀の額からタラタラとつめたい脂汗が流れた。今やまん中の腕は、麻紀の両手の下で、ブラジャーやブラウスがはちきれそうになるほどふくれあがり、立派に成長した。そして麻紀がさかり場の中心の交叉点まできたとき、とうとうブラジャーをもぎとってしまった。麻紀は立ちどまり、スリップの紐を引きちぎろうと上の方へのびてきた腕をブラウスの上から必死の形相で押さえつけた。麻紀の周囲には、だんだんと人がたかりはじめた。

そのとき、麻紀の背なかから、もう一本の腕が、急速にモリモリと生えた。そして背後からスリップの紐を引きちぎり、ビリビリとブラウスを破って、ニューッとうしろに突きでた。麻紀は悲鳴をあげた。そしてあわてて背後に両手をやり、その腕をつかもうとしたすきに、こんどは前のやつが麻紀のスカートのホックをはずしだした。

麻紀の周囲は、たちまち黒山の人だかりになった。だが誰も麻紀の災難に手をかして助けてやろうとするものはなかった。

背中の腕はブラウスを破り捨ててしまった。そして次にスカートをまくりあげようとして下へのびた。左右の腕でそれを防ごうとしている隙に、胸の腕がスカートのホックをぜんぶはずしてしまった。麻紀は右腕で前の腕を押さえようとしたが、そのとき背後の腕がスカートをつかむと、ビリビリとうしろへもぎとってしまった。

麻紀が大奮戦をしているその交叉点を中心に、電車がとまり、自動車がとまった。

警官がやってきたのはちょうど麻紀の胸から生えた腕が、ビリッとはげしい音をたててパンティを破り去った直後だった。

突如！　路上で裸体に
暑さで美女が錯乱

二日午後三時ごろ、都内中央区銀座四丁目の交叉点西側で、突然二十二、三才の美しい女性が身もだえをして「助けて」と叫びつづけながら、両手で自分の服を破りだし、下着をぜんぶ脱ぎ捨てた。そして裸のまま身もだえしつづけたが、約十五分のちに附近の警察病院に収容された。身もとはまだ不明であるが、暑さのための精神錯乱ではないかとみられている。又このために、附近の交通は一時停止した。（××新聞）

帰郷

筒井康隆

アルファ・ケンタウリB星の観測探険隊員をのせた宇宙船は、四十兆二千九百六十億キロメートルの距離を往復し、さまざまの成果を満載して、無事地球に帰ってきた。

船長以下六名の搭乗員は、見習いパイロットのジョーに至るまで大歓迎をうけ、しばらくの間はラジオ、テレビ、新聞、そして週刊誌のインタビューに追いまわされ、自分のしたいことが何ひとつできない有様だった。ジョーまでがそうだったのだ。

だからジョーが、はじめて自宅でゆっくりとくつろぎ、美しい細君と共に居間のやわらかいソファに腰をおろすことができたのも、帰郷した日から一週間たってからだった。

だが、恋女房のメリーは、あいかわらず美しく、ジョーへのサービスも以前とかわらず満点だった。

ジョーは幸福だった。

探険隊員全員にあたえられた二週間足らずの特別休暇がまたたく間にすぎ、ジョー達はふたたび研究所へ出勤するようになった。

ある日のこと、ジョーが資料室でノートをとっていると、宇宙船の船長で探険隊長でもあったクック氏がやってきて、ジョーにそっとささやいた。

「今夜、わしの家へきてくれないか。重大な話があるんだ」

「重大な話といいますと？」

「今は言えない。これは極秘だ。絶対に他の誰にも話してもらっては困る。とにかく今夜きてほしい。前の探険隊員だった他のものも集まることになっているんだ」

「では、行きましょう」


その夜、以前の隊員だった五名が、船長の家の客間に集った。

誰も、今夜の集まりの内容については、何も知らされていないらしく、一体どんな重大な話なのかと、緊張した顔つきをしていた。

やがて船長は、みんなの顔を見まわしてから、ゆっくりとしゃべりだした。

「この話は、諸君にとっては非常にショックだと思うんだが、しかしわしは、諸君に話すべきだと判断した。で、その前にひとつ、これはショックをすこしでも少くするためでもあるのだが、まず諸君に聞きたい。諸君は、帰郷以来、何か妙だ、何かが狂っているんじゃないかという経験をしなかっただろうか？　何か以前とはちがったことが、諸君の周囲に起らなかっただろうか？　どうだろう。ジョー、君には何もなかったかね？」

皆がいっせいにジョーの方を見た。ジョーはしばらく考えこんでいたが、やがて顔をあげていった。

「そういえば、ひとつだけあります。わたしの家の前には公園があるんですが、一週間前、その公園の桜がパッと一せいに咲いたんです。わたしが家内に、『秋だというのに桜が咲くなんて珍らしいこともあるもんだな』っていいますと、家内は妙な顔をして、『今は春よ。春に桜が咲くのは、あたり前じゃないの』っていうんです。私たちは予定通り、秋に帰郷したはずですし、現に今は十月です。それなのに、誰も公園の桜をめずらしがる人はなく、あきらかに珍事のはずの出来ごとが、新聞にものらず、話題にする人さえいないんです」

「そういえば、わたしもそうです」

医者で生物学者のチチコフ氏が、立ちあがって船長に話しだした。

「先日、何気なく家内に、冬の用意はしてあるかと申しますと、これからだんだん暑くなってくるんだから、今から冬の用意などする必要はないっていうんです。そんな馬鹿なことをいうな、十一月になれば寒くなるにきまってるって申しますと、妙な顔をいたしまして、十一月がくれば暑くなるにきまっているっていうんです。何かの冗談のつもりなんだろうと思って、それきりだまっていたんですが……」

「それでわかった！」

天文学者のタナカ氏が手を打った。

「昨夜、久しぶりで天体望遠鏡をのぞいたら、星座の位置が全然違っているので驚いたんだ。あれは春の星座だったんだ！」

「それじゃ、あの本は誤植じゃなかったんだな」

記録係のカラハン氏がいった。

「星座図の、春と秋のグラフが入れかわっていたんです。他の本を見ましたら、みんなそうなっているんです。しかもそれが、権威あるわが研究所資料室の蔵書なんですよ」

「なるほど」

いちいちうなずいていた船長が、再び口をひらいた。

「さて、諸君。ここで重大な発表をするわけだが、諸君ももう、うすうすは感づかれただろうと思う。つまり、われわれがケンタウルスから帰ってきたこの地球は、以前われわれが住んでいた地球ではないのだ。別のものなんだ」

ジョーはおどろいて椅子の上でとびあがった。

「そんな馬鹿な！　じゃあ、わたしの今の家内は、家内じゃないっていうんですか！」

「そうなんだ、ジョー」

かなしげな眼つきで、船長はジョーにうなずいた。

「まあ、わたしの話を聞きなさい。先日わたしは、第二十二号人工衛星へ連絡に行った。その時、宇宙船の窓から、太陽のほんの少し上のところに、ひとつの星を見つけたんだ。わたしは早速その星を観測した。その星は……」

船長はゆっくりといった。

「地球だった」

皆はシンとして考えこんだ。まだ、よくわからないらしい表情だった。

ジョーが船長にたずねた。

「じゃあ、一体われわれのいるこの星は、何という星なんですか?」

「やはり地球だ」

船長は立ちあがり、中央のテーブルの上にブドー酒を垂らせて図を描いた。

「つまり、太陽は地球を二つ持っていたんだ。同じ軌道の上にある二つの地球を……。この二つは、同じ環境で、同じように発展してゆきながら、互に太陽の両側にあったため、つまり、太陽を中心においた軌道のちょうど反対側にあったため、片方からはもう一方を発見できなかったんだ。こんなことが起る確率は、実に何兆分の一で、実際は殆んど実現不可能なんだが、われわれは今、まさにその事実に直面したんだ。ただ、ちがう点は、四季のうつりかわりが半年ずれるということだけで、あとはまったく、何もかも同じ二つの星だったのだ。われわれは航行をあやまって、別の側の地球へ帰ってきたのだ」

しばらくの間、誰も何もいわなかった。

やがてチチコフ氏がいった。

「われわれは、どうします?」

「帰ろう! 帰るんだ!」

ジョーがとびあがって叫んだ。誰にも異存はなかった。

その夜のうちに、すばやく身じたくをした六人は、そっと宇宙船に乗りこみ、朝がた太陽の裏側へ向かって出発した。

やがて、ジョーたちの無断出航に気がついた研究所から、ひっきりなしに無電で命令を送ってきた。

「カツテニトンデ　ワイケナイスグ　カエツテコイ」

だがジョーたちは返信を送らなかった。

航程の半ばまでやってきたとき、パイロットが、向うからやってくる一隻の宇宙船を発見した。それは、ジョーたちの乗っているのと、そっくり同じ船だった。

衝突を避けるため、二隻の宇宙船はいずれも徐行をし、ゆっくりとすれちがった。

すれちがうとき、ジョーは窓からその宇宙船をながめていた。いつのまにか、ジョーの横に船長も立っていた。

その宇宙船の窓にも、二人の人間がこちらをながめて立っているのが見られた。

それはジョーと船長だった。

二つの宇宙船がすれちがった直後、各々の宇宙船の中では、各々のジョーが歯がみをし、とびあがってくやしがっていた。

「畜生！　あいつめ！　おれの女房を……」

各々の船長は、それぞれジョーの背なかをたたきながら、なぐさめた。

「おたがいさまだよ、ジョー」

編集室日誌より

六月一日　ヌル創刊号発行　各方面発送
六月五日　毎日新聞メモ欄に紹介記事
六月六日　大阪日日新聞短評欄に紹介と短評
六月七日　江戸川乱歩氏来信(宝石に再録の件)
六月八日　大阪新聞に紹介記事
六月九日　中島河太郎氏来信
六月十日　新関西に紹介記事
六月十一日　大下宇陀児氏・早川清氏来信
六月十二日　週刊朝日立談（たちばなし）欄に紹介記事
六月十四日　「宇宙塵」三十三号受領
六月二十五日　週刊女性に紹介記事
六月二十七日　読売新聞に紹介記事
六月二十九日　東京新聞に嘉隆「S・F一家誕生記」掲載
七月四日　朝日テレビ「空想科学一家」に一家全員出演・俊隆「相撲喪失」紹介（シルエットの紙芝居）
七月十日　「宝石」八月号に紹介文・座談会及び康隆「お助け」正隆「二つの家」俊隆「相撲喪失」転載
七月十三日　康隆上京・宝石社挨拶・江戸川乱歩氏宅訪問挨拶

会員募集のおしらせ

ヌル編集室では、このたび各方面のご意見とご批判を得、また、同人一同の反省の結果第三号より、一般からひろく会員をつのることに決定いたしました。

会名を「ＮＵＬＬ　ＣＬＵＢ」と称し、ＳＦを書かれる人、ＳＦに興味をお持ちの人はどなたでも入会できます。

会員には同人誌「ＮＵＬＬ」を発行毎に（年四回）送らせていただきます。また会員は、その作品を「ヌル」に応募でき、会員の作品は同人全員で検討の上、優秀な作品はどしどし「ヌル」に掲載します。もちろん、優秀な会員には同人に加わっていただきます。

本会の本部は、大阪府吹田市千里山×××筒井方、ヌル編集室内に置きますから、右へハガキでお申し込み下さい。折り返し会則をさしあげます。

編集メモ

○季刊の予定だったので、九月一日に発行するつもりの第二号が、何やかやで結局一カ月おくれてしまった。

○諸方面よりのご意見により、編集会議の結果、第三号（三十六年二月一日発行）より、一般からの会員を募ることに決定。現在申込受付中。

○正隆が就職試験の為、第二号だけ休稿する。ピンチヒッターとして、之隆が初の創作を寄稿。

NULL　3　S・F同人誌

ぬる　第3号　目次

衛星一号　筒井康隆
神々の墓場　筒井俊隆
変りだね　筒井正隆
到着　筒井康隆
確率　小隅黎
傍観者　筒井康隆
生きているタコ　筒井嘉隆
闘争本能　筒井正隆
魅惑の星　筒井俊隆
光と裸の島（2）　筒井嘉隆
無限効果　筒井康隆
編集室日誌より
会員名簿
第2号批評・来信

衛星一号

筒井康隆

　彼が知っているのは、彼自身がこの世界に生存していることと、彼が乗っているのが父親の背中の上であり、彼の背中の上に乗っているのが彼の息子であるということだけである。

　彼は自己が、どんな種類の生命体であり、どんな科目に属する動物であるかも知らなければ、彼の生存している宇宙が、如何なる形であるかも知らない。ただ単に、父親の背中に乗って、その皮膚の毛孔より養分を吸収し、さらに自分の背中の表皮の毛孔から、上に乗っている息子に養分をあたえているのだということを、感覚的に認識しているだけなのである。

　自分の下の父親は、さらにその父親の背中に乗っているのであろうし、自分の上の息子は、その背中の上にさらに自分の息子を乗せているのであろう。

　彼が下なる父親から、いつ生まれたか、さらに彼の上なる息子を、いつ生んだか、それはもう何十年も昔のことで、彼はおぼろげにしか覚えていない。しかし彼の子孫が次々に生まれているということは、彼の背にかかる重量が、ほんの僅かずつではあるが、ある一定の時間ごとに増加していることでわかった。

　彼の眼は、退化して小さく、蛙のように頭部にあった。したがって彼に見えるものは、上なる息子の顎だけであったが、狭い視野の隅に捕えられるものは、常に雲一つなく晴れわたった、青い青い碧空だけであった。

「この世界は」

彼は考えた。

「この、俺の住んでいる世界とは、一体どんな形をしているのだろう？」

環境とは、その中に住むものによって認識されてはじめて環境と呼べるのではないだろうか？　俺にとって環境とは、上と下の親族と、しびれるような青さの碧空だけなのだろうか？　俺はそれとも、さらに偉大な何ものかにとっての、環境の一部に過ぎないのか？　俺がこんな疑問と知識欲を持つのは、罪悪なのだろうか？　この縦体家族の一員として、ここにこうしているのが俺の生きる目的なのだろうか？　そして俺は、それに満足しているのだろうか？　こんな考えを持っているのが俺だけだとすると、俺は種族内の異端者なのだろうか？

彼が彼自身に提出した疑問は数限りなくあった。ついに彼はいった。

「これさ、伜《せがれ》よ」

「何だね、父っつあん」

「おめえさま、おらの身体が、この列からはみ出せるように、前足さぐっとふんばって、爺さまの肩の上に乗ってくんろ」

「あいよ、父っつあん。してお前さま、何処さ行かっしゃるだ？」

「おらちょっくら下の方さ見てくるだ。ああ、前足さふんばったら、次にうしろ足ものばしてくんろ。その足を爺さまの尻に乗っけてけれ」

そして彼は、するりと列を抜け出ると、先祖たちの体を足場に、ゆっくりと下の方へ降りていった。

行けども行けども、果てしなく、先祖は重なりつづけていた。ただ、重圧が下ほど大きいために、次第に古い先祖ほど扁平な体つきになっていた。

やがて、ふと彼は降りるのをやめた。先祖の体が冷たくなっているのに気がついたのだ。

「ふわあ、このあたり、死んでござらっしゃるぞ！」

死んだ先祖たちは、それぞれ親の死体の上に、生前ふんばっていた恰好のままで、息絶え、栄養を吸いあげられるだけの存在になっていたのだった。

彼はふたたび降り始めた。

下降するほどに、先祖の体は頑丈な骨格を風化した肉体のすき間から露わにし、遂には扁平な白骨だけの存在になった。だがその白骨も、次第に頑丈さがなくなり、ポロポロとこぼれ落ちるようなもろいものになった。最後にとうとう彼は、足場にした先祖の尾骨の根もとをポキリと折って、一瞬体を宙に浮かすと、そのまま一直線に、すごい早さで落下してしまった。

落ちて落ちて、落ちつづけるうち、彼は気が遠くなり、完全に意識を失った。


「これさ孫よ」

「何だね爺さま」

「今しがた、わしらの横を、えれえ勢いで下さ落ちていったのは、ありゃお前の父さまではねえだか？」

「んだ、んだ。だどもよ、下さ行った父っつあんが上から落ちてきたちうは、こりゃはあ、一体どうしたこっだべ？」

到着

筒井康隆

突然、地球が何の前ぶれもなく、「ペチャッ」という音をたてて潰れた。
太陽も、「ペチャッ」という音をたてて潰れた。
月も土星も、他の恒星群の星々も、「ペチャッ」という音をたてて潰れた。
宇宙のあらゆる星が、一せいに「ペチャッ」という音をたてて潰れた。
今まで、一団となって落ちていたのだ。

傍観者

筒井康隆

ソファの上で、私は足をのばした。何となくからだがだるい。運動不足だろうか？　だが、わけもなくはしゃぎまわるのは、どうも私の性にあわない。

クリームイエローのカーテンを通して、西日が射しこんできた。ソファの前の毛皮のじゅうたんの上にレースの影を落して。

部屋の中は、やや薄暗くなった。私はふたたび眼を閉じた。さっきより、ずっと心地よくなった。頭も冴えてきた。

朝からずっと考えつづけてきたこと、部分的な求心的従属と遠心的従属の意味が、何かしらわかってきたようである。

しかしこれは、円における中心と周辺の、われわれの統覚における一つの自然的重心を考察した場合である。これから私の考えようとしていることは、全体的宇宙において、その如何なる地位を占める部分が、特に他の部分の統治者となり得、又われわれの統覚活動を貯留させ得るかという問題である。

それと共に考えなければならないのは、かつて通相下の従属の問題を考えている際に遭遇した平衡の原理が、君主制的従属の場合にも行われ得るということだ。

仮に全体的宇宙が、黄金截の関係に従って構成された矩形であると考えた場合、つまり、5:8=8c8:（5+8）=8:13の如き数量的関係が、万能であるかどうか？

これらを解決しなければこの広大無辺なる宇宙の哲理を解明する初歩の段階にも到達し得ないことは確実である。

私はすでに、私自身の小宇宙的構造を持つ人生観世界観に飽きている。私には新しい世界体験の態度が必要なのだ。私は考えつづけなければならない。

だがその時、サーモンピンクのドレスを着た厚化粧の女が、右手の一枚ドアを開けて、アパートの廊下から、三坪ほどのこの部屋へ入ってきた。

二十七才だが、三十過ぎほどに老けて見える。放蕩の疲労が、眼もとに小皺となって、ありありとあらわれているが、身体つきだけはしなやかで、十分に異性をひきつける魅力を発散させている。

彼女は私にちらりと微笑みかけてから、廊下を振り返り、少ししゃがれた声で呼びかけた。

「お入りなさいな。何をビクビクしてるのよ」

軽蔑と、多少の焦躁を含めたその声に、一人の男が、ゆっくりと、背を丸めて入ってきた。

彼は、茶色のフラノ地の背広の皺をかくそうとするように、両手を腹の前ですりあわせ、浅黒い顔にせいいっぱいの愛想笑いを浮べて私を見た。三十過ぎの、小柄で貧相なその男を見るたび、私はムカムカとする。腹立たしさに、胸が悪くなるのだ。いつもの通り、私は彼を無視して、彼女の方を向いた。彼女は、私にちょっとうなづいてから、又彼を見た。

彼女が彼を見る視線には、複雑な感情が入りまじっていた。それには、不満を満たしてくれる者への期待と、捕えた獲物を逃がすまいとする警戒と、少しでも多く自分にひきつけておこうとする焦躁があった。

彼女は彼の方へ両手をのばした。彼はためらった。そのためらいは、不ざまで、見ていられないほどみじめなものだった。生活無能力者の悲哀が、彼の表情の変化と、一挙一動にありありとあらわれていた。それは又、生活の糧を得るためにのみ、不義密通を重ねてきた間男の悲哀とでもいうべきものをも同時にあらわしていた。

彼はためらいながら、ふたたび私に気をつかうように、薄笑いを浮べてこちらを見た。その眼は許しを乞うように愁いを含んでいた。

私は彼が哀れになった。私は溜息とともに眼を伏せた。

彼女は私の方をちらりと見た。そして彼にいった。

「いいのよ」

彼はじわりと彼女を抱いた。そして接吻した。彼の首筋がこちらを向いていた。放射能に侵された醜い痕が見えていた。

やがて彼女は廊下へのドアに鍵をかけた。そして正面の寝室へ、彼とからみあいながら入っていった。ドアがしまった。

私は身体中に発汗していた。額のまん中と鼻筋をつたわって、一滴がポトリと膝に落ちた。私は同じような種類の人間の欲求が、如何なる場合に醜く見え、如何なる場合に美しく見えるかを考えた。何故ともなく人間の卑少さが悲しかった。彼等の考えが、一挙一動にあらわれ、私にははっきりとわかるだけに、なお悲しかった。彼等を許すも許さないもない、彼等は本質的にそうなのだ。故に私も、彼等と同様の、反理性的で俗悪な考え方を自分に強制しなければならない。

廊下に足音がした。ドアのノブをガチャガチャさせ、次にノックをした。

寝室から、女がパジャマ姿で出てきた。両手には男の洋服をかかえている。つづいて男が、パンツを穿いただけで飛び出してきた。

「主人よ！　早くあのソファのうしろへ！」

彼女は私の坐っているソファを指した。男は走りよった。私の背後にしゃがみこんだ。女もやってきて、洋服を男の頭の上へ放りこんだ。そして私に、

「じっとしていてね。お願いだから」

と囁くと、自分の髪をなでつけ、ドアの方へ歩みよって鍵をあけた。身を一歩退けた。

ダブルの背広がピッタリと身についた、よく肥った四十過ぎの男が部屋に入ってきた。彼は女

と接吻した。そして私の方を向き、低い響く声で
「やあ、元気か？」

と笑いかけた。私は黙ったまま、ややこわばった笑みを返した。

彼はつかつかとこちらにやってきた。私は少し動揺した。この男にはきっと、隠れた兇暴性があるに違いない。上べはもの柔かだが、その眼の光を見るだけで私にはわかるのだ。私は思わず眼を閉じた。

「今まで昼寝していたの私」

女は彼のうしろからやってきながら、弁解するように上ずった声でいった。

彼は私の横へ黒革の鞄をドスンと投げだした。

「待ちきれなかったわ。だって、こんなに長いご出張、はじめてなんですもの」

そういって女は、彼の背後から抱きついた。彼は少しうるさそうに笑った。上着を脱ぎ、鞄の上に置いた。そしてふり向くと、今度は力強く女を抱きしめた。そして接吻した。接吻が終ると、女は彼の気をひくように、ちらと寝室を眺め、又、彼の顔を見返した。彼も女の眼を見た。

赤裸々な情欲に燃えた視線がぶつかりあった。二人はうなずきあった。そして彼等は寝室へ入っていった。

哀れな男は、私の背後から、洋服を着終ってでてきた。再び彼の首筋の、放射能の痕がはっきりと見えた。

彼はちらと私を見た。そして何か言いたそうな様子をした。私は、ぐっと彼をにらんだ。彼は眼を伏せた。

あきらかに、彼は知っているのだ。公けにできない彼と私との関係を。

足音をたてぬようにしながら、彼は急いで廊下へ出ていった。その、弱い獣を思わせる肩のあたりを見て、三たび私は、誰に対するでもない大きな悲しみを感じた。

私の横には、黒革の鞄と、背広とが、無造作に投げだされていた。背広の内ポケットからは、女

文字の手紙がのぞいている。いつか彼女の留守に、彼がここへ引っぱりこんできた、あの若い女からの手紙にちがいない。

私は、このくだらない私の周囲の人間たちが演じている愛欲のドラマには、もはや何の感動も感じなかった。

彼等は、自分を主張するために、又、自分の存在を確かめるために、なお一層その環境を住みにくくして、危険を楽しんでいるのだ。彼等の苦悩などというものは、自慰行為で、内心では苦しむことの楽しみを味わっているのである。

彼等にしてみれば、もともと歪み偏った精神を、普通の状態では正常に保っていくことができないものだから、わざと歪んだ雰囲気を作りあげ、それによって自分たちの精神を錯乱から守っているだけなのだ。

そしてこれが、無理に社会に適応しようとしている、ほとんどの人間が演じているドラマなのだ。

寝室から彼女がでてきた。そして私の傍へきた。私の両肩を柔かく押さえつけ、私の唇に接吻した。私はその、水気の多い異様な味のする接吻を拒むことはできないのだ。母だから。

「さあ、私のベビーちゃん。お時間よ」

そういって彼女は私の口に、ミルク瓶の乳首を押しこんだ。

無限効果

筒井康隆

精和製薬の社長室で、宣伝課長の大森《おおもり》は、休む間もなしに次から次と頭上に落ちてくる雷雨のような社長の叱声と罵言を、膝を震わせながら甘んじて受け止めていた。膝の上でぐっと握りしめた骨ばった両のこぶしも、上品に鼻下にたくわえた口髭も、今は膝の震えに同調して、微動しつづけていた。白い額には静脈が浮き出て、薄く結ばれた唇は痙攣し、今はその英国紳士然たる風格も形なしといったあわれな有様だった。

大森課長とは対照的な、肥満した実業家型の社長は、相手に弁解する間もあたえず、次々に不満を投げつけ、自分の言葉に一層興奮してさらに過激な言葉を大森課長に浴びせかけていた。赤ん坊の手をそのまま大きくしたような握りこぶしを、ピンクに上気した丸顔の上に短い直径の円周を作って、何度もぐるぐると振りまわしながら、まるで喋り終った時を恐れるかのように、とめどなく喋りつづけていた。

「いったい、他の会社の精力剤と、我社の製品のどこがどう違うというのだ。成分に変りはない。ビタミンB_1、パントテン酸、イノシトール、五〇〇〇単位のビタミンA、他の錠剤に含まれているもので、ラリゲン錠に含まれていないものはない。ゆえに、ゆえにだ、他社の錠剤と効きめは同じのはずなんだ。肩のこり、精力減退、疲労、高血圧、動脈硬化、記憶力減退、何にでも効くはずだ。では何故売れないか！」

社長はテーブルの上に短い上半身をぐっと乗り出させ、太い指を大森課長に突きつけた。大森課長は眼をしょぼつかせ、俯向いた。

「宣伝が下手糞だからだ！」

社長は真赤なハンカチでくるりと顔を拭い、ついでに禿げた頭もつるりと拭いた。そして興奮しきったように息を切らせながら、大きな両袖のテーブルの横をぐるりと廻って大森課長の前に立ち、再び彼の鼻先に人差し指を突きつけた。

「宣伝がなっとらんからだ！　他の会社の精力剤が、あんなによく売れている。ラリゲン錠だけがさっぱり売れない。宣伝しようという気がないからだ！　宣伝費は、他社の予算と比較しても大して違わない。要するに頭の問題だ。いいかね。今は錠剤時代だよ。錠剤はすでに現代人のアクセサリーなんだ。なくてはならないものなんだ。誰でもが買うはずなんだ。見たまえ、錠剤族はウヨウヨとしている。喫茶店で、オフィスで、トイレットで、ありとあらゆるところで、小さな透明の茶色いガラス瓶をとり出して、手のひらの上でちょいと傾け、パッと何かを口の中へほうりこんでいる人間が、かならず一人はいるんだ。これすなわち錠剤族だ。この錠剤族を、なぜラリゲン錠の虜《とりこ》にできないんだ！　いや現代人がすべて錠剤族になる素質を持っているとすれば、宣伝次第ではすべての人間をラリゲン族にできる筈なんだ！　他社の宣伝を、ほんの少し追い抜くだけでいいんだ！　それだけで、すべてが決定するんだ！　そんなことができないのか！　それほど君たちは無能なのか！」

大森課長の、今は極端に鋭敏になってしまった神経は、社長の一言一言に彼の四肢をピクつかせ、脳細胞を刺戟した。眼の前がぐるぐる廻り出し、四周の茶色い壁材が、バタバタ倒れかかってくるように感じられた。

「どんな手段をとってもいい。君たちの才能をラリゲン錠の宣伝に傾けろ！　雑誌、新聞、ラジオ、テレビ、マス・コミュニケーションを最大限に利用しろ！　まず強引な強要だ！　お買いなさい、損はしません、まけてあげます、お買いなさい、今までのと違います、お買いなさい、他のとは違います、安いんだ、お買いなさい、お買いなさい。その次は徹底的なくり返し戦術とイライラ戦術だ。ラリゲン、ラリゲン錠、ラリゲン、ラリゲン、ラリゲン錠、ラリゲン、ラリゲン、ラリゲン錠。それで買わなければ次は殺し文句とおどしつけだ。癌ですって？　ラリゲン錠をのまないからです。脳卒中、脳溢血、脳軟化の予防にはラリゲン錠あるのみ！　老衰、心臓の疾患はラリゲン錠で防げます。ラリゲン錠をのまないと結核になります。いいか、病気の名前を全部あげるんだ。誰だってひとつぐらいは思いあたるだろう。驚かせ、ドキつかせ、錠剤を買わなければのっぴきならぬ気持ちにさせてしまうんだ。すべての人間を！」

社長は赤い頬の筋肉をピクピク動かした。大森課長は頭がガンガン割れそうに痛み、卒倒寸前だった。そんな彼に、社長は最後の打撃をあたえた。

「これからすぐに考えろ！　そして何らかの対策或は具体案を、明日中に提示しろ！　一時のがれでは駄目だ！　もしもあと二カ月のうちに、ラリゲン錠の売上が上昇しなかった場合は、その場合は……断固として宣伝課全員に対し何らかの処置をとる！」

社長室を出るとき、大森課長の顔は苦悩と焦燥と恐怖と絶望で歪んでいた。椅子から立ちあがることのできたのが不思議なほど、彼の膝関節はガタついていた。ふらふらしながら自分の机に戻ると、彼はがっくりと椅子にくずれ落ち、頭をかかえこんだ。

「破滅だ……」

彼はつぶやいた。

少し以前から、宣伝課全体がスランプ状態であったことは、社長がそれと気づく以前に彼自身よく承知していた。新しい文案ができて、これこそと思った途端に、他社に先を越されたり、すばらしく突飛で効果的だと思ったテレビ・コマーシャルが、薬事法第三十四条にひっかかってしまったり、都心に建てた巨大なネオン塔が突風で転倒したり、思いがけぬ災難の連続でもあった。

大森課長にしても、これを災難とあきらめて、のほほんとしていたわけでは毛頭なかった。たちおくれたラリゲン錠の宣伝を軌道に乗せようと躍起になっていたのだ。

すでに、ギブ・アンド・テイクの広告方式では、他社の巧妙な宣伝に遅れをとることは明らかであると、大森課長は考えついていた。受けとる側に慰安と娯楽をあたえ、教育し、いわばそのお返しとして商品名を覚えてもらうという、まわりくどいやり方では、このスピード宣伝の時代——いいかえれば精神的暴力による宣伝広告時代においては、すでに大きな距離になったハンディを、ますます大きくするようなものである。

では、どうするか？

大森課長にはわからなかった。課員からもすばらしい提案はなかった。

ただ一人、小村という若い課員が、テレビ映画のフィルムを加工して、サブリミナル・パーセプション現象をあたえればどうかという意見を出した。

これはつい先頃アメリカで問題になった、意識下知覚を利用した潜在意識広告である。例えば、映画のフィルムの中の、何十コマかに一コマの割合で、ラリゲン錠と書いたフィルムを挿入しておくと、観客は何秒かに一回ずつ、眼にもとまらぬ早さで、ラリゲン錠と書いた画面を見ていることになるわけだが、もちろん実際には見えたという感じはせず、映画を見終っても、ラリゲン錠を知らない。だがそのうちラリゲン錠という言葉がひょいと口をついて出たり錠剤ということからひょいとラリゲン錠を連想したり、薬屋で思わずその名前をいってしまったりするようになるのである。

だが、これは特定のイデオロギーや政治的な宣伝に使われたりすると大へんなことになるという理由で、アメリカの国会では大きく問題にされたくらいだから、多少とも社会的道義心の強い大森課長は、明るみに出た際には会社の信用を大きく落すことになるということで、いったんはこれを退けたのだった。

だが、まるで鼠のように、薄暗い精神的鋭角の片隅の窮地に追いつめられた今、大森課長は再びこの案を思いついた。そして、もう一度再検討してみる気になったのである。

彼は考え続けた。

退社時を過ぎたのにも気がつかなかった。ガランとした事務室に、彼はただ一人、机の上の灰皿を煙草の吸殻でいっぱいにして、考え続けた。

十二時近くなり、やがて彼は立ちあがった。大学時代の友人で、脳波の研究をしている小奈峰《こなみね》博士のことを思い出したのだ。以前彼は博士の研究室で、面白半分に脳波測定器の実験台に座ったことがあった。その時は、瞬間露出器によって提示されたカードの単語への反応を記録するだけだったが、数日前の久しぶりの来信によると、電波を脳波に同調させる方法を考えついたとのことであった。電波を脳波に同調させるとは、いったいどういうことなのか彼にはわからなかったが、とにかく博士に会うことで何か具体的な案をつかめそうに思えたのだ。

今となっては、意識下知覚を利用する方法でいくか、薬事法三十四条に触れずにはいないような、激しい誇張した広告をするか、二つに一つの手段しか考えられなかった。薬事法三十四条というのは、「何人もこの法律に基いて製造する医薬品、用具又は化粧品の名称、製造方法、効能、効果又は性能に関して、虚偽又は誇大な記事を広告し、記述し、又は流布してはならない」という法律で、製薬会社の各々の宣伝部では、これに触れずに如何に効果的直接的な広告を作るかということで、常に頭を悩ましている。だが、意識下知覚にうったえる適当な方法さえあれば、もうこの法律に悩まされることはないわけである。

大森課長は、小奈峰博士がいつも、深夜の三時頃まで研究室にとじこもっているのを知っていた。彼は大学の構内にある研究所へとタクシーをとばした。

車の中で、大森課長はふと、無限効果という言葉を思い浮べた。この小さな町には、四万八千の人間がいる。この人間たちの一人のこらずが広告を見て、仮に四百八十人が薬を買ったとする。これは宣伝効果一パーセントである。全部が買っても百パーセント。では、無限効果とは？　大森課長は、自分がいったいどこから無限効果などという言葉を思いついたのだろうといろいろ考えてみたがわからなかった。

小奈峰博士の研究室には、窓ごしにあかあかと灯りのついているのが見られた。古い木造の建物に入って行き、いちばん奥のドアを叩くと、あいかわらず弱々しい、細い博士の声がお入りとつぶやいた。

四坪ほどの研究室の床は、赤、黄、青、白、黒、緑の各色のコードが網の目のように配線され、各所に置かれた奇妙な形のアンプが、無数の豆球を明滅させていた。周囲の壁には脳波グラフが、何枚も重ねてベタベタとピンアップされ、三台のテーブルには脳波測定器、精神電流測定器（いわゆるウソ発見器）、瞬間露出器、そして得体の知れない巨大な受信器のような機械が、雑然と並べられていた。

小柄で痩せぎすの小奈峰博士は、大森課長を見ると、何故かホッとしたような表情を見せた。眼鏡の奥の細い眼をしょぼしょぼさせて、博士はいった。

「やあ、いいところへきてくれたね。又、君の力を借りたいんだ。ちょうど今、脳波の記録と再生に成功したところなんだ。誰かに実験台に座ってもらいたいんだが、こんな深夜で、実習生が一人もいないんだよ」

「脳波の再生って、何だい？」

「よろしい、ゆっくり話そう。まあ、そこへ掛けたまえ」

小奈峰博士は、この深夜に大森課長がやってきたことについては何の疑問も持たないように淡々とした調子で喋りだした。

「君も知っての通り、脳波というのは一種の静電気だ。この電気を測定すると、無数の形のグラフができるんだが、どんな形のグラフが、どのような感情、どのような知覚、どのような意志、そしてどのような思想をあらわすかということは、尨大《ぼうだい》な統計が必要で、完全な結びつけは、ほぼ不可能に近いんだ。そこでわたしは、もっと手っとり早い方法を考えたんだ。わたしが、電波を脳波に同調させる方法を発見したことはご存知だね？まず、記録した脳波を電気に再生する。その電気を電波に変えて増幅し、送信器より発信する。この建物の屋上に、底の浅いお椀のようなアンテナが四台、四方に向っているのを見たことがあるだろう? あれはこの町中に電波を送信できるんだ。ところで、人間の頭は一種のアンテナのようなものだから、脳波に同調する電波を与えた場合は、町中の人間の脳波を、発信した脳波の形に変えることができるわけなんだ。しかしこの脳波ってやつは、言葉や文字のように感情や思想を端的にあらわしたものではなく、単にイメージの連続だから、受けとった者が再思考するというわけではなく、自分の経験に、他人の経験を加えるということになるわけだね。そのかわり、受け入れは言葉や文字や、五感よりも直接的で容易だから、幼児や家畜にも伝達することができるんだ。さて、そこでだね、早速何か端的な思想を持った脳波を発信して見ようと思うんだが、わたし自身の脳波を記録再生するとなると、器械の操作ができなくなってしまうんだ。そこで君の脳波を記録させてほしいんだがね。勿論これは実験だから、その思想内容はどんなことでもいい、明日わたしが町中を観察して歩けばわかることだからね。さあ、早速こいつを被ってくれたまえ」

小奈峰博士は、軽金属製のヘルメットのようなものをとりあげた。先端は尖り、側面には真空管が八個ついていて、縁には銅線コイルが巻きついている。それを博士は、すっぽりと大森課長の頭に被せたのである。大森課長は、結局ここへやってきた用件を何も話さないままに、脳波を記録されることになってしまった。

もちろん大森課長の腹は決っていた。他のことは何も考えるな、ラリゲン錠のことだけを考えるんだ。町中の人間に、ラリゲン錠に対する購買欲をあたえなければならない。自分の全能力をふりしぼって、ラリゲン錠のすべてのイメージを考えるんだ!

何も知らない小奈峰博士は、さらに二~三の注意をあたえると、リモート・コントロールのダイヤルを廻していった。

「よろしい、始めてくれ」

大森課長は、ともすれば他の雑多な想念が湧きあがってくるのを、必死の努力で押さえつけ、ラリゲン錠のことを考え始めた。

よし、まず自尊心へのうったえだ。ああ、ラリゲン錠を知らないとは、何て馬鹿だったんだろう。頭のいい奴は、皆ラリゲン錠をのんでいるのに！　次は健康だ。ラリゲンで癌が予防できる。ラリゲンで脳卒中、脳溢血、脳軟化が予防できる。ラリゲンで老衰、心臓病、結核が予防できる。ラリゲンで……。

彼は病気や症状を、思い出す限り考え続けた。よし、次はコンフォーミティ。皆がラリゲン錠をのんでるじゃないか！　ラリゲン錠は世界的最新流行なんだぞ！　のまなきゃ恥だ！　次はセックス。ラリゲン錠で精力モリモリ！　次は能率。他の錠剤百よりもラリゲン一錠！　次は経済。安い！　得だ！　一錠たったの五円！　次は美。ラリゲン錠をのむと肌は白くなる！　きめが細かくなる！　美人になる！

大森課長は額から汗を流して考え続けた。彼は、他のことを何も考えず、ただ一つのことだけを、しかも自分でそう思いこんで、考え続けるということが、これほど苦痛を伴うものだとは、思ってもいなかった。頭はガンガン割れるように痛んだ。だが考え続けた。眼が血走り、膝が又ふるえだした。唇を強く噛んで考え続けた。

ラリゲン錠を買いにいこう。今すぐ買いに行こう。百円あったらラリゲン錠を買おう。すぐにのもう。そして又買いに行こう。おいしいラリゲン、甘いラリゲン、身体のためになるラリゲン！ラリゲンをのもう。早くのもう。

「もう、いいだろう」

小奈峰博士が再びダイヤルを廻した途端、大森課長は眼の前がスーッと暗くなるのを感じた。彼は椅子から、床の上にくずおれて気を失った。

「どうも様子が変だな」

翌朝の出勤途中、大森課長は、町中の人間が一人もいないのに気がついた。人はおろか、猫の子一匹姿を見せなかった。車はみな道路に乗り捨てられていた。

一軒の店のショーウインドウが壊され、店の中が乱暴にひっくり返され、商品があたりの道路にばらまかれている前に出た。薬屋だった。店の中には誰もいなかった。大森課長の胸は不安で波うった。

「暴動だな」

彼は足を早めた。会社に近ずくと、一種異様な狂暴性をおびた、群衆のどよめきと叫びが耳に入った。それは近ずくにつれて嵐のような猛獣の咆哮に似た轟音に変った。

会社の前では、道路いっぱいに町中の人間がもみあって、口々に叫んでいた。女も子供も、野獣のように変貌した顔に眼を血走らせ、人波をかきわけて会社の玄関に近ずこうと、互に押しのけ合い、引っかきあっていた。暴動などという、なまやさしいものではなく、集団発狂とでもいうべき凄まじい有様だった。犬や猫、牛馬までが入り混り、その各々が完全なトランスの状態に落ちこみ、声の限りに叫び、わめき続けていた。

「ラリゲン錠をよこせ！」

「ラリゲン錠！」

「ラリゲン錠！」

大森課長は裏の道路へ抜け、倉庫の横の通用門から社内へ入った。

事務所の中では、社員たちが入口のガラスドアに内側から書類棚や机でバリケードを作り、サンプル用のラリゲン錠の奪いあいをしていた。いつもしとやかな女事務員たちも、眼尻を吊りあげて互に相手の手から茶色いガラス瓶を引ったくろうと、躍起になっている。書類は床に散乱し、乱闘でちぎれた服の袖やネクタイがいっぱい落ちている。

大森課長は社長室へ入っていった。社長はデスクの上いっぱいにサンプルケースを並べ、小瓶から出したラリゲン錠を両手に握りしめて次々と大きな口へ投げ込んでいた。真赤に紅潮した顔に、両眼を兎のように充血させ、もぐもぐと動かし続ける口の端から、だらだらと赤黒い液体を流しながら食べ続けていた。入ってきた大森課長を見ると獣のように唸り、両手で机上のサンプルケースを胸の方へかきよせた。

「倉庫を開けろ！」

「そうだ！　倉庫を開けろ！」

社内にあるラリゲン錠をすっかり喰い尽した社員たちは、なだれのように倉庫の方へ走り出した。

「大変だ」

大森課長はあわてて社長室を飛び出すと、社員たちに先を越されまいと、息を切らせて倉庫の入口まで走った。

「待て！　倉庫を開けるな！　商品だぞ！」

「かまうものか！　開けろ！」

入口の前に立ちふさがった大森課長は、押しよせた社員たちに、たちまち扉に押しつけられてしまった。

「鍵はどこだ！　鍵は！」

「かまわん！　扉なんかぶちこわせ！」

メリメリと音がして、押しよせた人波に耐えかね古い木製の扉は壊れた。その途端、倉庫の中にぎっしりと詰っていた町中の鼠が、バラバラと人々の頭の上に降りかかってきた。鼠たちは口のまわりを赤黒く染め、ラリゲン錠で、腹をはちきれそうにふくれあがらせていた。中には口にラリゲン錠を二粒三粒くわえているのもいた。

人々は、鼠の山をかきわけ、喚声をあげて倉庫へ飛びこんでいった。

編集室日誌より

九月一日　ヌル第二号発行・各方面発送
九月十二日　「S・Fマガジン」福島正実氏来信
九月十四日　読売新聞に紹介記事
九月十五日　中島河太郎氏来信
九月十六日　星新一氏来信

九月十八日　朝日新聞に紹介記事
九月二十四日　渡辺啓助氏来信
十一月十日　宝石十二号に康隆「帰郷」転載
十二月三十日　S・Fマガジン二月号に俊隆「死後」を「消去」と改題・転載

会員名簿（1）

畠中純子　高知県香美郡土佐山田町久次×××　中学校教諭
戸倉正三　甲府市細工町×××　甲府商業高校教諭
徳野佳子　大阪府城東区南中浜町×××　主婦
和田卓造　横浜市戸塚区原宿町×××　国立横浜病院内　外科医
川島裕造　鳴門市南浜字高浜　久我アパート　大塚製薬技術部員
高浜正良　西宮市今津山中町××　神戸大学経済学部学生
田路　昭　神戸市東灘区御影町上西×××
松永蓉子　大阪市南区高津×番町×番地　株式会社　松永建築　代表取締役
舟越辰緒　芦屋市平田町×××　株式会社　寿屋本社　経理部一課
小隅　黎　東京都目黒区大岡山×××　都立小山台高校教諭

第二号批評・来信

すっかり秋らしくなりました。先号は至るところで好評を博し、ご一家のご苦労が実を結んだようで嬉しく存じました。第二号早速拝読、装幀が垢抜けしてしかも斬新です。

「脱ぐ」は着想はよろしく、ただ最後の街中で脱ぎ新聞記事で終るのが陳腐に感じました。「小さな手」は地下鉄の話に着想が似ていますが、こじんまりまとまって好感がもてました。「帰郷」のすれ違いは面白く、「赤の構成」は怪奇小説じみてしまいました。「いたずら」はちょっと凝りすぎたように思います。どれにもあらたまのような美しさが秘められ、もう一段磨くと更にすばらしい輝きが期待できます。

秋の宵を楽しませていただき、厚くお礼申しあげます。


（中島河太郎氏）

（前略）

創刊号もたいへん嬉しく拝見し、第二号にいたっては、さらに一段と感服いたしました。「ぬる」の出現によってＳ・Ｆについては不毛を気づかわれたわが日本にも、確乎たる発芽を見ることができたので、心から快哉を叫ぶものであります。私自身も、若い諸君にかつがれて、Ｓ・Ｆ好きのグループ「おめがクラブ」をつくり、その世話やきをやってまいりました当人としても、ご同慶に堪えない次第です。この七月、その器でもないのに、木々高太郎前会長のあとをうけて、日本探偵作家クラブの会長にむりやりにさせられてしまいましたが、探偵作家クラブとしても、Ｓ・Ｆの発展に期待するところ頗《すこぶ》る大なるものがあります。空疎なホメ言葉をつらねるだけでは無意味であり、もっと突込んだお話を、お互に交換させていただきたく、その機会を得たく存じていますが、今回はただ、「ぬる」の方々のエスプリに一目ぼれいたしました私の喜びをお伝えするだけにとどめておきます。

（渡辺啓助氏）

ヌル二号拝受。全くすばらしい表紙です。

さっそく一読。小生の気に入ったのは「帰郷」でした。アイディアはすでにあるという人もあるでしょうが、結末が気がきいていて小生の好みに合います。こんな風にもってこれる人は、あまりないでしょう。

「いたずら」も、小生の好みに合いました。ダレがいたずらをしたか考えて、ゾッとするというわけでしょう。

これ以外も、好みは別として良い出来でした。「脱ぐ」は前に話を聞いたので、正確な読後感は言えぬでしょうが腕が意識の具象化であることを一行で片づけては、現在のS・F普及度ではわからんという人が多いでしょう。他の部分は良いのですから、少し惜しい気がします。

「赤の構成」は一読した所人間の押花というふうに思いました。それでしたらたいへん面白いアイディアです。もう少し書き方を工夫して、謎が少しづつとけて行き、不安のうちに解決、アッ、というムードを出せばさらにすばらしいものになったでしょう。

「小さな手」は読みやすく、まとまっています。空間のヒズミと近道を組合せた点はいい考えです。読者にとっては物足りない人もいるでしょうが、これだけ考えるのだって容易ならざるものであることは小生もよくわかります。

一号にくらべ、大きな進歩があるようです。一号は思いつきにたよっている感がありましたが、今度はそれに何かを加えようとする苦心がありまず。ある点でアンバランスと思えるのも、向上への過程でしょう。(後略)

(星　新一氏)

「NULL」第二号拝手。創刊号に比べても格段の進歩が見られ、すばらしいと思いました。「脱ぐ」は傑作ですね。一、二号を通じて最高ではないかと思います。完成した、心にくい作品です。

「死後」はアイディアの点では抜群ですが、圧縮しすぎた構成に無理があるようです。

「小さな手」「帰郷」「いたずら」は、創刊号の諸篇と同じ流れのアイディアストーリイの感じでした。もっとも「帰郷」の最終場面や、「いたずら」の坊やの最後の一言など、よくきいてましたね。

「赤の構成」は逸品。「脱ぐ」と並べて推賞したい。設定の無理を意識させないほどの強烈さに打たれました。こんな発想が次々と出て来たら、大した才能ですね。

尚、いよいよ会員一般募集に踏切られる由、発展を心からお祈り申し上げます。

（柴野拓美氏　「宇宙塵」編集長）

後記

五十数年前から四十数年前にかけての作品を丹念に読み返すという作業は初めてだ。

二十代前半から半ばにかけて刊行した同人誌「ＮＵＬＬ」時代の若書きだけはさすがにもう読み返す気になれず、指定された箇所だけを校正したのだったが、読み返せば冷や汗ものであったろう。

次が二十代終り頃の「幻想の未来」だが、ああ、この頃はこんな考えかたをしていたなあと懐かしく思い出す。あの頃の書き癖も脳内に蘇って、ああそうそう、こんな書き方が好きだったなどと頷いたりもした。卒業論文にも繋がるこのような愚直な文体、つまりは思考の粘り強さも今は過去となった。

処女長篇「48億の妄想」が三十代に入ってすぐの作品である。これにはいささか驚かされた。まるで自分が書いたのではないような気分にさせられた。自分で言うのもおかしいが、実にスマートな作品ではないか。監視カメラや一億総タレントの時代を予見していて、韓国との領有権争いが戦争に発展したりもする。物語の結構、起承転結、ギャグやドタバタの配分、人物のキャラなどもみごとなものだ。ラストシーンのロマンもなかなかよろしい。自分を褒めてやりたい気分。「ＮＵＬＬ」時代からたった十年足らずでよくぞこれだけ文芸的に進歩したものだと我ながら感心する。今ではこういうものはとても書けまいとつくずく思う。「ＳＦ教室」の再録はまことにありがたい。単行本としてはもはや絶版で入手の方法がなく、古書としては相当な金額になっているらしい。

イラストなどの掲載許可をはじめ、あらゆる煩雑な作業をしてくれた日下三蔵氏、池田真依子さん、そして出版芸術社会長の原田裕氏には厚くお礼を申し上げる。よくまあこんな贅沢な本を出してくれたもんだ。

二〇一四年十月

筒井　康隆

編者解説

日下三蔵

この出版芸術社版〈筒井康隆コレクション〉では、著者の数多い著作の中から、現在、新刊として手に入らない長篇および連作短篇集を、各巻につき二作ないし三作ずつ収め、関連作品、関連資料、単行本未収録短篇、文庫未収録短篇などを加えていく。

えっ、筒井康隆の著作に新刊で手に入らないものがあるの？　と思った貴方は、七〇年代か八〇年代、あるいはそれ以前から筒井作品を追いかけている古参のファンに違いない。八〇年代までは筒井康隆や星新一の著書に品切れのものはほとんどなく、大抵の作品を文庫で買うことが出来た。例えば一九八一年から筒井康隆を読み始めた筆者の場合、新刊書店で買えなかったのは、文庫化されなかった短篇集『発作的作品群』だけであった。

だが八〇年代末、というか、具体的には元号が平成と改まった八九年に消費税が導入されたことによって、本のカバーに税込価格を表示する義務が出版社に生じてしまい、カバーかけ替えのコストに見合わない既刊作品が大量に絶版になってしまった。この時、筒井康隆に限らず、多くの作家の作品が一時的に品切れとなったのだ。人気のある作家は徐々に旧作が増刷されたり、他社から復刊されたりして息を吹き返したが、そのまま全作品が手に入らなくなってしまった作家も多い。昭和と平成の間には単に元号の違いだけでなく、文芸作品の財産の切り捨てという大きな文化的断絶がある。この時の教訓を生かして、現在では税率の変更に対応できるように書籍の定価は外税表示が一般的になっている。

筒井作品も復活が進み、既刊の短篇作品は新潮文庫、徳間文庫、角川文庫からテーマ別に再編集されて、半数以上が再び読めるようになった。長篇では『馬の首風雲録』が文春文庫から扶桑社文庫、『旅のラゴス』が徳間文庫から新潮文庫、『パプリカ』が中公文庫から新潮文庫に移籍して、現在も入手可能。新潮文庫の『七瀬ふたたび』『エディプスの恋人』『虚航船団』『夢の木坂分岐点』『ロートレック荘事件』、中公文庫の『虚人たち』『残像に口紅を』など、最初の文庫がそのまま版を重ねている作品も多い。

しかし、さすがに品切れとなってしまっている長篇・連作短篇集も二十冊ほどあり、その中から十七冊を合本・再編集したのが、このシリーズなのである。最近、筒井康隆を読み始めた新しいファンはもちろん、収録作品はぜんぶ持っているよという古株のファンにも満足していただけるよう工夫を凝らしたつもりである。

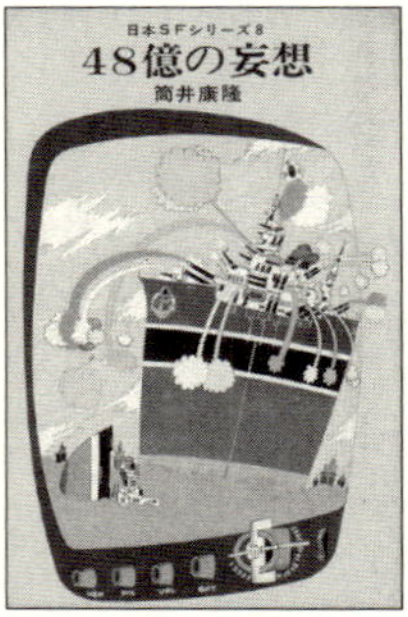

『48億の妄想』
（早川書房／日本ＳＦシリーズ）

第一巻の本書には、長篇『48億の妄想』、中篇「幻想の未来」、ジュニア向けの入門書『ＳＦ教室』の三作を収めた。いずれも著者の最初期の著作ということになる。

処女長篇『48億の妄想』は、六五年十二月に早川書房の叢書〈日本ＳＦシリーズ〉の第八巻として刊行された書下し作品。同年十月に新書判の〈ハヤカワ・ＳＦ・シリーズ〉から刊行された短篇集『東海道戦争』に次ぐ二冊目の著書である。

〈日本ＳＦシリーズ〉では、作品ごとに内容を表すコピーが添えられている。小松左京『復活の日』は「人類破滅テーマ」、光瀬龍『たそがれに還る』は「宇宙テーマ」、星新一『夢魔の標的』は「侵略テーマ」といった具合で、『48億の妄想』は「架空事件テーマ」であった。

『48億の妄想』の世界では、テレビがすべての価値観を左右している。有名人には無線式のテレビカメラ「カメラ・アイ」が張り付いていて常に演技を要求されるし、一般人でもひとたびテレビに出演することになれば、タレントとして大げさな振る舞いをするのが当然という社会だ。

この作品の世界と我々が暮らす現代社会との類似には驚くしかない。都会では町中いたるところに監視カメラがあるのが普通である。何か事件があれば一般人が携帯電話で動画を撮影し、それがインターネットにアップされて拡散する。昨日まで無名だった人が、マスコミに取り上げられると、たちまち有名人の仲間入りだ。

だが、この作品が書かれたのはいまから約五十年も前、まだ個人情報などという概念すらなく、マンガ雑誌には「先生に励ましのお便りを出そう」などといって作家の住所が掲載されていた時代なのである。そのおおらかな時代にここまで的確に社会の進む方向を予測していたSF作家の想像力が凄い。作中に「ホームラン王の松井」が登場するのは偶然としても、竹島の近海で日本の漁船が韓国船に銃撃される事件が発生し、それをテレビのショーとして再現するイベントがクライマックスと来ては、筒井康隆は予言者かといいたくもなる。

この作品は七二年十二月に早川書房からハードカバーの単行本〈日本SFノヴェルズ〉として再刊され、七六年十二月に文春文庫に収められた。七〇年十二月には早川書房の〈世界SF全集〉第三十巻『筒井康隆　眉村卓　光瀬龍』、八三年五月には新潮社の〈筒井康隆全集〉第二巻『48億の妄想　マグロマル』にも、それぞれ収録されている。なお、本コレクションでは〈筒井康隆全集〉に収められている作品は、基本的に全集を底本として使用している。初刊本の「あとがき」は、全集にしか再録されていない。

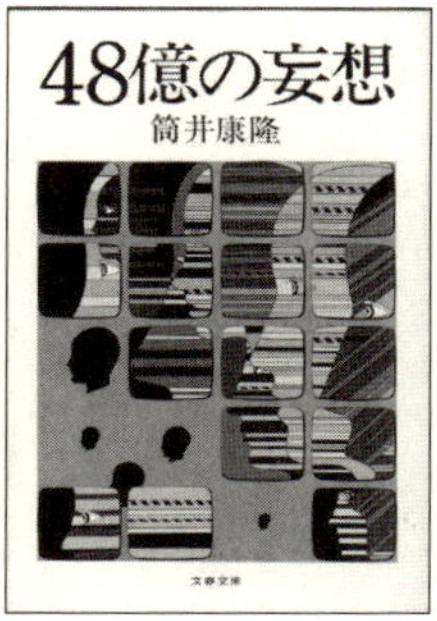

『48億の妄想』
（文春文庫）

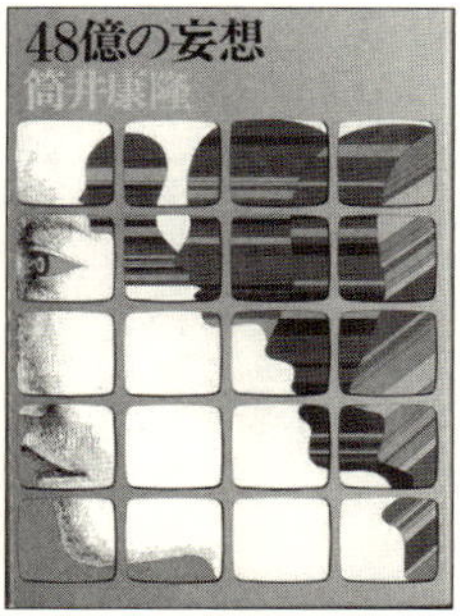

『48億の妄想』
（早川書房／日本ＳＦノヴェルズ）

中篇「幻想の未来」はSF同人誌「宇宙塵」の七五号（64年1月）から八一号（64年7月）まで七回にわたって連載された。

この作品は六二年の早川書房の第二回SFコンテストに応募して佳作となった「無機世界へ」を改稿したもの。「無機世界へ」はコンテストの規定に合わせて百枚に縮めたというから、二百枚の「幻想の未来」の方が本来の構想どおりであると思われる。

第二回ＳＦコンテストは第一席と第二席が入選作なし、第三席が小松左京「お茶漬けの味」と半村良「収穫」で、佳作が筒井康隆「無機世界へ」、豊田有恒「火星で最後の…」など四篇だった。

前年の第一回ＳＦコンテストは、入選作なし、佳作第一席が山田好夫「地球エゴイズム」、第二席が眉村卓「下級アイデアマン」、第三席が豊田有恒「時間砲」、努力賞が小松左京「地には平和を」、奨励賞が平井和正「殺人地帯」、小隅黎（柴野拓美）「宇宙都市計画」、光瀬龍「シローエ 2919」、加納一朗「アミーバ作戦」、宮崎惇「何かが後からついてくる」、島内三秀（桂千穂）「私は死んでいた」など十二篇であった。この二年間でいわゆる日本ＳＦ第一世代の作家たちが、勢ぞろいしていく様子がうかがえる。

ひと足早く五七年に「宇宙塵」からデビューしていた星新一や、五八年に最初の短篇集『甘美な謎』を刊行している矢野徹らを含めて、第一世代作家が新興ジャンルＳＦの基礎を作り上げたのだ。

五七年五月に科学創作クラブから発行された「宇宙塵」は、日本で最も古いＳＦ同人誌である。主宰者の柴野拓美氏が二〇一〇年に亡くなったため、一三年の第二〇四号で休刊となったが、日本のＳＦ作家、特に第一世代の作家はほとんどが「宇宙塵」を経由してデビューしている。ＳＦに興味を持つ人が所属できる団体が他になかったのだから当然であろう。早川書房から〈ハヤカワ・ファンタジィ〉（後の〈ハヤカワ・ＳＦ・シリーズ〉）が発刊されたのが五七年十二月、「ＳＦマガジン」の創刊が六〇年二月（発売されたのは五九年の年末）なのである。

筒井康隆はその数少ない例外の一人で、六〇年六月に家族で創刊したＳＦ同人誌「ＮＵＬＬ」が話題となり、同年に江戸川乱歩が編集長を務める探偵小説誌「宝石」に短篇「お助け」が転載されてデビューしている。

『塵も積もれば…宇宙塵四十年史』（97年11月／出版芸術社）の記述によると、柴野さんはすぐに筒井さんにコンタクトして「ＮＵＬＬ」と「宇宙塵」を寄贈し合うようになり、やがて「ＮＵＬＬ」が一般からも会員を募集し始めたので、お互いに入会することにしたのだという。

「幻想の未来」は「宇宙塵」の連載時から大きな反響を呼んだ。その一部をご紹介してみよう。

75号（64年1月）

「あとがき」　※無署名だが柴野拓美氏による編集後記

一九六四年を迎えて、筒井康隆氏の処女長篇「幻想の未来」連載開始。第一回を読んだだけでも、これは容易ならぬ異色の試みであることがわかると思います。メイン・テーマが何なのか、何回までつづくのか、それは編集部もまだ全然知りません。

76号（64年2月）

月評「ファン活動の盛況」（Ｃ・Ｒ）　※小隅黎（柴野拓美）氏によるもの

本誌一月号では、翻訳は別格として、やはり筒井康隆「幻想の未来」が問題作といえよう。この連載第一回に対しては、さっそくいろいろな人からいろいろな批評を頂いた。出るなりこれだけ積極的な反響が聞かれたのは本誌としては初めてのことである。批評は手ばなしの絶讃から「ＳＦの楽しさを破壊するものだ」という非難に至るまで、キヨホウヘンすさまじいが、一回目だけでは未だ主テーマも表面に出てきていないようだし、早急に判断するわけにはいくまい。とにかく問題作を出すのが身上の同人誌のことだ。作者も自信をもって思うぞんぶん暴れてほしいものである。

「おたより」 ※会員による感想

「幻想の未来」とにかくしっかりしていますね。読んでいると小生の心臓病が少し心配ですが――話のよさはまだわかりません。(岐阜・吉光伝)

「幻想の未来」グロテスクな設定ながらも少しも嫌悪感を抱かせません。文体も宇宙塵作品には珍しく韻律《いんりつ》があります。この導入部にふさわしい筋の展開を期待します。(東京・泉憲一)

筒井康隆氏の「幻想の未来」は、この先が楽しみです。思いきって雄大なものにして下さい。(三重・東俊一)

「あとがき」

「幻想の未来」第二回を迎えて、ようやくテーマの一端が表面に出てきたという感じです。昨年の眉村氏の連載とはちがった面で、これはＳＦの可能性に一石を投じる役割を果たすことでしょう。

77号(64年3月)

「おたより」

筒井さんの長篇は期して待った野心作の登場であり、ファンの注目はこの一作に集中することでしょう。(浦和・小貝好)

78号(64年4月)

「おたより」

「幻想の未来」はせっかくミュータントが生れたと思ったら、あっけなく死んでしまい、これからどうなるのか見当もつきません。しかし面白い作品だと思います。こういう試みはどんどんやって下さい。（東京・山崎好雄）

79号（64年5月）

「おたより」

筒井氏の「幻想と未来」は、テーマそのものは別として、あのグロテスク趣味がぼくの好みと合っているので大変面白い。（これ皮肉ですよ！）（東京・伊藤典夫）

「幻想の未来」今月号途中で読むのをやめました。ＳＦＭの怪奇恐怖特集一冊よりもよっぽどこたえます。（仙台・浅見二郎）

80号（64年6月）

「宇宙塵5月号評」（Ｍ・Ｋ）

筒井康隆「幻想の未来」。時代の進展に伴ってさまざまな生命体が登場し、読者に尽きない話題を提供しています。第一回、第四回、第五回が好評のようです。各回、サブタイトルの時代区分に相応した視野の広い作品が少なく、扱われるエピソードがいかにも小じんまりと特定のテーマばかりを追っているようにみえるのが、不満といえば不満ですが、しかしどちらかといえば特殊層向けのこの新しい試みは、作者と日本ＳＦ双方にとって一つの突破口となる可能性を秘めているようです。

「おたより」

「幻想の未来」面白いですね。作者本人のことでなければますます結構と思います。（大阪・眉村卓）
「幻想の未来」同人誌ならではの非常にいい作品だと思いますが、もう少しオブラートにつつんでほしいような気がします。（東京・石原藤夫）
「あとがき」
筒井康隆氏の連載が、ようやく本領を現わしはじめました。遂にあらゆる有機生命体が地上から姿を消したあと、これから地球の歴史は何を主体に語られて行くのか。過去の歴史になぞらえれば、ここまでで古生代と中生代が過ぎて、いよいよ新生代へ突入するところでしょうが、このいわば「無機文明」の進化の終末はどこへ行きつくのか？　次号以降をおたのしみに。

81号（64年7月）
「おたより」
先日、山野浩一・修兄弟と堀龍之・晃兄弟の来訪をうけ、これで弟の俊隆がいればSF三兄弟が揃うところでした。SFも今後はコンビで売るのがいいかもしれない。その時の話題としては「X電車」がよすぎて「雪の夜」がはえなかったこと。浩一氏は以外《ママ》にも僕ほどデューク・エリントンが好きじゃなかったこと。次は僕と合作で「X電車を食おう」ということ。「幻想の未来」ちっとも面白くないこと。以上でした。（後略）（大阪・筒井康隆）
「幻想の未来」これほどきめの細かい作品を軽々しく批評したくありません。考古学や地球の歴史を勉強してからじっくり読み返そうと思っています。（東京・泉憲一）
「あとがき」

「幻想の未来」突如終結。アッと思われたことでしょうが、これは編集部も同様でした。新年号に書いたとおり「何号まで続くか一切伏せておく」という作者の狙いはここにもあったのか。読みかえしてみるとあらためてこの作品の試みの大きさにうなづかされます。筒井さん、どうも有難うございました。

82号（64年8月）

「宇宙塵7月号評」（M・K）

筒井康隆「幻想の未来」が多くの問題を投げかけて七月で完結しました。有機生命体の文明を前座として、そのあとを襲う無機文明世界の発端を描くもので、最終回の表題に現れる「静生代」が、つまり有機生命の歴史における「始生代」にでも当るのでしょうか。一回々々に文体を変えて凝りに凝った手法も、それなりに効果をあげています。一般の意見としては、第一回と第五回が最も評判が良いようです。いずれこの作品についての合評会が持たれますので、そこで意見を吐かせて頂きます。

「おたより」

「幻想の未来」は宇宙塵の歴史に残る秀作となるのではないかという気がする。従来の冒険科学小説の類形を完全に破る、いわば静的な思索小説として発表された実験作品であり、その試みは幻想的な構想と対話的な手法を取り入れたことで見事に成功している。（中略）こういう本格的な力作の出現は宇宙塵にとり、また日本SF界全体にとっても真に喜ばしい限りである。（呉・村野浩史）

「幻想の未来」急にグロテスクな味がぬけたのでちょっととまどいましたが、動物、植物、鉱物と進化するに従って意識が総括されていく構想（と推察）はまことに雄大でした。（東京・石原藤夫）

「宇宙塵」八四号（64年10月）には座談会『幻想の未来』をめぐって」が掲載された。出席者は司会の柴野拓美をはじめ、伊藤典夫、野田宏一郎（野田昌宏）、広瀬正、山野浩一、今日泊《きょうどまり》亜蘭《あらん》、佐々木宏の七人。三ページあまりという短さのせいもあるだろうが、「筒井氏のこれまでの最高作といえるんじゃないか?」と発言している山野浩一を除いて、一様に評価に窮している様子がうかがえる。柴野拓美「やはりSFの本流とはいえないのじゃないか?」、今日泊亜蘭「とにかく散文詩なんだな。小説じゃない」、伊藤典夫「このテーマを追うのに、これでは明らかに枚数不足ですね」、野田宏一郎「ただ、この作品では、手法だけが浮いてることは言えるね」、広瀬正「その上に、全体としての味わいが出ていればよかったんだが、どうもそれは成功していない」といった具合である。

　人類滅亡後の世界を壮大なスパンで描いて、タイトルのとおり幻想小説の域に到達したこの作品は、確かに従来の娯楽的なSFとは一線を画した硬質な実験小説だが、当時のSF界の最先端にいたはずの座談会メンバーが、ほとんどそれを評価できなかったというのは意外だ。筒井康隆の想像力が、SF作家の中にあっても一歩も二歩も先を行っていたということなのだろう。

だが、SFはその後の数年間で急速に読者の間に浸透していく。この座談会からわずか七年後の七一年、「幻想の未来」は筒井康隆の初めての文庫本として角川文庫に収められ、以後、二十年にわたって版を重ね続けるのである。

第三章「分意識紀——中期　遺伝記憶復活の萌芽」は、改稿されて短篇「血と肉の愛情」（「MEN'S CLUB」66年7月号）として発表されているので、異稿《ヴァリアント》として本書にも収めた。

第四章以降に登場する鉱物生命体バリバリは、六六年の短篇「マグロマル」にも顔を出している。

筒井作品には『家族八景』『七瀬ふたたび』『エディプスの恋人』の火田七瀬三部作を例外として、いわゆるシリーズ作品は見当たらないが、このように作品同士がリンクしていることがたまにある。『馬の首風雲録』と『虚航船団』、『脱走と追跡のサンバ』と『虚人たち』などにリンクが見られる。愛読者へのサービスであろう。

この作品は六八年八月に南北社からハードカバーの単行本『幻想の未来・アフリカの血』として刊行された。短篇「ふたりの印度人」と「アフリカの血」が併録されている。南北社版では本の表紙と扉に著者自筆のカットがあしらわれているので、ここに再録しておこう。

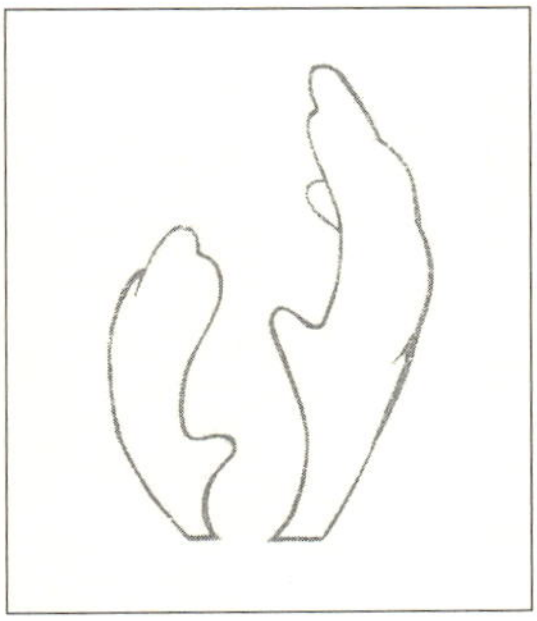

『幻想の未来・アフリカの血』（南北社）で使われた著者直筆のカット

『幻想の未来・アフリカの血』（南北社）

さらに七一年八月に『幻想の未来』として角川文庫に収められた。南北社版の三篇に加えて「姉弟」「ラッパを吹く弟」「衛星一号」「ミスター・サンドマン」「時の女神」「模倣空間」「白き異邦人」の七篇が増補されている。これは六八年八月に三一書房から出たショート・ショート集『にぎやかな未来』から採られたもの。同書が角川文庫に収められた際には、この七篇はもちろん割愛されている。八三年四月には新潮社〈筒井康隆全集〉第一巻『東海道戦争　幻想の未来』にも収録された。

また「幻想の未来」は、「スターウォーズ　帝国の逆襲」のポスターなどで世界的に有名なイラストレーター・生頼範義《おうらいのりよし》（SF

後期

中期

前期

『幻想の未来』（角川文庫）
20年に渡り、装幀を変えながら版を重ねつづけた。

ファンには小松左京や平井和正の文庫のカバー画でお馴染みだろう）によってヴィジュアル化されたことがある。ツルモトルームのＳＦ誌「月刊スターログ日本版」がアメコミを中心にして出した別冊「VAMPIRELLA」（79年10月）に掲載された見開きで四葉、八ページに及ぶイラストストーリーがそれで、迫力のイラストが見事に作品世界を視覚化している。

今回、生頼さんのご厚意で、このイラストを本書に再録させていただくことができた。さすがに原画は残っていないとのことで、印刷物からの復刻となる。それぞれ「前意識紀」「分意識紀」「汎意識紀」「静生代」を描いたイラストには、あらすじのキャプションが添えられているが、単行本のサイズまで縮小すると虫眼鏡を使っても活字を読むのは難しいかもしれない。だがイラストの迫力は充分に感じていただけるものと思う。

なお、初出誌はアメコミに対応した左開きの本で、生頼版「幻想の未来」も左綴じで掲載されているが、いずれも見開きであるため、本書では右綴じの順序で収録したことをお断りしておく。

ジュニア向けの入門書『ＳＦ教室』は、七一年四月にポプラ社から〈ポプラ・ブックス〉の第八巻として刊行された筒井康隆の編著である。本書では、共著者の豊田有恒、伊藤典夫のお二人のご厚意で、ほぼオリジナルのまま全文を収録させていただいた。多くの若い読者をＳＦの道に引きずり込んだ熱気あふれる一冊である。初版は函入りの装丁で、後にカバー装となり、確認できた限りでは七七年六月に第六版が発行されている。

『腹立半分日記』所収「あらえっさっさの時代」の記述によると、この本は当初、三晃社という版元から『ＳＦのすべて』として刊行されることになっていたもの。後に同社の倒産でポプラ社から刊行されることになるが、六八年三月一日の段階で、「夕方、豊田有恒、伊藤典夫、平井和正来宅。三晃社の人も来る。豊田、伊藤両氏との合作「ＳＦのすべて」の原稿、ほとんど渡す。題は「ＳＦ教室」に改題」とあるから、前書きで「ぼくたち三人は協力し、二度、三度と書きなおしをやり、どうすればきみたちに、われわれが感じているほどの魅力を、ＳＦに対して持ってもらえるだろうかと相談し、二年以上かかってこの本を書きあげたのだ」とあるのは、まったく大げさではない。

本書では、原本のイラストとカットをすべて収録した。イラストレーターとしてクレジットされている金森達、檜喜八、山内秀一の三氏のうち、金森さんと檜さんからは再録の許可をいただくことができたが、山内さんだけは連絡を取ることができなかった。ご本人または関係者の連絡先をご存知の方は編集部までお知らせください。

イラスト以外の写真や図版についても、改めて権利者に許可を取り直して収録したが、権利元が外国に移っていたり、会社自体が消滅しているものが数点残ってしまった。お気づきの方があれ

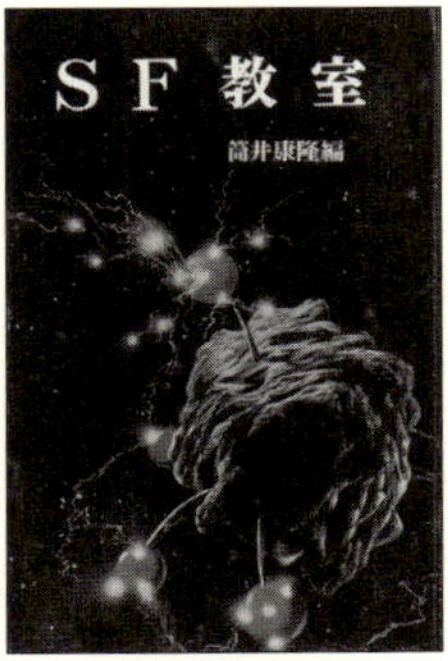

『ＳＦ教室』
（ポプラ社）

ば、やはり編集部までご一報いただければ幸いです。図版の許諾については、担当編集者の池田真依子さんに助けられた。百点以上ものイラストや図版をすべて再録できたのは、池田さんが粘り強く交渉を続けてくれたおかげである。特に記して感謝したい。

一点だけオリジナルと変わっているのは、第四章「SF作家の案内」の「日本の作家」の項目である。元版ではこの部分でそれぞれの作家の住所がすべて記載されている。そういう時代だったのだ。もちろん四十年以上が経過しているから転居されている方も多いし、地名が変わっているケースもあった。だから元版にある住所に手紙を出しても届かない可能性が高いのだが、本書では筒井さんとも相談のうえ、住所の番地だけは伏せさせていただくことにした。時代の変化を反映した最小限の改変ということで、ご了承いただきたい。

各巻に付録として「ＮＵＬＬ」の復刻を収めることにした。といっても全ページを収める余裕はないので、筒井康隆以外の著者による創作は省いた。つまり、筒井康隆の短篇と小説以外の記事ページの復刻ということになる。「ＮＵＬＬ」の記事ページは、ほとんど筒井さんの手によるものなので、タイトルを「筒井康隆・イン・ＮＵＬＬ」とした。全十一冊の「ＮＵＬＬ」を数冊ずつ復刻していく予定で、第一巻には三号までを収めた。

ドイツ語でゼロを表す単語を誌名に冠したSF同人誌「ＮＵＬＬ」は、筒井一家の家族雑誌として六〇年六月に創刊された。発行所は「ヌル編集室」となっている。父の筒井嘉隆は天王寺動物園の園長も務めた動物学者。長男・康隆、次男・正隆、三男・俊隆が創作を発表し、四男の之隆がデザインを担当している。第二号の「編集室日誌より」に詳細が記されているが、「ＮＵＬＬ」の発刊は話題となって新聞や雑誌でも紹介された。

江戸川乱歩が編集長を務めていた探偵小説誌「宝石」でも、同年八月号でさっそく「NULL」を紹介し、創刊号から康隆「お助け」、俊隆「相撲喪失」、正隆「二つの家」の三篇を転載した。これが筒井康隆の商業誌デビューということになる。

江戸川乱歩の編集者としての嗅覚は抜群で、SFでは「宇宙塵」から星新一を、ハードボイルドはよく分からないといいながら大藪《おおやぶ》春彦も「宝石」でデビューさせている。劇評家として活躍していた戸板康二に本格ミステリの中村雅楽シリーズを書かせたり、無名の投稿者だった中原弓彦（小林信彦）に書評欄を担当させたりと、乱歩によって作家への道を拓かれた人は多い。筒井康隆もその一人であった。

「NULL」に掲載された筒井作品には、商業誌に転載されたり短篇集に収録されたものもあるが、細かく手を入れられているケースがほとんどである。本コレクションでは、このコーナーに限り、「NULL」本誌を底本としているので、ぜひ短篇集のテキストと読み比べていただきたい。

第一号からは「お助け」「模倣空間」「タイム・マシン」の三篇を収めた。「お助け」は「宝石」に転載された後、ショート・ショート集『にぎやかな未来』（68年8月／三一書房）に収録。「模倣空間」は「向上」六六年九月号に転載された後、同じく『にぎやかな未来』に収録。「タイム・マシン」は初期ショート・ショート集『あるいは酒でいっぱいの海』（77年11月／集英社）に収録された。この号には記事ページがない。代わりに発刊の経緯を記した筒井嘉隆のエッセイ「S・F一家ご紹介」を収めた。

第二号（60年10月）からは「脱ぐ」「帰郷」「編集室日誌より」「会員募集のおしらせ」「編集メモ」

を収めた。「脱ぐ」は「サスペンス・マガジン」六五年七月号に澱口《おりぐち》襄名義で転載された後、『あるいは酒でいっぱいの海』に収録。「帰郷」は「宝石」六〇年十二月号に転載された後、『にぎやかな未来』に収録。

第三号（61年2月）からは「衛星一号」「到着」「傍観者」「無限効果」「編集室日誌より」「会員名簿1」「第二号批評・来信」を収めた。「衛星一号」「到着」は『にぎやかな未来』に収録。「傍観者」は『如菩薩団』（06年8月／角川文庫）に初めて収録された。「無限効果」は『あるいは酒でいっぱいの海』に収録。「会員名簿」は住所の番地の部分を伏字とした。「第二号批評・来信」は、ミステリ評論の第一人者・中島河太郎、戦前からのベテラン探偵作家でSFにも興味と理解を示した渡辺啓助、五七年にデビューしてSFショート・ショートの旗手として活躍していた星新一、「宇宙塵」の主宰者・柴野拓美と錚々たるメンバーで、「NULL」がいかに当時の最先端の人たちから注目を集めたかがわかる。

「NULL」は同人誌という性格から図書館などに所蔵されておらず、テキストの探索には苦労したが、幸い宇宙塵の森東作さんのご協力を得て柴野拓美さんの旧蔵書を全冊お借りすることができた。ありがとうございました。

この解説の執筆に当っては、高橋良平、牧眞司、さいとうよしこ、大橋博之、池田憲章、小浜徹也の各氏から貴重な情報を提供していただきました。また、『筒井康隆大事典』および『筒井康隆大事典ふたたびPART1』をはじめとする平石滋さんの詳細な書誌的研究を、解説の執筆だけでなくコレクション全体の編集・構成に当っても参考にさせていただきました。特に記して感謝いたします。

著者プロフィール

筒井　康隆（つつい・やすたか）

一九三四年、大阪生まれ。同志社大学文学部卒。工芸社勤務を経て、デザインスタジオ〈ヌル〉を設立。60年、SF同人誌「NULL」を発刊、同誌1号に発表の処女作「お助け」が江戸川乱歩に認められ、「宝石」8月号に転載された。65年、上京し専業作家となる。以後、ナンセンスなスラップスティックを中心として、精力的にSF作品を発表。81年、「虚人たち」で第9回泉鏡花賞、87年、「夢の木坂分岐点」で第23回谷崎潤一郎賞、89年、「ヨッパ谷への降下」で第16回川端康成賞、92年、「朝のガスパール」で第12回日本SF大賞、00年、「わたしのグランパ」で第51回読売文学賞を、それぞれ受賞。02年、紫綬褒章受章。10年、第58回菊池寛賞受賞。他に「時をかける少女」、「七瀬」シリーズ三部作、「虚航船団」、「文学部唯野教授」など傑作多数。現在はホリプロに所属し、俳優としても活躍している。

筒井康隆コレクションI　48億の妄想

発行日　平成二十六年十一月三十日　第一刷発行
　　　　平成二十八年　四月二十日　第二刷発行

著　者　筒井康隆

編　者　日下三蔵

発行者　松岡　綾

発行所　株式会社　出版芸術社
　　　　東京都千代田区九段北一―一五―一五瑞鳥ビル
　　　　郵便番号一〇二―〇〇七三
　　　　電　話　〇三―三二六三―〇〇一七
　　　　ＦＡＸ　〇三―三二六三―〇〇一八
　　　　振　替　〇〇一七〇―四―五四六九一七
　　　　http://www.spng.jp

印刷所　近代美術株式会社

製本所　若林製本工場

ISBN 978-4-88293-473-8　C0093